KB181220

새 미
작가론
총 서

21

강
소
천

김
종
회
·
김
용
희
편

새미

책머리에

"나는 여러분에게 아름다운 꿈을 주기 위해서 늘 동화를 쓰고 있습니다."
─동화집『인형의 꿈』(새글집, 1958) 후기에서

동화로 어린이에게 꿈을 심어준 작가 강소천 선생의 탄생 백주년을 맞았다. 그는 1931년 17세의 나이로 아동문학지에 동요를 투고하면서 창작활동을 시작하여 1963년 5월 49세의 일기로 세상을 떠날 때까지 30여 년간 동요와 동시 300여 편, 동화와 소년소설 210여 편, 아동극 11편, 수필 20여 편 등 방대한 양의 작품을 발표했다. 그 중 1941년 일제 말 암흑기 시대에 발행한 동요시집『호박꽃초롱』은 한국 동시문학사에 빛나는 성과였다.

그는 동시 장르만으로도 한국아동문학사에 큰 자리매김을 했으나 이에 만족하지 않고 1937년 ≪동아일보≫에 소년소설「재봉 선생」과 1939년「돌맹이 I, II」를 발표하면서 본격적으로 동화를 쓰기 시작했다. 동화를 쓰게 된 동기는 "일본사람들이 우리나라를 빼앗은 이야기며 그 때문에 우리들이 고생하는 이야기를 써 보고 싶"은 욕망에서였다. 그러다 한국전쟁이 일어나 월남한 이후 그가 쓴 대부분의 동화와 소년소설은 6·25로 야기된 참혹한 피해와 그 복구가 요원했던 1950년대의 시대사적 명제를 안고 있다. 일제강점기에 체험한 나라 잃은 고통스러운 삶의 질곡을 숨김없이 털어놓고 싶었던 그에게, 고향과 혈육의 상실을 가져다준 6·25의 충격이 더 크고 근원적인 아픔으로 남았던 까닭이다. 6·25 체험과 고착화된 분단의 영향을 배제할 수 없을 만큼 그 충격은 강소천 동화문학의 발생론적 배경이 되었다. 그에게 6·25가 가져다준 고향과 가족의 상실은 존재 의미를 감당하기 힘들 만큼 진정한 세계의 상실을 뜻하기 때문이다. "어린이에게 아름다운 꿈을 주기 위해 늘 동화를 쓰고 있습니다."고 한 그의 작가적 소명감은 삶에 대한 위안이며 보상이기도 했다.

이처럼 강소천 선생이 가졌던 작가로서의 진정성은 동화를 쓰는 이유가 되고 삶의 존재 이유가 되었다. 또한 그 신념과 꿈은 자신의 작품 속에서 무궁한 소재가 되고 다양한 기법이 되었다. 곧 그는 인간의 심리적 현상인 꿈을 문학 자체로 받아들이며, 꿈의 기법을 통해 서정을 심화시키고 서술구조를 확장하였다. 그는 1950년 흥남철수 때 월남한 이후 1950년대 한국아동문학을 주도하며 가장 왕성하게 작품 활동을 펼쳤을 뿐 아니라 동화와 소년소설에서 형식적 새로움과 실험성을 끊임없이 제시해준 전위 기수의 역할을 다했다.

이러한 강소천 선생의 문학을 주목하게 된 것은 그의 사후부터였다. 강소천 선생에 대한 평가는 1963년 5월 타계한 직후 일반문학계와 아동문학계에서 곧바로 이루어졌다. 《현대문학》은 그해 6월호에 「소천의 인간과 문학」을 추모특집으로 엮었고, 그가 편집위원으로 활동했던 《아동문학》은 10월에 발간된 5집에서 그를 기리는 추모특집을 다루었다. 다시 이듬해인 1964년 12월 《아동문학》 10집에 특집으로 「소천의 인간과 문학」이 재조명되었다. 이런 사실은 당시 강소천 선생의 작가적·문학적 위상을 말해주는 하나의 실례가 될 만하다. 한국아동문학사에서 그만큼 그의 빈자리가 크고 아쉬웠던 까닭이다.

그 후 그에 대한 평가는 70년대까지 산발적으로 추모나 단평 정도로 이루어지다 1980년 숙명여자대학교 대학원에서 석사학위 논문으로 남미영의 「강소천 연구」가 나오면서 교육대학 강단에서 그의 동화문학 연구에 관심을 갖기 시작했다. 그러나 이때까지만 해도 아동문학계의 평론 부재로 인해, 깊이 있는 작품 연구보다 아동문학 내적인 논의로 기울고 교육성과 예술성 및 현실성의 문제에 치우쳐 본격적인 문학 연구로 나아가지 못한 채 작가의 추억이나 아동문학의 본질론에 머물러 있었다.

강소천 문학에 대한 연구가 보다 심도 있게 다루어지기 시작한 것은 1990년대 이후이다. 1991년 김용희의 「소천 동화에 나타난 꿈의 상징성」이 발표된 이후 그의 동화문학에 나타난 환상성 연구가 주목을 받았고, 2003년 교학사에서 『강소천선생 40주기 기념 추모의 글 모음』이 나온 이후 비로소 동화뿐 아니라 동시 분야에까지 다양한 연구가 진척되었다.

이 책은 '강소천 선생 탄생 백주년'을 기념하여 그간의 연구 성과를 정리한 것이다. 모두 2부로 나누어 1990년대 이후 발표된 글들과 새로 쓴 글을 실었다. 곧 1부는 1991년부터 2013년까지 씌어진 본격적인 평론 및 연구논문 9편을 발표순으로 엮었다. 1991년부터 2013년까지 강소천 문학연구가 어떻게 진행되어 왔는지 그 진척 과정을 살펴볼 수 있게 하기 위해서이다. 1990년 이전의 글은 아동문학계에서 문학연구가 본격적으로 이루어지지 않은 시기에 씌어진 것으로 연구논문으로 미흡하여 제외했다. 2부는 2014년 이후 가장 최근에 이루어진 연구들이다. 이 책에 수록된 글들은 대부분 이미 학술지에 발표된 것이다. 그 연구논문들은 마땅히 참고문헌을 밝혀 실어야 하나 각주로 대신할 수 있는 참고문헌은 책 체제를 고려하여 싣지 않았고 글 후미에 발표 지면을 밝혔다.

나날이 대학의 아동문학 강의가 늘어나고 아동문학에 관심을 가진 이들이 많아지는 요즈음, 이 책이 지금까지 발표된 글들을 한자리에 모두 모아 강소천 연구 자료집으로 간행되었으면 강소천 문학을 보다 더 깊이 있게 성찰하는 데 더없이 소중한 자료로 쓰일 수 있겠으나 분량이 너무

방대하여 그 일은 차후로 미루었다. 그 대신 부록으로 연구목록을 수록하여 앞으로도 다양한 문학연구 방법론 위에 강소천 문학이 심도 있게 연구되기를 기대했다. 아무쪼록 이 책이 강소천 문학 깊이 읽기에 좋은 자료로 활용되기를 희망한다.

강소천 선생 탄생 백주년을 맞아 간행하는 이 책에 귀한 연구물을 선뜻 보내주신 필자들께 먼저 깊은 감사를 드린다. 지금까지 강소천 선생의 문학을 위해 노고를 아끼지 않은 많은 분들이 계시다. 어려운 환경 속에서도 소천아동문학상을 운영해 주고 계신 교학사 양철우 회장님과 임직원 분들, 소천아동문학상 운영위원님들(서석규 위원장, 신현득, 조대현, 김병규, 배익천, 강현구 위원), 후원을 해주신 김혜선(金惠仙) 님, 이 책을 발행해 주신 새미출판사 정구형 대표님께 진심으로 감사드린다.

2015년 4월
엮은이 김종회 · 김용희

목차

머리말

◉1부◉

소천 동화에 나타난 꿈의 상징성   김용희_13

'꿈' 형식을 통한 강소천 동화의 환상세계   김자연_36

동심으로 외친 독립의 함성—강소천의 동시 세계   신현득_63

강소천 동화의 환상성   함윤미_76

분단의 상처를 극복해 가는 한 소년의 이야기
   —강소천의 「꿈을 찍는 사진관」   박영기_107

강소천 장편동화의 서사학적 연구
   —장편동화 「해바라기 피는 마을」을 중심으로   이종호_120

소천 시 연구—『호박꽃초롱』을 중심으로   노경수_152

소천 시 연구 ; 생태주의 낙원으로의 초대   신정아_173

강소천 동요 및 동시의 개작 양상 연구—초기 작품을 중심으로
             박금숙 · 홍창수_198

◉ 2부 ◉

강소천의 『호박꽃초롱』 발간 배경   박덕규_233

1930년대 강소천의 문학 활동과 첫 창작동화 「돌맹이 Ⅰ, Ⅱ」

       김용희_268

해방 전후 북한체제에서의 강소천 아동문학 연구   김종헌_286

분단 극복의 환상─1960년대 장편동화 「그리운 메이리」를 중심으로

       장정희_315

강소천의 단편 창작동화에 구현된 서정적 구조 양상   김경흠_329

판타지 동화인가, 동화의 판타지인가?   최정원_359

강소천 단편 사실동화 연구   이은주_387

강소천 동화에 나타난 장자(莊子)사상─꿈을 소재로 한 작품을 중심으로

       강은모_417

강소천 동화의 아동상과 교육관─'꾸러기'를 중심으로   신정아_432

남북한의 문화적 동질성/비동질성의 기원에 대한 비교 연구

   ─아동문학 판타지 속의 통일담론을 중심으로   이영미_453

●부록●

어린이 헌장과 어깨동무 학교−강소천의 어린이 문화운동 서석규_477
강소천 연보_484
강소천 연구 목록_494
필자소개_503

1부

소천 동화에 나타난 꿈의 상징성

I. 머리말

꿈은 문학에서 극단적인 상상의 전형일 수 있지만, 분명 동화가 발생하는 과정의 하나이다.[1] 사실 동화작가들은 아이들의 순수한 이상적인 꿈을 인간의 심리적 현상인 꿈과 동일시하려는 경향을 보인다. 대개의 경우, 그들은 환상과 공상과 회상을 꿈으로 유추하여 끊임없이 작품 속에 동원하며 이른바 '내면으로의 전환'[2]을 시도해 왔다. 이것은 동화가 검증 불가능한 팬터지를 담고 있다는 필연성과 부합되는 일인 동시에 인물과 플롯의 인과성을 강화시켜 어린 독자에게 낯설음을 극소화하고 보다 더 개방된 상상의 자유로움으로 인도하여 준다는 믿음 때문이다. 그만큼 꿈은 우리 동화문학에서 유독 반복되는 문학적 관습의 하나이다. 동화가 발

---

1) Marie-Louise von Franz, 홍성화 역, 『동화심리학』, (교육과학사, 1986), 14쪽.
2) Leon Edel, 이종호 역, 『현대심리소설연구』, (형설출판사, 1983), 39~40쪽.

생하는 과정이 이처럼 꿈으로부터 유추된다는 사실을 받아들인다면, 동화는 현실을 살피는 것보다 꿈들을 분석해 보는 편이 오히려 문학적 명징성을 드러내는 데 기여할 것으로 보인다.

한편으로는 교육성을 중시하는 작가로 평가되기도 했지만, 우리에게 아직도 꿈의 작가로 간주되어 온 강소천(姜小泉 1915~1963)의 동화 세계는 그런 의미에서 다시 한 번 검증의 필요성을 남기고 있다. 많은 동화 작가들이 꿈을 문학의 한 기법으로 원용해 왔어도, 강소천만큼 인간의 심리적 현상인 꿈을 문학 자체로 받아들인 작가는 드물기 때문이다. 「꿈을 찍는 사진관」, 「꿈을 파는 집」, 「꼬마들의 꿈」, 「인형의 꿈」, 「8월의 꿈」 등 작품 제목으로도 쉽게 간취되는 강소천 동화에서 꿈은 일종의 메타포이며 상징이다. 그것은 강소천이 꿈을 통해 '내면으로의 전환'을 시도하며, 순수성에 복귀하여 진정한 의미의 세계로 나아가고자 한 창조적 충동일 터이다. 강소천에게 있어서 이런 창조적 충동이 가능할 수 있었던 것은 강소천 동화의 유형이 상실과 찾음이란 전형성을 띠고 있음에서이다. 이미 박목월도 강소천의 동화를 가리켜 '잃어버린 것을 찾아 헤매는 것'이나 '사랑하는 것을 놓쳐 버린 것'에 대한 이야기들[3]이라고 지적한 바 있듯이, 강소천의 동화 세계는 일관성 있게 상실과 찾음이란 구도의 역정에 의지해 있다. 바로 상실과 찾음에 대한 조력의 활동이 꿈인 것이다.

그러나 지금까지 논의되어 온 강소천 문학연구는 꿈의 상징적 의미보다 교육적 측면에 편중되어 "교육적 아동문학[4]", "로만과 현실 긍정의 교육성[5]", "도덕에 대한 강한 집념[6]", "효용의 문학[7]" 등으로 평가되었다.

---

3) 박목월, 「해설」, 『강소천아동문학독본』, (을유문화사, 1961), 6쪽.
4) 이원수, 「소천의 아동문학」, ≪아동문학≫ 10호, (배영사, 1964), 75쪽.
5) 이재철, 『아동문학개론』, (문운당, 1967), 137~140쪽.
6) 하계덕, 「모랄의 긍정적 의미」, ≪현대문학≫170호, (1969. 2), 341쪽.
7) 남미영, 「강소천연구」, (숙명여자대학교대학원 석사학위논문, 1980), 60~71쪽.
　　남미영은 강소천 동화문학의 총체적인 분석을 통해 그의 문학적 특성을 "효용의 문이런 강소천의 교육적 작가로서의 면모는 그의 꿈 모티프가 "어린 옛날로 돌아가는 그리움의 세계"[8]이거나 "소극적 회고 취미를 벗어나지 못하는 단계"[9] 정도로 잘못 인식하게 했다. 강소천 문학에 나타난 꿈은 구성상 단순한 복선이나 인물과 플롯의 인과적 계기로 활용되어 동화의 분위기를 조성해 가는 주제적 문제가 아니라 문학 작품에 고착적인 꿈의 속성들을 다양하게 배치시킴으로써 여러 가지 상징성을 유발해내는 기법상의 문제라는 것을 간과했기 때문이다.

강소천의 꿈 모티프는 현실 도피나 회고 취미이기 전에 그에겐 절박한 상실과 찾음이란 상관 논리 속에 가치 있는 대상을 찾아나가는 통로 역할을 하는 매개물이다. 그러므로 강소천 문학 속의 꿈은 인간의 욕망 충족적 삶의 측면에 관련되기도 하지만, 인간의 궁극적 존재에 대한 물음이거나 찾음이란 탐색 과정 속에서 필연적인 삶의 문제로 떠올린 서사적 장치인 셈이다. 따라서 우리가 강소천의 동화 세계를 올바르게 해명하는 일차적인 길은 그의 동화 속에 풍부하게 발현된 꿈의 상징성을 파악하는 일이다. 그 임무는 우리 동화문학에 반복되어 온 문학적 관습에 대한 점검이 되기도 할 터이다.

II. 수난 체험과 상실 의식

강소천의 동화 세계가 상실과 찾음이란 이야기 구조를 기본적인 골격으로 갖추었다는 것은 1950년대란 우리의 불행한 시대적 상황과 거기에 봉착된 자신의 환경과 깊이 연관되었던 사실을 간과할 수 없다.

학"과 "꿈의 문학"의 양면성을 지닌 것으로 파악하였다.
8) 김요섭, 「구름의 시 바람의 동화」, ≪아동문학≫ 10호, (배영사, 1964), 79~80쪽.
9) 이재철, 『한국현대아동문학사』, (일지사, 1978), 238쪽.

강소천은 동요 · 동시인으로 출발한 동화작가이다. 그는 1931년 17세의 나이로 ≪신소년≫ 2월호에 동요 「봄이 왔다」와 「무궁화에 벌나비」가, ≪아이생활≫ 3월호에 동요 「길ㅅ가엣어름판」이 실리면서 작품 활동을 시작하여 1941년 첫 동요시집 『호박꽃초롱』(박문서관)을 간행하였으나, 1937년 소년소설 「재봉 선생」과 1939년 동화 「돌맹이」를 ≪동아일보≫에 발표한 이후 동화작가로 변신하여 타계할 때까지 자신의 동화 세계를 심화 · 확대시켜 왔다. 강소천이 동요 · 동시를 써오다 동화작가로 변신을 꾀한 주된 동인을, 첫 창작동화 「돌맹이」의 후일담에서 솔직히 고백한 바 있다.

> 아마 1938년—내 나이 스물셋이었다고 기억된다. 10년 가까이 동요와 동시를 써왔지만 나는 그것으로 만족하지 못했다. 그때 정말 하고 싶은 많은 이야기가 있었기 때문이다.
> 나는 동화를 써야겠다고 생각했다. 동화에다 나는 일본사람들이 우리 나라를 빼앗은 이야기며 그 때문에 우리들이 고생하는 이야기를 써보고 싶었다.[10]

십여 년 간 동요와 동시를 써오던 강소천이 동화를 창작하게 된 결정적인 요인은 동화에 대한 인식 방법에 연유한다. 동화의 기본 속성은 이야기이다. 강소천은 자신이 체험한 나라 잃은 고통스런 삶의 질곡을 숨김없이 이야기하고 싶었고, 그런 자신의 충동감을 동화가 이야기로서의 역할과 기능을 충실히 감당해 낼 수 있다고 믿었던 것이다. 그러나 정작 동화작가로 변신을 꾀한 이후, 그가 써보고 싶었던 '일본 사람들이 우리 나라를 빼앗은 이야기며, 그 때문에 우리들이 고생한 이야기'를 사실적으로 그린 동화는 거의 없다. 그 대신 대부분의 동화가 6 · 25 동란으로 야기된

---

10) 강소천, 「돌맹이 이후」, ≪동아일보≫(1960. 4. 3)

참혹한 피해에 대한 복구가 요원했던 1950년대란 시대사적 명제를 안고 있다. 1952년 첫 동화집 『조그만 사진첩』이 간행된 이래 거의 모든 창작집이 1950년대에 이루어진 사실을 보아도 미루어 짐작할 수 있게 한다.[11] 해방이 되어 나라를 찾은 이후 그에게 고향과 혈육의 상실을 가져다 준 6·25의 엄청난 충격이 더 근원적인 아픔으로 남았던 결과이다. 문학이 한 시대의 갈등과 고뇌를 반영한다는 보편적인 인식을 간과하더라도 6·25 이후 동화와 소년소설에 본격적으로 매달려 온 강소천 문학의 제반 내용은 6·25의 체험과 고착화된 분단의 영향을 배제할 수 없을 만큼, 6·25의 충격은 강소천 동화의 발생론적 배경이 되었다.

강소천은 함경남도 고원군 미둔리에서 출생하여 고원공립보통학교와 함흥 영생고등보통학교를 졸업했다. 그 후 고원중학교, 청진여자고급중학교, 청진제일고급중학교에서 교편생활을 하다 고향에서 6·25를 당한다. 1950년 흥남철수 때 강소천은 고향에 가족을 남겨둔 채 단신으로 월남하였다. 이때 그가 찾아온 남한 땅은 고향에 두고 온 가족과는 일시적으로 떨어져 지내야 하는 시한적인 삶의 공간이었을 따름이다. 그러나 6·25 전쟁은 남북을 갈라놓은 휴전으로 종결되고, 세월이 흐를수록 분단은 고착화되면서 시한적인 피난처로 여겼던 남한 땅이 그에게 삶의 터전으로 새롭게 일구어내야 하는 공허한 삶의 공간이 되고 말았다.

---

11) 강소천의 동화집 출간은 다음과 같다.
    제1동화집 『조그만 사진첩』, (다이제스트사, 1952)
    제2동화집 『꽃신』, (문교사, 1953)
    제3동화집 『진달래와 철쭉』, (다이제스트사, 1953)
    제4동화집 『꿈을 찍는 사진관』, (홍익사, 1954)
    제5동화집 『종소리』, (대한기독교서회, 1956)
    제6동화집 『무지개』, (대한기독교서회, 1957)
    제7동화집 『인형의 꿈』, (새글집, 1958)
    강소천 동화선집 『꾸러기와 몽당연필』, (새글집, 1959)
    제8동화집 『대답없는 메아리』, (대한기독교서회, 1960)
    『강소천 아동문학독본』, (을유문화사, 1961)

인간에게 고향이란 어머니 품처럼 가장 원초적이다. 그것은 단순히 태어난 곳이라는 지역성만을 지닌 것이 아니라 자아와 세계가 분열되지 않은 진정한 세계로 기능한다.[12] 강소천에게 6·25가 가져다 준 고향과 가족의 상실은 존재 의미를 감당하기 힘들만큼 진정한 세계의 상실을 뜻하게 된다. 이처럼 강소천에게 있어서 의미를 상실하게 한 1950년대란, 살아가야 하는 생존 자체도 문제였지만 보다 근원적인 자신의 진정한 의미를 찾는 문제가 우선 과제일 수밖에 없었다. 스스로 삶의 의미를 차단한 분단의 벽을 당면한 현실로 받아들여야 한다는 고통스런 인식 때문이다.

이와 같이 강소천의 동화문학은 그에게 상실감을 안겨준 엄청난 6·25의 체험을 어떻게 받아들여야 하는가라는 수난의 문제를 감싸 안고 있는 삶의 원리이자 존재 방법이었다. 동요·동시로부터 동화로의 전환은 이야기하고 싶은 단순한 대리충족의 차원에 머문 것이 아니라 어쩔 수 없이 새로운 삶의 창조 곧 '찾음'이란 생성의 길을 선택할 수밖에 없었던 자기극복의 한 방법이었던 것이다. 강소천은 안으로 '상실'이라는 충격적인 현실에 순응하면서, 밖으로는 새로운 자기 발견을 감내하지 않으면 안 되었을 터이다. 6·25로 인해 죽음의 공포와 굶주림, 밀려오는 그리움과 외로움을 몸소 체험해야 했던 강소천에게 우선 어떠한 과제보다 가장 인고하기 힘들었던 문제는 고향에 두고 온 가족에 대한 상실감이었다.

> 나는 때때로 사진이라도 한 장 있었으면 하는 생각을 가져 본다. 그런 생각이 이번 나로 하여금 「꿈을 찍는 사진관」이란 작품을 쓰게 했는지도 모른다.[13]

이 글은 강소천 동화를 지배하고 있는 6·25와 분단이 창작에 큰 영향

---

12) 유재천, 「님·고향·민족의 변증법」, 《현대문학》(통권417, 1989. 9), 374쪽.
13) 강소천, 「세월」, 『강소천문학선』, (경진사, 1954), 226쪽.

을 준 사실을 알 수 있게 한다. 강소천에게 6·25는 아이들을 통한 고통받기를 감내하게 만든 하나의 폭력이었다. 그 폭력은 대개의 경우, 강소천 동화에서 부모를 잃은 아이, 아이를 잃은 부모 등 전쟁에 의해서 가족을 상실한 상처 입은 불행한 아이들로 입상화되었다. 이런 현상은 단순한 피해의식의 반영이라기보다 6·25의 현장성을 자신의 처지에서 받아들인 결과이다. 「퉁수와 거울」의 인호, 「꿈을 찍는 사진관」과 「꿈을 파는 집」의 나, 「그리운 메아리」의 박 박사 등 고향에 대한 집념을 버리지 못하는 인물을 비롯해서, 「민들레」의 준이, 「크리스마스 카아드」의 춘희, 「무지개」와 「어머니 얼굴」의 춘식이, 「찔레꽃」의 데레사, 「느티나무만 아는 일」의 은희 등 "어머니 향기"에 굶주린 인물들과 「꼬마 산타의 선물」의 준이, 「그리다만 그림」과 「눈 내리는 밤」의 춘식, 「딱다구리」의 희성이와 나, 「그리운 얼굴」의 명호, 「아버지」, 「신파 연극」, 「영점은 만점이다」에서의 인호 등 "아버지를 잃은 쓸쓸함을 참지 못하는" 인물들, 그 모두 강소천 자신이 처한 환경을 직접 혹은 간접적으로 투영한 그늘진 인물들인 것이다. 이런 유형의 인물들은 한결같이 "어머니 사진마저 사변 중에 잊어버려" 잊혀져 가는 어머니의 모습을 안타까워 하거나, 아버지를 잃고 가난에 빠져 신문팔이나 구두닦이를 하며 구차스럽게 살림을 이끌어 가는 어머니를 돕는다. 6·25로 부모를 잃은 운명적 상황이 그들의 그늘진 환경을 만들어 놓은 것이다.

　강소천은 이러한 불행한 인물들을 통해 진정한 삶의 의미를 제시하고자 했다. 그것은 물질적 빈곤보다 더 가슴 아프게 받아들인 애정적 결핍을 통해서이다. 애정적 결핍은 어린 인물들이 어디에도 정을 붙이며 정착할 수 없게 만드는 방황의 근본 요인이자, 꿈을 잃게 하는 잠재적 위협이라고 판단했기 때문이다.

"모두 사랑에 굶주려 그래요. 어디 자기들의 몸을 내맡길 사람을 찾고 있어요. 잘 먹고, 잘 입는 게 문제가 아니어요. 정말 따뜻한 손, 부드러운 손, 자기들을 어루만져 주는 그런 사랑의 손을 찾고 있는 거에요. 춘식이는 그 손과 그 품을 찾아 떠난 거에요. 그런데 이렇게 서로 어긋났구먼요."

이 인용은 "6·25 동란으로 집과 부모를 한꺼번에 잃어" 정에 굶주린 보육원 아이의 방황을 그린 「무지개」의 마지막 대목이다. 강소천은 여기서 전쟁은 단순히 아이들의 부모만을 빼앗아 가는 폭력 현상이 아님을 말해 주고 있다. 전쟁은 그들의 부모를 빼앗아 가고 단란한 가정을 파괴시킴으로써 아이들로 하여금 애정의 굶주림과 방황 속으로 빠져들게 하는 연쇄적 위협이라는 인식이다. 강소천은 순진한 아이들을 연쇄적 위협으로부터 구해 내기 위하여 건강성을 잃지 않고 적극적인 용기와 의지를 가진 어린 인물을 설정했다. 이런 상황의 극복은 잃어버린 학급문고를 사기 위해 다시 거리로 나가 신문팔이를 하는 인호와 그를 돕는 친구의 우정이 눈물겹게 그려진 「신파 연극」이나, 학급에서 일어난 어떤 도난 사건이 계기가 되어 오해와 질시를 받게 되는 영남이가 떳떳하게 그 상황을 타개해 나가는 「개구리 대장」 등에서 효과적으로 제시되고 있다. 그만큼 강소천의 애정적 시선은 "늘 꼴찌에 가까운 애", "그야말로 천치나 바보" 같지만 일이라면 끝까지 남아 "선생님과 함께 손을 씻는" 「칠녀라는 아이」의 진실성이나, 키가 크고 힘이 세어도 싸움은 잘 하지 못하지만 부당한 일에는 결코 참지 않는 「짱구라는 아이」의 정의감, "밉살스러우리만큼 떼만 쓰던 꾸러기"지만 감사할 줄 아는 마음을 지닌 「꾸러기라는 아이」의 윤리성 등에 두고 있다. 정당한 행위 규범과 올바른 판단 능력을 지닌 절대적인 인물보다, 어리숙하면서도 진정한 인간성을 가진 전형적인 인물을 통해서 감응의 원리를 찾고자 했기 때문이다.

따라서 강소천은 동화 속에 가족을 상실한 불행한 인물을 등장시킬 뿐 비극적인 결말은 그리지 않는다. 6·25 전쟁의 파괴성에 대한 피해를 고발하거나 전쟁의 현장성을 사실적으로 그리는 법도 아예 없다. 늘 그늘진 인물의 진정한 인간성을 통해 전쟁이 가져다 준 내성화된 후유증을 드러내고 또 수습하고 있을 뿐이다. 그것은 강소천이 전쟁 이후 피폐한 사회 상황에 대한 수습의 과정만을 문학적 대상으로 문제 삼고 있음을 말해 주는 일례이다. 곧 상실의식을 아픔 그 자체로 드러내고자 한 것이 아니라 찾음이라는 인과적 논리성으로 새로운 생성의 방식을 마련하고자 했던 것이다. 강소천의 동화에는 그래서 잃어버린 과거를 현재적으로 되돌리는 회복의 원리나 현재 속에 잠복해 있는 상처의 근원을 치유하는 극복의 한 방법으로 모든 인물이나 플롯이 설정되어 있다. 강소천의 동화에 나타난 상실이나 죽음의 문제도 언제나 과거에 일어난 상실이며 죽음일 뿐이다. 그가 전쟁의 연쇄적 폭력 현상을 현실로 받아들이면서 그늘진 인물을 통해 외로움과 방황을 일깨워주고 극복해 내는 '찾음'이라는 경험의 모형을 동화로 제시해주고자 했기 때문이다.

　그러나 강소천 동화에서는 극히 드물게 「꽃신」과 「꽃신을 짓는 사람」에서 우리는 뜻밖에도 현재적 상실과 죽음의 문제를 만나게 된다. 이것은 작품의 다양성을 제공하기 위한 의도화된 구도가 아니다. 강소천이 왜 동화를 써야 하고, 또 동화 속에 가족을 상실한 인물들로 찾음이라는 경험의 모형을 설정하지 않으면 안 되었나 하는 당면한 작가적 사명감을 정당하게 내세우고자 했던 필연적인 장치라 하겠다. 「꽃신」과 「꽃신을 짓는 사람」에서의 현재적 죽음과 상실의 문제는 과거의 죽음과 상실의 문제를 극복해내는 그 방법적 준거가 되었던 셈이다.

　「꽃신」은 아이를 위해 선물한 꽃신으로 말미암아 결국 아이의 상실을 가져온 인과성을 가슴 아프게 형상화한 작품이다. "아기 아버지께! 세상에 나서 처음으로 당신을 이렇게 불러 봅니다. 당신이 아기 아버지가 된 것 같이 나도 이젠 아기 어머니가 되었습니다"라는 아기의 탄생을 기뻐하는 엄마의 편지로 시작하는 이 「꽃신」이야기는 "그러나 여보! 당신이나 내가 이젠 아버지도 어머니도 아니어요. 우리가 난이 아빠와 난이 엄마의 자격을 가지는 것은 오직 꿈나라에 갔을 적만이어요"라는 두 돌도 안 된 아기의 죽음을 알리는 편지로 끝맺고 있다. 난이의 죽음은 아기를 낳기 전에 입대해 아이의 얼굴을 한 번도 보지 못했던 군인 아빠가 아기의 첫 돌 기념으로 사서 보낸 '꽃신'이 원인이 된 것이다.

아이가 처음 선물로 받았던 꽃신은 퍽 컸다. 커다란 꽃신을 아기는 신는 것보다 가지고 노는 것을 더 즐거워했다. 그러던 어느 날, 아기는 꽃신 한 짝을 바둑이가 물고 가 잃어버린다. 아기 엄마는 어서 휴가를 얻어 "꽃신을 신고 아장아장 걸어다니는 난이가 보고 싶다"는 아빠의 편지를 받고, 아빠에게 꽃신 신은 아기의 예쁜 모습을 보여줄 수 없다는 서운한 생각에서 생전 처음으로 아기의 엉덩짝을 한 짝만 남은 꽃신으로 때리게 된다. 그날 밤부터 아기는 잠을 들지 못하고 놀라 깨어선 울곤 하다 그만 병이 나 죽고 만다. 아기 아빠에게는 아이의 모습을 한 번도 보지 못한 채 아이를 영원히 상실한 셈이다. 이러한 「꽃신」이야기에서 아기의 죽음이 우리에게 보다 큰 아픔으로 남는 것은 꽃신 한 짝을 바둑이가 물고 가 잃어버리게 된 단순한 경위에서 아기의 죽음이란 커다란 사건을 불러왔다는 계기성보다 아이의 죽음이 아빠가 사 보낸 그 꽃신에 의한 죽음이란 비극적 인과성에 연유한다. 이것은 작가가 아빠와 아기와의 만남이 한 번도 이루어짐 없이 영원히 이별을 하게 된 비극성 그 자체에만 문제의 초점을 맞추어 놓은 결과이다.

강소천은 이 현재적 죽음의 비극성을 극복해 내는 방법으로 아기의 죽음을 가져다 준 꽃신이 '꿈나라'에서만은 "영원히 신고 다닐 수 있는 꽃신"이며, 엄마·아빠의 자격도 "오직 꿈나라에 갔을 적만" 얻을 수 있다는 꿈의 논리로 피력하게 된다. 곧 '꿈나라'라는 영원성의 문제로 그 비극성 자체를 아름답게 승화시키고자 했던 것이다. 이런 비극성의 인식 방법은 「꽃신을 짓는 사람」에서도 동일하게 적용한다. 다만 여기서는 개인적인 꿈의 논리에서 보편적인 사랑의 논리로 확대시켰을 뿐이다.

「꽃신을 짓는 사람」은 결혼한 지 오랫동안 아이가 없는 내외에게 누군가 예쁜 아이를 마당에 놓고 간 것이 인연이 되어, 그 아이를 내 자식처럼 정성껏 키우다 그만 잃어버리게 된 슬픔을 겪어내는 과정의 이야기이다. 아이 아빠는 아이 잃은 슬픔에서 빠져나오기 위해 팔지도 않을 아이의 꽃신 짓는 일에 몰두한다. 이런 아빠의 꽃신 짓는 행위야말로 비극적인 행위 그 자체일 수밖에 없다. 잃은 아이의 꽃신을 짓는 일은 보다 더 잃은 아이에 대한 슬픔 속으로 몰입하는 방법일 수 있기 때문이다. 그러나 강소천은 꽃신을 짓는 비극적 행위를 통해 모든 아이에 대한 보편적인 사랑의 인식으로 승화시키며, 현실에 내재한 아픔을 극복하고자 한다.

> "예쁜이는 본시 우리 아이가 아니었다. 남의 아이를 얻어다 기른 거야. 예쁜이는 제 갈 데로 간 거다. 자기 부모를 찾아갔던, 또 딴 사람이 데려다 기르건, 그런 게 문제가 아니다. 남의 아이를 위해 난 여태까지 몇 해를 두고 신발을 짓고 있었어. 왜 예쁜이 하나만을 위해 신발을 지어야 하나? 세 살짜리로부터 여섯 살까지 신을 수 있는, 아니 갓난아이라도 신을 수 있는 예쁜 꽃신을 만들어야 해. 세상의 모든 어린이가 다 내 예쁜이인 거야!"

이처럼 「꽃신 짓는 사람」은 개인적인 불행을 잊기 위해 잃어버린 자신의 한 아이만을 위한 꽃신을 지을 것이 아니라 모든 아이들을 위해 꽃신을 짓는 사람이 되어야 한다는 당위적 결론에 이르게 된다. 바로 「꽃신」에서의 개인적 상실의식을 「꽃신을 짓는 사람」에서 보편적인 사랑의 '찾음'이란 새로운 꿈의 논리로 확대시켜 나갔던 것이다.

강소천은 이와 같이 현재적 죽음과 상실에 대한 아픔의 경험을 통해 동화작가로서의 정당한 행위 규범을 설정했으며, 그 극복 방법으로 아이들에게 용기와 의지를 심어주는 찾음이라는 경험의 모형을 상징적인 꿈의 논리로 발견해내고자 했던 것이다. 강소천이 동화작가로 변신한 것도 이같은 맥락에서 이해될 수 있다. 동요·동시는 자신의 개인적인 정서에만 머물게 하지만, 동화와 소년소설은 개인적 정서를 넘어 민족적 아픔과 시대사적 해결 과제를 수습할 수 있는 유일한 방법이라고 믿었던 때문이다. 강소천은 이러한 믿음을 실제로 상징적인 꿈을 통해 보다 직접적이고 구체적으로 제시해 놓고 있는 것이다.

III. 꿈의 상징성과 내면 정신

강소천의 문학은 앞에서 말한 바와 같이 상실체험을 통한 수난의 상상력에 기초되어 있다. 그 수난의 상상력으로 인해 "나는 여러분에게 아름다운 꿈을 주기 위해서 늘 동화를 쓰고 있습니다"[14]라는 신념을 표명할 수 있었다. 그러므로 강소천 문학에 나타난 꿈은 자신이 인식한 수난의 문제에 대한 수습의 과정을 실현하는 인과적 계기물이자 보다 극명한 자신의 내면 정신을 구현하는 하나의 상징물인 것이다. 고향을 북에 두고 단신 월남한 그에게 동경하는 세계에 대한 내면적 지향성이 절실하면서도 6·25란 시대사적 명제를 극복해내고자 한 긴장감이 꿈으로 변이되었던 까닭이다. 곧 그에게 꿈은 6·25 이후의 고통스런 자폐적 삶의 공간으로부터 탈출할 수 있게 하고, 정당한 문학적 감응력에 소진할 수 있게 한 양식임은 자명한 일이다.

---

14) 강소천, 「후기」, 『인형의 꿈』(새글집, 1958)

이 같은 강소천의 꿈에 대한 인식은 신념과 통찰의 대상으로서 제기된다.

> 경회와 영순이는 내일 새벽 떠날 간단한 준비를 했다.
> 준비를 끝마치고 자리에 누운 경회는,
> "언니, 오늘 밤 내가 꿈을 꿔서 안 가도 될 것 같으면 내일 여행은 그만 두기로 해요?"
> "꿈? 너는 꿈을 믿니?"
> "믿는다고는 할 수 없지만 마음으로 알려 주는 일이 있지 않아요? 우리들이 미처 생각지 못한 일이 꿈에 알려질 때가 있지 않아요?"
> 영순 언니는 경회의 말에 놀랐다.
> 자기보다 나이 어린 아이라고 얕볼 게 아니라고 생각했다. 어떤 면으로 보아서는 자기보다 생각하는 게 앞선 것 같이 느껴졌다.

이 담화는 장편 소년소설 『봄이 너를 부른다』에 나오는 한 대목이다. 경희가 헤어진 어머니를 만나기 위해 영순 언니와 함께 시골로 내려가기로 약속한 날 밤 잠자리에 들기 전 꿈에 대한 자신의 신념을 말한 것이다. 강소천의 꿈에 대한 이러한 신념은 경희가 집을 나간 아버지와 장사를 하며 살림을 꾸려가야 하는 어머니 사이에서 어쩔 수 없이 외가에 맡겨져 자랄 수밖에 없었던 한 인물이 처한 환경과 작가의 정신적 지향성이 일치되고 또 동일시되어 나타난 현상이다. 그러므로 이 작품의 제목인 '봄이 너를 부른다'는 것은 사실 '꿈이 너를 부른다'는 상징적 의미를 담기 마련이다.

강소천의 이런 꿈에 대한 신념은 불가능한 것을 가능하게 하고 해결할 수 없는 문제를 해결해 주는 관념적인 개념이기보다 등장인물들에게 삶의 의미와 질서를 부여하는 의도화된 개념이라 할 수 있다. 그 의도화된 소천의 꿈은 "커다란 꿈, 실현할 수 있는 꿈, 실현하는 꿈을 주자는 것"[15] 이란 구체적이고 또 명징한 문학관으로 표명하게 되었다. 따라서 수난의 상상력에 기초되었던 강소천의 꿈 모티프는 분단과 이산의 아픔에 촉매

---

15) 강소천, 「지상강좌」, ≪새교육≫(1956. 8), 82쪽.

된 자유의 정신, 상실의식의 극복에 촉매된 희망의 정신, 인간적인 따사로운 휴머니티에 촉매된 사랑의 정신으로 대별해 볼 수 있게 된다.

1. 커다란 꿈, 혹은 자유의 정신

동화작가들은 종종 잃어버린 유년의 세월로 거슬러 올라가며 지나간 과거를 아름답게 회상하고자 한다. 그러고는 과거의 순수함과 현재 아이들의 순수성을 비교하며 문득 비애를 느끼곤 한다. 사람이 보편적으로 가지는 잃어버린 과거에 대한 향수 때문일 것이다. 과거뿐 아니라 돌아갈 고향마저 송두리째 잃어버린 강소천에게는 그런 향수나 비애 자체도 어쩌면 사치일지 모른다. 그에게는 분단 이념으로 인해 현실적으로 실현이 불가능한 인간적 향수가 '커다란 꿈'으로만 남았을 뿐이다. 작품 자체가 하나의 커다란 꿈으로 이루어진 「꿈을 파는 집」을 통해 강소천은 잃어버린 과거와 고향에로의 정신적 여행을 자유롭게 하게 된다. 엄밀히 말하면, 이것은 수난의 상상력이 빚어낸 결과이며, 남과 북이 자유롭게 오갈 수 있는 자유의 정신을 심어 주는 꿈 모티프의 한 유형이다.

「꿈을 파는 집」은 주인물이 새가 되는 꿈에 의탁하여 북에 두고 온 고향을 다녀오는 정신 여행을 하게 된 경위와 그 결과를 그린 동화이다. 혈육이라곤 하나도 없이 외롭게 지내던 '나'는 어느 친구로부터 한 쌍의 작은 새를 선물로 받아 그 새에 마음을 붙이며 살게 된다. 그러던 어느 날 그 새가 없어졌다가 다음날 다시 나타나서 나를 산 속으로 유인한다. 아무 생각 없이 새를 따라 깊은 산 속으로 들어간 나는 그만 길을 잃고 만다. 길을 찾아 헤매던 나는 우연히 '꿈을 파는 집'을 찾게 되고, 온 김에 그 집의 '꿈을 파는 할머니'에게 이북에 두고 온 아이들의 사진을 주고 알약 하나를 얻는다. 다음날 그 할머니가 일러준 대로 나는 어제 길을 잃었던 곳에서 그 약을 먹고는 한 마리의 새가 되어 북에 두고 온 고향을 찾아 간다. 그러나 내가 경험한 것은 나를 포근하게 맞이해 주는 진정한 의미의 고향이 아니라 헐벗고 굶주린 낯선 세계이다. 나는 실망만 안고 남으로 되돌아 올 수밖에 없었지만, 그 실망은 좌절감을 주지 않고 더욱 '커다란 꿈'으로 피어나게 만든다. 결국 「꿈을 파는 집」은 꿈에서도 그리던 고향을 찾아 새가 되어 북으로 갔던 '나'가 다시 "이 고향의 새 임자가 되어 태극기 앞세우고 찾아오리라"는 더욱 '커다란 꿈'을 품고 서울로 날아온다는 이야기이다.

새는 가볍게 날아, 가고 싶은 곳을 어디든지 자유롭게 도달하는 존재이다. 강소천이 단신으로 월남하여 암울한 현실을 외롭게 살며, 북에 두고 온 가족들에 대한 귀소의지를 새로운 창조적 충동으로 생성해낸 것이 바로 새의 꿈이다. 강소천에게 새는 남북의 경계를 허물어버리며 비상에의 갈망을 담아내기에 적합한 상징물이기 때문이다. 바로 「꿈을 파는 집」은 새의 상징을 통해 끊임없이 솟구치는 자유 지향성 또는 자유의 정신을 심어주는 꿈 모티프를 주된 요소로 형상화한 것이다. 강소천의 이런 새의 꿈 모티프는 자신이 가보고 싶은 욕구를 성취하는 정신적 보상기능과 분단된 조국의 현실을 극복해야 한다는 자각 기능의 역할을 동시에 갖고 있는 것이다.

이러한 꿈 모티프는 고독한 한 평생의 연구 끝에 새가 되는 비법을 발견한 '박 박사'가 북에 두고 온 고향을 방문하는 「그리운 메아리」에서 보다 성취된 꿈으로 구체적이고 직접적으로 제시되어 있다. 또한 고향에 대해 떠오르는 기억과 세월의 흐름을 안타깝게 형상화한 「꿈을 찍는 사진관」에서 '나'의 꿈이나, 고무풍선에 소리를 담아 북한 동포에게 연설을 계획하는 「커다란 꿈」에서 영식의 꿈, 그리고 혈육에 대한 애타는 심정을 담은 「퉁수와 거울」, 「방패연」에서 인호의 꿈 등은 모두 이 같은 꿈 모티프로 논의될 수 있는 동화들이다. 고향을 다녀왔으면 하는 '절실한 꿈'에서 남북통일이란 '커다란 꿈'으로 확대되고 있는 이 새의 꿈 모티프는 모두 근원적인 면에서 실향의식과 자유의 정신에 그 뿌리를 두고 있다. 이 것은 잃어버린 고향에 대한 개인적 상실의 아픔이 민족적 아픔으로 승화 되어 분단 이념과 이산 문제라는 역사 혹은 시대적 삶에 촉매되어 나타난 현상인 것이다.

2. 실현할 수 있는 꿈, 혹은 희망의 정신

강소천의 동화에 나타난 또 한 유형은 상실의식의 극복에 뿌리를 둔 희망의 정신이다. 이 유형은 현실의 절망감과 위기 상황을 슬기롭게 극복하는 타개책의 일환으로 발현된 예지의 꿈이기도 하다. 현재 진행되고 있는 일에 대하여 미래의 방향이나 사건의 추이를 미리 지각하게 하여 차후로 전개되는, 해결하기 힘든 사태의 실마리를 풀어 주고 현실의 불행을 극복하게 하여 희망찬 내일의 꿈을 실현할 수 있게 하는 꿈 모티프인 것이다. 이런 꿈 모티프는 상실의식으로 인한 외로움과 방황을 일깨워주고 극복해내는 경험의 모형을 제시하고자 한 강소천의 동화 속에 산재해 있는 유형이다.

「진달래와 철쭉」은 철모르는 아이들이 외부 조건에 의해 시련을 겪다가 남의 도움으로 훌륭하게 성장하여 모든 시련을 슬기롭게 극복하고 행복한 결말로 나아가는 전래동화적 성격을 지닌 작품이다. 어린 진달래와 철쭉 형제는 일찍 어머니를 여의고 "남이 속여도 그대로 곧이 믿는" 바보같이 순진한 아버지로 인해 산에 버려지는 시련을 겪게 된다. 어린 형제는 그 후 백포수를 만나 활 잘 쏘는 훌륭한 청년으로 성장하여 온 나라의 백성을 괴롭히는 붉은 여우를 잡으러 가게 된다. 그러나 먼저 떠났던 형 진달래가 그 여우의 꾐에 빠져 돌로 변하는 위기에 처해진다. 동생 철쭉은 슬기를 발휘하여 둔갑술을 부리는 여우를 용케 죽이기는 하지만, 여러 날 동안 산속을 헤매도 형을 찾지 못하다가 문득 형의 꿈을 꾸게 된다.

"날, 하루바삐 살려다오. 나는 갑갑해 못 살겠다. 인제 너무 오래 있
　　으면 숨이 막혀 죽을지도 모른다. 왜 나를 찾아오지 못 하느냐? 나는
　　땅위에 있지 않고 나무 구멍 속에 있다. 썩은 나무 구멍에 있는 나를
　　왜 못 찾니?"
　　꿈을 깬 철쭉은 미칠 듯 기뻤습니다.

　이 꿈은 형을 찾지 못해 근심에 싸여 있던 철쭉에게 기쁨을 주고 슬기
를 발휘하게 하는 예지의 꿈이다. 이 예지의 꿈은 "어쩌면 모든 일이 어젯
밤 꿈과 같을까"라는 현실과 꿈과의 일치 현상으로 나타나 동생의 꿈은
실현되어 행복한 결말을 가져다준다. 이런 꿈 모티프는 논리적 객관성은
전혀 없지만, 이론적 추론으로는 불가능한 미래의 사건을 해결해 주는 실
마리 구실을 한다. 사건의 발전 과정에 대한 암시와 상상의 질서를 부여
하여 어린 독자에게는 미궁에 빠진 사건에 희망과 호기심을 주는 데 기여
한다. 강소천의 동화 속에서 이런 꿈 모티프는 유독 반복되어 나타나는
흔한 유형 중의 하나이다. 그가 예지의 꿈을 통해 불행에 빠진 인물들에
게 현실을 극복하여 희망을 심어 주고자 했기 때문이다.
　「인형의 꿈」은 성악가의 길을 포기한 채 가난한 생활에 시달려 온 정란
이 엄마가 끝까지 간직해 둔 성악에 대한 꿈이 작은 인형을 통해 다시 힘
을 얻고 재기하여 결국 엄마의 꿈이 실현되는 과정을 그린 이야기이다.
여기서 그 작은 인형은 정란이 엄마에게 과거의 소박한 꿈을 간직하게 했
던 이상으로 그의 삶에 위안과 희망을 주는 "늘 새로운 힘"이다. 이 동화
는 정란이 엄마가 간직해 온 꿈의 성취라는 주제 플롯 밑에, 정란이네 집
과 명애네 집 식구들의 꿈도 상호 교환되어 성취된다는 종속 플롯이 인과
적인 필연성을 갖고 구조화된다. 작가가 현실의 절망을 극복하고 실현하
고자 하는 꿈의 성취를 희망적으로 제시하고자 한 의도화된 꿈인 까닭이
다. 소년소설 「해바라기 피는 마을」에 잠복된 정희의 꿈도 "어떤 어려운

일이 있더라도 해바라기처럼 새로운 희망에 불타 살 것을 다시 한 번 굳게 맹세"하는 희망의 정신이 직접적으로 발현되어 있다.

반면에 「민들레」에는 어머니 상실로 인한 근원적인 불안심리가 어머니의 꿈을 통해 회복되는 과정이 암시적으로 그려져 있다. 어머니가 살아 계실 때 준이가 어머니 저고리에 달린 금단추를 몰래 빼내어 가지고 놀다 잃어버린 아픈 기억이 옷고름을 풀어 헤친 어머니의 꿈으로 나타난다. 민들레꽃을 꺾어 어머니 사진 앞에 갖다 놓았더니 단정하게 옷고름을 매신 어머니가 다시 꿈으로 나타났다는 이 회생의 꿈 모티프는 어머니의 금단추와 민들레꽃의 유추 작용에 의해 착안된 것으로 이 동화의 아름다움을 잘 전달해 준다. 곧 어머니의 상실로부터 불안심리가 비롯되어 다시 어머니의 꿈으로 회복되는 동화 「민들레」는 근원적인 어머니의 존재를 확인하게 하는 이야기이다. 바로 강소천에게 있어서 어머니는 모든 갈등이 극복되는 희망의 존재이자 실현할 수 있는 꿈의 하나이다. 어머니는 예지를 가져다주는 정신체이기 때문이다.

3. 실현하는 꿈, 혹은 사랑의 정신

강소천 동화에 나타난 또 다른 유형은 꿈의 경험을 통해 사랑의 정신을 실현하고자 하는 꿈 모티프이다. 이것은 작중인물이 어떤 계기로 다른 사람으로 변신하는 새로운 경험을 통해 중요한 자신을 발견하고 과거의 자신을 반성하며, 그 결과로 가정과 사회에 대한 조정의 역할을 하게 되는 성숙의 모티프이다. 이 유형의 대표적인 작품은 「잃어버린 나」이다.

「잃어버린 나」는 어느 우연한 계기로 자신의 외모를 잃어버렸다가 다시 자신의 외모를 찾게 될 때까지 주인물이 겪는 삶의 편력을 순환적으로 이야기한 작품이다. 이상한 새를 보고 돌을 던진 영철이가 나뭇가지에 맞고 되돌아온 그 돌에 자신이 맞고 쓰러졌다가 정신을 차렸을 때, 영철이는 죽은 신문팔이 소년 만수로 바뀐다. 만수로 바뀐 영철이는 구두닦이 소년이 되기도 하고 자신의 친구인 정훈이와 이모를 만나 자신의 잘못된 과거를 듣기도 한다. 또한 지난 날 자신의 잘못한 결과로 인해 현재 병고에 시달리는 할아버지도 만나고, 자신을 애타게 찾고 있을 부모님의 사랑을 새롭게 깨닫기도 한다. 이러한 과정을 거친 뒤에야 다시 제 모습을 찾게 되는 영철이가 진정으로 사랑을 실천하는 착한 영철이로 변하게 된다는 이야기가 곧 「잃어버린 나」이다. 이러한 영철이가 고달픈 편력을 통해서 깨달은 사실은 "제 생각만 해선 안되겠어. 남이 되어서 날 볼 줄도 알아야겠어. 다른 사람의 딱한 사정도 봐야겠어"라는 사랑의 정신이다.

이와 같이 자신을 '잃어버림(꿈)－편력－되찾음(깨달음)'이라는 순환 구조로 짜인 이 성숙의 모티프는 인간적인 따사로운 휴머니티를 고양시키며, 독자에게 새로운 가치관을 심어주고자 한 작가의 의도화된 이야기인 것만은 분명하다. 이런 순환적 이야기는 「다시 찾은 푸른 표」에서 춘길이의 꿈에도 잘 나타난다. 그러나 이 순환적 이야기의 중요성이 깨달음을 주려는 단순히 의도화된 주제의 문제에만 있는 것은 아니다. 꿈 모티프를 통해 외부세계에 대한 새로운 인식의 단계로 나아가게 하는 과정을 고도화된 환상으로 환원시킨 기법적 배려에도 있다. 이 기법은 '커다란 꿈'과 '실현할 수 있는 꿈'의 이야기를 통해서 보여준 꿈의 상징성을 논리화로 시도해 새롭게 이루어낸 강소천 동화의 독특한 꿈의 모형이 된다. 「잃어버린 나」에서 영철이는 신문팔이 소년 만수로 바뀌어 경험한 자이지 꿈꾼 자는 아니라는 사실이 그것을 잘 뒷받침해 준다. 만수로 뒤바뀐 영철이가 "나는 내 살을 꼬집어보았습니다. 아팠습니다. 그러니까 꿈은 아니었습니다"라고 현재의 상황을 확인했듯이 꿈은 영철이 어머니가 꾼 것으로 전치되어 있다. 곧 「잃어버린 나」는 주인물이 자신의 외모를 잃어버려 새로운 환경을 경험하는 이야기 틀로 짜여 있지만, 실은 꿈의 자리바꿈 (displacement)을 통해 자식에 대한 어머니의 불안심리로의 환치된 구조로 전이되어 있는 것이다.

> "아마, 어느 벌판이었던 것 같애. 아이들 몇이 놀고 있는데 난데없이 독수리란 놈이 하늘에서 내려와 웬 아이 하나를 채 가지고 하늘로 날아 오르지 않겠니? 그러니까 함께 놀던 애들이 모두 큰 소리를 지르겠지."
> "무어라고요?"
> "영철아! 영철아! 하고…"
> "내가 그럼 독수리한테 채여 갔다는 말이에요?"
> (중략)
> "그럼 어머닌 그때 어디서 보셨어요?"
> "나도 언제 갔었는지 아이들 곁에 서 있었지."
> "난 다시 땅에 내려와 앉았어요?"
> "처음엔 독수리가 내려오는 것을 보고 네가 내려온다고 좋아했는데, 정말 독수리가 땅에 내려놓고 날아가는 것을 보니 그 앤 네가 아니고 한 번 본 적도 없는 딴 애였어."

이것은 영철이가 자신을 다시 찾고 집으로 돌아왔을 때 문을 열어 준 어머니가 낮잠을 주무시는 동안 꾼 꿈 이야기이다. 어머니의 꿈 이야기를 듣던 영철이는 어머니의 꿈과 자신의 경험이 비슷한 것에 놀라게 된다. 이처럼 경험한 자와 꿈을 꾼 자의 자리바꿈은 이질적인 경험을 당돌한 병치를 통해 "아무리 생각해도 모를 일"이란 의아심을 불러오고, 생소화의 효과를 보여준다. 이 의아성은 오히려 꿈과 경험의 동일성을 가져다주며, 인물이 변신하는 황당한 요소에 대한 당혹감과 저항감을 극소화해 줄 수 있는 요소로 작용하기도 한다.

이와 같이 강소천은 성숙의 꿈 모티프를 통해 인간의 심리적인 꿈과 팬

터지를 교묘하게 융합한 새로운 환상적 기법을 구축하기에 이른다. 「느티나무만 아는 일」에서 은희의 꿈, 「꽃이 되었던 나」에서 나의 꿈, 「그림 속의 나」에서 영식이의 꿈, 「대낮에 생긴 일」에서 미향이의 꿈, 「시집 속의 소녀」에서 나의 꿈, 「크리스마스 카아드」에서 춘희의 꿈 등이 모두 이러한 환상적 기법으로 구축된 비밀스런 특징을 지닌 꿈 모티프들이다. 결국 수난의 상상력으로 비롯된 강소천의 동화 세계는 1950년대 우리 동화문학을 미학적 차원에서 한층 높이 끌어올린 새로운 꿈의 모형을 창조해 내었던 것이다.

IV. 맺음말

지금까지 우리는 강소천 동화문학 속에 풍부하게 발현된 꿈의 상징성을 규명해 보았다. 그 상징적인 꿈들은 우리 동화문학이 문학적 개성으로 뿌리내릴 정당한 토양을 충분히 마련해 주었을 뿐만 아니라 강소천의 정신적 지향성과 미학을 두루 살피는 데 중요한 열쇠가 되었다.

강소천에게 있어서 꿈은 '내면에로의 전환'으로 기능하여 상상의 자유로움을 촉발시킴으로써 순수성에의 복귀를 유도하며 진정한 의미의 세계로 나아가고자 한 창조적 충동이다. 6·25 때 단신으로 월남하여 암울한 현실을 고통스럽게 살아야 했던 강소천에게 꿈이란 북에 두고 온 혈육에 대한 정신적 보상 기능의 역할로부터 새로운 창조와 생성의 원리를 촉발시킨 방법이 되었다. 고향은 삶의 가장 순수한 원형을 간직하고 있는 진정한 의미의 세계이다. 강소천에게 있어서 그런 고향 상실은 현실적으로 고통과 외로움과 그리움 속에 방황하는 자신을 유년의 고향으로 되돌리며, 모든 삶의 조건을 벗어버리고 완전한 인간으로 복원되기를 꿈꾸게 했을 것이다. 그리하여 소천의 꿈은 자신의 내면에 깊이 침잠해 있던 울혈진 상실감이 의식적이거나 무의식적으로 분출된 절박한 창작심리에 관여할 수밖에 없었을 것이다. 한마디로 강소천의 문학이 상실 체험을 통한 수난의 상상력에 기초되어 있는 사실도 이 때문이다.

강소천의 문학에 나타난 수난의 상상력은 두 개의 축으로 맞물려 있다. 하나는 전쟁의 체험과 분단의 아픔이 작중인물의 물질적·애정적 결핍으로 감싸여 있고, 다른 하나는 인간적인 따사로움과 휴머니티를 고양하는 작중인물들의 건강성에 귀속되어 있다. 이 수난의 상상력은 1950년대란 시대 상황이 주는 자폐적 공간으로부터 꿈의 상징성을 통해 자유로운 탈출을 시도하며, 어린 독자들에게 당면한 시대의 아픔을 용기와 의지와 희망찬 꿈으로 극복할 수 있는 경험의 모형을 제시해 줄 수 있었다. 그러므로 강소천은 개인적 정서를 노래하는 동요·동시로부터 꿈의 동화에로, 6·25 이후 가장 큰 비극이라 판단하였던 꿈을 상실한 아이들에게 가치 있는 꿈을 회복시켜 주려는 집념으로 나아갔던 것이다. 이것이 그를 교육적 동화작가로 평가하게 만드는 요인으로 작용되기도 했고, 그의 문학 속에 나타난 꿈 모티프가 현실 도피나 회고 취미적 성향으로 방기되는 결과를 낳기도 했다. 그러나 진정한 강소천 문학의 의미가 상실과 찾음이란 전형성을 띠고 있는 수난의 상상력을 간과하지 않는다면, 그의 문학이 인간의 심리적인 현상인 꿈을 통해 순수한 이상적인 꿈의 모형을 찾고자 한 것임을 간취할 수 있을 것이다. 따라서 소천의 꿈 모티프는 인간의 욕망 충족적 삶의 측면에 관여하기도 하지만, 더 나아가 인간의 궁극적 존재에 대한 물음이자 삶의 문제로 제기된 서사적 장치라는 것을 알 수 있을 것이다. 이런 수난의 상상력을 통해 이룩한 강소천 동화에 나타난 꿈은 다음 세 가지의 상징적 의미를 함축하고 있다.

첫째는 새의 꿈을 통해 발현된 자유의 정신이다. 이 꿈의 모티프는 잃어버린 고향에 대한 개인적 상실의 아픔을 민족적 아픔으로 승화시켜 분단 이념과 이산 문제라는 역사 혹은 시대적 삶 의식이 '커다란 꿈'에 촉매되어 나타난 현상이다. 둘째는 어머니 꿈을 통해 드러내는 희망의 정신이다. 이것은 불행에 처한 현실을 극복하여 희망찬 미래로 지향해 가고자 하는 현실 극복에의 의지가 '실현할 수 있는 꿈'에 촉매되어 나타난 현상이다. 세째는 변신의 꿈을 통해 자아와 세계를 새롭게 깨닫는 사랑의 정신이다. 이것은 자신의 입장과 남의 입장을 바꿔 진정한 자신을 발견하고, 또 새로움에 눈 뜨게 하는 성숙의 원리가 사랑의 실천이란 '실현하는 꿈'에 촉매되어 나타난 현상이다. 특히 이 꿈 모티프는 인간의 심리적인 현상인 꿈과 동화 속의 팬터지의 기법을 교묘히 융합하여 새로운 환상을 구축하는 비밀스런 기법이 되었다.

강소천 동화에 나타난 꿈의 세계는 이처럼 비밀스럽고 아름답다. 시대 현실을 아프게 인지할수록 그의 꿈은 더욱 비밀스런 아름다움을 발한다. 그 비밀스런 꿈의 세계가 아름답다는 것은 소천의 꿈이 신념의 대상을 탐색한 결과이다. 신념의 대상에 대한 탐색은 그의 동화가 터무니없는 공허한 환상으로 치달으며 내부적 혼돈의 세계로 나아가는 것을 막아주는 삶의 질서와 의미에 대한 원리가 되어 주었기 때문이다.

아직도 강소천의 동화는 독자를 잃지 않고 있다. 독자를 끌어들이는 힘은 그 비밀스럽고 아름다운 꿈의 상징들에 간직되어 있다. 마치 "소천은 마르지 않는다"라고 했던 자신의 유언처럼 그 꿈의 문학은 오늘의 어린 독자들의 가슴 속에서도 여전히 꿈꾸고 있을 터이다.

－이재철 편 『한국아동문학 작가작품론』(서문당, 1991)

'꿈' 형식을 통한 강소천 동화의 환상세계

김자연

1. 강소천 작품과 '꿈'

한 작가 작품에서 반복되어 나타나는 현상은 그 작가의 문학적 특성을 살필 수 있는 중요한 단서라고 할 수 있다. 강소천[1]동화에서 빈번하게 나타나는 요소는 '꿈'이다. '꿈'은 다른 작가와 강소천을 뚜렷이 구별시키는 중요한 요소 중 하나이다. 강소천 작품에서 형상화된 꿈은 어떤 것을 표방하더라도 그 재료가 작가의 현실에서 선택된 것이므로 작가의 문제의

---

1) 강소천은 동요와 동시로 처음 아동문학에 발을 내딛은 사람이다. 1930년 동요「버드나무 열매」가『아이 생활』에 실리고, 1936년『소년』에 동요「닭」을 발표하였고, 16세에「민들레와 울애기」가 당선됨으로서 문단에 데뷔하였다. 그 후 1941년 첫 동시집『호박꽃초롱』을 박문서관에서 출간하였다. 그가 동화를 쓰기 시작한 것은 1939년 동아일보에「돌맹이」를 발표하면서부터이지만, 본격적으로 동화를 쓰기 시작한 것은 월남한 1950년 이후부터이다. 1952년에는 그의 첫 동화집이라고 할 수 있는『조그만 사진첩』을 출간하였으며, 이후 그의 동화 쓰기는 1963년 5월 6일 49세의 나이로 세상을 떠나기 전까지 계속되었다.

식과 결부되어 있을 소지가 많기 때문이다.

강소천은 스스로 아름다운 꿈을 주기 위해서 동화를 썼다[2]고 말했다. 그의 이러한 의지를 뒷받침해 주듯, 그의 작품 「꿈을 찍는 사진관」, 「꿈을 파는 집」, 「인형의 꿈」, 「노랑나비의 꿈」, 「꼬마들의 꿈」, 「8월의 꿈」, 「커다란 꿈」 등은 '꿈'이란 단어를 표제로 삼고 있다. 즉 그의 많은 작품들이 입몽(入夢)과 무의식적인 꿈들을 다루고 있음을 알 수 있다. 실제로 그는 아동들이 꿈의 세계에 살고 있지 않음을 안타까워하면서 "더 큰 꿈, 실현할 수 있는 꿈, 실현하는 꿈을 주어야한다"[3]고 강조하였는데 여기서 꿈은 이상(理想)을 향한 희망과 초현실적인 환상세계를 추구하는 것으로 낭만적인 정신[4]과 무관하지 않다.

동화는 일차적으로 꿈과 상상력으로 빚어낸 문학의 보고이다. 이 말은 곧 동화의 본질이 환상세계와 밀접하게 연관되어 있음을 시사한다. 아동에 있어 꿈과 상상의 세계는 초현실적인 환상의 세계라기보다는 바로 아동의 현실 그 자체이다. 아동의 의식은 어른에 비해 아직 성숙되지 못하고 물질적인 조건이 제대로 갖추어지지 않은 탓에 생활이 단조롭게 보이지만 사실은 그렇지 않다. 꿈과 상상력이 어린이에게 누구보다도 풍부한 생활을 보장해주고 있기 때문이다.[5]

우수한 동화는 무한한 꿈의 실현과 상상력의 자유를 확대시켜 현실을 변화하게 한다. 이때의 꿈의 재료는 인간이 가지고 있는 무의식적인 욕망이며, 이것은 압축(condensation), 치환(displacement), 상징화(symbolization),

---

2) 강소천, 「지상강좌」, 『새교육』, 1956, 82쪽.

3) 위의 글, 8쪽.

4) 상상력을 가장 소중하게 생각한 문학 운동은 로만주의 문학이다. 로만주의 특질은 이성을 멀리하고 감정을 중시하는 것, 틀 속에 갇히는 것을 꺼리고 변화를 사랑하는 일, 멀리 있는 것, 또는 무한한 것을 동경한다는 것은 상상력의 비상을 말한다.
   김요섭, 「상상력의 한계와 판타지」, 『한국아동문학연구』, 1996, 14쪽.

5) 이형기, 「상상력, 예술, 문학」, 『환상과 현실』, 보진재, 1970.

극화(dramatization)와 같은 기제(mechanism)를 통하여 잠재내용(latent content)이 현시내용(manifest content)이 되어 나타난다.[6] 여기서 중요한 것은 극화이다. 이것은 추상적인 관념이 심상으로 바뀌고 구체적인 상황과 행동으로 표시되어 나타나는 것을 의미한다. 이것을 말로 표현하면 이야기(narrative)가 되는데, 이야기 앞뒤에 꿈꾸기 전의 상황과 꿈을 깨고 난 후의 느낌이나 상황을 덧붙이면 하나의 꿈의 서사양식이 되는 것이다. 동화 작가들이 아동의 순수하고 이상적인 꿈을 심리적 현상인 꿈과 동일시하여 敍事양식으로 삼는 것은 바로 이러한 이유에서이다. 연구자가 강소천 작품의 창작원리를 반복되는 '꿈' 형식을 통한 환상세계 구현 측면에서 살피려는 이유가 여기에 있다.

그는 실재적인 꿈(실재몽)과 인간 내면에 잠재된 꿈(소망)을 작품에 적절하게 조화시키는 방법으로 현실의 불균형을 회복하여 밝은 미래를 지향하는 작법을 사용한다. 따라서 이 연구는 강소천 작품 속에서 구현되는 다양한 꿈의 양상이 환상세계에서 어떠한 방식으로 형상화되었는지 살피는 게 주된 목적이다. 연구 진행 절차는 1) 프로이트의 소원충족이론을 통해 작품 속에 구현되는 꿈의 의미를 분석한 다음, 2) 입몽의 변이 과정을 통해 창작원리로써의 환상세계 구현 방법을 구명한다. 분석 대상으로 삼은 작품은 「꿈을 찍는 사진관」, 「꿈을 파는 집」, 「인형의 꿈」, 「잃어버린 나」 등이다.

2. 강소천의 '꿈' 형식

1) 소원충족으로서의 현실 불균형을 회복시키는 꿈

강소천 동화에서 꿈은 대부분 실재몽과 의식의 흐름에서 동시에 이루

---

6) 장병림, 『정신분석』, 범문사, 198, 101쪽.

어진다. 그 세계는 집안보다 집밖이고, 대부분 산 속에서 진행된다. 「꿈을 찍는 사진관」과 「꿈을 파는 집」에서 서술적 배경이 되는 곳은 현실적 공간인 방안에서-뒷산-초자연적 꿈을 파는 집, 또는 꿈을 찍는 사진관-뒷동산이다. 「돌멩이」의 경우에는 현실의 냇가에서 의식의 공간(가공적 세계)으로 이동되는 형태를 취한다. 시간의 흐름 측면에서는 현재의 시간에서 과거의 특정한 시간으로 이동한 뒤 다시 현재 시간으로 되돌아오는 순환적 구조를 보인다. 과거 특정한 시간과 공간이 바로 환상세계의 공간이 되는 것이다. 환각, 환시 (「잃어버린 나」)의 경우, 뒷산(실재적 세계)에서 꿈의 세계(가공적 현실,) 다시 집(실재적 현실)으로 돌아오는 구조인데, 「인형의 꿈」도 이와 비슷한 패턴을 보이고 있다. 이들 작품들은 하나같이 집안에서 집밖(대부분 산 속, 숲)으로 작품의 공간이 이동되고, 인간의 삶과 환상세계에서 일어나는 사건을 나란히 병치시켜 놓는 것이 특징이다.

꿈은 태고적부터 우리 인간들에게 있어온 것으로, 넓은 의미로는 우리 인류 문화를 꽃피워 온 원동력인 각성시의 '희망(理想)'까지를 포함하며, 좁은 의미로는 육신이 잠든 사이에 일어나는 차원 높은 정신 활동으로서 암시, 예시, 계시를 통해 각성시의 정신 활동에 지대한 영향을 미치는 '진짜 꿈(正夢)'을 뜻한다. G. 프로이트는 꿈을 "하나의 소원충족"[7]이라고 정

---

7) 밤에 꾸는 우리들의 꿈도 또한 (대낮의) 공상에 지나지 않는다. 공상하는 사람들의 공중누각적인 창작물을 흔히 우리들은 '백일몽'이라 하는데, 이런 점에서 어느 탁월한 언어의 예지(叡智)가 꿈의 형태란 무엇인가라는 문제를 이미 벌써 예전에 판결해 준 것이라고 생각할 수 있는 것이다. 이런 해결에도 불구하고 우리들이 꾸는 밤의 꿈의 진의는 대체로 우리들에게 불분명한 것이다. 하지만 그래도 다음과 같은 일에 의거하고 있는 것이니, 곧 그 밤에 꾸는 꿈이란, 부끄러워 제 자신에게조차도 감출 수밖에 없는 이러한 소망(所望), 바로 그 때문에 억압당한, 무의식 속에 넣어두었던, 소망들이(밤의 꿈속에) 보여지는 것이다. 이러한 억압되어진 소망, 또는 그것에서 파생된 것에서 꿈은 약간 왜곡(歪曲)된 표현을 주고 있는 것이다. 밤의 꿈은, 한낮의 꿈, 즉 우리들 모두 알고 있는 공상이란 것, 이것과 똑같이, 소망의 충족인 것을 인정하기는 이제 곤란하다고 할 수는 없다.

의한 바 있다. 강소천의 「돌맹이」는 프로이트의 소원 충족으로서의 꿈의 특성을 잘 보여준다. 이 작품은 1939년 2월 동아일보에 발표한 것으로, 일제의 압박으로 고향을 떠난 사람들이 고향을 그리워하는 꿈(소망)을 우의적으로 형상화하였다.

> 고향— 사람들은 한해 이태만 다른 곳에 살아도, 고향이 그립다고들 하더라. 그러나 한 번 떠난 후 다시 고향에 가보지 못한 나야, 고향이 그리우면 얼마나 그리울 것이냐.
> 아아, 지금 내 고향은 몰라보게 변하였으리라.
> 나는 벌써 고향으로 가는 길을 잊은 지 오래다. 그러나 나는, 아직 내 부모, 내 동생들의 얼굴을 잊지 않았다. 언젠가 어디서 어떠한 인연으로 다시 만나게 될는지……8)

인용문은 차돌이 아버지 돌맹이가 냇가에서 고향을 생각하는 부분이다. 표면적인 텍스트의 화자는 돌맹이지만, 직접적인 화자는 돌맹이에게 감정을 이입시킨 경구, 곧 작가자신이다. 같이 살던 돌맹이와 차돌이는 어느 여름날 마을에 사는 영이가 차돌이를 주워서 가지고 놀다가 그냥 들고 가는 바람에 이별하게 된다. 돌맹이와 차돌이의 갑작스런 이별은 자신의 의지와 상관없는 불가항력적인 것이었다. 원치 않았던 뜻밖의 이별은 돌맹이에게 차돌이를 만나고 싶은 강한 욕구를 부여하는 동기가 된다.

동요 동시를 써오던 강소천은 「돌맹이」를 시작으로, 동화 작가로 변신하게 되는데, 그 까닭을 「돌맹이 이후」9)에 자세히 적고 있다. 그는 자신이 몸담고 있는 일제 식민지 현실의 참담함을 이야기하고 싶었고, 동화가 그러한 기능을 담당할 수 있다고 확신했다. 하지만 그의 이러한 의지를 실현시킨 작품은 드물다. 오히려 6 · 25로 인한 상실감을 꿈을 통한 심리적

---

8) 강소천, 「돌맹이」, 『나는겁쟁이다』, 신구미디어, 1992, 194쪽.
9) 강소천, 「돌맹이 이후」, ≪동아일보≫(1960. 4. 3).

환상세계로 구현한 작품이 대부분을 차지한다. 그것은 1952년 첫 동화집 『조그만 사진첩』 이후 거의 모든 창작집이 1950년대에 나왔으며, 6·25 전쟁으로 말미암아 체험하게 되는 고향과 혈육에 대한 상실감이 더 큰 충격으로 다가왔기 때문일 것이다. 일제의 압박으로 고향을 등질 수밖에 없었고, 자신의 의지와 상관없이 헤어져야 했던 돌멩이가 차돌이와 만나고 싶은 꿈을 가지는 것도 이런 맥락에서 살펴 볼 수 있다. 만남에 대한 돌멩이의 간절한 희망은 6·25전쟁이라는 상황과 교직되면서 더 크고 적극적인 그리움으로 발전된다.

현실에서 꿈은 상당 부분 출구를 찾지 못한 내적 압박이나, 그 사람을 괴롭히는 심적인 문제에서 생긴다고 볼 때, 「꿈을 찍는 사진관」과 「꿈을 파는 집」에서 주인공의 내적 압박은 가볼 수 없는 고향, 그리운 사람들을 만나고 싶은 간절한 욕구, 즉 그리움에서 발현된다.

「꿈을 찍는 사진관」에서 나는 따뜻한 봄날, 뒷산에 올라가 때 이른 살구꽃을 보게 된다. 그 곳에서 꿈을 찍는 사진관으로 가는 길이란 표지판을 따라 꿈을 찍는 방에서 어릴 때 같이 자란 순이에 대한 꿈을 꾼다. 그러나 사진관 주인이 찍어준 나의 꿈 사진 한 장에는 이미 다 커버린 나와 어릴 적 모습의 순이가 찍혀 있을 뿐이다. 꿈을 찍는 사진관에서 나와 살구꽃 아래에 앉게 된 나는 찍혀진 꿈 사진을 바라본다. 그러나 그것은 사진이 아니라 순이가 즐겨 입던 노란 색 저고리 빛깔의 노란 색 카드였다.

「꿈을 파는 집」에서 나는 아무도 없이 외롭게 지내다가 친구로부터 새 한 쌍을 선물로 받고 정을 붙이며 살아간다. 어느 날 없어졌던 새가 나타나 나를 산 속으로 유인한다. 새를 따라 깊은 산 속에 들어간 나는 길을 잃고 헤매다 꿈을 파는 집을 발견하게 된다. 나는 꿈을 파는 집 할머니에게 찾아가 이북에 두고 온 아이들 사진을 두고 푸른 알약을 먹고는 한 마리의 새가 되어 북쪽 고향을 찾아간다. 헐벗고 굶주린 그곳 세계를 보고 나는 실망하여 다시 내가 사는 곳으로 돌아온다.

이 두 작품에 나타난 주된 정서는 소외와 외로움이다. 일인칭 화자인 나는 숲에서 꿈을 찍거나 꿈을 파는 집을 발견하고 그리움이 발현되는 공간인 환상세계로 들어간다. 그 세계에는 초현실적 인물로 상징되는 노현자(老賢者)가 살고 있다. 주인공은 노현자(특별한 능력을 가진 사진관 주인 혹은 할머니)를 만나 꿈을 찍고, 다시 현실 세계로 귀환한다. 작품에서 초자연적인 존재의 등장이나 특별한 상황의 설정은 텍스트의 질서에 어긋나는 행동에 현실감을 부여하려는 의도이다. 달리 말하자면 텍스트 내에서 행해지는 규칙들을 어길 수 있도록 만든 작가의 문학적 장치인 셈이다. 이러한 장치는 현실에 대한 충격을 조금 더 완화시켜 초현실적 세계를 실재적 세계로 인식하도록 돕는 역할을 하는 것이다. 내면적 욕구를 충족시키고 현실로 귀환한 주인공은 현실에 대한 새로운 자각으로 미래지향적인 태도를 취한다.

융은 소원 즉 "욕망은 꿈속에서 충족되는 것으로 끝나지 않고 현재 자신의 소원을 자각하도록 해주며, 실생활에 유익한 지혜를 공급해 준다"[10]고 보았다. 꿈이 자신의 지혜보다 더 위대한 지혜, 즉, 집단적 무의식에 의한 고태적 사고를 사용하고 있기 때문이다. 그런 측면에서 「꿈을 찍는 사진관」은 현실 속의 비현실적인 세계를 재창조한 동화라고 할 수 있다.

> 따사한 봄볕은 나를 자꾸 밖으로 꾀어내는 것이었습니다.-중략- 봄을 그리려고 산에 오른 이 서투른 화가는, 좀처럼 그림을 그리기 시작하지 않았습니다. 그리는 것보다 가만히 바라보는 것이 더 좋았습니다. −중략− 아직 살구꽃이 피려면 한 달은 더 있어야 할 텐데, 저렇게 많은 연분홍 꽃이 전등이라도 켠 듯이 환히 피어 있는 것은 이상한 일이 아니겠습니까?[11]

---

10) 한건덕, 『꿈의 잠재의식』, 동방도서, 1981, 69쪽.
11) 강소천, 「꿈을 찍는 사진관」, 『강소천 아동문학전집 3』, 배영사, 1963, 9쪽.

인용문은 작품 서두 부분으로 주인공 의식이 점차 환상세계로 도입되는 과정을 나타내고 있다. 아직 살구꽃이 피려면 한 달이 있어야 한다. 그런데도 연분홍 전등이라도 켠 듯 환한 불빛을 보게 되는 것은 무의식[12]이 발현된 까닭이다. 무의식의 내용이 꿈이나 각성시의 환각을 통해 개인의 경험 속으로 들어올 때, 원형적인 이야기가 만들어진다. 여기서 배경이 된 상징물은 숲으로 대치된 산·봄·분홍빛 등이다. 사람들은 특별하고 신비한 상황을 숲에 부여하는 경우가 많다. 숲에 대한 인간이 가지는 감정은 상상 이상의 것으로, 사람들은 숲 속에서 일어나는 일들을 환상적인 것, 신비스러운 것으로 쉽게 받아들일 수 있다. 왜냐하면 숲은 인간의 현실 너머의 미지의 공간이기 때문이다. 전래동화에서 숲이 자주 나오고, 이상한 일들이 숲에서 일어나는 것도 숲이 지닌 이러한 묵인된 신비성 때문일 것이다. 강소천 작품에서 숲은 산으로 대치되어 있다. 숲의 이미지로서의 산은 작가의 무의식을 상징한다고 유추할 수 있다.

「꿈을 찍는 사진관」에서 주인공이 더 깊은 산 속으로 들어가고 「꿈을 파는 집」에서 주인공이 새를 따라 산 속으로 들어가는 것 또한 무의식 세

---

12) 무의식은 꿈이나 정신이상 이외에선 보통 자유롭게 의식화될 수 없는 것들, 즉 자아의 억압이라고 할 수 있는 특수한 힘에 의해서 의식으로부터 격리되어 '감정'이라든가 '성격'이라든가 하는 형체로 복잡하게 반죽되어 의식으로부터 망각의 먼 곳으로 쫓겨난 것들(과거의 경험, 욕망)이 존재하는 광대한 세계로 볼 수 있다.
김희경, 『명작동화의 매력』, 교문사, 1996, 88~89쪽 참조.
융은 무의식을 탐구하는 과정에서 사람들의 꿈과 환상 내용을 깊이 관찰하였고 여러 인종과 여러 종류의 문화적 종교적 배경을 지닌 사람들의 꿈과 환상 속에서 똑같이 반복되는 신화적 요소를 발견하였다. 그리고 이러한 관찰 내용을 통하여 인간이 의식하지 못하고 있는 마음의 영역, 즉 무의식에는 개인의 생활 체험에서 우러났고 그 개인의 독특한 인생과 결부되어 있는 개인적 무의식이 있는 동시에 좀 더 깊은 층에서 인간이면 누구에게나 존재하는 근원적이고 보편적인 요소가 있다고 하고 그러한 요소로 이루어져 있는 무의식의 층을 집단적 무의식이라 불렀다. 이 집단적 무의식은 인류가 지구상에 생긴 뒤 지금까지 되풀이해서 경험해 온 것들의 총화이며 그런 체험이 침전된 것이다.
이부영, 「분석심리학과 민담」, 『민담학개론』, 일조각, 1982 참조.

계로 빠져들고 있음을 우리에게 암시한다. 무의식은 인간의 심층 세계를 말하며, 이 공간은 현실과 다른 환상세계가 되기도 한다. 현실과 다른 공간 설정은, 현실과 환상세계의 시간과 공간의 벽을 무너뜨리는 요소가 된다. 이로써 각성상태에 놓여 있던 주인공은 아무런 제약도 받지 않고 환상세계로 빠져들게 된다.

봄은 모든 것이 되살아나는 계절이다. 때문에 겨울 동안 대지(무의식) 속에 파묻혀 있던 그리움이란 씨앗을 작품에서 봄에 싹을 틔우게 하는 장치는 자연의 질서를 따르고자 하는 작가의 능숙한 창작기법으로 보인다. 재생 의미를 지니는 봄은 따뜻한 봄볕으로 화자의 마음에 억눌려있던 그리움의 싹을 틔우기에 충분하다. 때문에 그의 작품에서 봄에 피는 살구꽃의 연분홍 색깔은 특별한 의미13)를 지니는 것으로 고향에 대한 그리움의 싹을 틔우는 원동력이 된다.

인간에게 "고향이란 이미지는 어머니 품과 같이 원초적이다. 그것은 단순히 태어난 곳이라는 지역성만을 의미하는 것이 아니라, 자아와 세계가 분열되지 않은 진정한 세계로써 기능한다."14) 혼자 몸으로 월남한 강소천에게 고향은 일반 사람보다 훨씬 특별한 의미가 있는 장소이다. 그에게 '고향'의 이미지는 그곳에 있는 모든 사람과 동식물을 상징하기 때문이다. 작가는 현실에서 실현 불가능한 만남을 실현시키기 위해서 「꿈을 찍는 사진관」과 「꿈을 파는 집」의 환상적 공간이 필요했는지도 모른다. 환상적 공간에서는 현실에서 불가능한 것을 얼마든지 이루어지게 할 수 있게 하기 때문이다. 그러나 「꿈을 찍는 사진관」과 「꿈을 파는 집」을 통해서 주인공이 이루고자 하는 꿈은 쉽게 실현되지 않는다. 동쪽으로 5리, 남쪽

---

13) 강소천의 고향인 미둔리는 산이 병풍처럼 둘러싸고 봄이면 진달래가 온 산을 덮었으며, 그의 집 복숭아 과수원에는 분홍빛 복사꽃이 아름다웠다는 점을 상기시킬 때, 작품에 등장하는 분홍빛 살구꽃은 강소천의 고향을 상징한다고 볼 수 있다.
    강소천, 「나의 유년시절」, 『소년세계』, 1953. 6월호 참조.
14) 유재천, 「님. 고향. 민족의 변증법」, 『현대문학』 417호, 1989. 9.

으로 5리, 다시 완전한 숫자의 상징인 3번째에 이르러서야 비로소 그 입구에 다다르게 된다. 이러한 장치는 새로운 세계로의 도입에 대한 독자의 충격을 최소화하기 위한 방법으로 보인다. 그러므로 '꿈'을 표방한 그의 작품에는 특별한 색깔, 초현실적 인물이 등장한다.

> 벽과 창문만이 아니라 지붕까지 새하얀 집- 다만 정문에 커다랗게 써 붙인 꿈을 찍는 사진관이라는 일곱 글자만이 파아란 하늘빛이었습니다. ㅡ중략ㅡ 하늘 빛 파란 가운을 입은 점잖은 신사 한 분이, 하늘빛 파아란 안경을 벗어 테이블에 놓으며, 회전의자에서 일어났습니다.15)

인용문은 상황 묘사와 색깔이 지니는 상징성으로 환상적 세계를 형상화한 부분이다. 연분홍 꽃나무, 새하얀 집, 일곱 글자만이 파아란 하늘빛, 9포 활자만큼 작은 하늘빛 글씨, 노랑 저고리에 하늘빛 치마를 입은 순이, 하늘빛 파란 가운을 입은 신사의 파아란 안경, 만년필의 잉크 등 상징화된 독특한 매개물은 심리적 초자연적 환상세계를 더욱 신비스럽게 만들어주는데 일조한다. 분홍빛에서 하얀색, 파란색으로 이어지는 이러한 색깔들은 무의식에 억압되어 있는 그리움의 실체를 의식의 표면으로 길어올리는 소망으로 작용하고 있다. 즉 푸른빛으로 상징되는 색은 그의 동화 「다시 찾은 푸른 기차표」의 '기차표 같은 푸른 카드' 혹은 '푸른 하늘빛 딱지'와 같이 희망을 상징적으로 나타내고 있는 것이다.

「꿈을 파는 집」에 사는 박사는 우리나라 설화나 전래동화에 자주 등장하는 특별한 능력을 가진 노현자(老賢者)라고 할 수 있다. 노현자는 사물의 선악을 가릴 수 있고, 곤란에 처했을 때 앞으로 어떻게 될지를 예견하는 등 세상의 이치를 다 아는 초월적 인물이다. 대체적으로 우리나라 설화나 전래동화의 노현자는 흰 수염이 있는 신선이나 노인으로 나타난다.

---

15) 강소천, 앞의 책, 11쪽.

노현자는 무의식과 현실을 넘나드는 초인적인 힘으로 주인공의 꿈을 찍어 줌으로써 그의 소망을 실현시킨다. 그 소망은 그리운 사람과의 만남이다. 만일 환상세계가 치밀한 이러한 상황 설정 없이 현실에서 노현자만 등장하여 꿈을 이루게 할 경우, 현실감을 줄 수 없을 것이다. 이 작품의 공간이 비현실 세계를 표방하고 있으면서도 황당함을 주지 않은 것은 환상세계에서 상황설정이 구체적으로 설득력 있게 묘사되고 있기 때문이다.

> 당신은 그 종이에 그 파란 잉크로 당신이 만나고 싶은 이와의 지난날의 '추억'의 한 토막을 써서, 그걸 가슴속에 넣고 오늘밤은 주무십시오. 내일 날이 밝으면, 당신은 지난밤에 본 꿈과 꼭 같은 사진을 가지고 집으로 돌아가실 수가 있습니다.
> 할머니는 내 아이들의 사진을 저기 가방 속에 집어넣더니, 콩알만한 푸른 알약 한 개를 내게 내어 주면서, 내일 아침 날이 밝거든 일어나, 이 집을 나서, 당신이 어제 저녁 물을 마시던 곳에 가서 해가 뜨기를 기다려, 이 약을 잡수시오. 긴 설명은 필요 없으니 …… 자. 그럼 <u>밤도 깊고 고단할 테니 그만 주무시오</u>. 그리고 할머니는 등불을 껐습니다. 16)

인용문은 등장인물이 하나의 소망을 이루기 위해 거쳐야 하는 과정을 상징적으로 형상화하고 있다. 사진은 눈에 보이지 않는 추상적인 것을 가시화시켜 주는 구체물이다. 박사는 꿈을 찍어 주는 대신, 주인공에게 먼저 성숙한 마음을 요구한다. 인간이 성숙해지기 위해서는 하나의 과정을 겪게 되는데, 우리는 이를 통과의례라고 한다. 주인공이자 화자가 누군가를 만나고자 하는 꿈을 실현시키기 위해 '잠'을 자도록 만든 상황설정이 바로 그것이다. 작품에서 잠은 성숙을 준비하는 기간을 의미하며, 일종의 통과의례인 셈이다. 잠은 죽음의 그늘과 재생의 빛이 공존하는 세계이다. 동화에서 주인공이 성숙해 가는 결정적인 순간에 깊은 잠을 자게 하는 것

---

16) 강소천, 「꿈을 파는 집」, 『강소천 아동문학전집』 4, 배영사, 1963, 220쪽.

은 통과의례 측면에서 해석할 수 있을 것이다. 이런 관점에서 볼 때 강소천 동화에서 환상세계의 구현은 전래동화의 심층적 상징성을 그 안에 적극 수용하고 있는 자세를 보여준다.

> 내가 사진관 주인에게서 아직 채 마르지도 않은 사진 한 장을 받아 들었을 때, 나는 깜짝 놀라지 않을 수가 없습니다. 그것은 순이와 나의 나이의 차이였습니다. 실지 나이로는 순이와 나는 열두 살 그냥 그대로인데, 나는 지금 나이 스무 살이니까요. ─중략─ 모처럼 찍어 준 사진도, 그런 걸 생각하니 우습기 짝이 없습니다. 그러나 내게 있어서는, 이게 제일 귀한 보물이 아닐 수 없습니다.[17]

위의 인용문은 주인공 '나'의 소원이 이루어지는 결말 부분이다. 예시된 글에서 보는 바와 같이 여기서 환상세계와 현실세계의 경계는 없다. 환상세계가 현실 같고 현실세계가 환상세계처럼 느껴지는 것은 작가가 환상세계와 현실세계의 경계를 의식하지 않고 스토리를 전개하고 있기 때문이다. '합리'라는 울타리를 뛰어넘을 때 환상세계는 보다 선명한 색채를 지니게 된다. 현실세계로 돌아온 주인공은 마음속으로 그리워했던 대상이 사진에 찍힌 것을 보고 희망이 충족되면서 새로운 깨달음을 얻게 된다. 이러한 깨달음은 주인공이 깊은 잠을 통해 이미 정신적으로 성숙되었기 때문이다. 현실─꿈─현실로 돌아오는 순환적 구조 속에 화자의 마음에 억눌린 무의식의 욕구[18]가 해소되고 새로운 깨달음을 얻도록 만든 것이다.

1958년에 발표된 「인형의 꿈」은 작가가 "가장 자긍심을 가지고 있었던 작품"[19]으로, 복합적 환상 구조를 통해 미래를 향한 화해 의지를 잘 드러내고 있다. 역사적으로 볼 때, 1950년은 전쟁에 의해 우리나라가 완전

---

17) 강소천, 앞의 책, 17~18쪽.
18) 강소천, 「세월」, 『강소천文學選』, 정진사, 1954, 226쪽.
19) 강소천, 「나의 작품 중 가장 재미있는 작품」, ≪소년동아일보≫, 1960. 5. 10.

히 분단으로 굳어진 시기이다. 이러한 참혹한 현실의 아픔을 누구보다 강하게 느낀 것이 강소천이었다. 참혹한 현실의 아픔 속에 강소천은 아동문학가가 해야 할 일은 동심의 세계를 형상화하여 밝은 전망을 아동과 어른들에게 제시해주는 것이라고 믿었다. 그러므로 강소천은 작품에 등장하는 모든 사람들로 하여금 절망을 허락하지 않으며 환상으로 꿈을 꾸게 하고 꿈에 매달리게 한다. 그가 염원하는 꿈의 구심점은 도피가 아니라 삶에 대한 새로운 자각과 화합으로 미래를 향해 달려가는 것이기 때문이다.

화가 아버지를 둔 정란이는 가난한 생활에 불만을 가지고 있는 타산적이고 허영심이 많은 소녀이다. 정란이는 부유한 생활을 동경하여 아버지가 그린 그림이 잘 팔리기를 고대한다. 하지만 가난한 생활은 좀처럼 나아지지 않는다. 정란이와는 달리 그녀의 어머니는 가족에 대한 사랑으로 불만보다는 순종과 인내심으로 현실을 극복해 나가는 전형적인 인물이다. 정란이 아버지의 미술 전람회 성공으로 정란이네 가족은 전세 집을 얻어 서울로 이사를 가게 된다. 이사 도중에 정란이 엄마는 평소 가장 소중하게 여겼던 불란서 인형을 잃어버린다. 그 인형은 정란이 엄마가 아가씨였을 때, 젊은 미지의 작곡가에게 받은 선물이었다. 훌륭한 성악가가 되면 작은 인형보다 더 큰 인형을 보내주겠다는 편지와 함께 받은 선물이기 때문에 정란이 엄마는 잃어버린 그 인형을 찾는데 매우 적극적이다. 마침내 정란이 엄마는 잃어버린 불란서 인형을 찾게 되고 정란이네는 평화로워진다.

정란이는 새 학교에서 유명한 작곡가의 딸 명애와 친구가 된다. 명애는 그림 그리기를 좋아하고 정란이는 돈을 벌지 못하는 아버지보다 노래를 잘 부르는 어머니를 닮고자 음악에 온 힘을 기울인다. 명애 아버지가 주선하는 작곡 발표회에서 정란이가 독창을 하게 되고, 그것이 인연이 되어 정란이 엄마도 노래를 부를 수 있는 기회를 얻는다. 작곡 발표회는 대성공이었다. 정란이 엄마가 사람들에게 인정받게 되자 며칠 후 발신인 없이 큰 인형이 배달되고, 정란이 엄마는 감격해 한다. 다음날 정란이 엄마가 가지고 있는 인형을 본 명애가 자신도 모르게 "저 인형은 아빠가 가지고 있었던 것"이라고 하는 말에 정란이 엄마는 불란서 인형을 선물한 사람이 명애 아빠라는 확신을 가지게 된다. 정란이 엄마는 명애 아버지에게 편지를 썼다가 찢어버리고 남편의 그림이 국전에 당선되기를 기원한다.

「인형의 꿈」은 인간의 내면적인 꿈에 대한 성취 과정을 운명의 문제를 통해 형상화한 작품으로, 심리적 꿈을 창작의 주된 요소로 사용하고 있다. 강소천은 초기의 작품을 통해 현실의 불행에 빠져 절망하는 자세는 비전이 없으며, 가난한 현실의 불행을 이겨낼 수 있는 것은 미래를 향한 꿈뿐이라고 생각했다. 가난한 생활고를 이겨내고 성악가에 대한 꿈을 실현하는 정란이 엄마, 정란이와 정란이 아빠의 꿈, 명애와 명애 아버지의 꿈을 씨줄과 날줄로 엮어 작가의 이상을 형상화 한다. 화자는 등장인물들의 꿈을 실현하기 위해서는 개인의 의지 못지않게 가치관이 서로 다른 세대와 세대 간의 이해, 사회와의 융화가 전제되어야 함을 이 작품을 통해 강조한다. 따라서 「인형의 꿈」은 심층적으로 사회 구성의 기초가 되는 가족과의 융화를 내세우고 있다.

> "엄마! 우리 아빤 밤낮 그림만 그려두 왜 저 모양이야?"
> "난 우리 아빠도 무역회사 했음 좋겠어!"
> "─참말 우리 아빠는 바보야! 우리 아빠는 왜 음악 공부를 하지 못하구 미술 공부를 했을까? 만일 아빠가 음악 공부를 해서 독창회를 한다면 입장료두 받구 돈도 벌 수 있을 텐데……. 방송국에 나가서 노래도 부르구, 텔레비에 나가서 노래도 부르고 하면, 돈도 많이 벌 수 있다는데……." 정란이의 머리엔 이런 생각뿐입니다.[20]
> 버릇없는 애두 그게 무슨 말 버릇이람? 넌 아직 나이 어리니깐 아빠의 그림을 알 수 없는 거야. 이 엄마도 아빠의 그림을 잘 이해하지 못

20) 강소천, 앞의 책, 39~40쪽.

하는데 너 같은 어린애가 그런 걸 알 수 있겠니? 그러니가 아빠 들으시는 데선 물론 아무에게도 그런 소릴 함부로 하지마, 응? —중략— 팔기 위해 그림을 그린다면 그야 간판장이이지 어디 화가라구 하겠니? 아빠는 늘 이런 말씀을 하신단다. '백 사람에 한 사람, 아니 천 사람에 한 사람이래두 좋다. 내 그림을 이해하구 내 그림을 아껴 주는 사람이 있다면 그래도 할 수 없는 일이지. 그렇게 생각하면 무척 쓸쓸한 일이지만 알겠니?[21]

아빠는 그게 나빠요! 정란이는 마치 어른들이 하는 말 같이 툭 쏘았습니다. 엄마는 정말 기가 막혔습니다.[22]

아버지에 대한 모녀의 성격이 잘 드러나는 부분이다. 여기서 보면 타산적이고 허영심이 많은 신세대 정란이와 희생적이고 인내심을 가진 전형적인 옛날 여인의 모습을 지닌 정란이 어머니의 성격은 서로 대립적이다. 물신주의가 지배당하는 환경에서 자란 정란이는 돈이 없는데도 돈을 벌기 위해 그림을 그리지 않는 아버지가 이해되지 않는다. 뿐만 아니라 생활고에 시달리면서도 오히려 아버지를 변호하고 이해하려는 어머니의 태도 역시 납득하지 못한다. 정란이는 이미 이웃이나 학교에서 사회를 경험하고 인격이 본격적으로 사회화되는 학동기 단계에 놓인 아이다. 때문에 정란이는 한 인간으로서의 초보적인 아이덴티티(identity)인 자발성을 들어낸다.

정란이 어머니는 부모의 통제가 가능했던 울타리를 벗어난 딸의 이기적이고 타산적인 태도를 발견하고 깜짝 놀란다. 이미 정란이는 자기주장을 내세울 만큼 훌쩍 자라있었던 것이다. 어머니는 이런 딸과 첨예하게 대립되는 갈등을 끊임없는 대화로써 풀어간다. 그러면서 정란이로 하여금 아버지나 어머니처럼 음악가로서의 꿈을 가지게 한다. 정란이는 자기의 꿈을 성장시켜 나가는 과정을 통하여 비로소 타인이 가지는 꿈의 가치

---

21) 앞의 책, 39쪽.
22) 위의 책, 43쪽.

에 대해 새롭게 인식한다. 같은 처지에서 놓인 타인 바라보기이다. 그 결과 정란이는 무능하다고 생각했던 아버지를 긍정적인 시선으로 바라보게 된다. 이와 같이 이 작품은 가장 가깝다고 할 수 있는 가족 구성원간의 인식의 차이를 좁혀 세계에 대한 시야를 확대시키려는 노력으로 보인다.

> 역시 아이들의 생각은 틀리는 거로구나. 괜히 알지도 못하고 내가 떠들었어. 아버지가 하시는 일이 옳아! 이렇게 아버지를 다시 한번 알게 되었습니다.[23]

부정적으로만 바라보았던 아버지에 대한 정란이의 마음이 달라지는 부분이다. 정란이의 깨달음은 부모와의 화해를 상징한다. 화해는 타인에 대한 진정한 이해에서 비롯된다는 점에서 타인에 대한 이해는 곧 순수한 인간 정신의 회복을 의미한다.

정란이 어머니 꿈은 본래 성악가였다. 작품에서 그녀의 꿈은 불란서 인형의 운명과 나란히 병치되어 있다. 따라서 인형의 꿈은 곧 정란이 어머니의 꿈을 상징한다고 볼 수 있다. 정란이 어머니의 꿈에 대한 장벽을 인형이 갇혀있는 유리 상자로 볼 때, 유리 상자는 인간의 무의식적인 관을 상징한다. 관은 죽음과도 연관된다. 그녀의 꿈이 크기 위해서는 죽음과도 같은 이러한 관에서 빠져 나오는 일이었다. 따라서 어떻게든 유리 상자를 깨뜨려야만 한다. 화자는 이와 같은 행동을 성장의 상징물이라고 할 수 있는 '아이들'에 의해 시도하고 있다. 유리 상자가 깨어지고 그 속에 갇혀 있던 인형이 세상 밖으로 나오게 되는 것이다. 이러한 장치는 비인격적 인물에 인격을 부여하는 신화적 환상의 세계를 상징하며, 다른 한편으로는 정란이 어머니의 억압된 무의식이 표출된 것이라고 볼 수 있다. 유리 상자 밖으로 나온 인형은 이제 정란이 어머니와 운명을 같이하게 된다.

---

23) 앞의 책, 45쪽.

유리 상자 밖의 열려진 공간, 이것은 인형이 정란이 어머니와 정신적 교류를 같이할 수 있게 되었음을 나타내는 작가의 상징적 장치이다. 심리적인 꿈을 현실화시키는 이러한 환상적 세계는 절묘한 상징적 장치로 말미암아 현실감을 줄 수 있다.

> 엄마는 다시 소롯이 두 눈을 떠서 노랫소리 나는 경대 쪽을 바라봤습니다. "응? 저 불란서 인형이?" 그제야 엄마는 여태껏 노래를 부른 것이 자기의 불란서 인형이었다는 것을 알았습니다. 자장가가 끝났습니다. 뒤이어 요란한 박수 소리가 엄마의 귀를 울렸습니다. 그제야 엄마는 잠을 완전히 깨었습니다.[24]

인용문은 정란이 엄마가 마음속에만 품고 있던 소망을 상징적 대상물에 구체화시키고 있는 부분이다. 꿈은 무의식의 소산이라는 점에서 꿈의 세계는 그 자체가 곧 심리적인 환상세계라고 할 수 있다. 강소천의 동화에서 형상화되는 심리적 꿈은 꿈 자체로 끝나는 것이 아니라, 대부분 현실과의 연계성으로 미래를 암시한다는 점에서 의미를 찾을 수 있다. 이 작품에서 심리적 무의식의 꿈은 현실과 이상을 연결해주는 방법으로 작용한다. 이것은 인형이 부르는 자장가가 훗날 정란이 어머니가 음악 발표회에서 노래를 부르는 현실의 꿈으로 실현되는 부분에서도 확인된다.

강소천의 다른 작품에 등장하는 주인공이 현실의 꿈을 직시하는 측면에서만 머물렀다면, 이 작품에 등장하는 주인공 정란이와 인형은 자신의 꿈에 대한 태도가 적극적이며 진취적이다. 그들이 가지고 있는 미래지향적인 밝은 의지는 가난이라는 현실의 장애물을 뚫고 앞으로 나가게 하는 원동력이 된다. 하지만 이 작품은 어려움의 극복 과정을 우연성을 결부시켜 주인공의 의지보다는 타인의 도움으로 문제를 해결하는 점이 아쉬움을 던져주고 있다.

---

24) 앞의 책, 57쪽.

여보 그게 무슨 말이예요? 아예 정란이 어머니라니 나도 처음엔 누군가 했더니, 학생 때 이름을 날리던 배미숙이예요. 당신은 그 때, 전연 이름이 없는 사람이었으니까 모를지는 몰라도 배미숙이라면 지금도 음악가들은, 참 아까운 분이지! 결혼한 뒤엔 전연 나타나지 않아! 할거예요. 그러니 정란이와 명애 사이를 보아서라도, 다른 성악가들만 다소 못하더라도 무조건 작곡 발표회에 나오도록 해 주서요[25)]

인용문은 딸인 명애로부터 정란이 엄마가 음악회에서 노래를 부를 수 있도록 해달라는 부탁에, 명애 아버지가 우선 정란이 엄마의 실력을 시험해 보지 않고서는 어려우니 음악 하는 친구를 불러 한 번 노래를 시켜보겠다고 제의하는 내용이다. 여기서 보면, 꿈에 다가서는 방법이 객관적인 입장에서 타인을 통해서다. 작품 전반기에 제시된 정란이의 어려움에는 친구들이 도움을 주고, 후반기에는 정란이의 어머니가 친구인 명애의 도움으로 음악회에 나갈 수 있게 된다. 이와 같은 상황은 「분홍카네이션」에서 신분을 숨긴 친어머니가 피아노를 사 주고, 「해바라기 피는 마을」에서 김 소위의 어머니가 나타나 양녀로 삼는 것과 맥락을 같이 한다. 당면한 문제가 주인공의 힘으로 해결되지 못하고 타인의 도움이나 우연한 행운 등에 의해 해결되고 있다. 이것은 작품 안에서 주동인물과 반동인물을 불투명하게 제시한 것에서 원인을 찾을 수 있다. 반동 인물을 뚜렷하게 제시하지 못하면 그에 비례하여 주동인물과 반동인물의 대결 의지도 소극적으로 나타날 수밖에 없기 때문이다. 그러다 보니 자연 후반부로 갈수록 작품에 긴장감을 주지 못하는 요인이 되었다.

어떻든 아빠가 이번 가을 국전에 꼭 특선을 해야 할텐데 …… 이렇게 생각한 정란이 엄마는 아빠를 위해 조금 더 집에 가만히 있어야겠

---

25) 앞의 책, 271쪽.

다고 생각했습니다. 어떻게 하면 아빠가 정말 맘놓고 좋은 그림을 그릴 수 있을까?26)

작품의 마지막 결말은 아내로써 조용히 남편을 내조하는 전통적 연인의 자세가 짙게 배어있다. 정란이 어머니의 삶의 자세는 남편의 꿈이 곧 그녀의 희망(꿈)이라는 동질성을 내포한다. 이런 측면에서 화자는 정란이 어머니의 꿈을 신화적 환상세계로 끌어 들여 복선을 깔아 전개하고 있지만, 화자의 관심은 정란이의 태도에 더 많이 집중되어 있다. 아버지가 다시 그림을 그리고 정란이 역시 아버지를 이해하는 과정에서 그들의 꿈은 비로소 새로운 빛깔을 띄우며 밝게 빛난다. 서로가 서로를 이해하는 과정을 통해 비로소 꿈이 이루어지도록 만든 것이다. 따라서 이 작품에 내재된 주된 정서는 세대 간의 이해와 화합이라고 볼 수 있다. 즉 강소천은 꿈의 기법이라는 환상세계를 통해 인간의 무의식에 잠재되어 있는 소원을 충족시켜 현실의 불균형을 회복시키는 것이다.

2) 입몽의 변신을 통한 자아 찾기

변신을 통한 자아 찾기는 강소천 동화에 나타나는 또 다른 소망이자 꿈이라고 할 수 있다. 변신의 사전적 의미는 '몸의 모양이나 성격 태도 등을 바꾸는 것'이다. 자의든 타의든 간에 어떤 원형이 다른 형태로 바뀌는 것을 의미한다. 변신은 원래 불교의 윤회 사상에서 기인한 것으로, 우리나라 설화나 전래동화에서 많이 다루는 환상세계를 표현하는 기법이다. 이 방법은 인간의 합리적인 질서와 무의식의 불합리함을 통합하는 역할을 담당한다.
6·25전쟁으로 소중한 것들을 모두 잃어버린 상실감과 그것에 대한 그

---

26) 앞의 책, 136쪽.

리움 때문에 현실의 삶을 지탱할 수 없었던 강소천에게 무엇보다도 필요한 것은 비틀거리는 자신을 바로 세우는 일이었을 것이다. 때마침 우리 사회에 유입된 문예사조는 개인의 자아 성찰에 한 몫을 담당했다. 1946년 예술 신문에 처음 소개된 실존주의는 6·25전쟁의 비극적인 체험과 함께 불안, 고민, 저항, 자학의 주제로 한국 문단에 군림했다. 이 시기 한국 성인 문학에 나타난 실존주의는 개인의 자기 삶에 대한 자각을 불러일으켰다. 타인의 삶과 역할 바꾸기를 통해 자신의 삶을 반추시키는 창작 태도는 바로 이와 같은 사회적 배경과도 무관하지 않다. 작품에서 이러한 역할 바꾸기는 "현시적 변신의 제의"[27]인 셈이다 즉, 주인공의 변신은 성년식과 같은 통과의례라고 할 수 있다. 여기서의 통과의례는 정신적인 성숙을 위한 통과의례인 셈이다. 그러므로 통과의례는 미성숙한 자기를 죽이고 보다 나은 존재로 다시 태어나는 것을 의미한다. 따라서 주인공이 변신으로 말미암아 겪는 시련은 단순한 시련을 의미하기보다 소년에서 성년으로 넘어가는 과정, 즉 미약한 존재에서 성숙한 존재가 되기 위한 절차인 것이다.

「잃어버렸던 나」와 「꽃이 된 나」는 인물의 변신을 통해 '자아 찾기' 꿈을 형상화한 작품이다. 그중 주인공 「잃어버렸던 나」의 영철이는 봄볕이 무척 따뜻한 날, 뒷산에 올라가 이상한 새를 발견하고 그것을 잡기 위해 새가 앉아있는 나무에 돌을 던진다. 자기가 던진 돌이 되돌아와 영철이는 이마를 얻어맞고 정신을 잃는다. 눈을 뜨니 영철이는 자기 외모를 잃어버리고 구두닦이 만수로 변해 있다. 모습이 변한 영철이를 사람들은 알아보지 못한다. 영철이는 자기 집에 돌아갈 수 없게 되자 본래의 자기를 증명해 줄 수 있는 대상을 찾아다닌다. 그 과정에서 친구 정훈이를 만나 자신의 부끄러운 과거를 듣는다. 지난날 자기가 씌운 누명 때문에 어렵게 살아가는 할아버지 생활을 목격하기도 한다. 영철이는 구두닦이 소년 만수로

---

27) 이상일, 「변신의 이론과 전개」, 성균관대학교 박사학위 논문, 1978, 6쪽.

살아가면서 다른 사람의 고통을 이해하게 되고 사랑을 실천하는 아이로 변한다. 영철이는 처음 이상한 새를 발견했던 장소를 찾아간다. 그곳에서 영철이는 다시 무언가에 머리를 맞고 본래의 영철이로 돌아오게 된다.

시간적인 측면에서 다소 회귀적 형태를 취하고 있는 이 동화는 시간적 변신과 이상한 새를 등장시킨 이미지 요소가 환상세계의 주요 장치가 되고 있다. "시간적 변신이란 정상적인 사람이 시간적인 장벽을 훌쩍 뛰어넘어 시대가 다른 사람들을 만나는 것이나, 또는 현실적인 시간제약을 받지 않고 다른 세계에 들어갔다가 나오는 것"[28]을 말한다. 「잃어버린 나」는 후자에 속한다.

동화에서 변신은 상상적인 세계에서 무한한 정신적인 자유를 부여할 수 있다는 데 기인한다.[29] 주인공 영철이는 정신은 그대로 있으면서 신체적으로만 자기가 아닌 만수로 변하는, 부분적 변신을 통하여 다른 사람의 생활과 그들의 마음을 경험한다. 주인공 영철이가 겪게 되는 시간을 초월한 공간은 그의 의식을 전환시키는 역할이 되고 있다. 만수로 변한 영철이가 "나는 내 살을 꼬집어보았습니다. 아팠습니다. 꿈은 아니었습니다." 라고 현재를 확인하는 부분은 이 작품의 공간이 현실적 공간도 꿈의 공간도 아닌 환시의 세계, 상상적 공간에서 전개되고 있음을 뒷받침해 준다.

「토끼 삼형제」, 「꿈을 파는 집」, 「이상한 안경」에서처럼 「잃어버린 나」에 등장하는 상징적 대상물인 '새'는 현실의 세계를 환상세계로 인도하는 매개물이다. 무의식에서 새는 갑자기 떠오르는 생각이나 사고의 흐름, 공상 등과 연관되어 있다. 새는 영혼, 정신의 고귀함을 나타낸다.[30] 하늘을 자유롭게 날 수 있는 사실이 이러한 이미지를 생성하게 만든 것이라 할 수 있다.[31] 현실에서 결코 누릴 수 없었던 '자유롭게 상상하고 꿈꾸는' 공

---

28) 김미란, 「고대소설에 나타난 변신모티브」, 연세대학교 대학원 박사학위 논문, 1983, 30쪽.
29) 이상일, 앞의 논문, 6쪽.
30) T . E Cirlot, 『Dictionary of symbols』, philosophical library, new york, 1962, 27쪽.

간은 작가에게 있어 피안의 세계요, 희망이었을 것이다.

작품의 구조적 측면에서 살펴 볼 때, 이 동화는 현실의 어떤 상황−불안정상태−초기 상황의 재복원으로 되어있다. 이 텍스트 안에서 환상세계는 불안정상태의 공간에서 행하여지며, 이 공간에서 초자연적인 사건이 발생한다. 이상한 새를 잡기 위해 돌을 던지고 그 돌에 이마를 얻어맞고 정신을 잃은 뒤 눈을 뜨니 그는 자신이 다른 사람으로 변해 있는 것을 발견한다. 그 결과로서 거기에 가능한 주저함에 대한 몇 개의 징후들이 나타난다.

> 샘물에 비친 내 얼굴은 여태껏 내 얼굴이 아니기 때문입니다. 눈이 한 쪽 이상해 보인다거나 입이 삐뚤어져 보이는 정도라면 또 몰라도, 글쎄 전혀 내 얼굴이 아닌 딴 아이 얼굴이 물에 비치니 놀라지 않겠어요? 이상하고 무서운 생각이 들지 않겠어요? 나는 내 뒤를 돌아보았습니다. 혹시 내가 딴 아이 그림자를 보고 있지나 않나 하고, 그러나 내 앞에도 내 뒤에도 딴 아이는 없었습니다.[32]

위의 인용문은 다른 사람의 모습으로 바뀐 화자가 주저함[33]의 징후들을 나타내는 부분이다. 화자인 영철이는 먼저 눈이 한쪽이 이상하지 않은가를 생각한다. 하지만 그는 곧바로 그 반대의 경우를 확신하게 된다. 그 다음엔 뒤를 돌아보는 주저함을 보인다. 그는 다시 그의 주위에 아무도 없음을 확인한다. 그는 그가 직면한 변화된 사건에 대한 어떤 합리적인 설명을 찾아내려는 노력을 멈추지 않는다. 이것은 곧 현실의 독자에게 현실감을 부여하려는 작가의 기법이라고 보여 진다. 초자연적인 사건에 대

---

31) 강소천과 동시대를 함께 산 김요섭은 강소천을 자유분방하고 '바람'과 같은 기질을 가진 사람으로 비유하기도 하였는데, 이런 측면에서 볼 때, 그의 작품에 나타나는 새의 상징은 강소천의 자유로움에 대한 강한 무의식의 표출이라고 해석할 수도 있다.
32) 강소천, 「잃어 버렸던 나」, 『한국아동문학전집 2』, 배영사, 1962, 31쪽.
33) 토토로프는 환상 문학을 구성하는 중요한 요소로 '주저함' 들었다. 그러나 동화에 서는 이러한 '주저함'의 모티브가 성인문학과는 달리 적게 나타난다.

한 이러한 주저함의 징조들은 서술의 일반적인 이동을 용이하게 만들고 어느새 이 사건에 관하여 더 이상 놀라워하지 않게 만드는 효과를 준다. 영철이는 점점 비정상적인 듯이 보이는 자신의 상황을 결국 가능한 것으로 받아들이게 된다. 초현실적인 사건이 곧 현실에서 가능한 사건이 되는 것이다.

자아의 변화에 대응하는 신체의 변화는 인간으로서 다른 모습, 또는 인간과 다른 존재와의 넘나듦이라는 형태로 나타난다.[34] 인간과 다른 존재 사이의 동질성을 발견하는 것은 양자 간에 동일시를 생각하게 하고, 동일시에 의한 영역의 초월은 한 존재가 다른 존재로 전신(轉身)할 수 있다는 가능성을 준다. 이것은 원시적 사고방식이 지닌 특징 중 하나로[35] 신화적 환상세계를 구현하는 방법이다.

자기 외모를 잃어버린 영철이는 이제 더 이상 부잣집 영철이가 아니다. 그 동안 가족에 둘러싸여 보호받으며 살아온 영철이는 자기 자신을 객관적으로 바라볼 기회가 주어지지 않았다. 가난한 집 만수가 되어 타인이 바라보는 영철이를 바라봄으로써, 비로소 영철이는 진정한 자기 모습을 들여다 볼 수 있게 된 것이다. 이처럼 심리적 환상세계에서는 현실과 상상 세계 속 인물이 동일한 인물이면서도 전혀 다른 인간이 될 수 있는 것이다. 영철이는 자신을 들여다보고 다른 사람의 입장에서 삶을 경험하게 됨으로써 육체적 변신이외에 정신적으로도 새롭게 변신을 하게 된다.

여기서 한 가지 특이한 것은 환원된 꿈의 환상 세계 구현 방법이다. 이상한 새에게 돌을 던진 영철이가 그 돌이 튕겨 나와 머리를 맞고 만수로 변해 있었다. 그러나 영철이가 겪는 이러한 상황이 영철이 어머니가 꾼 꿈으로 전환되어 나타나고 있다. 표면적으로는 영철이가 자신의 외모를 잃어버리고 새로운 삶을 경험하는 내용으로 되어 있지만, 사실은 영철이 어머니의 자식을 염려하는 심리가 작품 기저에 환치되어 있다고 보여 진다.

---

34) 김미란, 앞의 논문, 230쪽.
35) 김열규, 『한국의 신화』, 일조각, 1976, 22쪽.

어머니는 꿈 이야기를 시작하셨습니다. 아마 어느 벌판이었던 것
같애. 아이들 몇이 놀고 있었는데 난데없는 독수리라는 놈이 하늘에
서 내려와 웬 아이 하나를 차 가지고 하늘로 날아오르지 않겠니. 그러
니깐 함께 놀던 애들이 모두 큰 소리를 지르겠지. 영철아! 영철아! 하
고…… −중략− 처음엔 독수리가 내려오는 것을 보고 네가 내려온다
고 좋아했었는데, 정말 독수리가 땅에 내려놓고 날아 나는 것을 보니
그 앤 네가 아니고 한번도 본적이 없는 딴 애였어.- 중략-
　　나는 어머니의 꿈 이야기가 어쩐지 내가 지난 일과 비슷한 일 같이
만 생각되었습니다.36)

　　인용문은 자신의 모습을 되찾은 영철이가 집에 왔을 때, 어머니가 꿈
이야기를 영철이게 들려주는 부분이다. 어머니의 꿈 이야기를 들으면서,
영철이는 어머니의 꿈과 자신의 경험이 비슷한 것이라고 생각한다. 이는
영철이의 경험이 어머니의 꿈과 병치(竝置)되어 있음을 반증해주는 부분
이다. 이와 같은 병치는 영철이가 우연히 다른 사람으로 변신할 수 있었
던 황당함을 완화시켜준다. 즉 꿈 모티브를 통한 새로운 환상세계를 구축
함에 있어, 두 이야기가 하나로 모아지도록 돕고 있는 것이다. 이러한 시
도는 새로운 기법이 던져주는 당혹감을 최대한 좁히려는 것으로, 어머니
의 꿈과 영철이의 경험을 환치시켜 놓았다고 본다. 이러한 시도는 작가가
동화에 도입한 심리적 환상세계의 꿈 모티브에서 현실성을 확보하려는
근거라고 볼 수 있다. 동화에서 올바른 환상세계의 구현은 비현실 세계를
마치 현실 세계처럼 구축하는 것이 최대의 관건이기 때문이다.
　　신비성을 토대로 꿈을 지향하는 세계의 구현은 동화에서 필수적인 조
건이다. 그러나 환상세계의 신비적인 꿈의 세계가 허황된 꿈의 요소로만
끝난다면, 아동에게 허황되거나 몽환적 세계 속에서만 머물게 할 것이다.
고대에서 현대까지 문학의 전개는 인간 삶과 세계관의 변화가 조응하는

---

36) 강소천, 「잃어버렸던 나」, 앞의 책, 31쪽.

가운데 이루어져 왔다. 전래동화에서 보여 지는 홍미위주의 공상적 세계가 현대 동화에 그대로 적용될 수는 없는 이치다. 동화가 예술성을 중요시하고, 그 예술성은 다름 아닌 환상세계에서 리얼리티를 확보하는 것에 있음을 주지할 때, 동화에서 환상세계의 구축은 비현실적인 세계 속에서 리얼리티를 확보하는 것이다. 그렇게 되기 위해서는 보다 구체적이고 실현성 있는 꿈을 제시해야 하며, 동화에서 환상세계가 단순한 환상성 그 자체만을 구현하는 것이 아닌 예술적 차원에서 형상화되어야 할 필요성을 갖는다. 작가는 이 점을 아주 능숙하게 실현하고 있다.

일반적으로 강소천의 대부분의 작품은 과거 시점을 향해 날아갔다가 다시 현실로 돌아오며, 미래를 향해 날아간 상상력도 결말에서는 현실로 환원되는 구조를 취한다. 사건이 어떠한 상황으로 전개되든지 간에 주인공 인물을 현실로 다시 회귀시키고 있다. 이 때 현실로 회귀되는 인물들은 대부분 전과는 달리, 변화되고 성숙된 인물로 바뀌어 지게 되는 것이 특징이다.

> 영철아! 네가 잠깐 딴 데 갔다 왔기 때문에 고생은 무척 했지만, 그게 내게도 무척 좋은 일이 되었어,. 난 그 동안 많은 공부를 하였어. 너하고만 늘 같이 있을 때보다는 무척 많은 걸 배웠어. 세상은 여러 가지로 복잡해. 제 생각만 해선 안 되겠어. 남이 되어서 날 볼 줄도 알아야겠어. 다른 사람들의 딱한 사정도 생각해 봐야겠어. 안 그래? 영철아![37]

인용문은 자기 모습으로 돌아온 영철이가 자신에게 독백하는 부분이다. 여기서도 자신의 처지만을 생각했던 영철이는 전보다 성숙되고 변화된 인물로 변모되어 있다. 주인공의 이러한 모습은 현실에 대한 긍정적인 자세이며 미래지향적인 태도를 내포한다. "성숙은 세계 인식의 확대이며 자아

---

37) 앞의 책, 76쪽.

발견의 중심이다"38) 다른 사람에 대한 이해는 자아 성숙을 의미하며, 자신에 대한 성찰에서 보다 구체화될 수 있다. 타인의 삶을 경험한 영철이는 자신의 모순을 알게 되고, 그러한 깨달음이 타인과의 융화를 촉진시키고 있다. 독자 역시 이와 같은 심리적 환상세계를 통해 자신의 내면을 다시 들여다 볼 수 있다. 따라서 변신 모티브는 강소천 동화의 환상세계를 인식하는 한 방식이며, 다른 사람과의 공존을 추구하고 있다는 점에서 커다란 의미가 있다. 때문에 상상적인 공간 설정으로 평면적인 삶을 입체화시키는 동화에서의 환상세계는 인간의 상상력을 보다 풍부하게 할 수 있다.

3. 마무리

이상으로 강소천 문학에서 환상세계의 주된 요소인 의식과 무의식적인 꿈의 다양한 양상을 통해 작품을 분석하였다. 이를 통해 밝힐 수 있었던 것은 그의 작품세계를 지배하는 중요한 인자는 그리움과 화합 의지이라고 할 수 있다. 「돌맹이」와 「꿈을 찍는 사진관」, 「꿈을 파는 집」 등은 환상적인 매개물과 초자연적인 인물을 통해 상실했던 것들과의 만남의 꿈을 담고 있으며, 「꿈을 찍는 사진관」과 「꿈을 파는 집」은 실재적인 입몽에 의한 환상세계를 통해 현실에서는 불가능한 그리운 사람과의 만남의 꿈을 그리고 있다. 이 때 입몽의 환상세계에서 현실에서 꿈꾸었던 소원이 충족되어 현실에서 불균형은 새로운 질서를 구축하게 된다.

「잃어버렸던 나」는 입몽의 변신모티브를 통해 환상세계를 구축하고 있으며, 자아를 새롭게 발견하려는 꿈을 형상화하고 있다. 이 작품은 현실 세계가 아닌, 심리적 상상의 공간에서 부잣집 영철이가 가난한 만수로

---

38) 이재선, 『한국현대소설사』, 홍성사, 1978, 471쪽.

변하여 객관화된 자신을 들여다보게 한다. 타인의 입장에서 바라보는 자기 자신 들여다보기를 통해 사회와의 화합을 추구하고 있다. 「인형의 꿈」은 인간의 희망을 무생물인 인형과 대비시키는 기법을 통해 미래를 향한 화합 의지를 구현한 대표적인 작품이다. 이 작품은 꿈을 실현하기 위해서는 개인과 개인의 이해, 세대와 세대사이의 이해가 사회와의 융화로 연결되어야 한다는 의미를 함축하고 있다.

이렇듯 강소천은 무의식의 꿈과 입몽이라는 '꿈' 형식을 통해 환상세계를 구현하고 있다. 강소천 작품에서의 꿈은 꿈 자체로 끝나는 것이 아니라, 현실과의 연계성으로 미래를 암시하는 하나의 상징적인 기호로서 새로운 의미로 해석된다. 현실적 공간에서 환상세계를 설정하는 수법은 평면적인 삶을 입체화시켜 인간의 상상을 풍부하게 해 줄 수 있다. 이런 관점에서 '꿈' 형식을 통한 밝은 미래를 지향하는 강소천 작품의 환상세계는 중요한 의미를 부여한다.

—『한국동화문학연구』(서문당, 2000)

동심으로 외친 독립의 함성

─강소천의 동시 세계

신 현 득

1. 소천의 아동문학 시작은 동시 창작에서

소천(小泉)에 대해서 잘못 알려진 것이 있다.

그 첫째는, 소천이 1931년에 ≪아이생활≫에 동시 「버드나무 열매」 발표로 데뷔했다는 것이다. 조사를 해 보면 「버드나무 열매」는 그의 동요시집 『호박꽃초롱』(1941 · 박문서관) 20쪽에 실린 8 · 5조의 동요시이다. 그리고 이 해의 ≪아이생활≫지에는 이러한 동요나 동시가 확인되지 않고 있다.

다음으로 1930년 조선일보 신춘문예에 동요 「민들레와 울아기」가 당선되었다는 것이다. 이 기록도 확인이 되지 않고 있다. 그 다음으로 1939년 동아일보 신춘문예에 동화 「돌멩이」가 당선되었다는 것인데, 신춘문예 당선이 아니라 발표일 뿐이다.

소천은 동시와 동화 두 장르에 일가를 이루었으나 문학은 동요시 창작에서부터 시작되어 일제 말기인 1941년에 동요시집『호박꽃초롱』을 발간함으로써 우리 동시사에 큰 족적을 남기게 된다.

그의 습작 동요시는 1931년 ≪신소년≫지에 발표가 시작되었고, 1933년 ≪아이생활≫ 5월호에 동요시「까치야」가 임원호(任元鎬), 강승한(康丞翰)의 작품과 함께 윤석중(尹石重) 고선(考選)에 뽑히고부터 기성인 대우를 받게 된 것으로 조사되고 있다. 동화 발표는 전기한 바와 같이 1939년부터이다.

소천은 습작 초기에 본명인 강용률(姜龍律) 또는 필명인 강소천(姜小泉)으로 작품을 발표하다가 필명만을 쓰게 된다. 그가『호박꽃초롱』을 상재하던 때까지 어린이 잡지에 발표한 동시 작품은 다음과 같다.

제목	기명	발표지 및 연도	비고
1. 봄이 왔다.	강용률	신소년1931 (2월호)	17쪽
2. 무궁화에 벌나비	강용률	신소년1931 (2월호)	36쪽
3. 길ㅅ가엣 어름판	강소천	아이생활1931 (3월호)	38쪽
4. 이 앞집(압집) 저 뒷집	강용률	신소년1931 (4월호)	
5. 얼골 몰으는 동무에게	강소천	아이생활1931 (7월호)	54쪽
6. 울어내요 불어내요	강용률	아이생활1931 (10월호)	49쪽
7. 이상한 노래	강용률	어린이1932 (5월호)	56쪽
8. 울엄마 젖(젓)	강소천	어린이1933 (5월호)	
9. 까치야	강소천	아이생활 1933 (5월호)	35쪽
10. 꽁꽁(꽁꽁) 숨어라	강소천	아이동무1935 (10월호)	
11. 제비	강소천	동화(童話)1936 (6월호)	
12. 따(짜)리아	강소천	동화1936 (9월호)	
13 국화와 채송화	강소천	동화1936 (11월호)	

14. 할미꽃	강소천	동화1937(3월호)	
15. 닭	강소천	소년(조선일보발행)1937 (4월 창간호)	
16. 삼월(三月)하늘	강소천	동화1937 (4월호)	
17. 봄 비	강소천	아이생활1938 (4월호)	28쪽
18. 도토리	강소천	소년1938 (11월호)	
19. 지도	강소천	아이생활1939(2월호)	
20. 달 밤	강소천	아이생활1939 (2월호)	12쪽
21. 전등과 애기별	강소천	아이생활1940 (8월호)	6쪽

2. 민족시『무궁화에 벌 나비』

소천은 습작 초기에는 《신소년》, 《어린이》 지 등에 동요시를 투고
하였다. 그러다가 기독교인이었던 그는 조선 야소교서회(현 대한기독교
서회)에서 발행하던 《아이생활》을 주무대로 하게 된다.

소천의 동요가 처음 활자화된 것은 1931년 《신소년》지였다. 같은 책
17쪽에 「봄이 왔다」, 36쪽에 「무궁화에 벌나비」의 두 편이 발표되었다.
이 중 한 편을 살펴보자.

이때 소천의 나이는 만16세 고원(高原)보통학교를 나와 함흥 영생(永
生)고보에 입학하기 이전의 연대로 추정된다. 소천은 1930년 고원보통학
교를 졸업하였고, 1937년 5년제 영생고보를 나온다. 1931년은 보통학교
졸업하고, 고보 입학 이전의 공간이다.

　　　이몸은 무궁화에 벌이랍니다.
　　　고운꽃(꽃) 피어(여)나라 노래부르며
　　　이꽃(꽃)서 저꽃(꽃)으로 날러다니는

조고만 무궁화에 벌이랍니다.

이몸은 무궁화에 나비랍니다
고운꽃(숫) 피어나라 춤을추면서
이꽃(숫)서 저꽃(숫)으로 날러다니는
조그만 무궁화에 벌(※필자 註: 나비의 오식)이랍니다.

우리의 노랫소리 들리건만은
귀여운 무궁화는 피지않(안)어요
그몹쓸 찬바람이 무서웁다고
귀여운 무궁화는 피지않(안)어요.
　　　　　　－高原 강용률 「무궁화에 벌나비」 전문

　　일제는 조선인의 독립운동을 저지하기 위해서 그 상징물인 태극기와
무궁화를 철저히 단속하였다. 무궁화를 심지 못하게 하였으며, 심은 무궁
화를 캐어 버리게 하였다. 무궁화를 자수로 표현하는 것이나 노래하는 것
을 금하였고, 이를 어기면 감옥에 가두었다.
　　이러한 단속 때문에 일제하에서는 무궁화가 시의 소재에 오르지 못했다.
무궁화의 수난기였던 것이다. 그래서 지금까지 무궁화 소재의 항일시(抗日
詩)로는, 먹뫼라는 가명으로 ≪아이생활≫(1933년 3월호)에 발표된 「이을
은 무궁화」와 소천의 「무궁화에 벌나비」 두 편이 발견되고 있을 뿐이다.
소천의 이 항일시는 한글말살 정책이 극한에 이르렀을 때 한글 동요시집
『호박꽃초롱』을 상재한 그 대담한 소천의 일제 저항정신에 이어지고 있다.
　　이 시에서 소천은 고운 꽃이 피어나기를 염원하면서 노래 부르는 무궁
화의 벌과 고운 꽃이 피어나기를 염원하면서 춤을 추는 무궁화의 나비를
캐릭터로 내세우고 있다. 이 벌과 이 나비가 그러한 염원으로 노래하고
있지만 무궁화가 피지 못한다.

무궁화가 핀다는 것은 곧 광복이며 독립이다. 일제의 암흑기에 무궁화가 꽃을 피울 수는 없다는 표현이다. 소천이 문학정신은 가슴에 끓어오르는 독립정신이었다. 이 시에 보이는 "우리의 노랫소리"는 무궁화를 곁들인 애국가의 후렴일 것이다. 이러한 노래가 들리건만 귀여운 무궁화는 피지 못한다. 그것은 찬바람 때문이다. 그 찬바람은 일제의 강압정치이다.

시에 보이는 벌과 나비는 2천만 민족에 비유되고 있다. 온 민족이 독립을 염원하지만 이루어지지 않고 있다는 표현이다. 소천의 동요·동시는 이처럼 민족 저항을 몸부림으로 보여주는 강한 이미지의 작품에서 시작되었다.

3. 서사동시「전등과 애기 별」의 스케일

당시 ≪신소년≫은 카프(KAPF)화 된 아동잡지였다. 그러나 소천은 이런 경향에 휘말리지 않고 독립사상을 내세우면서 건강한 작품을 보여 주었다. 1932년에는 ≪어린이≫지에 1편의 동요시가 뽑혔는데, 소파(小波) 몰후(沒後)인 이때는 ≪어린이≫지도 카프화 되어 있었다. 그러나 소천의 동요는 비교적 이를 잘 피하고 있었다.

소천은 첫 작품부터 명작을 보여준다. 그러다가 기성인 대우를 받으면서 작품이 더욱 당당해지고 있다.

동화「감과 꿀」(아이생활, 1940. 2월호)에 이어 1940년 ≪아이생활≫ 10월호부터 장편동화「히성이의 두 아들」을 5개월에 걸쳐 연재하게 된다.

이리하여 소천이 시에서 뿐만 아니라 동화에도 역량이 있다는 사실이 알려지게 되었다. 그러나 역시 그의 문학은 동요시에 대한 관심도가 높았다. 잡지 발표 작품 중에서 대작으로 볼 수 있는 서사동시「전등과 애기별」 (아이생활, 1940. 8월호)에서 그의 작품 스케일을 알 수 있다.

거리의 전등들은
하늘에 올라가 보고 싶단다

ㅡ내가 만일 하늘에 올라갈수만 있다면
나는 하늘에 올라가 저 보름달에게
옥토끼 이야기를 들려달라구 그럴텐데.

ㅡ내가 만일 하늘에 올라갈수만 있다면
나는 하늘에 올라가 저 애기별들과 같이(가치)
숨바꼭질을 하며 재미있게 놀아볼텐데.

ㅡ내가 만일 하늘에 올라갈수만 있다면
나는 하늘에 올라가 저 구름 이불을 덮고
포근-히 하룻밤 자고 올텐데.

거리의 전등들은
하늘의 별들이 부럽단다.

하늘엔 하늘엔 못 올라 가고
깜박이는 별들만 헤여 본다.

거리의 전등들은
하늘의 별들이 되어보고싶단다.

※

하늘의 애기 별들은
세상에 나려와 보고싶단다.

ㅡ내가 만일 세상에 나려갈수만 있다면
나는 세상에 나려가 어여쁜 아가씨들의
고운 노래를 들어볼텐데.

—내가 만일 세상에 나려갈 수만 있다면
나는 세상에 나려가 노름깜 상점에서 가서
어여쁜 인형을 가지고 올텐데.

—내가 만일 세상에 나려갈수만 있다면
나는 세상에 나려가 별성(星)자 이름가진
나와 나이 같은 애기를 만나볼텐데.

하늘의 애기 별들은
거리의 전등들이 부럽단다.

세상엔 세상엔 못 나려 오고
빤짝이는 전등만 헤여 본다.

하늘의 애기 별들은
거리의 전등이 되어보고싶단다.

—姜小泉, 「전등과 애기별」 전문

소천의 이 서사시는 하늘에 가서 별이 되어보고 싶은 거리의 전등과 세상에 내려와 전등이 되어 인간과 가까워지고 싶은 애기별의 소망을 대비시켜 놓았다. 별과 전등은 빛을 내는 점에서 동일 성격이다. 그러나 위치에서는 서로 상대되는 자리에 놓여 있다.

이러한 서사동시는 이전까지의 동시에서는 없던 것으로 소천의 개성적인 구성에서 이루어진 것이었다. 그 보다는 시의 내면이 전등에서 시작하여 우주를 지향하고 있다는 사실에 관심이 간다. 이것이 다음 시대의 동시 작법에서 스케일과 소재 확대에 영향을 주게 된다.

4.『호박꽃초롱』은 항일(抗日)의 함성

일제는 1939년 12월에 조선총독부를 통해 창씨개명령(創氏改名令)과 미곡배급조정령을 공포한다. 교과서에서 조선어과를 폐지하고, 일어상용을 강요한다. 이러는 가운데 1940년 8월 ≪조선일보≫, ≪동아일보≫가 폐간된다. 1941년 2월 조선 사상범 예방구금법(朝鮮思想犯豫防拘禁令)을 내어 놓는다. 그리고 12월에 태평양전쟁을 일으킨다.

어린이잡지 모두가 쓰러진 이때에 ≪아이생활≫만 홀로 버티면서 1939년부터는 <황극신민서사(皇國臣民誓詞)>를 매호 실어야 했고, 1941년부터는 일문(日文)을 섞은 기사를 내보내어야 했다.

소천의 동요시집『호박꽃초롱』은 이러한 암흑기에 우리의 문화 활동이 거의 정지된 상태에서 출간되었다. 1941년 2월 10일 백석(白石) 시인의「호박꽃초롱」서시(序詩)를 앞세우고, 출간된 강소천 동요시집『호박꽃초롱』의 게재 작품은 동요·동시 33편과 동화 2편이었다.

어린이 잡지에 발표되었던 작품 중「닭」,「지도」,「달밤」,「전등과 애기별」을 제외한 작품은 작품성이 약하므로 싣지 않았다. 민족시「무궁화에 벌나비」는 저항성 때문에 싣지 못했다.

「닭」,「이슬비의 속삭임」,「호박꽃초롱」당선동화로 잘못 알려진「버드나무 열매」, 그리고「옛날 얘기」,「봄바람」,「잠자리」,「바람」,「조그만 하늘」,「겨울 밤」,「전등과 애기별」등 명작은 그 뒤에 교과서에 실려서 알려진 작품들이다.

이중에서「호박꽃초롱」을 살펴보자

> 호박꽃을 따서는
> 무얼 만드나.
> 무얼 만드나.

우리 애기 조그만
초롱 만들지.
초롱 만들지.

반딧불을 잡아선
무엇에 쓰나.
무엇에 쓰나.

우리 애기 초롱에
촛불 켜 주지.
촛불 켜 주지.

―「호박꽃초롱」 전문

　　호박꽃은 농촌 집 텃밭 울타리에 기어 다니는 호박덩굴에 핀다. 우리에게 가장 흔한 꽃이다. 반딧불은 여름날 저녁에 불을 달고 농촌의 마당과 지붕과 텃밭과 울타리 사이를 날아다니는 친근한 곤충이었다.

　　이 두 가지를 결합시켜서 호박꽃으로 만든 초롱 그 안에 반딧불로 촛불을 컨다. 초롱은 불을 밝히는 도구다. 호박꽃이 초롱으로 반딧불이 촛불로 자리바꿈을 해서 신비감을 돋우고 있다.

　　소천의 『호박꽃초롱』은 당시까지 우리나라의 동요시집으로는 윤석중의 『윤석중 동요집』(1931)에 이은 한국 동시사상 제6의 율문집이었다. 그러나 일제 말에 마지막으로 아동문학을 지킨 작품집이었다는 데에 큰 의의를 두어야 할 것이다.

　　내선일체(內鮮一體)와 황국신민화를 내세우고, 의심스러운 사람은 별혐의 없이도 치안유지법의 올가미를 씌우는 시대였다. 이런 공포의 시대에 출간된 소천의 『호박꽃초롱』은 독립운동 그 자체요, 항일의 함성이었다. 소천의 첫 동시가 무궁화 예찬이었다는 데서도 이를 알 수 있다.

사실이지 일제로부터 절개를 지키고 공산주의에 이끌리지 않은 작가는 그리 많은 편이 아니다. 소천은 일제말기에 모국어로 독립을 외쳤고 공산독제에서 탈출, 이역에서 망향의 한을 안고 40대의 나이에 생을 마친다. 다시 말해서 그의 문학은 민족문학이요, 순수문학이었던 것이다.

5. 소천 동시문학의 작품성

『호박꽃초롱』에 실은 30여 편의 율문은 정형시로 보이는 작품이 거의 없다. 「이슬비의 속삭임」, 「도토리」 두 편이 정형률을 지니고 있을 뿐이다. 「울엄마 젖」은 7·5조를 띠고 있지만 분절은 없다. 「버드나무 열매」는 8·5조의 노래이다. 그 외는 자유시다.

소재로는 잠자리, 소 같은 동물이나 호박덩굴, 오동나무방울 등 식물을 중심한 자연물이 약 20편, 「숨바꼭질」 등 생활 테마가 약 8편, 그 중에는 「달리아」처럼 소품도 몇 편 있고, 동시에는 어울리지 않는 「순이 무덤」 같은 소재도 있다.

그러나 「호박꽃초롱」, 「이슬비의 속삭임」, 「달밤」, 「닭」, 「옛날 얘기」, 「잠자리」, 「바람」, 「조그만 하늘」, 「겨울」, 「전등과 애기별」 등은 명작이다. 「호박꽃초롱」은 연의 끝 행을 한 번씩 반복함으로써 그 효과를 노렸다. 기발한 구성이다. 「이슬비의 속삭임」은 이슬비를 3개의 화자로 나눔으로써 효과를 얻었다. 작품성이 뛰어나다. 「닭」은 닭의 물먹는 동작을 통해 하늘과 구름에 이르는 무한대의 희망을 은유적으로 표현하고 있다.

소천의 동시에서 동시의 대표 작품 셋을 들라면 「호박꽃초롱」, 「이슬비의 속삭임」, 「닭」을 내세울 수 있을 것이다. 이 세 편 중에서도 제호의 시 「호박꽃초롱」을 가장 앞세우게 될 것이다. 이 작품은 한국 정서에서만 창작될 수 있는 작품이기 때문이다.

한때 이 작품이 민요로 잘못 채집되어 임동권(任東權)채집민요 1492호로 기록된 일이 있었다. 그 뒤 그것이 채록자의 잘못으로 판명되었다. 아동문학에 대한 기본 지식이 없어서 일어난 사고였다. 윤석중에게는 이런 사고가 여러 건 있었다 한다.

소천이 현대 동시에서 가장 영향을 준 것은 대화법 개발이다.「잠자리」는 7연 중 3연이 나뭇가지와 잠자리의 대화로 이루어져 있고,「까딱 까딱」과「바람」은 대화만으로 이루어진 문답법 구성이다. 이런 구성에서 소천의 개성이 보인다.

> 빨—간 잠자리 한 마리가
> 가—는 나뭇가지 끝에 날러 와서
>
> —조금 앉았다 가랍니까?
> — 안 돼—요.
>
> — 조금만 앉았다 갈게요.
> — 안 돼.
>
> — 조금만 —
> — 글쎄 안 된다는데 그래.
>
> 앉으려다 못 앉구
> 또 앉으려다 못 안구
>
> 그러다 그러다 잠자리는
> 다른 데루 날러가 버렸습니다.(하략)
>
> —「잠자리」 부분

「잠자리」 1편은 잠자리 생태의 관찰에서 얻은 테마이다. 잠자리가 나뭇가지에 앉을 때는 앉으려다가 망설이는 동작을 되풀이한다. 이것을 나뭇가지와의 대화로 형상화 했다. 기발한 착상이다. 이것도 소천이 후대에 물려준 유산의 하나이다.

『호박꽃초롱』에 실은 30여 편의 동시는 음수율을 떠난 동시의 세계에 몰입한 자세로 창작한 동시다. "세공적 기교를 부리지 않고 소박한 직관 그대로 티 없이 표현하고 있는 시"(이재철,『한국현대아동문학사』)로 소개되어 있다.

소천의 동요시집『호박꽃초롱』은 우리 동시사에 중요한 몫을 하고 있다.

6. 소천에서 시작된 노래들

소천은 많은 노래를 남겨주었다. 작사된 소천의 노래는 150여곡에 이르며, 이 중 100여곡이 불려지고 있다. 스승의 날마다 불리는 「스승의 은혜」가 권길상 곡으로 이루어진 소천의 노래다.

> 스승의 은혜는 하늘 같아서
> 우러러볼수록 높아만 지네
> 참되거라 바르거라 가르쳐주신
> 스승은 마음의 어버이시다
> 아아 고마워라 스승의 사랑
> 아아 보답하리 스승의 은혜.
>
> －「스승의 은혜」1절

「스승의 은혜」를 시로 감상해 보면 마음을 울려주는 작시에서 좋은 곡이 태어남을 알 수 있다. 우리는 「스승의 은혜」를 부르면서 우리의 스승인 소천의 모습을 떠올리게 된다. 「스승의 은혜」 못지않게 많이 불리는 소천의 노래가 또 있다. "하늘 향해 두 팔 벌린 나무들 같이……"로 시작되는 나운영 곡인 「어린이 노래」다. 곡도 경쾌하지만 작시가 얼마나 희망적이고 발랄한 내용인가.

　시로서도, 노래로도 명작인 "나는 나는 갈 테야…"의 「이슬비」는 김성도 곡의 소천의 노래다.

　　　길가의 민들레도 노랑 저고리
　　　첫돌맞이 우리 아기도 노랑 저고리
　　　민들레야 방실방실 웃어보아라.
　　　아─가야 방실방실 웃어보아라.

「민들레」1절

　소천의 이 노래를 부르지 않고 자란 한국인은 없을 것이다. 이상근 곡이다. "한겨울에 밀짚모자 꼬마 눈사람…"은 한용희 작곡인 소천의 노래 「꼬마 눈사람」이다. 나운영 곡 "삼월하늘 가만히 우러러보면…" 소천의 노래 「유관순」이다.

　노래의 노래말도 동요시이므로 문학으로 간주된다. 특히 소천의 노랫말은 문학의 향기가 짙기 때문에 좋은 가락을 만나 어린이들을 즐겁게 해주고 있다.

─『강소천 선생 40주기 기념 추모의 글 모음』(2003. 5)

강소천 동화의 환상성

함윤미

Ⅰ. 머리말

지금까지 나온 강소천의 문학에 관한 연구들을 살펴보면 대부분 교육적 측면에 초점이 맞추어져 있었다. 새삼 지난 논의들을 부정하려는 것은 아니지만, 강소천의 작품이 교육성 위주로 흘렀다는 시각에 대한 사실적 논거 제시 및 재해석이 필요하다고 본다. 또한 작품에 나타난 꿈의 형상화 과정 역시 동화 본연의 자유로움이 담긴 환상성이라는 사실을 구체적으로 다룰 필요가 있다.

문학의 개념 중에는 다의성을 띤 성격 때문에 명확하게 정의 내리기 어려운 용어들이 많다. '환상'도 그러한 용어 가운데 하나로, 이에 관심을 가진 이론가의 이름만큼이나 그 정의도 다양하다.[1] 어원적 의미의 환상은

---

1) '환상'은 사전적으로 그 용어의 정의가 명확히 통일되어 있지 않다. 공상·상상·상상력·몽상 등과 유사한 우리말이 있으나 이 단어들의 구분은 문학뿐 아니라 국어학이나 심리학에서도 명확히 이루어져 있지 않은 상태이다. 또 영어로는 fantasy,

그리스어 'πανταζω'에서 나온 말로 본래 보이는 모습의 정신적 이미지, 즉 상상을 뜻하는 판타지(fantasy)의 역어이다.

우리나라에서 환상에 대한 일반의 관심이 일기 시작한 것은 1990년대부터라고 할 수 있다. '컴퓨터 게임과 통신소설'[2]에서 비롯되었고, 환상 담론 역시 그 맥락에서 생겨났다.

그런데 한국아동문학에서는 환상에 대한 관심이 이미 1970년대에 시작되었다. 그 결과물 가운데 하나가 바로 1970년에 김요섭이 엮어낸『환상과 현실』(보진재)이다.[3] 김요섭은 환상을 장르로 보지 않고 동화의 본질적인 특성으로 파악하였다. 그리고 환상이 갖는 의미와 가치, 효용 등을 강조하였다. 이후 여타의 논자들이 김요섭의 환상 개념을 도입하여 환상의 이론적인 고찰을 시도해 지금에 이르고 있다.[4]

---

fancy 등으로 번역되어 있다. 따라서 이 글에서는 '환상'을 위의 유사한 용어들을 내포하는 상위 개념으로 사용하도록 하겠다.

2) 미즈노 료(水野良)의『마계마인전』(들녘, 1995)처럼 컴퓨터 게임을 기반으로 한 게임소설에서 판타지 마니아층이 형성되고, 통신소설로 출발한 김근우의『바람의 마도사』(무당미디어, 1995), 이영도의『드래곤 라자』(황금가지, 1996), 김혜리의『용의 신전』(자음과 모음, 1998) 등이 오프라인에서도 대대적인 성공을 거두면서 대중문학계는 이른바 판타지 열풍에 휩싸인다. 이들 일련의 작품은 톨킨(J. R. R. Tolkien)의『반지의 제왕』, 조앤 롤링(Joan K. Rowling)의『해리 포터』와 더불어 우리 대중문학계에 환상 장르에 대한 일정한 상을 심어주게 된다.

3) 1990년대 후반 대중문화계를 장악한 판타지 열풍 그리고 성인문학에서 가지게 된 환상에 대한 관심들이 아동문학에도 자극을 준 것은 사실이다. 그러나 논의의 출발 시점으로 보아 아동문학에서의 환상에 대한 논의는 성인문학에서 비롯되지 않고, 그 이전에 자생적으로 발전해왔음을 알 수 있다.
김요섭은『환상과 현실』(보진재, 1970) 출간에 앞서 릴리언 스미스(Lillian H. Smith)의 저서『아동문학론』(교학사, 1966)을 번역한 바 있다. 여기서 릴리언 스미스는 '판타지란 보편적 진실을 포착하려고 할 때 시와 똑같이 은유라는 방법을 쓴다. 그리고 판타지는 독창적인 상상력에서 생기는 것으로, 그 상상력이란 우리들의 오관으로 알 수 있는 외계의 사물에서 끌어내는 개념을 초월한 보다 깊은 개념을 형성하는 마음의 활동이다.'라면서 환상의 어원적 개념을 '옥스퍼드 중사전'을 빌어 밝혀 놓았다. 이후 1986년에 발간된 김요섭의『현대 동화의 환상적 탐험』(한국문연) 역시 릴리언 스미스의 이론에 기초하였다.

4) 환상에 대한 체계적인 연구의 시도라는 점에서 눈여겨볼 만한 논자는 김영희이다.

그간 여러 평자들이 내린 환상에 대한 정의를 크게 나누어 보면, '환상을 장르로 볼 것인가', '환상을 양식으로 볼 것인가' 혹은 '환상을 문학의 본질 또는 속성으로 이해할 것인가'이다. 그리고 '환상적인 사건은 어떤 것인지', '환상은 작중 인물에게 어떠한 지적 · 정서적 반응을 불러일으키는지', '독자에게는 어떤 반응을 요구하는지'에 대한 문제를 제기한다. 이런 견해의 차이는 그들이 대상으로 삼았던 텍스트의 차이에서 비롯되었다. 연구자가 어떤 작품을 텍스트로 삼아 어떤 방식으로 접근했느냐에 따라서 환상의 정의가 달라질 수 있다는 뜻이다.[5]

요컨대 환상은 다양한 정의를 허락하는 개념이다. 눈에 보이지 않는 것

그는 초자연의 세계 또는 추상의 세계를 자의적으로 넘나들 수 있는 비현실적이고 비합리적이면서 창조적인 생명력을 환상이라 정의하였다. 그리고 환상을 특징별 유형 · 배열별 유형으로 나누어 작품에 대입시켰다. (김영희, 「한국 창작 동화의 판타지에 관한 연구」, 연세대학교 교육대학원 석사학위논문, 1977.)

김은숙은 환상을 작가 정신의 본질로 보았다. 환상과 상상은 인간의 동경이나 이상을 추구하는 일종의 기법적 소재이며, 그것은 현실에 있으면서 현실 이상의 어떤 질서를 구축하는 작가의 유기체적 정신 작용이라고 하였다. (김은숙, 「창작 동화에 있어서 환상의 미적 기능 연구」, 연세대학교 대학원 석사학위논문, 1984.)

박상재는 환상을 작가의 독창적 대상력에 의해서 의도적으로 생기는, 비현실적인 세계에 또 하나의 리얼리티를 창출해 내려는 심적 작용이라 정의했다. 그리고 환상을 유형별로 나누어 여러 작가들의 작품을 분석하였다. (박상재,『한국 창작 동화의 환상성 연구』, 집문당, 1998.)

김명희는 환상이란 상상력을 모태로 한 초자연적 세계, 시공을 초월한 비합리적 세계 그리고 일반적인 사물과 현실을 새로운 형태와 질서로 바꾸어 놓는 창조적 생명력을 가지는 것이라고 정의하였다. (김명희,「한국 동화의 환상성 연구」, 전주대학교 대학원 박사학위논문, 2000.)

이 밖에도 환상에 관한 연구 결과가 더 있지만 김요섭의 그것에서 크게 벗어나지 않아 생략한다.

5) 영미권 아동문학의 판타지를 연구한 마리아 니콜라예바의 논의(김서정 역, 『용의 아이들』, 문학과지성사, 1998.)는 앞에서 서술한 서구 이론들이나 한국아동문학 논자들의 연구에서 들을 수 없었던 내용들을 들려준다. 그는 성인문학과 아동문학의 장르적 · 문학사적 관점에서 벗어나 기호학을 위시한 문학의 여러 분야를 끌어들여 환상을 입증하고 있다. 그러나 이 또한 환상에 대한 다른 이해가 얼마든지 가능하다는 것을 보여주는 예시 중 하나임을 알 수 있다.

을 눈에 보이도록 하고, 현실 밖의 비현실을 현실화시켜 보여준다. 여기에 초자연적인 요소와 비현실적인 요소, 불가능한 요소가 개입된다. 또한 환상은 리얼리티와 상호보완적인 관계를 유지하면서 다양한 기법의 변화를 시도하기도 한다.

강소천의 동화에 나타난 환상 역시 현실 세계와 동떨어진 전혀 다른 영역을 추구하지는 않는다. 종종 환상이 현실과 대비되기는 하지만, 그렇다고 양자가 이원적으로 대립하지는 않는다. 때론 현실 세계에 결여되어 있는 영역을 지향하여 소원을 이루기도 하고, 때론 익숙한 현실 세계를 생소한 어떤 것으로 보이게 하는 능력으로 작용하기도 한다.

이로써 지금까지 있어 온 강소천 문학 연구가 교육성과 꿈에 대한 비평에 국한되어 있었다면, 이 글은 지금껏 간과되었던 강소천 동화의 환상성을 논의의 한가운데에 놓고 그것을 확대 · 발전시키고자 한다.

II. 본문

1. 환상의 표현적 기법

문학적인 환상은 개개인의 망상과는 달리 문학 체계 안에서 표현되어야 한다. 이러한 점에서 한결같이 강조되는 것이 바로 내적 리얼리티이다.

환상 세계는 현실에서 있을 수 없는 신비롭고 기이한 일들이 일어나는 세계이지만, 그렇다고 그 일들이 제멋대로 불쑥불쑥 일어나서는 안 된다. 그 세계 안에서 통하는 나름의 법칙과 질서가 있어야 한다. 느닷없는 상황이 펼쳐져서도 안 되고, 등장인물이 어떤 계기도 없이 마음 내키는 대로 행동해서도 안 된다. 어쩌면 환상 세계의 질서는 현실의 질서보다 더 엄격한 원리에 의해 세워져야 하는지도 모른다. 그래야만 독자가 이야기에 의구심을 품지 않고, 그런 세계가 있을 거라고 믿으면서 이야기에 빠져들 수 있기 때문이다.

이러한 점을 고려할 때 환상 동화에 있어서 환상 세계로 가는 통로는 매우 중요한 의미를 지닌다. 환상 동화가 우연성 혹은 느닷없음을 배제하고 그럴듯한 주제 형상화에 성공하려면 환상 세계로의 출입을 결정하는 적절한 통로를 설정해 주어야 한다는 뜻이다.

강소천 동화에 나타난 환상성에서 가장 주목할 만한 게 바로 이 통로이다. 현실 세계에서 환상 세계로 넘어가는 적절한 통로 설정으로, 작품에서 드러내고자 하는 주제가 잘 형상화되었기 때문이다.

1) 꿈의 형식

한 작가의 작품에서 반복되어 나타나는 것은 그 작가의 문학적 특성을 살필 수 있는 핵심적인 요소이다. 강소천의 작품에서는 꿈을 들 수 있다. 여기에서 꿈은 소망 충족으로서의 이상을 뜻하는 꿈과 잠잘 때 꾸는 실제 꿈으로 나뉜다.

강소천 작품에 나타나는 꿈의 형식은 현실에서의 갈망이 잠잘 때 꾸는 꿈을 통해 해소되는 방식이 대부분이다. 그리고 '현실-환상-현실'이라는 '갔다가 돌아오기'의 일정한 구조를 지니고 있다.

「꿈을 찍는 사진관」6)에는 꿈의 형식이 중첩되어 나타난다.

주인공인 '나'는 따스한 봄날 스케치북을 들고 뒷동산에 오른다. 그리고 스케치북에 끼워놓았던 민들레 카드와 푸른 하늘을 보다가 생각에 잠긴다. 생각이 꼬리에 꼬리를 무는 순간, 강렬한 봄 햇살에 눈이 데인 듯한 느낌이 의식에 전해지면서 눈앞 광경은 흐드러지게 핀 살구꽃으로 대체된다.

---

6) 강소천, 「꿈을 찍는 사진관」, 『꿈을 찍는 사진관』, 문음사, 1981.

나는 분명히 '아직 꽃이 피려면 한 달이나 남았다'고 하는 현실의 시간을 또렷이 인식하고 있다. 하지만 눈에 보이는 것은 '전등이라도 켠 듯이 환히 피어있는 살구꽃'이다.

독자가 지금의 상황이 환상인지 실제인지 의심하려는 순간, 나는 다시 한 번 '이상한 일이 아니겠습니까?'라는 말로 눈앞에 펼쳐진 생소한 광경에 현실의 잣대를 슬쩍 대어 놓는다. 현실과 환상이 논리와 비논리로 교차하는 절묘한 순간이 아닐 수 없다. 그 순간은 독자가 현실과 비현실을 의심한 순간인 동시에 작품 속 내가 현실을 인식한 시간이요, 환상 세계에 발을 들여놓은 간발의 생각이다.

전쟁으로 인해 헤어진 고향 친구 순희를 만나고 싶은 나의 간절한 바람이 연상 작용을 통해 고향을 대표하는 살구꽃으로 대체되면서 비현실 세계로 들어간 것이다.

처음부터 주인공의 의도에 따라 나선 길이었으니, 이제 독자는 앞으로 일어날 놀랍고도 새로운 일들을 기꺼이 겪을 마음의 준비가 된 셈이다.

아니나 다를까, 분홍 꽃이 핀 살구나무는 예사 나무가 아니다. 진작부터 나를 기다리고 있었다는 듯 밑줄기에 '꿈을 찍는 사진관'으로 가는 방향 표시의 간판을 달고 있다. 표시를 따라가 보니 정말로 파란 하늘빛 색깔로 써 놓은 '꿈을 찍는 사진관' 간판이 보인다. 사진관의 벽과 창문, 지붕 그리고 방과 천장은 온통 새하얗다.

소천에게 있어 그리움의 촉매 색상은 파란 하늘빛이며 하얀 구름빛이다. 현실의 뒷동산에서 올려다 본 하늘과 구름의 색상이 연상 작용을 일으켜 '새하얀 집 · 새하얀 방 · 파란 글씨'로 대체된다. 그렇게 구축된 또 다른 세계, 꿈을 찍는 사진관에서 나는 그리움의 꿈을 이루기 위해 잠을 자고 꿈을 꾼다.

> 살구꽃 활짝 핀 내 고향 뒷산-따사한 봄볕을 쪼이며, 잔디 위에서 같이 놀던 순희, 노랑 저고리에 하늘빛 치마-할미꽃을 꺾어 들고 봄 노래 부르던 순희-오늘 밤 정말 우리는 만날 수 있을까?[7]

여기에서 두 가지 의미의 꿈이 중첩되어 나타난다. 종이에 적은 나의 꿈은 살구꽃 활짝 핀 고향 마을에 가보는 것이요, 그리운 순희를 만나는 것이다. 간절한 나의 꿈은 정말로 잠 속 꿈에서 이루어진다.

중첩된 꿈은 환상과 현실을 잇는 사진이라는 증거물로 남는다. 하지만 이내 나는 그 증거물로 인해 믿지 못할 일을 겪게 된다.

> 순희의 나이는 열두 살 그냥 그대로인데, 나는 지금 나이 스무 살이니까요.[8]

이는 작가가 현실을 놓치지 않는 대목이면서 끝까지 환상이라는 서사 구조를 깨뜨리지 않는 탁월함을 보인 부분이다. 그리움의 꿈이 8년이라는 세월의 차이로 나타난 사진에 대해 언급하면서, 마치 내가 꿈에서 깨어 현실로 돌아오기라도 한 것처럼 능청을 떨고 있지 않은가! 그 일은 현실에서는 절대로 일어날 수 없는 불가능한 일이다. 그래서 독자는 아직 환상의 세계에 머물러 있을 수 있다.

이야기의 줄거리는 '내가 뒷동산에 앉아 민들레꽃 카드를 보고 있었다'는 내용으로 끝이 난다. 그렇다고 이 작품에 드러난 환상을 한낱 백일몽으로 치부할 수는 없다. 작품에 나타난 소망 충족의 환상 세계는 단순히 현실 세계의 결핍을 없애주는 곳의 역할만 하고 있지 않기 때문이다.

현실의 결핍을 느끼고 환상 세계로 들어가 획득한 소망 충족의 기쁨을

---

7) 강소천, 앞의 책, 42쪽.
8) 위의 책, 45쪽.

현실에서 누릴 수 없다면, 등장인물이 굳이 원래의 현실 세계로 되돌아올 필요가 없다. 그래서 강소천 동화에서는 '갔다가 돌아오기'가 큰 의미를 갖는다. 이는 현실 세계와 환상 세계를 잇는 통로의 입구와 출구의 적절한 설정으로 드러난다.

> 나는 내 눈을 의심하리만큼 놀라지 않을 수 없었습니다. 거기에는 활짝 핀 꽃나무 한 그루가 서 있었기 때문입니다. 아직 살구꽃이 피려면 한 달은 더 있어야 할 텐데, 저렇게 연분홍 꽃이 전등이라도 켠 듯이 환히 피어 있는 것은 이상한 일이 아니겠습니까?9)

> 내가 처음 앉았던 뒷동산에 와 앉아 다리를 쉬며 가슴 속에 간직했던 사진을 꺼냈을 때, 나는 또 한 번 놀라지 않을 수가 없었습니다. 분명히 내가 넣었던 곳에서 꺼냈는데, 내가 사진관에서 받아든 순희와 같이 찍은 사진은 아니었습니다. 그것은 내가 좋아하는 동화집 갈피 속에 끼어 있던 노란 민들레 카드였습니다.10)

작품의 처음과 끝의 내용이다. 현실과 환상을 잇는 '갔다가 돌아오기'가 잘 그려져 있다.

'살구꽃이 피려면 한 달이나 남았다'고 하는 현실의 시간을 슬쩍 알려준 뒤, '그런데 연분홍 꽃이 전등이라도 켠 것처럼 환히 피었다'고 하면서 주인공의 입을 통해 '이상한 일'이라고 말해준다. 그 순간 독자도 주인공과 같은 마음으로 고개를 갸웃하게 된다. 앞으로 펼쳐질 이상한 일들을 독자가 자연스레 받아들일 수 있도록 미리 마음의 준비를 시켜 놓은 것이다.

환상 세계에서 위로 받고 돌아온 주인공은 내적 성장을 이룬다. 그 성장을 이야기의 끝부분에서 현실 세계로 돌아오는 통로를 통해 잘 보여주

---

9) 앞의 책, 36쪽.
10) 위의 책, 46쪽.

고 있다. '환상 세계에서 순희와 같이 찍은 사진'이 아닌 '현실 세계에서 갖고 있던 노란 민들레 카드'를 보면서 자신의 상황을 직시하고, 희망 찬 삶을 다짐하는 것이다.

작가는 주인공이 현실로 되돌아오지 못하는 세계를 진정한 환상 세계로 여기지 않았다. 그것은 도피로 채워진 망상의 세계일 따름이다. 소천에게 있어서 환상 세계는 대립의 요인을 극복하고, 갈등을 더 높은 차원으로 끌어올린 치유의 시공간이다.

따라서 '꿈을 찍는 사진관'은 어린이들이 마음만 먹으면 언제든지 가볼 수 있는 곳이고, 현실의 결핍을 채울 수 있는 희망의 사진관이 되고 있다.

이밖에도 꿈의 형식을 빌려 환상 세계를 보여준 작품에는 「토끼 삼형제」, 「꽃이 되었던 나」, 「나는 겁쟁이다」, 「이상한 안경」, 「달 돋는 나라」, 「새해 선물」, 「크리스마스카드」, 「크리스마스 선물」, 「크리스마스 꼬까옷」, 「산타할아버지와 선물」, 「그리운 메아리」 등이 있다.

2) 다양한 도구의 활용

환상 동화의 발상은 '만약'이라는 가정에서 출발한다고 해도 과언이 아니다. '만약이라는 가정의 바람에서 사실일지도 몰라, 아니 사실임에 틀림없어 라고 믿게 만드는 것! 그것이 바로 환상 동화의 매력이다.'[11] 이러한 매력을 증폭시키고, 주제 형상화에 성공하는 장치로 이용되는 것 가운데 하나가 바로 도구이다.

동·서양을 막론하고 작품에서 환상 장치로 이용되는 도구는 그 종류와 수가 헤아릴 수 없을 정도로 많다. 도깨비 방망이, 감투, 빗자루, 구슬, 알약, 반지, 지팡이 등 쓰임새도 각양각색이다. 쓰임새에 맞게 도구에 마

---

11) 니시모토 게이스케, 최현숙 옮김, 『세계걸작동화로 배우는 동화 창작법』, 미래 M&B, 2001, 136~137쪽.

술적인 힘이 부여되었을 때 비로소 환상 세계는 그럴듯한 힘을 얻게 된다.

「퉁수와 거울」12)을 보자.

이야기 안에서 퉁수와 거울은 현실 너머에 있는 비현실 세계로의 진입을 돕는 도구이자 환상 세계에서 이산의 아픔을 치유하기 위한 필요조건에 해당한다.

주인공인 '나'는 전쟁으로 인해 북에 있는 고향을 잃고, 고향에 할아버지만 남겨둔 채 어머니를 따라 남한으로 내려와 살고 있다. 전쟁터에 나간 아버지와도 소식이 끊긴 지 오래이다. 극도의 빈곤과 그리움으로 점철된 하루하루가 이어진다. 그러던 어느 날, 나는 친구가 잡아온 아기붕어두 마리를 집으로 가지고 온다. 아기붕어의 처지가 마치 가족과 헤어진 자신의 처지처럼 느껴져 붕어한테 온 정성을 쏟는다. 생명을 소중히 여기는 마음과 간절한 그리움이 붕어와의 대화를 가능하게 했고, 아기붕어들을 놓아주면서 나는 신비의 힘을 발휘할 수 있는 퉁수와 거울을 얻는다.

퉁수는 불기만 하면 마음에 그리던 사람을 만날 수 있게 해 주는 신비의 도구이다. 나는 그것을 의심의 여지없이 믿고 또 믿는다. 그러자 정말로 할아버지와 아버지를 만난다.

거울도 마찬가지이다. 거울을 보며 그리운 사람을 세 번 부르면 그 속에 사람이 나타나고, 다시 세 번 부르면 사라진다. 나는 거울 안에서 꿈에도 그리던 반가운 얼굴들을 만나며 기뻐한다.

퉁수와 거울을 통해 경험한 환상 세계에는 남북의 대결 구도로 생겨난 38선이 없다. '네가 보고 싶다면 눈 깜짝할 동안 언제든지 와 주지.'라는 할아버지의 말처럼 때와 장소도 문제가 되지 않는다. 더 이상 전쟁도 이산의 아픔도 없는 그곳이야말로 작가가 간절히 원하는 세계이다. 그 세계를 얻기 위해 작가는 퉁수와 거울이라는 도구를 활용하여 환상 세계를 그리고 있다.

---

12) 강소천, 「퉁수와 거울」, 『꿈을 찍는 사진관』, 문음사, 1981.

환상 세계에서 만남의 기쁨을 누린 주인공은 현실로 돌아왔을 때 더 이상 그리움에 눈물을 흘리지 않는다. '남북이 통일되어 할아버지와 아버지를 만날 수 있다'는 희망을 가지고 하루하루 열심히 살아간다. '만약에'라는 작가의 간절한 바람이 퉁수와 거울이라는 환상 장치를 통해 현실 극복 의지로 나타난 것이다.

「이상한 안경」[13]에서는 안경이 현실 세계와 환상 세계를 잇는 도구로 등장한다.

주인공인 미야는 낮잠 주무시는 할아버지의 안경을 몰래 써 본다. 그때 할아버지의 가슴 위에 새 한 마리가 앉아있는 것이 보이지 뭔가! 놀란 미야는 얼른 안경을 벗는다. 그러자 새는 이내 사라지고 없다. 다시 안경을 써 보았더니 또 새가 보인다. 순간 미야는 '누구의 가슴에나 이런 게 보일까?' 하는 호기심을 품고 밖으로 나간다.

골목에서 아이들 여럿이 모여 떠들고 있다. 그들 무리에 참새, 독수리, 딱따구리, 제비 같은 새들이 끼어있다. 싸움을 싫어하는 아이의 가슴에는 참새나 제비 같은 작은 새가 보이고, 사납게 싸우려 드는 아이의 가슴에는 맹수인 독수리가 보인다.

모든 것을 알았다는 듯 집으로 돌아온 미야는 뜻밖의 광경을 목격한다. 동생을 야단치며 화를 내는 엄마의 가슴에 사나운 독수리는 없고 보라색 꽃이 달려 있는 게 아닌가. 알고 보니 엄마가 동생을 야단치는 것은 미움 때문이 아니라 사랑의 마음이어서 그렇게 보였던 것이다. 엄마는 곧 동생을 달래며 눈물을 닦아준다. 그러자 엄마의 가슴에는 암탉이, 동생의 가슴에는 병아리가 나타난다. 미야는 빙긋 웃으며 안경을 벗는다.

안경이라는 환상의 도구를 활용하여 친구나 가족 간의 사랑을 들추어 내 작가의 문학적 특성인 효용성을 극대화하고 있는 작품이다.

---

13) 강소천, 「이상한 안경」, 『진달래와 철쭉』, 문음사, 1981.

「노랑나비」에서는 신발이 나비의 날개가 되어 주인공을 환상 세계에 데려다 주는 도구로 활용된다.

집안이 가난하여 신발을 살 돈이 없는 주인공은 늘 헌 신발을 신고 다닌다. 소풍을 가는 특별한 날에도 주인공만은 너덜너덜한 신발 신세이다.

주인공은 새 옷과 새 신발을 신고 한껏 즐거워하는 아이들이 부럽기만 하다. 그 부러운 마음은 새 신발을 갖고 싶다는 간절한 마음을 불러 마침내 해진 신발을 나비의 날개로 만들어버린다.

이제 주인공에게 거추장스러운 신발은 없다. 곱고 예쁜 날개를 단 주인공은 더 이상 새 신발을 신은 아이들이 부럽지 않다. 헌 신발에서 해방되었기 때문에 다리도 아프지 않다. 날개가 있으니 가고 싶은 곳이면 어디든지 팔랑팔랑 날아가 구경할 수 있다.

신발이라는 도구를 활용하여 환상 세계를 보여줌으로써 주인공의 상처받은 마음을 치유해주고, 헐벗고 가난한 현실을 극복할 수 있도록 해주는 작품이다.

이처럼 강소천은 현실에 존재하는 물건에 마술적인 힘을 불어넣어 환상 세계가 더욱 은밀하고 깊숙이 어린이들의 현실 세계 안으로 파고들어 갈 수 있도록 자리를 마련해 주고 있다.

3) 의미부여 장치

강소천은 작품에 드러난 자아 탐구 과정에 무의미의 의미화라는 개념을 끌어들여 환상을 펼쳐나갔다.

'있다는 것은 무엇이고 없다는 것은 무엇인가? 있다는 것은 언어가 있기 때문에 있고, 없다는 것은 언어가 없기 때문에 없다. 그러나 이 없음도 언어이다.'[14] 현실에 존재한다는 것은 언어화 했을 때 의미를 갖게 되고,

---

14) 이승훈, 『모더니즘의 비판적 수용』, 작가, 2002, 133쪽.

그것은 곧 불가능을 가능하게 하는 환상 세계의 초 논리와 서로 통한다.

「영식이의 영식이」[15]를 보자. 자아 탐구 과정에 언어의 의미부여 장치를 가미해 환상 세계를 보여준 작품이다.

1학년이 된 영식이는 글을 배우기 시작하면서 새로운 기쁨에 빠진다. '박영식'이라고 써 놓으면 사람들이 다들 박영식이라고 읽어주는 게 아닌가. 신이 난 영식이는 책, 굴뚝, 장독 할 것 없이 여기저기에 온통 박영식이라고 제 이름을 써 놓는다. 그런데 어느 날, 뜻하지 않은 일이 벌어진다. 수업시간에 선생님이 영식이의 이름을 부르자 연통 토막과 장독들이 교실로 들어와 '예!' 하고 대답을 하지 뭔가. 영식이는 당황하며 자기가 진짜 영식이라고 주장한다. 하지만 연통과 장독들은 몸에 써 있는 '박영식'이라는 글자를 내보이며 자기가 영식이라고 우긴다. 하나의 사물이 언어의 명명에 의해 본래의 기능을 떨쳐버리고 언어화 된 대목이다. 영식이의 의식에 자리한 언어의 힘을 빌려 연통도 영식이가 되고 장독도 영식이가 된 것이다.

선생님은 이 놀랍고도 신기한 경험을 역이용해 모든 것을 제자리로 돌려놓는다. 물건들이 영식이가 써 놓은 글자에 의해 영식이가 된 것처럼, '세상에 영식이는 저 아이 하나 뿐이야'라는 말로 못을 박은 뒤 '너희들은 박영식의 박영식이야'라며 물건들에게 새로운 의미를 부여해 준다. 그 순간 연통과 장독들은 영식이의 영식이가 된다. 그리고 '제자리로 돌아가 맡은 일을 하며 움직이지 말 것'을 주문하자 상황은 곧 말한 대로 정리된다.

선생님의 말에 의해 영식이의 영식이가 되었던 사물들이 또 선생님의 말에 따라 본래의 역할을 찾게 된 것이다.

「바람개비 비행기」[16]는 생각의 의미부여 장치가 가미된 작품이다.

생각에는 굳이 순서가 없어도 괜찮다. 현실의 과학 원리 없이도 생각은 생각을 낳을 수 있고, 자유를 얻어 무한대의 세계로 뻗어나갈 수 있다. 영

---

15) 강소천, 「영식이의 영식이」,『꿈을 찍는 사진관』, 문음사, 1981.
16) 강소천, 앞의 책, 65~67쪽.

식이의 생각 속에서 바람개비 날개는 비행기의 프로펠러가 되고, 그것을 입에 문 영식이는 비행기가 되어 하늘을 날 수 있게 된다. 현실의 질서에 지배받지 않는 곳, 생각이 자유라는 이름을 얻어 가 닿은 곳이 바로 환상의 세계가 된 것이다.

환상 세계 안에서는 생각이 생각을 즐기는 기쁨까지 만끽할 수 있다. 비행기가 되어 마구 하늘을 날아다니던 영식이는 이제 천천히 날고 싶다는 생각을 한다. 천천히 날면서 흰구름도 보고, 나무와 산, 푸른 바다도 감상하고 싶어진 것이다. 그러자 상황이 곧 영식이의 생각대로 된다. 작가는 현실의 한계를 극복하려는 노력으로 생각의 의미부여 장치를 이용하여 환상 세계를 그려내었다. 그 속에서 어린이들이 보다 큰 꿈을 가지고 건강하게 자라기를 바랐으리라.

이처럼 시간과 공간을 초월한 환상 세계는 어린이에게 무한한 상상의 무대가 된다. 마음만 먹으면 된다는 생각, 그 생각 속의 세계가 바로 동화의 세계이며 환상의 세계이다. 거기서 독자는 비행기가 되는 영식도 만나고, 연못 속 하늘이 바다가 되는 경험도 한다.

「빨강 눈 파랑 눈이 내리는 동산」[17] 에 펼쳐진 환상 세계는 시적 비약을 통한 의미부여 장치와 생각의 의미부여 장치가 동시에 이용되고 있다.

이야기의 처음 배경은 현실의 경험임에도 불구하고 비현실적인 경험을 가능하게 하는 시적 비약으로 구축되어 있다.

'눈은 하늘의 달님과 별님이 어린이들에게 보내주는 반가운 겨울 소식', '눈은 어느 나라 어느 어린이가 보아도 즐겁게 읽을 수 있는 겨울 편지' 혹은 '하얀 편지는 곧잘 꿈까지 함께 보내기도 한다', '온 세상은 수많은 아기별들의 하얀 편지로 폭 덮였다'는 내용이 그러하다. 시적 비약을 통해 눈 내린 아침 풍경을 함축적으로 제시하고 있다. 서술자의 시선으로

---

17) 강소천, 「빨강 눈 파랑 눈이 내리는 동산」, 『조그만 사진첩』, 문음사, 1981.

파악되는 그 풍경들은 서사의 속도를 빠르게 진행시켜 호기심을 불러일으킨다. 이렇게 시적 비약으로 시작된 의미부여 장치는 주인공 덕재의 생각으로 이어지면서 장치의 중첩을 보인다. 덕재는 눈 내린 겨울 경치를 쓸쓸하게 여기며 보름달에게 여러 색깔의 눈을 내려달라는 편지를 쓴다. 그렇게 될 거라고 굳게 믿는 덕재의 마음은 곧 환상 세계로 나아간다. 어느 겨울날, 하늘을 보고 있던 덕재는 믿지 못할 경험을 한다. 눈앞에 흰 눈과 함께 까만 것이 조금씩 내리기 시작하더니 이내 글씨가 새겨진다. '네 소원대로 빨강 눈 파랑 눈을 내려 주마'라는 보름달의 답장이다.

주인공 덕재의 아이다운 발상으로 시작된 생각은 흰 눈을 빨강 눈·파랑 눈·노랑 눈으로 바꾸어 내리게 한다. 여러 빛깔의 눈을 맞은 들판은 그 빛깔마다의 꽃과 잎을 틔우며 마침내 꽃동산으로 변한다. 흰 눈 내린 춥고 쓸쓸한 겨울 경치를 색깔의 대비를 통해 따뜻한 겨울 경치로 바꾸어 놓은 것이다. 현실에서는 결코 있을 수 없는 상황에 시적 비약과 생각의 의미부여를 통해 새로운 세계 창출에 성공한 작품이라고 할 수 있다.

이 밖에 「맨발」, 「사슴골 이야기」, 「준이와 백조」, 「그림 속의 나」에서는 생각의 의미부여 장치와 시적 비약의 의미부여 장치를 이용하여 환상을 보여주고 있다.

2. 작품에 나타난 환상의 기능

어린이는 환상을 통해 심리적 위축감·열등감·무기력함 같은 부정적 면모를 떨쳐내는 힘을 축적해 성장하고 삶의 변화에 대처하는 능력을 쌓아간다. 갈등을 해소하는 심리적인 기능으로서의 환상은 프로이트 이후 많은 심리학자나 발달이론가들의 주요 관심 대상이 되어 왔다. 무의식이나 현실 너머의 비현실 세계에 자리하고 있는 환상은 인간의 심리를 조절하는 기능을 한다.

이러한 환상을 자유롭고도 적절하게 구사하도록 자극하는 문학 또한 그 관심의 영역에 놓여 있다. 특히 어린이는 환상 동화를 통해서 자신도 모르는 사이에 개인적인 자기 인식 과정을 거치게 되고, 가족이나 친구 · 학교 같은 상호 관계 속에서 자신의 자리를 마련하는 능력을 키워나간다.

또한 환상은 어린이의 은밀한 혹은 노골적인 소원을 현실화시킨다. 현실에서는 결코 이룰 수 없는 소원이 환상을 통해 문학 속에서 실현되는 것을 보고 카타르시스를 느끼는 것이다.[18]

강소천은 환상을 사용해 동화를 썼고, 그 속에서 어린이들이 성장하고 단련되는 힘을 가질 수 있도록 모든 의무를 다하고 있다. 이는 제임스 크뤼스(James Kruess)가 말한 '어린이는 많은 환상을 가지고 있는 존재이다. 어린이를 위해 글을 쓰는 사람은 환상을 사용할 권리뿐만 아니라 의무를 가지고 있어야 한다'는 주장에 부합한다.

1) 경계 해체에 따른 해방 기능

현실의 경험과 비현실적인 경험이 상호 교류를 이루어 탄탄한 환상 세계를 구축해내려면 둘 사이의 경계가 자연스럽게 허물어져야 한다.

경계 해체는 인간 육체의 변신이나 죽음으로 이루어지기도 하고, 인간과 비인간적 존재와의 교류나 사랑으로 이루어지기도 하며, 새로운 시 · 공간의 구축으로 나타나기도 한다. 이것을 가능하게 하는 것은 어린이의 자유분방한 마음이다. 그 마음은 쓸데없는 상식 따위에 얽매이지 않는 순수함을 지니고 있다.

반면 어른이 구축해 놓은 현실 세계에는 규칙이나 도덕 혹은 현실에 발목 잡힌 제도가 많다. 그러한 것들로부터 벗어나도록 돕고, 답답한 현실에서 놓여나며, 동심을 성장시키는 역할을 하는 게 바로 환상인 것이다.

---

18) 김서정, 『멋진 판타지』, 굴렁쇠, 2002, 197쪽.

생활 반경이 제한되어 있는 어린이에게 닥치는 압박감은 가족이나 친구에게서 오는 경우가 많다. 그런데 소천의 동화에서는 어린이가 받는 심리적·물리적 압박을 가족에게서 찾는 경우는 거의 없다. 당시 전쟁을 치르고 난 아이들에게 가족이라는 존재는 상실한 대상이지 대립의 대상이 아니기 때문이다. 그러므로 작품에 나타나는 가족과의 대립은 기껏해야 부모에게 꾸중을 듣는 정도이다.

평소 어린이의 일상생활에서 소재를 찾고 주제 형상화를 위해 노력한 소천은 친구간의 대립이나 압박감, 이산의 아픔 따위를 환상으로 해결하고자 노력하였다. 그 과정에서 주로 이용된 것이 변신 모티프이다. '다른 사물이나 존재로 변신할 수 있다는 것은 곧 그 사물이나 존재를 포함하는 세계 질서에 관한 인지 능력을 소유하고 있음을 표지한다. 독립된 개체로 보이는 사물들의 경계가 변신 모티프를 통해 개방되는 것이다.'[19]

「잃어버렸던 나」[20]는 주인공 영철이가 자신의 원래 외모를 잃어버리고 다른 사람이 되어 살다가 결국 자신을 되찾는 이야기이다. 여기서 다른 사람으로의 변신은 새로운 경험을 통해 본래의 자신을 발견하고 새로운 지향점을 향해 나아가는 성숙을 의미한다.

무덤가에 앉아 있던 영철이는 새를 잡으려고 돌을 던졌다가 그 돌에 이마를 맞아 쓰러진다. 한참 뒤 정신을 차리고 보니 자신의 겉모습이 죽은 신문팔이 소년 만수로 변해 있다. 가족을 비롯해 어느 누구도 영철이를 알아보는 사람이 없다. 만수가 된 영철이는 구두닦이를 하며 갖은 고초를 겪는다. 그 과정에서 어려운 이웃에 대해 생각하는 계기를 갖고, 이기적이었던 과거의 자신을 돌아본다. 또 지난날 자신의 잘못으로 도둑 누명을 쓰고 쫓겨난 할아버지가 병고에 시달리는 것도 알게 된다. 그러면서 차츰 가족의 소중함과 인간 존중, 사랑 등을 깨달아간다.

---

19) 최기숙, 『환상』, 연세대학교 출판부, 2003, 107쪽.
20) 강소천, 「잃어버렸던 나」, 『꾸러기 행진곡』, 문음사, 1981.

다시는 제 모습을 되찾을 수 없을 거라고 체념했던 영철이는 혹시나 하는 마음에 무덤가를 찾는다. 그리고 처음에 그랬던 것처럼 돌 같은 것에 머리를 얻어맞은 뒤 본래의 모습을 되찾는다.

이때 존재의 탈바꿈으로 진행된 이야기 구조는 의외의 이야기 틀을 가지며 결말에 이른다. 제 모습을 찾은 영철이는 집으로 돌아오자마자 어머니의 꿈 이야기를 듣는다. 그러던 중 어머니의 꿈과 자신이 겪은 일이 비슷하다는 것에 흠칫 놀란다. 하지만 그것은 어머니의 꿈일 뿐 영철이의 환상 경험에는 속속들이 영향을 미치지 못한다. 지금까지 영철이가 겪은 일을 전적으로 어머니의 꿈 속 이야기로 치부할 수 없다는 뜻이다. 이야기의 처음에 영철이가 만수로 바뀐 뒤 "나는 내 살을 꼬집어보았습니다. 아팠습니다. 그러니까 꿈은 아니었습니다."라고 현재의 상황을 확인하는 대목이 그렇고, 어머니의 꿈 이야기를 들은 뒤 영철이가 할아버지에 대해 이야기 하는 대목이 그러하다. 영철이의 변신이 어머니의 꿈 속에서 일어난 일이었다면 어머니는 당연히 만수가 만난 할아버지에 대해 알고 있어야 한다. 하지만 어머니는 영철이가 느닷없이 왜 할아버지 이야기를 하는지 의아해한다.

이처럼 의외의 결말은 변신이라는 모티프와 함께 현실과 환상의 경계를 완전히 허물어뜨리는 역할을 하고 있다. 그리고 영철이가 겪은 환상 세계의 경험에 믿음을 심어주는 대목이 되기도 한다.

변신 외에도 죽음 모티프를 이용한 경계 해체를 통해 환상의 해방 기능을 획득한 작품도 있다.

「그리운 메아리」[21]를 보자. 이 작품에서는 주인공인 영길이가 꾸는 꿈의 여정 속에서 환상이 드러나고, 그 안에서 또 다른 등장인물인 박 박사의 변신이 이루어진다. 변신을 통해 현실에서 결핍으로 작용하던 그리움이 해소된다.

---

21) 강소천, 『그리운 메아리』, 문음사, 1981.

영길이의 꿈 속에서 박 박사는 새가 되는 비법 연구에 성공한다. 그리고 마침내 제비로 변신하여 북에 있는 고향으로 가 꿈에도 그리던 가족을 만난다. 하지만 고향에는 박 박사의 머릿속에 남아있던 예전의 살가움을 찾아볼 수가 없다. 가족 모두 버거운 현실을 마지못해 견디고 있다. 제비가 된 박 박사로서는 어찌할 수 없는 현실이고, 그저 바라보며 가슴아파 할 수밖에 없다.

제비의 신세로 남한에 돌아온 박 박사는 빈 터 전신주에 앉아 잠시 피곤한 몸을 쉰다. 그런데 그때 한 아이가 쏜 고무줄 총에 맞아 전신주에서 떨어지고 만다. 제비에서 사람으로 돌아오지 못한 채 빈 터에서 쓸쓸한 죽음을 맞는다.

그런데 이 모든 것은 주인공 영길이의 꿈에서 이루어진 상황이었다. 하지만 영길이는 박 박사가 머릿속에서 지워지지 않아 그를 직접 찾아간다.

알고 보니 영길이의 꿈 속 상황이 박 박사가 꾼 꿈과 똑같지 뭔가. 영길이의 꿈이 그러하였듯이 박 박사의 꿈도 결국엔 현실에 맞닥뜨려 힘을 발휘하지 못한다.

이때 작가는 그동안 여러 작품들에서 보여 왔던 '현실-환상-현실'이라는 구도를 뛰어넘어 새로운 의지를 보여준다. 환상 세계에서 돌아온 박 박사를 현실 세계에서 진짜 죽음에 이르도록 만든 것이다. 죽음에 대한 상상은 인간의 삶을 총체적으로 이해하려는 시도의 한 표현이라 할 수 있다.

이 작품에서 박 박사의 죽음은 현실을 극복하고 영원한 세계로 나아가는 해방의 의미를 갖는다. '부르면 되돌아오는 메아리'처럼 현실 너머의 세계에서 만나고 싶었던 사람들을 다시 만나 새로운 삶을 꾸려가고자 하는 희망으로 표현한 것이다.

이처럼 강소천 동화에서 보이는 죽음은 공포를 불러일으키는 대상이 아닌 의식의 개방을 통한 경계 해체와 더불어 무한한 세계로의 진입을 도모하고 있다.

현실 세계와는 다른 질서에 따라 움직이면서 삶에 대한 낯설고 새로운 감각을 불러일으키는 환상의 세계, 그 세계는 우리의 일상 경험을 넘어서는 곳에 있다. 그런데 넘어서는 곳에 있다고 생각되는 그 세계는 결코 멀지 않은 곳, 어린이의 천진스런 마음인 동심에 닿아있음을 알 수 있다.

2) 진리 인식을 통한 유희 기능

문학의 즐거움은 진리 인식을 통해 얻는 감동에 있다. 진리 인식은 세상을 새롭게 바라볼 수 있는 맑은 눈의 회복을 뜻한다. 현실 세계에 감추어져 있던 진실이 밝혀지고 선명하게 드러나는 순간의 환희도 이에 속한다.

동화의 정서적 효과 역시 마찬가지이다. 그것은 어린이 스스로가 작품 속에 투입되어 주인공과 함께 사건에 참여하면서 새롭고 신비한 경험에 몰입하여 얻는 기쁨이며, 또다른 자아의 경지에 이르는 진리 인식에 의한 감동이다.

또한 '시공을 초월한 무한한 우주 공간과 자연 현상은 객관적 대상으로서가 아니라, 인간의 심연에 내재한 원초적인 세계로 동심의 상상력을 통해서만 인식 가능한 초 논리적이고 초 인지적인 상징의 세계이다.'[22)

상징 세계는 곧 환상 세계이며, 인간의 이성적 능력과 배치되는 것이 아니라 오히려 익숙해진 현실 세계를 다시 볼 수 있는 눈을 길러준다. 어떤 것이든 상징화 할 수 있는 어린이의 마음이야말로 있다고 믿으면 끝없이 생성되는 환상의 세계요, 실체는 눈에 보이지 않지만 의식에 존재하면 있다고 받아들이는 세계 인식의 한 방법이다. 즉 어린이에게 있어서 상징 놀이는 유희이며 삶의 희망이다.

상징을 통해 보편적 진리를 인식하고 기쁨을 맛보게 해주는 작품, 「수남이와 수남이」[23)를 보자.

---

22) 황정현, 「아동문학 본질의 이해」, ≪문학 교육학≫(제8호), 도서출판 역락, 2001, 64쪽.
23) 강소천, 「수남이와 수남이」, 『꾸러기 행진곡』, 문음사, 1981.

주인공인 수남이는 겁이 많아 친구들에게 놀림을 당하는 외톨이이다. 이런 수남이에게 가장 필요한 것은 자신을 이해해줄 친구이다. 단 한 명이라도 친구가 옆에 있다면 수남이는 더 이상 외롭지도 슬프지도 않을 것 같다. 그 간절함이 수남이로 하여금 그림자를 인식하게 했고, 그 인식은 상징을 통해 또 다른 수남이가 되어 자아를 발견케 한다.

수남이는 학교에서 돌아오는 길에 자기 그림자의 목소리를 듣는다. 그리고 그림자와 대화를 나누며 '그림자 수남이'를 자신과 동일시한다. 사실 수남이는 그림자 수남이를 불러낸 것이 자신이라는 사실을 알고 있고, 그림자 수남이를 자신으로 받아들인 것도 자기라는 것을 안다. 나아가 자신에게는 없는 용기를 그림자 수남이는 가졌다고 생각하며 그것을 좀 더 구체적으로 가시화하여 환상적으로 받아들인다.

> "수남아!"/ ―웅? 하는 대답과 함께 내 옆엔 나와 똑같은 옷을 입은 아이가 불쑥 나타났다.[24]

비현실적인 현상이 수남이의 의식에 의해 현실적인 경험으로 대체된 장면이다. 그림자 수남이는 이제 이름뿐만 아니라 모양까지 '나와 똑같은 옷을 입은' 수남이가 된다. 그림자 수남이가 완전한 모습을 갖춘 수남이로 등장한 것이다. 이 장면은 수남이가 이제 더 이상 외톨이가 아니라는 것을 말해준다.

> "수남아!" / 길가에 멍하니 앉아 나는 입 속으로 수남이를 불러 봤다. 수남이를 찾으려 해서가 아니라 무척 그리운 친구의 이름을 불러 보듯이 그렇게 불러 본 것이다.[25]

---

24) 강소천, 「수남이와 수남이」, 앞의 책, 127쪽.
25) 위의 책, 130~131쪽.

그림자 수남이도, 나와 똑같은 옷을 입은 수남이도, 모두 자신이 만들어낸 또 다른 자신이라는 것을 수남이 스스로 깨닫고 있다. 이제 수남이는 상징놀이를 통해 그림자 수남이를 언제든지 불러낼 수 있다. 마침내 수남이는 그림자에게 "수남아! 이제 보니, 너 참말 지독한 겁쟁이로구나. 햇빛이 조금만 비쳐도 안으로 도망쳐 버리니까 말이야."라고 말함으로써 평소 느끼던 자신의 모습을 드러낸다. 그림자 수남이는 수남이의 모습을 비추는 거울인 셈이다.

이어 그림자의 입을 빌려 "날 겁쟁이라니까 말이지만 진짜 겁쟁이 너란 말이야. 수남아, 안 그래?"라며 결국엔 자신을 인정함으로써 진정한 자아를 발견하기에 이른다.

수남이는 진정한 자신을 발견하고 용기를 얻어 자신을 따돌렸던 아이들을 찾아간다. 아이들은 수남이의 용기를 시험해 보자며, 한밤중에 여우고개에 있는 서낭당에 가라고 한다. 그리고 느티나무 굴 안에 돌멩이를 갖다 놓으라고 한다.

수남이는 그림자 수남이를 믿고 행동하여 마침내 스스로를 극복하는 시험을 치러낸다. 이젠 누구에게도 무시당하지 않을 자신이 생겼다. 겁쟁이가 아닌 씩씩하고 용기 있는 수남이가 된 것이다.

그런데 수남이는 용기가 지나쳐 아이들과 싸움을 하기에 이른다. 그림자 수남이가 극구 말렸지만 소용이 없다. 하지만 마음과는 달리 골목대장 대일이와의 정면대결에서 수남이는 흠씬 두들겨 맞고 코피까지 흘린다. 수남이는 분하기도 하고 부끄럽기도 하여 울음을 터뜨린다.

아이들이 돌아간 뒤 수남이는 혼자 남겨진다. 하지만 곧 자신에게 둘도 없는 친구가 있다는 사실을 깨닫는다. 마음만 먹으면 언제든지 친구가 되어줄 그림자 수남이가 있었던 것이다. 어느새 나타난 그림자 수남이는 울고 있는 수남이를 위로해준다. 덕분에 수남이는 마음껏 목 놓아 울 수 있다.

나는 아까보다 더 큰 소리로 엉엉 울었다. 슬퍼서가 아니라 오랫동
안 그립던 친구를 다시 만났을 때 나오는 그런 기쁜 울음이었다.[26]

　수남이는 상징놀이를 통해 그림자 수남이를 언제든지 불러낼 수 있다.
마음으로 간절히 원하고 그것을 위해 힘쓰면 이루지 못할 일이 없다는 것
도 깨달았다. 환상을 통해 '모든 것은 마음먹기에 달려 있다'는 진리를 깨
닫고 성숙한 자아를 발견한 것이다. 그 진리는 수남이와 독자 모두에게
'기쁜 울음'이라는 유희를 안겨주었다.

　물론 어린이들이 상징놀이를 통해 얻을 수 있는 유희 기능이 진리 인식
에만 국한된 것은 아니다. 어린이란 순수하게 몰염치할 정도로 즐거움을
위해서 읽는 독자라는 사실을 간과해서는 안 된다는 뜻이다. 어쩌면 '재
미'와 '즐거움'에 대한 희구야말로 어린이들이 문학을 접하는 원초적인 이
유가 아닐까? 그런 점으로 미루어 볼 때 강소천은 어린이에게 읽히는 문
학을 하기 위해 부단히 노력한 작가라고 할 수 있다. 그는 동화의 제목 짓
기부터 소홀히 하지 않았다. 기발한 발상으로 지어낸 제목은 어린이의 호
기심을 자극하기에 충분하고, '재미있을 것 같다'라는 믿음까지 준다. '재
미는 새로운 체험을 통해서 얻어지는 감정적 흥분이다. 또한 작품의 재미
는 축적된 긴장의 해소를 이해함에 따른 감정적 흥분이기도 하다.'[27]

　무엇보다 강소천은 어린이들이 일상생활에서 겪는 따돌림, 이기심, 우
정 등과 같은 현실의 문제도 간과하지 않았다. 그들이 현실을 환멸로 받
아들이지 않고 동심으로 극복하여 화해하고 기쁨을 누릴 수 있도록 해주
었다. 환상을 통해 어린이들이 나약함을 극복하고 세상의 어려움에 맞서
건강하게 성장하기를 바란 것이다.

---

26) 강소천, 앞의 책, 140쪽.
27) 이현비, 『재미의 경계』, 지성사, 2004, 78~79쪽.

3) 삶의 가치 판단을 위한 윤리 기능

동화에서는 분노나 비극 · 결핍 · 슬픔 같은 부정적인 정서를 그릴 때 더욱 신중을 기해야 한다. 왜냐하면 어린이의 성장은 육체적인 성장뿐만 아니라 정신적인 성장에 있어서 세계관 정립의 개방성과 폐쇄성의 영향을 동반하기 때문이다.

'어두운 정서로 공감을 얻으려 하는 경우의 동화는 자칫 어린이의 성장에 폐쇄적인 정서를 심어줄 수 있다. 물론 분노나 비극 같은 정서를 띤 구성을 하지 말라는 뜻은 아니다. 그러한 허구적인 구성은 때때로 어린이들에게 현실에 대한 면역력을 기를 수 있는 힘을 주기도 한다. 하지만 작품 전체가 비극이 되어서는 안 되며, 마지막에 가서는 미래에 대한 희망을 보여 주어야 한다.'[28]

그렇다고 권선징악을 강조하기 위하여 억지로 꾸며놓은 행복한 이야기만을 들려주라는 의미도 아니다. 다만 한 작품에는 아름다움과 추함, 행복과 고통, 밝음과 어둠, 기쁨과 슬픔 등이 자연스럽게 녹아 있어야 한다는 뜻이다.

강소천 동화는 결핍으로부터 시작되는 경우가 많다. 그 결핍의 형태는 의식주의 해결이 시급한 어린이들의 물질적 결핍, 전쟁으로 부모를 잃었거나 친구와의 싸움으로 인한 사랑의 결핍, 이념 대립으로 생겨난 남북 분단의 현실을 인식하며 소망하게 되는 화해의 결핍으로 요약할 수 있다.

이러한 결핍 요소는 주인공이 겪는 시련으로 나타나는데, 그 시련의 현실적인 모순을 극복하기 위하여 환상이 동원된다. 환상을 통해 삶의 가치 판단을 위한 윤리성을 확보해 나간 것이다.

여기서 말하는 윤리는 특정 시대의 이데올로기적 교훈이나 도덕적 덕목이 아니다. 동화에서의 윤리는 신화 세계의 윤리에 가깝다. 신화의 세

---

28) 조안 에이킨, 이영미 옮김, 『꿈과 상상력을 담은 동화쓰기』, 백년글사랑, 2003, 222쪽.

계는 그 자체가 환상의 세계이다. 어린이뿐만 아니라 어른을 비롯한 모든 만물이 무한한 의사소통의 능력을 지닐 수 있는 세계이다. 신화의 세계가 확보한 총체성은 '로고스'이며, 전 인류가 추구하는 공통된 윤리이자 동화의 윤리성과 동일 선상에 있다. 이는 착한 사람이 고통을 받고 오히려 악한 사람이 잘 사는 그런 현실적인 모순을 극복하고자 하는 인간 무의식의 반영이며, 그것이 일정하게 동화의 구조를 이루어 '있어야 할 것'의 윤리성, 즉 사랑과 행복과 화해의 기능을 확보하게 되는 것이다.[29]

「진달래와 철쭉」[30]은 권선징악적 주제의 일반적인 교훈뿐만 아니라 사랑의 실천 및 화해와 행복이라는 윤리성을 담고 있다. 줄거리를 따라가 보자.

① 박 바보라 불리는 희성이 영감이 진달래와 철쭉이라는 두 아들을 데리고 가난하게 살고 있다. 형 연성이 영감은 부자이지만 욕심이 많아 박 바보를 거들떠보지도 않는다.

② 어느 날, 산에 나무하러 갔던 박 바보는 황금새의 간을 구한다. 그 간을 먹으면 부자가 되는데, 정작 진달래와 철쭉은 그 사실을 모르고 간을 먹는다. 이를 안 연성이 영감은 박 바보가 부자가 될까 봐 거짓 말을 하여 진달래와 철쭉을 죽이라고 시킨다.

③ 박 바보는 두 아들을 차마 죽일 수 없어 산에 두고 온다. 진달래와 철쭉은 마음씨 착한 포수를 만나 훌륭한 포수가 되고, 10년 뒤 아버지를 찾아 나선다.

④ 한편 궁궐에서는 공주들을 노리는 붉은 여우를 없애기 위해 활 잘쏘는 사람을 찾는다. 형제는 공을 세우면 아버지를 찾기 쉬울 거라

29) 황정현, 앞의 글, 68~69쪽.
30) 강소천, 「진달래와 철쭉」, 『진달래와 철쭉』, 문음사, 1981.

믿고 궁궐로 향한다. 그런데 동생이 병에 걸리는 바람에 형 혼자 붉은 여우와 싸우다 돌이 되고 만다.

⑤ 몸이 회복된 철쭉은 붉은 여우를 없애고 공주들과 형을 살려낸다.

⑥ 공을 세운 형제는 융성한 대접을 받으며 임금과 함께 거리 행차에 나선다. 마침 행차를 보러 나온 아버지를 만나 극적으로 상봉한다.

⑦ 형제는 두 공주와 결혼을 하고, 큰아버지인 연성이 영감을 용서한다. 연성이 영감은 그간의 행실을 반성하고 어려운 이웃을 도우며 검소하게 살아간다.

⑧ 나랏일을 맡게 된 진달래와 철쭉은 가난에 굶주린 백성들을 위해 많은 일을 한다.

위의 이야기에는 악한 사람은 나쁜 일을 반복함에도 불구하고 더 부자가 되어 잘 사는 반면, 착한 사람이 고통을 받고 어렵게 살아가는 모습이 보인다. 작가는 두 대립 요소를 연성이 영감과 박 바보를 통해 드러내고 있다. 또 진달래와 철쭉이 붉은 여우와 벌이는 대결도 이에 속한다. 두 대립의 해결은 간단하게 이루어지지 않는다. 오히려 박 바보의 생활을 더 비참하게 만들고, 부자지간 이산의 아픔을 확대해 놓으며, 붉은 여우로 인한 시련도 만만찮다. 하지만 현실의 부조리 앞에서 좌절하거나 포기하지 않는 그들의 당당한 모습을 모험의 서사로 보여줌으로써 사회의 모순에 대항하는 방법을 제시하고 권선징악적 해결로 화해를 이끌어낸다. 착한 사람이 결국엔 복을 받게 된다는 희망의 메시지를 마지막까지 놓치지 않으며, '진달래와 철쭉이 산에 오르자 봉오리 졌던 진달래와 철쭉이 활짝 피어났다'라고 결말지어 모든 것들의 화해를 이끌고 앞날의 행복을 제시한다.

이처럼 강소천 동화는 권선징악적 교훈이 도덕적 덕목에 머무르지 않고, 환상이라는 장치를 통해 용서와 화해 그리고 사랑의 실천이라는 문학적 윤리의 필요성을 일깨워 준다.

문학에 있어서 윤리는 도덕적 윤리를 예중하는 것이 아니라 우리의 통찰력을 확충해주는 역할을 한다. 용서와 사랑의 실천 그리고 화해의 덕목이 바로 문학의 윤리이다. '있어야 할 세계'를 추구하면서 '있다고 믿는 마음'은 어린이들이 현실 세계의 모순을 극복할 수 있는 해결의 열쇠이자 환상의 본질이다. 이를 통해 강소천 동화의 환상성이 갖는 주제의 교훈성은 강한 윤리적 효용성을 지닌다.

그 윤리적 효용성이 특히 두드러지게 나타난 작품은 「눈사람」[31]이다.

창호와 인수 형제는 밤사이 내려 쌓인 눈을 보며 좋아한다. 둘은 눈을 굴려 눈사람을 만들기 시작한다. 창호가 굴려서 뭉친 눈으로는 몸뚱이를 만들고, 인수가 굴려 뭉친 눈으로는 머리를 만든다. 숯으로 눈과 눈썹을 붙이고 솔방울로 귀를 만들어 놓고 보니 제법 그럴싸한 눈사람이 되었다. 눈사람을 보며 좋아하던 형제는 아침밥을 먹으러 집 안으로 들어간다.

그 사이 이웃에 사는 숙이가 놀러 왔다가 마당에 서 있는 눈사람을 보고는 심통을 부린다. 눈사람이 숯검정 눈을 부릅뜨고 자신을 노려보는 것 같은 생각이 들어서이다.

> "내가 너를 무서워할 줄 알아?"
> 숙이는 눈사람의 두 눈과 눈썹을 빼어 버렸습니다.
> "이게 눈이야? 눈썹이야? 이건 숯이야."
> 그러나 숙이가 다시 눈사람을 보았을 때, 눈사람은 확실히 소경이 되어 있었습니다.
> 숙이는 괜히 쓸데없는 장난을 했다고 생각했습니다. 그러니까 숙이는 창호네 집에 들어갈 수도 없습니다. 숙이는 그냥 다시 집으로 돌아갔습니다.[32]

---

31) 강소천, 「눈사람」, 『조그만 사진첩』, 문음사, 1981.
32) 위의 책, 203~204쪽.

죄책감을 가지고 집으로 돌아온 숙이는 환상 경험을 하게 된다. 그 환상은 꿈의 형식을 빌려 펼쳐진다. 잠을 자다가 무서운 꿈을 꾸게 된 것이다. 그것은 다름 아닌, 소경이 된 눈사람들이 문 앞에 가득 모여 성난 목소리로 자기를 부르는 꿈이다. 어찌나 무섭던지 숙이는 그만 '어마아' 하고 울어버린다. 그러자 어머니가 달려와 숙이를 깨운다.

잠에서 깬 숙이는 다시 창호네 집을 찾아간다. 그런데 어찌된 일인지 창호네 마당에 서 있는 눈사람의 얼굴에는 처음과 같이 두 눈과 눈썹이 제대로 붙어 있다. 이 장면은 숙이가 꿈속에서 자신이 저지른 잘못의 대가를 치른 것과 맞물리며 죄책감을 씻어주는 역할을 한다.

동심의 세계는 애니미즘이 통하는 세계이다. 물활론적 사고가 지배하는 세계이기에 숙이는 눈사람의 눈이 되어 있는 숯을 떼고 마음이 편하지 못했던 것이다. 이 작품을 대하는 어린 독자들 역시 마찬가지 마음이었으리라. 숙이의 죄책감을 고스란히 떠안고 이야기를 따라 가다가 마침내 숙이와 함께 '손에 쥐고 간 숯덩이를 슬그머니 눈 속에 묻어버리며' 안도의 숨을 내쉬었을 것이다.

강소천은 이런 아이다운 발상의 이야기를 통해 동심을 표현하고자 하였다. 그리고 인간 본연의 따스한 마음을 보여주어 동화에서 드러나는 주제의 교훈성을 윤리적 효용성으로 극대화시켰다.

III. 맺음말

강소천의 문학 작품은 동화와 소년소설 140여 편, 동요와 동시 240여 편, 동극 6편, 수필 12편 등 총 400여 편에 이른다.

작품 수에 미치지는 못하지만 지금까지 강소천에 대한 평가와 그의 문학에 대한 연구는 계속 있어 왔다. 하지만 대부분이 작품에 나타난 주제의 교육성과 일부 작품에 한정된 꿈의 해석, 그리고 그것들에 대한 비평에 머무르고 있다. 특히 환상성을 띤 작품 분석이 면밀히 이루어지지 못했다는 점이 아쉬움으로 남는다.

강소천이 추구한 문학의 본질은 환상과 밀접한 관련을 맺고 있다. 김요섭에 의해 환상의 담론 연구가 본격적으로 이루어지던 1970년대 이전부터 소천은 문학의 본질 탐구에 환상을 이용하는 앞선 의식을 보여주었다.

환상은 우리가 불가능하다고 생각해 온 것들을 가능하게 하는 힘이며, 사실이 아니라고 생각해 온 것들을 사실로 만들어주는 또 다른 가능성이다. 작품 속에 나타나는 현실과 환상은 마치 동전의 양면처럼 상호보조적인 관계로 자리한다. 그것을 위하여 강소천은 폭넓은 환상의 개념을 작품에 도입하여 어린이들이 현실을 극복해 나가는데 도움이 되고자 노력하였다.

현실 극복 의지로서의 환상을 여러 표현 기법을 동원하여 역동적 서사를 보여주었고, 그와 동시에 작품 안에서 환상의 인식론적 기능도 얻어냈다.

주제 형상화를 위한 환상의 표현적 기법으로는 꿈의 형식, 다양한 도구의 활용, 의미부여의 장치가 이용되었다.

꿈의 형식은 소원충족으로서의 꿈과 실제로 자면서 꾸는 꿈의 형태로 나타난다. 두 가지 꿈의 형태를 통해 환상 세계를 보여주며 그 안에서 현실 극복 의지를 드러냈다.

도구의 활용에 있어서는 악기, 거울, 안경, 책, 편지봉투, 그림, 알약, 신발 등 어린이의 일상생활에서 흔히 볼 수 있는 소재를 취했다. 이를 통해 환상 세계는 누구나 꿈꾸면 누릴 수 있다는 사실을 보여주었고, 그로 말미암아 어린이들에게 현실의 고통을 이겨내는 힘을 주고자 하였다.

의미부여 장치를 이용한 환상 세계는 등장인물의 의식에서 비롯되는 생각의 의미부여 장치와 말의 명명에 의한 언어의 의미부여 장치 그리고 시적 분위기 묘사에 의한 시적 의미부여 장치에 의해 드러난다.

작품에 두드러지게 나타난 환상의 인식론적 기능에는 경계 해체에 따른 해방 기능, 진리 인식을 통한 유희 기능, 삶의 가치 판단을 위한 윤리 기능이 있다.

해방 기능은 변신과 죽음이라는 모티프를 이용해 경계를 해체함으로써 얻어진다. 사람이 다른 사람으로, 사람이 사물이나 동·식물로, 동물이 다른 동물로 변하여 겪는 환상 경험과 죽음을 통해 현실에 얽매어 있던 육체와 정신이 영원한 세계를 향해 나아감으로써 자유를 만끽하도록 하였다. 현실에서의 억압과 갈등이 변신이나 죽음을 통해 해소되는 것이다.

유희 기능은 작품 속에서 진리를 깨달음으로써 얻게 되는 즐거움, 기쁨, 환희를 말한다. 어린이는 몰염치할 정도로 즐거움을 추구하는 속성을 지닌 독자이다. 이러한 점을 고려하여 작가가 환상을 통해 어린이들에게 주고자 한 것은 진리 인식을 통한 감동과 재미이다. 꿈꾸면 누구나 갈 수 있도록 만들어 놓은 환상 세계 속에서 마음껏 자유를 누리고 유희를 즐길 수 있도록 해주었다.

윤리 기능은 세상 만물의 화해를 위한 용서와 사랑의 실천을 통해 얻어진다. 여기서 윤리는 특정 시대의 이데올로기적인 교훈이나 도덕적 덕목이 아닌, 인간의 원형 의식의 산물로서 사랑과 화해가 있고 '있어야 할 세계'를 회복하는 윤리를 말한다.

이상 강소천 동화들을 살피면서 한 가지 아쉬움이 있다면, 환상성을 띤 작품 대부분이 단편이라 장편에서 뚜렷이 드러나는 등장인물들의 모험적 서사의 경험이 적었다는 점이다. 하지만 작가가 구축하고자 했던 환상 세계는 단순한 상상에 그치지 않고 현실 인식과 깊이 접목되어 의미 있는 주제를 도출해낼 수 있었다.

강소천에게 있어서 환상은 때로 인물의 의식 속에서 발현되어 그의 현실관을 드러내기도 하고, 때로는 작품의 구조적인 측면에서 전면적으로 나타나 작가의 문제의식을 펼쳐가는 장으로 기능하기도 한다. 또 그의 환상에 대한 앞선 인식과 기법의 능숙한 구사는 현대에 이르는 환상 동화 창작 기법의 깊이와 확대를 가져왔다.

이로써 강소천은 자신이 처한 현실적 주제를 동화라는 미학으로 완성하여 오늘날 일고 있는 환상 담론의 부흥에 크게 이바지하고 있음을 확인하였다.

소천은 갔지만 그가 남긴 유언처럼 '소천은 마르지 않고' 어린 독자들의 가슴 속에서 저마다의 모양으로 졸졸 흘러 다니리라.

—「강소천 동화의 환상성 연구」 단국대학교 대학원 석사학위 논문, 2005

분단의 상처를 극복해 가는 한 소년의 이야기

－강소천의 「꿈을 찍는 사진관」

박 영 기

1. 들어가는 말

서울 성동구 능동 <어린이 대공원> 한 쪽에 강소천 문학비가 세워져 있다. 하루 종일 아이들의 웃음소리가 끊이지 않는 곳, '오즈의 마법사' 놀이터로 향하던 우리의 발길을 잠시 멈추게 한다.

> 물 한 모금 입에 물고
> 하늘 한번 쳐다보고
> 또 한 모금 입에 물고
> 구름 한번 쳐다보고.[1]

강소천 문학비에 새겨진 동시 「닭」에는 꾸밈없고 순수했던 시인의 숨결이 있고 한 세계와 하나의 우주가 담겨 있다. 박목월은 이러한 「닭」의

---

1) 강소천, 「닭」, 『소년』, 1937.

시상이 가지는 의미를 통하여 그가 평생을 두고 빛게 될 문학 세계의 대본을 암시하였다고 말하였다.[2] 이 시는 강소천이 북간도시절 당시『소년』(1937)의 주간으로 있었던 윤석중에게 보낸 시였다. 윤석중이 일부 수정한 것이 오늘날 우리가 알고 있는「닭」이다. 이 시는 강소천의 대표시로서 한 세계를 추구하는, 그리움을 가슴에 품었던 시인의 내면세계를 잘 보여준다.「코끼리」,「유관순」,「나무」,「태극기」,「어린이 노래」,「금강산」,「꼬마 눈사람」등의 동요도 오늘날 어린이들이 즐겨 부르는 애창곡으로 어린이를 위해 전 생애를 바쳤던 한 아동문학가의 사랑을 느낄 수 있는 작품이다.

해방 전 강소천은 동시집『호박꽃초롱』(1941, 박문서관)을 발간했다.[3] 이는 한국아동문학사상 윤석중의 뒤를 이어 두 번째로 상재되는 동시집이었다. 동시인으로서 그가 가지는 위상은 지극히 높았다. 그러나 그는 1939년「돌멩이」를 시작으로 동화에 손을 대기 시작하여 해방 이후부터는 동요, 동시보다는 본격적으로 동화와 소년소설 창작에 심혈을 기울였다.

그가 남긴 동화, 소년소설은 무려 138편에 이르고 있다. 그중에서 필자는「꿈을 찍는 사진관」[4]에 대해 유독 관심을 가지고 무엇인가 이야기하려고 한다. 그 이유는 무엇일까? 스스로 자문하다 보면 '꿈을 찍는 사진관 읽기'라는 어린 시절의 체험이 강렬한 그림처럼 마음 바닥에 남아있기 때문이라는 답이 남는다. 겉표지를 채 넘기기도 전에 어린아이의 마음은 새로운 동화 속 세상에 대한 기대감으로 들끓기 시작했고 '꿈'이 '사진'으

---

2) 하늘은 영원하고 유구한 진리, 인간이 추구해 마지않는 꿈의 세계라면, 구름은 그 진리를 갈구하는 이념, 정서를 상징한 것이라 믿어진다. 그 하늘과 구름의 세계에 어리고, 귀엽고, 작은 닭은 대비 시킨 것은 문학적인 출발점에서 그가 설정한 그의 문학의 세계요 태도라 할 수 있다. 박목월,『강소천 아동문학 독본』해설, 1971. 2~3쪽.
3) 이재철,「한국아동문학가 연구(2)-윤석중과 강소천의 동시」,『국문학논집』, 단국대학교, 1983, 133쪽.
4) 강소천,「꿈을 찍는 사진관」,『소년세계』,1954.

로 피어나는 상상으로 머릿속이 어지러웠다. 그러나 동화 속 세상은 '이상한 나라의 앨리스'처럼 전혀 새로운 공간과 엉뚱한 질서가 존재하는 그런 곳이 아니라 참으로 소박하고 뒷산에 올라가다 보면 만날 법한 그런 친근한 공간이었다. 이러한 점 때문에 약간의 실망을 느꼈던 것으로 기억된다. 지금에 와서 생각해 보면 이러한 소박성이 바로 한국적 판타지 동화의 세계가 아닐까 하는 생각이 들기도 한다.5) 그날 이후 「꿈을 찍는 사진관」은 '꿈'이라는 말과 함께 떠올려지는 동화로 마음 깊이 각인되어 있다.

토도로프는 독서를 하는 사람들이 "하나의 작품을 그 자체만을 위해, 그 자체 안에서 한 순간도 그것을 떠나지 않고, 그 자체 이외의 어떤 다른 것에도 그것을 투사하지 않으면서, 해석한다는 것은 어떤 의미로든 불가능한 일"6)이라고 하였다. 말하자면, 독자는 피동적으로 글을 써 내려간다고 할 수 있는데, 읽고 있는 텍스트 가운데서, 자기가 발견하고 싶거나 싶지 않거나 한 내용을 덧붙이고 지워 버린다는 것이다. 의미를 확장해 보면 "비평가는 새로운 책을 쓴다는 사실 때문에 그가 '묘사'하려고 하는 책을 지워 없애 버리게 된다."7)는 뜻이다. 많은 연구자들이 이미 「꿈을 찍는 사진관」에 대해 고귀한 의견을 낸 바 있지만 토도로프의 견해에 힘입어 텍스트를 지우고 간략하게나마 새로운 의견을 내 보려고 한다.

---

5) 한국의 창작 동화에는 진정한 판타지가 없다고 주장하는 이들의 견해에 대한 반발로서, 필자는 한국적 판타지 동화에 대한 가능성을 생각하려고 한다. 김진경은 "환상계와 현실계를 이분법적으로 엄격하게 구분하는 서구 판타지"와는 달리, "한국형 판타지에서는 환상계가 단순히 유희적 공간, 게임의 공간일 수 없"으며, "환상계는 샤먼이 중대한 현실 문제를 해결하러 위험을 감수하고 들어오는 종교적 공간으로서의 의미를 일정부분 가질 수밖에 없다. 이렇게 되면 환상계와 현실계가 서구 판타지에서처럼 이분법적으로 엄격하게 구분될 수 없다"고 말하였다. 김진경, 「한국형 판타지, 근대주의의 큰 산을 넘어가는 유목민들의 상상력」. 『창비 어린이』, 창간호 2003 여름, 86~87쪽.
6) 토도로프, 『구조시학』, 문학과 지성사, 1977,14~15쪽.
7) 토도로트, 위의 책, 16쪽.

2. 꿈과 판타지 동화의 세계

1) 꿈의 세계

우리가 보통 이야기하는 '꿈을 꾼다'라는 말에서 '꿈'은 크게 두 가지 의미를 가진다. 하나는 수면 중에 체험하는 시각적, 감각적 이미지나 그림(dream)이고, 다른 하나는 이상(ideal)으로 실현하고자 하는 궁극의 목표, 가장 완전한 상태, 미래에 대한 계획을 의미한다. 「꿈을 찍는 사진관」에서의 '꿈'은 전자 즉, 분명 수면을 통해 감각하는 어떤 것이다. 그러나 그 심층에 존재하는 꿈의 내용은 주체가 '실현하고자 하는 바' 즉, 소망을 의미한다고 볼 수 있다. 이러한 의미에서 작품에 나타난 '꿈'은 위에서 언급한 두 가지 의미 모두를 함께 포괄하는 이중적 의미를 가진다.

흔히 강소천 문학을 '꿈의 미학'[8]이라고 규정하곤 하는데 그러한 주장의 근거로 제시되는 이유로 대표적인 것은 작가가 꿈에 관련된 작품을 많이 썼다는 점이다.[9] 이때에 '꿈'은 위에서 언급한 전자에 해당하는 것이라고 여겨진다. 그러나 그 꿈의 내용들을 읽어내는 부분에서는 '꿈(ideal)'이라고 표현되지 않고 연구자에 따라 '그리움'이나 '소원' 혹은 '욕망'으로 이름을 바꾸어 표현하였다. 또한 대부분의 연구자들은 '꿈을 찍는다'는 것을 주인공이 수면을 통해 감각해 내는 이미지를 사진으로 찍어내는 것으로 보았고 그 그림의 내용은 주인공의 그리움이나 소원, 무의식적 욕망이 현실적 이미지 그대로 드러난 것이라고 단순하게 정의내리고 있다. 이는 꿈을 망상[10]이나, 몽유병[11]과 구별하여 환각상태에서 소원을 충족시키는

---

8) 김요섭, 이재철, 박상재, 김명희, 남미영, 이재복 등의 연구자
9) 강소천의 작품에는 「꿈을 찍는 사진관」 외에, 「꿈을 파는 집」, 「노랑나비의 꿈」, 「꼬마들의 꿈」, 「인형의 꿈」, 「노랑나비의 꿈」, 「8월의 꿈」, 「커다란 꿈」 등 꿈을 소재로 한 작품들이 다수를 차지한다.
10) 깨어있는 동안 일어나는 과정으로 전의식 조직에서 의식으로 직접 밀고 들어가는

단계 즉, '소원성취'[12])이라는 측면에서 파악한 프로이트의 견해를 피상적으로 해석하여 작품 분석에 적용한 결과이다.[13])

프로이트는 꿈의 작업에는 압축, 전위, 전도 등의 과정이 일어난다고 말하였다. 즉, 우리가 꿈에서 깨어난 후 꿈의 내용을 해석하려고 할 때에 꿈의 과정에서 필수적으로 일어나야 하는 왜곡이나 압축 등의 과정으로 인해 그 내용을 제대로 이해할 수 없다고 하였다. "꿈이 외견상으로 매우 의미심장한 외관을 가지고 있다고 하더라도 이러한 겉모습은 꿈-왜곡을 거쳐서 만들어진 것이며, 이 겉모습은 꿈의 내적인 내용과는 아무런 유기적 관계가 없다."[14]) 바꾸어 말하면 프로이트의 입장은 주체가 소원 혹은 욕망하는 것을 그 모습 그대로 한 컷의 '사진'처럼 꿈속에 담아낼 수는 없다는 것이다. 따라서 프로이트의 견해를 가져와서 「꿈을 찍는 사진관」을 분석할 경우에 '소원성취 환상'으로서의 '꿈'이라는 포괄적 의미를 제한적으로 원용하는 것이 타당할 것이라고 본다.[15])

기존 연구자들이 강소천의 '꿈'에 대해 평가한 것을 보면 그 의견이 다소 엇갈린다. 김요섭[16])과 이재철[17])은 강소천의 꿈을 회고성이라는 측면으로 보았고, 박상재는 "백일몽 같은 환상"[18])으로, 이재복은 "바람의 세계이며, 감상의 세계"[19])라고 보았다. 반면에, 남미영은 꿈을 통한 '자아발

경우를 말한다. 프로이트, 「꿈 이론과 초심리학」, 『정신분석학의 근본개념』, 열린 책들, 225~226쪽.

11) 의식 조직을 그냥 지나쳐 직접 행동으로 발산되는 길을 찾는 경우이다. 프로이트, 위의 책, 226쪽.

12) 프로이트, 위의 책, 225쪽.

13) 대부분의 연구자들이 프로이트의 '꿈' 이론을 차용하여 해석을 시도하였다.

14) 프로이트, 「꿈-작업」, 『정신분석강의』, 열린 책들, 246쪽.

15) 기존의 연구자들이 프로이트가 '어린이의 꿈은 왜곡이 없다'고 생각한 점을 밝히고, 주인공이 스무살 청년이었다는 점을 확인해 주어야 했다고 본다.

16) 김요섭, 「바람의 시 구름의 동화」, 『아동문학』 10호, 배영사, 1964, 79쪽 재인용.

17) 이재철, 「강소천론」, 『한국아동문학 작가론』, 개문사, 1992, 86쪽.

18) 박상재, 「한국창작동화에 나타난 환상성 연구」, 단국대학교 대학원 박사논문, 1997.

19) 이재복, 「이기는 힘을 추구하는 문학」, 『판타지 동화세계』, 2001, 149쪽.

견, 현실발견'20)에 주목했고, 김명희는 "현실–꿈–현실로 돌아오는 순환적 구조 속에서 화자의 마음에 억눌린 욕구를 해소하여 새로운 깨달음을 얻고 있는 것이다."21)라고 평가했다.

「꿈을 찍는 사진관」은 '깨어나 보니 꿈이었다.'라는 스테레오타이프에서 벗어나 있다. 주인공은 자신의 소망이 나타나는 사진을 찍기 위해 해가 지기를 기다리고 의도적으로 잠을 청하는데, 여기에서 '꿈'은 주인공의 아름다운 추억을 불러오기 위한 매개가 된다. 사진관의 신사는 꿈을 찍으러 온 주인공에게 "진정 아름다운 추억은 사진첩에서 찾아보기 어려운 것이며, 아무리 꿈을 꾸려고 애써도 뜻대로 안 되기 때문에 사진기를 발명하였다."22)는 편지를 주면서, 꿈꾸고 싶은 장면을 글로 써서 주기만 하면 그 꿈을 꾸도록 만들어 주고 사진으로 현상하여 주겠다고 한다. 즉, 자신이 원하는 추억의 한 장면을 사진으로 현상해서 소중하게 간직할 수 있도록 만들어 준다는 것이었다. 따라서 이 사진관을 이용하는 사람들은 모두 자신의 추억을 가슴에 품고 꿈을 청해야만 한다. 여기에서 주인공의 꿈꾸기는 다른 여타의 작품에 나타난 꿈과 다르게 '적극적으로 꾸는 꿈'이라는 사실을 알 수 있다.

그렇다면 누가 이러한 적극적 꿈꾸기를 즐겨할까? 작가는 이들이 '신기한 것을 즐기는 마음'23)을 가진 사람이요, '또 하나는 무척 그립고 보고 싶은 사람'24)을 그리워하는 사람들이라고 말한다. 신기한 것을 즐기는 마음이 사람들의 보편적 감정이라면 무척 그립고 보고 싶은 사람을 그리워하는 마음은 특정한 사람들에게 한정된 특수한 감정이라고 볼 수 있다. 작품에서 후자의 감정을 지닌 이들은 바로 한국전쟁과 분단을 겪은 사람들

20) 남미영, 「강소천 연구」, 숙명여자대학교 대학원 석사논문, 1980.
21) 김명희, 「한국동화의 환상성 연구」, 전주대학교 대학원 박사논문, 1999.
22) 강소천, 『꿈을 찍는 사진관』, 가교출판, 2001, 18쪽.
23) 위의 책, 18~19쪽.
24) 위의 책, 18쪽.

을 뜻한다. 사진관의 신사는 이제는 만날 수 없는 '그리운 아기'를 위해 이 사진기를 만들었고, 사진을 찍으러 온 주인공 역시 전쟁으로 고향을 떠나온 실향민이었던 것이다.

> 살구꽃 활짝 핀 내 고향 뒷산, 따사한 봄볕을 쬐며
> 잔디 위에서 놀던 순이, 노랑 저고리에 하늘빛 치마,
> 할미꽃을 꺾어 들고 봄노래 부르던 순이,
> 오늘밤 정말 우리가 만날 수 있을까?[25]

강소천은 1·4후퇴 때 북한에 가족을 남겨두고 단신으로 월남하였다. 주인공이 종이쪽지에 써 넣었던 추억의 한 장면은 바로 작가의 소망이자 또 다른 사연을 가진 실향민의 가슴 아픈 소망이었다. 주인공은 사진관을 찾아 동쪽으로 5리, 남쪽으로 5리, 서쪽으로 5리를 가야만 했다. 동쪽에 있다던 사진관이 막상 찾아가 보면 다시 남쪽으로 옮겨져 있었다. 그렇지만 꿈을 찍고 싶은 주인공의 열망은 포기할 줄 몰랐다. 주인공의 열망은 '그리운 아기'를 보고픈 사진관 신사의 열망과 맞닿아 추억을 만나게 되고, 소중한 사진 한 장을 남기기에 이른 것이다. 분단으로 그리운 이와 만날 수 없는 많은 이들의 소망은 이렇듯 큰 것이다. 따라서 강소천의 '꿈'을 현실도피나 과거에 갇힌 자의 감상으로 평가하는 것은 지나친 해석이 아닐까 하는 생각이 든다.

2) 판타지의 세계

꿈은 경이로움의 세상에서 더욱 빛을 발하는 법이다. 여기에 「꿈을 찍는 사진관」을 이루는 다른 기법 하나를 만나게 되는데 그것이 바로 판타

---

25) 강소천, 앞의 책, 23쪽.

지이다. 닫혀진 세계에서 답답함을 느끼는 어린이들은 낯설음과 경이로움의 세상 속으로 빠져들어 판타지의 공간 속으로 발걸음 내딛기를 주저하지 않는다. 판타지는 경이로움을 즐기는 어린이들을 위한 동화의 한 요소로 볼 수 있는데, 「꿈을 찍는 사진관」에서는 꿈을 찍으러 가는 주인공의 여정을 구축하는 기능을 한다.26)

　따스한 봄볕에 이끌려 뒷산에 오른 주인공은 맞은 편 산허리에 활짝 핀 살구나무를 보고 깜짝 놀라게 된다. 살구꽃이 피려면 아직 한 달이나 남았을 텐데 연분홍 살구꽃이 이미 만개해 있었기 때문이다. 이상하게 여긴 주인공은 쏜살같이 달리기 시작한다. 속도는 공간을 넘게 되고 이제 주인공은 경이의 세계, 판타지의 세계로 빠져들어 간다. 더구나 살구나무는 조명등처럼 '꿈을 찍는 사진관 가는 길─동쪽으로 5리'라는 팻말의 글귀를 비춰주고 있지 않은가? 여기에서 주목해야 할 점은 주인공이 '꿈'을 꾸기 시작하면서 판타지의 세계가 펼쳐지는 것이 아니라는 점이다. 주인공이 꿈을 꾸기 이전에 이미 판타지는 시작되고 있어서 '꿈'이 판타지의 입구 혹은 통로로 기능하는 다른 동화와는 차이가 있다. '꿈의 형식'을 통해 판타지를 이루었다기보다는 판타지 속을 유영하는 주인공의 여정 속에서 '꿈꾸기'라는 형식이 들어있다고 보는 것이 보다 적절할 것이다.

　살구꽃에 이끌려 판타지의 세계로 들어간 주인공이 만난 세상은 별다른 시공간이 아니었다. 주인공이 걷는 길은 우리가 언제나 만날 수 있는

---

26) 토도로프는 모든 것은 환각에 지나지 않으며, 거기서는 그것이 꿈이 되어서 나타나는 것인지 망설이고 또한 의심쩍어 하는 것이라고 하여서 '망설임'에 주목하여 환상을 설명하였다. 반면 흄은 문학이란 미메시스와 환상이라는 두 가지 충동의 산물로서, 미메시스가 자연을 모사하려는 욕구라면 '환상'은 권태로부터의 탈출, 놀이, 환영, 결핍된 것에 대한 갈망 등을 통해 주어진 것을 변화시키고 리얼리티를 바꾸려는 욕망이라고 말했다. 여기에서 작품의 구조와 독자의 반응에 집중하는 토도로프의 엄격한 정의에 걸맞은 판타지를 찾는 것은 쉬운 일이 아니다. 판타지를 주어진 상황을 변화시키려는 욕망으로 보고 문학 전체의 일반적 속성으로 판단한 흄의 견해가 판타지를 보다 포괄적으로 설명해 주고 있다고 여겨진다.

뒷산의 좁은 산길이었다. 별로 새로울 것도 없는 산길을 걷고 또 걷던 주인공 앞에 커다랗고 훌륭한 양옥집이 나타난다. 이집은 벽과 창문이 온통 하얀 색으로 칠해져서 신비로움을 더해주는 곳인데 이곳에서 하늘빛 파란 가운을 입은 신사가 꿈을 찍는 방법을 알려준다. 주인공이 사진을 찍으러 들어간 방은 여관처럼 호수가 매겨져 있고 들창 하나 없는 방이지만 신기하게도 환한 방이다. 이 방에서 주인공은 꿈을 찍는다. 꿈을 찍기 위해서 주인공은 흰 종이 위에 파란 잉크로 추억의 한 토막을 써서 가슴에 품고 잠을 청해야만 했다.

주인공은 소학교 3학년 때 헤어진 순이와의 추억을 적어놓고 꿈을 청한다. 그리고 아침이 되자, 지난 밤 꿈에서 만났던 순이와의 즐거웠던 시간을 회상하면서 어떤 장면이 찍혔을까 상상한다. 그러나 사진을 받아 본 주인공은 깜짝 놀라고 만다. 사진 속에서 순이는 여전히 소학교 5학년의 모습인데 자신은 지금의 모습, 즉 스무 살의 자신으로 나왔기 때문이다. 어린 독자는 이 사진 한 장으로 인해 지금까지 작품을 읽으면서 품어왔던 기대와 환상을 배반당하고 만다. 독자들이 만나게 되는 것은 살구꽃 핀 고향에서 정답게 놀고 있는 어린 순이와 주인공의 모습이 아니라, 어린 순이와 이미 청년이 되어버린 주인공의 어색한 사진 한 장이었던 것이다.

과거와 현재가 공존하는 기이한 사진의 의미는 무엇일까? 독자로 하여금 낯설게 하여 회복과 위안을 경험[27]하게 하기 위함일까? 아니면 과거는 이미 과거일 뿐이라는 깨우침을 주려는 것일까? 비록 주인공의 마음에 새겨진 시계는 소학교 3학년의 시간을 가리키고 있지만 자연의 시간은 째깍거리면서 쉬지 않고 흘러가서 추억 속의 어린 순이도 이제 스무 살의 처녀가 되었을 것이다. 과거의 순이와 현재의 자신이 함께 찍힌 사진을

---

27) 톨킨은 동화의 보상은 환상이며, 이야기가 제공하는 즐거움에 덧붙여 회복, 도피, 위안을 경험하게 된다고 말한다. 캐스린 홈, 앞의 책, 50쪽.

보고 주인공은 현실을 자각하기에 이른다. 여기에 현실을 일깨우는 문학으로서의 판타지 동화라는 강소천의 특징이 드러난다. 작가는 판타지의 세계 속에서 환상을 통해 주인공의 욕망을 드러내 주고 그의 결핍을 충족시킴으로서 위로와 보상을 선물해 주면서 "잃어버린 것에 더 큰 사랑을 찾아내고 있다."[28]

> 처음 앉았던 동산에 와 앉아 다리를 쉬며 가슴 속에 간직했던 사진을 꺼냈을 때, 나는 또 한번 놀라지 않을 수 없었습니다. 분명히 내가 넣었던 곳에서 꺼냈는데 내가 사진관에서 받아 든 순이와 같이 찍은 사진은 아니었습니다. 그것은 내가 좋아하는 동화집 갈피 속에 끼어 있던 노란 민들레꽃 카드였습니다.[29]

순이와 함께 찍었던 사진이 노란 민들레꽃 카드로 바뀌면서 현실은 더욱 중요한 의미로 바뀌어 간다. 주인공은 민들레꽃 카드를 손에 쥐고 판타지의 세계에서 다시 현실의 세계로 돌아오게 되는데 그는 이미 예전의 그가 아니라 무엇인가 변화된 모습이다. 주인공은 작품 속에서 모두 세 번의 경이를 경험하게 되는데, 첫째는 판타지의 세계로 들어가는 길목에서, 둘째는 현격한 나이 차이를 보여주는 사진 한 장을 보고 현실을 다시 인식할 때, 마지막으로는 소중히 간직했던 사진이 민들레꽃 카드로 변하면서 다시 현실로 돌아오는 바로 그 순간이다. 「꿈을 찍는 사진관」은 현실ㅡ비현실ㅡ현실이라는 판타지의 구조에 충실하면서도 허무함만을 안겨주는 공상적 동화와는 일정 부분 차이가 있다. 과거에 묶인 주인공의 내면적 갈등을 시원하게 해결해 내면서 자아 각성을 통해 이니시에이션에 이르는 과정을 보여주고 있다.

---

28) 박목월, 앞의 책, 6쪽.
29) 강소천, 앞의 책 , 30쪽.

3. 자아탐색과 이니시에이션

판타지의 세계는 현실 이면에 잠복해 있는 '비현실의 세계'를 현실로 드러내 준다. 강소천에게 있어서 비현실의 세계는 '과거'이다. 주인공들에게 과거란 현실세계 안에 그대로 존재하면서 함께 숨 쉬고 있는 소중한 추억들이다. 그렇기 때문에 살구나무에 걸려있는 꿈을 찍어주는 사진관 팻말을 보자마자 주인공은 미친 듯이 뛰어가는 것이다.

그러나 그의 소망은 단숨에 충족되지 않았고 사진관을 찾아 또다시 남쪽으로 5리를 가야한다는 다른 팻말을 만나게 된다. 아동문학의 기본 패턴인 회귀적 여행이 시작됨을 알 수 있다. 그의 떠남은 프로프의 탐색자처럼 일종의 결핍을 안고 시작된다.[30] 길은 열려진 공간으로 때로 주인공에게 낯선 것을 강요할 수 있지만 오히려 역동적일 수 있는 공간이며 자아 탐색의 도정이다. 여행은 그리움으로부터 시작되며 결핍이 충족되면서 완성된다. 그러나 주인공의 여정에서 결핍은 쉽게 충족되지 않았고 그가 바라던 어린 시절의 자신과 순이의 모습은 어디에서도 만날 수 없었다. 어린 순이와 성인이 되어버린 자신의 모습이 찍힌 사진을 바라보면서 자신의 결핍을 채우는 일은 더 이상 불가능하다는 것을 깨달을 뿐이다.

결국 간절한 마음으로 꿈을 찍는 사진관을 향해 한 발 한 발을 내딛는 주인공의 여정은 참된 '나'에게 이르는 길이 된다. 떠남으로써 도리어 현실의 의미를 탐색하고 스스로를 새롭게 인식하게 하는 계기가 되는 것이다.

> 모처럼 찍어준 꿈 사진도 그런 걸 생각하니 우습기 짝이 없었습니다. 그러나 내게 있어서 이게 제일 귀한 보물이 아닐 수 없습니다. 나는 사진을 가슴에 품은 채, 사진관 주인에게 몇 번이나 감사드리고 그곳을 나왔습니다.[31]

---

30) 블라디미르 프로프, 『민담형태론』, 새문사, 1987,
31) 강소천, 앞의 책, 29쪽.

사진에서 과거와 현재의 경계는 사라지며 혼재한다. 이러한 시간의 불일치는 완전하고 자족적이었던 추억의 파괴를 의미한다. 추억의 파괴는 현실을 강화한다. 이로써 주인공은 온전히 현재의 '나'와 대면하게 되는데 나는 이제 더 이상 어린 소년이 아니며, 북한 땅 어딘가에 살아있을 순이 또한 어린 소녀가 아니라, 어쩌면 얼굴에 분이라도 발랐을 법한 처녀라는 자각을 하게 된다. 주인공은 이제 사진을 보면서 우습다고 생각한다. 주인공의 심리적 변화는 현재의 '나'를 재발견하는 과정으로, 이러한 존재론적 각성을 통해 주인공은 소년에서 어른으로 성숙되어 간다.

4. 맺음말

강소천의 「꿈을 찍는 사진관」은 분단의 상처를 안고 있는 한 소년이 추억을 찾아서 탐색의 길을 가는 여정과 불협화음처럼 남겨진 한 장의 사진을 통해서 자아를 인식하고 이니시에이션에 이르는 과정을 보여주는 작품이다. 작가는 판타지의 세계로 주인공을 인도하고, 적극적 꿈꾸기를 통해서 잊을 수 없는 과거와 현실을 한 장의 사진에 담아내었다. 그러나 그 사진으로 추억은 파괴되고 주인공은 현실적 각성을 하게 되면서 청년으로 성장해 나간다. 강소천은 작품 속 소년이 작가 자신의 분신이라고 여기게 할 정도로 소년이 지닌 그리움의 감정을 서정적이면서도 울림이 있는 목소리로 그려내었다.

그리고 '전등처럼 활짝 핀 살구꽃', '온통 하얀색으로 칠해진 양옥집', '꿈을 찍는 신비한 방', '민들레꽃 카드' 등을 통해 어린 독자의 상상력을 지속적으로 끌어가는 힘을 보여 주었다. 이러한 상상력이 디딤돌이 되어서 긴장감을 늦추지 않게 만들어 주며 즐거이 낯선 세계에 빠져들기 원하는 어린이들에게 깊이 있는 즐거움을 전해 준다. '꿈'에서 깨어나면 곧바로 허무의 나락으로 어린이들을 인도하는 동화와는 다르다. 판타지의 기법을 통해 과거와 현실을 관계 맺어 주고 존재론적 각성에 이르게 하는 작품의 본 모습이 제대로 인식되고 평가되기를 바란다.

본고는 기존 연구가들의「꿈을 찍는 사진관」연구에서 내놓았던 견해들에 대해 약간의 문제제기를 하는 정도에 그치고 있다. 강소천의 넓은 문학 세계를 정리하기엔 너무 소졸한 연구가 될 것이다. 그러나 작품 전체에 걸쳐 마치 그림처럼 펼쳐진 우리의 자연과 그 안에서 분단의 상처를 딛고 성숙해 가는 한 소년의 모습을 기억하면서 새로운 사유의 시작으로 삼고자 한다.

−『한국어문학연구』22집(2005)

강소천 장편동화의 서사학적 연구

—장편동화 「해바라기 피는 마을」을 중심으로

이종호

1. 서론

본 연구는 강소천 장편동화 「해바라기 피는 마을」[1]의 서사 담론체계를 스토리 구조와 시간성, 길항관계의 인물과 교술성, 양가적 초점화와 인물지향적 서술 등 스토리 층위와 인물 층위, 그리고 서술 층위로 나누어 분석함으로써 강소천 장편동화에 나타나는 일단의 서사학적 특질을 규명하는 데 주된 목적이 있다. 서사학적 관점에서 강소천의 장편동화의 특질을 밝혀내려는 본 연구는 '강소천 동화문학의 공과를 정당하게 규정할 수 있을 뿐만 아니라 한국 동화문학 연구의 수준도 한 차원 끌어올릴 수 있는'[2] 계기가 될 수 있을 것이다.

---

1) 『강소천 아동문학 전집 6』(교학사, 2006)에 수록되어 있는 「해바라기 피는 마을」을 논문의 저본으로 삼았다. 본문에서 내용을 인용할 경우 쪽수만을 밝히기로 한다.
2) 김용희, 「한국 동화문학, 서사론적 성찰의 필요성」, 『디지털 시대의 아동문학』, 청동거울, 2005. 100쪽. 이 글에서 필자는 강소천 동화에 나타나는 꿈 모티프를 기존

지금까지 강소천 동화 연구는 주제론과 형식론 등의 관점에서 진행되어 왔다.[3] 그런데 이러한 연구 방향은 강소천 동화의 문학적 가치를 밝혀내는 데 일정 부분 기여하고 있지만, 다소 편협하다는 한계를 보이고 있다. 소설이나 동화와 같은 서사담론은 작품을 매개로 작가와 독자가 소통을 수행하는 과정과 실천 지향의 언어수행이라는 기호론적 특성을 간과하고 있기 때문이다. 소설과 마찬가지로 동화담론 역시 의미를 생성하고 소통시키는 역동적인 사회 기호론적 성격을 띠고 있는 것이다. 이러한 동화담론의 특성과 성격을 고려하지 않은 지금까지의 강소천 동화 연구에서 드러나는 한계는 바로 연구 방법의 편협성에서 비롯하고 있다. 다양하지 못하고 편협한 연구 방법은 이미 지적했듯이[4] 강소천 동화의 문학적 성과를 축소하거나 과장할 수 있다는 문제점을 낳을 수 있다. 이러한 한계는 강소천의 장편동화를 연구하는 과정에서도 반복되고 있다. 더욱이 강소천의 장편동화를 체계적이고 본격적으로 연구한 논문은 소수에 불과하다.[5]

의 연구 방법과는 달리 서술방식과 서사구조의 서사론적 관점에서 심도 있게 분석하는 가운데, 강소천 동화문학의 서사론적 접근의 필요성을 강조하고 있다.

[3] 대표적인 학위논문은 다음과 같다.

김명희, 「한국 동화의 환상성 연구」, 전주대학교 대학원, 박사학위논문, 2000., 선안나, 「1950년대 동화·아동소설 연구」, 성신여자대학교 대학원 박사학위논문, 2006., 남미영, 「姜小泉 硏究」, 숙명여자대학교 대학원 석사학위논문, 1980., 권영순, 「한국 아동문학의 양면성 연구」, 이화여자대학교 대학원, 석사학위논문, 1984., 차보금, 「강소천과 마해송 동화의 대비 연구」, 연세대학교 교육대학원 석사학위논문, 1994., 공선희, 「姜小泉 童話 硏究」, 한국교원대학교 대학원 석사학위논문, 1996., 함윤미, 「강소천 동화의 환상성 연구」, 단국대학교 대학원 석사학위논문, 2005., 이선민, 「강소천 동화 연구」, 부산교육대학교 교육대학원 석사학위논문, 2006., 홍의정, 「강소천 동화 연구」, 한양대학교 대학원 석사학위논문, 2006.

[4] 이종호, 「강소천 동화의 서사 전략 연구」, 『동화와번역』제12집, 2006, 189쪽,

[5] 권영순은 강소천과 이원수의 작품을 인물, 배경, 사건, 이미저리를 중심으로 비교 연구하면서 「해바라기 피는 마을」을 연구 대상에 포함시키고 있다. 김명희의 연구에서는 중편동화 「잃어버렸던 나」를 환상성을 중심으로 주제론적 관점에서 분석하고 있다. 이선민은 「해바라기 피는 마을」의 주제를 '희망의 정신'으로 간략히 분석하고 있는데 이러한 주제 분석은 매우 단편적인 결론이라고 할 수 있다. 그리고 홍의정은

따라서 본 연구에서는 지금까지 강소천 동화를 연구하는 과정에서 활용되었던 방법론에 유념하면서 강소천의 장편동화 「해바라기 피는 마을」을 의사소통의 과정에 있는 담론체계로 규정하고 그 담론을 형성하는 서사학적 특성에 주목하여 이를 해명해 보고자 하는 것이다. 강소천 장편동화의 서사학적 특성을 규명하기 위한 첫 번째 연구 주제로「해바라기 피는 마을」의 서사학적 특성을 해명하고자 하는 이유는 이 작품이 강소천의 초기 장편동화이기 때문이다. 강소천 장편동화의 서사학적 특질이 무엇이며 어떠한 변모 양상을 보이고 있는가를 규명하기 위해서는 초기 장편동화 연구가 선행되어야 함은 물론이다.

소통 행위의 관점에서 「해바라기 피는 마을」의 서사학적 특성을 검토하고자 하는 이 방법론은 주제론과 형식론을 통합할 수 있으며, 앞으로 강소천 장편동화의 서사학적 특질을 밝히는 데 실마리를 제공해 줄 수 있을 것이다.

2. 본론

2.1. 일원적 스토리 구조와 시간성

「해바라기 피는 마을」은 여자 어린이인 '정희'가 한국전쟁이 야기한 비극적인 가족사로 인해 겪게 되는 시련과 갈등, 그 극복 과정을 서사화하고 있는 작품이다. 그러니까 이 작품은 중심인물인 '정희'의 행위가 주 스토리선을 형성하며 핵심 서사로 작용하고 있다. 그런데 이 작품의 스토리

강소천의 장편동화 「그리운 메아리」, 「잃어버렸던 나」, 「해바라기 피는 마을」, 「봄이 부르는 소리」 등을 모티프와 사실성을 중심으로 분석하고 있다.(김명희, 앞의 논문, 103~108쪽., 이선민, 앞의 논문, 20쪽. 홍의정, 앞의 논문, 16~47쪽.)

는 좀 더 입체적으로 검토할 필요가 있다. 이 작품의 스토리가 '해바라기' 시의 반복적인 모티프를 활용하여 '희망의 정신'을 직접적으로 발현하고 있는[6] 것만이 아니다. 이 작품의 스토리 구조는 '희망의 정신'을 구현하고 있는 것 이상의 다양한 주제 층위를 내함하고 있기 때문이다.

3인칭 전지적 서술상황에서 서술되고 있는 「해바라기 피는 마을」의 스토리는 '정희'의 '사건'[7]을 중심으로 서사화 되고 있는 일원적 스토리 구조를 형성하고 있다. 물론 3절에서 자세히 드러나듯이 이 스토리 구조는 3인칭 전지적 서술상황에서 서술자가 다원적으로 초점화하는 양상을 보이고 있지만, 주로 '정희'가 경험하는 '사건'이 '통합적이거나 계합적인 관계'[8]로 이루어져 논리적 연쇄체를 형성한다. '정희'의 행위를 중심으로 하는 이러한 스토리 구조는 고난 극복의 의지뿐만 아니라, 온전한 가족관계와 가족애, 친구간의 우정 그리고 어린이에 대한 기성세대들의 무사(無私)한 관심, 자만심과 우월의식의 경계와 같은 인간성의 고취, 서로 신뢰하고 협동하는 화해의 정신 등이 어린이들에게는 얼마나 절실하고 필요한 가치인가를 진지하게 일깨우고 있다.

한편, 「해바라기 피는 마을」의 스토리 구조의 특성과 함께 살펴보아야 할 서사적 요소가 바로 시간성이라고 할 수 있다. 「해바라기 피는 마을」은 시간적인 순차성과 인과성이 조응하는 스토리 진행 양식을 따르고 있다. 즉 「해바라기 피는 마을」의 스토리는 선행 서사소와 후행 서사소들이 순차적이거나 인과적인 시간적 시차성에 따라 의미를 생성한다. 강소천

---

6) 이선민, 앞의 논문, 19~20쪽.
7) 한 사건은 몇 종류의 물리적/정신적 활동, 즉 시간상의 사건(인간 행위자에 의해서나 인간 행위자에 의거하여 수행되는 행위) 혹은 시간상에 존재하는 상태(사고, 느낌, 존재, 소유와 같은)를 묘사한다.(스티븐 코핸 · 린다 샤이어스, 임병권 · 이호 옮김, 『이야기하기의 이론』, 한나래, 2001, 84쪽.)
8) 스토리는 시퀀스 안에 사건들을 통합적으로 배열하여 첨가와 결합이란 의미 생성의 관계를 조직하고, 한 사건을 또 다른 사건으로 계합적으로 대체함으로써 선택과 대치라는 의미화 관계를 조직한다.(스티븐 코핸 · 린다 샤이어스, 위의 책, 84쪽.)

의 단편동화에서도 확인할 수 있는 '시간적 담론의 결말 구조'[9]로 이루어져 있다. 이러한 시간적 담론체계는 작가(내포작가)와 서술자를 통해 서사적 자아와 세계 사이의 갈등이 명확하게 해결되며 그 과정에서 작가(내포작가)의 의도가 강하게 반영되는 서사적 특질을 보여준다. 강소천 동화를 연구할 경우 서술태도에 관심을 가져야 하는 소이가 바로 여기에 있다. 작가(내포작가)의 가치관이나 세계관이 서술자를 통해 스토리 내에 틈입하기 때문이다. 강소천 동화의 전반적인 교술성은 바로 이러한 시간적 담론체계와 밀접한 관련을 맺고 있다. 「해바라기 피는 마을」의 일원적 스토리 구조는 결국 시간적 순차성—인과성에서 비롯하는 서사원리를 축으로, 어린이 스스로가 시련과 고난을 극복해 나아가고자 하는 의지와 함께 희망을 지녀야 한다는 당위와 평온하면서도 부모의 사랑이 충족되는 가정이야말로 어린이들이 시련을 극복하고 희망적으로 미래를 열어 나아갈 수 있는 근원적인 힘이 된다는 가치를 구현하고 있다. 물론 이러한 주제 층위는 인간적인 연대감을 개재하고 있기도 하다.

　　1) 정희에게
　　정성스럽게 그려 보내 준 정희의 해바라기 그림과 편지 고맙다. 네가 그린 해바라기를 볼 때마다 나는 새로운 희망에 불탄다. 정희야! 넌 형제가 얼마나 많으냐? 나도 사변 전엔 아버지도 계시고 어머니와 누이동생도 있었다. 그러나 사변통에 아버지와 누이동생을 잃었다. 지금 고향 집엔 어머니 한 분밖에 안 계시다. 정희야, 내게 사진 한 장 보내 줄 수 없겠니? 난 널 누이동생처럼 생각하겠다.…<중략>…
　　정희는 자기가 읽고 난 편지를 명순이에게 주고, 자기는 해바라기 시를 펴 읽어 봅니다.

---

9) 시간적 담론의 결말 구조는 선행하는 사건 단위들의 관계가 순차적이거나 인과적으로 분절되어 시간적 시차성에 따라 의미를 생성한다. 따라서 이 결말 구조는 작가(내포작가)가 자기의 관념을 서사화하는 데 그만큼 유리하다고 할 수 있다.(이종호, 앞의 논문, 207~213쪽.)

언제나 태양을 우러러 사는/ 해바라기./ 사람들은 이 꽃 이름을/ 희망의 꽃이라 부르더라./ 희야−./ 우리도 마음 밭에/ 꽃밭을 만들자./ 그리고 해바라기를 심자./ 눈보라 몰아쳐도/ 해바라기 피어나게……(106~108쪽)

2) 본시 정희 아버지는 의사였습니다. 사변 전에는 정희네도 금란이네 부럽지 않게 잘살았습니다. 그러던 것이 사변으로 해서 병원은 재가 되고, 아버지와 오빠마저 빼앗겨 버리고 지금은 정희와 어머니 단 두 식구입니다. 그러니까 정희 어머니는 시장에 나가 조그만 장사라도 하지 않으면 안 되었습니다.

처음엔 조그맣게 시작했던 장사가 차츰 커지기 시작했습니다. 그것은 장사가 남아서가 아니라, 남의 돈을 여기저기서 얻어다 물건이 싸게 나돌 때마다 많이 사 모으기 시작했기 때문입니다. 장사가 커지면 커질수록 돈 걱정도 함께 커졌습니다.(111쪽)

3) 그 애들이 왔다 간 지 한 시간이 될까 말까 했는데, 진 영감이 또 찾아와서 빚 독촉을 하는 것이었습니다. 진 영감이 떠들다 간 뒤, 정희 어머니는 한층 더 몸이 아프다고 하셨습니다. 아니나다를까, 그날 밤 정희 어머니는 몹시 숨이 가빠졌습니다.…<중략>…정희가 의사를 모시고 다시 집에 돌아왔을 때는 벌써 어머니는 사람을 알아보지 못하셨습니다.…<중략>…세상에 단 한 분밖에 안 계신 어머니마저 잃은 정희에겐 이 세상이 텅 빈 것 같았습니다. 어머니의 장례식이 끝난 뒤, 정희는 큰아버지 댁에 와 있게 되었습니다.(184~187쪽)

4) 명순이 어머니께서 정희의 소원을 들어준 것입니다. 정희는 오늘부터 학교가 끝나면 곧 명순이네 집에 가서 준비했던 담배 상자를 들고 담배 장사를 시작하게 된 것입니다.

담배 상자를 들고 거리로 나왔으나, 차마 정희 입에선 "담배 사시오." 소리가 나오질 않았습니다.…<중략>…

정희가 다방 골목 안으로 막 들어서려는데 뒤에서 누가 정희를 부르는 것이었습니다. 돌아다보았더니, 뜻밖에도 그것은 금란이가 아니겠습니까! 아마 시장에 무얼 사러 나왔던 모양입니다. 금란이는 무슨 굉장한 발견이나 한 것처럼 정희 있는 데로 달려오며,

"애! 정희야, 너 그게 뭐냐? 손에 든 거……."/ "이거 담배지, 뭐긴 뭐야. 보면 모르니?"/ "응……, 너 담배 장사하니?"/ "그래, 담배 장사한다. 왜?"/ "언제부터?"/ "오늘부터……."/ "담배를 그냥 들고 다니면 누

가 사니? '담배 사시오! 담배요.' 해야지."/ "걱정 마라! 네가 가르쳐 주
지 않아도 잘 알고 있으니……."

　　정희는 화를 버럭 내며 달아나듯이 그 자리를 떠나버렸습니
다.(227~229쪽)

　　5) "너무 갑자기 이런 말씀을 여쭈어서 어떻겠는지요……. 그저 혼
자 생각뿐입니다만……. 제 아들 철진 소위는 약 한 달 전에 전사했습
니다. 살아 있을 때 늘 이 홀어미에게 정희 이야길 편지로 써 보내었습
니다. 새 누이가 하나 생겼다고……. 벌써 한번 찾아와 만나 보고 싶었
으나 그런 마음의 여유를 가지지 못했습니다. 제 욕심 같아서는 정희
를 내 죽은 아들의 친누이라고 생각하고, 내게 맡겨 기르도록 해 주셨
으면 합니다만……."(246~247쪽)

　　이 작품은 정희가 학교에서 위문편지를 보냈던 소위 오빠에게 답장을
받는 서사 장면에서 시작하여, 한국전쟁으로 인해 의사였던 아버지, 그리
고 오빠를 잃고, 어머니와 단둘이 가난하게 살아가는 정희의 생활, 장사하
던 시장에 불이나 물건들을 다 잃고 병을 얻어 빚 독촉에 시달리던 어머니
의 죽음, 큰집으로 가게 되지만 큰어머니와 사촌들의 냉대와 멸시로 학교
마저 다니지 못하여 절망하며 죽음을 생각하는 정희의 처지, 담배 장사를
하며 어렵게 생활하는 가운데 자신을 무시하는 금란 때문에 겪게 되는 정
희의 갈등, 정희가 소위 오빠의 어머니를 만나 소위 오빠의 전사 소식을
듣게 되고 그 어머니와 함께 살게 되면서 희망을 찾게 되는 과정, 그리고
갈등 관계에 있었던 금란과 정희가 화해하며 해바라기처럼 희망에 불타
살 것을 다짐하는 서사 단위 등이 이 작품의 스토리를 형성하고 있다.

　　위의 예문들은 「해바라기 피는 마을」의 담론체계를 형성하는 거시적
인 스토리 구조를 확인할 수 있는 서사 단위들이다. 먼저 1)은 이 작품의
도입부에 해당하는 서사소로서 정희가 위문편지를 보냈던 육군 소위 김
철진이 정희에게 보낸 답장 내용이다. 물론 이 인물은 스토리상에서 구체

적으로 극화되는 인물은 아니다. 그러나 전쟁으로 인해 가족이 해체되는 불행을 경험하고 어머니 한 분만 고향에 살고 계시다는 소위 오빠의 고백은 정희의 가족사와 유사성을 띠며, 그가 정희에게 보내준 '해바라기 시'는 정희가 고난과 시련을 극복하며 생활하도록 하는 힘으로 작용하는 한편, 정희와 정희의 친구들이 미래를 위해 희망에 불타 살아가겠다고 다짐하는 결말 구조와 조응하는 중심 모티프로서 기능한다. 즉 '해바라기 시'에서 '해바라기'는 '희망'의 질료이며 이 시를 관류하는 '희망'의 지배소는 시련 극복의 의지와 함께 스토리 전체의 갈등을 수렴적 차원에서 해결해 줄 수 있는 핵심적 가치라고 할 수 있다.

아버지와 누이동생을 잃고 고향 집에 어머니만 계시다는 소위 김철진네의 가족사와 아버지와 오빠마저 빼앗겨 버리고 어머니와 단 둘이 살아가는 정희네의 가족사에 내재하는 비극성은 분명 한국전쟁의 사회상을 역사적 층위로까지 확대시킴으로써 전쟁체험과 영향의 삼투적 성격과 기능이 동화문학에도 짙게 투영되고 있음을 알게 해 주는 서사지표이다. 1)의 서사소에서 제시되고 있는 두 집안의 비극적인 가족사, 즉 전쟁으로 아버지와 오빠를 잃고 가난과 병으로 어머니마저 잃고 고아가 되는 '정희'가 유사한 처지에 놓인 소위 오빠 김철진의 어머니와 자연스럽게 모녀관계를 이루도록 견인하는 복선 성격의 서사 단위라고 할 수 있다. 물론 소위 오빠의 전사라는 또 다른 서사소가 이 둘의 관계를 더욱 추동하는 계기로 작용하고 있기도 하다.

그런데 정희와 소위 오빠의 비극적인 가족사는 이 작품의 주제의식과 맞닿아 있는 서사소이다. 정희가 큰집 생활에서의 절망감과 담배장사를 하며 고학을 해야 하는 고통에서 벗어나 학업에만 정진하고, 대립하고 있던 친구 금란과 화해를 할 수 있었던 근본적인 계기가 바로 정희가 소위 오빠의 어머니와 모녀관계를 이루는 데서 마련되었기 때문이다. 앞에서도 지적했듯이 이 작품은 다층적인 주제의식을 함의하고 있는데, 그 가운데 시련과 고난을 스스로 극복하고자 하는 정희의 의지가 일차적인 의미망을 형성한다면, 그에 못지않게 중요한 이 작품의 또 다른 지배소는 바로 정희가 소위 오빠의 어머니와 새로운 모녀관계를 맺는 서사소일 것이다. 왜냐 하면 새로운 모녀관계는 정희가 평온한 가정과 충만한 어머니의 사랑을 다시 경험할 수 있도록 하며, 그 가정과 사랑이 곧 정희에게 용기와 희망을 북돋워주는 결정적 계기가 되고 있기 때문이다. 전쟁 직후의 사회적 맥락에서 이러한 서사소는 결국 동심에게 가장 필요한 것은 고난이나 시련을 극복하고자 하는 스스로의 의지도 중요하지만, 가정이나 가족의 역할, 특히 부모의 온전한 사랑임을 부각시키고 있는 것이다.

이오덕은 강소천의 동화가 '미담가화(美談佳話)로 되어 있어서 문학 작품으로 형상화되지 못하고 교훈만 노출시켜 놓고 있다.'[10]고 비평하고 있지만, 이러한 평가는 동화의 요건으로서 서민성과 현실성, 즉 리얼리즘의 정신을 지나치게 강조한 측면에서 기인된 것이고, 이는 원종찬이 지적하고 있는 것처럼 자칫 또 다른 '어린이의 이상화'[11]로 관념화될 수 있는 위험성을 내포한다. 동심은 어른과 대척점에 있는 것도 아니고 항상 선한 것만도 아니다. 동심은 모자라고 선하지 않은 것을 채워주고 바로잡아 주어야 하는 상호의존적 주체일 수 있다. 다시 말하면 우리가 인간을 이해할 때 현재라는 한 시점에서 단절적으로 이해하는 것은 오류를 수반하기 때문에 반드시 과거와 미래를 동시에 전관해야 하듯이 동심 역시 고정불변의 실체가 아니라 발견하고 채우고 수정하는 가운데 형성되어 가는 생성론적 과정에 있을 뿐이다. 이러한 관점에서 「해바라기 피는 마을」은 한국전쟁 후 가족관계의 해체와 경제적 토대의 붕괴, 가치 훼손과 전도의 1950년대 상황과 더불어 시련을 극복할 수 있는 의지, 친구 간에 있어야

---

10) 이오덕, 『詩精神과 遊戲精神』, 창작과비평사, 2002, 118쪽.
11) 원종찬, 『동화와 어린이』, 창비, 2004, 69쪽.

하는 우정과 배려하는 마음, 화해할 줄 아는 용기 등의 가치를 동심에 채워주고자 하는 한편, 온전한 가정과 가족 간의 사랑, 그리고 어린이에 대한 어른들의 무사(無私)한 관심 등이 어린이들에게는 무엇보다 절실하다는 점을 기성세대들에게 깨우쳐 주고자 한다는 데 의의가 있는 작품이다.

서술자의 요약적 서술로써 과거의 정보를 전달해 주고 있는 2)의 서사 단위는 정희네 가족의 비극성을 제시하고 있다. 전쟁은 가정을 파괴시키고, 가족을 해체시켰으며, 가족의 해체는 결국 정희에게 시련과 고통을 안겨주고, 다시 정희가 소위 오빠의 어머니와 새롭게 모녀관계를 맺도록 하는 인과적 요소로 작동하고 있다. 그리고 2)의 서사 단위는 「해바라기 피는 마을」의 시간 역전의 양상을 보여주는 서술 지표이기도 하다. 즉 2)는 과거의 사실을 서술자가 요약적으로 회상해 주는 비-초점화인 이종서술의 양상을 보이고 있는데, 이 장면은 전쟁이 초래한 정희네의 비극적인 가족사와 힘겹게 살아야 하는 정희와 어머니, 두 모녀의 현실적 상황을 분석적으로 제시함으로써 독자들의 특별한 정서적 반응을 환기하고 있다.

「해바라기 피는 마을」의 시간 역전은 이렇듯 서술자를 통해 이루어지는 역전과 "'6·25 사변만 일어나지 않았으면 내 피아노도 그냥 있었을 텐데……. 사변은 우리 집을 태우고 내 피아노를 없애고 우리 아버지를 끌어가고…….'"(120쪽.)와 같이 인물의 내적독백의 형태로 이루어지는 역전으로 대별할 수 있다. 그리고 이러한 시간 역전은 기본 서사의 기간 밖에 있는 외적 회상이 주를 이룸으로써 인과성과 계기성을 강화하고 있다. 그리고 이 작품의 스토리 구조를 보면 스토리-시간의 현재인 정희의 이야기에 초점을 맞춰 서술하고 있다. 동일한 시간에 발생한 두 사건을 서술하는 경우에도 정희를 중심으로 한 스토리선을 먼저 제시하고 정희의 친구들이나 큰집의 이야기는 뒤에 제시하고 있다. 이는 정희의 생각과 행위가 이 작품의 핵심 스토리라는 사실을 의미하는 것이다. 그렇기 때문에 이 작품에서는 이야기하는 시간이 그렇게 길어지지는 않는다. 시간 역전이나 정희 이외의 다른 인물들의 스토리선이 비교적 짧게 제시되고 있기 때문이다. 「해바라기 피는 마을」의 일원적 스토리 구조는 이러한 시간 구조에서 말미암는 것이다.

3)은 정희 어머니가 옷감 장사를 하던 국제 시장에 불이 나 옷감마저 다 잃은 어머니가 절망하여 몸져누운 상황에서 '진 영감'의 빚 독촉에 병세가 더욱 악화되어 결국 죽음에 이르는 과정을 서사화한 장면이다. 어머니의 죽음은 정희가 고아로 전락하여 큰집으로 가 살게 되는 계기가 되고 그곳에서 정희는 큰어머니의 냉대로 학교도 제대로 다니지 못하고 식모살이를 하는 처지가 되고 만다. 급기야 사촌들에게 멸시의 대상으로까지 전락한 정희는 자살을 결심하기에 이른다. 전후 이러한 절망적 서사구조는 소설과 마찬가지로 동화 역시 전쟁이 '가정의 평안한 상태를 파괴하고 불구화함으로써 아이들로 하여금 고아나 굶주림의 고통을 경험하게 하고 아울러 순진과 무지의 상태로부터 세계와 현실의 음험함과 무서움을 일깨우고 인지게 하는 교화적인 경험의 母型이 된다는 사실'[12]을 환기하고 있다.

4)는 정희가 담배 장사를 하며 고학의 의지를 실천하는 과정에서 친구 금란과 갈등하는 장면이다. 정희는 사촌들의 멸시를 더 이상 참지 못하고 큰집을 나와 죽기를 결심한다. 그렇지만 친구 명순과 춘식의 위로와 도움, 그리고 소위 오빠가 보내준 '해바라기 시'가 내포하고 있는 '희망의 정신'에 자극을 받아 정희는 명순네 집에 기거하며 담배 장사를 하며 고학의 의지를 실천한다. 정희가 자신의 시련과 고통을 당당하게 극복해 가고자 하는 의지와 그 과정의 서사화는 곧 담론 생산의 주체인 작가가 서술자를 통해 소통시키고자 하는 특정한 관념(이데올로기)의 발화 작용이라고 할 수 있다. 이에 상응하여 또 다른 담론 주체인 독자는 작품을 통해 의

---

12) 이재선, 『현대 한국소설사』, 민음사, 1992, 90쪽.

미를 생산하고 재조정하여 그 반응체계를 자신에게나 작가에게 소통시킴으로써 대화관계가 성립하는 것이다. 결국 작가와 독자의 관계는 궁극적으로 쌍방적인 역동적 상응관계(대화관계)에 놓여있는 것이다. 이는 스토리 구조가 창작과정보다는 독서행위 속에서 이루어지는 의미화 작업이며, 의도적이고 목표 지향적임을 보여주는 것이다. 특히 동화의 교술성을 전제한다면 동화의 스토리 구조는 단순히 구조지향적인 정태성을 뛰어넘어 의미를 생산하고 의미를 새롭게 자리매김하며, 의미를 재순환하는 담론의 양태를 띠고 있다는 점에 유의할 필요가 있다. 스토리 구조를 언어적 소통의 구도로 보아야 하는 까닭이 바로 여기에 있다.

5)는 정희가 참여하여 우수한 성적을 거둔 연극 대회에 정희를 찾아온 소위 오빠의 어머니가 큰집에 와 정희를 데려다가 함께 살겠다고 정희의 큰어머니에게 제안하는 장면이다. 사실 「해바라기 피는 마을」의 스토리 구조에서 우연성의 허위로 지적 받을 수 있는 서사 단위가 바로 5)와 연관된 서사소이다. 소위 오빠의 어머니가 정희가 연극을 하는 '시공관'으로 찾아오게 된 과정과 한 달 전에 소위 오빠가 전사했다는 서사소는 시간적 순차성에서 비롯하는 인과적 논리를 생략함으로써 생경하다는 느낌을 주고 있다. 이러한 서술방법의 허점은 결말 구조의 문제 해결에 너무 집착한 때문으로 볼 수 있다. 그렇지만 정희가 시련을 극복하고자 노력하는 가운데 이루어지는 새로운 모녀관계의 모색은 온전한 가정 또는 가족애 자체가 어린이들에게는 용기와 희망의 원천이라는 이 작품의 담론적 메시지와 맞물려 설득력이 충분하다고 할 수 있다. 정희와 소위 오빠의 어머니와의 결합은 전쟁으로 야기된 가족의 해체를 새롭게 회복시킨다는 의미의 휴머니즘 정신의 발현이자, 정희에게는 희망의 질료이며 동시에 파국의 해결점을 찾는 가능성의 길일 수 있겠기 때문이다. 강소천의 문학을 '교육적 아동문학',[13]

---

13) 이원수, 「소천의 아동문학」, 『아동문학』, 배영사, 1964, 75쪽.

'도덕에 대한 강한 집념'14), '로만과 현실 배정의 교육성'15) 등과 같이 교육적인 측면에서 평가하는 것도 바로 이러한 주제의식 때문이다.

이와 같이 「해바라기 피는 마을」은 정희의 서사소에 초점을 맞추어 작가(내포작가)의 선택으로 갈등이나 대립이 해결되는 시간적 담론의 결말 구조를 지향하는 단일한 스토리 구조를 형성하고 있다. 도입부부터 일관되게 정희의 서사에 초점을 맞춤으로써 시련과 고난을 극복해 나가는 정희의 의지를 보여주는 동시에 정희의 시련을 위로하며 그 시련을 극복할 수 있도록 도와주는 친구들의 우정과 대조적인 성격 창조를 통해 인간성을 고취시키고자 하는 등 이 작품은 다층적인 의미를 내함하고 있다. 이러한 의미의 제시는 분명 한국전쟁으로 방향을 상실하고 가치마저 훼손되어 황막해진 동심에게 새로운 삶에 대한 희망의 비전을 불어넣어 주고자 하는 작가의 관념적 태도와 상응성을 이루는 것이다. 특히 새 어머니와 모녀관계를 맺음으로써 해체되었던 가족관계가 회복되고 그로 인해 정희가 시련을 극복하고 씩씩하게 살아갈 수 있는 용기와 자신감을 얻으며, 친구들과도 갈등을 해소하여 다함께 희망에 찬 미래를 열어나갈 것을 다짐하는 결말 부분은 가정과 가족애가 동심에게 끼치는 영향이 얼마나 절대적인가를 새삼 일깨우고 있다.

2.2. 인물의 길항관계와 교술성

소설이나 동화와 같은 서사텍스트는 담론층위의 서술자와 이야기층위의 인물을 통해 실제적으로 형상화된다고 할 수 있다. 즉 소설과 마찬가지로 동화의 세계는 담론층위와 이야기층위가 역동적으로 작용하여 의미

---

14) 하재덕, 「모랄의 긍정적 의미」, 『현대문학』170호, 1969, 341쪽.
15) 이재철, 『아동문학개론』, 문운당, 1967, 138~140쪽.

체계를 구축하는데 담론층위와 이야기층위의 주요 인자는 각각 서술자와 인물이라고 할 수 있다. 그리고 이 서술자와 인물은 작가의 이데올로기적 지평에서 내적 발화의 주체로서 작동한다. 따라서 실제 작가의 세계관이나 인생관, 가치관은 서술자와 인물 간의 이데올로기적 태도를 규정하는 서사적 지표로 작용하는 것이다. 이 과정에서 작가(내포작가)/서술자/인물의 관계, 즉 작가와 서술자가 이데올로기적으로 일치하는가, 일치하지 않는가, 작품에서 나타난 이데올로기적 태도(주제의식)가 지배적인가, 종속적인가, 그리고 서술자와 인물은 공간적으로 일치하는가, 일치하지 않는가, 서술자는 인물을 어떤 태도로 바라보고 서술하는가, 인물의 심리가 드러나는가, 드러나지 않는가, 드러난다면 서술자가 인물의 심리를 직접 서술하는가, 그렇지 않은가, 시간적 차원에서 작가와 인물이 일치하여 그 인물의 시간적 순서와 동일하게 연대기적으로 서술하는가, 여러 인물의 시간을 교대로 서술하는가 등이 제반 서술 상황을 규정하는 중요한 기준이 된다. 특히 리얼리즘계열의 소설이나 동화에서 인물은 이야기 층위의 '제1차적인 실체'[16]라고 할 수 있는데, 이때 인물은 '텍스트화된 인물'이건, '작가의 체험이 구축한 인물'이건 특정한 역사적 상황과 더불어 존재하며, 그것들과 융화하는 존재이다. 따라서 '「해바라기 피는 마을」이 1955년 7월부터 1956년 8월까지 ≪새벗≫에 연재되었다는 사실'[17]과 작가와 서술자의 이데올로기적 태도가 일치하고 있다는 점에 주목하면 이 작품의 인물 역시 1950년대 한국전쟁과 그 직후의 사회적·역사적 맥락과 연관되어 있으며 그 맥락과 더불어 의미를 생성한다고 볼 수 있다.

「해바라기 피는 마을」의 인물들은 길항관계에 놓여 있다는 특징을 지

---

16) William H. Gass, *Issues in Contemporary Literary Criticism*, edited by George T. Polletta, Little Brown and Company, 1973, 708쪽.

17) 소천아동문학상운영위원회 엮음, 「강소천의 발자취」, 『강소천 아동문학전집』 6권, 2006, 294쪽.

니고 있다. 「해바라기 피는 마을」의 서사층위를 주인공 '정희'를 중심으로 구분한다면 정희−학교친구들의 관계, 정희−어른들의 관계로 범주화하여 그 서사층위를 양분할 수 있다. 그런데 이 두 서사층위를 형성하는 인물들은 대체적으로 선과 악으로 나뉘어져 있음에 주목할 필요가 있다. 인물들의 대립관계는 학교에서 드러나는 친소관계를 기준으로 했을 때는 '정희, 명순, 춘식, 수복/금란', 외적 관계에서 나타나는 정희에 대한 우호적/비우호적 태도를 기준으로 삼았을 때는 '어머니, 큰아버지, 육군 소위 오빠와 그의 어머니/큰어머니, 사촌(경자, 경식), 진 영감'의 양태를 형성하고 있다. 여기에 정희의 담임 선생님은 정희에게, 금란에게 피아노를 가르치는 허 선생님은 금란에게 각각 우호적인 태도를 보이고 있다. 결말 구조에서는 대립하던 인물들이 화해하고 희망차게 살아갈 것을 다짐함으로써 이러한 이분법적 인물관계가 교술성을 강화하는 측면이 있지만 아동들에게 자칫 인간을 이분법적으로 재단하는 심리를 길러줄 수도 있다는 데 유념할 필요가 있다.

1) 정희는 다시 한 번 금란이의 피아노를 바라봤습니다. 그리고 피아노 앞에 가까이 갔습니다. 무슨 생각을 했는지 정희는 피아노 의자 앞에 앉아 피아노 뚜껑을 열었습니다. 그리고 피아노를 두드리기 시작하였습니다. 그것은 지금 금란이가 치던 연습곡보다 무척 더 어려운 것이었습니다.

그러자 방문이 확 열렸습니다. 과자 그릇을 들고 들어오던 금란이는 과자 합을 땅바닥에 탁 하고 내동댕이치며 큰 소리로 화를 버럭 내었습니다.

"왜 남의 피아노를 물어도 보지 않고 치는 거냐?"(121~122쪽)

2) "어머닌 아직도 안 돌아오셨구나."/ "인제 곧 돌아오실 거야."

이렇게 춘식이도 어쩔 줄 모르고 있는데, 헐레벌떡 명순이가 찾아왔습니다.

"정희야! 어떻게 됐니? 너네 상점의 물건은 꺼냈니?"/ "몰라!"/ "모르다니? 어머닌?"/ "아직 못 만났어."

춘식이는 명순이에게 시장에 갔던 이야기를 대강 들려주었습니다.

"얘, 명순아! 너 그러면 정희 동무해 줘, 응! 내 또 시장에 나가 보고 올게……."

그러나 명순이도 정희도 아무 대답이 없었습니다. 어떻게 했으면 좋을는지를 몰라서였습니다.

"내 곧 갔다 올게……."

그리고 춘식이는 다시 시장 쪽으로 달려나갔습니다.

"얘, 정희야, 울지 마라. 우린 6·25의 고난도 겪지 않았니? 이런 땐 마음을 크게 가져야 하는 거야. 자! 어서 집으로 들어가자."(157~158쪽)

3) 큰 아버지가 집을 떠난 이튿날, 벌써 큰어머니는 짜증을 내기 시작했습니다.

"얘, 정희야! 넌 그렇게 큰 아이가 학교에도 안 가며 날마다 책상머리에 앉아 무얼 그리 생각하고 있느냐 말이다. 인제 그만 청승맞게 굴라는 말이야. 하다못해 물이라도 한 통 길어오든지, 먹은 것 설거지라도 좀 도와주면 좋지 않니?"/ "예, 큰어머니, 제가 할게요."

정희는 얼른 일어섰습니다. 물통을 들고 밖으로 나왔습니다. 가만 앉아 있을래야 앉아 있을 수가 없기 때문입니다.

'어머니! 난 인제 어떻게 살아야 해요?'

정희의 눈에선 눈물이 솟아 앞이 보이질 않았습니다.(188-189쪽)

4) "사실, 그래서 오늘 용기를 내어 전혀 얼굴도 본 적 없는 정희를 찾아왔습니다. 정희를 찾아오니 정희에게 그 동안 슬픈 일이 많이 있었군요. 올 때에는 얼굴이라도 보고 가려구 생각했으나, 막상 와 보니 염치 없는 생각까지 나는군요. 이렇게 말씀드리는 저를 욕하지 마셔요. 허락만 해 주신다면 저는 정희를 제 친자식으로 알고 데려다 기르 겠습니다. 죽은 아들과는 이미 형제 사이였으니깐요."

"알겠습니다. 지금 소위 어머님의 심정은 잘 알겠습니다. 그럼 오늘 저녁 식구들과 의논해서, 그리고 정희의 의견도 들어보고 해서 내일 알려 드리지요."(250~251쪽)

5) 토요일 오후, 정희는 새 어머니를 모시고 명순이, 수복이, 춘식이 는 물론 금란이 외에 몇몇 친구들과 함께 돌아가신 어머니 산소에 갔습니다. 정희도 그 동안 몇 번 와 보지 못한 어머니 무덤입니다.

명순이와 춘식이랑은 언제 서로 의논했는지, 해바라기씨를 가지고 와서 무덤가에 심어 놓았습니다. 그리고 춘식이는,

"얘, 정희야! 여기 해바라기씨가 있어. 이걸 가지고 가서 너희 집에 마당에 심어 놓아. 우리들도 다 집 뜰에 심을 테니…… 해바라기꽃을 보며 우리는 서로 친구들을 생각하기로 하자. 그리고 정희는 돌아간 너희 오빠를 기념하고……."

"고맙다, 춘식아! 나는 그것까지 미리 생각하질 못했구나."

정희는 어머니 무덤 앞에 앉아 무덤의 잔디를 쓰다듬으며 산 사람에게 이야기하듯 하였습니다.

"어머니! 정희예요. 그 동안 무척 고생도 했어요. 세상이 귀찮아서 죽어 버리려고까지 했어요. 그러나 어머니, 인제 기뻐해 주서요. 새 어머니가 여기 함께 와 계서요. 육군 소위 어머니예요. 낯모르는 제 오빠 어머니예요. 아니, 지금은 제 어머니예요. 전 인제 이 고장을 떠나요. 자주 못 뵙게 될 거예요. 그러나 어머니, 정희는 씩씩하게 자라날 테니 부디 안심하서요."(265~267쪽)

먼저 1)은 정희와 항상 대립 관계에 있는 금란이 정희를 자신의 집으로 데리고 가 피아노 실력을 과시하며 정희는 학생 같고, 자신은 선생 같다는 우월감을 느끼게 되는데, 잠시 자리를 비운 사이 정희가 사변 전에 피아노 연습을 하던 때를 생각하고 충동적으로 피아노를 치자, 그 소리를 들은 금란이 화를 내는 장면이다. 이 작품에서 금란은 가정에서 피아노 교습을 받을 정도로 물질적으로 부유한 생활하며 정희를 무시하는 태도로 일관하여 항상 정희와 대립하는 인물로 서술되고 있다. 정희는 가난하지만, 능력이 있고 매사에 당당하게 임하는 인물인 반면, 금란은 이러한 정희를 시기하고 질투하며 부유한 가정환경을 내세워 정희를 얕잡아 보는 인물이다. 정희와 금란의 이러한 길항관계는 전쟁으로 말미암은 상실과 고난의 사회적 상황과 밀접한 관련을 맺는다고 할 수 있다.

정희는 금란과 갈등 관계에 놓일 때마다 사변 전의 유복하고 단란했던

자신의 가정을 생각한다. 인물의 이러한 시간 역전의 회상은 결국 전쟁이 가정의 평안을 파괴하고 어린이들에게 가난의 고통과 시련을 안겨주었음을 환기하는 역할도 하지만, 궁극적으로는 전쟁으로 인해 모든 것을 잃어버리고 상실감과 절망감에 빠져 있을 많은 어린이들에게 당당한 어린이상을 부각시키려는 작가의 의도와 맞닿아 있는 서사 전략이라고 할 수 있다. 그러나 이와 같은 인물의 존재 방식은 정희의 가난한 생활과 금란의 부유한 생활이 이들의 성격이나 대립관계를 결정하거나 조장하는 주된 원인이라는 왜곡된 가치관을 심어줄 수 있다는 문제를 야기한다. 물론 정희와 금란이 결말 부분에 이르러서는 서로 이해하고 화해하는 이상적인 모습을 보여줌으로써 결국 정희와 금란의 대립관계를 통해 동심에 인간다움의 품성이 어떠한 것인가를 심어주려는 서사 전략일 수도 있지만, 그보다 가난한 삶은 선하고 부유한 삶은 선하지 않다는 편견을 심어줄 가능성이 더 크다는 것이다.

이에 비해 2)는 어려운 처지에 놓이게 된 정희를 가까이서 위로하고 격려하며 함께 그 어려움을 이겨내려는 친구들의 우정을 서사화하고 있는 장면이다. 정희의 어머니는 국제시장에서 옷감을 파는 일을 하고 있는데, 국제시장에 큰불이 났고 그 뒤로 어머니의 행방을 몰라 정희가 애를 태우며 어머니를 찾아다니지만 찾지 못하고 집에 돌아와 기진하여 있는데, 명순이가 찾아와 정희를 위로하며 용기를 북돋워 주고 있다. 그리고 춘식이 역시 정희의 어머니를 찾아 동분서주한다. 명순과 춘식은 정희와 가장 돈독하게 지내는 인물들로서 정희가 어려움에 처할 때마다 정희의 입장과 진실을 이해하고 옹호함으로써 친구들과의 갈등을 해소시키기 위해 노력하는 인물들이다. 특히 명순은 정희가 큰어머니와 사촌들의 괄시와 모욕을 이기지 못해 죽을 것을 결심했을 때도 정희를 찾아 용기를 주고 자신의 집에서 함께 살도록 어머니를 설득하여 정희가 담배 장사를 하며 고학을 하도록 도와준다. 친구들 간의 이러한 인정과 우정은 동심이 지녀야 할, 동심에게 채워 주어야 할 인간적 가치라고 할 수 있다. 어려운 처지에 놓인 친구의 입장을 이해하고 보듬으며, 그 친구의 진실을 신뢰하고 희망을 갖도록 격려하는 명순의 발화는 전쟁이 세계와 인간에 대한 인지를 조숙화시키는 경향이 있다는 사실을 감안하더라도 작가(내포작가)−서술자의 의도가 틈입하고 있다는 인상이 짙다. 그러함에도 불구하고 정희를 위하는 명순의 발화는 웅숭깊은 인간주의의 기본을 느끼게 하는 표상이기에 더욱 값지다고 할 수 있다.

3)은 어른들이 어린이들의 삶을 억압하고 구속하여 그들의 삶을 어떻게 파괴하고 왜곡시킬 수 있는가를 성찰하게 하는 서사 단위이다. 정희는 어머니가 죽자 큰집에 가 생활하게 되지만, 큰아버지와는 달리 큰어머니와 사촌들(경자, 경식)은 정희를 식모로 취급하여 정희가 학교에도 가지 못하는 상황에 처하게 된다. 정희를 냉대하고 괄시하는 큰어머니의 행동은 분명 어른들과 어린이들의 비인간성이나 이기심 등을 비판할 수 있는 근거로 작용한다. 가정이 해체되고 그로 인해 동심이 상처를 받고 세상 타넘기의 고통에 직면할 수밖에 없는 전쟁 직후의 상황을 고려한다면 큰어머니는 어른 세계의 비인간성을 노출하고 있는 인물이다. 그러니까 큰어머니가 정희에게 가하는 폭력성은 어른 세계의 탐욕과 어린이 세계의 순진이 충돌하는 삶의 음험한 실상이라고 할 수 있다. 따라서 이 작품에서 드러나는 인물들의 대립구도는 어린이에게는 고난을 극복하고 희망의 미래를 열어나갈 수 있는 의지를 불어넣어 주는 동시에 어른들에게는 전후의 파국적인 상황에서도 어린이를 감싸고 격려하며, 자신의 자식처럼 사랑할 수 있는 가치를 모색하도록 촉구하는 것이기도 하다. 정희의 행위에만 초점을 맞추어 이 작품의 의미를 규정할 경우 담론구조가 생성하는 소통의 의미를 제한하거나 축소하는 오류를 수반하기 쉽다. 정희의 안타까운 처지를 이해하고 정희를 위로하고 도와주는 큰아버지와, 황막한 세

상에 남겨진 어린이를 감싸고 격려하며, 자신의 자식으로까지 받아들이는 소위 어머니의 따뜻한 가족애의 실천은 전쟁 직후 어른의 세계가 어린이들에게 보여주어야 할 진정한 가치를 표상하고 있는 것이다.

4)는 소위 오빠의 어머니가 정희를 데리고 큰집으로 가 정희를 데려가 잘 기르겠다고 허락을 청하는 장면이다. 자상함과 배려심, 그리고 조심성이 묻어나는 발화는 그녀의 넓고 자상한 인간주의의 바탕을 드러내는 성격 지표라고 할 수 있다. 정희와 관련하여 소위 오빠의 어머니를 '인물 창조의 두 가지 원칙, 즉 이식(transplantation)과 순화(acclimatization)'[18]의 측면에서 보면 작품의 분위기를 극적으로 전환시키는 역할을 함으로써 알맞게 이식되어 있지만, 스토리 구조와 주제의식, 다른 작중인물, 작품 전체의 분위기 등과 조화를 이루어야 하는 순화의 원리에서 보면 다소 작위적이라는 허점을 드러내고 있다. 이는 그만큼 구성이 치밀하지 못하다는 이야기일 수도 있다.

그러나 이 작품에서 새 어머니는 정희가 시련과 고통에 굴하지 않고 더욱 당당하게 살아가도록 격려하고 용기를 주고자 하는 인물로서 인간적인 가치를 '실천'[19]하는 모성애의 중요한 표상성이다. 결국 발화자로서의 내포작가는 인물을 통제하는 기능은 물론이고 때로는 서술자까지도 조정하는 기능을 한다는 점을 고려하면, 이러한 인물의 창조는 어린이들에게는 무엇보다 어른들의 관심과 사랑이 절대적이고 절실하다는 점을 사회 전반에 소통시키고자 하는 내포작가의 의도와 맞닿아 있다고도 볼 수 있다. 특히 이 어머니의 성격이 매우 자상하며 인간적이고 신중하다는 것이

---

18) E. M. Forster, Aspects of the Novel, Penguin Books, 1972, 73쪽.
19) '실천'은 인류가 객관적 실재를 변혁시켜 나가는 사회적 과정의 총체이다. 실천은 사회적으로 통합된 인간이 자신의 자연적, 사회적 환경을 변화시키기 위해 행하는 '대상적 활동'이며 '일체의 행동'이다. 실천은 주체, 즉 사회적으로 조직된 인류와 객체, 즉 주체의 실천적 작용이 가해지는 객관적 실재의 영역이라는 두 관계항 사이에서 이루어진다.(한국철학사상연구회 편, 『철학대사전』, 동녘, 1987, 778쪽.)

주로 대화를 통해 객관화되어 생동감과 신뢰감을 높이고 있다는 점은 이 작품의 공이라고 할 수 있다.

5)는 이 작품의 결말 구조로 주제를 암시하는 핵심 서사단위라고 할 수 있다. 새 어머니로 말미암아 정희는 그 동안 갈등을 빚었던 친구들과 화해하고 새 어머니가 살고 있는 고장의 학교로 전학을 가기 전 어머니의 무덤에 들러 친구들과 '해바라기씨'를 심으며 우정을 다짐하고 돌아가신 어머니에게 씩씩하게 자라날 것을 다짐하고 있다. 이렇듯 소위 오빠의 어머니가 정희를 거둠으로써 정희의 시련과 갈등이 모두 해결되고 있다는 사실은 정희가 죽음을 생각할 정도로 고통을 당하고 친구들과 갈등했던 가장 근본적인 원인이 가정이 붕괴되고 가족이 해체되었다는 데 있음을 의미하는 것이고, 이는 한국전쟁 직후의 역사적 · 사회적 현실의 당면 문제와 직결되어 있는 것이다. 그렇기 때문에 가족관계의 복원과 가족애의 회복이 전쟁 직후 온갖 시련과 고난에 직면한 동심의 표상이라고 할 수 있는 정희를 구원할 수 있는 것이다. 그리고 이러한 서사 축이 바로 「해바라기 피는 마을」의 주제의식을 더욱 고양시키는 것이다.

요약컨대 「해바라기 피는 마을」의 인물의 길항관계는 어린이에게 시련이나 고난을 극복해 나갈 수 있는 의지를 고취하는 한편, 친구간의 우정과 같은 인간적 연대감을 동심에 불어넣어 주고자 하는 기능을 수행하고 있다. 또한 인물들의 담론은 한국전쟁 직후 가족의 해체라는 역사적 · 사회적 당면 문제를 제기하는 동시에 가정의 복원과 가족애의 회복이 동심을 반듯하게 그리고 희망차게 일으켜 세울 수 있다는 교육적 의미를 생성한다. 이런 의미가 충족될 때만이 어린이들이 씩씩하고 당당하게 화합하며 희망적으로 살아갈 수 있음을 인물들은 보여주고 있는 것이다.

2.3. 양가적 초점화와 인물지향적 서술

허구적 서사물로서의 소설이나 동화는 일정한 이야기를 내포한 서사 구조로서 사건을 담은 이야기와 그 이야기를 전하는 소통 과정을 전제한다. 그리고 이론가들은 그 서사의 소통 경로에서 이야기를 조직하고 전달하는 방식으로서 시점을 서사 형식 이론의 주요 개념으로 인식해 왔다. 지금까지 시점의 개념은 서술자의 지각적 측면과 화법적 측면을 강조하는 서술자 중심에서, 그것을 넘어서 작중 상황을 바라보고 판단하는 작가 또는 서술자의 관념적 태도까지를 아우르는 작가의 서술 전략, 혹은 소통 방식으로 확대되어 왔다. 이러한 시점 개념은 대체적으로 서술자의 발화 방식과 서술자의 지각 방식, 작가 또는 서술자의 관념적 태도 등으로 나누어 볼 수 있다.

그런데 서사학의 기본 목표는 기호 체계와 의미화 행위, 그리고 해석까지 지배하는 제 원리를 기술하고 설명하는 데 있다.[20] 따라서 서사학의 시점 개념에서는 작가 또는 서술자의 관념적 태도가 배제될 수밖에 없고, 결국 서사학은 서사체의 담론체계 자체가 작가 자신의 사회적, 역사적 맥락에 의거하고 있음을 간과하고 있다. 이는 위르겐 슈람케 등이 비판하고 있는 것처럼[21] 경험적 작가가 왜 그러한 서술자를 내세웠고, 어떠한 서술 태도를 보이고 있는가와 같은 작품의 창작 과정을 무시하는 오류를 범하고 있는 것이다. 따라서 생산적인 시점 개념이 되기 위해서는 '누가 말하는가' 또는 '누가 보는가'의 차원을 넘어 '어떻게 보는가'와 관련된 작가의 관념적 태도를 고려할 필요가 있다.

이에 대하여 시점 개념의 외연을 좀더 구체적으로 좁혀 놓은 쥬네뜨는

---

20) Gerald Prince, 『서사학』, 최상규 역, 문학과지성사, 1995, 243~245쪽.
21) J. Schramke, 『현대소설의 이론』, 원당희 · 박병화 역, 문예출판사, 1995, 25쪽.

종래의 시점 개념이 '누가 보는가'와 '누가 말하는가'라는 전혀 다른 문제 사이에서 커다란 혼란을 겪어왔다며, '누가 보는가'라는 서술자의 지각적 측면을 '초점화(focalization)'로 분리하여 시점의 개념에서 제외시키고 '누가 말하는가'와 연관된 어법적 표현 양태인 태만을 시점 개념으로 설정하였다.22) 이후 미크 발과 리먼-캐넌, 툴란 등은 쥬네뜨의 초점화 이론을 긍정적으로 수용하기에 이르는데, 특히 이들은 쥬네뜨의 초점화 구분에서 초점화의 주체가 분명하지 않음을 지적하면서 초점화를 초점 주체와 초점 대상으로 구분하여 논할 것을 제안하고 있다. 따라서 쥬네뜨의 '초점화'와 '시점' 이론, 즉 '누가 보는가'와 '누가 말하는가'에 랜서나 우스펜스키 등의 시점 이론23)을 적용하여 '어떻게 보는가'라는 실제 작가의 관념적 태도를 감안해야 '작품의 창작 과정'을 드러내는 실제적인 시점 개념이 될 수 있을 것이다.

쥬네뜨의 초점화와 작가-서술자의 서술태도까지를 고려하는 시점 이론 적용해 보면, 「해바라기 피는 마을」은 비-초점화의 전지적 서술이 주를 이루는 가운데 외적 초점화와 내적 초점화의 서술 양상을 보이고 있다. 이러한 서술 양상은 '이야기밖 서술-제로 초점화-남의 이야기'24)의 서술에서 드러나는 특징을 그대로 보여주고 있는 것이다. 그리고 서술자는 정희와 그녀에게 우호적인 태도를 보이는 친구들이나 어른들을 긍정적이면서 비중 있게 서술하고 있으며, 그들에 대한 초점화의 빈도 역시 그들과 대립 관계에 있는 다른 인물들보다 압도적으로 많다.

---

22) Gérard Genette, *Narrative Discourse : An Essay In Method*, trns., J. E. Lewin, Ithaca ; Cornell Unive. Press, 1980, 189~194쪽.

23) S. S. Lanser, *The Narrative Act ; Point of View Prose Fiction*, Prinston Unive. Press, 1981. 4장 참고. B. Uspensky, 『소설 구성의 시학』, 김경수 역, 현대소설사, 1992. 1장~5장 참고.

24) Gérard Genette(1988), *Narrative Discourse Revisited*, trans., J. E. Lewin, Ithaca ; Connell University Press, 128쪽.

1) 정희는 금란이가 피아노 치는 것을 물끄러미 바라보고 있었습니다. 문득 사변 전 생각이 났습니다.

㉠'6 · 25 사변만 일어나지 않았으면 내 피아노도 그냥 있었을 텐데……. 사변은 우리 집을 태우고 내 피아노를 없애고 우리 아버지를 끌어가고…….'

㉡"자, 어서 노래를 불러!"

금란이가 '나의 살던 고향'을 쳤습니다. 정희는 ㉢지난날의 슬픈 생각을 잊어버리기 위해서 흥 안 나는 노래를 불렀습니다.…＜중략＞…

㉣정희와 반대로 금란이는 지금 막 신이 났습니다. ㉤자기 피아노에 맞추어 노래 부르는 정희가 어쩌면 학생 같고, 자기는 선생같이 느껴졌습니다. 금란이는 자기 있는 재주를 전부 정희에게 털어 보이고 싶었습니다.(120쪽)

2) "정희야!"

하고 명순이가 두 번째 찾아왔을 때는 소풍 갔던 경자와 경식이가 다 집에 돌아왔을 때입니다.

"누구냐?"

하는 것은 뜻밖에도 경자가 아니겠습니까?

"애, 정희 아직 안 돌아왔니?"/ "내가 알 게 뭐냐?"

명순이는 무어라고 대답했으면 좋을지 몰라, 대문간에 ㉠우두커니 서 있었습니다. 거기 이번엔 경식이가 나왔습니다.

"애, 경식아! 너 정희 어디 갔는지 모르니?"/ "몰라, 난."/ "언제쯤 돌아올까?"/ "내가 알 게 뭐야."/ "죽지 않으면 곧 돌아올 테지 뭐."(201~202쪽)

3) "연극이야 정희가 뽑히지 않았어요? 참, 선생님! 정흰 인제 학교에 안 나오나요?"

"그렇지 않아도 어제 그 이야기가 나왔지. 아마 내일쯤 딴 사람을 시키게 될 거다. 너 연극 해 볼래?"

"누가 시켜 줘야죠."/ "넌 연극이 늘 하고 싶은가 보구나."

"아무렴, 정희만큼이야 못 할라구요. 연습만 충분히 하면 문제 없어요. 그렇지만 우리 반 선생님은 정희를 제일 사랑해요."

"그렇지만 정희가 안 한다면 문제는 다르지."/ "참, 내가 연극을 한다면 의복도 근사한 걸 입을 텐데요."/ "연극에 나오는 애는 가난한 애니까, 좋은 옷은 필요 없을 거야."

"그래서 담임 선생님이 정희를 뽑았나 보지요?"(225쪽)

4) 이번 예선에 백합 국민 학교는 독창 한 종목과 연극이 뽑혔을 뿐입니다. ㉠금란이의 피아노 독주는 예선에도 못 들었습니다.

마지막 날 연극엔 세 학교가 참가했습니다. 예선에서 한 번씩 한 결과를 보아 백합 국민 학교가 그렇게 성적이 뒤떨어질 것 같지 않았지만, 모두 비슷비슷했기 때문에 도무지 마음을 놓을 수가 없었습니다.

㉡"정희야, 좀더 침착히 해라. 네가 정말 그런 처지에 있는 것처럼 생각하고, 응?"/ "네!"…<중략>…

㉢정희의 혼자말이 시작되자 관중석은 물을 끼얹은 듯 조용해졌습니다. ㉣정말 정희는 오늘 침착했고, 처음부터 자신 있는 연기를 보여 주었습니다. 늦게 집으로 돌아오는 동생(춘식)을 꾸짖으며 우는 누나, 억울하지만 꾹 참는 춘식이…… ㉤관중석에선 여기저기서 쿨쩍쿨쩍 소리가 연신 들려왔습니다.(234-237쪽)

5) 이튿날, 금란이는 세 번째에, 정희는 네 번째에 출연하게 되었습니다. ㉠금란이의 피아노 독주가 끝났을 때, 우레 같은 박수 소리가 났습니다. 그것은 백합 학교 합창단 학생들이 자기 학교에 보내는 응원의 박수였습니다. 정희는 가슴이 두근거렸습니다.…<중략>…

처음엔 지정곡을 ㉡거침없이 쳐 버렸습니다. 그 다음엔 자유곡. 자유곡은 ㉢그야말로 멋들어지게 쳐 넘겼습니다. 손을 멈추고 의자에서 일어나 무대 앞에 나와 인사를 했을 때, ㉣아까 금란이 적보다 더 요란한 박수 소리가 울려 나왔습니다. 인사를 하고 나오려는데, 춘식이가 커다란 꽃다발을 가지고 나왔습니다. 뒤이어 명순이도 꽃다발을 들고 나왔습니다. 정희는 양 손에 꽃다발을 들고 무대 뒤로 나왔습니다.(280~281쪽)

위의 예문들은 「해바라기 피는 마을」의 초점화 양상과 함께 내포작가/서술자의 인물지향적 서술태도를 보여주는 서사 단위들이다. 1)은 초점 주체와 서술 주체가 달라지는, 표면적으로는 3인칭의 내적 초점화에 해당하는 서사 장면이다. 즉 초점화의 양상과 표면적인 어법상의 서술 방식을 연계해서 보면, 1)의 초점화는 인물인 정희가, 서술은 3인칭의 서술자가 수행하고 있다. 이렇게 초점 주체와 서술 주체가 분리되는 경우는 내적 초점화에서 이종서술로 이행할 때만이 가능하다. 이때의 3인칭 서술은 표면적으로만 3인칭 서술일 뿐, 실제로는 1인칭 서술과 다름이 없는 것이다. 그렇기 때문에 ㉠과 ㉢의 심리 서술이 가능한 것이다. 그런데 ㉠과 ㉢은 어법적으로는 상이한 서술방식을 취하고 있다. ㉠은 인물의 내적 독백을 직접 인용한 서술이고, ㉢은 인물 언어의 서술화에 해당하는 서술이다. 이러한 내적 초점화는 정희나 금란이 소위 오빠의 어머니 등 여러 인물에 걸쳐 나타나는 가변 초점화의 양상을 보이고 있다. 「해바라기 피는 마을」에서는 주로 내적 초점화의 서술 양상이 지배적으로 나타나는데, 이러한 서술 방식은 이 작품이 그만큼 서술자와 인물이 교호하고 있으며 인물지향적인 서술태도를 견지하고 있음을 드러내 주는 시점 지표이기도 하다.

특히 1)의 예문에서 서술자는 정희와 금란의 상이한 심리 상태를 부각시키고자 하는 서술태도를 보이고 있다. 먼저 ㉠은 정희의 내적독백으로서, 금란이 정희를 자신의 집에 데리고 와서 자랑 삼아 피아노를 치는데, 그 모습을 보면서 사변으로 파괴되고 손상된 자신의 가정과 가족관계를 회상하고 있는 서사 단위이다. 이 회상의 내적독백은 '화자인 나와 청자인 나 사이에서 <내적인 언어>로 표명되는 내면화된 대화'[25]로서 전쟁 전의 단란했던 가정과 전쟁 후의 상처 난 자아와 열악해진 생활환경을 확인하며 안타까워하는 동시에 독자들에게 정보를 전달하여 연민의 정서를 유발하는 기능을 수행한다. 특히 ㉢에서는 전쟁으로 가정이 파괴되고 그로 인해 위축되고 자신감을 상실한 정희의 내면을 형상화하고 있다. 반면에 정희에게 명령하는 듯한 금란의 ㉡ 발화에는 생활환경의 우위를 통해 정희보다 우월하다는 것을 과시하려는 금란의 우월의식이 드러나며

---

25) 에밀 뱅베니스트, 『일반언어학의 제문제 Ⅱ』, 황경자 역, 민음사, 1992, 104쪽.

이 발화는 금란의 과시적인 내면을 서술하고 있는 ⑩과 호응하고 있다. ⓛ과 ⑩에서 나타나는 금란의 우월감과 과시욕의 내면을 일반화하여 서술자가 비—초점화하여 서술하고 있는 서사소가 바로 ㉣이다.

이러한 상이한 내면과 처지의 대비적 서술은 작가의 두 가지 의도가 서술태도의 경로를 거쳐 반영된 결과라고 할 수 있다. 전쟁의 파괴성으로 말미암아 생활사와 가족사가 왜곡된 정희의 처지를 부각시켜 이후 시련과 고통을 감내하고 극복하려는 의지를 펼쳐 보이는 정희를 통해 당대 어린이들에게 좀더 적극적이고 의지적인 동심을 심어주려는 의도가 첫 번째일 것이고, 동심 가운데에 자리할 수 있는 우월감이나 멸시감과 같은 반인간인 심성을 경계하고 서로 옹호하고 신뢰하는 인성을 동심에 심어주고자 하는 의도가 그 두 번째일 것이다.

2)에서는 정희의 사촌들이 정희를 멸시하는 태도를 대화체로서 형상화하고 있다. 정희가 다녔던 학교에서 소풍을 가는 날, 사촌인 경자와 경식은 소풍을 가는데, 정희는 소풍도 가지 못하고 큰어머니가 하라는 대로 빨래를 하러 갔다가 오후에 돌아오자 쉴 틈은커녕 점심 먹으라는 말도 없이 큰어머니가 또 심부름을 시켜 정희는 심부름을 간다. 한편 명순은 선생님께 몸이 아프다는 핑계를 대고 정희를 만나러 정희의 큰아버지 댁에 왔지만 정희를 만나지 못하고 뒤돌아갔다가 다시 찾아와 사촌들에게 정희의 행방을 묻고 있는 것이다. 주로 외적 초점화로 이루어진 이 장면은 정희가 심부름을 간 동안, 정희가 사는 큰아버지 댁에서 일어난 일을 서술자가 초점화한 서사 단위이다.

이 서사 장면은 경자와 경식이 얼마나 정희를 무시하고 멸시하는지를 그들의 발화를 통해 객관적으로 보여주고 있다. 더욱이 ㉠의 양태 부사를 통해 정희에게 가장 우호적인 인물인 명순이 경자와 경식의 뜻밖의 반응에 적잖이 어리둥절하고 의아해 하는 모습을 부조해 내고 있다. 정희의 어려운 처지와 정희를 생각하는 명순의 살가운 마음씨, 그리고 친척 간임에도 정희를 업신여기는 경자, 경식의 태도가 대극을 이루게 함으로써 동심이 지켜야 할 정당한 가치가 무엇인지를 일깨우고 있다. 1950년대 한국전쟁 직후, 파괴된 생활환경과 분해된 가치, 그리고 손상된 삶의 역경에서 동심의 가치로움이 어디를 지향해야 하는지를 보여주고 있다는 점에서 이러한 서술태도는 강소천 동화의 일관된 주제의식의 심층 구조라고 할 수 있다.

3)은 금란이 자신에게 피아노를 가르쳐 주는 허 선생님과 대화를 나누는 장면으로서, 대화체로만 이루어져 있다. 이 장면은 초점 주체와 서술 주체가 동일한 외적 초점화의 서술 양상을 보이고 있다. 금란의 편협하고 그릇된 생각이 그녀의 발화를 통해 간접적으로 제시되고 있다. 정희는 큰어머니의 구박으로 학교조차 다니지 못하는 상황에서 사촌들에게 멸시까지 당하자 죽기로 결심하지만 명순의 도움으로 마음을 돌려 고학이라도 하리라 다짐하는데, 금란은 정희의 이러한 처지에는 아랑곳하지 않고 정희에게 돌아간 연극의 주인공 자리를 탐내고 있다. 금란의 발화에서 주목해야 할 점은 금란이 정희를 질시하는 까닭에 담임 선생님의 마음까지 왜곡하고 있으며, 물질적으로 정희보다 잘 산다는 것을 내세워 정희를 이겨 내려는 반동심적 태도이다.

동심은 분명 양가적 속성을 띤다. 다시 말하면 동심은 사랑과 미움, 호의와 질투, 관심과 시기, 내 편과 네 편식의 편 가르기 등과 같은 대척점의 심리 상태를 도덕적이거나 윤리적인 가치 기준으로 자제하고 통제할 수 있는 능력을 온전히 갖추고 있지 못하다. 금란이 결말 구조에 가서는 정희와 화해한다는 사실에 비추어 보면, 금란의 발화를 초점화하여 보여주고 있는 서술 방식은 결국 자기중심적이거나 이기적이고 시기심이 많은 동심을 경계하고자 하는 서술태도에서 비롯한 것이라고 할 수 있다. 묘사와 대화는 외적 초점화의 서술 방식으로서 서술자가 전혀 개재하지 않는 서술이라지만, 묘사나 대화 역시 서술 국면에서 서술태도에 따라 조종된 서술 방식이고 그 서술태도는 작가 혹은 내포작가의 관념적 태도가 결정하기 때문이다.

4)는 외적 초점화와 전지적 서술상황의 비−초점화(제로 초점화)로 이루어진 서사 장면이다. 이 서사 장면은 서술자가 외적으로 초점화하여 어린이 예술제의 결과와 진행 상황을 보고 형식으로 서술하는 한편, 서술자가 전지적 입장에서 정희가 출연하는 연극의 관람석 분위기와 정희의 연기력을 직접 평가하여 서술하는 방식을 취하고 있다. 이렇듯 정희와 금란을 서술하는 방식은 같지만 인물을 바라보는 서술태도와 서술자가 전달하는 정보의 질이 상이하다. 정희와 대립관계에 있는 금란의 피아노 독주에 대해서는 서술자가 요약적으로 서술하면서 ㉠의 '예선에도 못 들었다'와 같이 그 결과만을 서술하는 가운데 다소 냉소적이면서도 비판적 태도를 보이고 있다. 특히 ㉠의 서술은 금란이 소질과 능력에 그만큼 한계가 있음을 알려주는 서술 지표라고 할 수 있다.

그런가 하면 연극에 출연하는 정희에 대해서는 출연하기 전 정희를 격려하는 선생님의 대화를 외적 초점화하여 직접 인용하고 있으며, 정희의 연기에 모든 관객이 집중하고 있음을 ㉢에서처럼 우호적으로 서술하고 있다. ㉢의 '물을 끼얹은 듯 조용해졌습니다'의 비유적 표현은 객관적인 표현이라기보다는 서술자의 주관적 표현에 더 가깝다는 점에서 정희의 연기력을 부각시키려는 서술자의 의도적 서술이라고 할 수 있다. 이와 같은 추론은 서술자가 직접 정희의 연기 태도와 연기력을 매우 긍정적으로 평가하여 서술하고 있는 ㉣과 정희의 연기에 감동한 관중석의 분위기를 전하는 ㉤을 통해 그 타당성을 확보할 수 있다. 서술 방식에 드러나는 이러한 차이점은 서술자가 일차적으로 정희에게 집중하고 있으며, 정희를 우호적이고 긍정적으로 부각시키고자 하는 서술태도에서 말미암은 결과라고 할 수 있다.

초점화 양상과 서술태도에서 드러나는 인물지향성은 예문 5)에서 좀 더 확연하게 살펴볼 수 있다. 5)는 전체적으로 보면 비-초점화로 이루어진 서술 장면이다. 그런데 ㉠은 금란의 피아노 독주가 끝난 뒤의 관람석 반응이 그리 대단하지 않았음을 분석적으로 서술하고 있다. 우레와 같은 박수 소리가 결국 금란이 다니는 학교 학생들의 박수 소리에 지나지 않았다는 것이다. 이와 같은 평가적 서술태도는 서술자와 금란의 거리감을 확인할 수 있는 근거라고 할 수 있다. 이에 비하여 ㉡과 ㉢, ㉣은 서술자의 서술태도가 틈입한 서술양상을 보여주고 있다. 특히 '거침없이', '그야말로 멋들어지게', '금란이 적보다 더 요란한' 등의 평가적 언어 지표는 금란이보다는 정희를 더 우월하게 인식하고 있는 서술태도를 그대로 반영하고 있는 것이다. 정희를 금란이보다 더 우월하게 인식하고 있는 서술태도는 서술자가 금란에 관해서는 요약적으로 서술하는 반면, 정희에 관해서는 연주하기 직전의 심리적 상황이나, 정희를 격려하는 선생님의 발화 등 구체적인 장면을 초점화하여 서술하고 있다는 데서도 확인할 수 있다.

「해바라기 피는 마을」의 인물관계는 '정희/금란'의 대립관계로 범주화할 수 있을 것이다. 이러한 대립관계를 중심으로 한 양가적 초점화와 인물지향적 서술태도는 결국 동심에 내재할 수밖에 없는 '선/악', '사랑/미움', '신뢰/시기', '베풂/탐욕' 등의 양가성에 주목하고, 고난을 극복해 가는 의지와 서로 이해하고 도와주는 사랑의 마음, 미래를 향하는 용기와 희망 등의 가치를 동심에 심어주고 어린이들이 희망차게 살아가는 데 바탕이 되는 가정과 가족애의 회복이 동심의 의지 못지않게 중요함을, 전쟁 직후의 황폐한 사회에 소통시키고자 하는 작가의 관념적 태도에서 비롯한 서술방식이자 서술전략이라고 할 수 있다. 작가야말로 서술국면에서 작품의 내적 발화 주체들에게 발화를 배당하는 조종 주체이기 때문이다. 초점화와 시점의 관점에서 볼 때 「해바라기 피는 마을」의 서술자는 아동들에게 '작가 스스로 아름다운 꿈을 주기 위해서 동화를 썼다'[26]는 작가의 관

---

26) 강소천, 「지상강좌」, ≪새교육≫, 1956, 82쪽.

념적 태도와 일치하며 인물보다 우위에 있는 존재임을 확인할 수 있다.

이렇듯 「해바라기 피는 마을」은 주로 비-초점화와 외적 초점화, 내적 초점화 등의 다원적인 초점화 양태, 그리고 서술자의 분석적이고 가치평가적인 서술태도를 통해 전쟁으로 상처 나고 훼손된 동심을 인간적인 가치를 고취하여 치유시키는 동시에 그 동심을 따뜻하게 보듬어 줄 수 있는 가정과 가족애를 회복시켜 주는 것이 동심을 더욱 희망차게 만드는 길이라는 당위적 가치를 일깨워 주고 있다. 특히 고아가 된 정희가 혼자의 힘으로 현실의 고난과 시련을 극복하는 데는 일정한 한계가 있을 수밖에 없기 때문에 다소 작위적이라고 평가할 수 있지만, 가정과 가족애, 또는 모성애를 회복하는 서사 단위의 형상화는 이 작품에서 간과해서는 안 될 핵심적인 주제 층위라고 할 수 있다.

3. 결론

지금까지 강소천의 장편동화 「해바라기 피는 마을」을 스토리 구조와 시간성, 인물의 길항관계와 교술성, 양가적 초점화와 인물지향적 서술 등으로 나누어 분석하여 강소천 장편동화에 나타나는 일단의 서사학적 특질을 규명해 보았다.

먼저 「해바라기 피는 마을」은 정희의 서사소에 초점을 맞추어 시간적 담론의 결말 구조를 지향하는 단일한 스토리 구조를 형성하고 있다. 이 작품은 고난을 극복하고자 하는 정희의 의지를 부각시키고 있다. 또한 새어머니와 모녀관계를 맺음으로써 정희가 새로운 용기와 자신감을 얻게 되며, 친구들과도 갈등을 해소하여 다함께 희망에 찬 미래를 열어나갈 것을 다짐하는 서사 단위는 가정과 가족애가 동심에게 끼치는 영향이 얼마나 절대적인가를 새삼 일깨우고 있다.

그리고 이 작품의 서사 축이라고 할 수 있는 인물의 길항관계는 어린이에게 시련이나 고난을 극복해 나갈 수 있는 의지를 고취하는 동시에 친구 간의 우정과 같은 인간적 연대감을 동심에 불어넣어 주는 기능을 수행하고 있다. 또한 인물들의 담론은 한국전쟁 직후 가족의 해체라는 역사적 · 사회적 당면 문제를 제기하는 동시에 가정과 가족애의 회복이 동심을 반듯하게 그리고 희망차게 일으켜 세울 수 있다는 교육적 의미를 생성한다.

「해바라기 피는 마을」은 주로 비−초점화와 외적 초점화, 내적 초점화 등의 다원적인 초점화 양태, 그리고 서술자의 분석적이고 가치평가적인 서술태도를 통해 전쟁으로 상처 나고 훼손된 동심을 인간적인 가치를 고취하여 치유시키는 동시에 그 동심을 따뜻하게 보듬어 줄 수 있는 가정과 가족애를 회복시켜 주는 것이 동심을 더욱 희망차게 만드는 길이라는 당위적 가치를 일깨워 주고 있다.

−『동화와번역』제15집(2008)

소 천 시 연 구

-『호박꽃초롱』을 중심으로

노 경 수

I. 들어가며

인간이면 누구나 인간다운 삶을 영위하고 싶어한다. 그렇다면 인간다운 삶이란 어떤 삶을 의미하는가. 이에 대하여 실러(F. Schiller, 1759~1805)는 인간은 놀 때가 가장 인간적이라고 하였다.[1] 인간이 놀 때는 아무런 목적이 없어져 창조성을 띠기도 한다. 칸트는 문학의 기원을 유희본능에서 비롯되었다고 주장하면서 목적 없는 것의 합목적성을 설명한다. 이는 스펜서 (H. Spencer, 1820~1903)로 이어져온 학설로 인간은 놀고 싶어 하는 심리가 본성으로 내재되어 있다는 것인데, 이는 놀 때가 가장 인간적이라는 실러의 말과도 상통한다.

사람은 순전하게 놀 때는 어떤 방식으로 놀든 그 시간이야말로 온전히 자신을 표현할 수 있다. 억압받지 않고 경쟁하지도 않고 순수한 자연인으

---

1) 조태일 외,『문학의 이해』, 한울아카데미, 2003, 18쪽.

로 돌아가 자연의 일부분이 되어 자신을 표현할 수 있을 때 놀이가 되고 행복에 빠진다. 그러므로 순수하게 나를 표현하는 문학을 비롯한 모든 예술적인 행위는 놀이라고 할 수 있다.

생물학자들에 의하면 이러한 행위는 인간뿐만 아니라 자연을 구성하는 풀과 나무, 새와 동물들에게서도 나타나는데 꽃피고 열매 맺고 번식하는 것을 반복하는 것도 표현하기 위해서라고 한다. 나비는 자신을 표현하기 위하여 날개짓을 하고, 꽃은 자신을 표현하기 위하여 형형색색으로 피어난다. 새도 자신을 표현하기 위하여 난다. 그런데 표현하고자 하는 인간의 정신은 반복되는 것에 만족하지 않아 시대정신을 이룩하고 생존의 표현을 끊임없이 변화시키려고 한다.[2] 이러한 인간은 태어나면서 발달단계에 따라서 태내기 영아기 유아기 아동기를 거쳐 청년기 성인전기 중기 후기로 접어들면서 표현하는 방식도 달라진다.

태내기와 영아기의 아이는 소리에 반응하고 소리를 통하여 소통한다. 청각을 통하여 세계를 인식하고 반응하는 것이다. 이후 발달단계를 거치면서 세계를 인식하는 방법도 다양하게 변모하고 발전하는데 처음 청각에 의존했던 세계인식방법은 유아기를 지나면서 다양한 감각을 통해 세상을 인식하고 나아가 지각知覺을 사용하면서 성인으로 접어든다. 이러한 인식의 변화는 표현방법의 다양성을 가져온다.

인간의 발달 단계 중에서 일반적으로 유아기와 영아기, 아동기를 포함하여 어린이[3]라고 하고, 아동문학은 이러한 어린이를 주요독자로 수용하여 창작된다. 물론 아동문학의 독자 수용은 심리학에서 정의하는 어린이

---

2) 윤재근,『東洋의 本來 美學』(나들목, 2006), 14~15쪽.
3) 아동을 하나의 인격체로서 젊은이, 늙은이와 같이 대등한 위치로 부르기 위한 말. 1920년 8월 25일 소파 방정환이 ≪개벽≫지 3호에 '어린이 노래, 불켜는 이'라는 번역시에서 처음으로 사용하였다. 그 뒤 1923년 3월 20일 개벽사(천도교 소년회)에서 발행한 잡지 이름도 <어린이>라 하여 어린이란 말을 일반화시켰다. ―이재철,『세계아동문학사전』(계몽사, 1989), 227쪽.

개념보다 확장되는데 아이를 잉태하고 출산하고 육아를 전념하는 어머니 또한 아동문학 독자일 수밖에 없기 때문이다. 나아가 아동문학은 동심의 문학으로 어린이를 겪은 모든 사람들은 독자가 된다.

따라서 아동문학은 발달단계에 있는 유아기는 물론 영아기와 태내기의 아이와 육아를 담당하는 어른들까지 배려해야 하므로 언어의 특수성, 다양성이 요구된다. 소리에서 느낄 수 있는 리듬도 중요하게 작용할 뿐만 아니라 의미전달에서도 단순하고 명쾌한 언어를 통해 창작되어야 한다. 이처럼 아동문학은 독자수용에서 특수성을 가지고 있기 때문에 창작할 때에 그들의 세계인식방법을 연구하여야 하고 언어의 선택에서도 세심한 배려가 필요하다.

소천 문학에 선행연구를 살펴보면 일제 강점기 우리말 말살정책이 자행되던 때 발간된 것으로 독립운동에 버금가는 것이라는 신현득의 평을 비롯하여 다양한 평들이 있어왔는데 소고는 특히 소천문학의 유희성에 다양한 견해를 제시한 시평에 주목하여 그중에서 박목월의 시평과 이오덕의『시정신과 유희정신』을 소천의『호박꽃초롱』에 나타난 표현방식과 더불어 비교하여 살펴보고자 한다. 이는 아동문학의 독자수용 범위나 어린이들의 유희정신에 대한 고찰로 의미있는 연구라 생각된다. 텍스트로는 강소천의 최초의 시집『호박꽃초롱』에 실린 33편의 동시로 한다.

II.『호박꽃초롱』에 나타난 미학의 발견

인간이 표현의 부족을 느끼지 못했다면 예술은 발생하지 않았을 것이다. 또한 인간이 생존에 관하여 만족했다면 표현의 부족은 느끼지 못했을 것이다. 미학은 이러한 문제에 관심을 갖고 탐구한다.[4]

---

4) 윤재근, 앞의 책.

인간은 천부적으로 이성을 부여받았지만 그러나 태어나 자라기 시작하는 영아기, 유아기에는 온전히 감각에 의존하여 세계를 알아간다. 그래서 막 태어난 아이들은 엄마의 젖을 빨며 눈을 맞추고 옹알이를 하며 걸음마를 하는 시기에 감각기관에 의존하여 세계를 알아간다. 아동문학의 주요 독자인 이들은 그래서 어머니와 뗄래야 뗄 수 없는 불가분의 관계에 있다. 따라서 그들이 즐기는 아동문학은 어머니가 먼저 접하게 되어 결국 아동문학의 1차 독자는 대부분이 어머니인 셈이다.

아이들이 초기 어머니의 목소리를 통해 유희하는 듣는 문학은 의미보다는 소리에서 이미지를 생성하고 유희한다. 문학을 지각知覺이 아닌 감각感覺으로 받아들이기 때문이다. 어린 아이일수록 언어가 가진 의미보다는 반복적이고 리듬감 있는 소리를 즐기게 되고 이후 시각과 지각을 통하여 세계를 인식하면서 이미지를 생성, 유희한다.

아동문학의 여러 가지 특징 가운데 하나는 독자를 유아나 어린이 혹은 더 나아가 어머니 뱃속의 태아들에 이르기까지 수용할 수 있다는 점일 것이다. 이러한 점은 또한 아동문학 창작의 어려움이기도 하다.

동시에 곡을 붙인 동요는 전달성에서 동시보다 용이하다.[5] 엄마가 읽어주던 문학에 곡을 붙여서 아이들 스스로 부르기 쉽도록 만든 문학이라 할 수 있는데 동서고금을 통하여 좋은 문학은 읽기 쉽고, 이해하기 쉬운 문학임은

---

5) 또한 동요는 형식면에서 외형률에 의한 분절과 대구로 형성된다는 것과 내용적인 면에서 동심을 담고 있다는 것이 특징이다. 동요가 노래로서 갖는 중요한 특징은 친숙함이다. 따라서 동요는 동시처럼 이미지, 상징, 은유가 깊이 개입될 여지가 없다. 보다 전달에 용이한 이야기성을 띠고 있어야 하는 것이 동요의 숙명적 체질이다. 따라서 동요에는 딱딱하거나 현실을 직설적으로 제시한 내용, 깊이 생각해야 알 수 있는 내용 등은 배제되는 반면 자연물에 대한 재미, 즐겁거나 동적이며 경쾌한 내용, 정서가 쉽게 밖으로 발산되는 동요는 쉽게 작곡된다. 노래로서의 동요는 이렇듯 전달성을 생명으로 삼는다. 따라서 동요는 짤막한 내용 속에 상상이 가능한 풍부한 이야기가 잠복해 있으며 자아와 세계가 일원화되기를 갈망하는 문학양식인 것이다. 김용희, 「윤석중 동요연구의 두 가지 과제」『한국아동문학연구』 제10호, 2004, 79~80쪽.

반론의 여지가 없는데 쉽게 써야하는 아동문학의 특징이야말로 좋은 문학으로써 아이부터 노인까지 3代가 함께 부를 수 있고 즐길 수 있는 문학이다.

1. 순간의 미학－원형지향

인간은 끊임없이 표현의 변화를 추구하는데 이는 사람마다 다양한 양상으로 전개된다. 전술한 바와 같이 아동을 위한 문학에서 문장은 아동의 인식에 적합한 표현을 해야 하기 때문에 성인문학과 달리 쉽고 간결해야 한다.

강소천의 『호박꽃초롱』에 나타난 대부분 시의 소재는 자연과 인간이 함께 하는 공간에서 차용하여 그의 의식6) 이 지향하는 바를 형상화한다. 수록된 시에서 나타나는 자연과 인간이 함께 하는 공간－문명에 의해 훼손되지 않은－은 과학이 발달하기 전의 태고의 공간으로 원형적인 공간으로 볼 수 있다. 시인은 이러한 공간에서 모티프를 차용하여 시를 창작한다. 이러한 시인의 시 창작 방법은 자기원형7)에서 표출되는 무의식의 표상으로써 쉽고 간결하면서도 밝고 투명한 이미지를 만들어 인간과 자

---

6) 의식이 어떻게 생겼는가 자세히 알기는 어렵다. 프로이트는 초기 연구에서 무의식이 의식에서 나온 것이라고 봄으로써 무의식의 자율적 기능을 축소하였다. 융은 처음에 있는 것은 무의식적인 것이고 의식은 무의식적 상황에서 생겨났다고 보았다. 유아기에 우리는 무의시적인 상태에 있고 가장 중요한 본능적인 기능들은 모두 무의식적인 것이다. 이부영, 『분석심리학－C. G. Jung의 인간심성론』(일조각, 2006), 63쪽.

7) 융은 아득한 옛날의 그 마음이 오늘날 우리가 지니고 있는 마음의 바탕을 이루는데 이를 원형이라고 하였다. 원형은 하나의 모티프를 어떤 표상으로 형성시키는 경향이다. 칼 G. 융, 「무의식에의 접근」『인간과 상징』(열린책들, 2005), 67쪽.
무의식이라고 불리는 마음의 심층에는 언제나 사람으로 하여금 전체가 되게끔 하려는 원동력이 움직이고 있다. 그가 사회와 이웃과 다른 사람의 투사와 기대에 의하여 만들어진 그의 탈이나 자아의식에 집착하여 좁고 경화된 '역할'속에 기계적인 인생을 보내지 않도록 그로 하여금 주어진 전생명력을 불태우도록 촉구하는 무의식의 힘－그 힘은 자아의식이 좋아하든 싫어하든 그 자체의 목적에 의하여 의식에 작용한다., 그것은 그로 하여금 다른 사람 아닌 그 자신의 전체가 되도록 자극한다. 이것이 바로 융이 말하는 자기원형의 기능이다. 이부영, 위의 책, 112쪽.

연이 합일을 이루는 공간을 형성한다.

『호박꽃초롱』에 첫 번째로 실린 작품이 「닭」인데 이 시는 윤석중 주간
의 ≪소년≫ 창간호에 발표했던 작품으로 이 시대의 명작으로 평가된다.

물
한 모금
입에 물고

하늘
한 번
처다보고

또
한 모금
입에 물고

구름
한 번
처다보고

―「닭」8) 전문

「닭」은 강소천의 이름을 세상에 알린 작품이라 해도 과언이 아니다. 시
에서는 특별할 것도 없는 시골 마당에 닭의 일상 한 컷을 문자로 옮겨놓
았다. 그런데 이 시를 읽다 보면 모이를 쪼아 먹다가 물 한모금 마시는 닭
의 이미지는, 그 옆에서 어미닭을 따라 종종종 걷는 병아리 모습으로 이
어지고, 이는 또 어미닭과 병아리 옆에서 아장아장 걸어가는 아이가 있는
풍경으로 이어지며 햇빛처럼 따뜻하게 내리쬐는 평화이미지로 확장되어

---

8) 강소천, 『호박꽃초롱』(박문서관, 1941), 12~13쪽.

독자의 가슴으로 번진다. 이러한 이미지는 인위적으로 양계장을 지어 사육하면서 대량으로 알을 내고 부화까지 인위로 하는 현대에는 찾아보기 힘든 태고의 정경으로 자연의 모습이다.

자연은 그 자체만으로도 인간을 치유하는 능력을 가지고 있는데, 「닭」은 인간과 동물이 더불어 사는 마당의 모습을 그대로 옮겨놓음으로써 자연에서 느끼는 평화로운 이미지를 갖게 한다. 이는 과거의 어린이였던 어른들에게 친숙한 이미지로 하늘을 통해 햇살 가득한 시골집 마당을 떠올리게 하고 닭을 통해 인간과 동물이 평화롭게 어울리는 조화로운 세상을 떠올리게 한다.

후일 박목월과 이오덕은 「닭」을 두고 다음과 같이 말했다.

> 「닭」은 선생의 초기 작품을 대표하는 것이라 생각된다. 그러나 나는 이 작품의 작품적 성과보다는 이 시상이 가지는 의미를 통하여 그가 평생을 두고 빗게 될 문학세계의 대본을 암시한 사실이 더욱 중요한 것이라 여겨진다. 하늘-영원하고 유구하고 아름답고 무궁한 것, 그것을 진리라 해도 좋고, 인간이 추구해 마지않는 꿈(理想)의 세계라 해도 좋을 것이다. 또한 그 하늘에 떠도는 구름은, 그 진리나 이상을 갈구하는 불타는 이념과 그것을 싸안은 변화무쌍한 정서를 상징한 것이라 믿어진다.[9]

> 닭이 물을 마실 때 하늘을 쳐다보는 것은 하늘을 알기 때문이 아니다. 물을 마시려면 그렇게 위를 쳐다봐야 물이 목구멍으로 넘어가는 것이다. 이것은 아이들이라도 짐작한다. 닭집 안에 들어 있는 닭들도 물을 먹을 때 천장을 쳐다보듯 목을 위로 올려 세우지 않는가?
> "하늘 한번 쳐다보고", "구름 한번 쳐다보고"
> 하여 닭이 물 먹는 모습을 재미있는 노래로 쓴 것뿐인 것을 이렇게

---

9) 박목월, 「강소천 아동문학독본 해설」, 『강소천 아동문학 독본』(을유문화사, 1961), 2~3쪽.

닭이, 혹은 병아리가 하늘을 안다느니 하여 별나게 해설하는 것은 우스운 일이다.[10]

마음이 온갖 것을 만나면 그 마음에서 소리(音)가 생긴다. 이때 음(音)은 그냥 소리(聲)가 아니라 마음속에 있는 소리이다. 즉 온갖 것이 사람의 마음을 움직여 그렇게 하도록 한다.[11] 따라서 소천은 물을 마시는 닭의 모습을 보았을 때 그의 무의식의 곳간에 있는—자기원형—마음의 소리(音)가 표현(聲)되었다고 볼 수 있을 것이다.

시인의 내면의 소리가 사물을 만나 형상화되었을 때 그 문학이 주는 느낌은 독자 주관에 따라 달라질 수 있다. 그래서 시인을 떠난 시는 더 이상 시인의 것이 아닌 독자의 것으로 해석된다. 따라서 「닭」을 두고 박목월과 이오덕의 견해차이가 이처럼 다른 양상으로 나타날 수 있는 것이다.

보이는 것을 보이는 대로 말하는 것은 과학이다. 문학은 보이지 않는 것을 이미지화로 미학을 형성하면서 보이게 한다. 즉 시는 객관적 상관물을 끌어들여 보이지 않는 그 너머의 세계, 시인이 품고 있고 표현하고 싶은 이상세계를 보여주는 것이다. 따라서 객관적 상관물인 닭이 물을 먹는 일상의 형상화에는 시인의 무의식 속에 감춰있던 내면세계가 투영된 것으로 볼 수 있다. 이러한 표현은 변화를 거듭하려는 인간의 표현 욕구 실현이라고 보아도 무방할 것이다.

이오덕은 「닭」을 "하늘 한번 쳐다보고", "구름 한번 쳐다보고"가 그렇게 해야만 "물이 넘어가기 때문"이라고 한다. 그러한 "닭의 일상을 재미있는 노래로 쓴 것뿐"이라고 하며 언어적 유희를 지적하였다. 닭의 일상을 옮겨 놓은 것은 그대로 닭의 일상일 뿐이라는 해석으로 과학적이고 상

---

10) 이오덕,『시정신과 유희정신』(굴렁쇠, 2005), 18쪽.
11) 윤재근,『樂論』(나들목, 2007), 27쪽. 凡音之起는 由人心生也이다. 人心之動은 物使之然也하고 感於物而動한다.

식적인 진술로서 문학작품을 상식적인 관점으로 평가했다고 볼 수 있다. 문학작품에 과학적 상식을 기준으로 평한다면 시인이 표현하고자 했던 미적가치는 왜소해질 수밖에 없다.

사실성의 세계를 모방한 장면이 하늘을 의미하든 영원을 의미하든 혹은 일상 그대로이든 그것은 독자의 인식체계에 따라서 달라질 수 있다. 닭이 바라보는 하늘이 박목월의 해석대로 영원을 의미할 수도 있고, 하늘을 아는 것으로 읽힐 수도 있으며, 필자의 해석대로 "자연의 모습을 그대로 옮겨 놓음으로써 자연에서 느끼는 평화로운 이미지를 갖게 한다."고 해석할 수도 있다. 또한 의미를 떠나 간결하고 반복적인 소리가 갖는 단순한 이미지일 수도 있다. 그러나 시창작을 하는 것은 사실성의 세계를 그대로 보여주려는 것이 아니라 사실성의 세계에 나타난 어떤 현상이 시인의 내면세계와 만나 미학을 형성하는 과정으로 시인의 문학의식을 표현하는 것이다.

시인이 나타내려는 이상세계야말로 그의 작가관이고 문학관이다. 김수영의 시「풀」에서 "풀이 눕는다/ 비를 몰아 오는 동풍에 나부껴/풀은 눕고/드디어 울었다./날이 흐려서 더 울다가/다시 누웠다."를 많은 평론가들은 풀은 나약하고 수동적인 민중의 측면을 묘사하였다. 바람은 풀과 대립적인 것으로 민중을 억압하는 힘의 상징으로 보았으며 '풀'은 개인의 고민과 인류사의 비극을 함께 담고 있는 것으로 해석하였다.12) 그런데 이러한 해석이 이오덕의 관점에서 보면 바람이 불면 풀이 눕는 뻔하고 일상적인 것을 가지고 별나게 해석했다는 의미가 될 수 있을 것이다.

「닭」에서의 이미지는 생동감이 있으나 정적인 시골풍경이다. 「닭」에서 알 수 있듯이 자연물에서 소재를 차용한 소천의 시는 독자들에게 다양한 이미지를 연상, 확장시키고 나아가 창조하면서 유희하게 함으로써 과학이 발달한 현대사회의 어린 독자들을 인간과 동물이 공존하던 자연으

---

12) 김윤식 엮음,『현대시 특강』(한국문학사, 1997), 206~207쪽.

로 안내하고 어른 독자는 그리움이 가득한 유년의 뜰로 안내한다. 또한 유아들은 어머니의 소리를 통해 반복되는 리듬에 따라 사랑이 충만한 母情의 이미지를 형성해 나갈 수도 있을 것이다. 이렇듯 자연이 변화하고 행동하는 순간의 모습을 포착하여 간결한 글자로 옮겨놓은 시작행위는 독자에 따라 각기 다른 이미지를 생성시키면서 생명력을 획득한다. 이러한 이미지는「엄마소」에서도 나타난다.

> 아가가 엄마보구
> "엄마", "엄마" 그런다두만
>
> 우리집 어미소는 제가 아가보구
> "엄마아", "엄마아" 그래요.
>
> ―「엄마소」13) 전문

　「엄마소」역시「닭」과 같이 짧은 소의 일상을 포착하여 형상화했다. 「닭」이 안마당의 풍경이라면「엄마소」는 바깥마당의 풍경으로「닭」에서처럼 소의 일상을 쉽고 간결한 문자로 옮겨놓았다.「엄마소」에서 독자는 엄마소와 송아지가 있는 외양간 풍경을 연상하거나 풀밭에서 풀을 뜯다가 음매, 음매, 하면서 송아지를 찾는 엄마소를 떠올린다. 아이의 시점으로 바라본 '엄마'라고 부르면 '엄마'라고 대답하는 엄마소와 송아지가 소통하는 풍경은 독자에게 평안함과 안락함, 사랑이라는 새로운 이미지를 창조하면서 유희하게 한다.

　「엄마소」에 나타나는 이미지는 인위로 변하지 않은 자연 그대로의 모습이라고 할 수 있다. 또한 외양간의 풍경을 쉽게 떠올릴 수 없는, 인위로 변화된 현대에 사는 어린이들은「닭」에서와 같이 동물과 인간이 함께 하던

---

13) 강소천, 앞의 책, 38쪽.

자연으로 안내될 것이고 유아독자는 어머니를 통하여 "엄마, 엄마"라는 소리로써 모정에 담긴 사랑을 유희할 것이다. "엄마, 엄마"의 소리가 갖는 이미지는 아기와 엄마가 주고받는 정서적 유대감으로 환치되기 때문이다.

> 울 엄마 젖 속에는 젖도 많아요.
> 울 언니도 시일컷 먹고 자랐고
> 울 오빠가 시일컷 먹고 자랐고
> 내가 내가 시일컷 먹고 자랐고
> 그리고 울 애기가 먹고 자라니
> 정말 참 엄마 젖엔 젖도 많아요.
>
> ─「울엄마 젖」[14] 전문

위의 시도 아이에게 젖을 물린 엄마와 아이의 모습을 포착하여 형상화하였다. 이 시 역시도 간단한 현상을 글로 옮겨 놓았을 뿐인데 젖을 통하여 사랑으로 충만한, 끝없는 모성 이미지를 창조하여 독자를 사랑으로 가득한 엄마의 뜰로 안내한다.

따뜻하고 행복한 엄마와 아이의 모습은 읽으면 읽을수록 그 풍경이 주는 사랑도 엄마 젖처럼 끝없이 솟아난다. 자연의 모습을 그대로 옮겨놓은 언니가 '시일컷' 먹었고 오빠가 '시일컷' 먹었으며 내가 '시일컷' 먹었고 그리고 또 동생이 '시일컷' 먹고 있는 엄마 젖, 그것은 생명의 원천이고 사랑의 원천으로 시적 생명성을 획득한다. 그것을 모유라 하지 않고 엄마젖이라 한 것도 이 시에 리듬감을 주면서 생명력을 부여한다.

엄마 품에서 젖을 먹는 행위는 아이나 어머니에게는 가장 행복한 순간이다. 아이를 안고 속삭이면서 젖을 먹일 때, 엄마와 아이의 상호 교감을 노자는 '황홀'이라 하였다. 소천은 그 「울엄마 젖」에서 '언니, 오빠, 나, 울애기

---

14) 앞의 책, 27쪽.

가 "시일컨" 먹고 자랐고'라고 표현함으로써 황홀의 순간을 '시일컨' 유희하게 한다. 이는 「닭」이나 「엄마소」와 같은 맥락으로 자연의 일상에서 포착된 이미지다.

> 비록 아무리 놀라운 말솜씨로 어린애의 귀여움을 그렸다고 하더라도 그것이 어른의 시-물론 대단한 시도 아니지만-는 될 수 있을지 모르지만 아이들을 위한 동시는 될 수 없을 것이다. 추억이라든가 회상이란 것도 어른들에게는 절실한 마음의 운동이 될지 모르지만 아이들에게는 유익을 가져오기 어렵고 오히려 대개의 경우 정신의 자라남을 방해하게 되는 것이다.[15]

이오덕은 『시정신과 유희정신』에서 위와 같이 지적하여 문제를 제기하면서 유희정신을 비판하였다. 그러나 문학의 기원에서 유희본능설을 주장한 칸트는 인간은 태어나면서 유희적 본능을 갖고 있으며 문학은 이러한 유희적 본성에서 유래하였다고 주장하였다.[16] 같은 맥락에서 볼 때 소천의 시는 인간과 자연물에 대한 순간의 포착을 쉽고 간결하게 문자화함으로써 독자를 자연으로 안내하면서 즐거운 상상에 빠지도록 유도한다.

자연에서 얻은 모티프를 형상화한 소천의 시는 우선 시인 자신의 내면에 쌓인 응축된 그리움이나 억압을 표출한다는 점에서 유희적이고, 독자를 자연으로 안내하여 감정을 정화되게 함으로써 동심을 깨우는 상상력을 부여하여 폭넓은 사고와 더불어 재미를 준다. 또한 엄마를 넘어서 있는 유아들에게는 정형적이고 반복적인 율격의 시어가 흥을 돋궈줄 것이다. 실제 소천의 시는 대부분은 후에 곡을 붙여 수많은 어린이들이 즐겨 부르는 동요가 되었다.

위의 세 편의 시에서 살펴보았듯이 소천은 특별할 것도 없는 한가로운 시

---

15) 이오덕, 앞의 책, 14쪽
16) 조태일 외, 『문학의 이해』(한울아카데미, 2003), 18~19쪽.

골 풍경의 일상을 간결하게 옮겨놓는다. 물을 마시는 닭의 모습이나 송아지를 부르는 어미소의 모습, 아이에게 젖을 물리는 어머니가 있는 풍경을 어떤 형용사나 미사여구도 없이 자연 그대로를 옮겼을 뿐이다. 그러나 시들은 투명하고 맑고 평화로운 이미지를 생성하여 사랑이 가득한 미학을 창조한다.

2. 우리말의 彫琢美

앞에서 언급했듯이 아동문학을 즐기는 주체인 아동들은 어머니와 뗄래야 뗄 수 없는 불가분의 관계에 있기 때문에 아동문학은 아동과 어머니와 함께하는 문학이다. 그런 맥락에서 소천의 『호박꽃초롱』을 살펴볼 때에 우리말에 대한 아름다움은 곳곳에서 나타나고 있어 읽기도 쉽고 이미지를 떠올리기도 쉽다. 또한 자연을 옮겨놓는 소천의 시에서 나타나는 언어의 절제와 리듬은 간결하고 청징하다.

> 호박 꽃을 따서는
> 무얼 만드나.
> 무얼 만드나.
>
> 우리 애기 조고만
> 초롱 만들지.
> 초롱 만들지.
>
> 반딧불을 잡아선
> 무엇에 쓰나.
> 무엇에 쓰나.
>
> 우리 애기 초롱에
> 촛불 켜 주지.

촛불 켜 주지.

—「호박꽃초롱」[17] 전문

호박꽃은 6월부터 피기 시작하여 첫서리가 내릴 때까지 핀다. 어느 시인
은 호박꽃이 꽃잎을 다물고 있는 것을 일러 기도하는 손에 비유하기도 한다.
그러나 강소천은 그 호박꽃에 반딧불을 불러들여 애기의 초롱을 만들었다.

호박꽃잎은 노란색으로 다섯 장으로 되어있는데 아침과 저녁으로 꽃을
피우고 한낮에는 꽃잎을 다문다. 어둠이 내리기 시작하는 저녁에 다시 피
는데 저녁 어스름에 핀 노란 호박꽃은 별이 내려와 앉은 것처럼 환하다.
소천은 호박꽃이 가진 밝음과 여름철 짝짓기를 위해 빛을 내는 반딧불이
를 결합시켜 우리의 정서에 맞는 초롱을 만들었다. 호박꽃과 반딧불이로
만든 초롱은 호박꽃의 순박한 이미지와 밤하늘을 수놓은 반딧불이의 환상
적인 이미지가 결합되어 초롱불이라는 한국적 이미지로 새롭게 태어난다.

소천이 작품에서 새로운 이미지를 만드는 소재는 우리의 산천을 이루
고 있는 호박꽃이나 할미꽃, 민들레 같은 야생 꽃이다. 이것은 우리말 사
용을 억압당하던 일제 강점기 소천의 문학세계를 짐작할 수 있게 한다.

까아딱 까아딱
소온목이 까아딱.
−누굴 보구 까아딱
−엄마 보구 까아딱
−어째서 까아딱
−젖달라고 까아딱.

까아딱 까아딱
소온목이 까아딱

---

17) 강소천, 앞의 책, 16~17쪽.

－누굴 보구 까아딱
　　－누나 보구 까아딱
　　－어째서 까아딱
　　－업어달라 까아딱

－「까아딱 까아딱」¹⁸⁾ 부분

　위의 시도 반복되는 언어의 소리는 3 · 3 · 4 · 3 / 4 · 3 · 4 · 3의 정형률 속에 보이지 않는 내재율의 미학까지 갖추고 있다. 어린이들은 반복되는 소리의 리듬으로 청징한 이미지를 만들어 낸다. 그래서 소천의 이러한 시는 소리를 통해 유희하는 독자들을 끌어안는다. 듣는 문학을 하는 유아들은 의미보다는 반복적이고 리듬감 있는 소리에 반응하기 때문이다. 인위로 변하지 않은, 태고의 인간인 유아들은 소리로 유희할 수 있기 때문이다.

　　숨어라 숨어라 꽁꽁
　　숨어라 숨어라 꽁꽁

　　반딧불은 꽁꽁
　　수풀 속에 숨어라.

　　애기별은 꽁꽁
　　구름속에 숨어라.

　　아이들은 꽁꽁
　　마음대루 숨어라.

　　숨어라 숨어라 꽁꽁
　　숨어라 숨어라 꽁꽁

---

18) 앞의 책, 22~23쪽.

찾는다 찾는다 꽁꽁
찾는다 찾는다 꽁꽁

반딧불은 꽁꽁
불도 켜지 말어라.

애기별은 꽁꽁
눈도 뜨지 말어라.

아이들은 꽁꽁
숨도 쉬지 말어라

찾는다 찾는다 꽁꽁
찾는다 찾는다 꽁꽁

―숨박꼭질[19] 전문

　이 시는 숨바꼭질을 하는 아이들의 모습을 3·3·2 / 3·3·2 / 4·2·
4·3의 율격에 담아낸 정형시로 반복되는 "숨어라 숨어라 꽁꽁", "찾는다
찾는다 꽁꽁"의 소리가 갖는 리듬은 듣는 아이들이 재미있게 친근하게 접
근할 수 있게 한다. 실제로 숨바꼭질을 하는 아이들이 즐길 수 있는 시이
기도 하지만 그보다는 듣는 문학을 하는 유아들에게 엄마나 할머니가 들
려주기 좋은 시이다. 이 시가 가진 반복적인 리듬은 「까아딱 까아딱」과
같이 감각적인 유아들에게 흥미를 유발할 것이다. 그런데 이러한 작품에
대해 이오덕은 다른 견해를 나타내었다.

---

19) 앞의 책, 24~26쪽.

젖을 빨거나 걸음마를 배우는 아기들은 아동문학 작품의 독자가 될수 없다. 동화도 그렇고 동요 역시 말을 할 줄 아는 유년기부터라야 수용이 된다. 그런데도 거의 모든 작품이 그것을 부를 수도 없고 즐길 수도 없고 시로써 느낄 수도 없는 아기들의 얘기를 쓰고 있는 것은 그 아기들의 성장을 위한 것이 아니라 어른들의 흥취를 위한 것이다. 이런 어른들의 자기만족을 위한, 어른 본위의 표현이란 것은 아무리 쉬운 말로 쓰였다고 하더라도 아동을 위한 문학이라고는 하기 어렵다.[20]

아동들은 스스로 주체가 되어 문학을 즐길 수 있는 시기가 오기 전에 어머니 뱃속에서부터 태교를 통해 시를 즐기고 음악을 즐기면서 자란다. 이렇게 태어난 아기는 젖을 빨면서 어머니와 눈을 맞추고 옹알이를 한다. 어머니는 아이의 옹알이를 의미로 알아듣고 대꾸하며, 아이 또한 어머니의 대꾸를 알아듣는다. 그러면서 서로 교감하는데 이때의 옹알이는 젖을 빠는 유아들의 언어이다. 또한 듣기와 말하기는 따로 떼어서 생각할 수 없는 불가분의 관계에 있어 이렇게 들어야 말을 할 줄 알게 된다.

따라서 이런 아이들이 "부를 수 없고 즐길 수 없고 시로써 느낄 수도 없다"는 것은 듣기와 말하기의 상호관계와 아이들에 대한 특수성을 간과한 것이다. 주체적으로 작품을 읽을 수 없다고 하여 "아동문학의 독자가 될수 없다"는 발상은 아이들의 특수성을 간과한 것이고 아동문학의 독자를 협의로 해석한 것으로 볼 수 있다.

『호박꽃초롱』에 나타난 「호박꽃초롱」이나 「까아딱 까아딱」, 「숨바꼭질」 같은 시들은 인간의 원형인 아기들 혹은 동물과 자연에서 얻은 모티브를 우리말 조탁을 통해 형상화한 것으로 듣는 문학을 향유하는 아이들과 그들을 위한 1차 독자인 어머니까지 독자들로 끌어들이고 있다고 보아야 할 것이다.

---

20) 이오덕, 앞의 책, 12~13쪽.

3. 모성, 그리움의 미학

위에서 살펴본 시에서와 같이 호박꽃, 반딧불이, 닭, 소 등 동식물은 물론 엄마와 아이의 모습까지 다양한 소재들은 햇살 같은 따뜻한 이미지는 독자를 사랑으로 가득한 자연으로 안내한다. 나아가 그의 시편은 아이의 일상으로 옮겨지면서 모성을 향한 그리움의 미학을 형성한다.

한……번
두……번
세……번
네……번
　……
　……
(나는 그만 쓰러졌다)

마당이 돈다.
집이 돈다.
우리나라가 돈다.
지구가 돈다.
(슬며어시 멎었다)

─엄마는 왜 상게두[21] 안 돌아오누?

가을 하늘은 파랗기도 하다.

─「가을 하늘」[22] 전문

---

21) 상게두: '아직도'라는 뜻의 북한 사투리
22) 강소천, 앞의 책, 64~65쪽.

보름밤 앞마당에/ 그림자와 나는 심심하다.//

그림자도 우두커니 섰고/ 나도 우두커니 섰고//

그림자는 귀먹은 벙어린 게다./ 말을 걸어도 대답이 없다.//

보름밤 앞마당에서/ 나는 그림자와 술래잡기를 하자고 했다.//

그림자도 그게 좋단다./ 그럼 술래를 정하자고 했다.//

그림자도 술래가 되기 싫단다./ 내가 술래가 되기 싫다니까.//

그림자가 얼른 손을 내민다./ 내가 그럼 가위바위보를 하자니까.//

─그림자는 주먹을 내고/ -내가 '바위'를 내고//

아무도 이긴 사람은 없다./ 아무도 진 사람은 없다.//

그림자가 또다시 가위바위보를 하잔다./

내가 그럼 또다시 가위바위보를 하자니까.//

─이번엔 그림자가 손을 펴 내고/ -이번엔 내가 '보'를 내고//

또 아무도 이긴 사람은 없다./ 또 아무도 진 사람은 없다.//

보름밤 앞마당에/ 그림자와 나는 답답하다.//

─장에 간 엄마는 아직 안 돌아오고/

─여기서 저기서 개들은 짖고//

그림자는 겁쟁인 게다./ 나두 어쩐지 무서워진다.//

─「그림자와 나」²³⁾ 전문

위의 시에서 엄마를 기다리는 아이의 모습이 그림처럼 그려진다. 「가을 하늘」에서 엄마를 기다리며 마당을 한 바퀴씩 도는 화자의 모습은 '한 번'이 아니고 '한……번'이다. 마당을 도는데 걸리는 시간적인 이미지까지 곁들인 것이다. 몇 바퀴를 돌면 엄마가 돌아오실까, "한……번, 두……번, 세……번……." 시간적인 이미지가 곁들인 숫자에는 엄마를 기다리는 아이의 여유로움이 배어있다. 그런데 이후 마당을 도는 숫자는 사라지고 말줄임표가 등장하고 이어서 '나'는 쓰러지고 '나' 대신 "마당이 돌고 집이 돌고 우리나라가 돌고 지구가 돈다." 기다림이 절정으로 치닫다가 "엄마

---

23) 앞의 책, 70~73쪽.

는 왜 상게도 안 돌아오누?"와 "가을 하늘은 파랗기도 하다"가 대구를 이룸으로써 기다림의 절정을 파란 하늘에 옮겨놓는다. 그리움이 가 닿는 파란 하늘은 모성의 상징이고 사랑과 평화의 상징으로 무한의 공간이다. 이렇듯 소천은 엄마를 기다리는 아이의 일상을 시로 옮겨놓음으로써 독자를 그리움이 가득한 파란 가을하늘로 안내하며 사랑에 머물게 한다.

「가을 하늘」이 한낮의 행동이라면「그림자와 나」는 밤의 행동으로 저녁이 되고 어두워져도 돌아오지 않는 엄마를 기다리는 아이의 모습을 그렸다. 종일 기다림에 지친 아이는 달빛아래 그림자놀이를 한다. 보름달이 뜬 밤에 달빛에 비춰는 자기 그림자와 가위 바위 보를 시도하는 겁 많은 아이는「가을 하늘」에서처럼 독자를 달빛아래에서 놀던 유년의 뜰, 어머니가 있는 풍경으로 안내한다.

두 편의 시에서 소천은 유년의 뜰, 엄마가 있는 풍경으로 가을 하늘과 밝은 달밤은 설정하고 마당을 도는 아이, 그림자놀이를 하는 아이를 끌어들여 평화롭고 그리움이 가득한 공간, 사랑이 가득한 그리움의 공간을 형상화하였는데 이는 동심의 형상화라고 할 수 있다.

III. 나가며

인간은 물과 나무, 새나 동물과 다르게 표현의 변화를 추구하며 자신을 드러낸다. 아동문학은 동심의 문학으로 표현을 통해 드러내는 내면세계 역시 동심의 세계이다. 그런데 아동문학의 주요독자인 아동은 어머니와 불가분의 관계에 있고, 듣기와 말하기 그리고 쓰기 역시 서로 불가분의 관계에 있다. 어머니를 통해 듣는 문학으로 즐기는 유아들은 성장하면서 읽는 문학으로, 쓰는 문학으로 변모하고 발전하면서 유희한다. 이러한 아동의 특수성으로 그들이 향유하는 아동문학은 1차 독자인 어머니와 2차 독자인 아동들을 모두 만족시켜야하는 어려움을 안고 있다. 이러한 아동문학은 동심을 추구하는 문학으로 자연물을 비롯한 삼라만상의 모든 것들을 소재로 하되, 아이들이 소화할 수 있도록 연령에 맞는 표현방법을 선택해야 한다.

살펴본 바와 같이 소천의 『호박꽃초롱』에 나타난 작품은 이러한 아동문학의 특수성을 인식하고 자연의 일상을 끌어들이되 표현의 변화를 추구하면서 미학을 형성하였음을 알 수 있다. 또한 쉽고 간결하며 밝고 따뜻한 우리말의 소리와 리듬을 살려 동심을 형상화함으로써 넓은 독자층을 확보하였다.

「닭」이나 「엄마소」, 「호박꽃초롱」, 「까아딱까아딱」, 「숨바꼭질」 등에서 그가 차용하는 소재들은 유아나 아동들의 일상에서 차용한 것으로 시가 갖는 서정적 이미지는 태고의 원형적 모성을 지향하는 자연의 공간, 동심의 공간이다. 이들 시편들은 어머니를 통해 문학을 즐기는 태아나 유아, 나아가 스스로 읽고 쓸 줄 아는 어린이나 어머니, 할머니에 이르기까지 3代가 소통할 수 있는 문학으로 자리메김 된다.

이렇듯 『호박꽃초롱』에 나타나는 동시는 자연과 생활에서 모티프를 얻은 것으로 쉽고 재미있으며 경쾌하며 청징하다. 또한 정제된 우리말 시집이 일제 강점기 우리말 말살정책이 자행되던 때에 발간되었다는 것은 신현득이 지적했던 것처럼 독립운동에 버금가는 것이라 할 수 있으며 독자를 무구한 동심의 세계, 무한한 이상의 세계로 끌어들인다는 관점에서 큰 의의가 있다고 할 것이다.

―『한국아동문학연구』 제15호(2008)

소천 시 연구 ; 생태주의 낙원으로의 초대

신 정 아

1. 서론

자연과 인간은 그 원리와 숙명에 있어 밀접한 관계를 갖고 있다. 이들은 본질적으로 생명과 사랑을 전제하며, 순환하는 이치가 전체 생물의 통합 속에서 발견된다. 실제 인간은 다른 생물의 삶을 통찰함으로써 진리를 터득하고, 인간이 추구해야 할 방향을 모색한다. 특히 "초기의 생태학은 생태계 파괴 현상에 한정되었으나, 오늘날에는 인간의 생활과 의식 등 근본적인 문제까지 포함"[1]하고 있다. 레프 톨스토이는 "모든 존재하는 것들이 생태주의 앞에 평등함"을 주장하는데, 그의 문학작품 또한 자연을 평화롭게 하기 위해서는 인간들 사이의 평화가 선행되어야 함을 강조한다.[2] 그러므로 생태의식을 일깨우고, 생태학적 세계관을 보여주는 문학이라면 일단 문

---

1) 액셀 굿바디(Axel Goodbody), 『문학과 생태학』, Amsterdam, 1998, 25쪽.
2) 레프 톨스토이, 『톨스토이가 들려주는 자연이야기』, 홍순미 역, 써네스트, 2006, 56쪽.

학 생태학의 테두리 안에 넣을 수 있을 것이다. 다시 말해 "생태학의 기본 정신을 받아들이고 그 정신을 문학으로 형상화"[3]한 작품 모두를 일컫는다.

이와 같은 논리는 억압적인 권력 관계를 순리에 맞게 정당화하려는 태도까지 생태문학의 테두리 안에 넣는다. 문학을 시대적인 상황과 결부지어 생각해볼 때, 당시 우리민족은 식민지로서 억압적인 권력으로부터 수난을 겪고 있었으며, 이 시기에 생산된 소천의 동시가 이러한 정황에서 벗어날 수 없었음은 지극히 당연한 처사이다. 억압은 인간이 가진 자연적이고 자발적인 인성을 제지하는 행위이며, 당시 일제의 억압은 생태주의 시각에 모순된 폭정이었다. 인간이 기본적으로 가족을 사랑하고, 더불어 이웃과 자신이 소속된 사회 그리고 인류를 사랑하듯, 민족이 조국을 사랑하는 것은 당위적 인성이다. 그러므로 이것을 탄압하는 일제에 저항하는 정신은 곧, 순리된 삶을 따르려는 생태주의와 직결된다. 여기에서 소천 작품에 나타난 생태주의 시각이 민족주의에서 비롯되었음을 알 수 있다.

민족주의는 독립과 자유를 유지, 발전시키려는 사상과 운동에서 출발한다. 이재철은 "일제강점기에서의 한국아동문학은 한마디로 어린이들에게 민족의식을 각성시키고 반일사상을 고취시키려는 문화운동 내지 사회운동이었다. 이는 바로 식민지의 지배를 받는 데서 오는 저항과 항거의 태도로서, 민족을 기초로 하여 독립된 국가를 건설하겠다는 전체 민족 염원의 행동화이기도 했다. 자기민족의 자주, 자생을 향한 길이었다고 할 수 있다"며, "한국아동문학의 첫 출발은 바로 이러한 시대적인 불리한 여건 속에서도 상당히 오랜 기간을 저항과 항거의 민족주의를 지향하여 온 것"이라 말한다.[4] 이어 신현득은 "한국의 아동문학은 유일하게 독립운동에서 시작되었고, 육당과 소파가 민족주의 아동문학의 시초임"[5]을 주장

---

3) 김욱동,『문학생태학을 위하여』, 민음사, 1998, 34쪽.
4) 이재철,「민족주의와 한국아동문학의 전통성」, 한국아동문학연구, 1996, 30쪽.
5) 신현득,「한국동시 100년」, 한국아동문학연구, 2008, 29쪽.

한다. 이러한 아동문학의 성격은 소천 동시집『호박꽃초롱』으로 이어지는데, 지배자와 피지배자 혹은 강자와 약자의 구분이 없는 낙원세계를 꿈꾸고 지향하는 작품들이 다수 실려 있다.

우주에 존재하는 것들은 생태주의 앞에 하나같이 평등하다. 개체와 개체 사이에 어떤 계급 질서가 존재하지 않는다. 모든 생명체가 동등한 권리를 가지고 있고, 어떠한 개체도 생태계 전체 구조의 질서와 균형을 깨뜨릴 권리를 가지지 않는다. 이처럼 생물평등주의는 생태계에서 아주 중요한 자리를 차지한다.6) 미국의 생태학자 배리 코모너는 "자연생태계는 엄격하게 선별되어 이루어진 것이기 때문에 어떠한 새로운 조직이나 구도보다 가장 최선의 상태에 있다"7)고 말한다. 이것은 자연이 인간보다 최선의 상태에 있음을 강조하며, 인간이 자연의 원리를 따라야만 낙원의 세계로 갈 수 있음을 의미한다. 소천은『호박꽃초롱』에서 왜곡된 세계에 살면서도 낙원으로 회귀하려는 의지를 표출한다. 이것은 그의 직관적 상상력을 통해 가능한데, 자연과 인간은 물론 인간과 인간의 관계를 통찰함으로써 낙원으로 가는 길을 꿈꾼다.

그는 해방 전 둘밖에 안 되는 동시집8) 중의 하나를 낸 작가로서, 윤석중이 시도한 시적동요를 계승 심화하여 노래동요로부터 시적동시로 고양하는 일과 동시의 출현에 결정적인 노력을 기울인 동시인이다. 소천은 동요창작에서부터 아동문학을 시작하여 일제말기인 1941년에 동요시집『호박꽃초롱』을 발간한다. 이것은 해방이전까지 10여 년간 발표한 동시를 모은 것으로, 동화창작시기로 변모되기 전 그의 동시문학 창작시기를

---

6) 김욱동, 앞의 책, 33~34쪽.
7) 배리 코모너,『닫혀 지는 원』, 티메카, 1971, 머리말. 배리 코모너의 "원"은 자연과 인간의 순환구조를 상징하며, "닫혀 지는 원"은 생태의 위기를 암시한 제목이다.
8) 신문학이 들어온 이후 해방이 되기 전까지 발간된 동시집은 두 권 뿐인데, 그 하나가 윤석중의『잃어버린 댕기』요, 또 하나가 소천의 해방되기 4년 전에 낸『호박꽃초롱』이다.

집약할 수 있는 하나뿐인 시집이다. 『호박꽃초롱』에 나타난 특성을 요약해 보면 첫째 직관적 표현, 다음으로는 생태주의와 민족주의, 끝으로 낙원회복의 꿈을 들어볼 수 있다. 앞의 특성만 미뤄보더라도 그의 동시에 한국동시문학9)의 특수성이 발견된다.

그러나 소천이 한국동시문학사에 남긴 업적에 비해, 전체적으로 그와 관련된 동시연구는 미비한 실정이다. 특히 동시창작 이후 50년대부터는 동화를 창작했기 때문에, 동화에 관한 연구가 주로 진행되어 왔다. 노경수가 '직관적 표현을 순간의 미학으로 조명한 연구방법론'으로 소천의 『호박꽃초롱』을 논의한 바 있지만, 그의 동시에 관해서는 앞으로도 활발한 연구가 진행되어야 할 것이다. 소천이 남긴 동시집은 『호박꽃초롱』한 권뿐이지만, 그의 동시는 우리 역사에서 중요한 문학사적 의의를 지니고 있기 때문이다. 본고에서는 앞서 제시한 소천 동시에 나타난 특성을, 생태주의에 입각한 작품 위주로 분석해보고자 한다. 『호박꽃초롱』에서 달·꽃·나무·하늘·구름 등 자연소재를 중심으로 다뤄보고, 그 이미지가 작품에서 어떤 유형의 꿈으로 표출되는지 살펴볼 것이다. 소천의 동시에서 화자와 자연은 이미 하나이고, 현대아동문학이 자연으로 돌아가야 할 생태문학10)이라고 볼 때, 이것은 의미 있는 연구가 될 것이다.

---

9) 2008년 한국아동문학이 100년을 맞이하였으며, 한국아동문학은 세계에서 유일하게 동시에서 시작되었으므로, 한국아동문학 100년은 곧 동시 100년의 역사를 말한다. 이와 같은 사실로, 해방이전에 출간된 윤석중과 강소천의 동시집은 동시문학사에 기여하는 바가 크다.

10) 1960년대만 해도 도시화·산업화에만 관심을 가질 뿐, 환경의식이 미약했다. 그러나 1970년대 이후 박정희 정권의 탄압에도 불구하고 환경운동이 활발히 일어나기 시작한다. 생태학적 인식이 확산됨에 따라 문학에서도 환경문제에 대한 관심이 중요한 자리를 차지하게 되었다. 생태문학은 자연을 어떻게 재현할 것인가, 문명과 자연은 어떠한 연관을 가지는가, 생태학적 상상력을 어떻게 문학에 구현할 것인가 등의 문제를 포괄적으로 탐구한다. 대기오존층 파괴, 지구온난화, 석유자원 고갈, 무분별한 개발 등 현대사회가 당면한 문제들이 지속될수록 생태문학에 대한 관심 역시 점점 자라날 것이다. 생태문학작품들은 문명에 대한 염증과 순수한 자연 속

2. 자연을 직관하는 통찰력

소박한 농촌에서 자라 평생을 어린이들의 세계에서 살았기 때문일까. 그의 솔직한 성품이 동시에 그대로 드러난 작품들이 많다. 소천의 솔직함은 뜻을 거스르지 않는 자연의 솔직함과도 흡사하다. 실제 그는 "지금 친구들이 나를 아동문학을 하기 때문에 어린애처럼 솔직하다고들 하는데, 정말 내게 그런 성격이 있다면 그것은 내가 소년시절을 소박한 농촌에서 자랐기 때문이다."[11]라고 말한 바 있다. 그의 솔직함은 자연을 직관하여 동시를 창작하는데 많은 영향을 끼쳤을 것이다. 소천의 시가 직관력에 기인한다는 것을 가장 극명하게 드러내주는 작품으로, 그의 대표작이라 할 수 있는 동시 「닭」이 있다. 「닭」은 물 먹는 닭의 모습을 옮겨놓은 쉽고 짧은 동시지만, 인간과 자연이 하나가 되는 공간을 마련한다.

> 물 한 모금 입에 물고,
> 하늘 한 번 쳐다보고.
>
> 또 한 모금 입에 물고,
> 구름 한 번 쳐다보고.
>
> - 「닭」 전문

소천은 작품을 통해서 특별하지 않더라도 오늘날에 흔히 볼 수 없는 여유로운 시골풍경의 모습을 제시한다. 그는 아무 것도 단정 짓지 않고 상황을 제시할 뿐이다. 그럼에도 불구하고 시인의 직관력으로 발생된 은유적 메타포는 독자의 상상력을 자극시킨다.

삶에 대한 그리움 등을 주요 내용으로 다루고 있다.
11) 생전 소천의 말이다. 이종환은 이에 대해 "소천이 아동문학을 하기 때문에 어린애처럼 솔직한 것이 아니라, 어린애처럼 솔직하기 때문에 아동문학을 했다"고 언급한 바 있다.(이종환, 「동심 그대로의 작가」, ≪현대문학≫, 1963, 53쪽)

위의 시에서 닭이 쳐다보는 '하늘'과 '구름'의 의미에 집중할 필요가 있다. 그곳은 일제강점기의 비극적 현실을 사는 민족들에게 '꿈'의 공간이라 볼 수 있다. 작가는 물 마시는 닭의 동작을 통해 하늘과 구름에 이르는 민족적 희망을 은유적으로 표현하고 있는 것이다. 박목월 또한 "멀고 아득한 하늘이나 구름을 보는 「닭」의 이미지는 작가 자신이 아동문학자로서 평생을 두고 정진하게 된 정신적 자세를 보여준 것"이라 평가한다. 이어서 그는 "하늘－영원하고, 유구하고, 아름답고, 무궁한 것, 그것을 진리라 해도 좋고, 인간이 추구해 마지않는 '꿈'의 세계라 해도 좋을 것이다. 또한 그 하늘에 떠도는 구름은, 그 진리나 이상을 갈구하는 불타는 이념과 변화무쌍한 정서의 표상물이라 하여도 무방할 것"12)이라고 말한다. "문학의 진실한 의미는 진정한 인간 공동체의 가치, 즉 필요와 열망 내지는 욕구 같은 것들을 위한 투쟁과 요구에 있다"13)라고 볼 때, 시의 소재로 활용된 '하늘'과 '구름'은 시인의 의지를 어떻게 '자유화' 할 수 있는가를 보여준다.

한편, 이 작품에 대해 이오덕은 다른 입장을 취한다.14) 닭이 물을 마시려면 위를 쳐다봐야 물이 목구멍으로 넘어가기 때문에 하늘을 쳐다본다는 것이다. 이와 같은 견해는 문학보다는 과학적 평가에 가까우며, 문학작품 분석에서 그의 과학적 접근은 타당성이 떨어진다. 소천의 작품 표면에 드러난 생태주의는 비단 자연간의 교감 혹은 인간과 자연의 화해에서 그치는 것이 아니기 때문이다. 그는 순수한 자연의 삶을 통해 인간과 인간의

---

12) 박목월, 「내가 본 소천문학」, 『강소천아동문학전집8』, 교학사, 2006, 303쪽.

13) 앨런 스윈지우드, 정혜선 역, 문학의 사회학, 한길사, 1984, 14쪽.

14) 이오덕, 『시정신과 유희정신』, 굴렁쇠, 2005, 18쪽.
　　닭이 물을 마실 때 하늘을 쳐다보는 것은 하늘을 알기 때문이 아니다. 물을 마시려면 그렇게 위를 쳐다봐야 물이 목구멍으로 넘어가는 것이다. 이것은 아이들이라도 짐작한다. 닭집 안에 들어 있는 닭들도 물을 먹을 때 천장을 쳐다보듯 목을 위로 올려 세우지 않는가? "하늘 한 번 쳐다보고", "구름 한 번 쳐다보고"하여 닭이 물 먹는 모습을 재미있는 노래로 쓴 것뿐인 것을 이렇게 닭이, 혹은 병아리가 하늘을 안다느니 하여 별나게 해설하는 것은 우스운 일이다.

관계에 이상적 '낙원'의 세계를 제안함으로써, 새로운 미래를 구축하려 한다. 소천이 자연을 직관하는 예리한 관찰력15)은 「달밤」에서도 나타나는데, 「닭」과 마찬가지로 짧은 동시에 함축적인 이미지가 강하게 드러난다.

달밤
보름달 밤.

우리 집 새하얀 담벽에
달님이 고웁게 그려 놓은

나무
나뭇가지.

―「달밤」 전문

어둠 속에서 빛을 찾는 것은 인간의 본능적인 욕구에 가깝다. 위의 작품이 발표된 시기는 우리 민족이 일제식민지의 암흑 같은 상황에서 벗어나기 위해 끊임없이 돌파구를 찾았던 때다. 이것은 일제의 부조리에 대응하고, 억압적인 체제에서 탈피하기 위한 몸부림이었다. 어둠에서 빛을 찾아 헤매는 것은 절망에서 희망을 찾는 일이다. 위의 시에서 보름달은 바로 희망을 상징하는 소재다. 달은 어두운 밤을 환하면서도 은근히 밝혀준다. 실존의 어둠 속에서 행복을 누리지 못하는 민족에게 환한 미래를 꿈꾸게 해준다. 또한 둥근 원의 모습이 갖는 완전함 내지는 완성의 상징적 의미가 발산된다. 아울러 시기에 따라 모양이 바뀌는 변화의 이미지가 중첩적으로 적용되어 다의성을 띤다. 다시 출발점으로 돌아오는 보통의 동

---

15) 이재철은 그가 가지는 시기할만한 장점으로 자연을 직관하는 예리한 관찰력을 말한다.(이재철, 「한국현대아동문학사」, 『햇불』, 한국일보사, 1970, 95쪽) 그것은 그의 일종의 작품 '조그만 하늘, 사슴 뿔, 달밤, 겨울밤, 버들피리, 하얀 밤, 여름'을 읽어봄으로써 자명해진다.

그라미와는 달리, 보름달이 초승 · 그믐 등으로 변화하는 속성은, 폐쇄적 구조 속에서 벗어날 가능성을 암시한다. 이것은 영원한 회귀의 모습을 드러내 신성성을 부여받기도 한다. 니체 또한 영원성에 대해 "존재의 계속적인 생성이며, 존재하기 위해 계속적으로 일어서는 것"[16]이라고 정의한 바 있는데, 순환 · 회귀 · 변화를 거듭하는 보름달의 이치가 그와 흡사하다.

한편, 생명의 근원이자 꿈의 상징인 나무는 종종 어린이에 비유된다. 나무는 신체 구조적 측면까지 인간과 닮아 있다. 나무의 줄기를 타고 흐르는 수액은 마치 인간의 혈관을 타고 흐르는 혈액을 연상케 한다. 인간의 혈관이 심장 못지않게 생명과 직결된 것이라면, 나무의 가지(=줄기)를 타고 흐르는 수액은 뿌리와 마찬가지로 생명유지에 필수적이다. 혈관이 터지거나, 수액이 끊기면 생물은 죽고 만다. 그만큼 "달님이 고웁게 그려놓은 나뭇가지"는 강한 생명력을 암시하는데, 나뭇가지의 생명력이 우리민족의 생명력으로 전이되어 앞으로 찾아올 민족의 희망을 드러냄으로써 더욱 가치를 발한다. 성장하고 자라나는 것들에게 필수적인 요소로 달빛의 '빛'은 나무를 풍요롭게 만드는 영향력을 행사하는 것이다.

직관 그대로 티 없는 표현을 하고 있는 「닭」이나 「달밤」과 같은 동시는 소천 초기 동시를 대표할만한 것들이다. 「닭」이나 「달밤」 등의 초기 작품에서 7.5조나 3.4조와 같은 전통적 운율을 벗어나 동시로서의 참신한 리듬감과 직관적 표현미를 우리는 발견할 수 있다.[17] 더불어 고요하고 평화로운 시적 분위기가 서글픈 우리 민족의 삶을 달래준다. 소천의 직관적 표현은 「사슴 뿔」에서 더욱 심화되어 나타난다. 자연에서 모티프를 얻은 동시집 『호박꽃초롱』은 식물이든 동물이든 간에 대자연에 파고들어 그들과 대화하기를 서슴지 않는다. 「달밤」과 「사슴 뿔」 두 작품 모두 짧은 동시임에도 불구하고 독자의 무한한 상상력을 자극시킨다.

---

16) 프리드리히 니체, 『신은 죽었다』, 강윤식 역, 휘닉스, 2004, 2쪽.
17) 이재철, 「한국아동문학가 연구(2) : 윤석중과 강소천의 동시」, 『국문학논집』 11집, 단국대학교 국어국문학과, 1983, 136쪽.

사슴아, 사슴아!
네 뿔엔 언제 싹이 트니?

사슴아, 사슴아!
네 뿔엔 언제 꽃이 피니?

-「사슴 뿔」 전문

　선과 악은 대립적인 관계를 떠나 생각할 수 없다. 그러나 선이 있어야 악이 있고, 악이 없이는 선이 있을 수 없다는 진리 또한 부정할 수 없는 사실이다. 작품에 활용된 사슴 · 싹 · 꽃 등은 착하고 예쁘고 아름다운 소재들이다. 하지만 위의 시를 읊어보면, 표면에 노출되지 않은 악의 이미지를 곧 발견할 수 있다. 악의 이미지는 순수한 시어들로 인해 더욱 부각된다. 싹을 틔우고, 꽃을 피우지 못하도록 짓밟아버리는 무자비한 폭군들이 작품 뒤에 자리하고 있는 것이다. 성장이 멈춘 사슴을 보며 안타까워하는 시인의 심정이 작품에 고스란히 나타난다.

　시인은 사슴의 뿔을 나무에 비유한다. 즉, 사슴 뿔=나무로 은유의 관계가 성립된다. 그러나 나무를 숨 쉬고 성장하는 식물의 범위로 제한하지 않는다. 그 의미를 인간과 거의 동등한 차원으로까지 확대시킨다. 이것으로 싹이 트고 꽃이 필 사슴의 뿔은 우리 민족에게 한 줄기 희망과 용기가 되는 소재임을 깨닫게 한다. 사슴의 뿔은 아직 꽃을 피우지 않았지만, 작품을 통해 그 자체로서 존재를 인정받고 있다. 이것은 엄마배속의 아직 태어나지 않은 태아가 인간존엄성과 가치를 동등하게 인정받는 것과 같은 이치다. 숨 쉬는 모든 것은 눈에 보이지 않는 생명이라도 고귀한 것이며, 함부로 할 수 없는 신성한 것이다.

　일제 강점기 시대에 위의 시가 더욱 공감대를 형성하는 것은 사슴의 순한 이미지 때문일 것이다. 사슴은 육식이 아닌 풀을 뜯어먹고 사는 초식동물일 뿐만 아니라, 인간에게도 해를 주지 않는 순하고도 순한 동물이다. 순수하면서 여리고 약한 어린이의 이미지는 작품에서 우리민족의 이미지로 변주된다. "언제 꽃이 피니?"라는 화자의 물음은 순한 사슴이 어서 빨리 꽃을 피워 그만의 독립된 향기를 내뿜기를 바라는 마음과 같다. 이처럼 시에 표출된 꽃의 이미지는 희망 내지는 행복과 직결되면서, 동시에 민족의식을 보여주는 중심적 소재로 특수한 의미가 부여된다. 특히 대화법 형식의 도입은 소천의 자연적 직관력과 통찰력을 여지없이 부각시켜준다.

한편 작품창작 시기가 우리역사에서 가장 불행한 암흑기로 평가받던 1940년대인 만큼, '사슴 뿔'은 우리 조국을 상징할 가능성이 크다. 사슴에게 싹이 트고, 꽃이 피어 성장하길 고대하는 것은 조국을 걱정하는 시인의 간절한 마음이다. 이렇듯 소천은 영원을 바라고 꿈을 그리며, 자연에 몰입하여 밝고 생동하는 세계를 노래함으로써, 조국과 민족에 힘을 실어주는 작품을 주로 생산한다. '사슴 뿔'에 피어날 꽃의 상징적 이미지를 떠올리면서, 소천 동시에 자주 등장하는 '꽃'이 의미하는 바가 무엇인지 살펴보자.

3. 생태주의 시에서 꽃의 의미

소천의 동요가 처음으로 활자화된 것은 1931년 『신소년』지였는데, 같은 책 17쪽에 「봄이 왔다」, 36쪽에 「무궁화와 벌나비」 두 편이 발표되었다. 우리나라 꽃인 '무궁화'를 소재로 창작된 「무궁화와 벌나비」는 자연친화 사상이 바탕에 깔려있으면서, 소천의 생태의식이 드러난 작품으로 강한 메시지를 담고 있다. 소천의 작품에 '꽃'은 심심치 않게 등장하는데, 꽃은 '피어난다'는 의미로 꿈과 희망을 상징한다. 그렇다면 아래 작품에서 무궁화 '꽃'의 이미지가 어떠한 방식으로 표출되고 있는지 살펴보자.

이몸은 무궁화에 벌이랍니다
고운꽃 피어나라 노래부르며
이꽃서 저꽃으로 날러다니는
조그만 무궁화에 벌이랍니다.

이몸은 무궁화에 나비랍니다
고운꽃 피어나라 춤을추면서
이꽃서 저꽃으로 날러다니는
조그만 무궁화에 벌이랍니다.

우리의 노랫소리 들리건만은
귀여운 무궁화는 피지안어요
그몹쓸 찬바람이 무서웁다고
귀여운 무궁화는 피지안어요.

ー「무궁화와 벌나비」 전문

소천의 시는 자연을 노래한 일반 서정시와 차별된다. 그것은 자연의 서정이 개인적인 서정에 머무르지 않고 민족과 국가로까지 확대되며, 고통을 동반하기 때문이다. 위의 시에서 무궁화 또한 현실비판의식이 담긴 소재로 보편적인 꽃이 지니는 의미와는 달리 고통을 지닌 존재다. 그의 작품은 내면에 잠재된 조국애를 드러내면서 보다 적극적인 성격을 띤다고 할 수 있다. 당시 일제는 조선인의 독립운동을 저지하기 위해 조선의 상징물인 태극기와 무궁화를 철저히 단속했다. 우리 민족과 역사를 함께 해온 무궁화를 심지 못하게 감시하였으며, 이미 심어놓은 무궁화마저 캐어버리게 했다. 또 무궁화 무늬로 수를 놓는 것이나 무궁화 노래를 금지했고, 이를 어기면 감옥에 가두고 잔혹한 고문을 했다. 이러한 단속 때문에 일제하에서는 무궁화가 시의 소재에 오르지 못하였다. 그런데 그 유일한 시가 소천의 동요 「무궁화와 벌나비」이다.

「무궁화와 벌나비」에서 소천은 자신이 무궁화임을 내세운다. 이는 곧 자신이 바로 조선인이라는 뜻이다. 그것도 그저 그러한 조선인이 아니라 무궁화를 지키는 조선인이라는 것이다. 이를 무궁화를 피우고 씨를 맺게 하기 위해 날아다니는 벌과 나비에 비유했다.[18] 벌과 나비는 무궁화가 좌절감을 극복하고 꽃을 피울 수 있도록 도와주는 역할을 한다. '꽃'이 '피어난다'는 뜻으로 꿈과 희망을 상징한다고 볼 때, 무궁화를 피운다는 것은 조국의 광복을 의미할 것이다. 또한 애국가의 후렴이 '무궁화'에서 시작하듯, '우리의 노랫소리'는 애국가를 가리킨다. 우리의 노랫소리가 들리건만 귀여운 무궁화는 피지 않는다. 몹쓸 찬바람 때문이다. 찬바람은 다름 아닌 일제의 탄압이다. 잡초를 밟으면 밟을수록 무성히 자라나듯, 무궁화도 일제의 탄압에 굴하지 않고 활짝 피어나길 소망한다. 이밖에도 민들레나 호박꽃으로 새로운 이미지를 만들어내는데 성공한 소천의 작품들을 찾아볼 수 있다. 다음 작품에서 그는 호박'꽃'으로 우리아기의 조그만 초롱을 만들고, 촛불을 켜준다.

> 호박꽃을 따서는 무얼 만드나?
> 무얼 만드나?
> 우리 애기 조그만 초롱 만들지.
> 초롱 만들지.
>
> 반딧불이 잡아선 무엇에 쓰나?
> 무엇에 쓰나?
> 우리 애기 초롱에 촛불 켜주지.
> 촛불 켜주지.
>
> —「호박꽃초롱」전문

---

18) 신현득, 「동심으로 외친 항일의 함성」, 『강소천아동문학전집10』, 교학사, 2006, 322쪽.

바슐라르는 혼자 타오르는 촛불을, 혼자 타면서 꿈꾸는 인간 본연의 모습과 동일시한다. 또 그로 인해 얻어진 불빛이 안도감을 준다고 말한다.[19] 촛불은 종교행위를 위해, 또는 모순에 대항하는 시위의 도구로 사용되기도 한다. 사회의 안녕을 기원하거나 휴식을 위한 수단으로, 작은 빛이지만 잠시나마 해방감을 느낄 수 있다. 위의 시에서 스스로의 몸을 태워 빛을 발하는 촛불은 "우리 애기"에게 희망을 주는 매개체로, 민주주의를 밝히는 주체가 된다. 이렇듯 빛을 향한 간절함은, 그만큼 일제강점기의 잔혹성과 비극적 현실이 가혹했음을 의미한다. 특히 반딧불이는 작지만 영롱한 생명체로 결코 물러서지 않는 우리민족의 강인한 생명력을 보여준다. 희미하게나마 꺼지지 않는 불빛은 나약한 힘으로나마 포기하지 않고 저항하는 민중의 모습으로 중첩되어 감동적이다. 호박꽃으로 초롱을 만들고, 반딧불이로 촛불을 켜는 낭만적 초월의지를 통해서 현실을 극복하려는 작가의도가 엿보인다. 호박꽃초롱에 반딧불이로 촛불을 켜는 순간, 아기의 꿈과 희망이 활활 타오르는 듯하다. 이것은 일제강점기의 암울한 현실 속에 아기한테만큼은 꿈의 보금자리를 마련해주려는 것으로 해석된다. 작고 연약해 보이지만 사방으로 퍼지는 빛은, 우리의 내면을 채워줌과 동시에 미래의 가능성을 보여준다. 또한 불의 따뜻함과 생명력은 슬픔과 외로움을 환기시키는 역할을 수행한다.

각 연의 끝 행을 한 번씩 반복함으로써 효과를 누리는 재미있는 구성을 취한 「호박꽃초롱」은 한국적 정서에서만 써질 수 있는 동시이다. 호박꽃은 농촌의 집 담장이나 울타리에 덩굴을 뻗어 자라는 우리에게 가장 친근한 꽃이다.[20] 소천의 작품에는 유난히 '호박'이 많이 등장한다. 「호박꽃초롱」, 「호박줄」, 「호박」, 「풀벌레전화」 등이 바로 그것이다. '우리 것'을 지키려는 소천,[21] 우리말을 가지고 꽃피우고 열매 맺고 싶은 작가의 사상

---

19) 가스통 바슐라르, 이가림 역, 『촛불의 미학』, 문예출판사, 2001, 16~17쪽.
20) 신현득, 앞의 글, 322쪽.
21) "아무리 내 시가 어설프더라도 우리말로 된 시집이 한 권이라도 더 남게 되는 것이

이 심화되어 나타난다. 앞서 살펴본 「호박꽃초롱」, 「무궁화」, 「사슴 뿔」 은 모두 조국수난의 암흑기에 우리의 문화 활동이 거의 정지된 상태에서 출간되었다. 이것은 일제를 향한 외침이며, 독립운동이었던 것이다. 한국 아동문학이 국권운동 내지 독립운동에서 시작된 것이 세계문학사에 큰 자랑이라고 볼 때, 소천 또한 문학사에 큰 획을 그은 것이다. 다음 「이슬 비의 속삭임」은 이상 세계에 대한 소천의 적극적 의지가 투영되어 있다.

> 나는 나는 갈 테야, 연못으로 갈 테야.
> 동그라미 그리러 연못으로 갈 테야.
>
> 나는 나는 갈 테야, 꽃밭으로 갈 테야.
> 꽃봉오리 만지러 꽃밭으로 갈 테야.
>
> 나는 나는 갈 테야, 풀밭으로 갈 테야.
> 파란 손이 그리워 풀밭으로 갈 테야.
>
> ―「이슬비의 속삭임」 전문

위 동시는 이슬비를 세 개의 화자로 나누어 이미지화하고 있다. 여기서 는 그 세 개의 화자에 주목할 필요가 있다. 동그라미를 그리러 가는 이슬 비와 꽃봉오리를 만지러 가는 이슬비, 파란 손이 그리워 풀밭으로 가는 이슬비다. 앞서 제시된 소재 동그라미, 꽃봉오리, 파란 손에는 매우 긍정 적인 의미가 담겨 있다. 동그라미는 하늘, 천국, 영원, 깨달음을 의미하기 도 한다. 동그라미에 부정적 의미는 배제되어 있고, 긍정적 의미만이 존 재한다. 「이슬비의 속삭임」에서 이슬비는 연못에 동그라미를 그리러 간 다. 암울한 일제강점기의 부정적 현실 속에서 긍정적인 꿈을 안고 동그라

민족적인 자랑이 되리라 생각해서 책으로 엮었다.”며 『호박꽃초롱』 시집출판에 대 한 소천자신의 결의를 술회한 바 있다.(박목월, 「소천의 동시」, ≪현대문학≫, 1963, 30~33쪽.)

미를 그리러 가는 것이다. 동그라미는 시작과 끝이 없기 때문에, 꼴찌와 일등이 없는 세계이다. 이것은 또 어떤 면에서 '평등'을 의미한다. 지배하고 지배당하는 관계가 아니며, 누구든지 평등하다. 화자는 이슬비가 되어 연못에서 동그라미를 그리며, 평등의 씨앗이 싹트기를 희망한다.

「호박꽃초롱」과 「무궁화」에서도 '꽃'이라는 소재가 언급되었지만, 「이슬비의 속삭임」에 등장한 '꽃봉오리'는 좀 더 각별한 이미지로 해석될 수 있다. 여기서 꽃봉오리는 언젠가 꼭 피어날 것임을 전제한다. 꽃봉오리에 담긴 의미는 그 자체로 가치 있고 소중한 존재, '피어나기 위해' 최선을 다해야 하는 존재, '피어날' 희망과 가능성을 지닌 존재라는 의미가 담겨 있기 때문이다. 「이슬비의 속삭임」에서 이슬비는 그 꽃봉오리를 만지러 간다. 이슬비가 함빡 꽃봉오리를 만져주면, 활짝 피어날 것만 같다. 아직 피어보지 못한 우리조국의 현실을 꽃봉오리에 비유한 것이라 해석할 수 있다. 우리 조국이 활짝 피어날 가능성과, 식민지에서 해방될 것이라는 희망을 제시하고 있다 해도 과언이 아니다. 이슬비는 그 희망을 피우기 위해 서둘러 꽃밭으로 간다.

마지막으로 눈여겨 볼 것은 '파란 손'이다. 파란색에는 이상향, 희망에 대한 상상의 의미가 들어있다. 또한 파란색은 영원, 지속성을 상징하기도 한다. 작품에서 이슬비는 '파란 손'이 그립다. 조국이 해방되는 그날을 손꼽으며 풀밭으로 간다. 풀밭을 촉촉이 적시는 이슬비, 풀밭을 더욱 싱싱하고 파랗게 만드는 이슬비의 이미지가 연상된다. 조국의 광복을 염원하며, 풀밭에 희망을 불어넣어주고 있다. 대한민국은 영원할 것이라 확신하며, 파란 손을 잡아준다. 고달픈 민족의 손을 잡아준다. 최태호는 파란 손에 대해 "파란 손을 그리워하는 수줍음과 고집스러운 심정이 곧 그가 소심하게도 문학을 하고자 하는 시심의 싹이었던 것"[22]이라고 말한다. 이

---

22) 최태호, 「소천의 문학세계」, 『강소천아동문학전집5』, 교학사, 2006, 306쪽.

처럼 그는 자연을 관조하거나 지난날을 회상하는 것에만 그치지 않고, 이 슬비가 되어 자연의 밝고 생동하는 세계를 노래함으로써 갈등을 해소하려 한다. 이러한 자연 생태적 소재를 일반 활용해 작품에 극대화한 작가의 태도는 그의 작품에 꽃이 아닌, 또 다른 '꿈'으로도 나타난다.

4. 낙원회복에 대한 꿈의 미학

소천이 남긴 작품은 동요와 동시 240여 편이다. 매양 하늘을 쳐다보는 닭을 쪼그리고 앉아 바라보는 어린이의 모습이나 「호박」23)에서 벌거벗은 호박이 부끄러움을 느끼는 것은 바로 어린이 세계에서 어린이의 눈을 가진 어린이 자신이다. 그리고 그것은 언제나 먼 곳을 그리워하고 꿈을 쫓는 로만의 세계로 흐른다.24) 그의 작품은 예외 없이 꿈을 그린다. 이런 소천에게 왜정이라는 현실에 살게 된 것은 가중된 질곡이었으며, 더구나 해방 이후 북한에서 살아야 할 현실은 참을 수 없는 비극이 아닐 수 없다. 소천은 흥남 철수에 묻어서 남하했다. 부모와 친척들을 두고 단신 남하했다는 것은 '꿈'이 더욱 아쉬웠던 것이며, 소천이 꿈과 자유를 찾아 대한민국을 찾고, 그 대가로 뼈를 깎는 그리움과 슬픔을 얻게 된 것이, 그와 더불어 우리 아동 문학계로서 다행한 일이었다.25)

강소천 동화연구에서는 이미 꿈의 여러 유형에 대해 논의된 바 있다. 박상재는 "소천문학을 한마디로 표현한다면 꿈의 문학으로 압축할 수 있다. 「꿈을 찍는 사진관」, 「꿈을 파는 집」, 「꼬마들의 꿈」, 「인형의 꿈」, 「8월의 꿈」, 「커다란 꿈」 등 제목만 보아도 간파할 수 있을 만큼 그의 작

---

23) 호박은 벌거 벗고도/ 부끄러운 줄 몰라// 배꼽을 내 놓고도/ 부끄러운 줄 몰라//
24) 이재철, 「한국현대아동문학사」, 『횃불』, 한국일보사, 1970, 94쪽.
25) 최태호, 앞의 글, 307쪽.

품에는 꿈이 빈번히 등장하고 있다. 따라서 소천문학을 논하기 위해서는 그의 작품 속에 풍부하게 내장되어 있는 꿈의 상징성을 분석하고 그 역할을 규명하는 작업이 요구된다."26)고 말한다. 시와 동화는 장르적 표현방식만 다를 뿐, 강소천의 작가정신은 같을 수밖에 없다. 김자연은『한국 동화문학 연구』에서 강소천의 동화 창작 원리를 '꿈' 형식을 통한 환상의 구축으로 본다. 이어 "실재적인 꿈과 인간내면에 잠재된 꿈을 적절하게 조화시키는 방법으로 현실의 불균형을 회복하여 밝은 미래를 지향하고 있다"27)고 소개한다. 여기서 현실의 불균형을 회복하여 밝은 미래를 지향한 점은 동시에 나타난 꿈의 유형과 별반 다르지 않음을 파악할 수 있다.

그러나 꿈을 드러내는 방식은 다소 차이를 보이는데, 그리움과 꿈의 미학으로 상징되는 강소천 동화를 대표할 수 있는 환상동화「꿈을 찍는 사진관」에서 그가 매개체로 사용한 것은 '잠'이다. 꿈을 얻기 위하여 주인공들에게는 성숙한 마음이 요구되고, 잠은 성숙을 준비하는 기간을 의미한다. 이 작품에 나오는 꿈은 과거회상적인 그리움을 의미한다. 그 진한 그리움, 추억의 그림자는 마침내 꿈으로라도 형상화시키고 싶어 하는 작가의 창작의지로 나타난다.28) 반면 소천 동시에서는 '꽃'이나 '하늘'과 같은 소재 자체가 꿈으로 연결되는 통로로서 존재한다. 장르적 표현방식에 따라 꿈은 다른 모습으로 나타나지만, 그가 추구하는 꿈이 그리움 해소로서의 꿈이며 동시에 그가 갈망하던 세계임은 분명하다. 앞서 박목월은 소천 동시의 소재로 자주 등장하는 하늘에 대해 "꿈의 세계라 해도 좋을 것"이라 단언한 바 있다. 그의 전체적 작품특성으로도 꼽히는 '꿈'을 '하늘'과 접목시킨 시편들은 다음과 같다.

---

26) 박상재,『한국 창작동화의 환상성 연구』, 집문당, 1998, 70쪽.
27) 김자연,『한국 동화문학 연구』, 서문당, 2000, 143쪽.
28) 박상재, 위의 책, 76~78쪽.

한……번
두……번
세……번
네……번
……
……
(나는 그만 쓰러졌다)

마당이 돈다.
집이 돈다.
우리나라가 돈다.
지구가 돈다.
(슬며어시 멎었다)

─엄마는 왜 상게두 안 돌아오누?
가을하늘은 파랗기도 하다.

─「가을하늘」 전문

　동그라미는 끝나지 않는 영원성과 함께 폐쇄성의 이미지를 동시에 지닌다. 예를 들어 「달빛」이나 「이슬비의 속삭임」에서 동그라미가 긍정적인 의미라면, 「가을하늘」에서 마당이 돌고, 집이 돌고, 우리나라가 돌고, 지구가 도는 원의 이미지는 다소 폐쇄적이다. 돌고, 돌고, 돌아도 다시 제자리이기 때문이다. '돈다'라는 시어에 현재의 자리에서 변화하고픈 욕구가 농축되어 있으나, 불행하게도 화자는 같은 자리를 맴돌 뿐이다. 화자는 한 번, 두 번, 세 번, 네 번 천천히 마당을 돌다 지쳐서 쓰러진다. 화자의 시선은 자연스레 하늘로 옮겨진다. 빙글빙글 하늘이 돌고, 우리나라가 돌고, 지구가 돈다. 그러다가 슬며시 멎는다. 마지막 연에서 오랜 시간 기다려도 돌아오지 않는 엄마는 기다림의 상징적 의미로 해석될 수 있다. 또한 화자가 쓰러지면서 마주한 하늘은 언제든 볼 수 있는 대상이지만, 결코 잡을 수 없는 대상이기도 하다. 엄마의 평온한 품에 안기고 싶은 화자의 바람이 빨리 조국의 품에 안기고 싶은 소망과 중첩되어 나타난다.

그 때, 엄마를 기다리던 화자의 눈에 파란하늘이 들어온다. 앞서 「이슬비의 속삭임」에서 '파란 손'의 의미를 이상향 · 희망 · 영원 · 지속성이라 말한 바 있다. 마지막 행에 제시된 하늘은 순수하고 평온한 상태가 지속되는 이상적 공간이다. 또한 세계를 향해 열린 태도를 드러내며, 가능성을 보여준다. 시인은 능동적으로 대상을 바라보며, 엄마가 돌아오지 않는 슬픈 현실 속에서 긍정의 세계를 발견한 듯하다. 노경수는 파란하늘의 이미지를 "기다림과 그리움을 초월하기 위한 시인의 의도적 공간"[29]이라 말한다. 작가에게 파란 하늘은 언젠가 돌아올 해방을 꿈꾸는 공간이며, 아래의 작품 「조그만 하늘」에도 하루 빨리 평온한 조국의 품에 안기고 싶은 작가의지를 형상화한 공간이 고스란히 담겨 있다.

들국화 필 무렵에
가득 담았던 김치를
아카시아 필 무렵에
다 먹어 버렸다.

움 속에 묻었던 이 빈 독을
엄마와 누나가 맞들어
소나기 잘 내리는
마당 한 복판에 내놓았다.

아무나 알아맞혀 보아라.
이 빈 독에

---

29) 노경수, 「소천 시 연구」, 한국아동문학연구, 2008, 208쪽.

언제 누가 무엇을
가득 채워 주었겠나.

그렇단다.
이른 저녁마다 내리는 소나기가
하늘을 가득 채워주었단다.

동그랗고 조그만 이 하늘에도
제법 고오운 구름이 잘도 떠돈단다.

―「조그만 하늘」 전문

빈 독은 궁핍한 시대를 상징적으로 보여주는 시어이다. 또한 움 속에 묻었던 빈 독을 꺼내는 것은 지긋지긋한 가난에서 벗어나고자 하는 시인 의지의 표출이다. 그 빈 독을 채워주는 건 다름 아닌 소나기인데, 소나기에 비친 조그만 하늘과 떠도는 구름은 자유로 표상된 이미지다. 자유를 상실한 채 속박에 신음하는 우리 민족은 하늘과 떠도는 구름을 갈망한다. 위의 시에 대해 이재철은 "동요나 동시를 '노래하는 것'이라고만 인식하던 당시에 있어서는 더욱 기념비적 작품으로서 소천동시의 제 목소리를 보여준 것이요, 시다운 동시를 보여준 것"이라 말한다. 또 "소박한 내재율의 독백 율조 속에 잘 용해된 평범 속의 진리 이것이 소천 동시의 개성"[30]이라 평가하기도 한다.

식민지 민족의 현실적 상황에 맞게 선택된 장치들은 적절히 역할을 수행하고 있다. 그러나 소천의 아나키스트적 모티프는 자유를 향해 열려있음에도, 독립의 희망적 목표를 달성하기에 다소 제한적인 면모를 지닌다. 빈 독은 억압된 자유를 되찾고 상처를 아물게 하는 공간이지만, 동시에 한계를 지닌 공간임을 부정하기는 어렵다. 조그만 하늘은 장독 밖을 벗어

---

30) 이재철, 「한국아동문학가 연구(2) : 윤석중과 강소천의 동시」, 앞의 책, 137쪽.

날 수 없으며, 안타까운 상황은 떠도는 구름에게도 마찬가지로 적용된다. 그럼에도 불구하고 암흑 같은 현실을 안고 사는 민족들에게 하늘은 한 줄기 희망의 공간이다. '동그랗고 조그만 하늘'이 마당 한복판에 열렸다는 시구가 민족 가까이 하늘이 내려왔음을 증명한다. 조그마하지만 동그란 하늘을 독안에 담아두고 손으로 쥐어볼 수 있다는 것은, 민족의 소망이 이루어질 날이 멀지 않았음을 의미한다. 또한 조그만 하늘에 잘도 떠도는 '제법 고오운 구름'은 민족의 '고오운 꿈'을 상징한다고 할 수 있겠다. 마지막 한 편의 작품을 더 살펴보자.

> 거리의 전등들은
> 하늘에 올라가 보고 싶단다.
>
> 내가 만일 하늘에 올라갈 수만 있다면
> 나는 하늘에 올라가 저 보름달에게
> 옥토끼 이야기를 들려 달라구 그럴 텐데.
>
> 내가 만일 하늘에 올라갈 수만 있다면
> 나는 하늘에 올라가 저 애기별들과 가치
> 숨바꼭질을 하며 재미있게 놀아볼 텐데.
>
> 내가 만일 하늘에 올라갈 수만 있다면
> 하늘에 올라가 저 구름 이불을 덮고
> 포근―이 하룻밤 자고 올텐데.
>
> (중략)
>   ―「전등과 애기별」부분

　앞서 살펴본 소천의 직관적인 작품들과 달리, 위의 시는 상상의 스케일

이 보다 확장되어 나타난다. 생태적 요소를 뛰어넘어 범우주적 관계로 현실을 극복하려는 모티프가 그러하다. 이것은 바로 보름달과 옥토끼 이야기를 나누거나, 애기 별과 숨바꼭질을 하면서 노는 일이다. 「전등과 애기별」에서는 땅과 하늘의 경계를 허물고 싶은 욕구가 발현된다. 그것은 당시대의 부조리한 제도와 핍박을 현실에서 극복하기가 결코 쉽지 않았음을 의미한다. 「호박꽃초롱」의 촛불에 이어서 거리의 전등은 그리움의 정서를 담고 있는데, 위의 시에서 전등은 억압 이전의 평화로웠던 때를 그리워하는 주체다. 한 자리에 꼼짝 않고 서있는 거리의 전등은 일제의 강압정치에 눌려온 우리민족의 모습과 닮아있다. 이것은 자유로운 하늘에 오르고 싶은 전등의 소망에 정당성을 부여한다. 또한 하늘의 별빛은 화자에게 하나의 목표가 되는 간절한 빛이다.

빛은 어둠에서 그 가치를 발하며, 전등과 애기별은 모두 어둠을 환하게 해주는 존재라는 점에서 공통점을 갖는다. 작가가 추구하는 이상향인 하늘, 달과 별, 그리고 포근히 덮을 수 있는 구름이불은 화자가 꼭 소유하고 싶은 대상이다. '전등'의 마음을 알았다는 듯 애기별도 같은 생각을 하기에 이른다. 전등이 살고 있는 세상에 내려와 보고 싶은 것이다. 전등과 애기별의 애틋한 소망에도 불구하고, 둘의 만남은 간단치 않다. 하지만 소천은 희망의 꿈을 놓지 않는다. 밤거리의 전등이 언젠가 꼭 애기별을 만날 수 있을 거란 믿음을 안고 하늘에 눈을 떼지 않는 모습은 그의 꿈을 증명한다.

이로써 대자연에서 마음껏 꿈꾸는 소천의 작품들을 여러 편 제시하였다. 소천의 작품에서 자연친화적 사상에 관한 시성(詩性)을 이루고 있는 독자적인 것은 바로 로맨티시즘(낭만주의)에 접근하는 그의 꿈性이다.[31] 그의 작품에는 어린이들이 항상 지니고 있는 꿈이 있고, 소망이 있다. 꿈

---

31) 한성자, 「한국아동문학론 : 강소천 작품을 중심으로」, 『성심어문논집』 제2집, 1968, 51쪽.

이라도 아름다운 꿈이요, 언제나 이상을 그리는 꿈이다.[32] 시대적 상황으로 말미암아 어린이를 비롯한 민족의 가장 큰 꿈은 '조국의 광복'이었을 것이다. 물론 해방을 염두에 둔 『호박꽃초롱』에 시인의 사상이 직접적으로 드러나 있지는 않다. 작품이 저항문학의 성격을 보이지만, 동시라는 장르적 특성으로 말미암아 작가의식이 외적으로 강하게 표출되지 않는 것이다. 소천은 '이루어져야만 하는' 꿈을 자연을 소재 삼아 노래한다. 그의 시는 인간과 자연의 합일점을 향해 진리를 추구하며, 낙원의 세계로 가는 길을 지향한다고 하겠다.

5. 결론

"죽는 날까지 어린이들을 위하여 붓을 움직여야 할 것이고, 그렇게 하는 것이 세상에 죽는 내 보람"[33]이라고 말한 소천. 그러나 그의 건강은 악화되었고, 바로 그 해에 소천은 우리 곁을 떠났다. 그는 죽는 날까지 어린이를 위하여 글을 썼고, 일을 했다. 서론에서 밝힌 바와 같이 그는 윤석중이 시도한 시적동요를 계승하여 동시의 출현에 결정적 노력을 기울인 동시인 중 한 사람으로서, 그의 작품은 낭만주의 사상을 바탕에 두고 자연생태에 대한 예리한 관찰력을 보여준다. 교과서에 실렸거나,[34] 교과서에 실리지 않았더라도 반세기 이상 많은 사람들에게 불리고 있는 그의 노래가 증명하듯, 소천의 동시는 교육적이면서 효용도가 높고 값진 작품들이다.

---

32) 박창해, 「강소천 선생, 어린이와 함께 살아온 문학가」, 『강소천아동문학전집3』, 2006, 314쪽.
33) 어효선, 「순진 · 솔직 · 엄격 : 강소천의 인간과 문학」, 『현대문학』, 1963, 55쪽.
34) 닭, 이슬비의 속삭임, 호박꽃초롱, 버드나무 열매, 옛날 얘기, 봄바람, 잠자리, 바람, 조그만 하늘, 겨울 밤, 전등과 애기별 등 문학성이 짙은 작품들은 6 · 25전쟁 이후 교과서에 실려서 널리 알려졌다.

특히 그가 남긴 동시집 『호박꽃초롱』은 역사적으로도 의의가 크다. 『호박꽃초롱』이 출간될 당시는 일제에 의한 동화정책이 극한에 이르렀던 만큼, 모국어로 시를 빚는다는 것 자체가 독립운동이었다. 『호박꽃초롱』은 일제말기에 마지막까지 아동문학을 지켜낸 작품집이었다는 데에 의의를 두어야 할 것이다. 한국아동문학의 발생을 독립운동의 일환으로 본다면, 『호박꽃초롱』의 발행 또한 독립운동 그것이었다. 생태주의를 본질로 하고, 민족주의 성향이 내재된 그의 작품이 이것을 증명한다.

본고에서는 그가 남긴 동시집 『호박꽃초롱』에 나타난 '꽃'과 '하늘' 이미지 중심으로 자연 안에서 '꿈'이 상징하는 바가 무엇인지 분석해보았다. 소천의 동시집은 '하늘, 구름, 달, 나무, 바람, 눈, 닭, 사슴, 민들레, 호박꽃 등의 자연생태적인 것이 동시의 주요어로 사용되었으며, 자연생태 안에서 자연의 밝고 생동하는 세계의 노래를 부드럽고 구김살 없이 자유롭게 구사하였다. 이렇듯 그의 작품은 거의가 아름답고 조용한 고향의 자연과 애정이 깃들어 있다. 직관 그대로 티 없는 표현을 하고 있는 「닭」이나 「달밤」, 「사슴 뿔」이 보여주듯 그는 영원을 바라고 꿈을 그리며 조국과 민족에 힘을 실어주는 작품들을 주로 생산한다. 본고의 논제가 된 '꿈'의 상징적 의미도 그의 작품 전체 이미지 면에서 중요한 의의를 차지한다.

또한 소천 동시에 '꽃'은 심심치 않게 등장하는데, '꽃'은 '피어난다'라는 의미로서 꿈과 희망을 상징한다. 「사슴 뿔」에 '피어날' 꽃과 「무궁화와 벌나비」의 '피어나야만 하는' 무궁화와 「이슬비의 속삭임」에서 '피어나기 위한' 꽃봉오리는 모두 희망과 가능성을 지닌 존재인 것이다. 일제강점기의 암울한 현실 속에서 아직 피어보지 못한 우리 조국의 꿈이 꽃 속에 담겨있다. 이러한 생태주의 소재를 일반 활용해 작품에 극대화한 작가의 태도는 그의 작품에 꽃이 아닌, 또 다른 '꿈'으로 나타난다. 앞서 살펴본 동시에서도 그러하듯, 그의 작품은 예외 없이 꿈을 그린다. '하늘'을 소재로 한 그의 작품을 살펴보면, 「조그만 하늘」에서 소나기가 안고 온 빈 독의 조그만 하늘은 비극적 현실을 안고 사는 민족들에게 한 줄기 희망의 공간이 된다. 조그만 하늘이지만 잘도 떠도는 '제법 고오운 구름'은 민족의 '고오운 꿈'을 상징한다.

소천에게 있어서 꿈의 세계는, 어린이의 세계를 통해서 이상의 세계를 추구하는 것이다. 「가을하늘」에서 화자가 엄마를 기다리는 모티프의 생성은, 엄마 품에 안기면 어떠한 꿈이라도 '겁 없이' 꾸어낼 수 있을 것 같기 때문에 가능하다. 엄마 품에서 잠들면 겁 없이 꾸어댄 꿈이 꼭 이루어질 것만 같다. 시인에게 대자연이란 엄마의 품과도 같다. 그의 시편들에서 아늑한 '엄마의 품'은 조국으로 귀결된다. 또 '자연=엄마 품, 조국=엄마 품'이라고 볼 때, '대자연=조국=엄마 품'이라는 관계가 성립된다. 소천의 시 「울 엄마 젖」[35]에서 보여 지듯, 엄마 젖은 언니도, 오빠도, 나도, 애기도 실컷 먹고 자랄 만큼 넘쳐흐른다. 자연이 우리에게 주는 은혜가 그러하며, 조국이 우리에게 주는 사랑이 그러하다. 소천이 남긴 동시집은 비록 『호박꽃초롱』에 그쳤지만, 그가 남긴 여러 편의 동시들과 함께 소천은 아직도 자연 안에서 어린이들의 마음속에 생생히 살아 있다.

―『한국아동문학연구』 제23호(2012)

---

35) 울 엄마 젖 속에는 젖도 많아요./ 울 언니도 시일컷 먹고 자랐고/ 울 오빠가 시일컷 먹고 자랐고// 내가 내가 시일컷 먹고 자랐고/ 그리고 울 애기가 먹고 자라니/ 정말 참 엄마 젖엔 젖도 많아요.//

강소천 동요 및 동시의 개작 양상 연구

—초기 작품 중심으로

박 금 숙 · 홍 창 수

Ⅰ. 문제제기

강소천은 동요·동시에서부터 동화에 이르기까지 많은 작품들을 개작하여 발표하였다. 개작을 많이 한다는 것은 자신의 작품에 애착을 가지고 끝없이 작품을 들여다보고 다듬는다는 뜻일 것이다.

개작이란 "인쇄매체를 빌어 일단 발표한 작품을 어떤 형태로든지 고쳐 쓴 다음 다시 발표하는 문학행위"[1]를 말한다. 동화 개작의 종류는 주체의 변화에 따라 크게 두 가지로 정리할 수 있는데, 첫 번째는 개작의 주체가 작가 스스로인 것이고 두 번째는 개작의 주체가 출판사에 의한 것이다. 강소천의 개작작품들은 작가 스스로 자신의 작품을 수정하여 출간한 경우가 대부분이다. 이 경우는 작가 스스로의 판단에 의해 자발적으로 이루어지므로 주체적이면서도 적극적인 개작의 형태를 보인다.

---

[1] 전양숙, 「채만식 소설의 개작에 대한 연구」, 한국정신문화원 석사학위 논문, 1993, 5쪽.

198 _ 강소천 작가론

작가에 의한 개작은 내적 요인과 외적 요인으로 나누어 볼 수 있다. 내적 요인은 주로 작품의 내용, 주제, 인물, 설정의 변화 등을 위해 개작이 발생한다. 또 작가가 출간된 작품을 보면서 부족했던 부분을 수정하여 자신의 의도를 다듬어 가는 과정이라고 볼 수 있겠다. 외적 요인은 작가의 실수로 인해 발생한 표현상의 오류를 다듬어가는 과정을 말한다. 주로 사소한 것들이지만 작품의 신뢰성을 높이는 데 일조하게 된다.[2]

강소천은 1915년 9월 16일(양력) 함경남도 고원군 수동면 미둔리에서 태어나 1963년 5월 6일 타계했다. 강소천이 태어난 해부터 타계한 해까지의 우리나라 역사를 살펴보면 굴곡이 심한 시기였음을 알 수 있다. 그가 태어난 해는, 일제의 압력에 시달린 일부의 애국지사들이 조선국권회복을 위해 여기저기서 비밀결사대를 조직하는 등 국운이 요동치던 해였다. 또한 강소천이 문학활동을 시작한 30년대는 일제의 탄압이 점점 더 심해진 시기였다.

강소천이 동요와 동화를 공부해야겠다고 굳게 마음먹은 것은 그의 국어선생님의 영향을 받은 듯하다. 그의 국어 선생님은 일본 사람들이 한창 우리말, 우리글을 없애려던 때 "그 나라 말을 오래 보존하는 길은 오직 한 가지, 그 나라 문학을 높은 수준에 올리는 것이다. 또 하나, 우리 나라 말을 후세에 이어가게 하는 방법은 좋은 아동문학 작품을 남기는 일이다."[3]라고 하였다. 그때 강소천은 "민족 사상에 흠뻑 젖"어 "그 일을 내가 해야겠다."[4]고 크게 결심했다. 그래서 그는 처음에 동요와 동시로 문학활동을 시작해서 나중에는 동화를 쓰기도 했다. 또 일제는 '창씨개명', ≪조선일보≫, ≪동아일보≫, 『소년』지 폐간 등 언론탄압을 한 1940년에 이어

---

2) 전명원, 「동화 「바위나리와 아기별」의 개작양상과 의미」, 경기대학교 문화예술대학원, 2009, 20~22쪽 참조.
3) 강소천, 「나는 왜 아동문학을 하게 되었나?」, 『강소천 아동문학 독본』, 을유문화사, 1961, 346쪽.
4) 강소천, 위의 글, 346쪽.

1941년 2월에는 조선사상범예방구금령을 내놓는 등 조선어 말살정책을 비롯한 조선인에 대한 탄압을 했다. 강소천은 탄압이 절정에 이르는 1941년 2월에 순수 우리말로 된『호박꽃초롱』을 출간했다. 그는 "불행한 한국 역사의 흐름 속에서 그의 비애를 동심으로써 구원"5)받으면서 우리글을 지켰던 것이다

이후 광복을 맞고 또 한 번 6 · 25란 동족상잔의 비극적 사건을 거치게 된다. 이때 강소천은 자신이 쓴 동요 · 동시 및 동화 원고 뭉치들만 가지고 혈혈단신 고향을 등지고 남한으로 내려오게 되었다. 이것은 그의 생애 및 문학작품에 많은 변화를 일으켰다. 강소천은 꾸준히 작품 활동을 하면서 자신이 월남할 때 가지고 온 원고들을 개작하여 잡지나 책으로 출간하기도 했다. 개작된 작품들은 제목이 바뀌거나 삭제, 새로운 낱말의 삽입이나 변형을 통하여 내용이 바뀌는 등 여러 양상으로 나타나고 있다.

강소천이 자신의 작품을 개작하여 발표한 작품들은 대부분 전쟁 전에 쓴 작품들이다. 전쟁 전에 쓴 작품들은 "시대적 대 사건이 배경으로 분포되어"6) 있다고 할 수 있다. 즉 작품 개작의 동기 중 하나는 작품을 썼을 당시의 환경과 이념 등이 개작할 당시와 달랐기 때문이 아닐까 하고 유추할 수 있다. 그렇기 때문에 작품의 개작을 보면 작가의 변화된 의식 흐름을 볼 수도 있다. 또한 동시는 시의 길이가 기성 시에 비해 짧아 시어 하나, 어미 하나, 행 하나만 바꾸어도 큰 변화처럼 느껴질 수 있다. 그러므로 사소한 변화를 주었는데도 시적 효과와 의미와 울림 등이 크게 다가올 수 있다. 이런 점에서 동시의 개작 연구는 다른 기성 시에 비해 의미가 상대적으로 크다.

강소천의 작품은 우리나라 아동문학사에서 중요한 비중을 차지하고 있는데도 연구된 논문들이 많지 않다. 기존의 연구된 것들을 살펴보면 대부분 작품의 내용적 측면인 주제적 접근으로 다루고 있는 것을 볼 수 있다.7)

---

5) 최태호,「소천의 문학」,『아동문학』5집, 배영사, 1963, 19쪽.
6) 남미영,「강소천 연구」, 숙명여자대학교 대학원, 석사논문, 1980, 17쪽.
7) 남미영,「강소천 연구」, 숙명여자대학교 대학원, 석사논문, 1980.

강소천의 동요 및 동시는 약 300여 편이다. 이 중에서 초기 작품8)에 속하는 동요 및 동시는 약 70여 편이다. 이 중에 부분적이든 전체적이든 개작된 것은 확인된 것만으로 약 36편9)에 달한다. 이렇게 개작된 작품이 많

차보금,「강소천과 마해송 동화의 대비적 연구」, 연세대학교 교육대학원, 석사논문, 1994.

공선희,「강소천 동화 연구」, 한국교원대학교 대학원, 석사논문, 1996.

정선혜,「한국기독교 아동문학 연구」, 성신여자대학교 대학원, 박사논문, 2001.

함윤미,「강소천 동화의 환상성 연구」, 단국대학교 대학원, 석사논문, 2005.

홍의정,「강소천 동화 연구」, 한양대학교 대학원, 석사논문, 2006.

이선민,「강소천 동화 연구」, 부산교육대학교 대학원, 석사논문, 2006.

김수영,「강소천 동화의 특성 연구」, 건국대학교 대학원, 석사논문, 2008.

천희순,「강소천의 장편동화 연구」, 고려대학교 대학원, 석사논문, 2013.

황수대,「1930년대 동시연구」, 고려대학교 대학원, 박사논문, 2012.

노경수,「소천 시 연구」,『한국 아동문학 연구』, 한국아동문학 학회, 2008.

신정아,「소천 시 연구: 자연의 품에서 깨어난 꿈:『호박꽃초롱』에서 '꽃'과 '하늘' 이미지 중심으로」,『한국 아동문학 연구』, 한국아동문학 학회, 2012..

김용희,『韓國 創作童話의 形成過程과 構成原理 硏究』, 경희대학교 대학원, 박사학위논문, 2008.

박지은,『동심주의문학 연구:첨부작품을 중심으로』, 중앙대학교 예술대학원, 석사학위논문, 2009.

윤소희,『한국 아동문학의 가족서사 연구』, 중앙대학교 대학원, 박사학위논문, 2010.

8) 아동문학가 최태호는 "소천의 작품은 대체로 3기로 나눌 수 있다. 하나는 해방 이전이요, 둘은 1951년 남하 후 1954년이요, 셋은 1955년 장편 동화를 시도한 이후이다."(최태호,「소천의 문학 세계」,『강소천 문학전집』, 문음사, 1981, 307쪽)라고 하였다. 그러나 광복 후부터 전쟁 전까지가 비어 있으므로 이 글에서는 전쟁 전까지도 초기로 묶는다.

9) 바뀐 시의 종류:

　1) 제목이 바뀐 시:「쏭쏭 숨어라」→「숨박꼭질」,「옛날 얘기」→「겨울밤」→「겨울밤1」,「겨울밤」→「겨울밤2」,「三月 하늘」→「가을 하늘」,「하늘」→「조그만 하늘」,「둘이둘이 마주앉아」→「일학년」,「자라는 조선」→「자라는 나무」,「가을 뜰에서」→「가을 들에서」

　2) 시어의 변환 및 첨삭:「보슬비의 속삭임」,「순이 무덤」,「숨박꼭질1」,「도토리」,「바다」,「엄마젖」,「그림자와 나」,「바람」,「새하얀밤」,「잠자리」,「전등과 애기별」,「자라는 나무」,「술래잡기」

　3) 연과 행, 맞춤법, 도치, 어미형 변화:「닭」,「호박꽃초롱」,「버드나무 열매」,「바다」,「달리아」,「소나기」,「봄비」,「지도」,「호박」,「전등과 애기별」,「술래잡기」,

은데도 개작 연구에 대한 논문은 전혀 없다. 이것은 일제 강점기를 비롯해 6·25를 겪으면서 많은 자료들이 소실된 탓에, 강소천이 활발하게 활동한 초기 작품들을 연구자들이 대하기가 어려운 환경 탓이기도 하다.

이 글에서는 강소천의 초기 작품이라고 할 수 있는 동요 및 동시들을 중심으로 하되, 개작의 주체가 작가 스스로인 것에 중점을 둘 것이다. 개작된 동시가 36편에 해당되나 형식적으로 개작된 작품들을 제외하고 시적인 의미와 효과가 비교적 큰 작품들을 선별하여 분석을 하였다.

강소천이 일제 강점기에 쓴 작품들과 광복 후부터 전쟁 전에 쓴 작품들까지로 한정하여 제목의 수정과 시적 서정의 강화, 어절의 첨삭과 의미의 명료성, 체제 이념의 포기와 동심의 회복 등으로 분류하여 살펴봄으로써 강소천 동요 및 동시 개작의 의의를 살펴볼 것이다.

II. 제목의 수정과 시적 서정의 강화

강소천은 1930년대서부터 해방 전까지 『신소년』, 『종교교육』, 『아이생활』, 『어린이』, 『동화』, 『농민생활』, 『아이동무』, 『소년』, 『아기네 동산』, 『아동문예』, 『어린이』 등 여러 잡지와 『동아일보』에 동요와 동시를 발표했다. 또 이 동시들을 선별하여 1941년 2월 『호박꽃초롱』을 출간하였다. 제일 처음 잡지에 발표했던 시들을 모아 『호박꽃초롱』이란 시집으로 출간했을 때, 동요 및 동시들은 어떤 것이 개작되었으며 또 어떻게 개작되었을까?

먼저 강소천이 일제 강점기 때 쓴 동요 및 동시의 초기 작품을 살펴보

「가을의 전신줄」.
4) 유음의 유무:「까아딱까아딱」, 「울 엄마젖」, 「봄비」, 「호박줄」, 「잠자리」 등.

면 제목이 개작된 동시들이 몇 편 있다. 대표적으로 제목이 바뀐 시들을 살펴보면 다음과 같다.

> (1) 「숑−숑−숨어라」(『아이동무』, 1935. 10)가 → 「숨박꼭질」(『호 박꽃초롱』, 1941)로.
> (2) 「三月 하늘」(『동화』, 1937. 4)가 → 「가을하늘」(『호박꽃초롱』, 1941)로.
> (3) 「옛날 얘기」(『아이동무』, 1936. 1) → 「옛날 얘기」(『호박꽃초롱』, 1941), → 「겨울밤」(『소년문학선』, 1954) → 「겨울밤1」(『강소천 아동문학 독본』, 1961)
> (4) 「하늘」(『아이생활』, 1939. 8) → 「조고만 하늘」(『호박꽃초롱』, 1941) → 「조그만 하늘」(『소년문학선』, 1954)

이 글에서는 제목만 바뀐 「숑−숑−숨어라」와 「三月 하늘」의 개작의 의미를 간략히 서술하고, 「옛날 얘기」와 「하늘」두 작품의 개작 양상을 집중적으로 살펴볼 것이다.

「숑−숑−숨어라」는 숨바꼭질에서 술래가 화자가 되어 숨으라고 경계하는 말이다. 이것은 화자가 놀이에 참가한 아이들에게 말하는 것으로 대사의 친근함이 느껴지지만 술래에 한정되었다는 것을 알 수 있다. 그러나 제목이 놀이를 지칭하는 명사 「숨박꼭질」이란 단어를 사용함으로써 시전체에 놀이로 확장시켜주고 있다. 그러므로 술래뿐만 아니라 놀이에 참여한 모든 아이들의 행동이나 분위기를 상상하게 만들어 준다. 즉 제목을 바꿈으로써 술래인 개인에서 술래에 참가한 어린이들의 다양한 모습과 분위기를 독자들이 상상할 수 있도록 넓혀주고 있다고 할 수 있다.

「三月 하늘」은 내용이 전혀 변하지 않고 제목만 바뀐 시이다. 그러나 '3월'과 '가을'은 시간적으로 배경이 다르다. 엄마를 기다리며 마당에서 뱅뱅 돌던 아이가 멈추어서 "엄마는 왜 상게두 안 도라 오누"라고 하면서 바라본 "하늘은 파랗기만 하다." 그 하늘이 '3월의 하늘'보다 '가을 하늘'로 바뀌면서 엄마를 기다리는 아이의 초조한 마음과 가을 하늘의 파란 색깔이 시각적 심상으로 대비되어 더 처량하고 안타깝게 느껴지게 했다.

「옛날 얘기」는 1936년 1월호 『아이동무』에 처음으로 발표되었다. 이 시는 『호박꽃초롱』에 선별되어 나온다. 그런데 43쪽의 「옛날 얘기」라는 제목에 줄을 긋고 그 옆에 강소천의 글씨체로 '겨울밤'이라고 적혀 있는 것이 보인다. 그렇지만 이 시는 「옛날얘기」→「겨울밤」→「겨울밤1」로 제목이 개작된 것을 알 수 있다.

옛날 얘기-(원본)[10]

버선 깁는 할머니의
바늘귀 한 번 끼여 드리면

닦은콩 보다 더 고소-한
옛날 얘기가 하나.

— 「옛날 얘기」, 전문[11][12]

겨울밤 1-(개작본3)

버선 깁는 할머니의
바늘귀 한 번 꿰어 드리면

---

10) 원본은, 『아이동무』와 박문서관본인 『호박꽃초롱』이고, 개작본 1은 대한교과서주식회사본인 『소년문학선』이고, 개작본 2는 을유문화사본인 『강소천 아동문학 독본』에 나온 것이다. 인용 작품 밑줄 필자. 이하 동일.
11) 강소천, 「옛날 얘기」, 『아이동무』, 1936, 1.
12) 강소천, 「옛날 얘기」, 『호박꽃초롱』, 박문서관, 1941, 43쪽.

볶은 콩보다 더 고소오한
옛날 얘기가 하나.

―「겨울밤 1」, 전문13)

먹을 것이 귀하던 시절, 바느질하는 할머니 옆에 어린아이가 볶은 콩을 먹고 있다. 눈이 어두운 할머니가 바늘귀를 잘못 꿰자 아이가 얼른 바늘귀를 꿰어 드린다. 그러자 할머니가 아이에게 재미있는 옛날 얘기를 해준다. 아이는 볶은 콩을 먹는 일도 잊어버리고 할머니가 들려주시는 옛날이야기에 폭 빠져 있다. 따뜻하고 재미있는 그림이 그려지는 시이다.

이 시는 후에 1954년에 출간한 『소년문학선』156쪽에 「겨울밤」(개작본2)이라는 제목으로 바뀌어 나오고 있다. 이것은 나중에 「겨울밤1」(『강소천 아동문학 독본』)로 나온다. 이렇게 제목에 숫자를 넣어 「겨울밤1」이라고 한 것은 1939년 『아이생활』 1월호에 발표된 「겨울밤」과 구별을 하기 위한 것으로 보인다. 이 시는 제목이 같지만 내용은 다르다. 이것은 『강소천 아동문학 독본』에서 「겨울밤2」로 구별하여 쓰고 있다.

「옛날 얘기」는 아주 짧은 시이지만 처음에는 2연 4행으로 나누어 행간에 의미를 두었다. 그러나 개작할 때는 연을 나누지 않고 한 연으로 했다. 내용 중 3행에 '닦은콩 보다 더 고소―한'이 '볶은 콩보다 더 고소오한'으로 바뀐 것을 볼 수 있다. 이것은 '볶은'의 사투리가 강소천이 살던 고향에서는 '닦은'으로 쓰이고 있어 표준말로 고친 것으로 보인다. 또 '고소―한'이 '고소오한'으로 바뀌었는데 무음을 유음으로 처리해 음률을 강조하고 있다.

이 시에서 중요한 것은 제목이 「옛날 얘기」에서 「겨울밤1」로 바뀌었다는 것이다. 그냥 '옛날 얘기'라고 하면 시에 나오는 시간적 배경을 알 수가 없을 뿐 아니라, 시의 의미가 할머니가 들려주는 '옛날 얘기'에 자연스럽게 모아진다. 그런데 '겨울밤'으로 제목이 바뀜으로 이 시의 시간적 배

---

13) 강소천, 「겨울밤1」, 『강소천 아동문학 독본』, 을유문화사, 1961, 307쪽.

경이 '겨울밤'이라는 것을 알 수 있다. 제목의 변화는 단순히 시간적 배경을 나타내는데 그치는 것이 아니다. 앞의 시가 나타내지 않았던 시간적 배경을 시 내용의 훼손이나 변경 없이 제목을 바꾸어 시적 상황을 부여해 줌으로써 시적인 효과를 배가시켰다. 겨울 기나긴 밤에 할머니에게 손자/손녀인 화자가 바늘귀를 꿰어 드리니까 할머니가 옛날 얘기 하나 들려주는 따뜻하고 정겨운 장면과, 춥고 어두운 겨울밤이 명료히 대비되어 시의 서정성이 한층 풍족해졌다.

다음으로 「하늘」이란 시를 살펴보자. 1939년 『아이생활』8월호에 실린 이 시는 처음 발표됐을 때는 제목이 「하늘」이었다. 그러나 『호박꽃초롱』에서는 「조고만 하늘」로, 『소년문학선』에서는 「조그만 하늘」로 제목이 개작되었다는 것을 알 수 있다.

하늘-(원본)

들국화 필 무렵에 <u>가뜩 담궜던</u> 김치를 아카시아 필 무렵에 <u>다 먹어 버렸습니다.</u>

움 속에 묻었던 이 빈 독을 엄마와 누나가 맞들어 <u>소낙비 잘오는</u> 마당 한판에 들어 <u>내놓았습니다.</u>

<u>아무나 알아 맞춰 보세요.</u>
<u>이 빈 김치 독에</u> 언제 누가 무엇을 가뜩 채워 주었겠나.

그렇다우. 이른 저녁마다 내리는 <u>소낙비가</u> 하늘을 가뜩 채워 주었다우.

<u>조그맣고 둥그런</u> 이 하늘에도 제법 <u>고운 흰구름이</u> 잘도 떠 돈다우.
　　　　　　　　　　　　　　　　　　　　　　　　-「하늘」, 전문14)

——————————

14) 강소천, 「하늘」, 『아이생활』, 1939년 8월호, 20쪽.

조그만 하늘―(개작본 2)

들국화 필 무렵에 <u>가득 담갔던</u> 김치를
아카시아 필 무렵에 <u>다 먹어 버렸다.</u>

움속에 묻었던 이 빈 독을
엄마와 누나가 맞들어
<u>소나기 잘 내리는</u> 마당 한판에 들어내 <u>놓았다.</u>

<u>아무나 알아맞처 보서요.</u>
<u>이 빈 독에</u>
언제 누가 무엇을 가득 채워 주었겠나.

그렇다우. 이른 저녁마다 내리는 소나기가
하늘을 가득 채워 주었다우.

---<u>동그랗고 조그만</u> 이 하늘에도
제법 <u>고오운 구름</u>이 잘도 떠돈다우.

— 「조그만 하늘」, 전문15)

냉장고가 없던 시절에 매년 겨울이면 집집마다 땅 속에 김칫독을 묻고
그 위에 짚으로 움집을 지어서 김치를 보관해서 먹었다. 봄이 오고 아카시
아 꽃이 피는 계절이 오면 겨울에 담근 김치는 거의 다 떨어진다. 그러면 가
정에서는 움집을 걷어내고 땅속의 독을 파서 씻은 다음 햇살에 내놓고 소
독을 한다. 그런데 햇살만 있는 게 아니다. 소낙비가 올 때도 있다. 그러면
김치가 들어 있던 독 속에 하늘에서 내린 '소낙비'로 가득 찬다. 그러면 물
속 그림자 속에 흰 구름이 돌고 하늘이 비친다. 동심으로 보면 '조그맣고 둥

15) 강소천, 「조그만 하늘」, 『소년문학선』, 대한교과서주식회사, 1954, 157쪽.

그런 하늘'이 생긴 것이다. 실로 '조그만 하늘'은 "약동하는 생명력이 넘치는 시"16)이다. 또한 이 시는 "그의 동심이 모든 각박한 현실 가운데서도 환희로써 발랄하게 움직"17)이고 있음을 잘 보여주고 있는 시이기도 하다.

<표 1>

발표지	『아이생활』 (1939. 8)－(원본)	『호박꽃초롱』 (1941)－(개작본 1)	『소년문학선』 (1954)－(개작본2)
제목	하 늘	조고만 하늘	조그만 하늘
연과행	5연 6행	5연 13행	5연 13행
1연	* 가뜩 담궜던 김치를 * 다 먹어 버렸습니다	* 갓득 담궜든 김치를 * 다 먹어 버렸다	* 가득 담갔던 김치를 * 다 먹어 버렸다
2연	* 소낙비 * 들어 내놓았습니다	* 소낙비 * 들어 내놓았습니다	* 소나기 * 들어 내 놓았다
3연	* 알아 맞춰 보세요 * 가뜩 채워 주었겠나	* 알아 맞혀 보세요 * 갓득 채워 주었겠나	* 알아 맞춰 보서요 * 가득 채워 주었겠나
4연	* 소낙비가 하늘을 가뜩채워 주었다우	* 소낙비가 갓득 채워주었다우	* 소나기가 가득 채워주었다우
5연	*조그맣고 둥그런 이하늘에도 *제법 고운 흰구름이잘도 떠 돈다우	*동그랗고 조고만 이 하늘에도 *제법 고-운 구름이 잘도 떠돈다우	*동그랗고 조그만 이하늘에도 *제법 고오운 구름이잘도 떠돈다우

---

16) 김요섭, 「바람의 시, 구름의 동화」, 『아동문학』 10집, 배영사, 1964, 78쪽.
17) 최태호, 「소천의 문학」, 『아동문학』 5집, 배영사, 1963, 17쪽.

<표1>에 나타난 시에서 특히 눈길을 끄는 것은 내용보다 개작된 부분의 어미변화이다. 『아이생활』(20쪽)에서는 1연에서 어미가 "다 먹어버렸습니다"로 끝이 난다. 그러나 『호박꽃초롱』(60쪽)과 『소년문학선』(157쪽)에서는 "다 먹어 버렸다"로 바꿔 평어체로 끝이나 다정하게 속삭이는 듯하다. 또 『호박꽃초롱』 2연 3행에서 갑자기 "소낙비 잘 오는 마당 한판에 내놓았습니다"로 경어체로 바뀐다. 3연 1행도 "보세요"로 경어체로 표현되었다가 3연 3행에서는 "가득 채워주었겠나"로 다시 평어체로 바뀐다. 그리고 4연과 5연의 종결 어미는 모두 "그렇다, 채워 주었다, 떠돈다" 등 평어체를 사용하였다. 그런데 『소년문학선』을 비롯하여 그 후에 발표된 시에서는 1, 2연 모두 평어체를 사용하고 3연 1행에서만 경어체를 쓴다. 또 다음 3연 3행에서도 평어체로 어미를 끝내고 있다. 그리고 『호박꽃초롱』에서 4, 5연을 평어체로 쓴 것과 달리 후에 개작된 작품에는 4, 5연이 "그렇다우, 주었다우, 떠돈다우" 등의 표현으로 반 경어체로 고쳐졌다. 또 '소낙비'가 '소나기'로 바뀐 것도 볼 수 있다. 특히 5연에서 "조그맣고 둥그런 이 하늘에도 → 동그랗고 조고만 이 하늘에도 → 동그랗고 조그만 이 하늘에도"로 바뀌고 "제법 고운 흰구름이 잘도 떠 돈다우 → 제법 고─운 구름이 잘도 떠돈다우 → 제법 고오운 구름이 잘도 떠돈다우"로 개작되었다. 즉 행의 바뀜, 시어의 배치 변형, 평어체 쓰기 등을 개작하였다.

　그런데 강소천은 왜 「하늘」이란 제목에서 「조그만 하늘」로 바꾸었을까? '하늘'이란 제목을 붙이면 시를 읽는 사람들은 일반적으로 알고 있는 막연한 하늘을 생각하게 된다. 그러나 '조그만 하늘'이란 말을 쓰면 '조그만'이 '하늘'을 수식하고 있어서 하늘의 의미를 특화시키고 있다. 그 제목으로 시를 읽다보면 '동그랗고 조그만 하늘'이 바로 독에 물이 차서 하늘이 비친 그 하늘이라는 것을 아이들도 알아차린다. 그러므로 「하늘」이란 제목으로 시를 읽었을 때와 다르게 「조그만 하늘」이란 제목으로 읽었을 때, 시의 의미가 더 명료해지고 좋아진 것을 알 수 있다.

III. 어절의 첨삭과 의미의 명료성

강소천의 초기 시 중에는 전체적 내용은 같으나 부분적으로 단어를 바꾸거나 도치하여 바뀐 시들이 몇 편 있다. 또 한 행에서 아예 단어를 없애거나 문장 자체를 없앤 경우도 있다.

1941년 박문서관에서 펴낸『호박꽃초롱』과 1961년 을유문화사에서 펴낸『강소천 아동문학 독본』을 비교해서 살펴볼 때, 단어들이 바뀌거나 첨삭 등의 변화가 있는 것을 볼 수 있다. 「순이무덤」에서는 "저녁 바람"이 → "저녁 마다"로, 「숨박꼭질1」에서는 "쏭 쏭"이 → "꼭 꼭"으로, 「도토리」와「바다」에서는 "쌀함박"이 → "이남박"으로, 「호박줄」에서는 "수숫댕기 배재"가 → "수수깡 울타리"로, 「그림자와 나」에서는 "짬껨뽕" → "가위바위보", "돌" → "바위"・"종이" → "보"로 바뀌었다. 또『아이생활』에 발표한 「전등과 애기별」18)에서는 2, 3, 4연 2행의 "하늘에 올라가"라는 문장이 나오지만『호박꽃초롱』에는 삭제되고, 또 9, 10, 11연의 2행에는 "나는 세상에 나려가"라는 문장도 삭제된 것을 볼 수 있다.

이렇게 시어의 변화, 내용의 첨삭 등으로 개작되어 시의 의미가 명료해지고 서정의 심화가 더 느껴지는 것을 알 수 있다. 그 대표적인 것이「잠자리」19)와「보슬비의 속삭임」20), 「둘이둘이 마주앉아」21)이다. 이 장에서는 이 세 편의 시를 중심으로 살펴볼 것이다.

먼저「잠자리」를 살펴보자. 이 시는 1935년『아이동무』11월에 실린 작품이다.『호박꽃초롱』52쪽을 보면「잠자리」가 나온다. 그런데 이 작

---

18) 강소천, 「전등과 애기별」, 『아이생활』, 1940. 8, 6쪽.
19) 강소천, 「잠자리」, 『호박꽃초롱』, 박문서관, 1941.
20) 『아이생활』, 1936년 6월호 20~21쪽에 실린 것과『호박꽃초롱』(박문서관, 1941, 14쪽)과『소년문학선』(대한교과서주식회사, 1954, 155쪽)을 비교한 것이다. 내용 비교에서 앞의 내용은『호박꽃초롱』이고 뒤의 내용은『소년문학선』의 것이다.
21) 『아동문학집』제1집, 문화전선사, 1950, 12~13쪽.

품의 맨 끝(53쪽)을 보면 시 끝에 "(가을 바람이 불고 불고 또 불었다)"로 끝나고 있다. 그런데 이곳에도 줄을 그은 것을 볼 수 있다. 이것은 나중에 아예 삭제되어 발표된다.

잠자리-(원본)

빨-간 잠자리 한 마리가
가-는 나뭇가지 끝에 날러 와서

-조곰 앉었다 가랍니가?
-안 돼-요.

-조곰만 앉었다 갈게요.
-안 돼-

-조곰만……
-글세 안 된다는데 그래!

앉을려다간 못 앉구
또 앉을려다간 못 앉구

그러다 그러다 잠자리는
다른데루 날러가 버렸습니다.

(가을 바람이 불고 불고 또 불었다)

　　　　　　　　　　　　　　　　　-「잠자리」, 전문[22][23]

22) 강소천, 「잠자리」, 『아이동무』, 1935. 11.
23) 강소천, 「잠자리」, 『호박꽃초롱』, 박문서관, 1941, 52~53쪽.

잠자리-(개작본 1)

빠알간 아기 잠자리 한 마리가
가아는 나뭇가지 끝에 날아와서

-조금 앉았다 가랍니까?
-안 돼!

-조금만 앉았다 갈께요.
-안 돼!

-조금만……
-글쎄 안 된다는데 그래!

앉으려다간 못 앉고
또 앉으려다간 못 앉고

그러다 그러다 잠자리는
다른 데로 날아가 버렸습니다.

　　　　　　　　　　　　　　　　　-「잠자리」, 전문[24]

　가을에 빨간 잠자리 한 마리가 나뭇가지 주위를 돌다 끝내 앉지 않고 날아가 버린다. 그것을 본 어린이는 나뭇가지가 잠자리를 앉지 못하게 한 게 아닐까 생각한다. 날개를 접고 쉬고 싶은 잠자리에 감정이입이 되어, 나뭇가지에 앉지 못하고 떠나야 하는 잠자리의 아쉬움이 담겨 있는 시이다.

　『아이동무』에서 『호박꽃초롱』에 다시 실린 이 시는 또 1961년 을유문화사에서 출간한 『강소천 아동문학독본』304쪽에 개작되어 실리게 된다. 이곳에는 맨 끝 행의 시행 내용이 모두 빠져서 개작된 것을 볼 수 있다. 또

24) 강소천, 「잠자리」, 『강소천 아동문학 독본』, 을유문화사, 1961, 304쪽.

잠자리가 나뭇가지에게 "조금 앉았다 가랍니까?(2연) → 조금 앉었다 갈게요(3연) → 조금만……(4연)"하고 묻고 사정하는 내용이 나온다. 그러면 나뭇가지는 "안 돼-요(2연) → 안 돼(3연) → 글쎄 안된다는데 그래!(4연)"(『호박꽃초롱』, 52~53쪽)라고 대답한다. 여기서 나뭇가지는 처음에 존댓말로 정중하게 안 된다고 한다. 그러나 후에 출간된 책에는 그냥 "빨간 잠자리"가 아니라 "빨간 아기 잠자리"로 바뀌었다. 이 시에 나타나는 시의 어조로 보아 "나뭇가지"는 어른으로 보인다. 잠자리는 "아기 잠자리"로 아무 힘없는 어린 존재이다. 그래서인지 처음부터 "안 돼!(2연) → 안 돼!(3연) → 글쎄 안된다는데 그래!(4연)"(『소년문학선』, 304쪽)라고 단호하게 거절하는 것으로 개작되었다. '안 돼'라는 단어는 강한 금지를 요구하는 부정어이다. 금지가 강하게 표현됨으로써 시를 읽는 이로 하여금 불쌍한 아기 잠자리 편에 서게 한다. 즉, 어른 화자인 나뭇가지가 "안 돼!"하고 단호히 말하는 것 때문에 힘없는 아기 잠자리가 떠나야 하는 상황이 더 처량하고 측은해 동정과 연민이 들게 한다. 또 괄호의 내용 "(가을 바람이 불고 불고 또 불었다)"는 잠자리가 사라지고 나뭇가지에 바람 부는 상황을 묘사한 것이다. 사족처럼 느껴진 이것이 삭제됨으로써 군더더기가 없어지고 상황이 명료해졌다. 또 시를 읽는 독자의 시선이 나뭇가지에 머물지 않고 떠나가는 잠자리의 시선을 따라 가게 해서 더 여운을 남기고 있는 시로 변화되었다.

다음은 「보슬비의 속삭임」을 살펴보자. 이 시가 처음으로 발표된 것은 1936년 『아이생활』6월호이다. 이 시는 1등 당선작으로 10주년 현상당선 작품으로 朴龍喆先生考選이라고 나와 있다. 이 현상모집에서는 "三人을 뽑을 예정이었으나 特等에 추천할만치 솟아난 작품이 없기 때문에 一等을 六人으로 느리어 賞品을 드리기로 했읍니다."[25]라고 나와 있다.

---

25) "6인과 뽑힌 작품으로는 석주남(노랑돈두님), 강소천(보슬비의 속삭임), 김옥분(방

보슬비의 속삭임 — (원본)

나는 나는 갈테야 연못으로 갈테야
동그램이 그리러 연못으로 갈테야

나는 나는 갈테야 꽃밭으로 갈테야
나비꿈을 엿보러 꽃밭으로 갈테야

나는 나는 갈테야 풀밭으로 갈테야
파란손이 그리워 풀밭으로 갈테야

                  — 「보슬비의 속삭임」, 전문26)

이 동요는 1960~70년대를 어린 시절로 살아온 사람들에게 많이 불렸던 동요이다. 이 동요가 처음 발표된 연도는 일제의 탄압이 매우 심했던 1936년이다. 「보슬비의 속삭임」은 『아이생활』에서는 3연 6행으로 썼다가 『호박꽃초롱』에 와서는 6연 12행으로 바뀌었고, 『소년문학선』에서는 3연 12행으로 연과 행을 개작했다.

이 노래를 음미해보면 화자는 당시의 어두웠던 곳에서 밝고 희망찬 곳으로 가고 싶은 욕망이 가득 들어 있는 것을 볼 수 있다. 화자는 "나는 나는 갈테야"라고 반복적으로 말한다. 내가 그렇게 가고 싶은 "연못", "꽃밭", "풀밭"은 어디일까? 그곳들은 자유(=연못)가 있는 곳이고, 꿈(=꽃밭)이 있는 곳이고, 향기(=풀밭)가 있는 곳이다. 그것이 자유롭게 '동그라미'(즉, 파문)를 그릴 수 있는 연못이든, 아름답게 피어있는 꽃밭에서 꿈을 꾸고 있는 '나비꿈'을 엿볼 수 있는 곳이든, 아니면 희망을 담고 어서 오라고 외치는 풀들의 희망찬 '파란 손'(즉, 풀들)짓이 있는 풀밭이든 화자는

울새), 정영안(병아리), 손영석(지게군), 최영기(꽃씨)" - 『아이생활』, 1936년 6월호.
26) 강소천, 「보슬비의 속삭임」, 『아이생활』, 1936년 6월호.

어디든지 가고 싶다고 한다. 그런데 1연 '동그라미'와 3연의 '파란 손'은 은유로써 구체적인 사물이나 현상을 가리키지만 2연의 '나비꿈'은 추상적인 언어이다. 강소천은 이것을 고쳤다.

<표 2>

발표지	『아이생활』(1936. 6)	『호박꽃초롱』(1941)	『소년문학선』(1954)
제 목	보슬비의 속삭임	보슬비의 속삭임	보슬비의 속삭임
연과 행	3연 6행	6연 12행	3연 12행
개작내용 1	동그램이 그리려	동그램이 그리려	동그라미 그리려
개작내용 2	나비꿈을 엿보러	나비꿈을 엿보러	꽃봉오리 만지려

위의 <표 2>에서 보듯이 '나비 꿈을 엿보러'를 '꽃봉오리 만지려'로 개작하였다. 이것은 '나비꿈'과 '엿본다'라는 추상적인 개념보다는 '꽃봉오리'라는 시각적인 구상의 표현과 '만진다'는 촉각적인 이미지 표현으로 더 구체적인 심상을 떠오르게 한 것이다. 또 타인의 '꿈'을 소극적으로 '엿보기'보다는 주체화되어 직접 '만지'는 적극적 표현을 써서 의미가 더욱 선명해진 것이다.

다음은 「둘이둘이 마주앉아」라는 시를 살펴보자. 이 시는 1950년에 『아동문학집』에 발표되었다. "해방이 되고 우리글에 굶주렸던 사람들이 글을 배우노라 한참 열심인 때가 있었다. 일본 정치때 우리 글 우리말을 쓰지 못하게 했던 일을 생각하면서"[27] 썼다고 한다.

---

27) 김영자, 『현대 인물 전기-강소천』, 1985, 23쪽.

둘이둘이 마주앉아 -(원본)

할머니는 안경 쓰고
나도 안경 쓰고
둘이 둘이 마주 앉아
책을 읽지요

할머니는 돋보기 안경
나는 수수깨이 안경
둘이 마주 앉아
책을 읽지요

할머니도 1학년생
나도 1학년생
둘이둘이 마주 앉아
책을 읽지요

ㅡ「둘이둘이 마주앉아」, 전문28)

「둘이둘이 마주앉아」는 3연 12행으로 된 동시다. 이 시는 1952년에 발간된 『조그만 사진첩』에 동화와 동시가 실리는데, 여기서 이 시를 볼 수 있다. 그때도 제목은 「둘이둘이 마주앉아」29)이다. 그러나 3연 12행에서 3연 9행으로 바뀐다. 여기에 1연 1행의 "할머니는"이 "할머니도"로 바뀌고, 1연의 마지막행에서 "책"이 "글"로 바뀐다. 그리고 2연 2행의 "수수깨이 안경"이 "수수깡 안경"으로 바뀌고, 2연의 마지막 행에서 역시 "책"이 "글"로 바뀐다. 다음 3연에서 가서는 1행과 2행의 "1학년생"이 "1학년"으로 끝난다.

---

28) 강소천, 『아동문학집』 제1집, 문화전선사, 1950, 12~13쪽.
29) 강소천, 『조그만 사진첩』, 다이제스트사, 1952, 12쪽.

<표 3>

발표지	아동문학집 (원본)	조그만 사진첩 (개작본1)	소년 문학선 (개작본2)	새벗 (개작본3)
출판사	문화전선사	다이제스트사	대한교과서주 식회사	새벗사
게재 연도	1950년	1952년	1954년	1958년
제목	둘이 둘이 마주 앉아	둘이 둘이 마주앉아	둘이둘이 마주 앉아	일학년
연과 행	3연 9행	3연 9행	3연 12행	강소천요, 김태현곡
개작 내용-1	할머니는 안경 쓰고	할머니도 안경쓰고	할머니도 안경 쓰고	할머니도 안경 쓰고
개작 내용-2	나도 안경 쓰고	나도 안경 쓰고	나도 안경쓰고	내 동생도 안경 쓰고
개작 내용-3	나는 수수깨이 안경	나는 수수깡 안경	내 안경은 수 수깡 안경	내 동생 안 경은 수수 깡 안경
개작 내용-4	책을 읽지요	글을 읽지요	글을 읽지요	글을 읽지요

이 시는 1954년 『소년문학선』에도 같은 제목으로 실리게 된다. 이때도 3연 9행으로 실리고 내용도 같지만 다르게 실린 것이 있다. 그것은 2연 1행의 "할머니는 돋보기 안경"이 "할머니 안경은 돋보기 안경"으로 바뀌고, 2연 2행의 "나는 수수깡 안경"이 "내 안경은 수수깡 안경"으로 바뀐다. 조사를 없애고 "안경"을 한 번 더 반복되게 집어넣음으로써 시의 음률을 살리는 효과가 나타난다.

또 1958년 강소천이 주간으로 있던 『새벗』 2월호 에 강소천 요 김태현 곡으로 악보가 되어 나온다. 이때 제목이 「일학년」으로 개작되어 나오고 "할머니"와 "내"가 아니고, "할머니"와 "내동생"이 "글"을 읽는 것으로 나온다. 즉 글을 읽고 있는 주체가 "나"에게서 "내동생"으로 바뀐다.

1학년−(개작본 3)

할머니도 안경 쓰고
내동생도 안경 쓰고,
둘이둘이 마주 앉아
글을 읽지요.

할머니 안경은 돋보기 안경
내 동생 안경은 수수깡 안경,
둘이둘이 마주 앉아
글을 읽지요.

할머니도 1학년
내동생도 1학년,
둘이둘이 마주 앉아
글을 읽지요.

−「1학년」, 전문30)

처음 발표했을 때, 책을 읽는 주체가 '할머니와 나'로서 직접 책을 읽는 서술자 화자였다. 그러나 개작된 것에서는 '할머니와 나'가 아닌 '할머니

---

30) 강소천, 「1학년」, 『조그만 하늘』, 배영사, 1963, 153쪽.
　　강소천, 「1학년」, 『호박꽃초롱』, 교학사, 2006, 104쪽.

와 내 동생'으로 객체적 화자로 바뀐다. 또한 나이든 할머니도, 나이 어린 동생도 일학년이 되어 책을 읽는 그 모습이 바라보는 나의 시점에서 재미있게 보인다. 즉 직접 참여하여 책을 읽는 것이 아니라 할머니와 내 동생이 글을 읽는 것을, 거리를 두고 바라보는 관조적 입장으로 바뀐 것이다. 그래서 시를 읽는 독자들도 시의 화자와 같은 위치에 서게 되면서, 웃으면서 정겨운 장면을 보게 해 준다.

강소천과 함께 작품 활동을 한 박목월은 이렇게 말했다. "소천 선생은 자기 작품을 항상 어린이의 입장에서 살피셨다. 친한 친구에게 '초등학교 아이들이 내 작품에 대해 뭐라고 하더냐?' 하고 묻거나, 때로는 자기 자신이 직접 어린이 동무에게 묻기도 하셨다."31) 또한 박목월은 소천이 일제 강점기 때 서둘러 동시집 『호박꽃초롱』을 낸 것에 대해 이렇게 말했다. "크고 작고 간에 적어도 우리 모국어(母國語)로 빚은 그의 작품을 간수해 주고 싶은 염원(念願)이 앞섰기 때문일 것이다. (중략) 일제 말기(末期)에 있어서는, 그것이 곧 우리 모국어에 대한 애정이나 정성의 결정(結晶)이 었던 것이다."32)라고 말했다. 강소천이 자신의 시를 계속 개작한 이유도 자신의 시에 대한 애정이나 정성의 결정으로 보아야 하고 모국어에 대한 시인의 책임으로 보아야 할 것이다. 또한 강소천이 출품된 작품을 보면서 미흡했던 부분을 고치거나 리듬감을 살려 좀 더 동요나 동시로서의 맛을 내기 위한 의도로 다듬어 가는 과정이라고 볼 수 있다. 또 맞춤법이나 사투리를 고친 것은 항상 현재형으로 새롭게 보이기 위한 것이라고 볼 수 있다. 그러므로 이 시는 개작전의 시보다 개작후의 시가 더 구체적으로 명료해져 시적 효과를 높이고 있음을 볼 수 있다.

---

31) 박창해, 「강소천 선생 어린이와 함께 살아온 문학가」, 1963, 317쪽.
32) 박목월, 「소천형의 작품 – 성인들의 이해를 위하여」, 1963, 253쪽.

IV. 체제 이념의 포기와 동심의 회복

강소천이 6 · 25전쟁 이전에 쓴 작품들이 그가 월남하여 환경이 바뀐 곳에서 다시 발표할 때는 또 어떤 변화가 있었을까?

8 · 15 해방이 되자, "청진에 있던 소천의 고향 친구 유관우씨가 교회 친구들과 같이 아동문학 건설회라는 것을 조직해 가지고 소천을 부르게 됐다. 소천은 그의 편지를 받고 냉큼 청진으로 뛰어갔다. 거기서 그는 아동문학 재건에 힘쓰면서 6 · 25전쟁이 일어날 때까지 청진 여자 중학교 선생 일을 보았다."[33] 이것으로 미루어 보아 이 시기에 강소천의 작품 활동은 활발했으리라는 짐작이 간다. 그러나 6 · 25전쟁이 발발하자 "1 · 4 후퇴 때 단신으로 월남"[34]하면서 이 시기 작품들이 소실되거나 자료를 많이 찾을 수 없게 되었다. 그러나 광복 후부터 6 · 25전쟁 직전에 쓰인 몇 편의 자료들은 현전하여 연구되고 있다. 이 장에서는 「자라는 조선」과 「가을 들에서」란 시 두 편을 중심으로 살펴볼 것이다.

1949년 『아동문학』 6월에 발표한 「자라는 조선」[35]이라는 소년시를 살펴보자. 이 시가 『아동문학』에 발표될 때는 제목이 「자라는 조선」이었지만, 후에는 「자라는 나무」로 제목이 바뀌었다.

자라는 조선 —(원본)

산에 산에 산으로
우리 가 보자
노래 노래 부르며
모두 가 보자

---

33) 전택부, 「소천의 고향과 나」, 『강소천 문학전집』, 문음사, 1981. 09. 16, 312쪽.
34) 전택부, 위의 글, 313쪽.
35) 『아동문학』 제4집, 문화전선사, 1949. 6, 10~12쪽.

우리들이 심어논
어린 나무들
얼마나 자랐나
우리 가 보자

산에산에 와 보니
우리 와 보니
노래노래 부르며
모두 와 보니

지난해에 심어논
어린 나무들
몰라보게 자랐구나
모두 컸구나

산에서는 나무들이
잘도 자라고
마을에선 우리들이
모두 커간다

<u>어서 커서 새조선의</u>
<u>기둥되라고</u>
봄볕도 따사하게
비처줍니다.

                                                −「자라는 조선」, 전문36)

자라는 나무−(개작본 1)

산에 산에 산으로 우리 가 보자.

---

36) 강소천, 「자라는 조선」, 『아동문학』 제4집, 문화전선사, 1949. 6, 10~12쪽.

노래노래 부르며 모두 가 보자
우리들이 심어 논 어린 나무들
얼마나 자랐나 우리 가보자

산에 산에 산으로 우리 와 보니
노래노래 부르며 우리 와 보니,
지난 해에 심어 논 어린 나무들
몰라보게 자랐구나 모두 컸구나

산에서는 나무들이 잘들 자라고
마을에선 우리들이 모두 커 간다.
어서 커서 새 나라의 기둥 되라고
봄볕도 따사하게 비춰줍니다.

―「자라는 나무」, 전문37)

이 시는 제목뿐만 아니라 연과 행도 6연 24행에서 3연 12행으로 개작
되었다. 또한 6연의 "어서 커서 새조선의 기둥되라고"가 "어서 커서 새나
라의 기둥 되라고"로 바뀌었다. 원본의 제목에서 나오는 "조선"이라는 시
어는 애국심을 고취하고자 하는 계몽성이 깔린 시라는 인상을 준다. 또한
내용에서도 "새조선의 기둥 되라고"라는 어구로 당시 국가의 이름이 "조
선"이라는 것과 그 조선에 애국하라는 의미가 담겨 있는 시라고 볼 수 있
다. 그러나 개작 후에 "조선"이 "나무"로 바뀌었다. 우리는 흔히 어린이를
자라나는 나무에 비유하곤 하며 '동량(棟梁)'이라고도 부른다. 「자라는 조
선」에서 "어서 커서 조선의 기둥되라고"라는 표현과 「자라는 나무」에서
"어서 커서 새 나라의 기둥 되라고"하는 표현은 많이 다르다. "조선"이라
는 국가명을 쓰지않고 "나라" 라고 지칭하게 되자 시가 쓰인 시대를 초월

---

37) 강소천,『소년문학선』, 대한교과서주식회사, 1954, 163쪽 과『강소천 아동문학전집
6－조그만 하늘』, 배영사, 1964, 159쪽.『호박꽃초롱』, 교학사, 2006, 108쪽 참조.

하여 오늘, 지금, 여기에서 읽어도 아무 무리가 없다. 작가는 시가 어느 시대에도 읽힐 수 있도록 시의 보편화에 중심을 두고 개작을 하였다.

　다음은 「가을 들에서」란 시를 살펴보자. 시는 1949년 『소년단』 제1권 제4호에 발표한 시이다. 이 시는 "가을 들에서"란 낭만적이고 서정적인 제목과는 다르게 "나라를 위해 싸우는 용사가 절실했던 불행한 민족 역사의 투영으로 봐야 할"[38] 시이다. 제목이 "가을 들"이란 넓은 공간에서 "가을 뜰"이란 협소한 장소로 바뀌고 있다. 또한 "소년단 단위원"이 된 내가 "공화국"을 위해 무엇을 할 것인가를 생각하며 쓴 시에서 평범한 개인의 서정시로 바뀌었다.

　　　　가을 들에서－(원본)

　　　　맑은 향기 풍겨주는 가을 꽃
　　　　국화와 채송화가
　　　　못견디게 사랑스럽다

　　　　또하나 빨간 가을 꽃
　　　　터밭의 고추가
　　　　꽃처럼 예쁘다

　　　　아기 잠자리 뜀 뛰듯
　　　　개배제 싸리가질 세어넘고
　　　　보름달 보다 더 큰 지붕의 호박
　　　　벌거벗고
　　　　해바라기를 하고 있다

---

38) 원종찬, 「강소천 소고－해방기 북한체제에서 발표한 동화와 동시－」, 『2013년 여름 학술대회－평화 · 공존 · 상호 이해－남북한 아동문학』, 한국아동청소년 문학학회, 2013, 71쪽.

뜨락의 풋병아리
벌써 제법 어미닭 되고

나도 인젠 중학생-
새학교 소년단 '단위원'이다

끝없이 파란 가을 하늘
끝없이 누런 살찐 벌판

나는 두 다리 뻗고 두팔 벌리고
공화국의 맑은 공기를
흠뻑 디려마신다

　　　　　　　　　　　　　　　　　－「가을 들에서」, 전문39)

가을 뜰에서 －(개작본 1)

찬 서리에
함빡 피어난 가을 꽃.

국화와 코스모스가
한층 더 사랑스럽다.

또 하나 빨간 가을 꽃
터밭의 고추가 꽃처럼 예쁘다.

아기 잠자리, 울타리 싸리 가질
뜀뛰 듯 세어 넘고

보름달보다 더 큰 지붕의 호박이

---

39) 강소천, 『소년단』제1권 제4호, 청년 생활사, 1949. 8, 33쪽.

벌거벗고 햇볕을 쬐고 있다.

끝없이 파아란 가을 하늘
끝없이 누우런 가을 벌판

나는 두 다리 뻗고 팔 벌리고
가을의 맑은 공기를 흠뻑 들이마셨다.

─「가을 뜰에서」, 전문40)

　이 시는 6·25가 발발하기 바로 전년인 1949년에 발표한 시이다. 즉 전쟁 전에 쓴 시이고 이때는 강소천이 청진 제일고급중학교 교사로 근무할 시기이다.

　이 시는 가을 국화와 채송화가 만발하고 지붕 위 호박이 보름달보다 큰 가을의 아름다움과 풍요에 대해 묘사하고 있다. 천고마비의 계절인 가을의 푸르고 높은 하늘과 풍요를 노래하며 그 안에서 두 다리 뻗고 두 팔 벌리며 화자인 '나'가 이 가을을 만끽하는 장면을 보여준다. 그런데 '나'는 단순히 시적인 화자가 아니라 중학생이며 새학교 소년단 단위원이라고 구체적으로 밝히고 있고, '공화국'이라 하여 1949년 당시 '북조선'을 가리킨다. 당시 북한에 있던 작가는 당시 강요나 검열 탓에 북조선의 이념을 바탕에 깔아야 했다.

　이 시가 개작된 것을 살펴보면 첫째, 1연의 시작부터가 다르다. 개작 전에는 "맑은 공기 풍겨주는 가을꽃/ 국화와 채송화가/ 못견디게 사랑스럽다"로 시작된다. 그러나 후에 쓴 것을 보면 기존의 1연을 2연으로 나누었다. "찬 서리에/ 함빡 피어난 가을 꽃// 국화와 코스모스가/ 한층 더 사랑스럽다."로 바뀌었다. 즉 "맑은 공기 풍겨주는 가을꽃 → 찬서리에 함빡 피어난 가을꽃"으로 바뀌었고, "국화와 채송화 → 국화와 코스모스"로 개작

---

40) 강소천, 『강소천 아동문학 독본』, 을유문화사, 1961, 319쪽.

되었다. 여기서 채송화가 코스모스로 바뀐 것은 채송화가 계절적 · 공간적으로 맞지 않아서 바꿨을 것으로 추측된다. 채송화는 여름꽃이지 가을꽃이 아니고, 채송화가 주로 피는 곳은 집 화단이나 담장 밑이지 들에 피지 않기 때문이다.

둘째, 3연에서 "아기 잠자리/ 뜀 뛰듯/ 개배제 싸리가질 세어넘고"가 "아기 잠자리, 울타리 싸리 가질/ 뜀뜀 듯 세어 넘고"로 도치되어 개작되었다. "개배제"가 "울타리 싸리가지"로 바뀐 것은 사투리의 표준말 사용으로 보인다.

셋째, 5연과 6연이 삭제되었다. "뜨락의 풋병아리/ 벌써 제법 어미닭 되고// 나도 인젠 중학생 – 새학년 소년단 '단위원'이다" 라는 부분이 후의 작품에는 찾아볼 수 없다는 것이다. 이것은 작가가 "소년단 '단위원'"이란 말을 빼기 위해서 일부러 5, 6연을 다 뺀 것으로 보인다.

넷째, 8연의 "나는 두다리 뻗고 두팔 벌리고/ 공화국의 맑은 공기를/ 흠뻑 디려마신다"에서 "나는 두 다리 뻗고 팔 벌리고/ 가을의 맑은 공기를 흠뻑 들이마셨다"로 개작된다. 즉 "공화국의 맑은 공기" 대신 "가을의 맑은 공기"로 개작했다.

이 시가 개작되기 전 이 글에 대해 원종찬은 "'공화국'이라는 시어가 다소 이질감으로 느껴지는 만큼, 검열에 대한 강박으로 읽을 수 있는 대목"[41]이라고 했다. 그 이유도 있겠지만 "소년단 '단위원'"과 "공화국의 맑은 공기"라는 시어 때문에 서정적인 것보다는 정치적이고, 이어서 북조선을 우회적으로 찬양하는 시라는 생각이 많이 들었을 것이다. 그러나 이 시를 개작할 당시 강소천은 북한의 정치가 싫어 남한으로 왔기 때문에 버리자니 아까운 시이고, 남한의 사정에 맞게 개작하기 위해서는 단어를 바꾸거나 불필요한 것은 과감히 생략해야 했다. 그래서 한 연과 행을 삭제

---

41) 원종찬, 앞의 논문, 69쪽.

한 것으로 보인다. 그 결과 이 시는 목적시가 아니라 순수 서정시로 탈바꿈되어 동심을 회복하였다고 할 수 있다.

개작본에서는 소년단원인 화자의 구체적인 정보와 '공화국'의 언어가 사용된 5, 6연이 사라진다. 이 삭제로 말미암아 개작본은 가을의 아름다움과 풍요를 만끽하는 소녀의 상황만을 표현하게 된다. 또한 '맑은 공기'가 '찬서리'로 바뀐 부분은 가을 아름다움에 시련의 극복이 밑바탕에 깔려 있으며, 시어들의 교체와 도치 부분도 단순히 사투리를 표준말로 바꾼 것만이 아니라, 앞에는 사물들을 열거하고 뒤에는 동작을 나타내는 동사들을 따로 배치하였다. 그래서 정돈된 인상을 주면서 5·7·7조의 운율을 형성하여 리듬감을 부여해 준다.

또 하나, 이 시기에 쓴 시로는 1949년 『아동문학』 12월에 발표한 「나두 나두 크면은」이라는 시이다. "저벅 저벅 발 맞추어/ 노래 부르며/ 행진하는 우리 나라/ 인민군대들//(생략)//벙글 벙글 언제나/ 웃는 낯으로/ 우리 나라 지켜주는/ 인민군대들//(생략)// 나두 나두 크면은/ 인민군대 될테야"[42] 이 시에서 볼 수 있듯이 "인민 군대"라는, 시어로서는 적합하지 않은 언어가 나와서 선동적으로 보이기도 한다. 그래서인지 작가는 이 작품에 대해서 개작을 하거나 다시 발표하지 않았다. 그래서 전쟁 이후의 작품집에서는 찾아볼 수 없다.

강소천은 자신의 작품을 아끼고 아동문학을 가르치는 것에 시간과 정열을 기울였다. 차능균은, "그분이 1·4 후퇴때 가정과 생이별되어 흥남으로부터 단신 부산 부두로 피난하면서도 아끼던 원고만은 가지고 왔다니까 그 작품에 얼마나 그분의 심혈이 들어 있고 얼이 박혀 있는 가를 짐작할 수가 있다."[43]고 강소천을 회상한다. 또한 그는 "민족 해방과 함께 선생은 교육 사업에 투신하시어 많은 어린 영에게 민족의 사상을 고취시

---

42) 강소천, 『아동문학』 제6집, 문화전선사, 1949. 12, 11~13쪽.
43) 차능균, 「영원한 어린이의 벗」, 『아동문학10집』, 1964, 86쪽.

키며 국어 교육을 시키는 동시에 아동 문학을 가르치시고, 아동 문학가를 양성하셨다."[44]고 한다. 이것이야말로 나라를 사랑하는 길이라고 생각하였던 것이다.

Ⅴ. 나가며

일제 강점기 때 동요를 쓴 것으로 시작해서 아동문학 작품 활동을 한 강소천은 좋은 작품을 많이 남겨 아동문학사에 큰 업적을 남겼다. 강소천은 일제 강점기 때 "그 나라 말을 오래 보존하는 길은 오직 한 가지, 그 나라 문학을 높은 수준에 올리는 것이다. 또 하나, 우리 나라 말을 후세에 이어가게 하는 방법은 좋은 아동문학 작품을 남기는 일이다."라는 국어선생님의 말씀을 듣고, 민족 사상에 흠뻑 젖어 "그 일을 내가 해야겠다."고 크게 결심하고 아동문학을 시작했다. 그는 처음에 동요와 동시로 문학활동을 시작해서 나중에는 동화를 쓰기도 했다.

그의 작품을 살펴보면 몇 편의 작품을 가지고 여러 번 개작한 것이 보인다. 이러한 점은 특히 광복 전과 광복 후, 6·25전쟁 전에 창작한 초기 작품들에서 찾아볼 수 있다. 그는 스스로 자기 작품의 검열을 철저하게 했던 것이다.

강소천의 동요 및 동시의 개작을 살펴 본 결과 내적요인과 외적 요인 둘 다 작용하고 있지만, 제목의 바뀜, 시어의 교체, 삽입 및 삭제, 사투리의 표준화, 맞춤법 교체 등 외적 요인이 더 많음을 알 수 있었다. 또한 작가 스스로의 판단에 의해 자발적으로 이루어지므로 주체적이면서도 적극적인 개작의 형태를 보인다.

---

44) 박창해, 「소천 강선생의 생애와 아동문학」, 『봄꽃동산』, 배영사, 1964, 126쪽.

강소천의 작품들을 분류하여 살펴본 결과는 다음과 같다.

첫째, '제목의 수정과 시적 서정의 강화'에서는, 「옛날 얘기」에서 「겨울밤」(개작본1), 「겨울밤1」(개작본2)으로 바뀐 시와 「하늘」이란 제목에서 「조그만 하늘」로 바뀐 시를 중심으로 살펴보았다. 그 결과 전자에서는 할머니가 옛날 얘기 하나 들려주는 따뜻하고 정겨운 장면과, 춥고 어두운 겨울밤이 명료히 대비되어 시의 서정성이 한층 풍족해졌다. 후자에서는 「하늘」이란 제목으로 시를 읽었을 때와 다르게 「조그만 하늘」이란 제목으로 읽었을 때, 시의 의미가 더 명료해지고 좋아진 것을 알 수 있다.

둘째, '어절의 첨삭과 의미의 명료성'에서는 「잠자리」와 「보슬비의 속삭임」, 「둘이둘이 마주앉아」 세 편의 시를 중심으로 살펴보았다. 「잠자리」에서는 어미의 변화로 아기 잠자리가 떠나야 하는 그 상황이 더 처량하고 측은해 동정과 연민이 들도록 하였다. 또 첨삭으로 시가 더 깔끔해짐과 동시에 시를 읽는 독자의 시선이 잠자리의 시선을 따라 가게 해서 더 여운을 남기고 있는 시로 변화시켰다.

「보슬비의 속삭임」에서는 '만진다'는 촉각적인 이미지 표현으로 더 구체적인 심상이 떠올라 의미가 명료해졌다. 「둘이둘이 마주앉아」에서는 시어의 변화, 연과 행의 바뀜, 제목의 변화가 나타나는데, 이들의 변화로 시를 읽는 독자들도 시의 화자와 같은 위치에 서게 되면서 정겨움과 따뜻함을 동시에 느끼게 된다.

셋째, '체제 이념의 포기와 동심의 회복'에서는 「자라는 조선」에서 「자라는 나무」로 제목이 바뀐 시와, 「가을 들에서」에서 「가을 뜰에서」로 바뀐 시를 중심으로 살펴보았다. 「자라는 조선」은 '조선'이라는 국가명을 쓰지 않고 '나무'라고 지칭하게 되자, 시가 어느 시대에도 읽힐 수 있도록 시의 보편화가 이루어졌고 동심을 회복했던 것이다. 「가을 들에서」는 사물들을 열거하고 뒤에는 동작을 나타내는 동사들을 따로 배치하여 정돈된 인상을 주면서 5 · 7 · 7조의 운율을 형성하여 리듬감을 부여해 주었다.

결론적으로 강소천의 초기 시에 대한 개작으로 시가 한층 더 좋아졌다는 것을 알 수 있다. 이것은 자신의 시에 대한 애정이나 정성의 결정으로 보아야 한다. 또 모국어에 대한 시인의 책임으로 보인다.

이 연구가 향후 강소천 작품의 주제 및 형식을 연구하는 데 밑바탕이 되기를 바란다. 아울러 이 글에서 다루지 못한 새로운 동요 및 동시가 발굴되어 연구되고, 동화의 개작양상 연구가 이루어지길 바란다. 그래서 2015년에 맞는 강소천 탄생 100주년이 되는 해를 준비하면서 이 나라 이 땅에 사는 어린이들에게 강소천 아동문학가가 정신적으로 얼마나 큰 디딤돌이 되었는지 그 위상이 더욱 빛나기 바란다.

—『한국아동문학연구』제25호(2013)

2부

강소천의 『호박꽃초롱』 발간 배경

박 덕 규

1. 서론

강소천(1915~1963)의 동요시집 『호박꽃초롱』[1]은 일제 강점기에 두 번째로 나온 개인 창작동시집이라는 점과 한국문학사에서 공백기 또는 '친일문학기'로 접어드는 1940년대에 보기 드물게 민족정서를 담은 창작집으로 발간되었다는 점 등에서 의의가 크다. 강소천의 문학적 생애에서 차지하는 비중이 매우 크다는 점도 간과할 수 없다. 강소천은 6·25전쟁기 이른바 '흥남철수' 때 월남해 피란 문단에서 한국 아동문학사의 중심으로 편입되는 과정에서 『호박꽃초롱』의 명성에 크게 힘입었다. 이후 강소천은 1963년 타계할 때까지 한국 아동문학사의 중핵으로 자리했다. 이에 비해 이 시집에 대한 그동안의 연구는 매우 부실했다. 작품에 대한 것도 『호박꽃초롱』에 수록된 「닭」 등 몇 편을 제외하면 조명된 적이 거의

---

[1] 姜小泉 童謠詩集 『호박꽃초롱』, 博文書館, 1941년(昭和 16년) 2월 5일 발간.

없다. 이는『호박꽃초롱』의 수록작과 그 이전 작품에 대한 기초 자료가 부정확한 것이 큰 원인이 되었다고 할 수 있다. 이 때문에『호박꽃초롱』이라는 작품집 자체가 쉽게 하나의 '경이'가 되고 또한 그 과정에서 부정확한 여러 진단이 행해졌다.

이 글은 강소천이 동시를 처음 발표한 1930년부터『호박꽃초롱』을 발간한 1941년 2월까지 ⅰ) 전 발표 동시의 시기, 출처 ⅱ) 발표작의 경향과『호박꽃초롱』수록 기준 ⅲ)「닭」등 대표작의 발표 경위와 의의 ⅳ)『호박꽃초롱』발간 과정에서의 내적, 외적 조건 등에 대해 조사 분석하는 데 일차적인 목적이 있다. 이는 당연히『호박꽃초롱』이 지닌 문학적 성과에 대한 재점검이라는 의미를 지닌다.

2.『호박꽃초롱』시기까지의 동시 발표 상황

강소천은『호박꽃초롱』에 수록된 동시 외에도 많은 동시를 창작하고 발표했다. 특히 분단 이후 어린이들이 즐겨 부르는 동요 중에서 강소천의 동요는 질과 양 면에서 상당한 부피를 차지해 왔다. 그러나 게재 지면을 찾기 어려운 발표작이 꽤 있고, 음성매체로 알려진 것이 많은 까닭에 전체 편수가 정확히 조사되기 어려웠다. 그동안 강소천이 1930년대 발표한 동시 작품 목록은 남미영,[2] 신현득,[3] 황수대,[4] 박금숙[5] 등이 작성해 온

---

2) 남미영,「강소천 연구」, 숙명여대 대학원 석사학위논문, 1980.
3) 신현득,「동심으로 외친 항일의 함성」, 교학사 전집 10권 해설, 2006.
4) 황수대,「1930년대 강소천 동시 세계와 문학사적 의의」,『아동청소년문학연구』제 11호, 한국아동청소년문학연구학회, 2012.
5) 박금숙·홍창수,「강소천 동요 및 동시의 개작 양상 연구」,『한국아동문학연구』제 25호, 한국아동문학학회, 2013. 박금숙,「강소천 동화의 서지 및 개작 연구」, 고려대 대학원 박사학위 논문, 2014.

바 특히 박금숙의 조사를 바탕으로 새로 여러 편을 추가해 2015년 현재까지 총 60편의 목록을 짤 수 있게 되었다.(표1 참조)『호박꽃초롱』에는 기존 발표작 60편에서 24편, 그리고 발표 사실을 확인할 수 없는 9편을 수록해 총 33편의 동시를 수록했다. 발표 사실이 확인되지 않은 채『호박꽃초롱』수록으로 처음 확인되는 9편은「순이무덤」,「호박줄」,「소낙비」,「엄마소」,「언덕길」,「가을의전신줄」,「봄바람」,「풀벌레의전화」,「그림자와나」등이다. 이 중「순이무덤」은 1930~40년대 강소천과 펜팔을 하던 손소희와 함경남도 홍원에서 활동했던 박경종의 회상으로『호박꽃초롱』발간 이전 지면에 발표된 사실이 확인된다.[6] 이 점 다른 작품도 사정이 비슷해서 모두 신문, 잡지 등에 발표한 것이『호박꽃초롱』에 수록된 것이라 짐작된다.

강소천이 동시를 게재한 지면은『아이생활』이 19회로 가장 많고, 이어『동아일보』10회,『동화』8회,『아이동무』6회 등의 순이 된다.『아이생활』과 함께 어릴 때부터 탐독했던『어린이』는 2회, 처음으로 청탁을 제대로 받아「닭」을 게재해 이름을 크게 알리게 된『소년』도 2회에 그치고 있다.(표2 참조)『어린이』는 1934년 7월호로 폐간된 것이,『소년』은 매호 게재하는 동시가 많지 않아서인 것이 그 이유라고 할 수 있다. 1931년『신소년』에 두 편의 작품을 발표한 이후 발표가 더 없었던 것은 정확한 이유를 알 수 없지만 그것이 카프계 잡지였다는 것, 그리고 1934년 5월호로 종간을 했다는 것 등과 관련이 있는 것으로 보여진다.[7]

강소천이 작품을 많이 게재한『아이생활』은 1930년대 당시 가장 유명한 잡지였고 또한 새로운 작가를 발굴해 소개하는 분량도 상당했다.[8] 윤

---

6) 손소희와 박경종의 글은 강소천이 타계한 다음달(1963년 6월)『현대문학』6월호의 강소천 추모 특집에 게재된 것이다. 손소희,「강소천 씨와 나」; 박경종,「대보다 더 곧은 소천형」.
7) 황수대는 앞의 논문 176쪽에서『아이생활』1931년 3월호 38쪽에 실은「이압집, 저 뒷집」을 같은 해『신소년』4월호 55쪽에 일부 고쳐 실은 것을 확인하고 있다.

석중, 한정동 등 당시 기성 동시인들의 작품을 수시로 게재했고, 박목월(박영종), 강소천, 김영일 등이 투고자에서 기성 시인으로 발돋움하는 배경이 되었다. 독자투고 난에는 매호 십여 명에서 수십 명의 신작이 실렸다. 한 투고자의 작품이 두 편 이상 한 지면에 게재되는 예도 있었는데 강소천도 그 중 한 사람이었다. 이는 강소천이 지속적으로 많은 양의 작품을 투고했고 또 그만큼 수준을 인정받았다는 뜻이다.

특별히 눈에 띄는 지면은 1935년부터의 『동아일보』이다. 이는 『신소년』, 『어린이』 등의 폐간으로 발표 지면이 제한된 데 비해 특별히 『동아일보』에서 아동문학 지면을 마련하고 새로운 필자를 원하고 있었던 것과 관련이 깊은 것으로 이해된다. 동시를 발표하던 강소천이 동화작가로 처음 발표를 시작한 지면도 『동아일보』로, 1937년 10월 30일자에 게재한 소년소설 「재봉선생」(나중에 「가사선생」으로 개제)이 동화로는 강소천의 첫 발표작이 된다.[9]

발표 초기에는 이름을 본명 '姜龍律'과 필명 '姜小泉'을 함께 썼다. 이는 넘치는 재능과 열정을 발휘할 수 있는 기회를 많이 얻기 위한 방편이라 할 수도 있다. 한편으로는 姜龍律에서 姜小泉로 이름이 전이되는 과정으로 이해되기도 하는바, 실제로 1933년부터 공식 이름으로 사용된 강소천은, 월남 이후에 호적 개정을 통해 본명으로 자리매김하게 된다. 발표 연

---

8) 1930년대 중후반 『아이생활』의 인기에 대해서는 원로시인 황금찬이 한 인터뷰에서도 확인된다. "저는 그 잡지를 역사상 가장 좋은 잡지로 평가합니다. 그 당시에 좋은 외국명작이나 외국시를 많이 소개해 주었지요. 그 당시 그 책값이 10전이었습니다. 냉면 한 그릇 값이었지요. 아이였던 제가 돈이 있나요. 고종제와 둘이서 5전씩 내서 그 책을 사고 서로 먼저 보겠다고 다투던 생각이 납니다." 『월간 스토리문학』 2005년 2월호, 12쪽.

9) 강소천은 1938년 겨울 『동아일보』 신춘 현상공모에 출품해 낙선하는데 『동아일보』에서 그 작품 「돌맹이」를 1939년 2월 5~9일 분재하고 나중에 원고료와 작품 청탁서를 함께 보내준다. 이 이후 강소천은 보다 본격적으로 동화작가의 길을 걷게 된다. 강소천, 「동아일보와 '나' ― '돌맹이' 이후」, 『동아일보』 1960년 4월 3일자 참조.

도별로는 첫 발표가 이루어진 1930년과 1934년에 각각 1편, 1931년과 1936년에 각각 10편, 1932년과 1938년에 각 2편, 1933년에 6편, 1935년에는 13편을 발표했으며, 1937년에 8편, 1939년 4편 그리고 1940년은 3편을 발표했다. 특히 강소천이 용정에 다녀오던 무렵인 1935~1936년 사이에는 총 23편의 동시를 발표하고 있다.(표3 참조)

<표1> 『호박꽃초롱』 발간 직전까지 발표 동시 총목록

제목	게재지	연월호	동요 시집 수록	비고
버드나무열매	아이생활	1930. 10~12(?)	수록	첫 발표
겨울마지	종교교육	1931. 1.	미수록	
봄이왔다	신소년	1931. 2.	미수록	
무궁화에벌나비	신소년	1931. 2.	미수록	
길ㅅ가엣어름판	아이생활	1931. 3.	미수록	
이압집, 져뒷집	아이생활	1931. 3.	미수록	신소년, 1931. 4
얼골몰으는동무에게	아이생활	1931. 7.	미수록	
우리집시게	매일신보	1931. 8. 22.	미수록	
울어내요 불어내요	아이생활	1931. 10.	미수록	
호박꼿과반딧불	아이생활	1931. 10.	미수록	
코스모스꼿	아이생활	1931. 10.	미수록	
난쟁이꼿·키다리꼿	아이생활	1932. 9.	미수록	
가을바람이	아이생활	1932. 12.	미수록	윤석중선

연기야	아이생활	1933. 1.	미수록	윤석중선
가랑닢	아이생활	1933. 2.	미수록	윤석중선
우는아가씨	아이생활	1933. 2.	미수록	윤석중선
이상한노래	어린이	1933. 5.	미수록	
까치야	아이생활	1933. 5.	미수록	윤석중선
울엄마젓	어린이	1933. 11.	수록	윤석중선
달님얼골에	아이생활	1934. 5.	미수록	
봄비	동아일보	1935. 4. 14.	수록	아이생활, 1938. 4.
흐린날아침	동아일보	1935. 4. 14.	미수록	
깟딱깟딱	동아일보	1935. 5. 26.	수록	
보슬비	동아일보	1935. 5. 12.	미수록	
감자꽃	농민생활	1935. 7.	미수록	
호박꽃초롱	조선중앙일보	1935. 9. 3.	수록	
꽁꽁 숨어라	아이동무	1935. 10.	수록	개제 : 숨바꼭질
잠자리	아이동무	1935. 11.	수록	
대답	아이동무	1935. 11.	미수록	
세수안하는아이	동아일보	1935. 11. 3.	미수록	
호박	동아일보	1935. 12. 28.	수록	
시계	동아일보	1935. 12. 28.	미수록	
누이와조카	동아일보	1935. 12. 28.	미수록	

울들밤 – 옛날애기	아이동무	1936. 1.	수록	
오동나무방울	아이동무	1936. 1.	수록	
제비	동화	1936. 6.	미수록	
송아지	동화	1936. 6.	미수록	
보슬비의 속삭임	아이생활	1936. 6.	수록	박용철 선
헛소문 – 머슴의노래	농민생활	1936. 9.	미수록	
따리아	동화	1936. 9.	수록	
국화와채송화	동화	1936. 11.	미수록	
눈내리는밤	동화	1936. 12.	수록	
거울	아동문예	1936. 12.	수록	
눈, 눈, 눈	가톨릭소년	1937. 1.	미수록	
할미꽃	동화	1937. 3.	미수록	
닭	소년	1937. 4.	수록	*청탁원고
三月하늘	동화	1937. 4.	수록	개제 : 가을하늘
나·나·나	동화	1937. 6.	미수록	
가을밤숲속	가톨릭소년	1937. 11.	미수록	
오뚜기	동아일보	1937. 11. 7.	미수록	
바다	동아일보	1937. 11. 14.	수록	
도토리	소년	1938. 11.	수록	
바람	아기네동산	1938.	수록	*아이생활사
겨울밤	아이생활	1939. 1.	수록	

지도	아이동무	1939. 2.	수록	
달밤	아이생활	1939. 2.	수록	
하늘	아이생활	1939. 8.	수록	개제 : 조고만 하늘
전등과애기별	아이생활	1940. 8.	수록	
눈온아침	만선일보	1940(?)	미수록	
인형의그림자	만선일보	1940(?)	미수록	

<표2> 지면별 게재 횟수

순위	발표 지면	횟수
1	아이생활	19
2	동아일보	10
3	동화	8
4	아이동무	6
5	만선일보	2
6	신소년	2
7	어린이	2
8	소년	2
9	농민생활	2
10	가톨릭소년	2
11	종교교육	1
12	조선중앙일보	1
13	아동문예	1
14	아기네동산	1
15	매일신보	1
총계		60

<표3> 연도별 편수

연도	작품 수
1930	1
1931	10
1932	2
1933	6
1934	1
1935	13
1936	10
1937	8
1938	2
1939	4
1940	3
총계	60

3. 민족정신의 반영으로서의 동시

어릴 때부터 『아이생활』, 『어린이』 등 소년소녀잡지를 탐독하고 성장해 그 지면에 부지런히 작품을 투고하던 강소천은 보통학교를 졸업할 무렵부터 빛을 발하기 시작한다. 첫 발표작은 1930년 말 『아이생활』(10~12월호 사이)에 게재된 동요 「버드나무열매」로 추정된다. 「버드나무열매」는 『호박꽃초롱』에 아래와 같이 수록되어 있다.

　　버드나무 무슨 열매
　　달리런 마는

　　아침 해가 동산 우에
　　떠오를 때와

저녁 해가 서산 속에
살아질 때면

참새 열매 조롱 조롱
달린 답니다.

*

나무 열매 무슨 노래
부르런 마는

아침 해가 동산 우에
떠 오를 때와

저녁 해가 서산 속에
살아질 때면

참새 열매 재재 재재
노래 불러요.

이 동시는 겉으로는 버드나무에 참새가 와서 머무는 상황을 버드나무에 참새 열매가 열리는 것에 비유하고 있다. 이는 곧 식민지 현실에서 꿋꿋이 견디는 우리 민족을 상징하는 장면이라 하지 않을 수 없다. 일제의 강점으로 많은 것을 강탈당한 우리 민족은 그러나 그렇게 버림받은 자리에서 굳센 생명력으로 자생하고 부활했다. 열매도 못 맺을 듯 보이지만 열매를 맺고, 암울한 미래만 있을 듯하지만 참새를 맞아들여 노래를 부르게 하는 버드나무처럼 우리 민족은 아침과 저녁으로 새로운 힘을 찾아 새로운 세상을 향해 가고 있었던 것이다. 이 동요는 형식면에서 8.5조의 단순한 운율과 각 절 2, 3연의 중복 표현 등으로 단순하고 평범해 보인다. 하

지만 반면에 그만큼 친숙한 분위기로써 버드나무 열매와 참새의 호응이
라는 외적 내용을 통해 우리 민족에게 내재된 숨은 가치를 드러내 준다.

「버드나무열매」와 더불어 초기의 특징을 보여주는 작품은 「봄이왓다」
와 「무궁화에벌나비」다.

> 봄이왓다 마즈라 우름그치고
> 이땅의 농군들아 깃분나츠로
> 차저오는 새봄을 반겨마즈라
>
> 봄이왓다 마즈라 눈물을씻고
> 이땅의 농군들아 웃는나츠로
> 묵어나는 이땅을 힘잇게간다
>
> 봄이왓다 씨뿌리라 한숨을것고
> 이땅의 농군들아 즐건나츠로
> 기름진 이땅에 씨를뿌리라[10]

「봄이왓다」는 전체 3연으로, 각 연이 각 3행으로 구성돼 있다. 그리고
모든 행은 대체로 7.5조의 운율에 맞춰 쓴 흔적이 역력하다. 내용은 농부
들에게 농사를 권장한다는 의미에서 권농가(勸農歌), 봄을 기쁘게 맞이한
다는 의미에서 영춘가(迎春歌) 등의 성격을 띤다. 물론 이 시를 일제 강점
기 상황을 견디고 언젠가 맞을 광복을 염원하는 일종의 '애국시(愛國詩)'
로 읽는다 해서 잘못일 리 없다. 암울한 겨울을 헤치고 나가 울음 아닌 기
쁨으로, 눈물 아닌 웃음으로 봄을 맞듯이 압제의 사슬을 뚫고 비로소 해
방을 맞아야 한다는 기대를 담은 시라 해도 좋다. 운율과 어법은 '창가(唱
歌)'에 가깝다 할 수 있다. 게다가 대상과 소재가 지나치게 보편성을 띠고

---

10) 『신소년』 1931년 2월호, 17쪽.

있어 '동요로 투고해서 게재되었으리라는 점'만 빼고 보면 도리어 '성인 창가'에 가깝다고 할 수 있다. 농부들에게 봄이 온 것을 기쁘게 맞으라고 이르는 화자의 자리에 소년소녀를 배치시키기에는 어려운 것이다. 강소천이 이 무렵 우리나라의 대표적인 운문인 창가 형식을 기반으로 나름대로 다양한 형식 실험을 실습하고 있었으리라는 추측을 가능하게 하는 동시이기도 하다.

> 이몸은 무궁화에 벌이랍니다
> 고운꽃 피여나라 노래부르며
> 이꼿서 저꼿으로 날러다니는
> 조고만 무궁화에 벌이랍니다.
>
> 이몸은 무궁화에 나비랍니다.
> 고은꽃 피여나라 춤을추면서
> 이꼿서 저꼿으로 날러다니는
> 조그만 무궁화에 벌이랍니다.
>
> 우리의 노랫소리 들리건만은
> 귀여운 무궁화는 피지안어요
> 그몹쓸 찬바람이 무서웁다고
> 귀여운 무궁화는 피지 안어요.[11]

「무궁화에벌나비」는 4행연이 셋 연이어진 형식의 동시다. 이 역시 기계적인 7.5조 운율을 지키고 있다. (2연 끝 행의 '벌이랍니다'는 '나비랍니다'의 오기로 여겨진다.) 그러나 강소천이 처음부터 '버드나무'를 주목한

---

11) 『신소년』 1931년 2월호, 36쪽.

데 이어 '무궁화'를 소재로 동요를 발표한 사실은 여러모로 시사적이다. 소천의 문학은 교육성에 대한 지나친 배려로 비평을 받기까지 할 정도로 문학에서의 교훈적 의미를 중시했다. 「버드나무열매」에서처럼 「무궁화에벌나비」에도 민족정신의 앙양이라는 교시적(校示的) 이미지가 강하게 배여 난다. 소천은 이 동시에서 나라와 민족이 처한 상황에 대한 아쉬움을 꽃밭 여기저기를 날아다니며 무궁화의 개화를 염원하는 벌과 나비의 속삭임으로 드러냈다.

　무궁화를 노래한다는 것 특히 일제 강점기에 무궁화를 노래한다는 것은 이미 민족정신을 드러내는 능동적 행위다. 그러기에 정치, 군사, 사회 다방면에서 탄압정책을 펼친 일제가 우리나라에 가한 '민족성 말살정책'은 '무궁화를 향해서' 더욱 가혹했다. 무궁화를 보기만 해도 눈에 피가 괸다고 '눈에 피꽃', 손에 닿기만 해도 부스럼이 생긴다 해서 '부스럼꽃'이라 이름 붙여서 무궁화를 제거하려 했다는 얘기도 있다. 일제는 '피어나는 무궁화'를 용인할 수 없었다. 「무궁화에벌나비」는 그 점을 안타까워한 동시다. 강소천은 이 동시에서 스스로를 무궁화를 지키는 조선인으로 인식하고 "일제에 대한 민족 저항을 온몸으로 뜨겁게 표현한 강렬한 이미지"를 드러냈다.[12]

　한국 아동문학은 '민족성 고취'로 말해질 주제성에서부터 배태된 것이다. 강소천의 동시도 바로 그랬다. 물론 초기에는 율격과 주제 면에서 모두 자유로운 상상력을 발휘하는 단계에 이르지 못했다. 그러나 위 동시들은 전통 창가 양식에서부터 벗어나는 과정을 잘 보여준다. 이러한 노력은 이후 상당한 문학적 성취로 이어지게 된다.

---

12) 신현득, 앞의 글, 322쪽.

4. 카프의 영향과 현실 반영의 동시

강소천이 동시를 발표하던 시기가 한국문학사에서 '카프(KAPF)'의 영향력이 아동문학계에까지 뻗칠 때라는 점도 고려할 필요가 있다.

이압집 기와집 전등불컨집
져뒷집 초가집 등잔불컨집
밝은집 어둔집 들이잇다우

이압집 밝은집 전등불컨집
콜—콜 잠자는 보기실흔집
잘먹어 배불너 잠만잔다우

져뒷집 어둔집 등잔불컨집
열심히 일하는 복스러운집
잘먹껀 못먹껀 일만한다우

　　　　　　　　　　　　　　　　　　　　　　　　　　　　　　　－「이압집, 져뒷집」[13] 전문

압집애가 소리질너
　뒷집애가 눈물흘녀
　　울어내요 불어내요.

압집애는 부자아들
　뒷집애는 머슴아들
　　울어내요 불어내요.

부자아들 배불너서
　머슴아들 배곱파서

---

13) 『아이생활』 1931년 3월호, 38쪽.

울어내요 불어내요.

부자아들 학교슬허
　머슴아들 학교못가
　　울어내요 불어내요.
　　　　　　　　　　　－「울어내요불어내요」[14] 전문

「이압집, 져뒷집」은 앞집 기와집과 뒷집 초가집이 '전등불/등잔불', '보기 싫은 집/복스러운 집', '잠만 자는 집/일만 하는 집'으로 뚜렷이 이분화되어 있다. 이 점 「울어내요불어내요」에서도 다르지 않다. '앞집/뒷집'의 관계를 '부자/머슴', '배부름/배고픔'의 대립관계로 설정했다. 이러한 면모는 당시 카프계 문학의 대표적인 특징인 계급의식의 이분법에 의존한 예가 된다고 할 수 있다. 지주나 공장주가 하인이나 노동자를 착취하고 자신은 잘 먹고 잘 산다거나 돈이 없어 학교에서 쫓겨나고 먹고 살 게 없어서 간도로 이민을 떠난다는 식의 이야기는 이 시기 문학에 아주 흔한 소재가 돼 있었다. 1923년 창간 때는 이런 의식을 표방하지 않았던 『신소년』이 이 연장선에 놓인 대표적인 매체가 되어 있었다.[15] 이러다 보니 카프계 자체에서조차 반성하는 목소리가 뿜어져 나왔다. 카프 맹원 박세영은 이 시기 카프계 동요에 대해 '같은 귀결'이 되풀이되면서 실감이 떨어지는 현상을 경고하기도 했다.[16]

　강소천 역시 카프적 인식의 한계를 잘 알고 있었으리라 짐작된다. 그것

---

14) 『아이생활』 1931년 10월호, 49쪽.

15) 최명표에 따르면 카프는 1929년 대중화운동의 일환으로 소년문학에 운동전선을 확대하기 위해 '조선소년문예연맹'을 조직했다. 이어 방정환이 이끄는 색동회와 『어린이』가 지닌 미적 문학관의 확산에 맞서는 카프계의 소년운동 활동이 1929년 무렵부터 일어났고, 이주홍이 주재하던 친사회주의 성향의 『신소년』에도 이와 관련한 작품이 많이 발표되었다. 『한국 근대소년문예운동사』, 도서출판 경진, 2012, 27~35쪽.

16) 박세영, 「고식화한 영역을 넘어서－동시 동화 창작가에게」, 『별나라』 1932년 3월호, 10~11쪽.

은 아마도 기계적인 운율에서 오는 시적 형식미 부족이 원인이 된 시가 많아서였겠지만 세상을 단순한 이분법으로 재단해 대립적 관계로 이해함으로써 대상의 본질을 드러내지 못한 데 대해 불만을 느꼈으리라 짐작된다. 어떻든 강소천으로서는 「이압집, 져뒷집」「울어내요불어내요」 같은 카프 계열 시를 몇 편 발표하기도 했으나 대체로 그 같은 분위기에서 빨리 탈피했다고 볼 수 있다. 발표 초기에 두 편을 한꺼번에 실은 『신소년』에 더 이상 작품 발표하지 않은 것도 이러한 이유에서인 것으로 추측된다.[17]

대신 강소천은 카프의 범주에서는 벗어나지만 삶의 현실을 직접적으로 표현한 시편들을 여러 편 발표했다.

> 길ㅅ가엣 어름판은 밉기도하지
> 물동의를 이고가는 새악씨들을
> 마음대로 랑—랑 넘어트리는
> 길ㅅ가엣 어름판은 밉기도 하지
>
> 길ㅅ가엣 어름판은 곱기도하지
> 책보들을 끼고가는 어린애들을
> 마음대로 슬—슬 잘밀어주는
> 길ㅅ가엣 어름판은 곱기도하지
>
> 길ㅅ가엣 어름판은 이상도하지
> 물을긷는 색씨들은 미워하고요
> 학교가는 아이들은 조화를하니
> 길ㅅ가엣 어름판은 이상도하지

—「길ㅅ가엣어름판」[18] 전문

---

17) 강정구는 「1930년대의 강소천 동요·동시에 나타난 동심성」에서 강소천이 『호박꽃초롱』 발간 때 카프 계열뿐 아니라 '현실주의'에 입각해서 쓴 시들을 수록하지 않은 데서 강소천의 미학적 관점을 설정할 수 있다고 설명하고 있다. 『1950년대 한국아동문학의 재조명1』(세미나 발제집), 경희대학교 한국아동문학연구센터, 2014, 5쪽.
18) 『아이생활』 1931년 3월호, 38쪽.

초기작 중 하나인 이 작품은 겨울철 꽝꽝 얼어 얼음판이 된 길을 걷는 두 부류의 사람을 서로 대비해 동심을 드러내고 있다. 얼핏 보면 같은 지면에 함께 발표된 <이압집, 져뒷집>에서 보이는 계급적 인식이 이 시를 '물을 깃는 색씨들'과 '학교가는 아이들' 사이의 이분법적 관계로 확인된 다고도 할 수 있겠지만, 그러기에는 '색씨'와 '아이'의 차별이 크게 느껴지지 않는다. 물동이를 이고 조심스럽게 걷은 색시의 '의도성'을 빗대 책보를 끼고 신나게 걷는 아이의 '천진스러움'을 기꺼워하는 '동심어린' 인식을 잘 드러내고 있는 시라 할 수 있다.

「얼골몰으는동무에게」도 현실적 삶의 내용이 반영된 동시다.

> 만나지도 못하야
> 얼골조차 모르나
> 주룩주룩 밤비가
> 나리는 밤이면은
> 저절노 그리우네
> 아지못할 동무가
> 얼골은 몰으지만
> 저절노 생각히는
> 그것이 참다우신
> 동무인가 하오니
> 영원히 품은뜻을
> 변치말아주소서
>
> ─「얼골몰으는동무에게」19) 전문

이 시는 얼굴을 모르면서도 펜팔 등으로 서로 친해진 동무를 그리워하는 내용이 비교적 단조로운 3(4)·4(3)조 율격으로 표현하고 있다. '주룩

19)『아이생활』1931년 7월호, 54쪽.

주룩 밤비가 나리는 밤'의 감상성, "저절로 생각히는/그것이 참다우신/동무인가 하오니" 등의 산문 경향 등 미숙한 점이 나타나는 가운데 실제 친구와 나누는 우정이 표나게 드러난다. 이처럼 강소천의 초기 동시에서는 현실적 삶의 내용을 구체적으로 드러낸다는 특징을 보인다.

위에서 살펴본 바와 같이 강소천이 처음 동시를 발표하던 1930년 초기 작품들은 일부 카프의 영향을 받았거나 그런 영향이 덜하다 해도 현실을 직접적으로 반영하는 태도를 취했다고 할 수 있다. 또한 기계적인 운율의 적용과 어린이 화자의 불분명한 설정 등으로 미적 감각이 떨어지는 경향마저 보인다. 이 시기까지의 작품은 전문작가로서의 작품이라고 보기 어렵다는 견해도 타당성 있다. 이 작품들이 『호박꽃초롱』의 수록에서 제외된 이유도 이런 데 있다고 할 수 있다.[20]

4. 동시 작가로서의 발전기

『호박꽃초롱』 수록에서 제외된 작품 중에는 '현실주의'에 입각하지 않은 동시도 꽤 있다. 1931년 10월에 같은 지면에 동시 발표된 「호박꽃과 반딧불」, 「코스모스꽃」은 이러한 현실 반영적 태도에서 벗어나 있다. 「호박꽃과 반딧불」[21]은 시적 대상(호박꽃, 반딧불)의 생태를 질문형의 반복으로 재치를 드러낸 작품이라 할 수 있다. 이 점 소재와 형식면에서 『호박꽃초롱』의 표제작인 「호박꽃초롱」의 '초벌 시' 의미를 지니고 있어 흥미를 자아낸다. 이에 비해 울 밑에서 홀로 피어나는 코스모스꽃의 외로운 아름다움을 노래하는 「코스모스꽃」[22]은 흔한 2음보 율격에 "홀노히

---

20) 이에 대해서는 황수대의 앞의 논문에서도 설명되고 있다.
21) 『아이생활』 1931년 10월호, 51쪽.
22) 위와 같은 쪽.

피여나는" "흘노히 방긋이는" 식으로 기계적으로 자수를 맞춘 듯한 느낌을 준다. 이들 작품은『호박꽃초롱』에도 수록되지 않는다. 앞에서 확인했듯이『호박꽃초롱』발간 때 수록에서 제외되는 작품은 발표 초기인 1930~1933년에 몰려 있다.

그런데 1933년에 이르면 사정은 좀 달라진다. 첫 발표 시기 독자 투고 수준에서 머물던 강소천은 1933년 무렵부터 비교적 높은 수준의 동시를 발표하기 시작한다. 특히 연구자들은 이때의 작품들이 윤석중의 심사를 거쳐 게재되었다는 사실을 주목하고 있다. 신현득은 우리 문단의 관행인 소위 '등단'이라는 것에 대해 설명하면서 강소천이 첫 발표 이후 1, 2년 사이의 발표작을 소년문사로서의 투고 게재작이라고 보고 실제 기성작가가 되는 등단작을 1933년『아이생활』5월호에 윤석중의 선으로 게재된「까치야」로 정하고 있다.[23] 황수대는 이「까치야」를 비롯해서 그에 앞서 「가을바람이」(1932. 12),「연기야」(1933. 1),「가랑닢」(1933. 2),「우는아가씨」(1933. 2) 등『아이생활』에 발표한 4편의 동시 또한 모두 윤석중의 선으로 게재되었으며 그중에서도 특히「연기야」와「까치야」를 예로 들면서 이전 동시에서 미처 씻어내지 못한 창가나 '요(謠)'의 형식을 벗어나 자유동시의 수준에 이르렀다고 평가하고 있다.[24] 공교롭게도 이 시기 강소천은「이상한 노래」(『어린이』1933. 5)를 본명 강용률로 발표하고 나서부터 모두 姜小泉이라는 필명으로 활동하고 있다.

강소천이 활약하던 1930년대 한국의 현대동시는 그때껏 전승되어 오던 창가 양식을 차용하는 데서 벗어나 전통적인 운율에 근대적 인식을 담은 독자적인 '창작동요'들이 쏟아져 나오고 있었다. 이에 대해 한 연구자는 근대시의 출범작이자 동시에 근대동시의 출범작인「海에게서 少年에게」를 실은『소년』창간호(1908) 때부터 방정환이 주도한『어린이』의 창

---

23) 신현득, 앞의 글, 320쪽.
24) 황수대, 앞의 논문, 177~178쪽.

간(1923) 때까지를 창가개발기(唱歌開發期)로 보고 그 이후 소년잡지 다수가 문학을 선도하던 1935년까지를 창작동요성장기(創作童謠成長期), 그 이후 광복 때까지를 창작동요와 자유동시가 서로 자리바꿈하는 창작동요쇠퇴기(創作童謠衰退期, 1935~1945년)로 보고 있다.[25]

이 분류에 따르면 강소천은 창작동요성장기인 1930년대 초반에 가장 많은 동요(시)를 창작한 시인 중 한 사람이자, 이어 창작동요쇠퇴기라 일컬어지는 1935년 이후 1941년 『호박꽃초롱』 발간에 이르는 동안 창작동요의 단계를 벗어나 자유동시를 개발한 선도적인 시인으로 자리매김했다. 이 전환기의 질적 성장을 확연하게 보여주는 작품이 「호박꽃초롱」이다.

> 호박꽃을 따서는
> 무얼만드나
> 무얼만드나
>
> 울애기 쬐꼬만
> 초롱만들지
> 초롱만들지
>
> *
> 반딧불을 잡아선
> 무엇에쓰나
> 무엇에쓰나

---

25) 이때 창작동요는 이전 시대의 창가 형식에서 노래 성격을 배제하고 문학적 형식이 강한 율문 형식을 의미하고, 자유동시는 규칙적인 율격을 배제한 '자유시' 성격의 동시를 의미한다. 신현득은 이같은 인식을 바탕으로 한국 현대동시사를 신체시가 등장한 1908년까지를 傳承童謠時代(고대~1908년), 그 이후 광복 이전까지를 創作童謠時代, 광복 이후 시대를 自由童詩時代로 구분한다. 신현득, 『한국 동시사 연구』, 단국대 대학원 박사학위논문, 2001, 152~156쪽.

울애기 초롱에
촛불켜주지
촛불켜주지26)

　이 작품은『아이생활』같은 소년소녀잡지에 발표되지 않고『조선중앙
일보』에 발표된 탓에 문단의 평가에서 주목되지 못한 감이 있다. 더욱이
오래도록 발표지면이 확인되지 않아 동요시집『호박꽃초롱』을 낼 때 돌
연 창작된 시로 여겨지기도 했다. 이 동시는 얼핏 보면 창가나 요에서 느껴
지는 7.5조 운율을 규칙적으로 지키고 있는 듯이 보인다. (이 동시는『호
박꽃초롱』에 처음 발표 때와는 달리 2·4연의 '울애기'를 각각 '우리 애기'
로 풀어 '7자' 운율로 수록돼 있다.) 그러나 보다시피 7.5조가 아니라 7.5
에서 5의 음수를 반복해 7.5.5의 독특한 음수율을 빚어내고 있다. 7.5조를
바탕으로 변형을 꾀했는데 7.5조의 운율에 전혀 압도되고 있지 않으면서
5 음수를 반복해 반복적 운율감을 느끼게 만든 것이다. 그 운율감은 초롱
모양의 호박꽃에서 '울 애기를 위한 촛불'로 이어가는 이 시의 이미지 변
주에 힘을 실어준다. 「호박꽃초롱」은 이처럼 창작동요 시기에 흔하던 정
형률에 의존한 듯하면서 시행 반복을 통해 변화를 꾀함으로써 새로운 운
율을 창출하고 있다. 이 점 창작동요 시대에서 자유동시 시대로 전환해가
는 시기의 강소천 동시의 질적 상승을 확인하게 한다.

5. 「닭」의 창작과 발표

　『호박꽃초롱』의 대표작이자 강소천 동시의 표제작이라 할 만한 「닭」
은 창작동요에서 자유동시로 이행하던 시기에 창작되고 발표되었다. 동

---

26)『조선중앙일보』1935년 9월 3일.

시문학사에서 가장 주목되는 한 편인 이 작품은 탄생은 강소천 동시에서 분수령이 되는 하나의 사건이라 할 수 있다.

　　　물한모금
　　　　입에 물고
　　　하늘한번
　　　　처다보고

　　　또한모금
　　　　입에물고
　　　구름한번
　　　　처다보고

－「닭」27) 전문

이 시는 강소천이 영생고보를 다니던 중 4학년 겨울 방학에 외삼촌이 있는 간도에 가서 머물러 있을 때 쓴 것으로 알려져 있다. 이에 대해서는 강소천 스스로도 다음과 같이 밝혔다.

　　　그게 아마 1935년인가 36년이라고 생각된다. 나는 외사촌누나를 따라 외삼촌이 살고 있는 간도 용정엘 갔었다. 두만강을 건너 낯선 타국 땅, 거기서 나는 윤석중 선생이 주신 편지 한 장을 받았다. 『소년』이라는 잡지를 하니 동요 한 편을 보내 달라는 편지였다. 그때 거기서 쓴 노래, 고국 하늘을 우러러보며 읊은 것이 「닭」이다. 내가 고향에 돌아와 받아든 『소년』 창간호엔 정말 예쁜 삽화와 함께 「닭」이 실려 있었다.28)

---

27) 『소년』 1937년 4월호, 11쪽 게재 당시에는 2연 각 4행 형식인데, 『호박꽃초롱』에는 (표4)에서 보듯 4연 각 3행 형태(3//3//3//3)이다.

28) 강소천은 1963년 5월 6일 별세했다. 이 글은 바로 다음날 동아일보 5월 7일자에 「고국의 하늘과 '닭'」이라는 제목으로 소천의 유고로 게재되었다. 이 유고의 하단에는 '편집자주―이 글은 『화서집(花序集)』(이상로 편저, 근간 예정)에 수록하기 위하여 쓴 원고인데 미발표 유고가 되었다.'라고 부기돼 있다.

강소천은 자신이 용정으로 가 있던 시기가 대체로 1935~36년경이라 기억하고 있다. 그런데 실은 1934년 겨울에 가서 1935년 1년 정도를 머물다 온 것으로 조사되고 있다.[29] 용정에 가 있는 강소천에게 동시를 청탁한 윤석중은 1911년생으로 강소천보다는 네 살이 앞서고 1936년 당시 스물여섯의 나이였지만 이미 문단의 중심, 특히 아동문학계의 맨 앞자리에 서 있던 상황이라 할 수 있다. 1925년 양정고보 재학시절 『어린이』에 동시 「오뚝이」를 처음 발표한 이후 동시의 새로운 장을 개척해 우리나라 최초의 창작동요집(『윤석중 동요집』, 신구서림, 1932)을 냈고, 이어 '동요'가 아니라 '동시'집으로 최초의 창작집(『잃어버린 댕기』, 1933년)도 냈다. 한편 방정환이 잡지 『어린이』를 이끌다 타계(1933)한 이후 뒤를 이어 주간으로 활동하다가 1934년 『어린이』의 폐간 이후에는 조선중앙일보사의 『중앙』과 그 자매지 『소년중앙』 등의 편집에 참여했다. 1936년 일장기말살사건에 연루되어 실직한 이후 이태준의 도움으로 『조선일보』로 자리를 옮겨 잡지 편집을 담당하면서 창간을 준비하게 된 것이 『소년』이었다.

이 『소년』은 1908년 11월 최남선(崔南善)이 창간하고 1911년 5월 통권 23호로 종간된 월간 계몽잡지 『소년』과 제호가 같았지만 실제로는 1920~30년대 『어린이』의 성격을 계승한 문예교양지였다. 당대 최고 신문사에서 발행하고 당대 아동문학계의 핵심으로 부상해 있는 윤석중은 중앙 문단에서 멀리 떨어져 여태 주로 투고로 작품을 게재하곤 하던 강소천에게 청탁서를 보낸 것이다. 윤석중은 뒷날 이렇게 강소천을 회고했다.

> "『아이생활』과 『어린이』 잡지 생활을 할 때 함경도 고원에서 어마어마하게 작품을 보내오던 강용률이라는 독자가 있었습니다. 이 독자가 뒷날 아동문학의 큰 공을 세우는 강소천이었습니다."[30]

---

29) 전택부, 「소천의 고향과 나」, 교학사 전집 2권 해설, 2006, 311~312쪽.
30) 윤석중 인터뷰 말, 『경향신문』 1973년 5월 22일.

어떻든 「닭」은 강소천이 용정에 가 있는 동안 윤석중의 청탁을 받고 써서 보낸 작품임에 틀림없다. 그곳에 머물면서 고향 하늘을 그리워하는 마음이 닭이 물을 먹고 고개를 쳐들어 물을 삼키는 동작에 투영된 시가 「닭」이다. 즉, 강소천은 1934년 겨울방학 때 용정에 가 있던 때 윤석중의 청탁을 받고 「닭」을 써서 보냈다. 「닭」이 게재된 『소년』 창간호(1937년 4월호)은 고향에 돌아와 받아 보았다.[31]

강소천이 용정에 있을 때 보낸 동시 「닭」은 지금 알려져 있는 단시 형식이 아니었다고 전해진다. 윤석중의 기억은 흥미롭게 이어진다. 「닭」은 처음 소천이 윤석중에게 보낼 때는 지금의 작품 전문 다음에 '하늘은 푸른 하늘'로 시작하는 시행이 더 있었다고 한다. 그런데 "장황하게 나가는 것을 편집자가 잘라버리고 실은 것이 오히려 작품을 빛나게 했다"[32]는 것이다.

당시 「닭」이 실린 『소년』 창간호는 흔히 국판(菊版)이라고 말하는 A5 크기의 소년잡지다. 표지화부터 본문 편집에 이르기까지 기존 형태를 일신했다고 할 정도였다. 이광수, 이태준, 이효석을 비롯해서 여러 명사들의 글이 실린 사이에 '童謠'는 2편만 게재되었는데[33] 강소천의 「닭」이 11쪽, 朴泳鍾(박목월)의 「토끼길」이 18~19쪽에 세로쓰기로 각각 삽화를 배경에 두고 배치돼 있었다.[34] 강소천은 이 작품 게재로 유명한 선배 문인들과 동급으로 '청탁받은 작가'에 올랐다고 볼 수 있다.

「닭」의 성과는 이보다 훨씬 값지다. 광복 후의 교과서에 게재되었고, 당시 '동란 전' 이미 이 시를 처음 보고 "三十二個의 글자로서 能히 조그만

---

31) 이 역시 2009년 교학사판 '전집'에조차 1936년 발표작이라고 잘못 알려져 있다. 또한 다른 여러 매체에도 1934년, 1936년 등으로 잘못 기재돼 있다.
32) 윤석중 인터뷰, 「우리 문화(43)-어린이와 문학(8) 동시 동요」, 『동아일보』 1973. 5. 31.
33) 편집자인 윤석중의 '작곡동요'와 '애기노래'도 게재돼 있다.
34) 흥미롭게도 강소천의 「닭」은 차례에서는 제목이 그냥 「닭」이 아니라 「물먹는닭」인데 본문에는 「닭」으로만 기재되어 있다. 짐작컨대 작품을 보낼 때의 제목이 '물먹는 닭'이었던 것으로 보인다.

世界의 刹那를 永遠으로 바꾸고 아무 데서나 發見할 수 있는 現象에 生命을 빛내었"다는 반응을 얻은 데서부터,[35] "음수율을 지키면서 이야기성보다 이미지에 중점을 둔" "동요시의 정점을 이룬 작품"[36]이라고 평가하는 최근의 분위기에 이르기까지 다양하게 상찬되어 왔다. 한편, 흥남철수 때 월남해 피난민 신분으로 「닭」이 게재된 교과서를 확인한 강소천에게 심리적으로 매우 당당한 배경이 되었으리라는 짐작도 가능하다.

6. 『호박꽃초롱』 수록 작품 현황

강소천 동요시집 『호박꽃초롱』은 B6판 크기, 오른쪽에서 왼쪽으로 읽는 세로쓰기 형식으로 편집된 총 114면 부피의 책이다. 표지는 파란 바탕에 활짝 핀 노란 호박꽃 위에 어린아이 둘이 앉아 있는 그림을 가운데 두고 상단에 '童謠詩集'과 '호박꽃초롱'이 도안 글씨로 병행 배치돼 있고, 그리고 하단에 '姜小泉著'라는 역시 도안된 글씨가 배치돼 있다. 표지에 쓰인 이 글씨들은 모두 오른쪽에서 왼쪽으로 읽는 가로쓰기 배치다. 이어 속표지, 강소천 사진, 차례 등으로 면수가 전개된다. '서시' 단원에 백석의 '『호박꽃초롱』序詩'를 놓았고, 이어 이 책의 장정을 화가 정현웅이 했음을 알리는 정보를 역시 한 면에 놓았다. 그 다음, 전체 작품을 4부로 나누어 '호박꽃초롱'에 9편, '모래알'에 12편, '조고만 하늘'에 12편, '돌맹이'에 2편 등 총 35편을 순서대로 실었다. 이 중 앞 3부의 33편은 모두 동시이고 (표4 참조) '돌맹이' 편에 실은 2편은 '돌맹이 I' '돌맹이 II'의 연작으로 모두 동화 형식의 글이다. 권말의 판권에는 서지 정보를 기재했다.

35) 최태호, 「跋」, 강소천 동화집 『조그만 사진첩』, 다이제스트, 1952, 132쪽.
36) 김용희, 「윤동주 동시의 한국 동시문학사적 의미」, 『아동문학평론』 2010년 가을호, 41쪽.

<표4>『호박꽃초롱』내용(동시) 구성

부별	작품	쪽	행, 연 구분
호박꽃 초롱	닭	12~13	3//3//3//3
	보슬비의 속삭임	14~15	2//2*2//2*2//2
	호박꽃 초롱	16~17	3//3*3//3
	순이 무덤	18~19	2//2*2//2*3
	버드나무 열매	20~21	2//2//2//2*2//2
	까딱까딱	22~23	6//6//6
	숨바꼭질	24~26	2//2//2//2//2*2//2//2//2//2
	울엄마젖	27	6
	도토리	28~29	2//2*2//2
모래알	바다	32~33	2//2//2//2//2//3
	봄비	34	2//2
	호박줄	35	2//2
	따리아	36	2
	소낙비	37	2
	엄마소	38	2//2
	지도	39	2//2
	달밤	40	2//2//2
	언덕길	41	2//2//2
	호박	42	2//2
	옛날얘기	43	2//2
	눈나리는 밤	44~45	3//2//3//2
조고만	가을의 전신줄	48~49	4//2//2//4

	봄바람	50~51	2//3//3//3//2
	잠자리	52~53	2//2//2//2//2
	바람	54~55	2//2//2//2//2//2//2
	풀 벌 레 의 전화	56~58	1//2//2//3//2//1//1//1//2//1//2
	거울	59	3//3
하늘	조고만 하늘	60	2//3//3//3//2
	오 동 나 무 방울	62~63	2//2//2//3//2//2//3
	가을하늘	64~65	7//7//1//1
	겨울밤	66~69	3//2//3//3//3//3//2//2//2//2//2//2//2//2
	그림자와 나	70~73	2//2//2*2//2//2*2//2//2*2//2//2*2//2//2
	전등과 애기별	74~77	2//3//3//3//2//2//2*2//3//3//3//2//2//2

앞서도 말했듯이 『호박꽃초롱』 발간 직전까지 확인된 발표 동시는 모두 60편이고, 그중 24편이 수록작이 된다. 수록되지 않은 작품은 주로 초기 발표작이다.(표5 참조). 특히 1930년부터 1934년까지의 발표작 중에는 단 2편(「버드나무열매」, 「울엄마젓」)을 제외한 전 작품이 제외되고 있다. 동시인으로서 일정한 수준에 오른 때라 볼 수 있는 1934~1936년 시기에는 제외와 수록이 반반을 이루고, 출세작이라 할 수 있는 「닭」(1937. 4)이 게재될 무렵 발표한 10편의 작품은 모두 게재된다. 이런 정황으로 미루어 보면 1930년 독자 문사 수준에서부터 출발한 강소천의 동시 수준은 대체로 1933년경 한 단계 높아졌다가 1937년 이후 내용과 형식면에서 자기 세계라 할 수 있는 동시 세계를 확실히 보여주었다고 할 수 있다.

<표5> 발표작 중 『호박꽃초롱』 수록 동시 연도별 분포

발표 연도	발표 편수	수록 편수	백분율(%)
1930	1	1	100
1931	10	0	0
1932	2	0	0
1933	6	1	18
1934	1	0	0
1935	13	6	47
1936	10	6	60
1937	8	3	38
1938	2	2	0
1939	4	4	0
1940	3	1	34
총계	60	24	40

7. 『호박꽃초롱』 발간에 관여한 사람들

「닭」은 당시로서는 가장 화려한 잡지인 『소년』에 단 두 편 게재되는 동요 난에 실린 한 편인 데다 작품 수준이 놀랍다는 점, 그리고 앞에서 보았듯이 창작과 게재 과정에 여러 사연이 개입되었다는 점, 여러 평자들에게 호평을 받은 점 등으로 여러모로 화제가 된 바 있다. 이 시가 백석의 가르침으로 탄생되었다는 얘기도 있다.[37]

백석이 영생고보의 영어교사로 부임한 것은 1936년 4월이다.[38] 그해 초에 첫시집 『사슴』을 내면서 문단의 비상한 관심을 모으고 있던 신예 시인

---

37) 안도현, 『백석 평전』, 다산책방, 2015.
38) 백석이 함흥의 영생고보에 가게 된 것은 당시 영생고보에 먼저 와 있는 친구 백철 (문학평론가), 선배 김동명(시인) 등과의 관계 때문인 것으로 이해된다. 이에 대해서는 송준, 『남신의주 유동 박시봉방 1(시인 백석 일대기)』, 지나, 1994, 221~224쪽에서 백석의 제자들의 증언으로 확인할 수 있다.

백석은 그 이전에 이미 『조선일보』 신춘문예 소설 당선자(1930)로서 조선일보사의 후원으로 일본의 아오야마[靑山]학원에 유학을 다녀온 뒤 잡지 『조광(朝光)』의 편집을 맡는 바 있는 문화계의 총아였다. 게다가 범상치 않은 지적 풍모와 이미지로 학생들에게 미쳤을 영향력을 충분히 짐작할 수 있다. 실제로 함흥 일대 문사들과의 교류, 기생 자야와의 만남, '함주 시편' 등 수십 편의 시창작과 발표 등 화제가 될 만한 일이 많이 벌어졌다. 이런 백석이 다시 서울로 돌아간 것은 2년 반 뒤인 1938년 후반이었다.[39]

강소천은 1935년 용정에 있을 때 「닭」을 써서 보냈고, 1936년 함흥으로 돌아와 있었다. 영생고보에 복학하지 않았다는 설도 있는데 강소천 자신이 쓴 이력서에는 1937년 3월 졸업한 것으로 기재돼 있다. 강소천이 백석의 제자가 된 거라면 시기는 1936년일 것이다. 「닭」은 1935년 용정에서 쓴 작품이니 이로써 이 작품이 둘의 관계에 연루된 적이 없다는 사실을 알 수 있다. 「닭」은 강소천의 역량을 익히 알고 있던 윤석중이 『소년』을 맡으면서 동시 청탁을 했고 강소천이 이에 응했으며, 윤석중이 이를 『소년』 창간호에 수록해 탄생한 시이다.

백석이 강소천에게 작품 내외적으로 영향을 주었으리라 짐작하게 되는 것은 무엇보다 『호박꽃초롱』의 앞부분(8~9쪽)을 장식하고 있는 '서시' 때문이다.

> 한울은
> 울파주가에 우는 병아리를 사랑한다.
> 우물돌 아래 우는 돌우래를 사랑한다.
> 그리고 또

---

39) 백석은 1938년 여름 영생고보의 축구부 지도교사로서 제6회 마이니치 신문 선전 고보대항 축구대회에 축구단을 이끌고 서울로 왔다 인솔교사로서 부적절한 행동을 한 것이 문제가 되어 영생여고보로 전출되었고, 이를 계기로 몇 달 뒤 학교를 떠난 것으로 알려져 있다.

버드나무밑 당나귀 소리를 임내내는 詩人을 사랑한다.

한울은
풀 그늘밑에 삿갓쓰고 사는 버슷을 사랑한다.
모래속에 문잠그고 사는 조개를 사랑한다.

그리고 또
두툼한 초가집웅밑에 호박꽃초롱 혀고 사는 詩人을 사랑한다.

한울은
공중에 떠도는 힌구름을 사랑한다.
골자구니 숨어흐르는 개울물을 사랑한다.
그리고 또
안윽하고 고요한 시골 거리에서 쟁글쟁글 햇빛만 바래는 詩人을 사랑한다.

한울은
이러한 詩人이 우리들속에 있는 것을 더욱 사랑하는데
이러한 詩人이 누구인것을 세상은 몰라도 좋으나
그러나
그이름이 姜小泉 인 것을 송아지와 꿀벌은 알을 것이다

    '『호박꽃초롱』序詩'라 제목을 단 이 시를 보면 실제로 백석이 강소천과 충분히 교감하고 있었다는 짐작이 가능하다. "모래속에 문잠그고 사는 조개", "쟁글쟁글한 햇빛만 바래는" 등의 토속적이면서도 생생한 감각을 자랑하는 특유의 이미지를 기본으로 '호박꽃초롱'이라는 시집 제목이나 「버드나무열매」 같은 수록 시, '小泉'이라는 이름을 떠올리게 하는 시 구절("골자구니로 숨어흐르는 개울물") 등도 있고, 용정에서 하늘 쳐다보는 '닭'을 보고 고향 하늘을 생각하던 시인의 모습을 그린 듯한 표현("울

파주가에 우는 병아리")도 있다. 백석이 쓴 서시는 이처럼 강소천과 이 동
요시집의 이미지를 적절히 반영했다.

당대 최고 출판사의 하나인 박문서관에서 『호박꽃초롱』이 출간된 것
도 주목을 요하는 일이다. 1942년이면 강소천은 20대 후반으로 이름을
얻은 문사가 되어가고 있었지만 서울에서 멀리 떨어진 함경도에서 고보
를 나와 고향에서 주일학교 교사로 일하고 있을 때였다. 이러한 시골의
문사가 '친일문학기'라 할 시대에 갑작스럽게 박문서관에서 동요시집을
발간한 일은 뜻밖의 사건이라 할 수 있다. 이 때문에 스승이자 문단과 문
화계의 총아인 백석이 『호박꽃초롱』의 발간을 이끌었으리라는 추측이
가능했다. 또한 『호박꽃초롱』에 실은 시편수가 33편으로 백석의 『사슴』
수록 편수와 같고 굳이 동화 2편을 넣어 시집 전체를 백석의 『사슴』과 같
은 전 4부로 나누었다는 점도 이 시집의 발간에 백석이 크게 영향을 주었
으리라는 믿음을 갖게 한다.

백석이 강소천에게 미친 영향은 작품 내적인 면에서도 확인된다고 할
수 있다. 예를 들어 "우리는 인두로 화로의 재를 다져 놓고/ 손가락 장난을
시작합니다.// 언니가 만든 건/ 범의 발자국.// 누나가 만든 건/아기 발자
국.// 내가 만든 건/ 참새 발자국."(「겨울밤」)은 백석 시에서 자주 보던 '고
향 사람들이 사는 일상의 모습을 재현하는 이야기 상황'을 연상케 한다.

그런데 백석은 『호박꽃초롱』의 실제적인 발간 과정에는 깊이 관여할
수 없는 상황이었다. 백석은 1938년 하반기에 이미 함흥을 떠났고, 1939
년 10월 우여곡절 끝에 서울마저 벗어나 1940년 초부터는 만주 신경에
가 살고 있었다. 물론 그해 10월 잠시 귀국한 일은 있지만 그 이후로 남한
으로는 온 적이 없다. 그러니까 백석은 강소천이 『호박꽃초롱』을 발간한
1941년 2월은 말할 것도 없고 그 이전의 발간 과정에도 참여할 수 없는
지역에 가 있었다. 다만 '『호박꽃초롱』 서시'는 그 이전에 넘겨주고 갔거

나 아니면 시집 발간에 즈음해 우편으로 전해 주었을 수 있다.

한편 『호박꽃초롱』이 발간되기 4개월 전인 1940년 가을 『아이생활』 1940년 9,10월호(통권 170호) 권말의 '집필자소식(執筆者消息)' 난에서 발견되는 다음과 같은 문구를 주목할 필요가 있다.

> **강소천씨** 今番「호박꽃초롱」이라는 童謠·童話集을 漢圖에서 出版하기로되었답니다. 예쁜 책이 어서 나오기를 손꼽아기다립시다.

이에 따르면 『호박꽃초롱』은 적어도 이미 1940년 9월부터 발간 준비가 이루어져 있었다는 것을 알 수 있다. 발표작 중 『호박꽃초롱』에 게재된 걸로는 가장 마지막 작품으로 보이는 「전등과애기별」이 『아이생활』 1940년 8월호에 게재되었고 같은 지면인 9,10월 합본호에는 강소천의 동화 「희성이와 두 아들」의 연재가 시작되고 있었다. 강소천은 이 시기 이미 동시인, 동화작가 등 당당한 '집필자'로 맹활약 중이었다. 단, 이 집필자소식에서 의아한 것은 '漢圖'라는 문구다. 한도는 당시 유명 출판사의 하나인 '한성도서'의 줄임말인 듯하다. 그렇다면 이때까지 『호박꽃초롱』은 박문서관이 아닌 한성도서에서 출판이 예정돼 있었다는 얘기다. 한성도서에서 예정한 출판이 어째서 박문서관 출판으로 바뀌었을까에 대해서도 정확한 답은 내릴 수 없다. 이에 대해서는 강소천의 외사촌누이 허홍순이 한성도서 집안과 결혼을 해서 강소천의 시집 발간을 지원하려 했으리라는 추측, 그리고 당시 큰 출판사끼리 좋은 원고를 추천하기도 해서 한성도서 발간 예정이던 『호박꽃초롱』이 박문서관으로 옮겨져 출간되었으리라는 추측이 가능하다.

『호박꽃초롱』의 발간 배경에 놓은 인물로 정현웅이라는 특별한 예술인을 생각할 수도 있다. 정현웅은 '조선미전朝鮮美展'에 여러 차례에 입상한 뛰어난 화가였고, 한국 만화의 선구자였으며, 잡지 편집에 관여해 삽화와 디자인 분야에도 맞설 사람이 없이 탁월한 능력을 발휘한 종합예술인이었다.[40] 정현웅은 1938년 10월 이광수의 『사랑』(전편)을 시작으로 1949년 3월 채만식의 『아름다운새벽』(전편)에 이르기까지 총 20권의 박문서관 도서를 장정한다. 그중 18권이 국내소설, 1권이 소설가 박태원이 번역한 『삼국지』(전2권)다. 소설이 아닌 유일한 책이 바로 강소천의 『호박꽃초롱』이다. 정현웅은 백석, 윤석중 등 여러 문인들과 함께 신문, 잡지 일을 했다. 『조광』, 『소년』 등 주요 잡지의 표지, 삽화 모두 정현웅의 몫이었다. 『소년』 창간호의 파격적인 표지 그림, 그리고 거기 게재된 「닭」의 삽화 역시 그랬다.

강소천은 윤석중과는 지면의 인연으로 백석과는 사제의 연으로 각각 문단 활동에 도움을 받았을 것이다. 여기에 정현웅이 『호박꽃초롱』 발간에 장정을 맡은 것에 그치지 않고 적극적으로 책 출간에 도움을 주었을 가능성이 크다. 『호박꽃초롱』의 발간에 백석이 많은 도움을 주었고 윤석중 또한 측면 지원을 했으리라는 추측을 얹은 데 이어 여기에 정현웅이라는 특별한 예술인의 이름을 보태 본다.

5. 결론

『호박꽃초롱』은 일제가 일어 상용화와 조선어 과목 폐지(1937), 도서 통제(1938), 창씨개명(1939) 등 민족말살정책을 시행함에 따라 한글문학의 발표가 불가능해진 시기에 보기 드물게 발간된 한글문학 작품집이다. 한일강제병탄 당시부터 '황민화정책'을 기본국책의 하나로 삼은 일제는 1931년 만주국을 건설하고 1937년 중일전쟁을 일으켜 중국을 비롯한 동아

---

40) 미술사 연구가들은 이런 정현웅을 가리켜 '시대와 예술의 경계인'이라 평하고 있다.
    신수경 · 최리선, '책 머리에', 『시대와 예술의 경계인, 정현웅』, 돌베개, 2012, 5쪽.

시아 대륙 침탈을 현실화했다. 그 다음의 역사가 태평양전쟁(1941~1945)으로 전개되었다는 사실도 주지의 사실이다. 1940년 8월 일제는 총독부를 통해『조선일보』,『동아일보』등 한국인 발행 민간 신문을 강제 폐간했다. 청소년잡지 중에서 1940년까지 남아 있던 조선일보사 발행의『소년』도 같은 해 12월 폐간되었고, 1930년대를 선도하던『아이생활』은 이 무렵까지 거의 유일하게 남아 있었으나 완연한 친일 잡지가 되어 있었다.『호박꽃초롱』은 이런 시대적 배경에서 민족정서를 제대로 표출한 문학 작품집으로 발간되었다.

『호박꽃초롱』은 한국 아동문학사에서 개인 창작의 운문집으로는 다섯 번째 책이고, 그 중에서 노래 가사로 쓰인 동요가 아닌 작품 그 자체의 운문 창작만으로 한 권의 책을 이룬 것으로는 두 번째 책이다. 이에 앞서 나온 네 권의 개인 운문집은 발행순으로 다음과 같다.

(1) 尹石重,『尹石重童謠集』, 新舊書林, 1932.

(2) 尹石重,『잃어버린댕기』, 게수나무會, 1933.

(3) 金泰午,『雪崗童謠集』, 漢城圖書株式會社, 1933.

(4) 尹石重,『尹石重 童謠選』, 博文書館, 1939.

여기서 (1)은 어린이노래로 만들어진 윤석중 동요를 악보와 함께 실은 책이다. (3)은 김태오의 어린이노래 가사모음집이다. (4)는 (1)에 든 것을 포함해 윤석중의 대표 동요를 모은 것이다. 노랫말의 의미가 아닌 문학작품이라는 의미의 동요(동시)만 모은 창작집으로는 (2)가 유일하다.『호박꽃초롱』은 바로 (2)와 같은 성격의 개인 창작집이다. 이에 따라 강소천은 문학사에서 "尹石重이 시도한 詩的 童謠를 계승하여 童詩의 출현에 결정적 노력을 기울인 童詩人 중의 한 사람"으로 평가된다.[41]

이 책은 일제의 내선일체 정책이 극을 향해가던 시기인 1941년에 발간

---

41) 이재철,『韓國現代兒童文學史』, 一志社, 241쪽.

된 창작집이라는 데서 민족사적 의미와 더불어 한국 현대문학과 아동문학에서 특별히 당대의 맥을 담당했다는 문학사적 의미를 지니고 있다. 강소천은 수록작 「닭」을 포함해 『호박꽃초롱』의 작가라는 점에서 월남 후 자신의 문학 활동에 박차를 가할 수 있었으며 이로부터 1950~60년대 한국 아동문학의 막강한 지위를 점할 수 있었다.

1930년 첫 발표를 시작한 강소천은 그 후 11년 뒤 첫 작품집 『호박꽃초롱』을 내면서 초기작 대부분을 포함해 적어도 36편을 제외했다. 발표 초창기 강소천은 「봄이왔다」처럼 창가형식에서 크게 벗어나지 못했거나, 「이압집, 져뒷집」처럼 카프 영향을 겉내용으로만 받은 점, 「얼골몰으는동무에게」처럼 현실에 대해 평이한 산문 형태로 진술한 점 등으로 여전히 '투고 문사'의 아마추어 수준을 드러냈다. 『호박꽃초롱』에 수록된 작품은 대개 1933년 무렵의 일부 작품을 포함해 1930년대 후반기 작품이다. 이때 분기점을 이루는 작품이 1935년 발표한 「호박꽃초롱」과 같은해 창작하고 1937년 4월 발표되는 「닭」이다. 「닭」의 발표에는 윤석중이 관여했고, 『호박꽃초롱』의 출간 과정에는 윤석중, 백석 그리고 이 둘과 인연이 깊은 정현웅의 관여가 있었던 것으로 이해된다.

1940년대라는 현대사와 문학사의 특별한 시기에 강소천의 삶의 궤적 속에서 탄생한 『호박꽃초롱』은 작가 개인에게나 한국 아동문학사에 매우 고귀한 결실이자 또한 1950년대 이후 한국 아동문학의 장 형성의 특별한 배경이 되는 작품집이다. 그러나 수록된 작품 중 9편의 게재 지면 등은 아직 확인되지 않고 있다. 이 글에서 발표작으로 밝힌 60편 중에도 아직 원전이 확인되지 않은 것이 여러 편 있다. 그런 점에서 이 글은 보다 엄밀하고 정교한 조사를 통해 보완할 기회를 더 가져야 한다.

—『한국문예창작』 제32호(2014, 한국문예창작학회)에 게재한 논문과 『아동문학의 마르지 않는 샘 강소천 평전』(교학사, 2015) 등과 내용을 공유함.

1930년대 강소천의 문학 활동과 첫 창작동화 「돌맹이 Ⅰ, Ⅱ」

김 용 희

1. 동요시인에서 동화작가로

강소천(姜小泉, 1915~1963)은 동요시인으로 출발한 동화작가이다. 그는 1931년 17세의 나이로 아동문학지에 투고한 동요들, 곧 ≪신소년≫ 2월호에 동요「봄이 왔다」, 「무궁화에 벌나비」가, ≪아이생활≫ 3월호에 동요「길ㅅ가엣어름판」이, ≪신소년≫ 4월호에 동요「이압집저뒷집」등이 연거푸 실리면서 소년문단에 이름을 알리기 시작했다. 그 후 ≪아이생활≫, ≪어린이≫, ≪동아일보≫, ≪아이동무≫, ≪동화≫ 등지에 동요를 발표하다 1936년 ≪아이생활≫ 6월호에 「보슬비의 속삭임」이 1등 당선되고 1937년 ≪소년≫창간호에 「닭」(4월호) 을 발표하면서 동요시인으로 입지를 확고하게 굳힌다.[1] 그러다 그해 처음으로 ≪동아일보≫(10.

---

[1] 강소천이 고원 강용률(高原 姜龍律), 함흥(咸興) 강용률, Y.S 강용률, 강소천 등의 이

31)에 소년소설 「재봉 선생」을 발표하며 동화작가로 변신을 꾀한다. 그 이후부터 틈틈이 동화를 습작하다 1939년에 「돌맹이」(2. 5~9)를 필두로 동화와 소년소설들을 대거 발표하며 동화작가로의 숨은 재능을 유감없이 발휘한다.2) 그 한 해 동안 ≪동아일보≫에만 「토끼 삼형제」(4. 28~5. 7),

름으로, 1941년 2월 ≪호박꽃초롱≫이 간행되기 전 1930년대 발표한 동요, 동시는 다음과 같다.
「겨울마지」(≪종교교육≫1931. 1), 「봄이왓다」, 「무궁화에벌나비」(≪신소년≫1931. 2), 「길ㅅ가엣어름판」(≪아이생활≫1931. 3), 「이압집저뒷집」(≪신소년≫1931. 4), 「얼골몰으는 동무에게」(≪아이생활≫1931. 7), 「우리집 시계」(≪매일신보≫1931. 8. 22), 「울어내요 불어내요」, 「호박꽃과 반딧불」, 「코스모스꽃」(≪아이생활≫1931. 10), 「이상한 노래」(≪어린이≫1933. 5), 「가을바람이」(≪아이생활≫1932. 12), 「연기야」(≪아이생활≫1933. 1), 「가랑닙」, 「우는아기씨」(≪아이생활≫1933. 2), 「까치야」(≪아이생활≫1933. 5), 「울 엄마 젖」(≪어린이≫1933. 5), 「달님얼골에」(≪아이생활≫1934. 5), 「봄비」, 「흐린날 아침」(≪동아일보≫1935. 4. 14.), 「보슬비」(≪동아일보≫1935. 5. 12.), 「깟딱깟딱」(≪동아일보≫1935. 5. 26.), 「참새」(≪동아일보≫1935. 6. 9.), 「감자꽃」(≪농민생활≫1935. 7), 「호박꽃초롱」(≪조선중앙일보≫1935. 9. 3.), 「꽁-꽁-숨어라」(≪아이동무≫1935. 10), 「잠자리」, 「대답」(≪아이동무≫1935. 11), 「세수 안하는 아이」(≪동아일보≫1935 .11. 3), 「호박」, 「시계」, 「누이와 조카」(≪동아일보≫1935. 12. 28.), 「울들 밤(옛날애기)」, 「오동나무 방울」(≪아이동무≫1936. 1), 「제비」, 「송아지」(≪동화≫1936. 6), 「보슬비의 속삭임」(≪아이생활≫1936. 6), 「헛소문-머슴의 노래」(≪농민생활≫1936. 9), 「따리아」(≪동화≫1936. 9), 「국화와 채송화」(≪동화≫1936. 11), 「눈 내리는 밤」(≪동화≫1936. 12), 「눈, 눈, 눈」(≪카톨릭소년≫1937. 1), 「할미꽃」(≪동화≫1937. 3), 「三月 하늘」(≪동화≫1937. 4), 「닭」(≪소년≫1937. 4), 「나나나」(≪동화≫1937. 6), 「오뚜기」(≪동아일보≫1937. 11. 7.), 「바다」(≪동아일보≫1937. 11. 14.), 「가을밤 숲속」(≪카톨릭소년≫1937. 11), 「바람」(≪아기네동산≫1938), 「봄비」(≪아이생활≫1938. 4), 「도토리-다람쥐의 노래」(≪소년≫1938. 11), 「겨울밤」(≪아이생활≫1939. 1), 「달밤」(≪아이생활≫, 1939. 2), 「지도」(≪아이동무≫1939. 2), 「하늘」(≪아이생활≫1939. 8), 「전등과 애기별」(≪아이생활≫1940. 8), 「눈 온 아침」(≪만선일보≫1940. 12. 13), 「인형의 그림자」(≪만선일보≫1940. 12. 17).
2) 1938~39년 두 해 동안 강소천의 작품 활동을 살펴보면, 『호박꽃초롱』에 「조그만 하늘」로 제목을 바꾸어 발표한 「하늘」(1939.8)을 포함하여 1938년에 동요·동시 3편 1939년에 4편이 보이고, 1939년에는 10편의 동화와 소년소설을 발표했다. 이 작품 발표 통계를 미루어 보면 강소천은 1938년부터 동요·동시보다 동화와 소년소설에 더 집착했음을 알 수 있다.

「삼굿」(7. 24~26), 「보쌈」(8. 13~15), 「새로 지어든 이름」(8. 25~27), 「돌맹이 II」(9. 13~18), 「빨간 고추」(10. 17), 「속임」(12. 7~10) 등 동화와 소년소설 7편을 집중적으로 발표하며 본격적으로 동시인에서 동화작가의 길로 성공적으로 들어서게 된다. 이때 그는 영생고등보통학교를 졸업한 뒤여서 마음먹고 창작에 몰두할 시간적 여유가 있었을 것으로 보인다.3) 그가 첫 창작동화 「돌맹이」를 발표하기 직전까지 지면에 발표한 동요 · 동시가 55편에 달하는데,4) 1941년 초에 꼭 10년간 발표한 동요 · 동시와 새로 쓴 동시 중 33편을 엄선하여 동요시집 『호박꽃초롱』(박문서관)을 간행한다. 이 동요시집은 500부 한정판 자비출판으로 출간되었다. 그것은 당시 동시인으로서 개인적인 자기 정리의 성격을 지닌 것이긴 하지만, 동시문학사적으로 큰 의의를 남긴 문학적 성과였다.

동요시집 『호박꽃초롱』에는 33편의 동요 · 동시와 의외로 1편의 창작동화 「돌맹이 I, II」가 수록되어 있다. 「돌맹이 I」은 1939년 《동아일보》5)에 발표한 두 번째 창작물이면서 자신의 첫 창작동화로 그가 동요시인에서 동화작가로 나아가는 중요한 전기가 되는 작품이다. 1938년 말 그는 여러 신문의 신춘문예에 「전등불의 이야기」, 「돌맹이」 등의 동화를 투고했는데 그중 매일신보에 투고한 「전등불의 이야기」가 당선되고 기대했던 동아일보 투고작 「돌맹이」는 낙선되었으나, 그 지면에 1939년 2월 5일부터 5일간 분재하여 실어주었던 것이다.

---

3) 강소천 연보에 따르면, 자신이 쓴 간단한 '이력서'에는 3월에 영생고등보통학교를 졸업한 것으로 되어 있으나 그의 친구 전택부에 의하면 그는 1934년 겨울방학을 끝으로 학교를 졸업하지 않았다고 함. 그는 이후 해방이 될 때까지 그의 할아버지 강봉규(姜鳳奎)와 그의 친구인 유관우(劉寬祐)의 부친인 유봉휘(劉鳳輝)가 설립한 미둔리 교회의 주일학교에서 어린이를 가르쳤다고 함.

4) 1939년 2월 《동아일보》에 동화 「돌맹이」를 5회에 걸쳐 연재하기 직전까지 발표한 동요 · 동시는 《아이생활》에 발표한 「겨울밤」(1939. 1), 「달밤」, (1939. 2)과 《아이동무》에 발표한 「지도」(1939. 2) 등이다.

5) 「돌맹이 I」은 1939년 2월 5일부터 9일까지 5회에 걸쳐 연재되고, 「돌맹이 II」는 1939년 9월 13일부터 18일까지 연재되었다. 여기서 「돌맹이」는 발표 당시의 표기임.

≪매일신보≫ 신춘문예로 동화작가의 입지를 굳힌 강소천은 「돌맹이 Ⅰ, Ⅱ」 발표 이후 1941년 2월 『호박꽃초롱』 발행 직전까지 ≪아이생활≫에 「감과 꿀」(1940. 2), 「희성이의 두 아들」(1940. 9~1941. 2), ≪만선일보≫에 「짜짜구리」(1940. 10. 27~11. 3), 「네거리의 나룻배」(1940. 11. 10), 「허공다리」(1941. 2. 26~3. 6) 등을 연달아 연재했다. 만선일보는 조선·동아 양대 일간지가 일제에 의해 폐간되어 작품 발표의 길이 막힌 많은 시인, 작가들이 눈을 돌려 투고한 지면이다. 만선일보에 연재된 강소천의 동화는 당시 그 신문사의 문화부 기자로 잠시 있었던 손소희의 청탁에 의한 것이다.[6] 일제 암흑기시대 이전까지 강소천의 왕성한 동화 창작 활동은 6·25 이후 우리나라의 대표적 동화작가로 자리매김하는 실증적 지표가 된다. 그뿐 아니라 그는 1950년대 한국 동화와 소년소설에서 형식적 새로움과 실험성을 끊임없이 제시해준 전위기수의 역할을 다한다.

1931년 2월부터 1963년 4월까지 약 30여 년 간 동요·동시, 동화·소년소설, 아동극을 누구보다 왕성하게 써온 강소천에 대한 평가는 1963년 5월 타계한 직후 일반문학계와 아동문학계에서 곧바로 이루어진다. 그가 편집위원으로 활동했던 ≪아동문학≫ 5집(1963. 10)은 시급히 그를 기리는 추모특집을 엮었고, 같은 해 ≪현대문학≫(1963. 6)과 이듬해 발행된 ≪아동문학≫ 10집(1964. 12)에는 특집으로 「소천의 인간과 문학」을 재조명하였다. 아동문학지뿐 아니라 일반문학지의 조명은 당시 강소천의 작가적·문학적 위상을 알리는 하나의 실례가 될 터이다. 하지만 그에 대한 평가는 사후 초기부터 양극화되는 특징을 보여주었다. 곧 6·25 이후에 씌어진 소년소설을 두고 교육성을 중시하는 작가로 평가되었지만,[7]

---

6) 손소희는 "동아 조선의 양지의 폐간으로 국내에서 평론과 시 투고가 상당히 많았다. 그지음의 어느 날 나는 강소천 씨를 상기했다. 그리고 최초요, 단 한 번인 원고청탁을 그에게 했다. 그리하여 그에게서 부쳐온 원고는 20회 가령의 동화였다."고 회고했다. 「강소천 씨와 나」, ≪현대문학≫ 1963년 6월호, 44쪽.
7) 이원수, 「소천의 아동문학」, ≪아동문학≫ 제10집, 배영사, 1964, 75~76쪽. 이재철,

해방 이전 동요시집으로 간행한『호박꽃초롱』에는 "시인으로서의 일가를 다 이루었다"[8]거나 "본격적인 동시문학의 출현을 기약해 준 기념비적인 작품집"[9]이라는 찬사가 쏟아졌다.『호박꽃초롱』은 일제 말기 혹독한 우리말 탄압정책 아래 간행되었다는 점과 당시 주류를 이루던 가창동요의 형식과 내용을 완전히 탈피하고 새로운 시적 차원을 구축하여 해방 이후 우리 동시문학의 방향성을 시사한 동시집[10]이었기 때문이다.

동요시집『호박꽃초롱』에 대한 호평은 동요·동시뿐 아니라 유일하게 수록된 첫 창작동화「돌맹이」에도 함께 내려졌다. 그 작품에 대해 박목월은 "일제의 압박 밑에서 허덕이는 우리 겨레의 운명을 상징한 것"[11]이라고 평가했고, 이원수는 "「돌맹이」는 그 후의 많은 동화, 소설을 압도하는 빛나는 것"이며 "진실성을 가진 것으로서「돌맹이」가 가장 대표작"[12]이라고 했다. 이재철도「돌맹이」를 "일제의 착취로 고향을 등지고 떠나야 하는 유랑민을 형상화한 작품이다. 특이한 기법과 구성으로 예술적 가치를 부여하며, 우리 민족의 애환을 표출시키려 했던 노력을 높이 평가할 수 있다"[13]고 했다.

실제로 강소천은「돌맹이 II」발표 직후부터 화제가 되었던 동요시인 겸 동화작가였다. 1939년 ≪동아일보≫에「돌맹이 II」연재가 끝나고 난 뒤 송창일은 동화문학에서 "제작품(諸作品)을 통하여 극단으로 예술적이

『아동문학개론』, (문운당, 1967), 137~140쪽. 하계덕, 「모랄의 긍정적 의미」, 『현대문학』, 제170호, 1969. 2, 341쪽. 남미영, 「강소천연구」, 숙명여대 대학원, 석사학위논문, 1980, 60~71쪽. 등 참조.

8) 김요섭, 「바람의 시 구름의 동화」,≪아동문학≫, 제10집, 배영사, 1964, 77쪽.
9) 이재철,『세계아동문학사전』(계몽사, 1989), 5쪽.
10) 김용희, 「강소천 동화문학 재평가의 필요성」, ≪한국아동문학연구≫, 제11호, 한국아동문학학회, 2005. 5, 59쪽.
11) 박목월, 「소천형의 작품」,『잃어버린 나』, 배영사, 1963, 254쪽.
12) 이원수, 「소천의 아동문학」, ≪아동문학≫, 제10집, 배영사, 1964, 76쪽.
13) 이재철,『세계아동문학사전』, 계몽사, 1989, 4쪽.

요 상징적인 것과 현실적이요 사실적인 2대 조류를 발견할 수 있다"고 전제하면서 전자의 대표적 동화작가로 강소천을 꼽았다. 그리고 그는 「돌맹이」에 대해 "무생물인 돌맹이를 진실이 있게 의인화했으며 곱고도 매끄러운 문장으로 묘사했다. 과연 동요시인으로써의 천품을 소지했다고 보는 동시에 독창적인 예술경지에 도달하려고 노력하는 흔적이 엿보인다"14)고 극찬했다.

그만큼 「돌맹이 Ⅰ, Ⅱ」는 동요시인의 독창성이 돋보이는 첫 창작동화이면서 강소천 동화의 특성을 예단할 수 있는 중요한 작품이다. 그것은 강소천의 동요·동시 창작이 동화 창작에 어떠한 영향을 미쳤는가를 가늠할 수 있는 점뿐 아니라 동요·동시와 동화의 깊은 장르적 연관성을 시사한 것이기도 하다. 그런 의미에서 이 글은 강소천의 1930년대 창작동화 중에서 「돌맹이 Ⅰ, Ⅱ」를 집중적으로 살펴보고자 한다.

2. 동요시집 『호박꽃초롱』 속의 창작동화 「돌맹이」

강소천은 1931년부터 1940년까지 10년간 발표한 작품들과 새로 쓰고 고치고 한 작품들을 엄선하여 1941년 동요시집이라는 이름으로 『호박꽃초롱』(박문서관)을 간행했다. 이것은 신문학 이후 해방되기까지 윤석중의 동시집 다음으로 나온 동시집이다. 첫 번째로는 창작동시 20편, 번역동시 10편, 동화시 5편을 묶어 동시집이라는 이름으로 발간된 윤석중의 『잃어버린 댕기』(계수나무회, 1933)였다. 이 동시집도 요적 정형률을 깨드리는 형식적 실험을 적극적으로 보여주고 있다. 그 뒤를 이어 간행한 것이 『호박꽃초롱』이다. 1930년대 중반 이후 실험적으로 선보이던 동요

---

14) 송창일, 「동화문학과 작가①」, ≪동아일보≫, 1939. 10. 17일자.

시편의 영역을 보다 확장시킨『호박꽃초롱』은 해방 이후, 시적 형태의 자유로운 변이와 사유의 깊이를 꾀하는 데 중요한 가교 역할을 했을 뿐 아니라 한국 동시문학의 이정표 구실을 한 동시집이다. 특히 이『호박꽃초롱』은 일제 말기 혹독한 우리말 탄압 정책 아래에서도 아름다운 우리말과 서정 동시가 나아갈 시형들을 새롭게 제시한 귀중한 시적 유산이었다. 그런데 이 동요시집이 실제로는 동요·동시 33편과「돌맹이 Ⅰ」,「돌맹이 Ⅱ」를 함께 묶은 아동문학작품집이었다.

그렇다면 왜 강소천은 동요시집이라는 이름으로 간행하면서 창작동화를 넣은 것일까. 왜 하필『호박꽃초롱』을 출간하기 전 발표한 소년소설과 창작동화 15여 편 중「돌맹이 Ⅰ, Ⅱ」를 택했을까. 첫 동요시집『호박꽃초롱』에서「돌맹이 Ⅰ, Ⅱ」는 어떤 의미를 지닐까.『호박꽃초롱』은 동요시, 동시, 창작동화 등 다양한 형식을 담았으면서도 '동요시집'이라는 이름으로 간행되어 그 궁금증을 더욱 일게 하는 것이 사실이다. 하지만 그 의문은 아무런 의미가 없다면 없을 수도 있다. 단지 동요·동시를 엄선할 때 마음에 드는 작품 33편을 뽑고 나서 한 권의 책 분량으로 부족하다 생각하여 1, 2로 나뉜 연작「돌맹이」를 선택한 것일 수도 있기 때문이다. 또한 그 동요시집 체제는 앞서 발행된 정지용의『정지용시집』(시문학사, 1935)이나 백석의『사슴』(조광인쇄주식회사, 1936)에 영향 받은 것일 수도 있다. 전 5부로 나누어 묶은『정지용시집』은 5부에 산문시 2편이 실려 있고, 전 4부로 묶은『사슴』은 33편의 시가 수록되어 있다. 특히 백석과는 영생고등보통학교 사제지간으로『호박꽃초롱』의「「호박꽃초롱」서시」를 써준 것으로 미루어 보아 그의 영향을 짐작하게 된다.

하지만 그보다 먼저『호박꽃초롱』에 수록된 작품들의 시적 발화방식과 시형에 주목해 보면, 그가 왜 거기에「돌맹이 Ⅰ, Ⅱ」를 수록했는지 이해할 수 있게 된다.『호박꽃초롱』은 모두 4부로 나뉘어져 있다. 소제목으

로 1부는 '호박꽃초롱', 2부는 '모래알', 3부는 '조고만 하늘', 4부가 '돌맹이'다. 곧 이 동요시집 속의 수록 작품들을 '동요시→단형 동시→이야기 동시→동화' 순으로 질서 있게, 또 이미지가 중시된 시에서 이야기성이 강화된 시의 순서로 의미 있게 묶어 놓았다. 각부에 붙인 소제목도 그것을 뒷받침해 준다.

다만 여기서 주목할 것은 2부의 소제목으로 붙인 '모래알'이다. 1부 '호박꽃초롱'에는 「닭」외 8편의 동요시를 엄선하여 묶으면서 그 중 동요 「호박꽃초롱」에서 소제목을 따 왔다. 특히 그가 발표한 많은 동요 중에서 가장 시적인 동요를 엄선해 추린 곳이 1부이다. 3부 '조고만 하늘'에는 「가을의 전신줄」외에 11편의 산문동시를 수록하면서 그 중 「조고만 하늘」을 소제목으로 삼았다. 3부에 수록된 동시의 특징은 대화체로 이루어졌다는 점이다. 두 명의 화자가 서로 대화하는 대화체 형식으로 시상을 전개해 나갔다. 이는 동화의 모방적 형식이다. 또 그 당시 누구도 시도하지 않았던 "……", "ㅡㅡ", ( ) 등의 기호를 사용하여 동극적인 요소까지 접목해 시적 의미를 섬세하게 드러내고 있다. 거기에다 「겨울밤」, 「그림자와 나」, 「전등과 애기별」등 뒤로 갈수록 대화체로 풀어낸 동화시적인 동시들로 놓여 있다. 마지막 4부에 동화 「돌맹이 Ⅰ, Ⅱ」를 실었는데 그 제목을 그대로 사용하고 있다. 이와 같이 1, 3, 4부의 소제목은 모두 수록된 작품의 제목을 따 붙였지만, 2부 '모래알'만은 동시 「바다」의 "바다는 쌀함박/ 모래알은 쌀//크나란/ 쌀함박을// 기웃둥……/ 기웃둥ㅡㅡ"에서 제재를 뽑아 붙여놓았다. 2부에 실린 11편의 작품은 모두 시인이 동심으로 대상을 바라보면서 뛰어난 관찰력과 순간의 포착력으로 제재를 은유화하여 단순 간결 명쾌하게 시적 의미를 드러낸 단형 동시들이다. 아마도 강소천이 짤막한 동시를 모아놓은 2부에는 소제목으로 붙이기에 적절한, 수록 동시 제목이 없다고 판단하여 작은 것을 나타내는 제재인 '모래알'을 선택한 것으로 보인다. 그만큼『호박꽃초롱』은 강소천의 시적 모형에 대한 실험성과 문학적 의도를 분명하게 드러낸 동시집임을 알 수 있다.

따라서 그 동요시집 4부에 창작동화「돌맹이 I, II」를 수록한 연유를 알아차릴 수 있다는 것이다. 바로 시적 이야기성의 궁극에 창작동화「돌맹이 I, II」가 놓이고, 그 동화를 동화시로 읽어도 무방하다는 의미가 내포해 있다는 뜻이다. 다시 말하면 당시 발표된 창작동화와 소년소설 중에서「돌맹이 I, II」를 선정한 것은 그 창작동화 속에 발현된 서정적 특성 때문이다. 결국 여기서『호박꽃초롱』의 시적 발화과정과 시형이 '동요시→단형 동시→이야기 동시→동화시'의 순으로 질서 있게 놓이듯, "동화는 일종의 산문시(散文詩)같은 것"15)이란 그의 동화관을 확인하는 의미도 된다.

실제로「돌맹이 I, II」에 담긴 동화적 특질 중 하나가 서정적 구조를 띠고 있다는 점이다. 강소천 동화문학의 구성 원리에 대한 유형적 특성은 '잃어버린 것을 찾아 헤매는 것'이나 '사랑하는 것을 놓쳐버린 것'에 대한 것들16)에 관여되어 있다. 한마디로 강소천의 동화문학은 일관되게 '잃어버림과 찾음'이란 구도의 역정에 의지해 있다는 것이다. 이때 강소천 문학에 나타난 꿈은 구성상 단순한 복선이나 인물과 플롯의 인과적 계기로 활용되어 동화의 의미를 조성해가는 주제적 문제이기보다 문학작품에 고착적인 꿈의 속성들을 다양하게 배치시킴으로써 여러 가지 상징성을 유발해내는 기법상의 문제에 관여한다.17)

특히 강소천의 창작동화는 소년소설과 달리 서사가 약한 대신 서정성이 짙은 특징을 보여준다. 창작동화도 이야기라는 서사 구조물임에는 틀림없지만, 그의 창작동화는 외부의 모든 대상들이 등장인물과 교감하면

---

15) 강소천,「동화와 소설」, 《아동문학》, 제2집, 배영사, 1962. 10, 15쪽.

16) 박목월,「해설」,『강소천아동문학독본』, 을유문화사, 1961, 6쪽.

17) 김용희,「소천 동화에 나타난 꿈의 상징성」,『한국아동문학 작가작품론』, 서문당, 1991, 210쪽.

서 시적 이미지망으로 구축되어 자신의 내면세계를 드러내는 서정적 과정으로 이야기된다. 그것은 그가 10년 가까이 써온 동요 · 동시의 영향력일 수도 있겠지만, 본질적으로 창작동화의 미적 특질이기도 하다. 강소천은 일관성 있게 '잃어버림과 찾음'이란 구성 원리를 기저로 대상성에 깊이 파고들어 그 대상을 내면화하였다.[18] 이때 내면화된 현실을 표층적으로 드러낸 것이 그의 꿈 모티프이다. 「돌맹이 Ⅰ, Ⅱ」도 '잃어버림과 찾음'이란 이야기 특성과 서정적 구조를 지니고 있고, 서사도 화자의 독백으로 이어지면서 짙은 서정성을 드리운다. 이것은 「돌맹이 Ⅰ, Ⅱ」가 동요시집 속에 함께 수록하는 데 합당한 전제조건이 되는 셈이다. 「돌맹이 Ⅰ, Ⅱ」의 내질을 들여다보면, 이 작품에 담긴 서정적 특성을 보다 더 의미 있게 살필 수 있게 된다. 그만큼 「돌맹이 Ⅰ, Ⅱ」는 소년소설과 달리 강소천의 창작동화가 지향할 방향성을 예고하는 중요한 작품이라 할 수 있다.

3. 「돌맹이」의 동화문학사적 의미

「돌맹이 Ⅰ, Ⅱ」는 인물이나 사건에 초점을 맞춰 이야기되기보다 시점의 변화와 그에 따른 서술자(narrator)의 독백에 의해 진술된다. 이 창작동화는 경구의 생각과 돌맹이의 생각이 서로 교차되면서 이야기가 진행된다. 그 돌맹이는 우리 산천에 흔하게 산재한 돌덩이로 말을 하지 못하고 움직일 수도 없고, 모양도 각양각색이다. 돌맹이는 귀, 눈, 입, 손발이 없

---

18) W. 카이저는 "서정적인 것 속의 세계와 자아는 정녕 자기 표현적 정조의 자극 속에서 융합하고 상호 침투하는 것이다. 즉 심령적인 것이 대상성에 깊이 파고들어서 그 대상은 내면화되는 것으로써 정조의 순간적인 고조를 띤 대상성의 내면화는 서정성의 본질인 것이다."고 서정성의 본질을 규정하고 있다. Kayser, Wolfgang, Das sprachliche Kunstwerk, Bern, München:Franche, 『언어예술작품론』(김윤섭 옮김, 대방출판사, 1982), 521쪽.

지만 그렇다고 죽은 것은 아니다. 강소천은 그 돌멩이가 생명이 있는 달걀과 같은 존재여서 생각할 수도 있다는 것을 전제하고 있다. 돌멩이의 입장을 대신 생각해주는 화자가 주인물인 경구이며, 그것도 경구의 혼자 생각이다. 바로 「돌멩이」는 경구의 생각과 돌멩이의 생각이 일치되고 동화되면서 인간과 자연이 자연스럽게 교감한다. 다른 아이들과 달리 경구가 돌멩이의 생각을 느끼고 들을 수 있었던 것은 경구가 냇가에 나와 앉아 수많은 돌멩이를 만져보며 많은 생각을 해보고, 돌멩이와 친해져 이야기를 나누고 싶어 했던 특별한 아이였기 때문이다. 「돌멩이」는 돌멩이가 아들 차돌이를 잃고(잃어버림) 그리워하다 다시 찾는(찾음) 구성 원리를 지니고 있다. 그런 구성 원리에 잠복된 이야기는 서사를 통해서 진행되는 것이 아니라 경구와 돌멩이의 독백을 통해서 제시된다.

나는 냇가의 한개의 크다란 돌멩이다. 들은 이야기, 본 이야기, 하고 싶은 이야기가 많고 많지만 내게는 입이 없다.

내게 만일 입이 있다면 나는 늘─나에게 이야기를 들여달라는 '경구'라는 아이에게 자미있는 이야기를 들여 주었을게다. 그저 나는 언제나 이렇게 속으로 생각하고만 있다.

언제 내가 말할수있게된다면 한번 이렇게 말해보련만─

우리들이 살아간다는것은 사람들이 살아 가는것과는 아주딴판이다. 물론 즘생이나 새들과같지도 않다. [⋯중략⋯]

우리는 열이나 스물이상 더 많은 셈을 셀줄 모르니까 냇가에 우리의 일가친척이 얼마나 되는지 모른다.

우리뿐만 아니라 이마을에서 사는 사람들도 아마 모르리라.

더구나 한해 여름 장마를 한번 치르고 난뒤에는 우리의 동무들이 수없이 다른 곳으로 이사를 가게되고 그대신 또 다른 동무들이 우리 곁에 와 살게된다.

내가 이 냇가에 온지도 벌서 여러해되지만 나도 본시 여기서 나지는 않았다. 내 고향은 본시 깊은 산골이다. [⋯중략⋯]

아—나는 가깝하다. 아—나는 답답하다. 나는 왜 돌맹이가 되였나? 돌맹이는 왜 싹트지 못하나? 돌맹이는 왜 눈트지 못하나? 돌맹이는 왜 잎 피지 못하나?

돌맹이—몇백년 봄을 마지해도 싹나지 않고, 눈트지 않고 잎 피지 않는 돌맹이—

나—나는 이런 크다란 돌맹이가 되기 보다 조고마한 한개의 밀알이 되고싶다. 한 개의 닭알이나 새알이 되고싶다. 한 개의 옥수수알이나, 감자알이 되여보고 싶다.

아무래도 나는 이 냇가에 구부러 단기는 아무 쓸데 없는 물건인가 보다.

누가 나를 들어다 영자네집 토방돌을 만들어 주었으면 좋으련 만……

나는 한 개의 쓸수있는 물건이 되여보고싶다.[19]

이 글은 냇가에 있는 커다란 돌맹이의 독백이다. 돌맹이는 본 대로 들은 대로 이야기하고 싶지만, 입이 없어 하고 싶은 이야기를 못한다. 발이 없어 돌아다니지 못하는 대신 여름 장마를 치르고 나면 물살에 휩쓸려 이사를 다닐 뿐이다. 깊은 산골에서 살았던 커다란 돌맹이가 냇가로 이사를 온 것도 그런 까닭이다. 그보다 돌맹이가 답답해하는 것은 아무것도 할 수 없다는 데 있다. 몇 백 년이나 봄을 맞아도 싹트지 못하고, 눈도 트지 못하고, 잎도 피우지 못하는 아무 쓸데없는 물건이라고 생각하고 있다. 그런 돌맹이를 더욱 가슴 아프게 만든 것은 아들 차돌이를 잃어버리고도 하소연할 수 없다는 데 있다. 차돌이 꿈을 꾸는 돌맹이는 고향도 그립지만, 그보다 더한 차돌이에 대한 그리움으로 살아간다. 차돌이는 앞마을 영자네 집에 가 있다. 돌맹이가 아들 차돌이를 잃은 것은 영자네 할아버지가 부싯돌로 쓰겠다며 주워간 까닭이다. 이제 그 차돌이의 이름은 부싯

---

19) 강소천, 「돌맹이 I」, 『호박꽃초롱』(1941, 박문서관), 83~90쪽.

돌이 되었다. 하지만 아무런 싹도 잎도 피우지 못하고 아들도 잃어버린 그 돌멩이가 "한 개의 쓸 수 있는 물건"이 되기를 소망한다.

「돌멩이 Ⅱ」에서도 '경구의 혼자 생각'과 '돌멩이와 차돌이의 이야기'로 짜여져 있다. 여기서 경구는 소학교를 졸업하지만, 중학교 진학을 못하고 고향을 떠나와 아버지를 도우며 밭일을 한 지 삼 년이 되었다. 차돌이는 경구의 호주머니에 있다. 경구가 차돌이를 늘 곱다고 해서 영자 할아버지가 돌아가시기 전에 경구에게 선물로 주었기 때문이다. 경구는 귀순이가 결혼한다고 하여 차돌이를 호주머니에 넣어가지고 고향에 오게 된다. 경구가 온다는 소식에 친구들이 마중을 나오고, 경구는 그 친구들과 함께 강을 건너오자 좀 쉬었다 가자고 한다. 경구를 몹시 기다리던 돌멩이는 경구의 목소리에 반가워 눈물이 났지만 말을 할 수가 없다. 귀순이 결혼식이 끝나고 영자와 경구가 냇가에 와서 못 다한 이야기를 나누다 영자 할아버지 이야기를 하며 부싯돌을 원래의 자리인 커다란 돌멩이 곁에 갖다 놓아준다. 그렇게 해서 커다란 돌멩이와 아들 차돌이가 다시 만나게 된다.

이 돌멩이의 가족 상실과 찾음이라는 상황적 관계는 전적으로 사람들에 의해서 이루어진 결과물이다. 곧 돌멩이가 아들을 잃는 과정은 전적으로 타인에 의해 돌발된 일이었다. 하지만 돌멩이가 현실에 순응하며 살아왔던 것은 아니다. 아들 차돌이를 잃고도 말을 할 수 없는 돌멩이는 물어볼 수도 울 수도 없어 갑갑하다고 생각으로만 호소할 뿐이다. 그런 돌멩이가 아들을 찾는 과정도 역시 타인에 의해서이다. 돌멩이를 제자리에 놓아주는 자는 작가의 허구적 대리인으로 내세워진 경구이다. 돌멩이의 생각을 느끼고 들을 수 있는 경구는 동심의 순수한 본성에 대한 상징적 인물이다. 이때 자연(돌멩이)과 인간(경구) 간의 믿음이 실현되고 돌멩이의 내적 갈등도 순간적으로 무화된다. 아이들의 선한 심성은 작가의 서정적 비전 안에서 비정한 현실을 넘어서고 포용해 버리며, 돌멩이도 세계와의 갈등이 해소되고 서정적 합일의 순간을 이룩한다. 이러한 서술상황 (narrative situation)에서 인간과 자연이 교감하는 감정의 교류도 서정적으로 표출된다. 볼프강 카이저의 말을 빌면, "서정적 표현이란 대상적인 것과 심적인 것이 서로 침투된, 그때그때 고조된 감정의 알림"이다. 이처럼 우리가 「돌맹이 Ⅰ, Ⅱ」에서 읽는 것은 그 서정성이다.

「돌맹이」에 지닌 서정성은 문체나 시적 이미지와 상징, 서술자의 독백 등에 나타나 있지만, 경구와 돌맹이의 입장이 서로 교차 진행되는 서술자 시점의 변화에 의한 서술구조에서도 드러난다. 그 서술구조 안에는 돌맹이가 부싯돌이 된 차돌이와의 재회와 아이들이 성장하여 결혼하기까지의 시간성이 내재해 있고, 등장인물들이 간직한 일관된 소망이 근원적인 순수성의 공간을 유지하며, 분열된 세계와의 서정적 합일을 이루고자 하는 작가의 욕망이 집약되어 있다. 그 작가의 욕망 속에는 돌맹이가 차돌이를 잃는 과정이 우리나라가 일제에 나라를 잃은 과정에 비유되는 것으로 다시 찾음의 과정도 함께 내정되어 있다. 이 창작동화는 그런 작가의 욕망을 비유적 · 암시적으로 제시하면서 서정적 본질을 드러낸다.

강소천은 서정적 본질을 강화하기 위해 ≪동아일보≫에 처음 발표한 「돌맹이 Ⅰ」의 내용을 『호박꽃초롱』에 재수록할 때 손질을 가한다. 「돌맹이 Ⅰ」을 처음 ≪동아일보≫에 발표되었을 때는 3~4회 분(1939. 2. 7~8일자)에 걸쳐 실린 '달팽이 이야기'를 『호박꽃초롱』에 재수록하면서 과감히 삭제했다. 삭제한 달팽이 이야기란 돌맹이가 어린 시절 할머니에게 들은 많은 이야기 중에서 지금도 잊지 않은, "할머니가 어린 나를 안고 늘 이런 이야기를 들려주셨다"던 이야기이다. 삭제한 부분,

　　그 이야기는 이러타.
　　수양버들 늘어선 어느 조고마한 동리에 아주 에뿐색시 하나가 잇드란다.
　　어찌도 그 색시의 얼골이 에뿌든지 사람들이 이색시를 '달'이라고

부르드란다. 달은 날마다곱게 얼골 단장을 하고 고ー운 옷을 입고는 여기 저기 놀러만단니드란다. [⋯중략⋯]

또 얼마 가는데 귀뜨람이가 가ー는 명주를 짜드란다.

달이 또 항아리에서 고개를 쑥ー빼들더니

"난두 집에다 누에알 한장 쓸어 노쿠 왓ー지." 드러드란다. [⋯중략⋯]

언덕 아래 풀밭으로 대굴 대굴 굴러가는 달을 보고 한사람이

"야 고거 참 잘두 굴러 간다. 팽이 같은데ー"

"홍 달이 그만 팽이가 됏군ー"

"참 그래ー 달이 팽이가됏어ー"

"달이 팽이가 됏으니 이제는 저 색시이름을 달이라고 부르지 말고 달팽이라고 그러세 그려."

"그러세 그려. 달팽이라ー 달팽이"

"우리 한번 불러 보세나"

"달팽이ー 달팽이ー"[20]

수양버들 늘어선 어느 조그만 동리에 '달'이라는 이름을 가진 아주 예쁜 색시가 살았는데 그 색시를 '달팽이'로 불리게 된 유래를 이야기하고 있는 대목이다. 이 대목은 서사성이 강화된 부분이다. 강소천은 그 서사적 시간성을 축약하면서 독자에게 일관되게 돌맹이의 내적 독백으로 서사적 사건을 전접화하고자 한다. 그만큼 강소천의 첫 창작동화인 「돌맹이 Ⅰ」은 회상, 내적 독백 등의 서정적 시간성을 잘 드러낸다. 그러면서 처음 발단부분의 쓸쓸하고 답답한 돌맹이의 독백을 결말부분에서 "나도 눈 뜨고 싶다. 나도 자라고 싶다. 아ー 갑갑하다. 아ー 갑갑하다. 나는 돌맹이다."라는 처절한 절규의 시적 발화방식으로 다시 강조하며 독자에게 일제 강점기의 시대적 감정까지 아프게 전달하는 간접 효과도 얻고 있다.

이와 같이 「돌맹이 Ⅰ」에 나타난 발화방식은 동요 못지않은 서정적 울

---

20) 강소천, 「돌맹이 1」, ≪동아일보≫, 1939. 2. 7~8일자

림을 발휘하고 있다. 이것은 자아와 대상이 완전히 융화된 상태에서 서술하는 양상을 띠고 있음을 의미한다. 이때 화자는 대상에 융화되면서 자신의 주관적인 감응을 표현하고 정서화하는 서정적 화자로 변화하는 것이다. 즉 화자가 처음부터 '나'의 눈으로 본 느낌과 생각을 이야기하는 '내면적 자아'의 특성을 보여준다는 것이다. 내면적 자아는 내면적 소리를 내는 서사적 화자를 가리킨다. 서정적 자아가 "주관과 객관, 이성과 감정이 구분이 일어나지 않은 상태의 것"이며, "세계와의 접촉 없이도 존재하는 자아"[21]라고 한다면, 창작동화에서는 내면적 자아는 주인공일 때 화자자신이 주인공이 되어 자신의 삶의 과정에 깊이 관여하며, 관찰자일 때는 화자가 관찰자의 입장이 되어 작품 내의 주인공인 타자의 삶을 내면화시킨다. 「돌맹이」에서는 경구가 관찰자의 입장이 되어 '돌맹이'의 삶을 내면화하여 보여주고 있는 것이다.

　강소천의 초기 창작동화는 아동소설과 달리 특별한 서사 없이 주로 서정성의 전달에 주력한다. 이것은 그가 창작동화를 시와 같은 표현문학으로 생각해 왔던 동화관과 일치된다.『호박꽃초롱』에 동요시와 이야기동시, 그리고 창작동화「돌맹이 Ⅰ, Ⅱ」를 함께 묶은 것은 단지 동요·동시만으로 한 권의 동시집 분량이 되기에 부족하여 긴 동화를 채워 넣은 것이 아니라 송창일이 분류한 '예술적이요 상징적인' 동화를 넣은, '동화는 일종의 산문시(散文詩)같은 것'이라 생각한 그의 동화에 대한 인식을 대변한 작품이라는 것이다. 이러한 강소천의 서정시적인 창작동화는 꿈 모티프를 본격적으로 수용하면서 대상을 내면화한 서정적 시간성에서 서사적 시간성을 회복하게 된다. 그의 꿈 모티프는 그만큼 서사과정에 크게 기여했던 것이다.

---

21) 조동일,「본연지성과 기질지성의 시조」,『고전문학을 찾아서』(문학과지성사, 1979), 190쪽.

4. 나가며

강소천은 동요·동시를 써오다 1937년 첫 소년소설 「재봉 선생」과 1939년 첫 창작동화 「돌맹이 Ⅰ」과 「돌맹이 Ⅱ」를 ≪동아일보≫에 연이어 발표한 이후 동화작가로 더욱 활발히 활동했다. 그는 이러한 동화작가로의 변신에 대해 「돌맹이」의 후일담에서 솔직히 고백한 바 있다.

> 아마 1938년─내 나이 스물셋이었다고 기억된다. 10년 가까이 동요와 동시를 써왔지만 나는 그것으로 만족하지 못했다. 그때 정말 하고 싶은 많은 이야기가 있었기 때문이다.
> 나는 동화를 써야겠다고 생각했다. 동화에다 나는 일본 사람들이 우리나라를 빼앗은 이야기며 그 때문에 우리들이 고생하는 이야기를 써보고 싶었다.[22]

십여 년 간 동요·동시를 써오던 강소천이 동화를 창작하게 된 결정적 요인은 동화에 대한 인식방법에 기인한다. 동화의 기본적 속성은 이야기라는 서사 구조물이다. 강소천은 자신이 체험한 나라 잃은 고통스런 삶의 질곡을 숨김없이 이야기하고 싶었고, 또 동화가 그런 이야기로서의 역할과 기능을 충실히 감당해낼 수 있을 것이라고 믿었다. 그러나 정작 동화작가로 변신을 꾀한 이후, 그가 써보고 싶다고 했던 일본 사람들에게 나라를 빼앗겨 고생한 이야기를 사실적으로 그린 창작동화나 소년소설은 거의 없다. 1930년대 쓴 동화에 박목월이 "일제의 압박 밑에서 허덕이는 우리 겨레의 운명을 상징한 것"과 이재철이 "일제의 착취로 고향을 등지고 떠나야 하는 유랑민을 형상화한 작품이다"고 지적한 「돌맹이 Ⅰ, Ⅱ」 등에 간접적, 상징적으로 나타나 있을 뿐이다. 그 대신 월남 이후 1963년

---

22) 강소천, 「돌맹이 이후」, 『동아일보』, 1960. 4. 3.

타계할 때까지 쓴 그의 작품은 6·25로 야기된 참혹한 피해에 대한 복구가 요원했던 1950년대란 시대사적 명제를 안고 있다. 그가 일제강점기에 체험한 나라 잃은 고통스런 삶의 질곡을 숨김없이 털어놓고 싶어 했지만, 그보다 함경남도 고원군 미둔리가 고향이었던 그에게 혈육 상실을 가져다준 6·25의 충격이 더 근원적인 아픔으로 남았던 까닭이다.

결국 6·25 이후 강소천 창작동화는 「돌맹이」와는 또 다른 방식으로 꿈을 적극적으로 수용한, 미적이고 상징적인 화합의 비전을 통해 주관적인 내면성과 객관적 현실 사이의 근원적인 불일치를 해소하고, 자아와 세계의 단절된 관계를 회복하는 서정적 구조를 지니고 있다. 이때 꿈은 서사적 진행에 기여할 뿐 아니라 다시 서정적 합일의 세계로 복귀하는 역할에도 관여한 것이다. 이런 서정적 구조는 동요·동시와 동화의 양식적 특성이 서로 깊은 연관성을 지닌 것이기도 하다. 이 점은 강소천이 동요시인에서 동화작가로 자연스럽게 변신할 수 있게 한 요인이 되기도 했다. 특히 6·25 이후 어느 누구보다 이러한 꿈 모티프를 다양하게 실험한 강소천은 한국 창작동화의 서술구조의 확장과 서정적 기법을 통한 문학적 구성 원리에 크게 기여하였다. 아마도 「돌맹이」가 6·25 이후에 창작되었다면 과감히 삭제한 '달팽이 이야기' 부분도 꿈의 기법으로 표현되지 않았을까 하는 즐거운 상상을 해보는 것도 그런 연유에서다.

―《아동문학사상》 21호(2015. 2)

해방 전후 북한체제에서의 강소천 아동문학 연구

김 종 헌

1. 머리말

강소천에 대한 문학적 평가는 주로 일제강점기의 동시문학과 6·25전쟁이후 동화문학을 중심으로 이루어져왔다. 전자는 억압이 심했던 일제강점기에 우리말의 특성을 잘 살려낸 동시집『호박꽃초롱』(1941, 박문서관)을 중심으로 가창동요의 형식을 탈피한 시적차원의 구축이라는 평가를 받았다.[1] 전쟁이후에 그는 주로 동화창작에 전념하였는데, 이에 대한 연구는 주로 꿈 모티프에 집중되었다. 남미영[2]을 비롯해서 김용희,[3] 박상재,[4] 김명희[5] 등에 의해서 동화에 실현된 꿈의 상징성이 중점적으로

---

1) 이재철은 이 동시집에 나타난 동시의 특징을 "본격적인 동시문학의 출현을 기약해 준 기념비적"이라 극찬하고 있다. 이재철(1989),『세계아동문학사전』, 계몽사, 5쪽.
2) 남미영(1980),「강소천 연구」, 숙명여대 대학원 석사학위 논문.
3) 김용희(1991),「소천 동화에 나타난 꿈의 상징성」,『한국아동문학작가작품론』, 서문당.
4) 박상재(1998),『한국창작동화에 나타난 환상성 연구』, 집문당.
5) 김명희(1999),「한국 동화의 환상성 연구」, 전주대 대학원 박사학위논문.

연구되었다. 그러나 이러한 연구는 강소천 아동문학을 일제강점기와 월남이후에 국한시킨 연구였다. 따라서 그동안 연구에서 누락된 시기인 해방직후에서 월남이전까지 그의 문학적 행적이 궁금할 수밖에 없다. 이 시기 강소천의 문학을 살피는 것은 그의 문학을 더 풍성하게 할 뿐만 아니라 그의 작품 세계를 총체적으로 이해할 수 있는 토대가 되기 때문이다.

그동안 누락되어 왔던 평화적민주건설시기[6] 강소천의 문학적 활동은 최근에 원종찬,[7] 마성은[8] 등에 의해서 그 대강이 밝혀졌다. 원종찬은 동시 「자라는 조선」과 「야금의 불꽃」, 그리고 동화 「정희와 그림자」와 「박송아지」 등을 학계에 보고하였다. 또 마성은은 「북한에서 발표한 강소천의 소년시·동요」에서 해방 직후 강소천이 발표한 소년시 「가을 들에서」와 동요 「둘이둘이 마주 앉아」, 「나두 나두 크면은」 등에 대한 연구를 발표하였다. 이러한 연구는 해방직후 북한에서의 강소천 문학작품을 파악하는데 일정한 성과를 거두었다. 그러나 이들 연구는 그동안 베일에 가렸던 작품을 발굴하여 보고하는 성과에 그치고 있어 그의 문학적 사유에 대한 면밀한 검토는 미흡하다고 할 수 있다. 따라서 이 글은 해방직후 북한의 체제 선택과 정착 과정에서 강소천의 문학을 구성하는 주체형태가 어떤 것인지를 밝히고자 한다. 이로써 월남을 추동한 그의 문학적 사유구조를 살필 수 있을 것이다.

해방직후 북한문학은 '북조선문학예술총동맹'의 공간 안에 놓여있었다. 1947년 3월 「북조선에 있어서의 민주주의 민족문화 건설에 관하여」

---

6) 북한문학사에서는 해방직후인 1945년 8월부터 1950년 6월 전쟁까지의 시기를 '평화적 민주건설시기'라고 명명한다. 『조선문학통사』(과학원출판사, 1959), 『조선문학사』(과학백과사전출판사, 1981), 『조선문학개관』(사회과학출판사, 1986.) 등 참조.
7) 원종찬(2013.12.), 「강소천 소고-해방기 북한체제에서 발표한 동화와 동시」, 『한국아동청소년문학연구』 제13호, 한국아동청소년문학학회, 7~36쪽.
8) 마성은(2012), 「북한에서 발표한 강소천의 소년시·동요」, 『북한연구학회 추계학술발표논문집』, 285~302쪽.

라는 결정서에서 '고상한 사실주의'라는 사회주의 리얼리즘을 공식화 한다. 이것은 북한문학인들을 일정한 방향으로 호명하였다. 이로써 사회주의는 북한 문학인들에게 문학행위를 동일하게 규정하는 담론구성체로 기능하였다. 여기에서 강소천도 자유로울 수는 없었다.

미셸 푸코에 의해 제기된 담론구성체는 주체를 일정한 방향으로 구성하는 기제이다. 다시 말해서 담론구성체는 인식된 대상을 일정한 방향으로 의미를 구성하는 체계이다.9) 이 체계에 의하여 보이지 않던 것이 보이게 되고, 보이던 것이 보이지 않게 된다. 이렇게 담론구성체는 담론의 의미를 생산하는데 관여하게 된다. 따라서 이 담론 구성체에 의해서 주체형태가 구성된다. 주체는 세계에 대한 대응으로 형성되는데, 푸코의 담론 분석으로 설명할 수 있다. 그는 소쉬르 언어학을 비판하면서 담론 분석을 하였는데, 언어가 랑그(langue) 체계 안에서 파롤(parole)이 직선적인 대응 관계에 의해서만 의미가 형성되는 것이 아니라고 보았다. 즉 파롤은 랑그 뿐만 아니라 특정집단, 화자의 위치 등에 따라서 서로 다른 입장을 취하면서 소통된다는 것이다.

그런데 페쇠는 이 주체를 다시 '대주체'(The Subject)와 '작은주체'(the subject)로 나누어 그 관계가 역동적임을 설명한다. 대주체는 작은주체를 관장하는데, 작은주체에게 인식되지 않는 상태에서 영향력을 발휘한다. 작은주체는 '스스로 말하는 주체'로써 스스로 자유를 구가하는 주체이다. 이는 시적 퍼소나와 동일하다고 할 수 있다.10) 문제는 작은주체가 대주체의 호출에 단선적으로 응답하는 것이 아니라 역동적으로 응답한다는 것이다. 그것은 맹종(동일화의 주체), 거부(반동일화의 주체), 통합·편승(비동일화의 주체)하는 세 가지 형태로 형성된다.

동일화(identification)의 주체는 타자의 질서에 포섭되어 타자의 실상을

9) 조두섭(2006), 『대구경북 현대시인의 생태학』, 역락, 60쪽.
10) 허창훈·김태환 역(1996), 피터 지마, 『이데올로기와 이론』, 문학과지성사, 292~294쪽.

망각한 채 맹종하는 태도를 취한다. 기표에 고착되어 타자를 발견하지 못하고 그 이미지에 자유롭게 동의하며, 명백한 것을 명백한 것으로 받아들이는 '착한 주체'의 양식이다. 이 주체는 사물과 의식, 자아와 세계가 분리되지 않고 화해와 조화를 통해서 인간본연의 심성으로 돌아갈 수 있다고 인식한다. 그러나 이 동일화 주체의 문제는 일방적으로 세계에 굴복하는 피해자로 전락하게 된다는 것이다. 즉 주체와 세계가 상호 소통하지 못하는 한계가 있다.

반동일화(counter-identification)의 주체는 동일자의 메커니즘에서 빠져나가 타자를 넘어서는 주체이다. 즉 '아버지'를 넘어서 기표를 전복하거나 해체하여 본질적 세계와 비본질적인 세계를 거꾸로 세우는 형상이다. 기표와 기의의 관점에서 볼 때 기표의 절대화 현상이다. 즉 분명한 것만을 말하는 착한 주체들에 의해서 생성된 의미를 그들에게 되돌려준다. 따라서 반동일적 주체는 자신만의 절대적 세계, 즉 세계로부터 고립된 비밀스런 자아만의 절대적 세계를 구축하는데 그 목적이 있다. 그러나 이는 '아버지'가 되어야 한다는 주관적인 욕망이 너무 강해서 왜 '아버지'를 극복하여야 하는지에 대한 문제의 본질을 파악하지 못한다는 것이 한계이다.

비동일화(disidentification)의 주체는 구체적인 현실을 매개로 하여 갈등과 저항의 연속으로 세계를 인식하는 태도를 취한다. 이 주체는 세계의 이미지에 편성하는 것도 아니고, 또 그것으로부터 탈주하는 반동일적 태도를 취하는 것도 아니다. 이는 편성과 함께 저항하는 주체이다. 즉 세계와 자아가 상호 구성적 관계를 맺음으로써 세계와 자아의 상호 관계성, 세계와 자아의 상호 변별성을 중시하는 태도를 가진다. 이는 타자가 갖고 있는 만큼 주체성을 인정하고 그 타자성을 내적 타자로 하여 '나'를 구성하는 문학적 사유이다. 즉 차이성을 타자로 인정하는 주체이다. 이처럼 타자의 목소리가 함께 들어 있는 비동일적 주체는 적극적인 현실인식(혹은 대응)의 태도를 가지게 된다.

이러한 폐쇄의 주체형태로 해방직후 강소천을 읽으면, 북조선문학예술 총동맹의 호출에 강소천이 어떻게 응답했는가를 확인할 수 있다. 이를 밝히기 위해서 이 글은 강소천의 문학작품을 해방이전과 이후로 나누어 살필 것이다. 해방이전의 계급주의 담론과 해방이후 북한 체제에서 사회주의 담론이 그의 작품에 어떻게 작동되었는지를 밝히는 것은 그동안 강소천 문학의 공백기인 해방부터 6·25 전쟁까지, 즉 북한 체제에서의 그의 작품 경향을 파악하는 적절한 방법이라 생각된다. 이로써 일제강점기부터 월남시기까지 강소천 문학의 지속성과 변화가 드러날 것으로 기대한다.

2. 해방직후 북한 아동문단의 변화와 강소천

북한은 평화적민주건설시기라 명명하는 1946년 3월 25일에 '평양예술문화협회'와 '프롤레타리아예술동맹'을 결합하여 '북조선예술총연맹'으로 확대시킨다. 같은 해 10월에는 이 '북조선예술총연맹'을 다시 '북조선문학예술총동맹'으로 개편하여 방향전환을 하게 된다. 그 요지는 '김일성을 중심으로 정치적 복무의 원칙'을 강조한 것이다. 이때 '고상한 사실주의'라는 사회주의 리얼리즘의 방법을 공식화하여 북한의 모든 문학 예술인들에게 이를 하나의 복무조항으로 강요하기에 이른다. 이로써 당의 선전선동에 입각하여 문학을 포함한 모든 예술을 통제 관리하기 시작한다. 즉 문학을 당의 정책 아래 두고 새로운 제도의 성립에 활용하기 시작한다.

해방직후 북한의 예술은 한동안 자율성이 상당히 드러난 것으로 알려져 있다. 찰스 암스트롱에 의하면 "1947년 봄 새롭게 출범한 중앙의 인민위원회가 예술작품의 정치적 내용에 대한 엄격한 가이드라인을 내세울 때까지 북한에서의 예술적 자유는 상당한 수준"[11]이었던 것으로 보인다.

하지만 북조선임시인민위원회(위원장 김일성, 1946. 2.)와 북조선예술총연맹(1946. 3.)의 발족 이후 북한 표현의 자유와 창작의 자율성을 규제하게 된다. 이 시기의 통제는 주로 김일성에 대한 숭배와 북한체제에 대한 찬양이 주를 이룬다.

당시 북한 인민대중의 정서는 1945년 김일성이 연설한 '새 조선 건설'에 맞추어져 있었다. 김일성은 여기서 진보적 민주주의 국가형성을 강조하였다. 당시 상황에서 북한의 진보적 민주주의란 제국주의의 극복이었다.[12] 부당하고 폭력적인 일제잔재를 청산하고 나아갈 길을 제대로 정하는 것, 착취와 억압이 있는 부르주아공화국 건설의 반대, 이를 위한 구체적인 실천으로 토지개혁, 남녀평등법 제정 등을 제안한다.[13] 그의 제안은 1946년 3월 토지개혁을 필두로 7월 남녀평등법 제정 등으로 추진된다. 이러한 제도적 개혁은 '건국사상총동원'이라는 이름 아래 국가차원에서 새로운 문화 정책과 문화예술 조직, 의식개혁 운동이 함께 진행된다. 결국 김일성이 말하는 진보적 민주주의는 부르주아적인 보수적 민족주의에 대립하는 사회주의를 의미한다. 여기에는 계급적 이해와 관점으로 파악한 인민이 그 중심에 있다. 따라서 북한의 사회주의는 계급적, 혁명적 입장을 갖는 인민의 정권이어야 한다는 논리이다. 이런 상황에서 해방 직후 북한은 사회주의 체제의 구축을 위한 계급의식 개혁이 절실했으며 이를 위한 선전선동의 역할을 문학이 맡았다. 문학은 인민의 영웅적 노력과 투쟁과 승리와 영광을 그려야 했다.

11) 찰스 암스트롱 저, 김연철 · 이정우 역(2006), 『북조선 탄생』, 서해문집, 265쪽.
12) 신형기 · 오성호(2000), 『북한 문학사』, 평민사, 67~68쪽.
13) 「새 조선 건설과 공산주의자들의 당면과제」(1945. 9. 20.), 「새 조선건설과 민족통일전선에 대하여」(1945. 10. 13.), 「단결하여 민주주의 새 조선을 건설하자」(1945. 10. 13.), 「모든 힘을 새 민주조선 건설을 위하여」(1945. 10. 14.), 「민주주의 새 조선을 우리 손으로 건설하자」(1945. 10. 28.), 「새 조선의 믿음직한 기술인재가 되라」(1945. 11. 11.); 조흡 · 이명자(2007), 「해방후 민주개혁기의 북한영화-공동체, 수령, 주체를 지향하는 북한 영화문화의 형성과정을 중심으로」, 『영상 예술 연구』, 영상예술학회, 34쪽. 재인용

이러한 정치적 사정은 이른바 '응향' 사건(1946년)[14]과 '아동문화사' 사건(1947년 경)[15]을 거치면서 문학예술에 대한 체제의 요구를 노골적으로 강요한다. 북한은 이 두 사건을 거치면서 문학의 자율성을 상당히 박탈하였다. 즉 순수문학을 숙청하면서 북한 체제에 맞는 문학의 장을 형성해 간다. 아동문학은 일반문학에 비해서 다소 늦고 또 사상성도 느슨하기는 했지만 같은 행적을 밟은 것으로 보인다. 한편 '북조선문학예술총동맹'이 전문위원으로 아동문학위원을 구성했다는 사실은 아동문학을 혁명의 도구로 중요하게 인식했다고 볼 수 있다. 그 혁명의 구체적인 내용은 봉건질서의 타파와 일제 잔재의 청산이었다. 이런 과정을 거치면서 북한에서는 사회주의 체제의 확립을 위해서 문학이 동원되고 봉사하여야 하며, 당의 사상을 곧 문학의 사상으로 받아들여야 하는 것으로 자리 잡게 된다.[16]

---

14) '응향' 사건은 북조선문학예술총동맹 산하 원산문학동맹에서 발행한 시집『응향』(1946)에 수록된 시가 북한 현실에 대한 회의적·공상적·퇴폐적·현실 도피적·절망적인 경향을 지녔다고 비판한 사건이다. 이 사건은 1946년 12월에 시작된 '건국사상총동원운동'과 함께 문학예술분야의 반동적 경향과 투쟁하는 문제가 대두된 이후 문단정비과정의 첫 관문이었다. 오태호(2012),「해방기 남북한 문단과 '『응향』결정서」,『해방기 북한 문학예술의 형성과 전개』, 남북문학예술연구회, 역락, 136쪽.

15) '아동문화사 사건'은 1945년 평양에서 발족된 출판사 아동문화사에서 발행된『어린 동무』,『어린이신문』및 단행본들의 계급적 성격을 문제 삼아 내부 불순분자를 제거하고 출판사 명칭까지 바꾼 사건을 말한다. 특히 이 출판사에서 1947년 7월 창간된『아동문학』은 중대한 결점을 지니고 있었던 것으로 짐작된다. 이에 2호부터는 출판사가 '문화전선사'로 바뀐다. 이러한 사건을 '응향 사건'에 상응해서 원종찬이 '아동문화사 사건'이라 명명한 용어이다.(원종찬(2010. 12.),「북한 아동문단 성립기의 '아동문화사 사건'」,『동화와번역』제20집, 229~248쪽.) 그러나 이에 대해서 마성은은『아동문학』창간호가 아동문화사가 아닌 어린이신문사이므로 이 사건은 '어린이신문사 사건'으로 바꾸어야 마땅하다고 주장한다.(마성은(2012),「북한에서 발표한 강소천의 소년시·동요」,『북한연구학회 추계학술발표논문집』, 285~302쪽.)

16) 이승윤(2011. 5),「북한문학사 서술의 특징과 변모 양상」,『우리어문연구』제40집, 48쪽.

이와 같은 일련의 변화 속에서 1947년 12월 30일 발행된『조선문학』(제2집)의 '북조선문학예술총동맹 전문분과 위원 명단'에 강소천의 이름이 처음으로 올라 있다. 이때는 이미 '응향 사건'(1946)을 거쳐 북한의 문단이 북한체제의 요구를 수용하지 않을 수 없는 시기이다. 이것은 또 북한 아동문학이 카프와 연결되는 계기가 되는 '아동문화사 사건' 이후 발표된 명단이라는 데 주목할 필요가 있다. 이 같은 북한의 정치체제와 문단의 변화는 강소천의 문학에도 영향을 끼친다. 그러나 이 북한의 사회주의나 계급담론은 그의 문학적 사유를 구성한 담론이 아니었다. 마치 임화가 카프의 담론을 자신이 구성한 것이 아닌 타자의 담론이라고 고백한 것처럼 그에게 이것은 타자의 담론이었으며 그것을 복제할 뿐이었다. 이런 점은 그의 동시에 나타난 시적 분위기에서 파악이 가능하다. 이때 그가 발표한 작품은 동화 2편, 동시(동요) 5편으로 알려져 있다. 동시는「자라는 조선」,「나두 나두 크면은」,「둘이 둘이 마주 앉아」,「가을 들에서」,「야금의 불꽃은」 등이고, 동화는「정희와 그림자」,「박 송아지」 등이다. 작품의 주된 소재는 인민군대, 문맹퇴치, 소년단 등으로 당시 북한 체제의 정책적 테마를 주로 다루고 있다.

<표> 평화민주건설시기에 발표한 강소천의 작품17)

작품명	발표지	시기	장르
정희와 그림자	아동문학(제1집)	1947. 7	동화

17) 이 표는 원종찬의 연구를 바탕으로 작성한 것인데, 장르란의 괄호는 원종찬이 원작을 확인하지 못한 상태에서 추정한 것이다. 지금까지 평화적민주건설시기에 발표된 강소천의 작품 중 이 표에 언급한 작품은 원종찬이 한 차례씩 다룬 것이다. 한편 원종찬의 앞의 논문에 의하면「박 송아지」는 강소천이 해방직후에 쓴 것이라고 밝히고 있다.

박 송아지	강소천소년문학선	재인용	(소년소설)
가을 들에서	소년단(제1권 4호)	1949. 8	소년시
자라는 조선	아동문학(제4집)	1949. 6	동요
나두 나두 크면은	아동문학(제6집)	1949. 12	동요
둘이 둘이 마주 앉아	아동문학집(제1집)	1950.	동요
야금의 불꽃은	아동문학집(제1집)	1950.	(동요)

앞으로 살펴보겠지만, 이 작품들은 시어 한 두 개를 바꾸면 남한에서도 아무런 사상적인 갈등 없이 읽을 수 있을 정도로 서정성이 가득하다. 특히 이런 경향은 그가 월남한 이후 '반공주의자'가 아니었던 점과도 연관된다. 월남이후 그의 문학적 사유는 '계몽과 교육'이 자리하게 된다.

3. 해방전후 강소천 문학의 지속과 변화

1) 일제 강점기 계급담론의 서정적 편집

평화적민주건설시기의 체제 변화에 따른 북한 문예정책의 변화는 강소천의 문학적 사유를 혼란스럽게 한 것으로 보인다. 이것은 북조선문학예술총동맹의 대주체에 작은주체인 시인이 동일화 되지 못했다는 이야기이다. 특히 이데올로기를 좇아 월남하였다는 사실은 북한의 문예정책에 근본적으로 저항(혹은 부정)한 것으로 짐작할 수 있다. 이것은 해방을 전후한 시기 그의 문학이 일제 강점기의 연장선에 놓여 있음을 짐작할 수 있는 부분이다.

강소천은 1930년대 중반 이후부터 작품을 발표하였는데 주로 서정성이 짙은 작품이다. 대표적으로 「닭」(1937)과 「호박꽃초롱」(1940)을 들 수 있는데, 이 작품에는 감각적인 이미지와 서정성 등이 비슷하게 유지되고 있다. 이런 경향은 1930년대 중반부터 나타난 그의 시적 경향이다. 많은 연구자들에게 회자된 동시 「호박꽃초롱」을 살펴보자. 이 작품은 『만선일보』에 1940년 10월 27일에 발표한 작품이다.

> 호박꽃을 따서는
> 무얼 만드나.
> 무얼 만드나.
>
> 우리 애기 조고만
> 초롱 만들지.
> 초롱 만들지.
>
> 반딧불을 잡아선
> 무엇에 쓰나.
> 무엇에 쓰나.
>
> 우리 애기 초롱에
> 촛불 켜 주지.
> 촛불 켜 주지.
>
> ─「호박꽃초롱」 전문[18]

1~2연은 호박꽃을 초롱의 모양으로 은유시켰고, 3~4연은 반딧불의 빛을 초롱에 은유시켜 놓았다. 그런데 각 연의 2행과 3행을 반복함으로써

---

18) 강소천, 「호박꽃초롱」, 『만선일보』, 1940. 10. 27.

특이한 리듬을 만들고 있다. 즉 1, 2행은 7 · 5조 3음보의 리듬이 살아나는데 3행까지 읽으면 3음보의 리듬이 깨어진다. 2행과 3행에서 호흡이 끊어지는 것을 알 수 있다. 그러나 2, 3행은 같은 시구의 반복으로 또다른 리듬감을 살리고 있다. 이러한 리듬은 7 · 5조 3음보의 단순함을 벗어나면서 특이한 리듬을 만들어 내고 있는데, 이것은 동요에서 동시로 시의 형식을 바꾸는데 일익을 담당했다.

그러나 이러한 형식적인 면보다는 내용적인 면을 더 깊이 살펴볼 필요가 있다. 시적 내용은 호박꽃을 따서 초롱을 만들어 아기에게 준다는 단순한 내용이지만, 이러한 발상은 아기의 앞길을 밝혀준다는 화자의 의지에서 비롯된 것이다. 즉 아기에게 맞는 초롱을 만들어 촛불을 켜 줌으로써 현재 또는 미래를 밝혀주겠다는 의도를 읽어내야 한다. 초롱은 등롱을 달리 일컫는 말인데, 대오리나 쇠로 살을 만들고 겉에 종이나 헝겊을 씌워 안에 등을 넣어서 달아 두기도 하고 들고 다니기도 하는 도구이다. 여기에 초를 켠다고 해서 초롱이라 부른다.

호박꽃의 모양에서 초롱을 연상하고 반딧불의 밝음에서 촛불을 연상한 발상은 매우 참신하며 동심적이다. 이러한 밝음과 투명한 이미지는 세계를 긍정적으로 읽는 힘을 가지고 있다. 미래 세대인 어린이들에게 그들의 현재와 앞날에 희망을 달아주어 식민지의 억압에서 벗어나게 해 주고자 하는 의미이다. 이처럼 이 동시의 어느 부분에도 계급적 모순을 인식한 화자의 대응태도는 없다. 즉 식민지 현실의 암울함을 밝혀주겠다는 화자의 의지는 '초롱―반딧불'의 밝음을 '우리 애기'에게 주어 희망적인 미래를 기대하고 있을 뿐이다. 이는 당대의 현실을 계급모순보다는 민족모순으로 이해하고 동심으로 세계를 읽으려는 시인의 시적전략이다.

이때는 조선일보와 동아일보가 폐간(1940. 8. 11.)된 시기이다. 이러한 시대적인 상황을 감안하면 그가 아기에게 '초롱을 만들어 촛불을 켜 주지'라며 제안적인 외침을 한 것은 일제의 폭력에 대한 울분으로 읽을 수 있다. 그러나 그는 감각적인 시적 표현과 동심으로 자기의 감정을 숨기고 있다. 이것은 현실과 일정한 거리를 두고자 하는 강소천 아동문학의 한 특징이자 시적 전략이다. 한편 이런 시적 사유는 그의 내향적인 성격의 영향도 배제할 수 없다.

> 소천은 극도의 내향성을 지닌 까닭에, 외면으로 보아서는 사회와 인간에 소외된 자기만의 세계를 지니려고, 아니 지니지 않을 수 없던 것 같다. 어려서 일찍이 기독교 가정에서 자라난 그는 문학을 동경하는 형의 서적을 탐독하는 가운데 자기의 피난처로 자기만이 활개 칠 수 있는 환경을 만들어왔다. 그것이 후에 소천의 문학이었던 것이다.19)

위 인용문에서 보듯이 그는 이미 1930년 중반 일제의 조선어말살 정책이 본격화 될 때부터 누구보다도 울분과 절망에 빠지게 된다. 그래서 그는 일제의 조선어말살정책이 시행될 때인 영생고보 4학년 때에 북간도 외숙의 집에 간 후 돌아오지 않고 떠돈다. 이후 방황을 끝낸 그가 고작 할 수 있는 일은 교회의 주일 학교에서 어린이들을 상대로 동화를 들려주고 또 성경 얘기를 하는 정도였다. 이를 두고 훗날 전택부는 만약 그런 낙이라도 없고 신앙이 없었던들 그는 아주 죽고 말았을 것이다20)라고 회고하고 있다. 이러한 그의 가정 분위기와 개인적인 성격 탓에 강소천은 일제 강점기의 억압과 탄압 속에서 자기만의 세계로 소외된다. 이는 당시 사회의 질서와 단절을 의미한다. 이런 그에게 일제 강점기의 계급담론은 자기

---

19) 최태호(2006), 「소천의 문학 세계」, 『꾸러기 행진곡』, 교학사, 303쪽.
20) 전택부(2006), 「소천의 고향과 나」, 『꽃신을 짓는 사람』, 교학사, 312쪽.; 전택부에 의하면, 강소천은 함흥영생고보(4학년)에 다닐 때 일제의 우리말 탄압에 울분과 실망을 참을 수 없어 겨울방학에 북간도 외숙 집으로 건너갔다가 학교로 돌아오지 않을 정도로 실망이 컸다고 한다. 이후 약 1년간 북간도에서 헤매다가 다시 고향에 돌아왔지만 그가 즐겨 작품을 발표하던 동아일보와 조선일보가 폐간되고 『아이생활』마저 없어져서 아주 절망상태에 이르렀다고 한다.

의 담론이 될 수 없었다. 따라서 그는 타자의 담론을 서정적 동심으로 편집하여 민족모순의 고통을 이겨나갈 시적 전략을 찾았다고 볼 수 있다. 그것은 「닭」과 같은 감각적인 시에서도 확인할 수 있다.

> 물 한 모금
> 입에 물고
> 하늘 한 번
> 처다 보고
>
> 또 한 모금
> 입에 물고
> 구름 한 번
> 처다 보고
>
> ―「닭」 전문21)

「닭」은 대상인 '닭'과 자신을 어떤 관계로 설정하는 것이 아니라 시각적인 이미지로만 묘사하고 있을 뿐이다. 즉 대상의 이미지를 만드는 행위 자체에서 즐거움을 얻고 있다. 이것은 세계와 소통하지 못하고 오직 자신의 이미지로 세계를 구성하는 서정적 동일화의 방식이다. 서정적 동일성은 객관적인 세계를 자아가 소유하고 싶은 주관적 욕망으로 재편하는 특징이 있다. 동시 「닭」은 이러한 특징에 감각적인 표현이 더하여 현실적 상황과는 일정한 거리를 유지한 채 주체의 직접적인 감정은 배제되고 있다. 따라서 '하늘 한번 처다보고, 구름 한번 처다 보'는 것으로 끝난다. 이 작품을 시대적 상황을 고려하여 박목월 식으로 읽는다면 '물 한 모금 입에 물고' 처다보는 하늘은 영원하고 유구한 진리의 세계이다. '또 한 모금 입에 물고' 처다보는 구름은 이상을 갈구하는 불타는 이념이다.22) 그러나 화자

---

21) 『소년』, 1937. 4, 11쪽.

의 감정이 철저하게 억제되어 있다. 이렇듯 강소천의 문학적 주체는 타자의 담론을 자기의 주관으로 편집하여 일제의 폭력적인 억압과 착취에 대한 조선민중의 고통을 내면으로 담고 있으면서도 그 감정의 노출을 자제하고 있다. 그래서 그의 동시는 모순된 현실을 모방한 것이라기보다는 당위적 현실을 모방한 것으로 희망을 암시하고 있다. 그의 이러한 시적 사유는 식민지 민중 전체를 무산계급으로 파악하는 계급모순의 극복을 위한 실천보다는 인간으로써 가져야 하는 이상적인 꿈을 추구하는 것이다.

이것은 그가 1930년대의 계급주의 문학을 뚫고 나온 힘이었다. 그는 1931년 『신소년』에 동시 「무궁화에벌나비」를 발표[23]하였는데, 이때와 비교하면 그가 활발한 창작하던 1930년 후반부터 발표한 작품들은 이전의 계급적인 경향과는 매우 이질적이다.[24] 이런 일련의 작품 경향은 그가 당대의 계급문학의 실천에서는 멀어져 있었음을 잠작케 한다. 1930년대 초기 『신소년』에 발표한 그의 동시 중에 「울어내요불어내요」[25] 「이압집,져뒷집」[26] 등의 작품은 계급적 경향을 띠고 있는 것은 사실이다.[27] 그

22) 박목월(1961), 「강소천 아동문학독본 해설」, 『강소천 아동문학독본』, 을유문화사, 2~3쪽.

23) 신현득(2006), 「동심으로 외친 항일의 함성」, 『강소천문학전집 10』, 교학사, 319~320쪽.; 강소천의 첫 등단작품에 대한 여러 가지 의견이 있는 가운데 신현득은 1931년 『신소년』 1월호에 실린 「무궁화에벌나비」와 「봄이 왔다」를 가장 빠른 작품으로 봐야 한다고 주장한다. 강소천은 1931년에 『신소년』에 습작동요를 발표하기 시작했는데, 당시에는 독자투고도 데뷔로 인정하기 때문에 1933년 윤석중에 의해 뽑힌 「까치야」(『아이생활』, 1933. 5.) 보다 먼저 발표한 「무궁화에벌나비」와 「봄이 왔다」를 등단작품으로 보아야 한다는 것이 신현득의 견해이다.

24) 이재철(1978), 『한국현대아동문학사』, 일지사. 이를 두고 이재철은 박영종, 김영일 등과 함께 동요에서 동시로 시적 경향이 바뀌는 데 적지 않은 기여를 한 것으로 평가하고 있다.

25) 『아이생활』, 1931. 10. 49쪽.

26) 『신소년』, 1931. 3. 55쪽.

27) 황수대는 이를 두고 강소천의 초기작은 현실주의 경향이 짙은 작품이라 평가하고 있다. 황수대(2012), 「1930년대 강소천 동시 세계와 문학사적 의의」, 『아동청소년문학연구』 제11호, 174쪽.

러나 이것을 개인적인 계급의식을 바탕으로 한 시적사유로 보기는 힘들다. 이들 작품은 타자의 담론을 복제한 수준에 그친, 즉 당시의 사회적 상황을 의식한 신인의 창작태도로 보아야 한다. 왜냐하면 첫째, 그의 작품은 이 초기작 외에는 동심의 순수함과 귀여움 그리고 또래 아이들의 놀이와 동심의 물활론적 사고를 중심으로 한 것이 대부분이라는 점이다. 대부분의 시적 소재가 자연물을 대상으로 한 점과 어린이 화자의 목소리가 들어 있는 점 등이 그렇다.

둘째 이유는 「무궁화에벌나비」, 「이압집, 저뒷집」, 「울어내요불어내요」는 강소천이 초기습작기에 독자투고의 형태로 창작한 것이라는 점 때문이다. 이 당시, 잡지 『신소년』에는 이른바 소년문사들의 투고 행위가 유행처럼 번졌다. 『신소년』은 『별나라』와 함께 계급주의 의식과 그 실천을 염두에 둔 운동의 성격이 강한 매체였다. 이런 점을 감안하면 1931년 『신소년』에 발표한 그의 동시는 습작동요로 당대에 유행하던 계급주의 시적 경향을 따라한 정도에 지나지 않는다.

사실 강소천은 이런 소년문사의 시절을 거쳐서 1933년 『아이생활』에 발표한 동시 「까치야」가 윤석중에 의해 당선된다. 이것을 두고 황수대는 강소천의 작품 경향이 이전과 다른 점을 주목하고 그의 문학적 경향이 바뀌는 시점이라고 했지만, 그것보다는 강소천에게 있어 1930년대 초기의 계급담론은 소년문사로서 흉내 내는 정도에 해당하는 타자의 담론일 뿐이었다. 즉 습작시기에 그의 담론은 카프가 조직하고 구성한 담론이었을 뿐 자신이 구성한 담론이 아니었다. 따라서 그는 1930년대 초기 계급담론 구성체가 마련한 것을 맹종하며 추수한 것일 뿐이다. 즉 내용면이나 실천적인 면에서 계급의식에 대한 고민 없이 소리만 높였다는 것이다. 당시 『신소년』의 소년문사간의 계급적 실천을 두고 비난에 가까운 비평과 공방이 오고간 정황을 짐작하면 이해가 가능한 부분이다.[28] 따라서 강소천

---

28) 김종헌(2013. 5.), 「1930년대 초 계급주의 동시문학의 생태학」, 『한국아동문학연

은 1930년대 일제강점기의 계급문학 운동이 일던 시기에도 타자의 담론에 포섭되지 않고 자기의 주체를 구성하였다고 볼 수 있는데, 서정성을 중심으로 타자의 담론을 편집한 것으로 이해 할 수 있다. 그리고 그 서정성 가운데 민족담론을 두고 있다.

이러한 그의 시적사유는 1941년에 발행한 그의 첫 동시집 『호박꽃초롱』에서도 확인할 수 있다. 이 동시집은 그가 등단이후 발표한 작품을 엮은 것이다. 총 33편 가운데 기존에 발표한 작품 24편과 새로 추가한 작품 9편(「순이 무덤」, 「호박줄」, 「소낙비」, 「엄마소」, 「언덕길」, 「가을의 전신줄」, 「봄바람」, 「풀벌레의 전화」, 「그림자와 나」)이 수록되어 있다.[29] 이 9편의 동시는 동시집을 출간할 당시인 1940년에 창작한 것으로 보아야 한다. 이중에서 「순이 무덤」 한 편만이 친구의 죽음을 슬퍼하는 애상적인 분위기의 작품이다. 그렇다면 강소천은 그의 초기작인 「무궁화에벌나비」, 「이압집, 저뒷집」, 「울어내요불어내요」 등을 이 동시집에 싣지 않은 이유가 궁금하다. 이것을 신현득의 말대로 그가 역량을 제대로 드러내지 못했[30]다는 문학성의 문제만으로 이해하기는 힘이 든다. 물론 작품성도 문제가 되겠지만 강소천은 1931년 이후 그와 같은 계급의식이 나타난 작품을 쓰지 않았다는 것에 무게 중심을 두어야 한다. 그가 새롭게 채운 9편은 자연물을 대하는 아이다운 상상력과 개구쟁이의 놀이와 삶 등이 대부분이다. 형식적인 면에서는 대화적 구성과 시구의 반복으로 인한 리듬감, 의인화의 방법 등을 주로 사용하고 있다. 이렇게 본다면 일제강점기 그의 시작태도는 민족의식과 서정적 동심으로 일관된 것임을 알 수 있다.

구』제24호, 한국아동문학학회, 57~64쪽.

29) 황수대(2012), 위의 글, 171쪽.

30) 신현득(2001), 「한국동시사연구」, 단국대 대학원 박사학위논문, 103쪽.

2) 해방직후 '북조선문학예술총동맹' 담론의 복제

'북조선문학예술총동맹'은 카프의 정통성을 앞세워 하나의 단체로 통일된 것인데, 1947년에 강소천은 이 동맹의 아동문학위원에 이름이 오른다. 이를 두고 원종찬은 뜻밖이라는 평을 하고 있다.[31] 여기에 명단을 올린 아동문학가로는 송창일, 박세영, 송영, 신고송, 강훈, 리동규, 정청산, 강승한, 강소천, 노양근, 윤동향, 리호남 등인데 이 중에서 송창일, 노양근, 윤동향을 비롯하여 강소천은 그동안 계급문학 진영에서 활동한 경력이 거의 없다는 것이 그 이유이다. 이런 점으로 미루어 보면 당시 북한에서 아동문학 분야는 사상적 정비가 일반문학에 비해 상대적으로 느슨한 상태였음을 알 수 있다. 해방직후인 1945년부터 이른바 '조선문화사 사건'이 일어나기 전까지 그의 작품에는 뚜렷한 계급성을 보이는 작품이 없다. 그러나 그는 해방이후 북한체제 속에서 여전히 자리매김을 하고 있다.

이러한 북한의 사회적 환경은 강소천의 문학을 분화하는 동인으로 작용한다. 지금까지 그가 북한에서 발표한 작품으로 볼 때 그는 등단이후 1947년 이전까지는 서정성과 맑은 동심을 중심에 둔 작품을 창작하였다. 특히 해방이전에는 일제 강점기의 조선 민중이 겪는 억압과 착취에 대한 민족모순이 그의 담론으로 자리하였다. 이것은 동시 「닭」, 「호박꽃초롱」 등에서 확인하였다. 그러나 1947년 이후 그는 북한의 변화로 인해 순수한 서정성에다 당의 사상성을 유기적으로 결합시킬 수밖에 없는 상황을 맞이한 것이다. 이렇듯 북한의 문단사정은 강소천 동시문학의 담론구성체로 기능한다. 그는 '북조선문학예술총동맹'의 담론으로 자기 담론을 역구성하여 서정성을 작품의 중심에 두게 된다. 다시 말하면 이 시기 강소천

---

31) 원종찬(2013.12.), 「강소천 소고—해방기 북한체제에서 발표한 동화와 동시」, 『한국아동청소년문학연구』 제13호, 10쪽.

동시의 담론은 사회주의 담론 자체가 아니라 '북조선문학예술총동맹'의 복제라 할 수 있다. 강소천에게 있어 사회주의는 여전히 타자의 담론에 불과했다. 이것은 1931년 카프 문단에서 그의 동시가 계급담론을 비켜나 있었던 연장선으로 볼 수 있다.

이러한 시적 사유체계를 지닌 그가 평화적민주건설시기에 발표한 동화「정희와 그림자」나「박 송아지」를 살펴보면, 여기에는 해방직후 북한체제의 선전선동적인 내용은 없다. 이 시기의 북한에서의 주된 정치적 테마는 소련과 친선 강조, 인민군대의 예찬, 김일성의 찬양, 북한 사회주의 체제의 예찬 등이 중심인 가운데 구체적으로는 현물세 납부와 문맹퇴치 운동, 토지개혁 등이었다. 앞서 말한 강소천의 동화 두 편에는 문맹퇴치와 현물세 납부가 가볍게 나타나 있는 정도이다.

「박 송아지」는 문맹퇴치와 관련된 작품이다. '박 송아지'는 창덕이가 기르는 송아지이다. 그런데 이 송아지에 대한 창덕의 애착이 남다르다. 문맹퇴치운동을 대대적으로 벌이기 위해서 집집마다 다니면서 문맹자를 조사하는 아저씨에게 창덕이는 박 송아지를 가족 일원으로 답한다. 그러자 아저씨는 박 송아지도 야학에 보내라고 한다. 이후 창덕은 박 송아지가 글을 읽을 줄 안다며 친구를 놀려 주는 장면이 이어진다. 창덕이는 종이에 미리 '음매'라는 글을 써 두고는 아이들 보는 앞에서 송아지에게 내민다. 박 송아지가 '음매'하자 글을 읽었다고 장난을 친다. 이 일이 있은 후에 "우리 박 송아지만도 못하다니"하는 말이 유행된다는 이야기이다. 이야기의 중심 소재는 문맹퇴치이지만 이러한 사정은 남북이 다르지 않았다. 중요한 것은 여기서 북한 체제의 이념을 읽을 수 있느냐 하는 것이다.

이야기의 구성이 1940년에 발표한 동화「희성이의 두 아들」[32]과 다른 면은 있다.「희성이의 두 아들」은 옛날이야기의 구조를 지니고 있다. 아버지(희성)의 무식—집 떠나는 두 아들(일돌이와 이돌이)—조력자(포수) 만

---

[32] 『아이생활』에 1940년 9월부터 1941년 1월호까지 4회에 걸쳐 연재하였음.

남—재주 익힘—곤경에 처한 사람(임금과 공주) 도와 줌—회귀(성공하여 돌아 옴)의 구조를 바탕으로 초현실적인 내용을 주로 다루고 있다. 여기에 비하면 「박 송아지」는 동화의 구성을 잘 갖추고 있고, 또 현실적인 문제를 언급하고 있는 편이다. 그러나 이런 그의 창작태도는 당시 '북조선문학예술총동맹'의 '새 조선 건설'이라는 이데올로기에서는 비켜서 있는 태도이다.

또다른 동화 「정희와 그림자」에는 현물세를 내러 간 아버지를 기다리면서 그림자와 노는 정희의 모습을 그리고 있다. 이 동화는 정희의 꿈 이야기가 내용의 전부를 차지한다. 현물세를 납부하러 간 부모를 기다리는 정희가 지루함을 달래기 위해서 마중을 나가면서 달밤에 자기 그림자와 술래잡기하고 논다는 이야기이다. 동화는 잠에서 깬 정희가 바느질 하던 어머니와 꿈 이야기를 나눈 것으로 마무리된다. '현물세' 이야기가 스쳐지나갈 뿐 해방직후 북한의 사회·문화적 배경을 다루고 있다고 하기엔 너무나 주제의식이 약하다.

그러나 이 시기에 발표한 그의 동시는 서정성을 바탕으로 하고 있지만 동화에 비하면 북한체제의 상황이 다소 나타나 있는 편이다. 해방직후 북한의 문맹퇴치와 인민군대의 예찬 등이 시적상황으로 미약하게나마 나타나 있다. 「나두 나두 크면은」, 「야금의 불꽃은」, 「가을 들에서」 등이 그렇다.

> 저벅 저벅 발 맞추어
> 노래 부르며
> 행진하는 우리 나라
> 인민군대들
>
> 씩씩한 걸음걸이
> 부러워서요
> 나두 나두 따라가며
> 걸어봤지요

벙글 벙글 언제나
웃는 낯으로
우리 나라 지켜주는
인민군대들

지나가다 차렷하고
인사했더니
착하다고 내 머리
만져주겠지

나두 나두 크면은
인민군대 될테야
나라 위해 싸우는
인민군대 될테야

어서 커서 인민군대
되고 싶어서
부삽메고 저벅 저벅
걸어봤지요

- 「나두 나두 크면은」 전문[33]

이 동시는 '저벅저벅―씩씩한―벙글벙글 웃는 낯' 등의 시어를 통해서
행진하는 인민군을 예찬하고 있다. 그리고 시적화자인 '나'는 어서 커서
인민군대가 되고 싶어 한다. 그래서 "부삽 메고 저벅 저벅" 인민군을 따라
하는 어린이의 모습에서 인민군에 대한 선망의 정서를 읽을 수 있다. 더
구나 이 동시에서 인민군대는 잘 훈련되고 씩씩하면서도 웃음을 잃지 않
고 어린아이들에게 친근하게 다가오는 모습으로 형상화되어 있다. "나두
나두 크면은"에서는 단순한 리듬감보다는 화자의 인민군에 대한 선망과

33)『아동문학』 제6집, 문화전선사, 1949. 12. 11~13쪽.

동경의 정서가 더 강조되고 있다. 특히 창작 연대가 1949년 12월임과 이 듬해 발발한 6·25전쟁을 생각하면 북한체제의 선군정치를 떠 올릴 수 있는 작품이다. 이와 비슷한 분위기의 또다른 작품으로 「야금의 불꽃은」[34] 을 들 수 있다.

> 야금공장 불꽃이 보고 싶어서
> 아버지의 점심밥은 내가 맡았다
>
> 보고 보고 또보아도 자꾸 보고픈
> 야금공장 야금공장 전기로의 곱다란불꽃
>
> 오늘도 아버지의 점심 날르는
> 전기로 불꽃옆에 서있습니다.
>
> 쇳물 녹여 철만드는 곱다란 불꽃
> 바라보면 내마음도 기뻐집니다
>
> —「야금의 불꽃은」[35]

먼저 이에 대한 북한의 김순석 평론을 인용한 원종찬의 글을 읽어보자.

김순석은 일단 이 시에 대해 "공장을 동요로는 그리기 어렵다는 일 부 옳지 않은 작가들의 관념을 깨뜨리고 훌륭히 묘사된 작품"이라고 추켜세웠다. 그러나 "이 작품에는 커다란 결함이 있"다고 한 뒤에, "아 동을 다만 야금공장 불꽃 앞에 세워놓는 데 그친 것은 노동을 동경하고

---

34) 이 작품은 원종찬의 논문에서 다룬 것인데, 발표된 원문을 찾지 못했지만 북한의 김순석 평론 「동요작품에 대하여」(『아동문학집』 제1집, 1950)에서 '동요'로 지칭 하며 원문을 언급하고 있어서 이 시기 작품으로 보고 있다. 원종찬(2013. 12.), 「강 소천 소고─해방기 북한체제에서 발표한 동화와 동시」, 재인용.
35) 김순석(1950), 「동요작품에 대하여」, 『아동문학집』 제1집, 문화전선사, 149쪽. 원 종찬 논문에서 재인용.

노동에 접근시킨 데는 효과를 가져왔지만 노동 자체를 어떻게 보아야 하며 장차 자기도 자라면 어떻게 하겠다는 결의가 전혀 결여되었기 때문에 가장 중요한 노동의 의의가 설명되지 않았다."고 비판했다.[36]

이상의 평론으로 보면 야금공장은 원종찬의 말대로 "쇳물을 녹여 철을 만드는 전기로에는 조국의 발전에 대한 벅찬 기쁨이 서려있다." 이는 분명히 북한의 공업발전에 대한 찬양이다. 시적 화자인 '나'는 앞의 동시에서 인민군을 동경어린 눈으로 바라보던 것과 유사한 태도를 보인다. 2연은 "보고 보고 또보아도 자꾸 보고픈"처럼 동어반복을 통한 리듬감과 함께 야금공장에 대한 화자의 기대를 노골적으로 드러내고 있다. 그리고 4연의 "쇳물 녹여 철 만드는 곱다란 불꽃"은 철강 산업이 주는 강성대국의 이미지와 연결된다.

이상에서 살펴 본 두 편의 동시는 다른 작품에 비해서 서정성은 다소 약한 반면, 북한 체제가 추진하던 여러 정책적 테마가 시어로 등장하거나 메시지 전달의 의도가 보인다. 그러나 이것도 "인민군대들"을 '우리국군' 정도로 바꾸면 남한사회에서 읽어도 별 문제가 없을 정도로 그 사상성이 약하다. 만약 「야금의 불꽃은」을 남한에서 발표한 것으로 보고 읽는다면 이 시적 상황은 남한사회의 공업화와 연결 지어 생각할 수 있다.

동시 「가을 들에서」는 "소년단 '단위원'"과 "공화국"이라는 시어를 통해서 북한체제의 모습을 떠 올릴 수 있다. 또 마지막 연의 "공화국의 맑은 공기를/ 흠뻑 디려마신다"라는 시구는 공화국의 혜택을 마음껏 누리고자 하는 기대감으로 가득 차 있다. 이러한 기대는 "새 학교 소년단 '단위원'"이 된 화자와 어울려 공화국의 이미지를 예찬하는 것으로 이어진다. 이것은 대주체의 호명에 적극적으로 응답하는 것으로써 일치·맹종하는 주체의 형태로 볼 수도 있다. 시적 화자는 의젓한 중학생 소년단 단위원이 되

---

36) 원종찬(2013), 앞의 글.

어 성장한 자기 모습에 스스로 만족하고 있기 때문이다. 이 같은 시적 상황은 북한의 제도적 개혁에 대한 북한 인민의 만족감을 표방한 것이라 할 수 있다.

맑은 향기 풍겨주는 가을꽃
국화와 채송화가
못견디게 사랑스럽다

또하나 빨간 가을 꽃
텃밭의 고추가
꽃처럼 예쁘다

아기 잠자리
뜀 뛰듯
개배제 싸리가질 세어넘고
보름달 보다 더 큰 지붕의 호박
벌거벗고
해바라기를 하고 있다

뜨락의 풋병아리
벌써 제법 어미닭 되고

나도 인젠 중학생—
새학교 소년단 '단위원'이다

끝없이 파란 가을 하늘
끝없이 누런 살찐벌판

나는 두다리 뻗고 두팔 벌리고
공화국의 맑은 공기를

흠뻑 디려마신다

-「가을 들에서」 전문37)

그러나 그 만족감을 드러내는 시적표현이 매우 서정적이라는 것이다. 여기서 체제 옹호라는 사상성보다는 미적 작품성에 비중을 둔 시인의 문학적 사유를 읽을 수 있다. 시적화자의 만족감은 다름 아닌 가을꽃 국화와 채송화, 텃밭의 고추, 큰 지붕 위의 호박, 어미닭 등의 조화로운 뒷받침에서 일어나고 있다. "맑은 향기ㅡ빨간 가을 꽃ㅡ뜀 뛰듯 개배제 싸리가 질 세어 넘고ㅡ보름달 보다 더 큰 지붕의 호박ㅡ끝없이 파란 가을 하늘"에서 보듯이 감각적인 이미지를 사용한 이 동시의 전반적인 분위기는 밝다. 이처럼 그의 시적 특징인 생동감과 밝음의 이미지가 여전하다. 이것은 단순한 이미지의 표현이 아니라 타자의 질서에 포섭되지 않기 위한 그의 시적 고뇌로 보아야 한다. 그의 성격이 선량하면서도 격정적이고 고집스럽다38)는 것도 이를 뒷받침하는 근거가 된다. '빨간 가을 꽃ㅡ지붕의 벌거벗은 호박ㅡ뜨락의 풋병아리ㅡ파란 가을 하늘' 등의 색채와 시각적인 이미지로 대상을 선명하게 묘사한 것은 북조선문학예술총동맹의 이념을 타자의 담론으로 인정하고, 그것을 거부하는 시작태도이다. 이로써 그는 자기의 감정을 배제한 채 가을들의 풍성함과 토속적이고 평화로운 분위기를 만들어 내는데 성공했다. 이 동시에서 6연과 8연을 제외하면 한편의 서정시 그 자체이다. 즉 "소년단 단위원"의 활동이 어떤 것인지 자세히 나타나지 않고 있어 새 공화국에 대한 화자의 목소리는 나타나지도 않는다. 오히려 평화로움과 토속적인 정서가 더 부각되고 있다. 이것은 타자의 담론에 동일화 되지 않기 위한 시적 전략이다. 그는 북조선문학예술총연맹의 담론을 서정적으로 편집하거나 혹은 복제하는 정도에 그쳤다. 그

---

37) 『소년단』 제1권 제4호, 청년생활사, 1949. 8. 33쪽.
38) 최태호(2006), 「소천의 문학 세계」, 『꾸러기 행진곡』, 교학사. 303쪽.

의 동시에 사상성이 부족한 것이 그 한 이유이다. 이러한 시적사유의 연장선에 놓인 작품으로「자라는조선」과「둘이 둘이 마주앉아」등을 들 수 있다.

산에 산에 산으로
우리 가 보자
노래 노래 부르며
모두 가 보자

우리들이 심어논
어린 나무들
얼마나 자랐나
우리 가 보자

산에 산에 와 보니
우리 와 보니
노래 노래 부르며
모두 와 보니

지난해에 심어논
어린 나무들
몰라보게 자랐구나
모두 컸구나

산에서는 나무들이
잘도 자라고
마을에선 우리들이
모두 커간다

어서 커서 새조선의

기둥 되라고
봄볕도 따사하게
비쳐줍니다.

-「자라는조선」 전문39)

동시 「자라는조선」은 1연~3연까지의 "가보자-와 보니-자랐구나"
의 서술어는 "노래 노래 부르며-몰라보게-잘도 자라고"와 어울려 활기
참과 상승의 이미지로 신명나는 정서를 반영한다. 이는 해방직후의 새 나
라에 대한 기대와 희망을 전해주고 있다. 한편 4연에서는 나무가 커가는
것을 우리(어린이 화자)가 크는 것으로 빗대어 놓았다. 그래서 우리는 새
나라의 기둥이 되어야 한다는 것을 명징하게 드러내고 있다. 이러한 직설
적인 시적표현은 예술성을 갖추지 못한 채 전언의 기능만 하고 있다. 그
러나 마지막 연에서 "봄볕도 따사하게/ 비쳐줍니다."는 표현은 이 동시를
서정적인 분위기로 전환시키고 있다. 즉 '봄볕'이 주는 이미지는 밝음과
따뜻함, 그리고 만물을 소생시키는 상생의 힘 등으로 은유되기에 '나무'와
조화를 이루어 '자란다'는 의미가 더욱 뚜렷하게 부각된다. 이 작품에도
해방직후의 북한 체제에 대한 아무런 단서도 찾을 수 없다. 다만 당시의
북한사회를 배경으로 읽으면 나무심기 '노력봉사'에 동원되는 어린이들
의 모습을 짐작할 수 있다. 그러나 이것은 어디까지나 사회적 배경을 두
고 읽을 때 가능한 해석이다.

위에 인용한 동시에서 마지막 연만이 해방직후 북한체제의 사회상을
짐작할 수 있다. 그러나 이것도 "새 조선"이라는 시어가 주는 의미는 빈약
하기 그지없다. 당시 『조선문학』 등에서 요구한 작품은 문학성보다는 정
치적 색채가 분명한 것을 요구하였던 점으로 미루어 보면 이 작품은 평이
하다. 새 나라 건설에 대한 기대와 미래의 희망으로 가득할 뿐이다. 특히

---

39) 『아동문학』 제4집, 문화전선사, 1949. 6, 10~12쪽 재인용.

"산에 산에" 등과 같이 동어반복을 통한 경쾌한 리듬은 이러한 시적 분위기를 더 밝고 명랑하게 만들고 있다. 이러한 밝음 지향에는 "봄볕도 따사하게/ 비쳐줍니다."를 통해서 확신으로 이어가고 있다. 이 동시에 계급성 혹은 인민의 혁명성, 체제 찬양의 구체적인 상황이 드러나지 않는다. 이러한 경향은 「둘이 둘이 마주앉아」에서도 분명하게 드러난다.

> 할머니는 안경 쓰고
> 나도 안경 쓰고
> 둘이 둘이 마주 앉아
> 책을 읽지요
>
> 할머니는 돋보기 안경
> 나는 수수깨이 안경
> 둘이 마주 앉아
> 책을 읽지요
>
> 할머니도 1학년생
> 나도 1학년생
> 둘이 둘이 마주앉아
> 책을 읽지요
>
> —「둘이 둘이 마주앉아」 전문40)

이 작품의 어디에서도 북한의 사회주의 이념이나 사회상의 반영을 찾을 수 없다. 동적인 이미지와 반복적인 시어를 통한 경쾌한 리듬이 생동감을 줄 뿐이다. 오히려 이것은 해방의 감격과 새 나라에 대한 희망으로 읽을 수 있다. 또 '할머니와 나'사이의 친밀하고 다정한 정서가 드러나 있다. 뿐만 아니라 '할머니―돋보기 안경, 나―수수깨이 안경'의 대조적 표

---

40) 『아동문학집』 제1집, 문화전선사, 1950, 12~13쪽.

현은 동시의 재미를 불러오며 독자의 공감을 끌어내고 있다. 굳이 당시의 북한 사회체제와 관련 지어 읽는다면 '문맹퇴치 운동'을 연상할 수 있다. 그러나 이것 역시 앞의 작품에서 본 것처럼 강소천이 북한에 있었다는 전제와 북조선문학예술총동맹의 아동문학위원으로 있었다는 점을 감안한 해석에 지나지 않는다. 이처럼 그의 동시에는 사회주의 체제 속의 집단적인 정서나 이념보다는 명랑한 분위기의 서정성이 더 강하다는 것을 알 수 있다. 즉 강소천은 북한 체제에서도 그의 문학적 사유를 구성하는 담론구성체는 당시 북한체제가 요구한 '고상한 사실주의'에 동일화 되지 않은 채 밝은 동심을 주체로 형성하고 있다. 이것은 그가 1930년대 카프의 계급담론을 서정적으로 편집하여 감각적인 동시로 현실을 대응한 것과 같은 맥락에서 이해할 수 있다.

이렇듯 평화적민주건설시기에 강소천의 문학적 사유를 구성하는 담론체계는 북조선문학예술총동맹의 복제일 뿐 '고상한 사실주의'라는 사회주의 담론과는 거리가 있었다. 즉 그것은 학습된 타자의 세계관에 불과했음을 알 수 있다.

4. 맺음말

이 글은 해방직후(1945~1950) 북한에서의 강소천 문학의 사유구조를 살펴보는 것이 목적이었다. 지금까지 살펴 본 것으로 우리는 해방이후 북한에서의 그의 문학이 북조선문학예술총동맹이라는 대주체의 호출에 단선적으로 응답 하지 않고 있음을 확인하였다. 즉 북한 체제의 사회주의 담론이 그에게 주체로 자리 잡지 않았다는 것이다. 그는 해방이후 북한에서도 서정성을 바탕으로 타자의 담론을 편집하였다고 볼 수 있다. 그는

1947년 이후 북한 체제에서 북조선문학예술총동맹의 아동문학위원이었음에도 불구하고 대주체의 담론인 '고상한 사회주의'와는 일정한 거리를 유지하고 있었음을 알 수 있다.

강소천은 1930년대 일제강점기의 계급문학 운동이 일던 시기부터 동시를 발표하면서 활동을 하였는데 이 시기는 카프에 의한 계급주의 아동문학이 성행하던 시기였다. 그러나 강소천에게 있어 이 카프의 계급주의 아동문학은 타자의 담론에 지나지 않았다. 이 시기 그의 작품세계는 서정성과 동심을 바탕으로 한 민족담론이 자리하고 있었다. 이렇게 본다면 일제강점기 그의 시작태도는 계급주의 아동문학의 영향을 받았지만, 민족의식과 서정적 동심으로 일관된 것임을 알 수 있다. 이런 그의 시적경향이 해방이후에는 북한체제가 요구한 사회주의 담론에 동일화 되지 않은 시적주체를 형성한다. 이것은 그가 1930년대 카프의 계급담론을 서정적으로 편집하여 감각적인 동시로 현실에 대응한 것과 같은 맥락에서 이해할 수 있다.

이른바 북한의 '평화적민주건설시기'인 해방직후에 강소천의 문학적 사유를 구성하는 담론체계는 북조선문학예술총동맹의 담론을 복제한 것일 뿐 이었다. 즉 그것은 학습된 타자의 세계관에 불과했다. 그러나 그의 문학은 일제 강점기와 해방직후 평화적민주건설시기와는 차이가 있다. 그것은 문학의 주체를 구성하는 담론구성체의 차이인데 전자의 담론구성체는 민족담론을 서정적으로 편집한 것이고, 후자의 그것은 북조선문학예술총동맹의 담론을 복제한 것이다. 이렇듯 그는 타자의 담론을 서정적으로 편집하거나 혹은 복제하여 주체를 스스로 검열함으로써 그의 독창적인 문학적 주체를 구성하였다고 할 수 있다.

－『우리말글』 제64집(2015)

분단 극복의 환상

― 1960년대 장편동화『그리운 메아리』를 중심으로

장 정 희

강소천 동화의 재인식

강소천 문학에 '반공주의'라는 이념적 수사가 가해지기 시작한 것은 그리 오래된 일이 아니다. 아직 필자는 강소천 동화문학에 가해진 이 같은 이데올로기적 평가에 대한 설득력 있는 반론과 비평적 담론을 만나지 못했다. 6·25전쟁이라는 민족사적 비극 후 '반공'을 국시로 선택한 남한의 50~60년대 반공 담론은 정치·경제·사회·문화 제 분야에 전방위적 영향을 미쳤을 터이다. 그러한 담론 체계는 개인, 사회, 시대의 문제가 얽힌 채 다층적 스펙트럼을 내장하게 된다.

한국의 역사적 체험 속에서 강소천이 취해야 했던 사회적 태도와 한 개인으로서 진정 도달하고자 했던 욕망과 진실은 또 다른 차원에서 논의되어야 할 담론 영역이라고 할 수 있다. 결국 강소천 동화가 '반공주의'라는 이념적 외피로 문학의 엄결성이 훼손되고 속단되는 것은 온당치 않다. '반공'은 강소천 동화의 한 국면을 특정 색깔로 드러내는 표지로 기능할 뿐, 작고하기까지 남긴 작가 강소천 동화문학의 총체성을 장악하는 힘이 되지는 못한다.

이념의 잣대로 가한 해석은 강소천 동화를 바라보는 다의적 관점을 경직시키며 풍부한 자장을 거느린 강소천 동화문학에 대한 오해의 골을 깊게 한다. 액자식으로 반영되는 강소천 동화의 반공 서사는 때로 작가 체험적 진술로 투사된 무의식적 강박으로 이해되기도 한다. 즉, 피해자 시선으로 표출된 이념의 반영을 따로 구분하여 다룰 필요가 있을 것이다.

이 글의 표제를 '분단 극복의 환상'이라고 내걸었거니와, 강소천 동화에는 반공의식 못지않게 분단에 대한 저항, 이를 극복하고자 하는 통일의식 또한 매우 확고하다. 다시 강소천 동화를 말한다면, 그의 동화는 반공과 함께, 전쟁으로 인한 가족 상실의 고통, 분단의 아픔을 다룬다. 이것은 상반된 것처럼 보이는 하나의 사상이 두 가지의 가치를 모두 추구하는 강소천 동화의 양가성으로 이해된다. 미움과 용서, 분단과 통일, 상실과 회복의 양단된 가치 속에서 강소천 동화는 그것의 합일을 동경하고 추구해 나갔던 것이다.

강소천 동화는 분단 의식, 그로 인해 발생하는 가족 해체와 아픔, 그 극복과 만남에 대한 서사이다. 그의 동화가 추구한 궁극적 귀결은 바로 분단을 극복하고 통일을 꿈꾸는 환상의 서사이다. 월남 작가로서 강소천은 이념의 외적 억압과 내적 해방의 문제를 끊임없이 갈등하고 견인해 왔다. 그 지점이 가장 솔직하게, 직접적 언술로, 계몽적 어조로, 강하게 표출된 작품은 바로 1963년 배영사에서 출간된 마지막 장편동화 『그리운 메아리』이다. 강소천은 그 어느 작품에서보다 이 작품에 이르러, 자신의 월남 체험과 반공의식을 가감없이 드러내는 한편, 분단의 극복과 가족의 만남, 통일에 대한 의지 또한 더욱 극명하게 제시하고 있다.

'꿈' '메아리' 모티프와 '거울' 상상계

그동안 많은 강소천 동화 연구는 주로 단편을 대상으로 해 왔다. 방법론에 있어서도 소천 동화에 내재한 미적 특질의 하나인 '환상성' 탐구에 집중되어 왔던 것을 볼 수 있다. 그리고 강소천 동화의 '환상성'은 '꿈'의 상징 구조와 의미를 묻는 데서 출발하지 않으면 안 되었다.

흥미로운 사실은, 강소천 동화의 상징적 지위에 있던 이 '꿈' 모티프가 60년대 접어들어 '메아리' 모티프로 변주된다는 점이다. 『대답 없는 메아리』(1960), 『그리운 메아리』(1963) 두 장편의 표제에서 이러한 징후는 이미 뚜렷하다. '메아리' 기표가 그의 후기 동화에 자주 등장하는 것은 흥미로운 지점이다.

"상실과 찾음의 전형성"[1]이라는 김용희의 지적에서와 같이, '꿈'과 '메아리'는 잃어버린 세계를 기억하고, 회복하고, 더 나아가 확인하고, 결국 찾고자 하는 작가 강소천의 강렬한 의지적 발현에 다름 아니다.

> "너희들 메아리라는 것을 어떻게 생각하니? 한번 간 소리가 되돌아오는 메아리는, 그러고는 그냥 없어져 버린다고 생각하지?"
> "그야 없어지지지 않구요."
> '물론 우리 귀에 다시 안들리니까 없어진다고 생각할 수도 있지. 그러나 우리의 소리를 녹음기로 테이프 속에 넣으면 그냥 남아 있지 않아? 그것이 오늘의 과학이야. 이제 과학이 한층 더 발달되면 한번 흩어져 안 들리는 메아리도 다시 모을 수 있게 되어야 한단 말이야. 너희들 텔레비전을 보지? 그것은 텔레비전 방송국에서 방송을 해야만 보고 들을 수 있지? 이제 정말 과학이 극도로 발달하면 어디서 누가 무슨 행동을 하든지 곧 알 수 있게끔 그런 텔레비전도 만들 수 있어야 한단 말이야.…"
> ─『그리운 메아리』에서

---

1) 김용희, 「강소천 동화문학 재평가의 필요성」, 『한국아동문학연구』 11집, 한국아동문학학회, 2005. 61쪽.

『그리운 메아리』에서 박박사는 강소천을 대신하는 인물이다. 박사님이 즐겨 부르는 노래는 「메아리」, 「그리운 언덕」, 「소풍」 등이다. 이들 노래는 공통적으로 모두 '메아리'라는 말이 들어 있다. 박박사님이 '노래자랑'에 나가서 부른 노래는 「고향이 그리워서 못 가는 신세」이다. 이렇듯 인물에 투사된 작가의 실향의식은 작품의 도처에 숨어 있다.

'메아리'를 모으는 박박사님의 기상천외한 과학실험은 잃어버린 상실의 세계를 기억하고 다시 회복할 수 있는 장치를 상징한다. 박사님의 실험은 '흩어져 사라질 수 있는 것'—과거의 기억을 붙잡아 현실화하고 재현하고자 하는 욕망이다.

단편 「꿈을 찍는 사진관」에서 강소천은 기억하고 싶은 '꿈'의 한 장면을 '사진'으로 현재화할 수 있는 기록 장치를 통해 분단 극복의 환상 서사를 직조해 냈다. 이러한 그의 태도가 후기 장편동화 『그리운 메아리』에 이르면 '사진'으로만 그 그리움을 달래던 과거 동화의 단계를 지나, '제비'라는 변신을 통한 유체 이탈 방법으로 실제 이북 고향땅을 방문하고 돌아오는 환상 서사로 나아가게 된다.

강소천 동화에서 '메아리'는 곧, 절규와 외침, 욕망에 대한 확인 의지, 기다림의 행위로 작용한다. '메아리'는 단절된 건너편 절벽에서 소리가 부딪쳐 되돌아오면서 내는 허공의 반향 현상이다. 반드시 건너편 장벽이 존재할 때 '메아리'는 발생할 수 있다. 곧 '메아리'는 곧 분단된 장벽, 이북을 향한 작가 강소천의 확인할 길 없는 '허공 외침'을 상징하고 있다.

어떤 면에서 강소천 동화의 '꿈'과 '메아리' 모티프는 변주된 나르시스, 거울 상상계와 같다. 거울 앞의 나르시스는 유리와 금속의 저항 같은 하나의 장벽을 대립시킨다. 거울은 그에게서 도망치는 '배후의 세계'를 감금시켜, 자기를 볼 수가 있어도 붙잡을 수 없는, 그 세계로부터 영원히 떨어져 있는 존재자이다.[2] 강소천 동화에는 거울 저편에 마주선 분열 주체가

---

2) 루이 바벨, 『나르시스의 오류』(l'erreur de Marcisse), 11쪽; 가스통 바슐라르, 『물과꿈—

자주 나타난다. "그림자"(「정희와 그림자」), "잃어버렸던 나", "나 아닌 나"(「잃어버렸던 나」)는 일종의 거울의 분열 주체들이다. 파편화된 주체는 저편에 이르지 못하는 비극적 상황에 놓여 있다. 결국 '꿈'과 '메아리'는 바슐라르가 언급한 "나타남의 의지",[3] 거울 저편에 떨어져 있는 '대상'에 이르기 위해 구축된 환상 구조인 셈이다.

> 그러나 요행히 우리에겐 '꿈'이란 게 있습니다.
> 이미 저 세상에 가 버리고 없는 그리운 얼굴들도 꿈에서는 서로 만날 수 있습니다. 남북으로 갈리어 서로 만나지 못하는 사이라도 쉽게 만날 수 있습니다. 꿈길엔 38선이 없습니다.
> 정말 꿈을 꿀 수 있다는 것은 얼마나 행복한 일입니까?
> 그러나 이 꿈이란 사람의 마음대로 꿀 수는 없는 것입니다. 아무리 그립고 보고 싶은 얼굴이 있어 꿈에 보려고 애를 써도, 뜻대로 잘 안 되는 수가 많습니다. 그러다 어떻게 잠깐 꿈을 꾸게 된다 해도, 그 꿈이 곧 깨면 한층 더 안타까운 것뿐입니다.
>
> ─「꿈을 찍는 사진관」에서

이렇게 강소천 동화에서 '꿈'은 장벽이 없는 공간으로 형상화된다. "꿈길엔 38선이 없"기에, 꿈꿀 수 있음은 곧 '행복'이요, 꿈에서 깨면 이내 '안타까움'이 되고 만다. 아무리 "그립고 보고 싶은 얼굴"을 만나고 싶어도, 그러한 염원은 '분단'이라는 현실 장벽으로 인해 철저하게 봉쇄되어 있다. 강소천 동화의 초현실적 환상 공간은 현실의 장벽을 무화시키고 경계의 구분을 없애고 자유롭게 왕래할 수 있도록 만든 '해방 자유 공간'이다.

강소천의 동화에서 '잃어버린' 대상이 빈번한 것은 우연이 아니다. 『그리운 메아리』의 시작은 형 영길이가 만화책을 보여 주지 않자 홧김에 뛰

물질적 상상력에 관한 시론』, 문예출판사, 1980. 4, 37쪽.
3) 가스통 바슐라르, 『물과꿈─물질적 상상력에 관한 시론』, 문예출판사, 1980. 4, 35~36쪽.

쳐나가 돌아오지 않는 동생 웅길이의 실종 사건으로부터 출발한다. 『대답 없는 메아리』라는 장편동화는 혜성이가 어머니로부터 '잃어버린 고향'이라는 책을 선물 받으면서 이야기가 시작되는데, 이 작품은 혜성이가 읽은 책의 이야기와 어머니가 함경도 땅에서 지낸 어린 시절부터 해방 무렵에 걸친 이야기를 오버랩시킨다.

실제로 강소천의 동화들은 수많은 결핍들이 반복 패턴을 이루고 있는 유사한 서사를 공유하고 있다. 강소천의 초기 작품 「돌멩이」에서 『그리운 메아리』까지 관류하고 있는 것은 '헤어짐과 만남'의 서사 형식이다.

> "그런데 할아버지는 왜 이렇게 높은 곳에 올라와 계서요?"
> "그래야 앞이 잘 보이고 메아리를 부르기도 쉽고……."
> "참 할아버지! 우리 아까 메아리 많이 불러 봤어요. 할아버지의 목소리까지 메아리가 대답하는 것인 줄 알았어요."
> "그래? 어디 여기 서서 저 많은 산을 향해 큰 소리로 한번 외쳐 봐라. 그럼 메아리도 큰 소리로 대답할 거야." (중략)
> "할아버지는 두 눈을 감고 연이어 들려오는 메아리를 듣고 있습니다.
> "그리운 이름이다. 그리운 메아리다. 난 죽어 이곳에 묻히고 싶다. 고향에 갈 수 없으니 이곳에라도 묻혔으면 좋겠다. 살아서 가지 못한 고향이니 차라리 죽어서라도 고향으로 가는 꿈을 꾸고 싶다. 그리운 메아리 소리나 들으며……. 영길아! 그리고 웅길아! 너희들 내가 죽으면 이 산에 올라 메아리를 불러 줄 테냐?"
> 할아버지는 무척 쓸쓸히 웃으셨습니다.
> ─『그리운 메아리』에서

강소천 동화에서 '꿈'과 '메아리'는 상실에 대한 회복의 부르짖음, 그리움의 외침이다. 결국 『그리운 메아리』의 서사는 제비가 그려진 만화책을 읽다가 잠든 영길이의 꿈속 이야기로 귀결되는 것이지만, 영길이와 웅길이 형제는 고향에 가지 못하고 '메아리' 노래를 부르는 박박사의 염원과 안타까움에 동화되어 간다. "살아서 가지 못한 고향"이기 때문에 "차라리 죽어서라도 고향으로 가는 꿈"을 꾸겠다는 박박사의 마지막 절규는 분단 장벽이 가져온 우리 사회의 트라우마를 짙게 드리운다.

3 · 8선 트라우마와 북향 서사 지향성

강소천 동화의 인물들이 겪는 트라우마는 본질적으로 '3 · 8선'이라고 하는 정치적 산물—국토 분단, 교류 단절에서 기인한 장애요 상처이다. 그의 동화에 등장하는 많은 주인공들은 6 · 25 전쟁으로 아버지를 잃었거나 분단으로 인한 가족 해체의 아픔을 견디며 살아나간다.

'일선에 가 계신 아버지'(「꽃신」), '소집장을 받고 군인으로 나간 명호의 형님'(「그리운 얼굴」), 6 · 25 때 인민군으로 끌려간 인호 아버지(「아버지」), 아버지가 없는 아이 희성이와 나(「딱따구리」), '일선에 계신 순이 오빠'(「조그만 사진첩」), '일선에 계신 종환이 아저씨'(「푸른 태양」) 등, 강소천 동화에서 '3 · 8선'은 개인과 시대 체험의 모순을 집약해 놓은 비극의 공간이다. 장편 『대답 없는 메아리』에서도 혜성이의 아버지는 '6 · 25 전쟁'으로 돌아가신 것으로 되어 있다.

아버지의 부재가 더욱 비극적으로 드러난 것은 「꽃신」이다. 란이의 돌을 맞아 일선에 계신 아버지는 꽃신을 보내 준다. 그러나 두 살배기 란이는 꽃신 한짝을 잃어버린다. 이 사건으로 엄마는 란이의 궁둥이를 때리고 야단을 친다. 란이는 그 길로 밤새 칭얼거리며 울고 소스라쳐 깨기도 하다가 그만 죽고 만다. 란이가 꽃신 한 짝을 잃어버린 사건은 란이 엄마의 여성성이 훼손되거나 상실된 것으로 해석할 수 있다. 즉, 란이에 대한 란이 엄마의 학대는 '여성성'이 결핍된 엄마 자신에 대한 가학과도 상통한다. 결국 '일선', '3·8선'이라고 하는 분단 경계선, 아버지를 빼앗아 가는 역사의 부정적 인식에서 강소천 동화의 근본적인 아픔은 시작되고 있다.

이러한 트라우마의 치유와 극복은 분단 장벽으로 금기시된 이북 고향에 가서 해체된 가족과 재회함으로써 비로소 가능해질 수 있다. 그렇기에 강소천 동화는 분단 장벽을 넘어 보고자 하는 '북향 서사 지향성'을 뚜렷이 드러낸다. 「방패연」에서 인호는 밤늦도록 열심히 만든 연을 날린다. 높은 산에 올라가 실을 놓자 연은 제 마음대로 훨훨 날아간다. 인호는 북으로 날아가는 연을 열심히 바라보며 마냥 주저앉아 연이 날아간 북쪽하늘을 멍하니 바라본다.

> '이제 내가 날려보낸 태극연이 바로 우리 마을로 날아갈는지 몰라. 만일 마을까지는 날아가지 못한다 해도 삼팔선을 넘어만 가면 어느 어른들이든지 얼른 그 연을 감추어 가지고 집으로 들어갈 거야. 그리운 태극기가 그려져 있으니까……. 그러나 고 연이 재수 없게, 정말 빨갱이에게 잡힌다면……, 도리어 우리 할아버지 주소를 찾아가서 막 야단을 칠는지 몰라. 내가 쓸데없는 짓을 했는지도 몰라. 그 연에 이쪽 주소를 쓰고 저 쪽 주소는 쓰지 말걸……. 그러나 저 쪽 주소를 쓰지 않으면 어떻게 할아버지에게 그 연이 전해질 수 있을까?
>
> ─「방패연」에서

「방패연」에서 인호는 방패연에 "함경남도 고원군 고원면 관덕리 2번지 박인호의 할아버지"라고 주소를 쓰고 북쪽으로 연을 날려 보낸다. 어느 일요일, 인호는 운동장에서 잠자리 비행사 아저씨를 만나 고향인 고원 소식과 함께 할아버지의 회답을 받는다. 이것은 어디까지나 인호의 꿈 이야기이고 현실 속에서 인호의 꿈은 좌절되고 만다. 꿈에서와 같은 기대를 품고 인호는 연실을 툭 끊어 보지만 방패연은 꿈에서와는 달리 높은 전나무 가지에 걸려 버리고 만다. 환상 속 선체험을 현실 속에 후체험, 재현하는 방식이다. 꿈과 현실의 갭은 너무나 크다. 그것은 가능/불가능, 희망/좌절이라는 격차를 그린다. 인호는 "삼팔선도 못 날아 넘는 연!"하고 방패연을 거두지도 않고 돌아가 버린다.

「준이와 백조」에서 준이는 친구를 바닷가에서 찾아가 백조로부터 피리를 하나 받는다. 그 피리로 준이는 오래 생각할 필요도 없이 노래를 부른다. 노래의 곡조는 '통일 행진곡'이다. 그의 통일 행진곡은 공산당이 퇴치된 남한 주도의 통일이다.

> 준이는 수많은 국군들의 뒤를 따라 북으로 북으로 내닫습니다. 3.8선을 지나, 철원, 안변, 그리고 곧장 원산에 다다랐습니다.
> 준이의 가슴은 막 뛰놀았습니다. 인제 백 리 남짓한 곳- 고향인 고원이 가까워지기 때문입니다. 문천을 지나서부터 준이는 국군들보다 앞에 섰습니다 향교 산모퉁이를 돌아서자, 얼른 눈에 띄는 빨간 벽돌집! 높다란 종각 위에 빛나는 십자가! 그 천주교당 앞길을 내리달리면 준이네 집이었습니다.
>
> ─「준이와 백조」에서

준이는 백조가 가르쳐 준 대로 두 눈을 감는다. 시간은 8·15 해방 당시로 거슬러 올라간다. 해방의 물결이 온 마을에 넘치고 준이는 국군의 뒤를 따라 북쪽을 향한다. 드디어 3·8선을 지난다. 철원, 안변, 원산을 거쳐 마침내 준이는 빨간 벽돌집의 천주교당이 있는 고향 고원에 이른다.

강소천은 동화 속에 이북 지명 기표를 가장 빈번하게 활용한 작가이기도 하다. "원산", "함흥", "흥남", "북청", "이원", "단천", "길주", "명천", "청진", "부령", "영흥", "고원" 등 강소천은 이북에 두고 온 고향길을 부조하듯 재현해 낸다. "소학교를 졸업하면 중학교는 원산이나 함흥에 같이 가자던 순이", "순이도 북한땅 어디에 그냥 살아 있다면"(「꿈을 찍는 사진관」)에서처럼, 강소천 동화의 주요 인물들이 그리워하는 대상은 이북에 있다. 거울이 자신을 볼 수 있어도 붙잡을 수 없는 것과 마찬가지로, 분단이라는 장벽 앞에서 강소천 동화의 이북 욕망과 체험은 '꿈'이나 '메아리' 와 같은 나르시스에 만족할 수밖에 없게 된다.

제비와 분단 극복의 환상

강소천 생애의 마지막 장편동화인『그리운 메아리』는 3·8선을 넘어 이 북땅을 밟아 보려는 작가의 욕망이 가장 직접적이고 계몽적 어조로 실현된 작품이다. '꿈의 환상'을 통한 간접적 이북 지향성은 이제 보다 적극적인 환 상 구조로 이북 지향성을 과감히 구현하고자 한다.

박박사는 마침내 비밀의 연구 실험을 완성한 뒤 이상한 약물을 마시고 자유로운 '제비'의 몸이 된다. 앞가슴이 하얗게 날렵한 꼬리를 가진 제비 는 전통적으로 봄소식을 가져다 주는 새로 인식되어 왔으며, 흥부전 같은 옛날 이야기에도 등장해서 민간에서는 사람과 가깝고 친근한 새이다. 또 제비는 날이 추워지면 강남으로 갔다가 이듬해 따뜻한 봄이 되면 돌아와 처마 밑에 둥지를 틀어 새끼를 친다. 이렇듯 회귀 본능, 귀소 본능이 강한 제비는 이북에 고향을 둔 작가 강소천의 고향 회귀 의식을 담아낸 상징적 장치가 된다.

『그리운 메아리』에서 제비가 된 인물은 차례로 박박사님, 웅길이, 유 박사이다. 각각 제비의 시점으로 전개되는 서사는 변신 이전의 존재를 정 확히 밝히지 않기 때문에 다성적 목소리를 갖고 있다. 박박사님에 이어, 우연히 연구실 암호문을 알아낸 웅길이는 호기심으로 연구실에 들어갔다 가 약물을 마시고 제비로 변하는데, 이 때의 암호문 숫자는 '625'이다. 다 분히 '6·25전쟁'을 연상케 하는 수적 장치이다.

3·8선을 넘어 이북으로 날아간 제비는 그곳에서 예수교를 믿는 모세

할머니를 만난다. 모세 할머니는 따뜻한 봄소식을 가져오는 제비를 '통일의 징조'로 받아들인다.

> "그래! 겨울에 무슨 제비가 왔을까?"
> "그러게 말이에요. 할머니, 놀부 흥부 이야기 아서요?"
> "알지. 그렇지만 그건 옛날 얘기구, 지금은 하느님이 제비의 목숨도 다 맡아 가지고 계시단다. 정말 너희들이 본 게 틀림없는 제비라면 우리나라가 통일될 징조인지도 모른다."
> "할머니! 징조라는 게 뭐유?"
> "통일될 표적이란 말이지. 제비는 남에서 오는 거란다. 그러니 이남 소식을 가지고 왔을 거다. 우리나라가 통일만 된다면……"
> ―『그리운 메아리』에서

모세 할머니는 당원의 감시 속에서도 흔들림 없이 예수를 믿는 독실한 기독교 신자이다. 할머니의 신심은 인민위원장을 회개하게 만들고 종교 박해 속에서 크리스마스 기도회를 가진다. 한편, 또 한 마리의 제비는 남쪽에 남아 새 조롱 속에 갇혀 있다가 아이들과 함께 방송국 출연하기도 하며 한바탕 소동을 일으킨다.

한편 모세 할머니와 인민위원장 집을 드나들던 제비는 냇가에서 빨래를 하는 순이의 어깨 위로 날아가 앉는다. 순이의 입을 통해 제비는 순이 아버지의 월남과 그 뒤 가족이 겪은 갖은 고초에 대해 알게 된다.

> "제비야! 너도 우리 같은 신세로구나! 우리 아버지도 이곳 빨갱이들 등쌀에 살 수가 없어서 서울로 가셨단다. 여기서 잡히면 반동 분자라고 목숨이 위험하니까 말이지. 우리도 그 때 함께 떠났으면 얼마나 좋았겠니. 그 때 우리는 어렸고, 우리 어머니는 할아버지 할머니를 두고 어떻게 가는가 하며 못 떠났다. 제비야! 너희들은 날개가 있어서 얼마나 좋겠니! 참, 그런데 넌 짝을 잃었니? 그렇지 않으면 네 새끼를 잃었니?"
> 제비는 그저 슬프게 울기만 했습니다.

"그래, 너도 우리 같은 변을 당한 거로구나! 그래도 남쪽으로 날아가야지. 겨울 추위를 어떻게 여기서 견디겠니? 네가 우리 아버지를 안다면 우리 집 소식을 전해 줄 게 아니냐?"

그랬더니 제비는 순이의 등에 앉아 순이의 얼굴이며 목에 대고 한층 더 슬프게 울었습니다.

-『그리운 메아리』에서

순이는 제비더러 반동분자로 몰려서 서울로 월남한 아버지에게 북쪽 가족 소식을 전해 달라고 이야기한다. 이 모든 사정을 알고 있는 아버지 제비는 슬프게 울기만 한다. 제비는 순이의 아버지가 집을 떠난 뒤 내무서원이 들이닥쳐 가족들이 협박당하며 고초를 겪은 사실을 알게 된다. 한편 리 인민위원장이 눈 감아 주는 속에서 모세 할머니와 교인들은 크리스마스 이브를 맞이한다. 그러나 이 사실이 당국에 발각되어 리 인민위원장은 탄광의 강제 노동으로 끌려가고 만다.

남쪽 거리에서 빙빙 돌던 제비 한 마리도 3·8선 이북으로 날아간다. 그러나 이 제비는 산 속에서 포수가 겨눈 총에 맞아 날갯죽지를 다쳐 떨어지고 만다. 다행히 제비는 나무를 하던 소년의 손에 제비는 구출된다. 소년은 6·25 전란 통에 아버지를 잃고 어머니와 쓸쓸히 살아가는 어려운 집안의 아이이다. 소년의 따뜻한 손길로 보살핌을 받은 제비는 이윽고 날 수 있게 된다.

박박사는 먼저 사람의 몸으로 집으로 돌아와 제비가 되어서 이북땅을 돌아보고 온 보고를 한다. 그러나 박박사는 아직 돌아오지 못한 유박사와 웅길이가 걱정되어 다시 제비의 몸이 되어 떠난다. 이렇게 세 제비는 남북을 종횡하며 분단의 비극을 체험하고 통일이 되어야 할 당위적 명제에 이른다.

"나는 이북에 고향과 가족을 두고 온 뒤, 하루도 고향과 가족에 대한 생각을 잊어본 적이 없었습니다. 꿈길로밖에 갈 수가 없는 이북 고향을 어떻게 가나 하고 늘 생각했습니다. 그러다가 생각해 낸 것이 이 것입니다. 사람이 날짐승으로 변할 수는 없을까? 잠깐 변했다 다시 사 람으로 될 수만 있다면 이북 땅에 날아가 그리운 가족들을 만나 보고 올 수 있지 않을까 하는 것이었습니다."

'아직 여기 나라를 사랑하는 사람들이 있구나! 공산당을 싫어하고 하루바삐 이 나라가 자유로운 민주주의 나라가 되어야겠다고 생각하 는 사람들이 얼마든지 있구나! 겉으로는 두려우니까 아무 말도 못 하 고 소나 말처럼 강제 노동을 하고 있지만 그들의 마음 속에는 늘 남북 통일이란 희망이 있구나! 그들을 구해 주기 위해서 이남 동포들은 한 층 더 힘을 써야겠다. 자유를 사랑하는 전세계 사람들이 이들의 사정 을 알아주어야겠다.'

박박사는 그 동안 "꿈길로밖에 갈 수가 없는 이북 고향"을 가기 위해 "날짐승"으로 변해 다녀온 이야기를 들려 준다.(위의 문단) 박박사와 웅길 이를 찾기 위해 스스로 제비가 된 유박사는 아오지 탄광에서 강제 노동을 하면서도 "남북통일이란 희망"을 잃지 않는 사람들을 만난다.(아래 문단) 결국, 『그리운 메아리』의 '제비'는 "이북 땅에 날아가 그리운 가족들"을 만나기 위해 고안된 강소천 자신의 화신인 셈이요, 6 · 25 전쟁과 가족 상 실에 대한 뼈저린 상처, 월경(越境)의 시도로 '만남의 서사'를 완성시킨 분 단 극복의 환상이라고 할 수 있다.

강소천 동화의 현재성

고향과 가족이라는 사랑의 구심을 상실한 채 분단의 장벽을 견뎌야 했 던 강소천은 때로 작품 속에서 "붉은 이리 떼들이 득실거리는 내 고향! 잃어버린 고향"(『대답 없는 메아리』)과 같이 감정의 과정과 이념 편향을 직설적으로 드러내기도 했다. 강소천 동화의 인물이 작가의 '밖'에서 객관화되기보다 작가의 '안'에 밀착된 주관성의 결과로 형상화된 결과이다. 가공스러운 사실은, 강소천 『그리운 메아리』가 발표된 지 50년이 지났음에도, 이분법적 이념 편향이 지금 이 시대의 당대 담론과 크게 다르지 않다는 점이다.

지금까지도 남북 분단의 트라우마는 정치 사회 현상 곳곳에서 내화(耐火)를 건디고 있다. 이제 3·8선을 경계로 적국으로 대치해 있는 분단 현실을 오늘의 우리 아동문학은 어떻게 그려낼 것인가? 이념으로부터 도피는 적절치 않으며, 순 아동 생활의 고집은 오히려 이념적 도피일 것이다. 분단 세대의 체험과 글쓰기는 강소천 동화가 우리에게 남기고 있는 과제요 화두이다. 강소천 동화의 현재성을 물어야 하는 이유가 여기에 있다.

강소천의 단편 창작동화에 구현된
서정적 구조 양상

김 경 흠

I. 들어가며

강소천은 동요·동시보다 다소 늦게 동화 창작 활동을 하였지만, 동시대에 두 장르를 섭렵한 작가라고 할 수 있다. 1931년부터 ≪신소년≫, ≪아이생활≫지에 동요·동시를 발표하면서 작품 창작을 시작하였는데, 대표작으로는 「호박꽃초롱」, 「닭」, 「보슬비의 속삭임」을 들 수 있다.[1] 그의 시적 특징은 직관적이며 함축적 표현이 두드러진다. 또한 문답적 특징과 감각적인 언어 사용 및 이미지의 사용은 시적 서정성을 한층 높여주고 있다.[2] 이러한 시적 특징들은 그의 단편 창작동화에 반영되어 나타나

---

1) 신현득, 「동심으로 외친 항일의 함성–강소천 선생의 동시 세계」, 『강소천 아동문학전집10–호박꽃초롱』, 교학사, 2006, 326쪽.
2) 황수대, 「1930년대 동시 연구–목일신·강소천·박목월을 중심으로」, 고려대학교 박사학위논문, 2012, 85쪽.

는데, 1939년 동아일보에 발표한 단편 창작동화 「돌멩이 I , II」에서 그 특성을 확인할 수 있다. 이 외에도 그는 「토끼 삼형제」≪동아일보≫, 「전 등불 이야기」≪매일신보≫, 「마늘먹기」≪조선일보≫, 「딱다구리」≪소 년≫, 그리고 장편 「히성이의 두 아들」≪아이생활≫3)과 같은 창작동화 와 소년소설을 연이어 발표하는데,4) 그의 시적 특징들이 녹아 있는 초기 의 작품임을 알 수 있다.

강소천의 단편 창작동화에는 시적 요소가 투영되어 있어 작품 전체의 분위기를 지배한다. 간결하고 압축적인 표현이 돋보이며 시각적, 청각적 이미지를 통하여 작품의 시퀀스를 형성한다. 또한 작품 속에서 인물이 추 구하는 태도는 세계와의 대결이나 갈등이 아니라 화해하고 조화를 이루 며 합일을 통해 이상 세계를 추구한다. 특히 환상성과 꿈의 기법을 활용 하여 상징적 의미를 강화하는 동시에 세계와의 동일화를 꾀한다. 이러한 것들은 강소천의 창작동화에서 드러나는 독특한 예술적 특징이기도 하 다. 한국 창작동화의 형성과정은 설화적 요소에서 출발하였기 때문에 어 느 정도 예술성을 담보하고 있었다. 설화는 발화형식에 있어서 운문으로 부터 기원하였으며, 초자연적이고 비현실적인 내용을 근간으로 한다. 1920년대 초기 창작동화의 흐름은 이렇게 자연의 모방이나 현실의 재현 보다는 생명의 존재 방식을 탐구하는 환상의 창조에 중점을 두고 있었다. 이는 곧 한국 창작동화의 형성원리로 작용했으며, 이와 대척되는 것으로 써 1930년대 중반 이후 활발하게 전개된 소년소설을 들 수 있다. 강소천

---

3) 천희순의 연구에 따르면 「히성이와 두 아들」은 1940년 ≪아이생활≫ 9ㆍ10월호 합 본에 처음으로 연재되기 시작했으나 1941년 1월호까지 총 4회 게재된 것으로 보인 다고 한다. 1941년 2월호는 자료를 찾을 수 없었다고 밝히며 3월호 이후에는 더 이상 연재되지 않은 것으로 확인되었다고 진술했다. 이 작품은 강소천이 월남한 후 『진달 래와 철쭉』이란 제목으로 수정하여 뒷부분을 보강한 후 단행본으로 출간되었다.
천희순, 「강소천의 장편동화 연구」, 고려대학교 석사학위논문, 2012, 50쪽.
4) 이재철, 『한국현대아동문학사』, 일지사, 1978, 235쪽.

은 창작동화의 예술적 경지를 집요하게 탐구한 작가로서 창작동화의 전통을 충실히 계승하고 있다. 송창일은 1939년 동아일보를 통하여 발표된 강소천의 작품 「돌멩이」에 대하여 시적인 경지로써의 예술성을 높이 평가하고 있다. 그는 "제작품(諸作品)을 통하여 극단으로 예술적이요 상징적인 것과 현실적이요 사실적인 2대 조류를 발견할 수 있다."고 하면서 전자에 해당하는 대표 작가로 강소천을 들고 있으며, 강소천의 창작동화 「돌멩이」를 두고 기법과 문장에 있어서 동시인으로서의 높은 예술적 경지를 극찬하고 있다.5) 이러한 평가에도 불구하고 지금까지의 논의를 보면 작품의 내적 특징들이 어떻게 구현되었는지에 대한 관심이 소홀했던 것이 사실이다. 강소천의 작품에 투영된 미학적 특징 전반에 대한 검토보다는 '환상성'에 대한 연구6), '환상동화와 사실동화'의 검토7), '작가적 생애와 관련된 그리움과 꿈의 문학'8), '교육성과 관련된 주제적 접근'9) 등 주제적 연구 내지 효용적 가치의 구명에 편중되었다. 즉 '어떻게' 작품 속에 형상화되었는지 보다는 '무엇을' 드러냈는가에 관심이 집중되어왔다.

이에 대하여 김용희는 강소천의 창작동화를 '상실'과 '찾음'이라는 서사적 구성원리와 관련시켜 작품 분석을 시도하였다.10) 즉 서술 방식 내지 서술 상황을 서사 형식과 관련시키면서 꿈의 상징성에 주목하였다. 주로 꿈을 차용한 작품을 중심으로 분석하였는데, 꿈의 형식과 의미가 지니는

---

5) 송창일, 「동화문학과 작가①」, ≪동아일보≫, 1939.10.17.
6) 함윤미, 「강소천 동화의 환상성 연구」, 단국대학교 석사학위논문, 2005.
7) 홍의정, 「강소천 동화연구」, 한양대학교 석사학위논문, 2006.
   김효진, 「강소천 동화 연구」, 성신여자대학교 석사학위논문, 2009.
8) 남미영, 「강소천연구」, 숙명여자대학교 석사학위논문, 1980.
   김수영, 「강소천 동화의 특성 연구」, 건국대학교 석사학위논문, 2008.
9) 공선희, 「강소천 동화연구」, 한국교원대학교 석사학위논문, 1996.
   이선민, 「강소천 동화연구」, 부산교육대학교 석사학위논문, 2006.
10) 김용희, 「강소천론-소천 동화에 나타난 꿈의 상징성」, 『한국아동문학 작가 작품론』, 이재철 편, 서문당, 1991, 209~228쪽.

미적 특질을 서정성의 개념으로 파악하고 있다.[11]

본 연구에서도 이 견지를 따르면서 보다 서정적 본질에 접근하기 위한 형식적 전략으로써의 서정적 구조 측면에서 분석하고자 한다. 꿈을 차용한 작품뿐만 아니라 단편 창작동화에서 구현된 서정적 요소를 추출하여 어떻게 미적으로 형상화시켰는지 그 양상을 살피고자 한다. 그동안 아동문학에서는 서정성이란 용어를 드물지 않게 사용해 왔다. 그러나 그 의미는 '감정'이라는 의미의 차원에서 피상적으로 사용되어 왔다고 볼 수 있다. 일반 성인문학과는 달리 서정적 본질로써의 서정적 구조에 대하여 논리적으로 구명하려는 노력이 상대적으로 저조했던 것이 사실이다. 작품의 서정적 특징에 대한 논리적 해석은 장르론의 입장에서 접근이 이루어졌을 때 문예미학적 특징을 구명해낼 수 있으리라 본다. 그런 점에서 창작동화에 대한 장르적 특징을 검토해 볼 필요가 있다.

창작동화는 '환상성'을 구성적 기반으로 하기 때문에 시적 요소와 산문적 요소를 동시에 지니고 있는 것으로 보는 견해가 일반적이다. 환상의 유형 가운데 '시적 환상'을 상기할 수 있는 대목인데, 주로 문체의 장식적 측면에서 이야기되고[12] 있지만 장르의 개념으로 확장시켜 논의할 수 있다. 노발리스는 그의 동화 「푸른 꽃」에서 '모든 시는 동화적이어야 한다'고 언급한 것처럼 릴리언 스미드, 이원수 등도 창작동화의 요소로써 환상에 대하여 '시적인 것, 시정신'을 강조하고 있다.[13] 즉 '환상성'이라는 속성은 비현실적, 은유적, 초월적, 상징적 의미를 띠기 때문에 시적 요소에 해당한다. 또 다른 측면에서 보면 '환상성'은 허구이며 산문으로 쓰인 형식을 띠기 때문에 서사적 요소의 특성에서 자유로울 수 없다. 김용희는

---

11) 김용희,「한국 창작동화의 형성과정과 구성원리 연구」, 경희대학교 박사학위논문, 2008, 135~157쪽.
12) 박상재,『한국 창작동화의 환상성 연구』, 집문당, 1998, 32쪽.
13) 이성훈,『동화론』, 건국대학교출판부, 2014, 73~74쪽.
   릴리언 H. 스미드,『아동문학론』, 교학연구사, 1996, 204~224쪽.
   이원수,『동시 동화 작법』, 웅진출판사, 1984, 105쪽.

이러한 주장들을 종합적으로 검토하고 체계적으로 분석하여 창작동화의 장르적 성격을 밝히고 있다. 한국 창작동화의 성격을 형성과정 및 구성 원리와 관련시켜 이론적 장르의 입장을 비판하고 역사적 장르의 입장에서 특성을 서술하고 있는 것이 특징이다. 그는 '아동소설과 창작동화', '전래동화와 창작동화'의 성격을 차례로 대비시키면서 창작동화가 지니는 예술적 특성의 이론적 근거를 '시적 환상'으로 규정한다.[14]

여기에서 '시적 환상'이란 창작동화의 의미와 깊은 관련성을 맺는 개념으로써 장르의 확장 내지 초장르적 성격을 가능케 한다.[15] 이렇게 창작동화는 운문적 요소로써의 서정적 특성과 산문적 요소로써의 서사적 특성이 혼합되어 하나의 문학 양식을 구성하고 있다. 시적 구성 요소는 장르적 개념에서 서정적 본질을 해명하는 단서가 되는데, 작품의 미학적 가치를 판단하는 잣대가 된다. 시의 세계인 서정적 본질에 접근하려는 형식적 전략으로써 서정적 구조라 할 수 있다. 강소천의 단편 창작동화에는 이러한 서정적 구조의 미적 특질이 두드러지게 나타나 있다. 이러한 특징을 지닌 작품을 대상으로 문예미학적 차원에서 구명되어야 정당한 문학적 평가를 할 수 있을 것이다. 문학예술의 본래적 기능 내지 형태의 기반에서 벗어날 경우 도덕의식에 함몰되게 된다. 그런 점에서 서정적 구조라는 미적 개념은 형식과 내용을 포괄하여 작품이 갖는 총체적 의미를 해석하는 유용한 방법론이 될 수 있으리라 본다.

본 연구에서는 일관되게 유지되고 있는 강소천 창작동화의 주조로써 서정성을 구현하기 위한 서정적 구조의 양상에 대하여 살펴보고자 한다. 단편 창작동화에 나타난 서정적 구조의 특징을 장르론적 입장에서 검토하고자 하는 것이다. 이를 통하여 강소천의 창작동화에 대한 문학사적 업적을 재평가하는 계기가 되리라 생각한다.

---

14) 김용희, 앞의 논문, 19~30쪽.
15) 위의 논문, 32쪽.

II. 창작동화에서 구현된 서정적 구조

서정적 구조의 검토는 곧 서정적 본질의 구명을 의미하는데, 에밀 슈타이거는 서정시의 본질에서 '서정적인 것'의 특성을 찾아 서정성의 개념을 설명한다. 그에 의하면 서정성이란 '주체와 객체'의 간격이 사라져 '무간격성'을 이루는 것으로써 이를 통하여 '자아와 세계'가 '상호 융화'되는 상태를 의미한다. 이것을 곧 '회감(Erinnerung)'이란 개념으로 설명하고 있다.16)

'회감'은 상면관계가 성립되지 않은 순간으로써 정조의 통일을 기한다.17) 즉 회감에 의해 세계는 시인 개인의 내면 속으로 들어오고, 그럼으로써 또한 세계는 주체성으로 가득 차게 된다. 회감은 창작 주체와 그 대상으로서의 외부세계 사이에서만이 아니라 독자와 작품 사이에서도 일어난다. 독자의 회감은 '감동' 즉 서정적 작품이 지닌 '정조(情調)'에 동화되어 독자와 작품 간의 간격이 사라지는 현상을 의미한다.18)

볼프강 카이저는 슈타이거의 개념을 심화시키면서 '회감' 대신 '내면화'란 용어를 사용한다. 즉 '정조의 순간적인 고조를 띤 대상성의 내면화'19)라 할 수 있는데, 여기에서 '내면화'란 '정적인 체험'을 바탕으로 한다. 세계는 화자 즉 자아의 심혼 속에서 구축되는 것으로써 이는 현저한 감정 내실의 유입 하에서 완성되는 것이라 할 수 있다.20)

창작동화에서 추구하는 세계는 대체로 서정성을 근간으로 하는 통일의 세계, 화합의 세계를 미적으로 지향한다고 볼 수 있다. 이것은 서정적 구조에 의해 형상화되는데, 창작동화와 발생적 이념과 미적 특징에 있어서 유사성을 보이는 서정소설과 비교함으로써 창작동화의 미적 특징을

---

16) Emile Staiger, 이유영 · 오현일 공역, 『시학의 근본 개념』, 삼중당, 1978, 96~98쪽.
17) 위의 책, 82~88쪽.
18) 위의 책, 78~79쪽.
19) Wolfgang Kayser, 김윤섭 역, 『언어예술작품론』, 대방출판사, 1982. 521쪽.
20) 위의 책, 522~523쪽.

더욱 구체화시킬 수 있다. 서양에서 합리주의적 이성과 계몽적 근대성이 인간을 강제하는 도구로 전락하게 되자 회의와 비판이 제기된다. 이러한 시점에서 쇼펜하우어, 니체, 프로이트 등에 의해 인간에 대한 무의식과 감성 영역에 대한 관심이 고조되기에 이른다.[21]

환상성을 요체로 하는 동화 양식도 당대의 이러한 사상적 영향을 받으면서 낭만주의자들에 의해 성행하게 되었다. 낭만주의자들에게 있어서 동화의 세계는 꿈의 세계로 인식된다. 동화는 그들의 환상을 실현하기에 알맞은 문학 장르로 각광을 받았고, 경이롭고 낯선 것으로서 동화는 그들의 마음을 끄는 예술이었으며, 또한 시 자체였다. 그래서 그들은 '모든 시적인 것은 동화적이어야 한다'고 외쳤으며, 동화를 통해 그들의 정서와 감정을 표현할 수 있었다.[22] 서정 소설도 합리주의에 바탕을 두었던 사실주의와 자연주의에 대한 반동으로써 독일의 낭만주의와 프랑스의 상징주의가 도래하면서 발생된 문학 양식이었다는 점에서 창작동화와 궤를 같이 했다고 볼 수 있다.

또한 미학적 특성에 있어서도 상관성을 찾아볼 수 있는데, 김용희의 진술은 이를 명확히 하고 있다.

> "서정소설은 서사의 계기적 연속성과 시간의 선조적 흐름을 초월하며, 상징적 가면의 작중화자가 등장하고, 인간의 내면의식을 표현하기 위해 시적 언어와 자연계 사물을 은유적으로, 공간을 상징적으로 표현한다. 이러한 특징들은 작가의 비전이 꾸며지는 내면세계와 외부세계가 결합하는 곳으로, 세계를 축소하여 동심으로 융해시켜 보여주는 창작동화의 특성과 상통하는 부분들이다."[23]

---

21) 김해옥, 『한국 현대 서정소설의 이해』, 새미, 2010, 53~54쪽.
22) 이성훈, 앞의 책, 117쪽.
23) 김용희, 앞의 논문, 41쪽.

인용문을 통하여 알 수 있듯이 서정소설의 특징은 창작동화의 미학적 본질인 서정성과 맥을 같이 하고 있다. 즉 서사성의 계기적, 선조적 초월이란 플롯에 있어서 인과성의 결여를 뜻한다. 약화된 플롯의 전개를 의미하는데, 인물의 내면 의식에 초점을 맞추기 때문이다.

상징적 가면의 작중화자란 서정적 주인공 또는 상징적 주인공의 역할을 의미하며, 시적 언어와 자연계의 사물에 대한 은유적 표현과 공간의 상징화란 시간성보다는 공간성에 초점을 두면서 이미지를 부각시켜 상징적 의미를 강화하는 특징을 말한다. 이들은 모두 내면 의식을 표현하는 방식으로써 '서정적 경험'24) 내지 '순간의 상태성'25)과 밀접하게 관련을 맺고 있다.

강소천은 단편 창작동화를 통하여 그가 지닌 시적 재능을 다양한 형태로 발휘하였다. 초기 창작동화에서는 간결하고 압축적인 시적 문체와 상징성 및 전통적인 설화 모티프의 차용을 주로 보여주었다. 그 후 1951년 월남 이후에는 일기, 서간문, 독백, 환상 공간의 활용, 겹이야기 구조 등 다양한 형태로 확장시키면서 주관적 세계와 객관적 세계와의 합일을 모색하였다. 이것은 창작동화의 서사 형태를 서정적 구조로써 탐색한 결과라고 할 수 있는데, 이를 통하여 서정적 정조를 고양시키는 전략으로 삼기도 하였다.

본 장에서 분석하고자 하는 작품은 강소천이 월남 이후부터 타계하기 전까지 발표한 작품으로 1950년대 단편 창작동화에 해당한다.26) 이 시기

---

24) '서정적 경험'이란 주객합일과 무시간성의 특성을 드러내는 것인데, 서정소설에서 주인공의 경험이 무시간적(혹은 공간적) 이미지들로 변화될 때 서정성이 나타나는 것을 뜻한다.

25) '순간의 상태성'이란 서정성의 본질로서 객체와 주체가 하나로 결합됨으로써 자아와 세계가 서정성 안에서 즉자적으로 만나는 순간의 정조를 말한다. 즉 서정적인 시 속에 인간과 자연이 존재하는 방식을 일컫는다.

26) 강소천이 발표한 창작동화의 작품 수는 연구자에 따라 다른 견해를 보인다. 지금까지 학계에 보고된 바로는 총 140여 편의 창작동화로써 단편 120여 편, 장편 10여

에는 다양한 서정적 구조의 특징을 변용시켜 표출하는데, 창작동화도 하나의 서사 형태라는 점을 인지해볼 때 인물, 공간, 시점 및 대화 형식과 관련지어 작품에서 구현된 서정적 구조의 특징을 살필 수 있다. 즉 강소천의 단편 창작동화 중에서 1950년대 이후에 드러난 대표적인 특징으로써 독백적 기법을 통한 서정성 강화, 상징적 공간의 내면화, 서정적 주인공의 인식과정으로 나누어 유형에 따라 두드러진 특징을 보인 작품 2편을 선정하여 양상을 살펴보고자 한다. 독백적 기법은 내적 대화의 형식으로써 분리된 자아의 일치와 성장을 꾀하며, 상징적 공간은 환상 공간 안에서 고조된 서정적 정조를 통하여 합일의 순간을 모색한다. 서정적 주인공은 자각의 과정을 통하여 새로운 인식에 도달하는 결말을 보여주는데, 이들은 모두 서정적 구조를 통하여 순간적인 합일의 세계를 지향하고 있다.

1. 독백적 기법을 통한 서정성 강화

강소천의 단편 창작동화에서 구현된 서정성의 특징 중에 부각되는 점은 자아 반영적이라는 형식을 들 수 있다. 서정 문학에서는 세계를 자아의 관점에서 해석하고 대상 속에 자신의 감정이나 의식을 투영하는 심리주의적 특징을 지니게 되는데, 이것은 그의 창작동화의 서사적 관점이 인간의 의식이나 내면세계를 향하기 때문이라고 할 수 있다. 전통적인 이야기에서는 세계는 외부 현실 그 자체이지만 서정적 형태에서는 시인적 비전, 즉 시적 자아의 내면으로 세계의 관점이 축소된다.

자아의 발견 및 확인을 위한 자의식이 내재하면서 서정적 화자의 시적 비전이 펼쳐지게 되는 것이다. 외부 대상과의 갈등이나 문제를 내적 세계 내지 내면 의식 속에서 용해시키거나 방법을 모색하기 때문에 자아 중심

편으로 추산된다. 그러나 최근 들어 서지적 연구의 성과와 발굴작업에 의하여 비공식적이긴 하지만 200편 내외로 언급되고 있다.

적 서술에 치중하고 있다. 서사 진행에 있어서도 계기성에 의한 플롯이 전개되기보다는 '느슨한 플롯, 느슨한 이미지의 병치'와 같이 교양소설[27]의 전통을 따르고 있다.

「수남이와 수남이」에는 서정적 화자의 내적 자아를 인식하는 방식과 과정으로써 '그림자 이미지'가 활용된다. '그림자 이미지'는 내면 세계에 해당하는 내적 자아인 수남이와 외부 세계인 대상으로서의 분리된 자아의 현실 간의 거리를 조정하는 기능을 수행하고 있다. 이 작품은 1963년 『강소천 아동문학 전집1―나는 겁쟁이다』(배영사 간)에 수록되어 있는데 주인공인 수남이는 학교 아이들이 겁쟁이라고 놀리지만 대응을 하지 못하고 스스로를 인정하면서 불완전한 의식에 빠진다. 자신의 마음을 알아줄 친구 하나 없이 혼자 집으로 돌아오는데, 자신의 그림자가 친구이자 조력자로 나타나면서 자아를 인식하는 계기를 갖게 된다.

> 그랬더니 무뚝뚝한 내 말과는 달리 아주 부드럽고 정다운 목소리로
> ―날 몰라? 나 수남이야!"
> 하는 것이 아닌가.
> "수남이? 내가 수남인데 어디 또 수남이가 있단 말이냐?"
> ―네가 수남이니까 나도 수남일게 아냐?" (중략)
> "수남아! 넌 어디 숨어 있다가 그렇게 불쑥 나타났니?"
> ―숨어 있긴 어디 숨어 있었어? 여태껏 너와 함께 나란히 걸어오지 않았니?"
> "나란히 걸어오다니? 나와 나란히 걸어온 건 내 그림자였지. 넌 지금 내 앞에 나타난게 아냐?"
> ―응…… 여지껏은 내가 검은 보자기를 뒤집어 쓰고 다닌거야.
> 그렇지만, 네가 날 부르니까, 검은 보자기를 벗어 버리고 네 앞에 나타난 거지."[28]

27) 랠프 프리드만, 신동욱 역, 『서정소설론』, 현대문학, 1989, 25쪽.
28) 강소천, 「수남이와 수남이」, 『강소천 아동문학 전집1―나는 겁장이다』, 배영사, 1963, 124~126쪽.

외부 세계에 비쳐진 무기력한 자신의 모습을 직시하기 위한 자아의 인식방법과 과정이 환상기법으로 설정되면서 이미지로서의 그림자를 생성한다. 그림자의 이미지 창조와 대화 형식은 미적 장치를 구성하면서 작품의 서사를 지배하고 있다. 주인물인 수남이와 그림자와의 관계 및 대화 장면들은 환상적 구조물로 설정되어 있지만, 형식적 측면에서 보면 내적 독백에 해당한다. 이것은 서정 소설에서 내면 세계를 표현하기 위한 방식으로 내적 독백이나 일기문과 같은 형식을 활용하는 방식과 유사한 기법이라고 할 수 있다.29) 그림자는 무의식이며 내적 자아에 대한 인식은 '불완전한 의식과 무의식의 합침'30)으로서 완성된 인격체로 향하는 동력이 되고 있다. 그림자는 항상 수남이 곁에 있는 존재이다. 다만 수남이가 '검은 보자기'를 쓴 것처럼 의식하지 못하고 살았기 때문이다.

해가 뜨고 밝은 곳에서는 수남이의 곁에서 늘 같이 있고, 어두운 곳이나 집에서는 작아져서 수남이의 심장 속에 살고 있다. 수남이의 심장 속은 '환상 공간'인 셈이며 그림자는 자유롭게 변신하는 상징적 존재인 것이다. 그림자는 수남이에게 말한다. '같이 있으면 무섭지도, 외롭지도 않으니 친구들이 요구한 겁쟁이 탈출을 위한 놀이를 받아들이라'고 북돋아준다. 수남이는 그림자라는 친숙한 친구를 얻은 기쁨에 '여우고개 서낭당 느티나무 굴'에 돌을 놓고 오겠다고 친구들과 내기를 하여 실력을 보여줌으로써 겁쟁이의 모습으로부터 탈출에 성공한다. 겁쟁이라는 사실로부터 벗어난 수남이는 우쭐한 마음에 싸움대장이 되고 싶어 한다. '학교에 가서 아이들을 때려 눕혀 부하를 거느리겠다'고 그림자에게 말하자 이를 만류한다.

이 장면에서 내적 갈등이 야기되고 있다. 자아의 인식과 발견으로 인하여 내적 동일화를 꾀하지만 자아의 분열을 통하여 쉽사리 합일에 이르지

---

29) 김해옥, 앞의 책, 38쪽.
30) 김수영, 앞의 논문, 42쪽.

못한다. 이것은 강소천 동화에서 표현되는 서정적 과정의 미적 특징을 보여주는 단적인 예라고 할 수 있다. 즉 '탐색에 근거한 서정적 과정은 각 인물의 인식 순간을 향해 움직이고 있는 것처럼 보이며 결국 그것은 작품의 결말에서 전체적으로 통일되는 것이다'[31]라고 말한 프리드만의 말에서 근거를 찾아볼 수 있다.

수남이는 학교에서 영구, 윤수, 인호에게 꼬투리를 만들어 차례로 완력을 사용하여 겁쟁이가 아님을 과시한다. 결국 내기를 했던 패거리의 우두머리인 대일이와 붙어 쓰러지고 만다.

> 나는 문득 수남이 생각이 났다. 나는 내 옆을 가만히 바라 봤다. 검은 보자기를 뒤집어쓴 수남이가 우두커니 내 옆에 서 있었다.
> "수남아 ! "
> 목메인 소리로 나는 수남이를 불렀다. 그러자 수남이는 그 검은 보자기를 휙 벗어 버리고 내 앞에 나타났다. (중략)
> "내가 잘못했어! 수남아! 날 버리지 말아 줘! 다음부턴 어떤 일이든지 너와 의논할게…….."
> ─그래! 수남이가 어른이 될 때까지 언제나 수남이 곁을 떠나지 않을게…….
> "고맙다! 낮에는 내 곁에서, 밤에는 내 심장 속에서 언제나 내 참다운 친구가 되어 줘! 응?"[32]

인용문에서 보듯이 검은 보자기는 수남이와 그림자와의 관계를 결정짓는 상징적 대리물인 셈이다. 상징적 대리물인 이미지를 통하여 '서정적 직접성'[33]을 표출하고 있다. 자아의 분열로부터 검은 보자기를 벗어버리

---

31) 랠프 프리드만, 신동욱 역, 앞의 책, 22쪽.
32) 강소천, 앞의 책, 135~136쪽.
33) 프리드만은 서사적 행위의 직접성과 구별하고 있다. 서정적 직접성이란 묘사의 직접성, 서사세계의 개입 없이 독자가 한눈에 알게 되는 주제와 모티브의 유용성이라

고 내적 자아의 통일에 의한 모습을 확인함으로써 서정적 합일에 도달하는 것이다. 외롭고 어려울 때 되찾은 그림자야말로 완성된 자아의 통합 내지 참된 성장에 이르는 것임을 결말에서 보여주고 있다. 이러한 성장담의 구조 또한 자아의 분리 상태를 거쳐 통합에 이르는 것으로써[34] 서정적 합일의 순간을 추구하는 미적 장치라고 할 수 있다.

「네가 바로 나였구나」에는 일기 형식을 차용하여 환상과 결합시키고 있는데, 이 또한 내면 의식을 드러내는 독백의 변형된 서술 방식이다. 이 작품도 1963년 『강소천 아동문학 전집1－나는 겁쟁이다 』(배영사 간)에 실려 있는데, 서정적 구조의 전형을 환기시킬 만큼 플롯의 구성이 느슨하며 각각의 장면들이 병치된 구성을 보여준다. 서정적 화자를 중심으로 일관된 서술 상황이 이어지지만 장면들 간의 연계성은 뚜렷하지 않다. 병치된 네 가지 장면들은 시적 상황으로 이미지화되어 은유적 관점으로 통일성을 확보하고 있다. 서정적 화자가 보고 있는 일기장은 곧 집이라는 은유적 상상 공간으로 제시된다. 하루의 일과는 방으로 그려지며 방번호가 월과 일을 암시한다.

오늘 지낸 일을 다 쓰고, 일기장을 덮으려다 나는 문득 이런 생각을 했습니다.
－오늘이 6월 30일이니까 금년도 절반이 벌써 가 버렸구나!"
나는 지나간 일을 다시 생각하며 일기장을 뒤적거리기 시작했습니다.

언제 어떻게 왔는지 모르겠습니다. 나는 어떤 커다란 건물 앞에 와 섰습니다.

고 진술한다. 형식, 세계, 시인의 감수성은 서정적이고 대위법적이며 왜곡된 자질적 진행과정 속에 전개되면서 또한 다른 서사형태 속에 항상 존재하는 것이라고 한다. 랠프 프리드만, 앞의 책, 19쪽.
34) 최현주, 『한국 현대 성장소설의 세계』, 박이정, 2002, 28~50쪽.

기웃거리는 나를 보더니 어떤 사람이 그 집에서 나왔읍니다. 안개 같이 뽀얀 옷을 입은 사람입니다.

"어서 오십시오."

나는 그 사람을 따라 안으로 들어갔읍니다. 겉으로 보기와는 아주 딴판이었읍니다.

나는 이 집이 무슨 집인지 모릅니다. 그러나 우선 놀란 것은 방이 많은 것입니다.

꼭 여관 방들 같은 방이 복도 양쪽에 죽 늘어서 있었읍니다. 내가 세상에 나서 처음 보는 굉장한 집이라고 생각했읍니다.

그보다 재미있는 것은 단층 집인데 방의 번호가 그냥 1 2 3 4…로 계속되지 않는 것입니다.

1의1 1의2 1의3 1의4 1의5… 이렇게 1의 31까지 있었읍니다.[35]

화자는 일기장 속 환상 공간으로 들어가지만 자신의 일기장이라는 사실을 자각하지 못한다. 그곳에서 네 개의 방을 구경하면서 스크린을 통하여 영화의 장면을 관람한다. 첫 장면은 소년이 돌아가신 어머니를 그리워하며 피리를 부는데, 하늘에서 새가 내려와 큰 날개로 감싸주고, 소년은 눈을 감고 따뜻하게 잠에 빠져드는 장면이다. 두 번째 장면은 시집 간 누나에 대한 그리움에 빠져 있는데, 편지로 은유화 된 꽃이 하늘에서 떨어져 누나의 반가운 소식이 전해진다. 세 번째 장면은 소나기 속에서 어린 송아지들이 싸우다가 한 쪽 송아지가 불편한 몸임을 알고 화해하는 장면이다. 이어 두 아이가 싸우다가 서로 어머니가 없는 처지임을 알고 이내 싸움을 중단한다는 것으로 은유적 관점으로 서술되어 있다. 마지막 장면에서는 떨어진 꽃잎이 일기장으로 변하고, 거기에 쓰인 책 내용이 '알프스의 소녀'라는 사실을 알고 자신의 일기였음을 깨닫는다는 것으로 이 장면들은 모두 영화 속의 디자인으로 고안되어 있다.

---

35) 강소천, 「네가 바로 나였구나」, 『강소천 아동문학 전집1 – 나는 겁장이다』, 배영사, 1963, 113쪽.

일기 속의 소년은 곧 서정적 화자와 동일화된 인물로서 내면적 자아와 통합된 양상을 보이는 것이다. 또한 일기 속의 지난 날들도 과거의 일이지만 환상 속에서 현재적으로 통합되어 나타나고 있다. 이는 곧 '과거의 것, 현재의 것, 심지어 미래의 것들도 서정시 속에서 회감된다'[36]는 슈타이거의 주장과 부합되는 미학적 특징이라고 할 수 있다. 일기장 속의 자아인 무의식적 자아를 화자인 경험적 자아가 결말부에서 내적 자아로 인식하면서 서정적 합일을 도모하게 되는 것이다. 이러한 서정적 진행과정은 이미 지화된 장면을 서정적 관점으로 지각하는 화자의 의식이 전제되었기 때문에 가능할 수 있었다. 그리움의 정조를 서정성의 미학적 장치로 부각시키면서 서정적 주체로서의 작가 의식을 실현시킨 작품으로 해석할 수 있다.

2. 상징적 공간의 내면화

앞에서도 언급하였지만 강소천의 단편 창작동화 중에서는 플롯의 형태가 약화되어 시간의 계기성 및 선조적 구조로의 진행이 미약하게 나타나는 작품이 있다. 이것은 이야기와 연관된 인물이나 사건과 같은 서사적 요소들이 이미지에 의해 시각적인 장면으로 변형된다는 것을 의미하며 공간으로 화자의 인식을 시각화하려는 특성을 지니고 있다고 볼 수 있다. 이러한 '서정적 인식의 공간'은 자아와 세계의 화합이 실현된 원초적인 유토피아를 갈망하게 된다.[37]

강소천의 창작동화에서는 원초적 세계에 대한 서정적인 화자의 동경과 갈망이 환상이나 꿈의 공간으로 설정되어 이상성을 드러내고 있다. 환상이나 꿈의 공간은 이상적인 낙원으로써 결핍의 현실 공간과 대립을 이

---

36) Emile Staiger, 앞의 책, 96쪽.
37) 임채욱, 「황순원 소설의 서정성 연구」, 전남대학교 박사학위논문, 2002, 30쪽.

루면서 화합을 시도한다. 강소천이 단편 창작동화에서 설정한 2차적 세계인 환상공간은 서정적 감정을 고조시키며 화합과 합일을 지향하는 세계이다. 즉 작가 마해송의 경우 창작동화에서 보여준 환상공간이 풍자와 비판을 지향한 세계였다면, 강소천이 활용한 환상공간은 정조의 통일과 합일의 순간을 지향한 세계라고 할 수 있다. 또한 상징적 공간으로써 고향의식을 내면화하여 표상하고 있는 것이 특징이다.

1954년에 발표된 작품집 『꿈을 찍는 사진관』(홍익사 간)에 수록되어 있는 단편 창작동화 「고향으로 돌아가는 배에서」 표상하고 있는 '고향'은 원초적인 이상을 동경하는 상징적 장소라 할 수 있다. 화자는 전 재산을 팔아 상품을 구입하여 배에 싣고 고향으로 돌아가는 길에 풍랑을 만나 모두 잃고 혼자 남는다. 정신을 차렸을 때에는 눈부시게 하얀 옷을 입은 천사같은 여인이 간호를 하고 있었으며, 여인은 고향으로 돌아갈 것을 종용한다. 그러나 화자는 재산을 잃어 돌아갈 수 없다고 하자 여인은 '한 송이 꽃보다도 가치가 없는 돈'이라고 하면서 앞에 보이는 산꼭대기에 핀 꽃 한 송이를 꺾어다주면 보물을 주겠다고 한다. 화자는 그 꽃을 찾아 산에 오르는데, 몇 날을 걸어 신발은 해어지고 굶주려 나무 열매로 연명한다. 맨 발로 산에 오르면서 돌에 채이고 가시에 찔리면서 급기야 병을 얻게 된다. 겨우 추슬러 걸음발로 산꼭대기에 이른다. 그래도 꽃은 쉽사리 눈에 띠지 않는다. 여인이 가르쳐 준대로 노래를 부르자 전등불이 켜진 듯 환해지며 연분홍색 꽃 한 송이가 눈에 들어온다. 화자가 다가가 꽃을 꺾는 순간 꽃은 비명을 지르고 화자는 기절하고 만다. 눈을 떠보니 꽃은 없고 꽃줄기만 남아 있어 화자는 여인을 한 번 더 만날 마음으로 산을 내려온다.

여인은 팔에 귀여운 아기를 안고 바다 위를 걸어서 바닷가에 나왔읍니다.
여인의 얼굴에는 기쁜 빛이 가득 차 있었읍니다.

여인은 아기를 땅에 내려 놓더니 내 목을 껴안으며

"감사합니다. 무엇으로 당신의 은혜를 갚아 드립니까?"

하고 내 뺨에 자꾸만 입을 맞췄읍니다. 나는 그만 어리둥절해 버렸읍니다.

무슨 영문인지 통 알 수 없었읍니다.

"당신이 꺾어 주신 한 송이 꽃! 자, 이게 내 아기입니다."

"아기요?"

"그렇습니다. 우리가 사는 바다 속에도 악마는 있읍니다. 악마는 이 귀여운 내 아기를 한 송이 꽃이 되게 하였읍니다. 당신이 산에 올라, 그 꽃을 꺾는 순간, 내 아기는 요술에서 풀려났읍니다. 내 아기는 한 마리의 작은 새가 되어 내 품에 날아 왔읍니다.

나는 그 새가 내 아기인 것을 곧 알고, 내 품에 안고 눈물을 흘리며 자장가를 불러 주었읍니다. 새는 곧 다시 귀여운 내 아기로 변했읍니다. 자 한 번 안아 주세요."

나는 아기를 받아 안아 주었읍니다.

아기는 나를 보더니 빙그레 웃었읍니다.

나는 아기의 뺨에 입을 맞추어 주었읍니다.[38]

인용을 통하여 알 수 있듯이 '꽃'은 여인의 아기로 이미지화되어 나타나 있다. 꽃을 찾기 위하여 온갖 시련을 겪게 되는 것과 고향을 향하던 길에 풍랑을 만나 재산을 모두 잃는 것은 상통하는 의미로 받아들일 수 있다. 현실 공간과 이상 공간과의 거리를 뜻하는 것이며 대립적 의미로 설정되어 있음을 알 수 있다. 이에 대하여 남미영은 '육체에 반대되는 영혼, 물질에 반대되는 정신, 따라서 객체에 반대되는 주체로 환원될 수 있다'라고 전제하면서 '물질에서의 해방'이라는 작가 정신을 거론하고 있다.[39]

결국 여인의 '아기'는 화자의 '고향'이 이미지화된 것이다. 화자가 아기를 안고 뺨에 입을 맞추는 행위는 주·객의 상호 융합을 보여주는 서정적

---

38) 강소천, 「고향으로 돌아가는 배에서」, 『꿈을 찍는 사진관』, 홍익사, 1954, 83~84쪽.
39) 남미영, 앞의 논문, 24쪽.

순간인 것이다. 서정적 순간으로서 자아와 세계의 화합은 인간의 이성과 감성, 주체와 객체, 자연과 문명이 분리되지 않은 원초적인 시대가 가능해진다. 다시 말하면 자아와 세계의 조화로운 화합을 통하여 유토피아를 동경하는 서정적 자아는 주·객이 화합했던 원초적인 삶의 공간을 갈망하게 된다는 의미이기도 하다. 이것은 '세계의 자아화'를 통하여 화합이 불가능한 객관 현실과의 갈등을 반어적으로 그려낼 수 있다는 서정 소설의 의미와 상통하는 부분이라고 할 수 있다.[40] 정신과 안정의 고향으로 표상화된 공간, 그와 대립되는 물질과 불안으로 표상화된 공간을 설정하여 반어적으로 주제 의식을 표출하는 형식이라고 할 수 있다. 또한 화자의 주관적인 의식이 고향이라는 이상적이고 원초적인 세계와 동일화되는 장면으로써 지복의 공간인 셈이다. 영원불멸의 시간으로써 무시간적이며 조화롭고 균형적인 공간, 사랑의 무한함과 순진무구한 유토피아적 공간이다.[41] 지복의 공간에서는 구체적이며 상징적인 장소로써 '집'[42]을 표상하고 있는데, 이 작품에서의 '고향'은 곧 '집'과 같은 의미를 내포하는 것이라고 분석할 수 있다. 이 작품의 결말부를 보면 상징적 공간으로써의 '고향'을 인식하고 내면화하는 모습이 극명하게 드러난다.

> 여인은 내게 진주와 산호 같은 이름도 모를 바다의 보화를 가득 내
> 어 주었읍니다.
> "이젠 당신도 곧 고향으로 돌아 가서요. 그리고 돈을 위하여서 고향
> 을 떠나거나, 배를 타는 일은 하지 마셔요."

---

40) 임채욱, 앞의 논문, 31쪽.
41) 마리아 니콜라예바, 조희숙 외 옮김, 『아동문학의 미학적 접근』, 교문사, 2009, 178~179쪽.
42) 아동픽션에서 집이 갖는 특별한 의미는 안전함의 전형이다. 집은 주인공들이 속해 있으면서, 바깥 세계를 모험한 후에 되돌아오는 곳이다. 집은 음식, 따뜻함, 사랑의 무한한 원천이다.
마리아 니콜라예바, 위의 책, 182~183쪽.

나는 여인의 말을 가슴 깊이 느끼며 여인과 이별하고 그 곳을 떠났읍니다.

☆

지금, 나는 고향으로 돌아가는 배 위에 앉아 있읍니다.[43]

강소천의 창작동화에서 상징적 공간이 꿈 또는 환상 공간을 통하여 전개되는 것도 특징이다. 「내 어머니 가신 나라」에는 꿈의 기법과 환상기법이 다양하게 변주되면서 펼쳐지고 있다. 서술자가 개입하면서 주석적 서술로 시작하는데, 이러한 주관에 의한 화자 시점 서술은 서정시적 분위기를 연출하는데 유익한 장치로 활용되고 있다.

편지 받을 사람이 이미 이 세상 사람이 아닌 경우 (우리는 그들을 하늘 나라에 사는 사람이라 해 둡시다. 굳이 천국이니, 지옥이니 나눌 필요까지야 없겠지요.) - 그 사람들에게는 우리가 쓰는 말이나 글이 벌써 필요 없는 것인지도 모릅니다. 그러니까, 그들에게 편지를 쓴다는 것부터가 우스운 일 같이도 생각되겠지요. 그러나 조금도 그렇게 생각할 건 없읍니다. 왜냐 하면, 그들에게 편지를 쓴다는 것은 결국 자기 자신을 위해 편지를 쓰기 때문입니다.

참말, 말과 글이 필요 없을 나라이라 상상해 보면, 그들의 밤은 땅 위의 밤보다 얼마나 더 고요하고 잔잔한 밤일 것입니까. (중략)

그러나, 이런 생각은, 안타깝게 그리움에 사무친 땅 위의 사람들의 생각일지도 모릅니다.

아니, 하늘 나라에 사는 사람들은, 벌써 여러 가지 방법으로 우리에게 편지를 보내고 있을지도 모릅니다.

하늘이 뽀오얗게 흐리기 시작하더니, 낮이 지나서부터, 주먹 같은 함박눈이 펄펄 내리기 시작합니다.[44]

43) 강소천, 앞의 책, 84쪽.
44) 강소천, 「내 어머니 가신 나라」, 『강소천 아동문학 전집6−조그만 하늘』, 배영사, 1963, 16~17쪽.

1963년에 발간된 『강소천 아동문학 전집6−조그만 하늘』(배영사 간)에 수록된 이 작품의 서두에 해당하는 부분이다. 편지를 통하여 현실 공간과 초월적인 공간 사이에 소통을 갈망하는 작가 의식이 드러나 있다. 즉 이 작품이 추구하는 이상성과 그리움이 암시된 부분이라 할 수 있다. 작품에서 이상적인 상징 공간으로 '그리움 나라'가 설정되고, 이곳을 찾아가는 주인물인 춘식이의 고난은 그리움의 정서를 고조시키고 있다. 현실 공간과 초월적인 공간의 소통을 갈망하는 것은 그리움을 내면화하여 이상적인 세계를 지향하는 것으로써 서정적 전망을 구축하는 것으로 해석할 수 있다. 이 두 공간을 이어주는 매개체로써 글이나 언어는 무의미한 것이 된다. 하늘에서 내리는 함박눈 자체가 그리운 언어를 담은 편지인 것이다. 이것은 슈타이거가 말한 '단어 없는 언어, 정조 속에 언어가 해소됨, 문맥의 연관성보다는 정조의 통일을 강조'한다는 서정성의 특징[45]을 직접적으로 보여주는 실예로써 작품 서두부터 서정성을 표출하고 있다.

춘식이 받아 든 눈 종이에는 '무도회 초대권'이라는 말과 '그리움 나라'라는 장소가 적혀 있다. 이곳에 가면 돌아가신 어머니를 만날 수 있다는 그리움에 길을 떠난다. 세 명의 친구들도 초대권을 받아 떠났다는 것을 알고 뒤따른다. 이 작품에서 등장하는 아이들은 모두 가족을 잃은 상실의 인물로서 그리움의 정서에 부합한다. 춘식이는 부모를, 경희는 아버지를, 칠성이는 어머니를, 동윤이는 누나를 잃어 상실의 현실 공간에 처하게 된다. 상실 의식은 그 자체로 고착되는 것이 아니라 탐색과 극복이라는 필연적인 의지로 전환되며 현실 공간의 초월을 예견한다. 이렇게 설정된 공간이 '그리움 나라'라는 이상적이며 상징적인 공간이다. 이 작품은 기법적 측면에 있어서 꿈과 환상의 기법이 혼재된 형식을 취하고 있다. 꿈의 경계가 모호한 탓이기도 한데, 작품 말미에 꿈으로부터 야기된 서사적 구성

---

45) Emile Staiger, 앞의 책, 23~56쪽.

임이 암시적으로 드러나 있다. 결국 꿈이라는 큰 구조 속에 환상적인 기법들이 혼합된 형태로 볼 수 있다.

이렇게 볼 때 이 작품에서의 꿈은 김용희의 주장처럼 '상실'에 대한 '찾음'의 구조로써 '인간의 욕망 충족적 삶에도 관여하지만 그보다 인간의 궁극적 존재에 대한 물음이거나 삶의 문제를 제기하는 서사적, 서정적 장치'로 작용하고 있음을 알 수 있다.[46] 춘식이가 찾아가는 '그리움 나라'는 '찾음'의 공간이면서 인간이 삶을 통하여 추구하는 원초적이고 영원한 유토피아적 공간인 것이다.

춘식이는 친구들을 뒤따르지만 결국 합류하지 못하고 온갖 시련을 겪고 참아 내어 어머니를 만난다. 춘식이의 주관적 세계에 해당하는 그리움은 대상인 어머니와 만남으로써 합일에 의한 순간의 상태성을 이루며 이 감정은 다시 내면화를 이루게 된다.

3. 서정적 주인공의 인식과정

서정적 주인공이란 직접적인 행동을 보이는 인물이라기보다는 세계를 인식하는 지각자로서의 기능을 보이는 인물이라고 할 수 있다. 이 유형은 두 가지로 대별해볼 수 있는데, 하나는 주인공이 현실의 문제에 직접적으로 대결 의지를 갖지 못하기 때문에 현실도피의 방법을 택하게 된다는 것이다. 또 하나는 현실의 문제에 행동적인 모습을 보이지 못하는 수동성의 모습은 동일하지만 외부 환경인 현실을 내면화하여 내면 의식에 의해 변형시키면서 현실의 문제에 대응해 나가는 유형을 들 수 있다. 강소천의 창작동화에서 다루어지는 서정적 주인공은 후자에 가깝다고 할 수 있다. 즉 심리적인 측면에서 내적 자아의 인식 행위를 통하여 상황을 극복하거

---

46) 김용희, 앞의 논문, 156쪽.

나 초월하는 의지를 보여줌으로써 내적 화합을 도모하는 과정을 표상하고 있다. 이러한 정신 작용은 더욱 확장된 모습으로써 순수한 사랑과 헌신의 자세를 보이기도 하는데, 이 결정적 태도들은 모두 현실 속에 서정적 주인공의 주관 의식이 투사된 결과라 할 수 있다.

1958년에 발간된 작품집 『인형의 꿈』(새글집 간)에 수록된 「꽃신을 짓는 사람」은 어린 딸을 잃은 아이 아빠가 슬픔을 내면화하여 현실 세계를 지각하고 인식함으로써 사랑으로 극복하는 과정이 그려지고 있다. 이 작품은 서술자의 개입이 작품 표면에 드러나는 직접화법으로 전개된다. 화자의 주관적이고 자유분방한 서술이 작품 속의 감정을 고조시키고 있다. 결혼한 지 이십 년이 넘도록 아기가 없는 중년 부부에게 여자 아기가 맡겨진다. 아기가 자라 네 살이 되자 아이 아빠는 서울로 이사하여 신발 가게를 경영하면서 살게 되나 딸아이를 잃고 만다. 모든 수단으로 아이를 찾아보았으나 끝내 찾지 못하고 아이 아빠는 슬픔에 빠진다.

> 마음이 쓸쓸해진 예쁜이 아버지는-이젠 예쁜이 아버지도 아니지-가만히 앉아 있으면 미칠 것 같애서 자기도 다른 직공들과 같이 신을 짓기 시작했어. (중략)
> 아빠는 또 꽃신을 만들었지. 이렇게 열심히 꽃신을 만들고 있는 동안만이 아빠는 마음이 가깝하질 않았어. 예쁜이가 집에 있을 때 일을 생각하며 꽃신을 지으니까 아빠의 마음 속엔 예쁜이가 함께 살고 있는 거야.
> 한 켤레를 만들고 나면, 또 새 신을 만들고…… 여러 가지 모양의 꽃신을 만든 거야. 그러는 동안 세월은 자꾸 혼자 흘러만 갔지.[47]

아이의 아빠는 딸 예쁜이를 생각하며 꽃신을 만든다. 이 작품에서 꽃신은 서정적 주인공인 아이 아빠의 내면적 감정이 대상화된 이미지이다. 즉

---

47) 강소천, 「꽃신을 짓는 사람」, 『인형의 꿈』, 새글집, 1958, 13~14쪽.

주체로서의 예쁜이 아버지가 느끼는 슬픈 감정이 객체로서의 예쁜이에게 대상화된 이미지로써 감정이 투사된 대리물인 것이다. 꽃신을 만듦으로써 비로소 예쁜이가 아이 아빠의 내면과 융화의 과정을 이루는데, 이것이 서정적 순간 체험으로 상태성을 자아내기 때문이다. 꽃신을 만드는 행위는 서정적 지각의 과정으로써 예쁜이에 대한 그리움의 감정이 투사된 경험적 행동이다. 하나의 장인적 삶의 태도로써 프리드만이 말한 것처럼 '삶의 주인공을 예술적 주인공으로, 낭만적으로 승화시키는 것은 서정성의 본질과 부합'[48]한다는 입장에서 이해가 가능하다.

아이의 아빠는 팔기 위한 목적이 아니라 자신 스스로를 위하여 꽃신 짓기를 반복한다. 꽃신을 만들 때만 예쁜이가 마음속에 있다고 생각하기 때문이다. 이것은 서정적 주인공이 서정적 경험을 통해 얻은 내면성의 힘으로써 서정시의 화자와 똑같이 내면적인 저항을 하게 된다는 의미로 해석할 수 있는 부분이다. 따라서 주인공이 겪는 서정적 경험은 어려운 현실을 버티어나가는 힘을 제공해 주는 중요한 기능을 하는 장면이 된다.[49] 결국 서정적 주인공의 내면적 저항에 의한 서정적 경험은 미적 합일을 지향하는 서정적 과정으로 전개되고 있음을 알 수 있다. 마음속에 예쁜이가 있다는 것 또한 가상에 의한 미적 화합이 되며 서정적 합일의 순간인 것이다. 예쁜이가 돌아올 것을 기대하며 네 살을 넘어 다섯 살, 여섯 살의 해가 지나면서 신발의 크기도 커져만 간다. 이렇게 반복되는 내적 자아의 서정적 탐색은 새로운 자각을 통한 세계의 인식에 도달하게 된다.

> 꽃신을 짓고 있는 동안 꽃신이 한 짝 한 짝 만들어 지는 동안은 예쁜이가 아빠 마음 속에 살고 있었는데 꽃신 만들기를 그만두고 나니 아빠는 그만 미칠 것만 같아졌다는 거야. 그럴 게 아냐.

---

48) 랠프 프리드만, 앞의 책, 29쪽.
49) 나병철,『소설의 이해』, 푸른산책, 1998, 326쪽.

그러나 아빠는 다시 좋은 생각을 했어. 참말 좋은 생각이었지. 만일 아빠가 미처 이런 생각을 못하였다면 아빠는 그만 죽어 버리기라도 했을 거야. 그 좋은 생각이 아빠를 살려 준 거야.

"예쁜이는 본시 우리 아기가 아니었다. 남의 아기를 얻어다 기른 거다. 예쁜이는 제 갈 데루 간거다. 자기 부모를 찾아갔건 또 딴 사람이 데려다 기르건 그런게 문제가 아니다. 남의 아기를 위해 난 여지껏 몇 해를 두고 신발을 짓고 있었어. 왜 예쁜이 하나만을 위해 신발을 지어야 하나. 세 살짜리부터 여덟 살짜리까지 신을 수 있는 아니 갓난 아기라도 신을 수 있는 예쁜 꽃신을 만들어야 해. 세상의 모든 어린이가 다 내 예쁜인 거야."50)

이 대목은 서정적 주인공의 내적 자아가 자각과 인식을 통하여 대상을 내면화하는 모습을 보여주고 있다. 예쁜이의 신발이 아닌 이 세상 모든 어린이의 꽃신을 짓겠다는 것은 모든 어린이가 예쁜이라는 의미를 띠게 된다. 즉 예쁜이를 포함한 모든 어린이가 주인공의 내적 자아에 의해 대상화된 인물로 제시된다. 꽃신과 어린이는 서정적 관점에서 주인공의 내면 의식이 탐색 과정을 통하여 투사되고 대상화된 이미지이자 인물로 귀결되는 것이다. 이를 두고 김용희는 '개별적인 의식에서 보편적인 사랑의 논리로 발전한 것'51)이라고 평하고 있다. 여기에서 서정적 주인공이 지향하는 이상으로써의 사랑과 인간주의 문학이 성립되며 작가의식이 실현되고 있음을 알 수 있다.

1963년에 발표된 『어머니의 초상화』(배영사 간)에도 이와 같은 서정적 주인공의 특성이 드러나 있다. 서정적 주인공으로서 수동적이며 소극적인 성격을 특징으로 제시하고 있는데, 그렇다하여 현실도피적인 성격을 나타내는 것으로만 해석하기에는 문제가 있다. 지나치게 협소하고 언어

---

50) 강소천, 앞의 책, 17쪽.
51) 김용희, 앞의 논문, 157쪽.

적인 해석이라고 할 수 있다. 앞에서도 간단히 언급한 바 있지만 현실도 피나 무력함의 성격 외에도 현실의 문제를 내면화하여 내적 의식의 차원에서 인식하고 지각함으로써 삶의 방향성을 찾는 보다 전환적, 의지적 정신 작용까지 포괄한다. 또한 구원을 위한 탐색과 인간 본연의 원초성에 순응하는 양상도 포함시킬 수 있다. 이런 점에서 강소천의 창작동화에서 보이는 구원을 위한 헌신적인 태도와 사랑의 실천도 서정적 주인공이 드러내는 특성으로 이해할 수 있다. 이 작품에 등장하는 주인공 안선생님과 춘식은 이러한 성격과 부합하는 인물이다.

안선생님은 보육원 교사로 보육생들에게 공평한 사랑을 베푼다. 그런데 어느 날 새롭게 입소한 춘식이 유달리 아이들과 어울리지 못하고 혼자 지내자 이를 관찰한다. 춘식은 그림 그리기만 하며 보내다가 학질에 걸려 안선생님의 간호를 받게 된다. 춘식은 고열 속에서 꿈을 꾸며 어머니를 만났던 이야기를 한다. 어머니의 모습을 그림으로 그리고 싶어 하는 춘식에게 안선생님은 그림용품을 사준다. 이를 알게 된 보육원 아이들이 시기하여 춘식이가 그린 그림을 빼앗아 찢어버린다. 춘식이 그린 어머니 그림은 마치 안선생님의 모습과 흡사했기 때문이다.

춘식이 그림을 그리는 것은 서정적 주인공의 감각적 차원에서 내면적 지각 또는 탐색의 과정으로 볼 수 있다. 춘식의 내면으로부터 향하는 대상은 어머니에 대한 그리움이다. 강소천의 작품에는 어머니에 대한 그리움의 표출이 주조를 이루며 창작된 동화가 적지 않다. 그것은 '작가의 생애에서 그리움의 세계를 구축하는 생성인자'[52]로 작용하고 있기 때문이

---

52) 남미영은 강소천의 개인적 생애에서 볼 때 그리움의 세계를 구축한 생성인자로 다섯 가지 요소를 추출하고 있다. 첫째는 소천의 고향인 미둔리의 겨울이고, 둘째는 국민학교 4학년 때 담임선생이고, 셋째는 그의 어머니 허석운씨이며, 넷째는 북간도의 하늘이며, 다섯째는 6·25사변 이후의 그의 실향민 생활이라고 제시하였다. 남미영, 앞의 논문, 6~13쪽.

다. 초상화 그리기는 앞에서 살펴본 「꽃신을 짓는 사람」에서와 같이 장인
적 행동의 일환으로써 내면 충동으로 볼 수 있다. 그리움을 내면화 한 내
적 탐색의 과정으로써 시각화 된 이미지로 제시되고 있다.

> 안 선생님은 춘식이가 그린 두 조각난 '어머니'를 가만히 들여다 보
> 고 계시다.
> 안 선생님은 꼭 자기를 닮은 춘식이의 그린 그림을 보시고 긴 한숨
> 을 쉬었다.
> 두 눈을 감으시고 조용히 생각하시기도 하셨다.[53]

춘식이 그린 어머니의 초상화는 안선생님을 닮아 있다. 결국 안선생님
은 춘식에게 있어서 대상화된 인물인 것이다. 춘식의 내면 속에 잠재하고
있는 어머니의 모습과 안선생님은 상호 융화를 이루는 존재로 설정된다.
한편 안선생님도 서정적 주인공으로서 서정적 관점에서 대상화된 이미지
인 춘식의 어머니 초상화와 상호적 융화를 시도한다.

> "선생님도 춘식이가 무척 좋아. 우리 보육원에 온 날부터 선생님은
> 춘식이 생각만 했어. 춘식이를 보자 어려서 죽어 버린 내 아기 생각이
> 났어. 너무 어려서 죽었기 때문에 지금 컸으면 얼굴이 어떻게 변했을
> 는지 모르잖아? 그런데 춘식이를 보자 곧 내 죽은 아들이 살아 온 것
> 같애! 그러니까 춘식이도 이 선생님을 보자 어머니 생각이 난 모양이
> 지? 아마 춘식이 어머니도 이 선생님 얼굴과 비슷했나 보지?"
> "참 그래요 ! "
> 춘식이는 정말 죽은 어머니를 다시 만난 것같이 기뻤다.
> 죽은 어머니의 얼굴이 어떻게 생겼건 이젠 그런 게 문제 되지도 않
> 았다. 산 어머니가 생겼으니까.
> 선생님도 만족해 하시는 춘식이의 얼굴을 보시고 무던히 기뻐하셨다.

---

53) 강소천, 『어머니의 초상화』, 배영사, 1963, 28쪽.

(몇 해 전 이야기다. 춘식이는 이제 어머니가 없어도 죽어 버리거나 울고만 있을 나이는 지났다. 저 혼자도 살아 갈 수 있는 나이가 되었다. 안 선생님께서 그 때 들려 준 아름다운 거짓말로 해서 춘식이는 힘을 얻은 것이다.54)

안선생님의 거짓말 즉 '춘식의 어머니 되기'는 서술 상황에서의 미적 형식을 완성한다. 내러티브적 측면에서 미적 장치를 조장하는 기능을 하는데, 안선생님의 사랑과 헌신이 내면화된 것으로써 서정적 합일의 순간을 모색하고 있다. 이렇게 강소천의 창작동화에는 서술 상황에 있어서 서정성을 구현하기 위한 서정적 구조와 미학적 장치들이 작품 표면에 드러나 있다.

III. 나가며

지금까지 강소천의 단편 창작동화를 살펴본 결과 서정성을 구현하기 위한 서정적 구조가 미적으로 구축되어 그의 창작동화적 세계를 지배하고 있음을 확인할 수 있었다. 주체와 객체의 간격이 사라지면서 자아와 세계가 상호 융화 또는 상호 침투하는 서정시적 특징을 활용하여 서사성이 강한 창작동화에 적용함으로써 독특한 문학적 성과를 이룩한 것이다. 이것은 그가 동시 장르를 섭렵했던 문학적 전력이 토대가 되었음을 보여주는 단적인 예이며 동시에 동화 문학에서 보여준 문학적 성취가 결코 가볍지 않다고 평가할 수 있는 근거가 된다. 본 연구에서는 강소천의 이와 같은 문학적 특징이 구명되기보다는 그동안 내용적, 주제적 측면에 편중되었다는 판단 하에 보다 문예미학적인 차원에서의 접근을 시도하였다.

---

54) 강소천, 앞의 책, 29~30쪽.

장르론적 입장에서 서정적 구조를 분석하기 위하여 창작동화의 장르적 성격을 검토하여 혼합 장르의 특징을 제시하였다. 또한 창작동화에서 발현된 서정적 특징을 구명하기 위하여 서정성의 본질을 검토한 후 창작동화의 발생 배경과 이념에 있어서 참고가 될 만한 서정 소설의 특징을 비교하여 강소천의 단편 창작동화에서 구현된 서정적 요소와 유사한 특징을 살펴보았다. 창작동화를 통하여 그가 보여준 서정적 구조의 특징은 세 가지로 요약될 수 있다.

첫째, 독백적 기법을 사용하여 서정성을 강화하였다. 서사성이 강한 문학 작품은 세계의 관점에서 자아의 문제를 객관적으로 그리지만 서정 문학에서는 자아 반영적이다. 자아의 관점에서 인간의 내부 세계를 중심으로 그리게 된다. 심리적 입장에서 서술하게 되는데 일기, 고백문, 편지 형식을 띠게 된다. 대표작으로 「수남이와 수남이」, 「네가 바로 나였구나」를 분석하였다. 「수남이와 수남이」는 자신의 그림자와 대화를 통하여 자아의 성장을 꾀하는 창작동화로써 내적 화합을 지향한다. 「네가 바로 나였구나」도 일기 형식을 통하여 서정적 화자의 내적 세계에 대한 인식을 꾀하고 있는 작품이다.

둘째, 상징적 공간의 내면화를 들 수 있다. 서정 문학은 서사의 전개를 서술로써 표현하기보다는 이미지화하여 서정적 진행과정을 보여준다. 그럼으로써 시간성의 전개보다는 공간으로 인식하게 되며 주체와 객체가 순간적 합일을 이루는 원초적인 공간을 지향하게 된다. 곧 이 공간이 이상적인 유토피아 공간으로써 세계의 자아화에 의해 이루어지는 것이다. 이 방법은 분리와 갈등으로 야기된 현실을 극복하는 방법으로 제시된다. 특히 낭만주의 시대에 서정소설과 같이 각광을 받았던 동화도 이상과 동경을 추구하기 위하여 서정소설보다 더 자유롭게 환상 공간을 활용하여 유토피아를 지향한다. 대표작으로는 「고향으로 돌아가는 배에서」, 「내 어머니 가신 나라」를 분석하였다. 「고향으로 돌아가는 배에서」는 물질보다 귀한 가치는 아기의 생명과 같은 것이며 그 생명이 존중되는 공간이 고향이라는 상징적 의미를 내포하는 작품이다. 「내 어머니 가신 나라」는 꿈의 공간을 활용하여 현실에서 이룰 수 없는 사별한 어머니와의 만남을 성취하는 소망과 함께 현실적 삶을 극복하기 위한 내면화가 드러난 작품이다.

셋째, 서정적 주인공의 인식과정을 다루었다. 서정적 주인공은 현실의 모순에 대하여 사건이나 행동의 주체로 설정되기보다는 서정적 경험을 통하여 현실을 내면 의식 속에서 해결하는 서정적 화자를 의미한다. 인식하는 자아, 자각하는 자아로서 강소천의 창작동화에서는 순응형이면서 내면적 자각을 통해 현실적 삶의 자세를 모색하는 서정적 화자로 제시되어 있다. 대표작으로 「꽃신을 짓는 사람」, 「어머니의 초상화」를 분석하였다. 「꽃신을 짓는 사람」은 자식을 잃은 현실 속에서 서정적 주인공이 저항하는 자세를 보이는 것이 아니라 현실을 수용하면서 내면 의식의 자각을 통해 보편적인 사랑의 논리를 깨닫는 작품이다. 「어머니의 초상화」는 서정적 화자의 소극적인 태도에 의해 실의에 빠질 수 있었던 상황에서 대상화된 인물의 헌신과 상호 간의 세계 인식을 통하여 서정적 합일의 순간을 이루고, 이것이 현실을 수용하는 자세임을 보여주는 작품이다.

강소천은 월남 이후 1950년대에 왕성하게 동화를 발표한 작가이다. 본고에서 다룬 작품도 발표시기가 1950년대에서 1960년대 초반으로 밝혀져 있는데, 1950년대는 아동문학에서도 정체성이 혼란을 겪은 시기였다. 대중화, 통속화의 일로로 치달으면서 문학적 전문성보다는 상업적 경향이 우위에 있던 시기이다. 그럼에도 불구하고 강소천은 단편 창작동화를 통하여 서정적 구조를 다양하게 활용함과 동시에 서정성의 미적 세계를 구축함으로써 문학의식을 공고히 한 작가이다. 이전의 창작동화와는 달리 서정적 구조를 구현하기 위한 다양한 형식적 실험을 시도함으로써 창작동화의 전환점을 모색했다고 볼 수 있다. 이 연구를 통하여 분석한 서정적 구조는 그가 보여준 서정적 특징 중 일부에 해당한다. 물론 가장 두드러진 특징이라는 판단 하에 파악되었지만 보다 폭 넓은 연구의 필요성을 느낀다. 많은 작품에서 이러한 특징들이 드러나기 때문인데, 본고에서 다룬 것은 개괄적 의미로써 하나의 계기에 지나지 않다. 부단한 후속 연구가 요구되는 바, 이런 점에서 그가 이룩한 문학적 성과와 문학사적 위치에 대한 평가는 새롭게 재조명되어야 하며, 창작동화를 통하여 그가 보여준 실험 정신은 새로운 정기를 마련한 공적으로 추앙받아야 할 것이다.

－≪한국아동문학연구≫ 제27호(2014)

판타지 동화인가, 동화의 판타지인가?

최 정 원

1. 서 — 동화란 무엇인가?

동화의 비조가 프랑스의 샤를르 페로라는 것은 세계 대부분의 연구자들이 인정하는 사실이다. 여기에는 중요한 두 가지 의미가 내포되어 있다. 페로가 '동화의 속성을 갖춘 작품'을 썼다는 사실과 그런 카테고리의 작품을 '최초로 썼다'는 사실이다. 따라서 동화의 비조가 누구인가 하는 문제는 동화의 정체성과 불가분의 관계에 있다고 하겠다. 페로는 몇몇 연구에서 밝히고 있는 바와 같이 당대 최고 반열에 있었던 행정 관료였을 뿐만 아니라 민속학자였다. 당시 민속학은 정치적인 목적을 강화시키는 도구로 쓰였으며 '정치'가 민속학의 범주에 속하는 '설화'를 주목하기 전까지 그것은 성인을 위한 장르, 그 중에서도 "푸른 표지 총서"라는 이름으로 발행되던 외설과 폭력이 난무하는 장르였던 것이다. 따라서 어린이들의 교육이라는 화두를 가지고 "설화"를 소재로 작품을 쓴 페로는 현재 전래동화로서 각

광받는 꽁뜨라는 장르를 어린이들에게 읽혀도 문제가 없으며 문학적으로도 완성도가 높은, 귀족부인들이 운영하던 문학 살롱의 총아로 만든 일등 공신이다. 설화연구가인 잭 자이프스 역시 이 점을 강조하고 있다.

> 모든 동화는 구전 설화(때로는 유명한 동화 문학)의 모티프와 테마, 기능, 구조를 변형하고 재편함으로써 후기 봉건 사회와 초기 자본주의 사회의 교육받은 지배 계급의 관심사에 관여하려 하는 상징작용이다. 아동 동화문학을 정의하는 작업은 바로 이런 전제에서 출발해야 한다.[1]

동화의 모태가 된 설화의 모티프가 가진 환상성과 상징성은 그동안 신화학자, 언어학자, 기호학자 등등에 의해 분석대상이 되어왔는데 칼 융과 같은 심리학자의 경우 서로 격리된 지역에서 같은 유형의 설화들이 발견되는 원인으로 인류의 "집단 무의식"을 제시하기도 했다.

사람이 발생단계에서 지구의 생명이 진화해 온 과정을 되풀이하듯이[2] 인류의 문화발달 과정은 한 사람이 태어나 유아기, 청소년기를 거쳐 성인이 되는 그것과 흡사하다. 학문과 과학, 종교는 문화의 여명기인 신석기 시대 사람들의 애니미즘, 토테미즘적 사고가 반영된 원시 종합예술단계

---

1) 잭 자이프스, 동화의 정체, 2008, 파주, 문학동네, 21쪽.
2) 사람의 탄생과정을 살펴보면 지구에서 생명이 태어나 만물의 영장이라 일컫는 인류가 되기까지 지구생물이 진화해 온 과정을 되풀이하게 된다. 이것이 '진화의 재발견'이다. 바닷물과 거의 같은 성분의 양수를 헤엄쳐 온 단세포 동물 정자는 역시 단세포 동물인 난자와 결합하여 보다 복잡한 세포를 이룬다. 이는 미토콘드리아 같은 특성을 지닌 호기성 원생동물과 세포핵과 같은 특성을 지닌 혐기성 원생동물이 어떤 이유로 세포막 안에서 공존하게 된 미스테리와 비슷하다. 또 그것들이 결합한 보다 복잡한 단세포가 세포분열을 함으로써 다세포 동물로 변하는 과정을 거친다. 세포 분열이 거의 소실점에 다다르면 각 부위는 기능에 따라 외배엽, 중배엽, 내배엽 등으로 분화를 하면서 고등생물로 분화되어 나가는데, 그 과정 중에 태아는 어류처럼 아가미를 잠시 흔적기관으로 가졌다가 양서류와 같은 물갈퀴 모양의 손가락 발가락이 생기고 시간이 흐름에 따라 차차 물갈퀴를 닮은 부분이 사라지면서 단세포에서 포유류가 태어나기까지 지구생물의 진화과정을 되풀이하게 된다. 그 후 태아는 인류의 신생아 모습을 갖추게 되는 것이다.

에서 시작되어 지속적으로 분화하고 발전해 왔다. 한 사람의 사고발전 과정도 같은 단계를 거친다. 인간은 태어나 영아기와 유아기를 거치는 동안 애니미즘적, 토테미즘적 사고를 하게 되는데 페로 등의 작가에 의해 교육적으로 재창작된 이야기들은 이 단계에 있는 어린이들에게 정신적인 공감대를 형성하고 인류가 수세기 동안 축적해 온 가치를 상징화 된 이야기로 전함으로써 간접경험하게 해 준다.

최근에는 설화와 동화를 포함한 문학작품이 프로이트[3]와 쟈끄 라깡 같은 정신분석학자들의 연구대상으로도 부상했다. 애니미즘적 사고가 지배하는 초기 언어학습 단계를 지나면 개인은 교육 시스템에 의해 문자와 기초학문을 습득하는 사춘기를 거쳐 인격이 완성되는 성인으로 성장한다. 그리고 어릴 적의 행복했던 기억과 불행했던 기억, 트라우마 등은 무의식 깊은 곳에 자리하게 된다. 인간의 문제적 행동 뒤에는 이 무의식이 깊이 뿌리박고 있다는 사실, 즉 인간의 정신에 무의식이라는 영역이 있다는 것을 처음으로 밝힌 사람이 바로 문학평론에서 자주 거론되는 정신과 의사이자 정신분석학자인 프로이트다. 그리고 이러한 프로이트의 사상과 학문적 성과를 자신의 철학적 기반으로 삼아 "인간의 사고는 언어처럼 체계화 되어 있다"는 주장을 함으로써 본격적인 정신분석비평분야를 개척한 사람이 바로 쟈끄 라깡이다. 그는 자신의 유일한 저서인 『에크리(Écrits)』에서 「거울단계(Le stade du mirroir)」라는 논문을 통해 인간은 이상적인 주체인 자아상(Sujet, Je)을 만들어 끊임없이 그것과 일체가 되기 위해 노력한다는 사실을 주장했다.

---

3) 프로이트, 정장진 옮김, 「두려운 낯설음」, 『예술, 문학, 정신분석』, 열린책들, 447~448쪽: "동화의 세계는 단번에 현실 세계를 떠나 정령 사상적 믿음과 친화력을 공개적으로 인정하는 문학이다. 동화 속에서 흔히 볼 수 있는 욕망의 실현, 숨어있는 힘들, 생각의 전능성, 비생물체의 살아 움직이는 현상들은 동화의 세계에서는 두려운 낯설음의 감정을 전혀 자아내지 않는다. 왜냐하면 도저히 믿을 수 없는 일들이 일어났을 때, 그것이 정말로 불가능한 일인지 아닌지에 대한 의문은 동화의 세계가 전제로 하고 있는 것들에 의해 처음부터 제외되었기 때문이다."

(…)더욱이, 이런 형태는 [18개월 된 아이가 게슈탈트(통합된 이미지)로서 거울에 비친 자신의 모습을 보고 자기자신이라고 기억하고 받아들이게 되는 거울에 비친 가장 이상적인 자아의 모습] 또한 제2의 자기정체성의 근간이 될 것이라는 의미에서 친근한 표현으로 번역하기를 원한다면 **"이상적 자아(Je)**라고 불러야 할 것인데 여기서 **제2의 자기정체성이란 리비도적 통상화 된 기능을 포함하**는 말이다.[4]

그리고 작가들에게 있어 이 "이상적인 자아상(Je)"이나 "자신의 실재(*je: Réal*)"는 로버트 루이스 스티븐슨의 『지킬 박사와 하이드』에서처럼 캐릭터 설정에 영향을 끼친다.

라깡이나 프로이트와 같은 정신분석학자들을 원용하지 않더라도 문학 작품과 작품의 배경, 작품 속의 캐릭터들과 작가의 생애가 일정한 함수관계를 가진다는 사실은 역사주의 비평가들에 의해서도 빈번히 연구되고 증명되어 온 일반적인 주제이다. 동화작가 중에서도 특히 강소천의 경우, 주제와 캐릭터 설정 면에서 저자자신의 생애와 그가 살았던 시대상, 그 시대를 관통하던 가치관을 그대로 반영하고 있다. 강소천의 작품에 등장하는 주인공들 역시 그의 이상적 자아(Je)를 깊이 반영하고 있다. 강소천은 한 때 대한민국의 대표적인 동화작가로서 활동했으나 사후 급속히 잊히고 폄하된 작가이기도 하다. 일부 평론가들이 강소천의 작품을 "교육적"이라거나 "자전적", 때로는 그와 완전히 모순된 "상업적"이라는 단어로 범주화하고 폄훼하는 등, 잘못된 일반화 내지는 인과관계의 오류에 사로잡힌 평가를 해 온 결과이다. 이런 기류가 그의 작품 전체를 흑백논리로 매도함으로써 생전에 그가 한국아동문학에 끼친 긍정적 영향은 급속히 묻혔지만 최근의 세계적인 판타지 열풍에 힘입어, "판타지"라는 제한

---

4) Lacan, Jaque, Écrits, 1966, Paris, Édition du Seuil, pp.90~91: "(…)Cette forme cerait plutôt au reste à désigner comme *je idéal*(Je), si nous voulions la faire rentrer dans la souche des identifications secondaires, dont nous reconnaissons sous ce terme les fontion de normalisation libidinale."

된 주제에 한해서만큼은 아직도 조명 되고 있는 실정이다. 이에 대해 김용희는 다음과 같이 지적한다.

"(…)강소천 문학에 나타난 꿈은 구성상 단순한 복선이나 인물과 플롯의 인과적 계기로 활용되어 동화의 의미를 조성해 가는 주제적 문제이기보다 문학 작품에 고착적인 꿈의 속성들을 다양하게 배치시킴으로써 여러 가지 상징성을 유발해내는 기법상의 문제에 관여한다.(…`)그러므로 강소천 동화문학 속의 꿈은 "억압되고 억제된 소원의 위장된 성취"라는 인간의 욕망 충족적 삶의 측면에 관여되기도 하겠지만. 그보다 인간의 궁극적 존재에 대한 물음이거나, 찾음이란 탐색 과정 속에서 필연적인 삶의 문제로 떠올린 핵심적인 서사적 장치인 것이다.(p.61)(…)
강소천 동화문학에 발현된 꿈은 이런 상처의 근원을 치유하는 과정 속에 놓인다. 그 꿈은 의식적이든 무의식적이든 그의 동화 속에서 세계와 자아가 화해하고 화합하는 서술구조에 동원된다. 따라서 강소천 동화문학을 인물 유형이나 서술 방식 안에서 기능적 혹은 주제적 측면으로 바라보면 '교육적 아동문학'이라는 협의에서 자유롭지 못하게 한다. 하지만 그 꿈을 다양하게 활용한 서술방식이나 서사구조로 살펴보면, 그의 동화문학이 한국 동화문학의 기법적 수준을 한 차원 끌어올리는 데 기여했음을 상기시켜준다.(p.65)(…) 그 꿈은 한낱 환상으로 남지 않고 현실세계를 통합하는 길을 가능하게 열어준다.(…) 강소천의 동화문학이 주제적 문제에 묶이고 교육성의 논란에 매어 있는 한 우리 동화문학의 발전도 그만큼 기대할 수 없게 된다.
동화를 통해 계급의식을 일깨우려 한다거나 현실을 강도 높게 있는 그대로 비판하고 드러내려고 하는 의도는 "어린이를 위한" 교육은 아닐지언정 어린이를 포함하는 독자 및 대중에 대한 교육의 다른 이름인 "계몽"이라고 할 수 있다. 이런 견해를 가진 이들이 강소천이 작고한 후 이제까지 비평하는 대열에 서 왔다. 그러나 이런 평론가들은 대체적으로 강소천 동화의 대척점에 서 있는 "이데올로기"에 충실한 작품들에 대해서는 "문학"이라는 예술의 장르가 요구하는 기본적인 평가기준에 미달함에도 불구하고 여러 가지 이유를 들어 호평을 하는 경향을 보인다. "계몽의도"라는 도구를 자신의 작품에 투영했다면 "동화"라는 장르 본질에 충실한 강소천의 동화가 단순히 교육적이라

거나 특정 주제를 선호한다는 이유로 폄하할 이유가 빈약하게 된다는 점을 강조하고자 한다.(p.66)[5]

김용희는 그동안 강소천에 대해 가해졌던 비평과 오해에 대해 다양하게 지적하고 이에 대해 재고할 것을 주장함으로써 더 이상의 설명이 필요 없을 만큼 명확하게 문제의 핵심을 정리하고 있다. 여기서 우리는 강소천이라는 작가에 대한 논의를 잠시 내려두고 동화라는 장르의 기원이 된 판타지의 개념에 대해 재고할 필요가 있다고 본다.

2. 동전의 양면 – 판타지 그리고 동화

영미권에서 소설을 뜻하는 단어 중 가장 흔한 것이 픽션일 것이다. 어원은 라틴어 픽티오(fictio)로서 '형성하다'라는 뜻을 가진다. 따라서 영미권에서 픽션이라는 단어를 사용해 소설을 나타낼 때는 작가의 상상력에 의해 만들어진 이야기, 역사적으로 존재하지 않는 창작품을 뜻한다. 주로 단편 소설을 지칭하는 노벨레라는 단어는 G.보카치오가 『데카메론』을 발표함으로써 정착된 말로, 이 소설은 세상에 떠도는 풍문을 중심으로 돌아가면서 이야기를 해 나가며 외딴 성에 갇힌 무료함을 달래는 이야기들의 모음으로 구성된다. 이와 같이 노벨레에서 유래한 노블(Novel)은 '새로운 사건'을 중심으로 전개되는 이야기, 특히 "사건"이라는 단어가 가지는 뉘앙스처럼 갈등을 구성요소로 하는 짧은 이야기를 말한다. 또 영웅전설에 기원을 둔 에픽(epic)과 사가(saga)는 영웅일대기가 길고 긴 내력을 가지는 만큼 대개 대하소설을 이른다. 이 단어들의 공통점이 있다면 바로

---

5) 김용희, [姜小泉論 – 討論者 所感] 姜小泉 童話文學 再評價의 必要性, in 한국아동문학 연구 no. 11, 2005, 서울, 59~66쪽(05-01-2005).

"구성" 되고 꾸며냈다는 것, 즉 기획적으로 창작된 이야기라는 뜻이다. 일반적으로 아동문학 연구자들이 즐겨 인용하는 국내외 작가들의 "판타지" 개념에 대해서는 박영지6)가 자세하게 소개하고 있다. 그 외 보다 넓은 시선으로 창작물을 볼 때의 판타지에 대해서는 다음 인용문을 통해 함께 생각해 보고자 한다.

> "문학은 두 가지 충동의 산물이다. 하나는 '미메시스'로서, 다른 사람들이 당신의 경험을 공유할 수 있다는 핍진감(逼眞感)과 함께 사건 · 사람 · 상황 · 대상을 모사하려는 욕구이다. 다른 하나는 '환상'으로서 권태로부터의 탈출 · 놀이 · 환영 · 결핍된 것에 대한 갈망 · 독자의 언어습관을 깨뜨리는 은유적 심상 등을 통해 주어진 것을 변화시키고 리얼리티를 바꾸려는 욕구이다. 어떤 작품을 환상이라고 주장할 필요는 없다. 마찬가지로 어떤 작품을 미메시스적인 것으로 묶어둘 필요도 없다. 오히려 많은 장르와 형식 속에 두 가지 충동이 특색 있게 혼합되어 있다고 보는 것이 바람직하다."7)

---

6) 박영지, 이원수의 「꼬마 옥이」와 강소천의 「꿈을 찍는 사진관」의 판타지성 연구 in 『어린이 문학연구』 제15권 제1호, 203쪽: "Lilian H. Smith는 판타지를 "독창적인 상상력에서 생겨나는 것으로 그 상상력이란 우리들의 감각기관으로 지각할 수 있는 외계의 사물에서 끌어낸 개념을 넘어선, 보다 깊은 개념을 형성하는 마음의 작용"이라고 말하고 있다(엄혜숙, 2000: 94에서 재인용). Rosemary Jackson(2004)은 문학적 판타지는 일반의 기대와는 달리 결코 현실의 제약으로부터 자유로울 수 없다고 말한다. 그는 판타지를 '욕망의 문학'으로 정의하는데, 이는 판타지가 경험 속에 부재하거나 상실된 것을 추구한다는 의미에서이다. Tzvetan Todorov(1996: 124)는 판타지를 "자연의 법칙밖에는 모르는 사람이 분명 초자연적 양상을 가진 사건에 직면해서 체험하는 망설임"이라고 정의 내린다. 한국의 연구자들의 논의를 살펴보면 다음과 같다. 이오덕(1984)은 「판타지와 리얼리티」라는 평론에서 메르헨과 구별되는 판타지의 구성과 인물의 특성을 들어 판타지가 리얼리즘의 영향을 받았다는 사실에 먼저 주목한다. "판타지는 현실과 비현실을 확실하게 나누어, 현실에서 비현실로 넘어갈 때나 비현실에서 현실로 넘어올 때는 거기에 필연성이 느껴지도록 구성을 하는 것", "공상 그 자체가 리얼리즘의 바탕 위에서 전개되며, 리얼한 수법으로 묘사되는 것"이라고 설명한다. 판타지를 논하는 평자들이 각자의 방식으로 판타지를 정의하지만, 그 정의들을 살펴보면 판타지는 어떤 형태로든 '불가능한 요소, 초현실적인 요소'등을 포함한다(선안나, 2000: 150).

7) 캐스린 흄, 환상과 미메시스, 한창엽 옮김, 2000, 도서출판 푸른나무, 55쪽.

오늘날 동화라고 일컫는 장르의 기원은 이들 속에 포함되어 있다가 전술한 바와 같이 페로에 의해 17세기 이후 어린이를 위한 이야기 혹은 "동화"라는 장르로 독립하게 된다. 창작된 산문은 공통적으로, "꾸며내고" "구성"된 것이다. 판타지와 SF의 속성을 논하며 캐스린 흄은 문학작품 전체가 가지는 이런 속성을 지적하고 있다. 즉, 기본적으로 모든 창작 이야기에서 환상성을 배제할 수는 없다는 것이다. 그 중에서도 동화라는 장르는 프로이트와 같은 정신분석학자나 그와 같은 정신분석학파에 속하는 브루노 베텔하임 등의 무의식 내지 환상성을 전제로 분석을 하는 학자들뿐만 아니라 다분히 유물론적이고 사회주의적으로 작품을 분석하는 학자인 잭 자이프스조차도 그 환상성을 인정하는 장르인 것이다. 논자가 말하려는 것은 동화작가인 강소천에게 '판타지 작품을 많이 쓴 작가'라는 라벨을 붙이는 것이 과연 합당한 연구태도인가 하는 것이다. 결론적으로, 강소천이 '동화의 본질인 환상성8)을 제대로 살린 작가였는가' 하는 사실에 대해 먼저 연구하는 것이 본말이 전도되지 않은 연구 접근방식이 아닌가 한다.

3. 강소천 동화의 성격 고찰

강소천은 생전에 다작을 한 것으로 유명하다. 현재 보존된 초기 출판본들과 재출간된 장·단편 작품집들 중 경희대학교 아동문학연구소가 소장한 작품집만도 60여종이 된다. 이 중 전집이나 똑같은 작품들을 수록한

---

8) 박영지, 앞의 논문, 203쪽: "그럼 판타지 동화는 어떻게 볼 수 있을까? 우선 '동화'에 대해서 원종찬(2001: 75)은 소년소설'과 짝을 이루는 상대편에 '동화'가 있다면 '생활동화'와 짝을 이루는 상대편에는 '공상동화'가 있다고 말한다. 동화와 소설을 가르는 가장 중요한 기준을 어린이의 심리 특성의 하나인 초현실성과 공상성 여부로 친다면 동화 자체에 이미 판타지적 요소가 포함되어 있기 때문에 판타지 동화라는 단어는 동어 반복이 된다. 동화는 본질적으로 환상성을 특질로 하기 때문이다"

각기 다른 출판사의 작품집, 시집 등을 제외하더라도 그는 장·단편을 합쳐 엄청난 수의 작품을 창작한 것이다.

3−1. 강소천의 모든 작품을 관통하는 특성−판타지

강소천의 작품은 대부분 판타지를 포함하고 있다. 동시조차 그렇다. 「그림자와 나」를 읽고 있노라면 등 뒤에서 웬지 지킬박사 같은 존재가 튀어나올 것만 같이 미스테리한 분위기를 느끼게 된다. 산골집에 혼자 남겨진 아이에게 갑자기 그림자가 말을 걸어오는 동화, 혹은 혼자 있을 때마다 그림자가 살아나서 갈등을 이어 나가는 줄거리를 가진 동화로 바꾸어 써도 될 듯 이 동시는 스토리텔링의 모든 조건을 갖추고 있다. 그리고 너무 심심할 때에는 그림자에게조차 말을 걸어보고 싶고 기대고 싶은 어린이들의 물활적 사고를 잘 표현했다.

> 그림자와 나 – 강소천//
> 보름밤 앞마당에/ 그림자와 나는 심심하다.//그림자도 우두커니 섰고/ 나도 우두커니 섰고.//(…)보름밤 앞마당에/그림자와 나는 답답하다.//−장에 간 엄마는 아직 안 돌아오고−/여기서 저기서 개들은 짖고// 그림자는 겁쟁인 게다./나두 어쩐지 무서워진다.

「아기와 나」나 「호랑이와 담배」도 마찬가지다. 이 시들을 소재로 나비와 민들레, 아가가 등장인물이 된 동화를 구성할 수도 있고 담배 피는 호랑이와 할아버지, 어린이들이 등장인물이 된 전래설화형 이야기 하나가 탄생하는 것도 기대할 수 있다. 다시 말하면 강소천의 경우 시에도 서사와 판타지가 축을 이루고 있다는 뜻이다.

아기와 나비 - 강소천//

　아기는 술래/나비야, 날아라.//조그만 꼬까신이 아장아장/ 나비를
쫓아가면// 나비는 휘얼훨/"요걸 못 잡아?"//아기는 숨이 차서/풀밭에
그만 주저앉는다.// "아기야,/내가 나비를 잡아줄까?"//길섶의 민들레
가/ 방긋 웃는다.

　호랑이와 담배//옛날엔 옛날엔 호랑이도 담배를 피웠대/지금 같은 담
배는 아니지./꽃잎을 말려서 만든 담배라니까.//긴 담뱃대를 뻐끔뻐끔
빨아가며/할아버지 호랑이가 손자들에게 /옛날 이야기를 하고 있으면,/
나비들이 팔랑팔랑 모여 들었대/향긋한 담배 연기를 맡으려고-(…)

　강소천이 동시에서 추구했던, 우리 주위의 모든 동식물과 사람이 소통
을 위해 이야기를 나누는 세상은 사람들의 욕망과 무의식이 판타지라는
옷을 입고 스토리텔링의 힘으로 살아남은 구비문학의 배경이 된 바로 그
세상이다. 서사무가인 바리공주의 한 대목을 예를 들어 보기로 한다.

　　　"옛날 옛 시절에 나무들이 말을 하고 구렁뱀이 새를(혀를) 갈길(내
　　두를) 적에 그때 그 시절에 하늘 위에 수차랑 선내 옥황에서 비룻물(硯
　　水)을 싱기다가 비룻돌을 댓돌에 떡 떨궈 지하궁에 내래 띠리 삼통객
　　이 낭득 찔러 지하궁에 귀진정배를 네리왔오."9)

　위와 같이 설화(신화)에는 나무와 풀과 구렁이, 곤충까지도 대화를 할
수 있다는 애니미즘(물활론)이 잘 나타나 있고, 이런 애니미즘적 사고가
지배하는 독자연령층은 동요의 최대 향유층인 학령 전 어린이들이다. 따
라서 강소천의 동시는 어린이가 이해하기 쉽고 재미있고 또 음악적인 리
듬을 가진다는 조건을 충족함으로써 완성되는 단순한 동시가 아니라 전

---

9) 김진영 홍태한, (서사무가)바리공주 전집1, 1997, 서울, 民俗苑, 84쪽: 구송자: 지금
　철(여, 54), 조사일자: 1965년 7월 27일, 조사자: 임석재, 장주근, 발표지: 관북지방무
　가, 문화재 관리국, 1965.

래동화나 서사무가처럼 시 한 편에 환상적인 이야기가 한 거리씩 들어있는 이야기시인 것이다. 이런 경향은 강소천의 작품 중 몇몇 뛰어난 작품이 "판타지"에 속하므로 새로이 조명을 해야 한다는 논리가 아니라 강소천의 작품은 동요조차 "판타스틱"한 이야기를 내포하고 있다는 사실을 조명하는 것으로 연구의 초점이 바뀌어야 한다는 논리를 뒷받침한다. 따라서 이 논문에서는 다소 늦은 감이 있지만 아동문학계에서 그동안 평가절하 되었던 강소천의 위상을 지금이라도 재평가 할 필요가 있다는 것을 강조하고자 한다.

3-2. 강소천 동화의 일반적 특성

이렇게 모든 작품에서 "판타지"라는 말을 배제할 수 없을 정도로 동화 본연의 고전적 특성을 풍부하게 지닌 작품을 써 온 작가가 강소천이지만 굳이 구분하자면 그의 작품들도 사실동화에 속하는 부류 및 판타지를 내포한 작품들과 요즘 세계적으로 유행하는 장르소설 개념의 판타지 작품들로 대별된다. 판타지를 하나의 독립된 장르처럼 구분한다면 어떤 기준을 적용해야 하는가에 대해 통일된 생각이 존재하는 것은 아니다.

루이 바와 브리앙 아테베리의 경우 작품과 그 구성성분인 우주의 인물에 관심을 두고 판타지를 정의한다. 즉 루이 바의 경우 "늑대인간, 뱀파이어, 분리되어 스스로 움직이는 신체의 일부(특히 성적 유형과 관련된), 성격 장애, 눈에 보이지 않음, 시공간에서 나타나는 인과 관계의 변화, 인간의 퇴화"[10] 등을 다루는 문학이라고 정의함으로써 기괴함을 다루는 이야기들을 폭넓게 판타지로서 인정한다. 아테베리는 바보다 더 작품자체에 한정해 환상작품인가 여부를 판단한다. 그는 환상문학작품을 "'일반적으로 가능하다

---

10) 캐스린 흄, 환상과 미메시스(한창엽 역), 2000, 서울, 도서출판 푸른나무, 44쪽.

고 받아들여지는 것에 대한 공공연한 위반'이라는 W.R.어윈의 정의에 토대를" 두고 "생생하게 재현된 이차적 창조물"11)이라고 정의한다.

에릭 라프킨은 SF와 판타지에 대해 설명하면서 SF는 소설 속에 포함된 요소에 의해 결정되지만 판타지는 구조적으로 결정된다고 주장한다. 즉 판타지가 되기 위해서는 "이야기 세계의 기본 법칙을 갑자기 역전하는 것이 공상적인 것을 특징짓는 구조"12)라고 말하고 있다. 토도로프는 환상이 성립하기 위해서 세 가지 조건을 제시하고 있다. 첫째 "독자가 인물들의 세계를 일반적인 사람들의 세계로 생각하고, 자연적인 설명과 초자연적인 설명으로 머뭇거리도록 만들어야" 하고 둘째 "이러한 망설임을 인물들 역시 경험할 수 있어야" 하며 독자들은 "'시적' 해석은 물론 우의적인 해석을 거부해야"한다는 것이다.13) 특히 그는 첫째와 셋째 조건을 필수적인 요건으로 꼽았다.

기본적으로 강소천의 작품은 이미 언급한 바와 같이 환상적인 요소를 거의 모든 작품에 포함하고 있으나 위에 설명한 문학이론가들의 정의에 따라 엄격하게 구분하더라도 본격적인 판타지에 속하는 작품이 대한민국의 어느 작가보다 풍부하다. 「꿈을 찍는 사진관」의 경우 토도로프나 루이바, 아테베리 등, 어느 학자의 의견에 따르더라도 판타지 작품으로 손색이 없어 많은 연구자들이 강소천의 판타지를 논할 때에는 반드시 이 작품을 언급하고 넘어가는데 필자의 경우는 그보다 강소천의 서정적인 문체와 인물 설정 등 문학으로서 갖추어야 할 몇 몇 기본적 요건으로 판단할 때도 이 작품은 역시 아름답고 훌륭한 작품임이 틀림없다는 사실에 주목하고 있다. 그러나 이번 기회에 그동안 비교적 조명을 덜 받았던 작품들을 다루는 것은 그의 작품세계를 이해하는 데 보다 도움이 될 것으로 생각한다.

---

11) 캐스린, 흄, 앞의 책, 45쪽.
12) 에릭 S. 라프킨, SF의 이해(김정수/박오복 역), 1993, 서울, 평민사, 223쪽.
13) 캐스린, 흄, 위의 책, 46쪽.

3-2-1. 무의식에 은폐된 혹은 작품으로 승화된 욕망

3-2-1-1. 내 어머니 가신 나라

어머니를 잃은 춘식이와 아이들은 어느 겨울날 내리는 눈을 바라보다가 마치 종잇조각 같은 것들이 떨어지는 것을 발견한다. 당시는 6.25 전쟁이 끝난 지 얼마 되지 않아 한 마을에 부모 중 한 쪽이나 전부, 혹은 형제를 잃은 아이들이 많다. 그런 결핍을 가진 아이들이 눈이 오자 모두 밖으로 나와 손으로 받아보지만 눈 혹은 종잇조각처럼 보이던 그것은 손에 닿으면 사라진다.

> 길고 긴 겨울밤을, 정다운 동무들끼리 둘러 앉아, 울긋불긋한 과자의 종이를 벗기며, 재미있는 옛날 이야기의 꽃을 피우거나, 아름다운 음악을 듣는다면, 그 밤이 얼마나 즐거울 것입니까?
> 그러나 그와는 반대로, 친구 하나 없는 방 안에 혼자 앉아, 쓸쓸히 묵은 잡지의 페이지를 뒤적거린다면, 그 밤이 얼마나 외로울 것입니까?(…)아니, 하늘 나라에 사는 사람들은, 벌써 여러 가지 방법으로 우리에게 편지를 보내고 있을지도 모릅니다.(…)그러나, 버시락하는 종이 소리와 함께 춘식이 손바닥에 놓이는 한 장의 푸른 엽서—그것은 틀림없는 하늘나라에서 온 엽서입니다. 글씨가 또렷이 씌어 있었읍니다.. 춘식이는 문득 서서 편지를 읽어보았습니다.[14]

초대장에는 무도회를 연다는 내용이 적혀 있고 "때—민들레 달. 호랑나비 날. 소쩍새 시간/곳—그리움 나라 사슴 골 둘째 아기 숲 속"이라고 적혀 있다. "때"와 "곳"이 어디를 나타내는 것인지 이해할 수 없어 춘식이는 그 종이를 버리고 하늘에서 내려오는 눈을 받아먹으려고 하는데 또 한 장의 초대장이 날아든다.

---

14) 강소천, 강소천 아동문학전집 6, 조그만 하늘, 1963, 서울, 배영사, 16~19쪽.

```
┌─────────────────────────────────────────────┐
│                무도회 초대장                   │
│                                               │
│  아래와 같이 무도회를 열겠사오니 꼭 와 주시기 바랍니다. │
│          때-언제 와도 좋음                     │
│          곳-그리움 나라 어디서든지              │
└─────────────────────────────────────────────┘
```

춘식이는 초대장을 잘 갈무리 해 둔다. 그 날 아버지가 없는 이웃집 경희가 집에 돌아오지 않는다. 춘식은 경희도 그리움나라의 초대장을 받았기 때문이라고 생각한다. 어머니를 잃은 칠성이를 찾아가자 새어머니가 칠성이는 집에 없다고 한다. 그는 칠성이네 파랑새 두 마리가 든 새 조롱을 열어젖히고 나왔고 새 두 마리는 조롱을 나와 춘식이를 인도하듯이 앞서서 낮게 날아간다. 길에서 만난 할아버지에게 아이들을 보았느냐고 물은 춘식은 전날에도 다른 아이가 걸어가더라는 말을 듣고 친구들을 찾아 며칠 동안 파랑새를 따라 걷는다. 길은 진창으로 변하고 신발을 벗어서 던지자 신발이 새 날개로 변해 춘식이 옆구리에 붙으면서 춘식이는 새가 되어 훨훨 날아간다. 새가 된 춘식이는 그곳 새들을 따라 그리움나라로 간다. 가다가 경희와 춘식이, 동륜이(택시 회사집 아들이라 별명이 택시, 동륜이는 6 · 25 사변 때 누나를 잃었다.)를 만났지만 아이들은 춘식이를 알아보지 못한다. 춘식은 파랑새들과 함께 가장 큰 무도회가 열린다는 복사꽃이 피는 마을로 간다. 파랑새들은 춘식이를 데려다 주고 돌아간다. 새가 된 춘식이를 어머니는 알아보지 못했지만 춘식이가 울자 어머니도 따라 울고 그 눈물이 몸에 닿자 춘식이는 다시 아이로 변한다. 거기서 칠성이 어머니, 경희 아버지, 동륜이의 누나를 만나 며칠간 잘 놀고 다시 새가 되어 날아 돌아온다. 새가 되어 날아든 춘식이를 할머니가 쓰다듬어 주자 춘식이는 다시 아이로 변한다. 춘식이가 그동안 있었던 일을 할머니에게 이야기해 주고 나가보니 아이들은 여전히 전처럼 아무 일도 없었다는 듯이 놀고 있다. 음악시간에 아이들이 "따오기" 노래를 부른다. 저녁이 다가올 때까지 춘식이는 자신의 경험이 꿈인지 아닌지 확신할 수가 없다.

보일 듯이 보일 듯이 보이지 않는
따옥 따옥 따옥 소리 처량한 소리.
떠나가면 가는 곳이 어디일까요?
내 어머니 가신 나라, 달 돋는 나라.

이렇게 자신이 쓴 시 또는 이미 국민들에게 사랑받는 동요로 작곡된 동시를 자신의 동화 작품 속에 포함시키는 것도 강소천의 독특한 창작 스타일이다. 이런 방법은 자신이 일생을 두고 구축해 온 작품 세계를 하나로 아우른다는 이점이 있다.

이 동화는 판타지로 구분되는 전형적인 요소들을 골고루 갖추고 있다. 토도로프가 말하는 것처럼 꿈인지 아닌지 확신하는 데 망설임이 있으며 마리아 니꼴라예바가 주장하듯이 그리움 나라라는 2차적 시공간이 존재한다. 어떤 종류의 마법이 아이들을 새로도 변하게 하고 새가 된 아이들이 다시 사람이 되기도 한다. 적어도 춘식이에 한해서 그 마법은 어머니와 할머니가 흘린 진정한 사랑과 그리움의 눈물이다. 이 그리움은 서정적인 그리움이 아니라 이승과 저승으로 갈려 있는, 인간의 힘으로 넘어갈 수 없는 경계 너머에 사랑하는 사람을 떠나보낸 이들의 처절한 그리움이다. 강소천의 동화에는 유난히, 부모 한 쪽이 없거나 형제, 자매를 잃은 아이들이 많이 나온다. 지금의 잣대로 생각하면 부자연스러워 보이고 일정한 조건에 편중된 인물설정인 듯하지만 남북한을 합쳐 수백만 명의 인명 손실을 냈던, 인류역사상 가장 처절했던 전쟁 중의 하나가 6·25사변이었다는 점을 상기해 보면 오히려 이는 당대의 현실을 제대로 반영한 설정이라고 볼 수 있다.

3-2-1-2 「느티나무만 아는 일」 외

은희는 고아이다. 아이들과 함께 노래를 부르면서 숨바꼭질을 하고 있
는데 어느 느티나무 아래까지 왔을 때 갑자기 아이들이 보이지 않는다.

> 나무도 나무도 나이를 먹는다.
> 우리들처럼야 나이를 먹는다.
>
> 아무도 모르는 나무들 나이
> 나무만 아는 동그란 나이

논자도 초등학교 시절 학교에서 배운 적이 있는 이 노래가 마법을 일으
키는 촉매 역할을 한다. 은희는 노래를 부르며 아이들을 찾을 생각도 하
지 않고 느티나무 주위를 계속 맴돈다. 그런데 가도 가도 느티나무의 둘
레는 끝나지 않는다. 그리고 느티나무 주위에는 숫자가 쓰여 있다. 무료
해서 춤을 추면서 365라고 쓰인 곳까지 가자 자그마한 집이 한 채 있고 그
안에는 커다란 거울이 하나 있으며 옷도 한 벌 있다. 거울 곁에는 "여기
한 벌의 옷이 당신을 위해 준비되어 있습니다. 몸에 꼭 맞을 거예요. 지금
당신이 입은 그 작고 때 묻은 옷을 여기 벗어놓고 이 옷을 갈아입어 주세
요."라고 쓰여 있다. 은희는 그렇게 가는 곳마다 마련된 옷을 입으면서 계
속 가다가 다시 처음 왔던 곳으로 돌아가 아이들을 만난다. 그러자 아이들
은 은희를 보고 은희 어머니인 줄 안다. 느티나무를 한 바퀴씩 돌 때마다 한
살씩 나이를 먹은 탓이다. 아이들은 은희가 은희의 어머니인 줄 알고 은희
에게 어머니가 왔다는 사실을 알려준다면서 간다. 은희는 다시 느티나무
주위를 돌고, 그러는 동안 이번에는 할머니가 된다. 다시 아이들을 만났을
때 아이들은 이번에는 은희를 은희의 할머니인 줄 안다. 은희는 나무를 돌
때마다 나이를 먹는 것을 깨닫고 이번에는 반대방향으로 돌기 시작한다.

그러자 원래대로 돌아온다. 아이들이 너희 어머니와 할머니는 어디 계시냐고 묻자 곧 돌아가셨다고 말한다. 그러면서 은희는 눈물을 흘린다. 세월이 흐르니 어머니도 되고 할머니도 된다는 사실을, 세월은 그렇게 속절없이 흘러가서, 그렇게 흐르다가는 언젠가는 은희 자신도 결국은 죽어가리라는 것을 깨달았기 때문이었을 것이다. 은희가 우는 모습을 본 아이들이 왜 우느냐고 묻자 자기 자신에게 하고 싶었음직한 철든 소리를 한다.

> "아냐, 슬퍼서 우는 게 아냐, 내게도 할머니가 계시구 어머니가 계시다고 생각하니 기뻐서 우는 거야.(…) 우리 어머니와 할머닌 나 하나를 위해 세상에 오신 게 아니야. 많은 고아들을 위해서 일하셔야 하신대….(…)자! 우리 아까 부르던노래를 불러, 응. 그러는 동안이면 우리도 나이를 먹게 되고 저 나무의 줄기처럼 몸과 마음이 굵고 튼튼해질 거야."15)

강소천 동화의 판타지에는 일정한 패턴이 있다. 주인공들은 대개 고아거나 사회적 약자이다. 그런 주인공은 어느 날 새로운 시험에 들게 된다. 그곳이 자신이 살던 바로 그 사회인지 의심이 드는 여러 마술적 현상들이 나타나고 이어 그 마술적 상황은 자신이 그렇게도 그리던 사람들을 만날 수 있는 공간으로 데려다 주는 역할을 하는데, 마술적 공간이 주는 행복한 시간으로부터 다시 외롭고 쓸쓸한 자신의 생활로 돌아가야 하는 아이들은 판타지에서 깨어나고 싶어 하지 않는다. 「내 어머니 가신 나라」에서는 춘식이가 하늘에서 눈처럼 내린 초대장을 받아들고 간 곳에서 행복하게 살고 있는 세상 떠난 이들을 만나게 된다. 「바다 속에 피는 꽃」에서도 마찬가지이다. 주인공 춘식이는 친구 영식이가 방학 때 바닷가에 가서 보내준 소라 일곱 개를 방 안에 잘 놓아두었다. 그 여름 영수가 바다에 함께 가자고 했지만 삼년 전, 외할머니가 계신 바닷가에 갔다가 누나를 잃은

---

15) 강소천, 같은 책, 72쪽.

영수는 바다에 가지 않는다. 혼자 남은 춘식이의 앞에 밤이 되자 하얀 옷을 입은 누나들이 나타난다. 누나들은 춘식이 누나 춘희를 잘 알고 있다. 춘식이는 누나들에게 부탁해서 죽은 친누나를 만나게 된다. 숨바꼭질 등을 하면서 재미있게 놀던 누나들은 일곱 개의 하얀 꽃으로 만든 화환을 춘식에게 걸어주고 사라진다. 집에 와 보니 그것들은 바로 소라였다.

> 판타지의 시공간 관계는 참으로 독특하다. 최고 두 개의 시공간이 포함된다. 하나의 기본적인 시공간(우리 자신이 인식할 수 있는 세계)과 자체 시간을 가지고 있는 마법의 세계인 제2의 시공간인데, 이는 기본적인 세계의 시간과 같은 속도로 갈 수 없을지도 모른다. 주인공이 멀리 제2의 시공간에 있는 동안, 보통 기본적인 세계의 시간은 정지한다. 현대 판타지물은 종종 제2의 세계가 여러 개인 헤테로토피아(heterotopia)를 포함한다.(…)헤테로토피아는 픽션에서 다수의 조화되지 않는 우주, 애매하며 불안정한 공간적, 시간적 조건을 나타낸다. 이 개념 자체는 양자 물리학에서 나왔다. 헤테로토피아는 단순성, 안전성, 낙천성에 기초한 아동픽션의 관습적인 정의에 의문을 던진다. 정의에 의하면, 헤테로토피아적인 공간은 단순하지도 않으며 안정적이지도 않다.[16]

마리아 니꼴라예바가 위에서 지적한 바처럼 「내 어머니 가신 나라」에서도 춘식이 다녀오는 동안 시간은 정지한다. 돌아온 판타지의 주인공들은 다시 한 번 시험적 상황에 처하게 된다. 그리운 이들을 만날 수 있는 환상적 공간의 행복으로부터 환멸을 가져오는 각박한 현실로 돌아와야 하기 때문이다. 이런 허탈감을 강소천은 거의 예외 없이 외로움이나 그리움을 승화시키는 영혼의 성장으로써 극복하는 결말을 맺는다. 은희도 할머니와 엄마가 그립다고 좌절하는 대신 어머니와 할머니는 보다 많은 사람

---

16) 마리아 니콜라예바, 『아동문학의 문학적 접근』, 2009, 파주, ㈜교문사, 181쪽.

을 위해 다른 세상으로 갔으므로 자신이 나무 둥치처럼 더 굳세게 자라야
것이라고 스스로 굳은 결심을 하게 된다.

강소천 동화에는 또한 변신 모티프가 풍부하게 나타난다. 후에 기술할
「그리운 메아리」에서는 웅길이가 쓸데없는 호기심으로 금기를 깨고 박
박사의 연구실에 허락도 없이 침입하여 박 박사가 그동안 개발한 약을 멋
대로 마신다. 「잃어버렸던 나」의 경우 웅고집 설화에 뿌리를 둔 변신 모
티프를 차용한다. 평소에 성격이 거칠고 이기적이던 주인공 영철이는 어
느 날 새에게 돌을 던졌는데, 그 돌이 머리에 맞은 후부터 죽었다는 만수
라는 아이와 외모가 바뀌어 버린다. 웅길이와 영철이는 프시케나 「태양
의 동쪽 달의 서쪽」의 막내딸이 남편을 믿지 못하고 안타고니스트들
(Antagonist)의 꾐에 빠져 혹독한 대가를 치러야 했던 것과 마찬가지로 목
숨을 건 모험으로 금기를 깬 대가를 치르게 된다. 「그리운 메아리」와 같
이 SF적 상황에 맞닥뜨리는 작품에서는 약을 마시는 웅길이처럼 자의적
인 변신모티프가 일정부분 공존하지만 중.단편의 경우 대개 주인공은 절
대적인 신비스런 현상에 의해 몸이 바뀌게 된다. 이때부터 동화의 주인공
들은 원래의 상태로 돌아가기 위해서 일반적인 신화 속 영웅서사의 모험
공식을 따르게 된다. 그 결과 그들이 원래의 상태로 돌아왔을 때는 영혼
이 성큼 자라게 된다. 「그리운 메아리」의 박박사처럼 제비가 된 채 결국
얼어 죽는 결말도 있지만 대개는 원래의 자리에 성공적으로 복귀하는 해
피앤딩으로 마무리된다.

3-3. SF와 판타지의 경계─『그리운 메아리』

『그리운 메아리』는 격자 구조를 가지는 장편동화이다. 다만 현실세계
라는 격자보다 환상 속에서 전개되는 2차 공간의 서사가 대부분을 이루

기 때문에 이런 구조는 거의 드러나지 않는다. 『이상한 나라의 엘리스』역시 이 작품처럼 꿈이 작품의 전체를 이끄는 구조로 진행되는데, 엘리스의 경우 격자 속의 세계가 실제 세계의 원칙을 완전히 뒤엎는 판타지라고 주저 없이 말할 수 있지만 『그리운 메아리』의 경우 에릭 라프킨의 견해에 따른다면 오히려 SF적 구성요소를 많이 가진 작품이다. 물론 이 작품을 다 읽고 나면 이 SF적 요소들은 꿈속에서 이루어진 것이므로 오히려 『이상한 나라의 엘리스』류의 판타지로 다시 분류하게 되지만 말이다. 그럼에도 불구하고 이 작품 전체의 핵심이 된 플롯과 에피소드들은 분명 마리아 니콜라예바나 토도로프 등이 제시한 판타지의 조건을 잘 갖추고 있다.

강소천의 작품을 관통하는 또 다른 주요 키워드 중 하나는 꿈이다. 강소천이 쓴 대부분의 동화에서 주제는 본격적 판타지 형식으로 나타나지만 그것만큼이나 빈번하게 그는 꿈을 통해 자신의 소망 내지는 욕망을 표출하고 있다. 『그리운 메아리』에서도 이런 그의 창작패턴은 반복되고 있다. 박상재는 이에 대해 다음과 같이 설명한다.

> 강소천의 동화에는 꿈이 소재로 많이 등장한다. <꿈을 찍는 사진관>, <꿈을 파는 집>, <꼬마들의 꿈>, <인형의 꿈>, <8월의 꿈>, <커다란 꿈> 등 제목만 보아도 간파할 수 있을 만큼 그의 작품에는 꿈이 빈번히 등장하고 있다.(…)이 작품은(꿈을 찍는 사진관) 그리움과 꿈의 미학으로 상징되는 강소천 동화를 대표할 수 있는 판타지 동화이다. 작품 속에는 두고 온 산하, 갈 수 없는 고향을 그리워하는 작가의 안타까운 심정이 농축되어 나타나 있다. 작가가 밝힌 작품의 창작 동기만 보아도 그것을 알 수 있다.[17]

주인공인 영길이는 박 박사와 제비가 나오는 공상과학 만화를 보고 있다가 방으로 들어온 동생 웅길이와 서로 자기가 보겠다고 다투게 된다.

---

17) 박상재, 한국 판타지 동화의 역사적 전개 in 한국아동문학연구(05-01-2009), 서울, 63쪽.

형인 영길이의 힘을 이겨내지 못한 웅길이는 화가 나서 집을 나가 버린다. 혼자 만화책을 읽던 영길이는 저녁을 먹기 위해 엄마가 웅길이를 찾아오라고 하자 웅길이를 찾아 평소에 자주 놀러가던 박 박사의 집으로 찾아간다. 그리고 웅길이가 사라진 것을 알게 된다.

영길이와 웅길이를 귀여워해 주던 박 박사는 6·25 전쟁으로 혼자 월남한 인물이다. 그는 북한에 있는 가족을 만나기 위해 북으로 가려고 변신하는 약을 발명하여 마시고는 제비로 변해 남몰래 북한으로 날아간다. 하지만 호기심이 많은 웅길이는 잠긴 자물쇠를 열고 몰래 박 박사의 방으로 들어갔다가 같은 약을 마시고 제비로 변해 야바위꾼들에게 붙잡히면서 고난을 겪게 된다. 제비로 변하게 한 것은 저자가 남한의 사정과 북한의 사정, 즉 공산주의와 자본주의 양쪽의 실태를 고발하기 위한 장치로 사용한 것이다. 전통적으로 새를 보면 자유를 연상해 왔던 까닭에 이런 설정을 한 것처럼 보인다. 제비로 변한 웅길이는 이리저리 팔려 다니면서 노래하고 춤추는 제비로서 자신을 납치한 사람들의 돈벌이 수단으로 전락한다. 제비가 된 웅길이는 자본주의의 폐해, 즉 돈만 되면 생명을 돈벌이의 수단으로 이용하는 남한의 해악을 고발하는 하나의 장치이다. 한편 제비로 변한 박 박사는 함부로 권력지도층의 이익에 반하는 말을 하면 아오지 탄광으로 끌려가는 자유가 박탈된 북한의 현실을 고발하는 장치이다. 이런 비극은 동족상잔의 전쟁으로 말미암은 분단에서 온다. 따라서 이 작품 전체를 관통하는 주제는 '통일'을 이루어 남한과 북한 전체가 신음하는 민족적 비극을 끝내자는 것이다.

"환상적인 문학은 이런 종류의 폭로를 통해 '실재적인' 것을 변형한다. 그것은 뭔가 신기한 것을 도입한다기보다는 오히려, 세상이 익히 '알려진' 것 그대로이기를 원한다면 숨겨질 필요가 있는 모든 것을 폭로한다. 기괴한 것의 효과는 편안하고heimlich, 친밀한heimisch 것 이면의 모호하고 막힌 영역을 드러내는 데 있다. '점근축'이라는 용어가 암시하듯, 환상성은 실재적인 것의 축을 따라 놓인다. 그리고 환상적 영역을 도입하기 위해 사용된 전치사들 대부분은 환상적인 것이 틈새에 위치한다는 것을 강조한다. '가장자리에' '통하여' '넘어서' '사이에' '배면에' '아래에' 혹은 '뒤집혀진' '전도된' '거꾸로 된' 등과 같은 형용사가 그것이다. 프로이트에 따르면 이 영역은 은폐된 욕망의 영역이다.[18]

위 인용문에서 로즈메리 잭슨이 지적한 것처럼 강소천은 등장인물들의 꿈을 통해 자신의 욕망을 간접적으로 드러내게 된다. 그의 욕망은 박박사라는 천재과학자 캐릭터를 창조함으로써 다분히 저자 강소천의 이상적 자아(Je)의 역할을 수행하게 한다. 결국 모든 것은 꿈이었지만 강소천은 그리운 가족을 만나고 싶다는 욕망을 작중 인물의 꿈을 통해 대리만족으로나마 이루게 된다. 그러나 군사분계선이 존재하는 한, 북쪽은 북쪽대로 압제에 시달리고 남쪽은 남쪽대로 돈만 벌면 된다는 천민자본주의로 신음할 것이며 나라 전체로 보면 가족이 고향을 떠나 생이별한 채 살아가야 하는 아픔은 사라지지 않을 것이 자명하다. 강소천은 이런 국가적 현실을 타개하고 싶다는 열망을 작품을 통해 표출했던 것이다. 동화인 만큼 북쪽의 폭정이나 남쪽의 자본주의 논리를 적나라하게 보일 수는 없었고 어린이들이 보아도 문제없을 정도로 순화시켜 표현한 것으로 평가할 수 있다. 그러나 이와 관련해 박영지는 다음과 같이 혹평을 하고 있다.

> "북한 당원과 미군의 극단적인 대비를 생각하게 된다. 이 역시 작가가 북한에 대한 분노와 적개심을 노골적으로 형상화한 것으로 보인다. 분단의 실체가 북한이라고 규정하고 이를 여실히 드러내는 것이다. 이는 작가의 반공 체험이 깊게 작용한 것이 원인인데, 이러한 작가의 양가치적 사고로 흑백논리를 서술하는 것이다.(…) 수많은 사람에

---

18) 로즈메리 잭슨, 환상성, 2001, 서울, 문학동네, 88~89쪽.

게 큰 소리를 치는 당원이 제비 한 마리를 보고 불안해하는 모습이다. 당원의 불안한 심리 역시 흔들리는 북한의 현실인 것이다. 즉, 북한의 당원은 주체적인 의지가 아니라 강압에 의한 것으로 이 모든 것이 자유의사가 없는 것이기도 하다."[19]

동화를 포함한 창작문학작품에서는 역사적 사실을 참고자료나 서적, 시사자료 등을 들어 고증하는 대신 그 장면을 생생하게 되살리는 데 성공해야 한다. 한 때 공산화 된 북한에서 창작활동을 했던 그의 경험은 전쟁이 끝난 지 얼마 되지 않아 군사분계선을 중심으로 대치하고 있었던 남북 양쪽의 상황을 상당히 사실에 가깝게 묘사하는 데 도움이 되었으리라고 추정할 수 있다. 그리고 현실보다는 보다 교육적으로 묘사했음에 틀림없다.

1990년 한국아동문학인협회의 청탁으로 북한의 실정과 아동문학에 대해 연구하고 북한의 정치상황에 대해 많은 자료를 접한 논자가 읽은 바로는 오히려 동화라는 제약 때문에 강소천이 현실을 너무 인간적으로 따뜻하게 그린 것이 아닌가 생각하고 있다. 박영지는 제2차 세계대전으로 인해 한반도에서 벌어진 강대국들의 힘의 균형을 위한 협상으로 군사분계선이 그어졌다는 사실, 그래서 그것이 어떻게 북한의 책임만일 수 있는가라는 문제를 거론하면서 이런 혹평을 내리게 됐는지도 모르겠다. 이 글이 정치학 논문이라면 박영지의 논지를 반박하는 자료를 찾아 제시했겠지만 문학세계를 다루는 논문인 만큼 더 이상 정치적인 문제를 언급할 생각은 없다. 다만 논자는 박영지가 북한의 묘사에 대해서는 혹평을 하면서 북한 사람들을 인간적으로 그린 저자의 태도에 대해서는 무슨 근거로 긍정을 하는가에 대해 의문을 가지지 않을 수 없다. 그는 "북한의 당원은 주체적인 의지가 아니라 강압에 의한 것으로 이 모든 것이 자유의사가 없는 것이기도 하다"라는 말로 북한에 대한 부정적인 묘사는 흑백논리로 매도하

---

19) 박영지, 앞의 논문, 215~216쪽.

고 그들을 인간적으로 그리는 묘사는 '북한사람들은 자의에 의해 이웃의 재산을 빼앗았을 리도 괴롭혔을 리 없다.'는 검증되지 않은 내용을 사실로 받아들이는 '부당한 전제의 오류'를 범하고 있다. 뿐만 아니라 박영지 자신이 똑같은 하나의 에피소드에 등장인물에 따라 서로 다른 잣대를 적용하는 "양가치적 사고로 흑백논리를 서술하는" 불균형한 평론태도를 견지하고 있다.

국제정치학적으로 분단을 초래한 진정한 원인이 무엇이든 분명한 것은 작가는 동화에서 이런 저런 현실 문제를 에피소드로 그릴 수밖에 없다는 것이며 그런 에피소드는 저자 자신의 경험이나 경험이 있는 자에 대한 인터뷰 혹은 그 외 문헌 자료를 통해 되살리게 된다는 사실을 평론가나 연구자들이 감안했으면 한다. 이 책만을 보면 강소천은 북한을 인정머리 없고 각박한 체제로 남한에 주둔하는 미군은 인간적인 모습으로 그리고 있어 흑백논리로 창작한 것이 아닌가 하는 의심을 살 수도 있다. 그러나 북한의 현실이 그보다 더 극단적이었다는 증거는 수없이 존재한다. 논자는 오히려 강소천이 그 잔인함을 이루 다 설명할 수 없어 그저 적당히 못된 이웃을 당원으로 등장시켰던 것으로 본다. 또 미군에 대해서는 다친 제비를 간호할 정도로 지나치게 친절하게 묘사했다고 주장했지만 당시를 증언한 역사기록에는 그보다도 더한 훈훈한 사연이 수없이 존재한다. 반대의 경우도 물론 존재한다. 그러나 요즘처럼 위험수당을 더 받기위해서 자원한 군인보다는 세계 최빈국의 하나였던 한국의 빈민들을 구하기 위한 숭고한 일념으로 참전했거나 봉사하기 위해서 한국을 찾았던 미군들이 실제로 수없이 존재했었다는 사실은 사료로도 증명할 수 있으며 그런 실화를 동화에서 따뜻하게 그리는 것이 흑백논리라고만 주장한다면 창작은 죽고 정치적 논리를 충족시키는 다큐멘터리만 존재하게 될 것이다.

처음에 언급한 바대로 이 논문은 "판타지"라는 것을 강소천의 작품에서 추출해 내기 위한 시도가 아니라 강소천 작품 자체에 스며든 "판타지"를 독자들과 함께 확인하기 위한 작업이다. 그동안 강소천이라는 작가의 가치가 이런 정치적 논리로 훼손되어 온 현실이 안타까워 의문을 제기하고 있는 것이다. 흑과 백이 대치한 곳에서 흑과 백을 회색이라고 해야 지성인으로 대접받는 풍조라면 그것은 흑백논리보다 진실을 더 왜곡하는 결과를 초래할 것이 틀림없다. 대중의 생각을 거스르는 일은 언제나 힘겨운 일이다. 오죽하면 공자가 아는 것을 안다고 하고 모르는 것을 모른다고 하는 게 아는 것이라고 했겠는가.[知之爲知之/不知爲不知/是知也] 연구자들이 학문적으로 냉정한 중립적 시선을 견지하는 것이 바로 흑백논리를 넘어서는 길이 될 것임을 잊지 않았으면 한다.

4. 결－동화 본연의 판타지: 강소천 동화의 본질

강소천의 동화는 판타지를 자양분으로 한다.

잭 자이프스나 콕스, 마르끄 소리아노와 같은 구비문학 및 동화 연구가들뿐만 아니라 마리아 니꼴라예바 같은 동화이론가, 브르노 베텔하임 같은 정신분석적 방법을 원용해 텍스트를 분석하는 학자들 대부분이 동의하고 있는 동화의 공통된 본질은 판타지이다. 그리고 대한민국에서 누구보다도 그 판타지를 많이 쓴 작가로 거론되는 것은 단연 강소천이다. 그는 정치적인 이유 등으로 폄하되고 있을 때도 "판타지"라는 키워드와 관련해서는 꾸준히 잊히지 않고 연구되어 온 작가이다. 이 현상을 다른 시각에서 본다면 그는 그를 매장하고자 하는 시도에 의해서도 완전히 잊히지 않는 확고한 콘텐츠를 생산한 작가이며 그 저력은 바로 동화본연의 본질인 "판타지"에서 나온다는 의미이다.

강소천은 생전에 가장 많은 작품집을 냈던 작가 중 하나로, 또 개인작품 전집을 낸 몇 안 되는 작가 중 하나로 한국 동화문학사에서 큰 획을 긋고 있다. 이런 저력이 정말 판타지에서 나오는 것인지 그가 쓴 동화들의 면면을 확인해 볼 것을 권한다. 배영사에서 처음 나왔고 1990년대에 교학사에서 재출간된 "강소천아동문학전집"은 총 10권이다. 이 중 시집인 「호박꽃초롱」을 제외하면 9권이 장편 혹은 중.단편 동화이다. 장편 중『해바라기 피는 마을』이나『봄이 너를 부른다』는 사실동화이지만,『잃어버린 나』와『그리운 메아리』는 본격 판타지를 추구한다. 목차를 하나하나 확인하면서 전집 10권을 읽는 동안 순수한 현존 사실만을 그린 동화를 찾기가 오히려 어려웠음을 고백할 수밖에 없다. 물론 태반은 "동물"이 사람과 자유롭게 의사소통을 하는 전래동화의 연장선상에 있는 작품들이다. 동물을 의인화한 것이 과연 판타지인가에 대해서도 논란이 있지만 판타지적인 것만은 틀림없는 사실이며 이것이 곧 강소천 작품 전체를 이루는 자양분이 "판타지"라는 방증이 되겠다. 또 의인화 된 동물들이 사람과 교감을 벌이는 이야기 중에도『토끼나라』처럼 분명한 판타지의 요건을 갖춘 동화들이 상당수 있다.『토끼나라』는『이상한 나라의 앨리스』의 한국 버전이라고 할 수 있을 정도로 비슷한 설정을 가지고 있지만 꿈이 아니라는 사실은 오히려 이 동화가 더 현대적 판타지라는 공식에 충실하다는 의미로 해석할 수 있다.

　강소천 동화의 판타지는 이루지 못한 작가의 욕망을 대리충족시키는 역할을 하는 동시에 카타르시스를 통해 독자의 욕망 역시 충족시킨다.

　강소천 동화의 주인공들은 전쟁으로 인해 가족과 헤어졌거나 세상을 떠남으로써 사랑하는 사람들을 잃어버린 인물이 대부분이다. 강소천 자신을 투사한 주인공들은 모험과 꿈을 통해 고향에 가고 싶고 그리운 사람들을 만나고 싶은 저자 자신의 꿈을 대리만족시키는 역할을 한다. 즉 그의 판타지 역시 '소원 성취 판타지'에 속한다. 그러나 대부분의 구비문학에 기반 한 소원성취 판타지의 경우, 결핍된 주인공들이 전형적인 영웅서사를 이루는 구복여행을 떠나게 함으로써 돈이나 지위, 행복을 얻는 것으로 끝나는 반면 강소천의 판타지는 "자신의 내면에 있는 상처를 치유하기 위해"[20] 등장인물에 자신을 투사하여 소원을 이루는 것이다. 즉 강소천 판타지의 본질은 창작을 통해 상처를 치유함으로써 지난한 현실을 긍정하고 극복하기 위한 힘을 얻는 장치이다. 이 힘은 저자뿐만 아니라 동시대 같은 아픔을 직.간접으로 경험한 독자들도 카타르시스를 느끼게 함으로써 함께 치유하는 효과를 주어왔고 그런 이유로 아직 동족상잔의 참혹함을 기억하고 있던 당시 독자들로부터 생전에 가장 사랑받는 작가로 활동할 수 있었던 것이다.

강소천의 텍스트 전부를 정독을 통해 확인하는 작업은 강소천의 동화가 얼마나 환상적인 요인들을 내포하고 있는지 확인하는 계기를 마련해준다. 그렇다고 해서 그가 환상에만 사로잡혀 현실을 도외시했던 것은 아니다. 오히려 그는 판타지 기법을 통해 우리나라가 처한 엄혹한 현실을 드러내고 해결하고자 하는 강한 의지를 나타내고 있다. 그에게 있어 판타지의 창작은 단순한 환상에 기댄 '교육' 효과를 가져 오려는 수단이 아니며 어린이들이 가장 잘 이해하고 공감할 수 있는 환상적 수법, 즉 "판타지"를 통해 가족의 사랑, 평화, 나아가 우리나라의 통일과 그로 인한 인류의 평화 등 인류의 보편적 가치를 역설하고자 하는 수단이었다고 평가해야 한다. 동화라는 장르를 통해서나마 인류가 오랫동안 축적해 온 가치를 간접경험하고 공감할 수 있게 해 주기 때문이다. 환상의 원용은 언급하기 불편한 비교육적인 현실을 상징을 통해 순화시키기 마련이고 미의 추구라는 예술의 본질에도 부합된다. 환상기법은 어른이나 마찬가지로 복잡

---

20) 박영지, 앞의 논문.

한 정신적 활동을 가지지만 아직 어린 탓에 성인처럼 명확하게 사고가 분화되지는 않은 단계의 어린이들에게도 적합하다. 강소천의 개인적 경험은 곧 불행한 한 시대에 세계 인류가 동시에 겪어야 했던 보편적인 상황, 그 안에 속한 한민족의 보다 더 처절했던 상황에 대한 집단경험의 발현형식의 하나이므로 결코 사소하고 개인적인 경험으로 폄하할 수 없다.

끝으로, 강소천의 작품세계를 간략히 살펴 본 이 논문은 그동안 잊혀온 동화작가 강소천의 몇몇 판타지 작품의 특성을 고찰하기 위한 것이 아니라 시종일관 동화본연의 판타지를 잃지 않고 창작활동을 이어갔던 강소천이라는 작가가 왜 대한민국의 대표동화작가였었는지를 고찰하여 검증하기 위해 쓰였다는 사실을 언급하고자 한다.

강소천 단편 사실동화 연구

이 은 주

I. 강소천 단편 사실동화

　"도대체 아동의 세계에서 꿈을 빼면 뭐가 남는다는 말인가. 그러면
이렇게 반문하리라, 오늘의 아동들은 꿈의 세계에서 살지 않는다고.
꿈의 세계에서 살지 못하기 때문에 한층 더 커다란 꿈을 주어야 하지
않을까? (중략) 여기에서 문제되는 것은 그 꿈이 어떤 종류의 것인가
하는 것뿐이다. 동화의 흥미만으로 그치는 그야말로 허무맹랑한 꿈이
어서는 안 된다. 꿈으로 그쳐 버리는 꿈이 아니오 실현할 수 있는 꿈,
또 반드시 실현해야 한 꿈을 주자는 말이다.[1]

---

[1] 강소천, 「지상강좌 동화 : 새로운 동화의 나아갈 길」, 『강소천 아동문학가 스크랩북
8권』, 1956.
　『강소천 아동문학가 스크랩북』은 생전에 소천이 발표한 자신의 동화와 동시를 비
롯한 다양한 종류의 글들을 스크랩해 놓은 것이다. 현재 이 스크랩북은 국립청소년
어린이도서관에서 소장하고 있는데 안타깝게도 대부분이 발표지면이나 발표일자
가 기재되어 있지 않다. 이하『강소천 아동문학가 스크랩북』은『스크랩북 ○권』으
로 표기한다.

인간은 소박하든 원대하든 각자 나름의 꿈을 꾸며 살아간다. 미래의 기둥이 될 어린이들이 꿈을 꾸지 않는다면 그 나라의 미래는 없다. 그런 의미에서 "꿈의 세계에서 살지 못하는 아동들에게 실현할 수 있는 꿈, 반드시 실현해야 할 꿈을 주자"는 소천의 말은 시대를 초월해서 당연해 보인다. 그런데 여기서 문제가 되는 것은 그 꿈이 어떤 것이며 소천이 그 꿈을 주는 방법으로 선택한 동화라는 매체에서 그 꿈이 어떻게 형상화되어 있는가 하는 것이다. 이것은 구체적인 맥락 속에서 검토되고 평가되어야 할 사항이다.

동요를 발표하며 작품 활동을 시작한 소천은 월남 후 타계할 때까지 수많은 동화를 생산했고 그 중에서도 단편 동화가 절대적으로 많다. 그가 생전에 출판한 동화집과 선집2)에 실은 단편 동화만 해도 107편3)이다. 본고는 이 많은 작품들을 통해 소천이 무엇을 어떻게 드러내고자 했는지를 살펴보고자 한다. 이는 앞서 얘기한 소천이 '아동에게 주고자 한 꿈'이 무엇인지, 그것이 그의 작품에서 '어떻게 형상화되었는지'를 살펴보는 것이 될 것이다. 그러기 위해 먼저 동화집과 선집에 실린 단편을 중심으로4) 그

---

2) 소천은 동화집 7권과 동화선집 3권에 주로 단편 동화들을 실었다. 본고에서는 이 책들에 실린 단편을 주로 다룬다. 동화집 :『조그만 사진첩』, 다이제스트사, 1952.『꽃신』, 문교사, 1953.『꿈을 찍는 사진관』, 홍익사, 1954.『종소리』, 대한기독교서회, 1956.『무지개』, 대한기독교서회, 1957.『인형의 꿈』, 새글집, 1958.『어머니의 초상화』, 배영사, 1963. 선집 :『강소천 소년문학선』, 경진사, 1954.『꾸러기와 몽당연필』, 새글집, 1959.『강소천아동문학독본』, 을유문화사, 1961.

3) 소천이 동화집과 선집에 실은 단편 동화는 모두 107편이다. 이 외에 그의 3종의 전집에 추가로 실린 단편 동화는 30여 편이 있고『강소천 아동문학가 스크랩북』에서도 50여 편의 단편을 더 발견할 수 있다. 즉 소천이 남긴 단편 창작 동화는 총 180여 편이 넘는다고 추정된다.

4) 소천은 작품집이나 선집을 낼 때 상당히 신중했다. 이는 소천이 1941년『호박꽃초롱』을 출간할 때, 1940년까지 발표가 확인된 40편에서 18편을 취하고 22편을 취하지 않은 점(박덕규,「강소천의『호박꽃초롱』발간 배경 연구」,『한국문예창작』, 제32호 한국문예창작학회, 2014년, 202쪽.)과 1954년 출간된 선집,『소년 문학선』의「후기」에서 드러나는 진중함에서 간취할 수 있다. 때문에 소천이 생전에 출판한 동화집이나 선집의 작품들은 소천의 작가의식이 뚜렷하게 드러난 비교적 우수한 작품들

작품들에서 공통적으로 나타나는 구조적 특성을 도출했다. 소천은 대체로 세 가지 창작방식을 사용했다. 사실적 기법(45편), 판타지 기법(39편), 우화적 기법(20편), 기타(3편)인데, 이 중 사실적 기법의 동화가 가장 많다. 그럼에도 그간 소천에 대한 연구는 주로 환상성에 대한 연구5)가 주류를 이루면서 작품의 서사 구조와 같은 미학적 특질보다는 교화성과 관련된 주제 연구6)에 집중되어 왔다. 가장 많은 편수를 차지하는 사실동화에 대한 연구가 미흡하다는 점에서 지금까지의 연구 결과로 야기된 소천문학에 대한 평가는 재고의 필요성이 있다.

본고에서 논의되는 사실동화는 주로 어린이의 생활을 다루는 것으로 "realistic fiction"이다. 이는 문예사조로서의 리얼리즘이 지닌 세계관과 양식적 · 미학적 범주를 고려하지 않는 현실세계에서 일어날 법한 이야기를 다룬 동화를 의미한다.7)

소천은 <아동문학과 교육>을 논하는 심포지움에서 다음과 같은 언급을 하고 있다.

> 작품을 통한 생생한 생활의 산 경험, 그것이 간접 경험이라 하여도 직접 경험 같은 느낌이 활자를 통하여 아동의 마음속에 깊이 아로새겨질 때, 문학작품의 가치를 가질 것8)

이라 판단하여 이 작품들을 연구 대상으로 삼았다.

5) 소천의 환상동화를 중심에 둔 연구물은 다음과 같다.
김용희, 「수난의 상상력과 꿈의 상징성」, 『동심의 숲에서 길찾기』, 청동거울, 2004. 김효진, 「강소천 동화 연구」, 성신여자대학교, 2009. 남미영, 「소천과 꿈의 문학」, 『아동문학평론』, 1980. 9. 박상재, 「꿈의 상징성과 그리움의 미학」, 『한국 동화문학의 탐색과 조명』, 집문당, 2002. 조태봉, 「강소천 동화에 나타난 전쟁체험과 꿈의 상관성 연구」, 『한국문예창작』, Vol.6, 한국문예창작학회, 2007. 함윤미, 「강소천 동화의 환상성 연구」, 단국대 석사학위논문, 2005.

6) 교화성과 관련된 주제 연구에 집중한 연구물은 다음과 같다.
공선희, 「강소천 동화 연구」, 한국교원대학교 석사학위논문, 1996. 이선민, 「강소천 동화 연구」, 부산교육대학교 석사학위논문, 2006. 이재철, 앞의 책. 234~241쪽.

7) 신헌재 · 권혁재 · 곽춘옥, 『아동문학의 이해』, 박이정, 2009, 312쪽.

8) 강소천, 「아동문학과 교육－아동문학과 생활성」, 『스크랩북 15권』, 1961~1964.

소천이 본격적으로 동화 창작에 매진했던 1950년대는 전후 혼란스러운 시대였다. 당시 녹록지 않은 현실은 어린이라고 예외일 수 없었다. 혼란의 소용돌이 속에서 상처받고 보호받지 못하는 어린이가 넘쳤다. 소천은 그런 어린이의 현실을 "생생한 생활의 산 경험, 그것이 간접 경험이라 하여도 직접 경험 같은 느낌"을 주도록 사실적으로 그려내고자 했다. 그러한 "직접 경험 같은 느낌" 동화란 매체를 통해 "아동의 마음속 깊이 아로새겨질 때", 아동은 희망을 가지고 미래를 기획할 수 있다고 보고, 그것이 바로 '문학작품의 가치'라고 생각한 것이다.

본고에서는 소천의 사실동화가 한 편의 서사로서 무엇을, 어떠한 구조 양상으로 드러내고자 했는지를 밝혀 그의 사실동화가 갖는 특질을 찾고자 한다. 동화는 어떤 이야기를 누가 어떻게 전달하는가를 기본 구조로 하고 있다. 이야기 내용은 인물과 구성 등의 형식과 그것을 독자에게 전달하는 언어 형식인 시점과 서술 상황으로 구성된다. 따라서 소천이 단편 사실동화에서 무엇을 형상화하고자 하는가, 그 무엇을 형상화하기 위해 인물과 구성, 시점 등의 구조는 어떻게 조직되었나를 살핀다면 소천의 단편 사실동화의 주제적 · 구조적 측면의 특성을 찾을 수 있을 것이다. 이러한 연구는 소천의 문학을 좀 더 균형있게 바라보며 바르게 평가하는데 일조하게 될 것이다.

II. 무엇을 형상화하고 있는가 : 아버지의 말

소천의 단편 사실동화 45편은 동심, 공동체의 윤리, 성인의 각성이라는 주제 층위로 분류할 수 있다. 동심을 형상화하고 있는 작품은 모두 11편(24.4%)으로 구체적으로 유희, 욕심, 순진함, 자기중심성, 호기심 등의 주제를 구현하고 있으며 공동체의 윤리를 드러내는 작품은 모두 24편(53.3%)으로 우정, 가족애, 근면, 협동, 정의, 통일 등의 주제를 형상화한다. 성인의 각성을 구현하는 작품은 모두 10편(22.2%)인데, 어린이가 어린이다움을 간직하면서 공동체의 일원으로 성장하는데 주요한 요소로서 성인의 깨달음을 요구하고 있다.

1. 주제 층위의 특성

열악하고 참혹한 제반 현실 속에서도 어린이의 본성은 통제할 수 없다. 이는 호모 루덴스(Homo Ludens)라는 인간의 본질적 특성과 상통한다. 어린이의 잃어버린 본성을 재현하는 소천의 사실동화에는 이런 유희하고자 하는 본성, 자기중심적이고 양껏 욕심을 부리면서도 순진한 동심이 있는 그대로 드러난다.

> 돌이의 목구멍은 터질 듯 쓰렸습니다.
> 그러나 돌이는,
> ─이 번 내기에 내가 꼴찌를 해선 안 된다 ……
> 이렇게 생각하고 작은 마늘 쪽을 골라 연방 꿀꺽꿀꺽 씹어 넘깁니다.
> 거게 따라 아이들의 셈 소리도 빨라집니다.
> 「서어이!」
> 「너어이!」
> 「다아섯!」
> 그러나, 셈은 다섯에서 뚝 그쳤습니다.
> 돌이는 그만, 「으아아!」하고 울어 버렸습니다.9)

「마늘먹기」는 힘들고 지겨운 일도 놀이로 바꾸어버리는 어린이들의

---

9) 강소천, 「마늘먹기」, 『조그만 사진첩』, 다이제스트사, 1952, 36쪽.

유희 본능을 전제로 한다. 김장마늘을 까다가 누가 많이 까는가, 누가 많이 먹는가고 내기를 하는 노마와 돌이와 친구들의 모습을 담았다. 마늘 깔내기에서 늘 꼴찌를 하는 돌이는 마늘먹기에선 꼴찌를 면하고자 마늘을 연신 씹어넘기다 울고 만다. 나이가 어려 언제나 꼴찌를 하지만 새로운 놀이에선 이기고자 하는 돌이의 마음이 빚어내는 슬픈 파국은 안타깝기도 하지만 한바탕 웃음을 끌어낸다. 그것은 돌이의 무모한 도전을 놀리듯 "약속이나 한 듯이 똑같이 하아나! 하고 세"던 아이들이 돌이가 하나를 먹고 두 개를 먹자 "웃지도 않고 셈을 세"는 모습에서 이기고 싶은 돌이의 마음을 이해하고 그 고통에 동참하는 아이들의 모습이 그려지기 때문이다. 어린이의 마음속에 있는 놀고 싶은 마음, 놀이에서 이기고 싶은 마음이 잘 드러나 있다.

> "저 파아란 하늘을 한 번만 만져 보자! 저 흰 구름을 한 송이만 잡아 보자!"
> 지금 준이의 머리에는 이 한 가지 생각밖에 없었습니다.
> "애, 준아! 어딜 그렇게 혼자 달아나니? 나하고 함께 가!"
> 옥이가 짜증을 내다시피 이렇게 큰 소리로 외치는 소리도 준이의 귀엔 안 들립니다.
> "어깨 동무하고 둘이서 "하나, 둘" 세며 천천히 올라가!"
> 그래도 준이의 귀에 이런 소리가 전혀 안 들립니다. 옥이의 외치는 소리가 높아 가도 옥이와 준이의 거리는 점점 멀어만 갑니다.
> "아이, 저 구름, 아이 저 구름!"
> 준이는 숨이 찬 줄도, 다리가 아픈 줄도 모르고 자꾸 층층대를 올라갑니다.
> 옥이의 부르는 소리가 울음으로 변한 것도 준이의 귀에는 들릴 까닭이 없습니다.[10]

---

10) 강소천, 「준이와 구름」, 『꽃신』, 문교사, 1953. 80쪽.

열까지 셈을 셀 수 있게 된 준이는 옥이와 셈 세기 놀이를 하다가 층층 대를 세기로 한다. 열까지 세고 발걸음을 멈추었을 때 준은 계단 꼭대기를 지나가는 흰 구름을 본다. 순간 준은 흰 구름을 잡고 싶어 계단을 올라 가버린다. 준은 구름을 잡고 싶다는 한 가지 생각밖에 없다. 숨이 찬 줄도 다리가 아픈 줄도 모르고 자꾸 계단을 올라간다. 새로운 것에 대한 어린이의 호기심을 잘 드러내는 시적인 동화이다.

이렇게 소박하면서도 어린이의 실상과 맞닿아 있는 것이 소천의 단편 사실동화이다. 여기에는 어떤 감상적 동심주의도, 관념적인 아동상도, 이데올로기도 없다. "기교로서 출발하지 않고 무한한 애정으로 먼저 어린이를 관찰하고 파악"함으로써 나타낼 수 있는 "소박하고 대담한 작품"이다.11) 이러한 경향은 '동심'을 주제로 하는 소천의 단편 사실동화에 나타나는 대체적인 경향이다.12)

단편 사실동화의 절반 이상을 차지하고 있는 '공동체의 윤리'를 형상화하는 작품들에서 소천은 어린이들이 가정이나 학교에서 또 친구 사이에서 사회 공동체의 구성원으로서 갖추어야 할 덕목들을 형상화하고 있다.

「신파 연극」은 서두에서 '신파 연극'이 신문팔이를 줄여 불렀던 '신파'에 '연극'을 붙여 부르는, 작년 가을까지 신문을 팔았던 인호의 별명이라는 것, 그러나 지난 일요일의 일이 있고부터 그 별명을 부르지 않게 되었다는 것을 설명하여, 그 일이 무슨 일인지에 대한 독자의 궁금증을 유발하며 시작한다. 그 일은 학급에 새로 사 온 책을 어렵게 빌린 득성이 인호에게 책을 양보하며 벌어진다. 득성이 양보한 책을 인호의 동생이 찢어버린 것이다. 인호는 어쩔 수 없이 책을 사기 위해 다시 신문팔이로 나섰다가 득성이를 만난다.

---

11) 최태호, 「跋」, 『조그만 사진첩』, 앞의 책. 134쪽.
12) 본문에 소개된 2편 외에 '동심'을 주제로 한 작품은 다음과 같다. 「일요일」, 「인형과 크리스마스」, 「가사선생」, 「송이와 연」, 「눈사람」, 「명수와 시험공부」, 「감과 꿀」, 「크리스마스 선물」, 「나무야 나무야 누워서 자거라」

인호의 말을 들은 득성이는,

"그래, 너 그 신문을 다 팔 수 있겠니?"

"팔아 봐야지!"

"인호야! 내 좀 팔아 줄가?"

인호의 눈이 둥그레 졌습니다. 내일 학교에 가면 "신파 연극"이라는 별명이 자기에게만 아니라 득성이에게까지 불려질 것을 생각하니 한층 더 미안한 생각이 났습니다.

"괜찮아! 나 혼자라도 팔 수 있을 거야!"

"얘! 그러지 말고, 그 절반은 내게 줘!"

처음에는 인호도 안 된다고 했으나 자꾸만 득성이가 조르니까 할 수 없이 절반 조금 못 되게 득성이에게 나누어 주었습니다.[13]

자초지종을 들은 득성은 안 된다는 인호를 졸라 신문을 같이 판다. 신문을 팔게 되면 득성이 자신처럼 '신파 연극'이라는 별명을 얻을까봐 안된다고 하다가, 득성이 조르자 할 수 없이 '절반 조금 못되게' 나누어 주는 인호의 모습에서 득성을 위하는 마음이 드러난다. 신문을 같이 팔기를 원하는 득성, 인호의 어려운 형편을 헤아려 책을 양보하는 득성의 모습에서 인호를 조심스럽게 배려하는 모습도 보인다. 「신파 연극」은 여기서 끝나지 않고 각자 신문을 팔러 간 인호와 득성이 또 다른 급우를 각각 만나 다시 신문을 나누어 판다. 친구들 덕분에 인호는 책값을 마련하게 되고 '신파 연극'이라는 별명도 불리지 않게 된다. '신파 연극'이 네 명이나 되었으니 부를 수 없게 된 것이다.

소천은 학교와 가정이란 공간에서 일어 날 수 있는 일을 소재로 3인칭 화자 시점으로 어린이들의 우정을 곱게 그리고 있다. 그런데 조금 더 들여다보면 형편이 조금 더 나은 득성이 드러나지 않게 인호를 배려하는 것을 볼 수 있다. 물론 인호도 친구의 고마움을 알고 마음으로 배려하지만

---

13) 「신파 연극」, 『꽃신』, 앞의 책. 46~47쪽.

득성으로 형상화되는, 조금 더 여유 있는 사람이 어려운 사람을 배려하라는 의미를 읽을 수 있다.

「박송아지」는 창덕을 초점화자로 하여 3인칭 인물 시점으로 서술된다. 창덕이라는 인물이 개성적으로 형상화되어 있고 소천 작품에 흔히 보이는 논평적 화자도 보기 어려운 수준 높은 작품이다. 겨우내 창덕이 잡은 족제비를 팔아 송아지를 사 온 아버지는 창덕에게 송아지를 준다. 창덕은 송아지에게 자신의 성을 붙여 '박송아지'라 부르며 식구처럼 대한다. 동회에서 글 모르는 사람 조사를 나왔던 사람에게 박송아지를 식구처럼 말하며 글 모르는 사람은 박송아지 밖에 없다고 하자 그 사람은 박송아지를 야학에 보내라고 한다. 이 일을 계기로 동네에서는 박송아지가 유명해지고 아이들은 박송아지가 글을 안다는 둥, 야학에 다닌다는 둥 하며 놀려댄다. 창덕은 꾀를 내어 '음메'라는 글자를 송아지에게 보여주게 하여 송아지가 읽는 것처럼 만든다. 이후 박송아지의 소문은 한층 높아진다.

> 겨울 동안, 글 모르는 이들을 위하여 마을에서는 야학교가 한창입니다. 나이 많은 할머니들까지가 나와 한글을 배우고 계십니다.
> 누가 글을 읽다 모르든지, 틀리게 읽으면,
> "우리는 박 송아지만도 못 하다니-"
> 하고 한바탕씩 웃어대곤 합니다.14)

창덕의 재치로 박송아지는 글 읽는 송아지가 되고 야학에서 글을 배우는 사람들은 배우는데 서툰 사람에게 박송아지와 비교한 우스갯소리를 하여 한바탕 웃어버린다는 작품이다. 이 기지 넘치는 동화에서 소천이 이야기하고자 한 바를 범박하게 말하면 '배움'이라고 말할 수 있다. 소천은 동화적 상상력으로 '배움'이라는 주제를 유쾌하고 재치있게 형상화하고 있다.

---

14)「박 송아지」,『조그만 사진첩』, 앞의 책. 12쪽.

이러한 공동체의 윤리를 형상화한 작품은 위의 예에서도 드러나듯 인물들이 겪는 현실 상황의 문제들이 대체로 긍정적으로 또 희망적으로 해결된다. 주요 인물들은 비교적 나이가 든 초등 고학년 어린이들로 불행한 상황에서도 밝고 건강하게 문제 해결에 적극적으로 임한다. 결코 현실에 절망하거나 안주하지 않는다.

위의 두 주제군과 더불어 주목을 요하는 것이 성인의 각성을 요구하는 작품들이다.

어린이가 어린이다움을 잃지 않으면서 공동체의 일원으로 성장하는 것은 건강하고 희망찬 미래로 나아가는 담보다. 소천은 이를 가능하게 하는 주요한 요소로서 성인의 각성을 요구한다. 성인의 각성을 요구하는 작품 속의 어린이들은 하나같이 상실과 결핍을 경험하고 있다. 이 상실과 결핍을 소천은 성인이 채워주고 관심과 사랑으로 감싸 안으라고 말한다.

> "모두 사랑에 굶주려 그래요. 어디 자기들의 몸을 내맡길 사람을 찾고 있어요. 잘 먹고, 잘 입는 문제가 아니에요. 정말 따뜻한 손, 부드러운 손, -자기들을 어루만져 주는 그런 사랑의 손을 찾고 있는 거예요. 춘식이는 그 손과 그 품을 찾아 떠난 거예요. 그런데 이렇게 서로 어긋났구먼요."[15)

보육원에 사는 춘식은 함께 그림을 그리며 마음을 나누는 화가 아저씨와의 시간을 무척 행복해 한다. 그런데 어느 날 아저씨는 국전을 준비하기 위해 서울로 가고 돌아오지 않는다. 아저씨가 그립고 국전 그림이 궁금한 춘식은 서울로 갔다가 교통사고를 당한다. 뒤늦게 춘식을 찾아온 아저씨는 보육원 원장 선생님과 춘식을 찾으러 떠난다. 인용문은 춘식을 찾으러 떠나는 택시 안에서 보육원 원장 선생님이 하는 말이다. 이는 결국

소천이 하는 말일 것이다. 전쟁 통에 고아가 된 어린이, 생활이 어려워진 어린이 등 당시 정상적인 삶의 궤도에서 벗어나 있는 많은 어린이들에게 진정 필요한 것은 성인의 따뜻하고 진심어린 관심과 사랑이라는 것을 분명히 하고 있다.

이렇게 성인의 각성을 요구하는 소천은 구체적으로 두 가지 주제를 형상화한다. 하나는 어린이들이 현실에서 부재한 대상(어머니 혹은 아버지 등)을 "자기 마음 속에서 아버지와 어머니를 발견"[16]하게 해야겠다고 생각하고 먼저 부재의 대상을 내면화하기를 요구한다. 성인이 먼저 이러한 인식의 변화를 하고 어린이들에게 전해주도록 한다. 이에 해당하는 작품이 「아버지는 살아 계시다」, 「어머니 얼굴」, 「꼬마 산타의 선물」 등이다. 「아버지는 살아 계시다」에서 철호 어머니가 철호에게 하는 말, "아버지는 지금도 살아 계시단다. 네 마음속에, 그리구 이 엄마의 마음속에 두……"은 부재의 대상을 내면화하여 상실의 아픔을 딛고 내일로 나아가도록 하는 방법이다. 「어머니 얼굴」에서 어머니에 대한 그리움을 어머니 얼굴 그리기로 달래는 춘식이에게 낯선 어머니가 하는 말이나 「꼬마 산타의 선물」에서 준이 어머니가 하는 독백은 다 같은 맥락이다.

다른 하나는 성인들이 세상 모든 어린이가 다 내 아이라는 깨달음을 얻기를 요구한다. 대표적으로 「꽃신을 짓는 사람」에서 예쁜이 아버지의 각성이 이를 잘 보여주는데, 「어머니의 초상화」에서 어머니에 대한 그리움으로 방황하는 춘식이에게 죽은 자신의 아들이 살아 돌아온 것 같다는 거짓말을 함으로써 춘식을 품어 안은 안선생님이나, 잃어버린 아이를 위해 인형을 모으다 그 인형들을 거리의 물건 파는 아이들에게 다 나누어주고 결국 껌팔이 소녀를 자신의 아이로 맞아들이는 「이런 어머니」의 어머니, 죽은 아들과 의형제를 맺은 정희의 딱한 사정을 알고 자신의 딸로 입양하

---

16) 강소천, 「잃어버린 동화의 주인공들」, 『강소천소년문학선』, 경진사, 1954. 225쪽.

는 장편 「해바라기 피는 마을」의 소위 어머니 등이 다 같은 맥락의 깨달음을 보여준다.[17]

비록 성인의 각성을 요구하는 작품이 단편 사실동화 45편 중 10편밖에 되지 않지만 소천은 어린이가 어린이답게 내일의 희망으로 자라는 데에 성인들의 각별한 사랑과 헌신이 있어야 함을 누구보다 먼저 천착했다고 볼 수 있다. 소천이 주도하여 1957년 5월 5일 제35회 어린이날을 기해 공포된 '대한민국 어린이헌장'[18]의 전문과 전9항의 본문을 보면 어린이가 "옳고 아름답고 씩씩하게 자라도록 힘써야 한다"는 어른에 대한 당부이다. 결국 소천은 단편 사실동화에서 성인의 각성을 형상화함으로써 어린이들이 1950년대란 불우한 시대를 이겨내기 위해서는 성숙한 성인의 역할이 절대적으로 필요함을 호소하고 있다.

2. 아버지의 말

지금까지 살펴본 바로 소천의 단편 사실동화는 어린이에게는 그들이 잃어버린 동심의 세계를 있는 그대로 보여주며 공동체의 일원으로서 밝고 건강하게 자라기를 바라고 성인에게는 이 어린이들을 바르게 이끌 성숙한 자세를 요구하고 있다. 결국 소천이 의도하는 바는 성인의 도움으로 어린이들이 사회의 건강한 구성원으로 성장하는 것이라고 할 수 있다.

한 가지 짚고 넘어가야 할 것은 이러한 작품 경향이 어떻게 형성되었나 하는 문제이다. 일부에서 이야기하듯 당시 지배 담론과의 밀착 관계의 결

---

17) 「이런 어머니」는 교학사 『강소천 아동문학전집 3 나는 겁쟁이다』에 실려 있으나 생전에 소천이 출간한 동화집이나 선집에는 실려 있지 않음으로, 또 「해바라기 피는 마을」은 장편임으로 본고의 연구 대상에서 제외되었으나 '모든 어린이가 내 아이가 될 수 있다'는 성인의 각성을 요하는 작품이라 간단히 언급한다.

18) 1957년 공포된 <대한민국 어린이 헌장>은 1988년 제66회 어린이날을 맞춰 전문과 전11항의 본문으로 개정 공포된다.

과로 이해하는 것은 숙고를 요구한다하겠다.[19] 왜냐하면 원종찬이 지적했듯이 소천은 북한 체제에서 문학 활동을 할 때도 자신의 지주이면서 기독교인이라는 불리한 처지에도 불구하고 북한 "정치권력의 나팔수가 되기보다는 아이들이 공감할 만한 인물과 서정적 자아를 작품에 그려 보이고자 힘썼"[20]던 인물이다. 또 일제강점기 때에도 일제가 가장 혹독하게 우리 말과 글을 탄압할 시기, 어느 누구도 한글 출판물을 내지 못할 때 소천은 『호박꽃초롱』(1941)을 발간했다. 이러한 사실로 보아 소천은 외부의 힘에 의해 자신의 의지를 굽히는 사람은 아니라고 보인다. 그런 인물이 월남 후의 생활이 아무리 핍박했다 해도, 사상 검열이 아무리 심했다 해도 자신에 반하는 지배 담론을 그대로 수용했다고 보기는 어렵지 않을까 한다. 그것은 소천의 대쪽 같은 성정에도 어울리지 않는다.[21] 때문에 소천의 단편 사실동화에서 나타나는 교훈성은 당시 지배담론과의 관계에 의해서라기보다는 소천 스스로의 필요에 의해 생산된 것이라 본다.

소천은 전쟁 통에 아버지를 또 어머니를 잃은 아이들을 생각하며 그 아이들에게 들려주고 싶은 이야기를 동화라는 매개를 통해 전하고 있다. 그렇다면 소천의 동화는 실제적으로 또 상징적으로 '아버지의 말'이 된다. 아버지가 부재한 채 자라나는 수많은 이 땅의 아이들에게 소천이 주고자

---

19) 이러한 지적은 원종찬(앞의 논문)이 강소천은 남한 문인단체의 아동문학 분과위원장직을 수행하면서 교과서 집필위원으로 활약하는 등 1963년 작고하기까지 남한 아동문단은 그에 의해 좌우되었다고 하는 평과 이충렬(「1950~1960년대 아동문학장의 형성과정 연구」, 단국대 대학원 박사학위논문, 2014, 214쪽 참조.) 이 소천이 김동리 중심의 한국 문단과 돈독한 교유관계를 유지하며 당시 지배담론과 밀착했다고 하는 평이 있다.

20) 원종찬, 앞의 논문, 30쪽.

21) 소천의 지인들은 소천이 순진하며 솔직하고 꺾어질지언정 휘어지지 않는 성정이라고 입을 모은다. 어효선(「순진·솔직·엄격」, 『강소천문학전집 6 봄이 너를 부른다』, 문음사, 1981, 253쪽)과 박목월(「대보다 더 곧은 소천 형」, 『강소천문학전집 12 짱구라는 아이』, 문음사, 1981, 208쪽)

한 것은 "꿈으로 그쳐 버리는 꿈이 아니오 실현할 수 있는 꿈, 또 반드시 실현해야 한 꿈"이었다. 꿈으로 그쳐버리는 허무맹랑한 꿈이 아니라 현실에서 실현할 수 있는 꿈이었다. 그것을 전달하는 아버지(소천)는 이미 한 사회의 일원이고 그 아버지가 하는 말은 실제적인 아버지의 말이면서 동시에 그 사회 질서에 속한 권위적인 상징의 말이 된다. 이렇게 본다면 소천의 교훈적인 동화, 즉 공동체의 윤리를 형상화하고 성인의 각성을 요구하는 작품은 모든 아이들이 미래 사회의 일원으로 건강하고 밝게 성장하기를 바라는 소천이 실제적 아버지로서 또 상징적 아버지로서 전하는 메시지이다.

III. 구조 분석 : 아버지의 말을 담아내는 방법

1. 인물의 특성

소천의 단편 사실동화에 나타나는 인물들은 몇 가지 요소에서 특징적이다. 먼저 인물의 연령으로 보았을 때 초등 고학년 인물이 많다는 점(25편, 56.6%)과 성인 인물(13편, 28.9%)이 꽤 포진하고 있다는 특징이 있다. 이는 주제 층위에서 '공동체의 윤리'를 피력하고자 한 소천의 내적 요구와 부합하기 때문일 것이다. 또 성인까지 포섭하는 아동문학의 독자층과 관련이 되며 주제 층위에서 나타나듯 '성인의 각성'과도 밀접한 연관이 있다.

다음으로 작중 주요 인물의 가족 형태를 보았을 때 가족 구성원의 부재로 상실을 체험하는 인물이 등장하는 작품은 20편(44.4%)이나 된다. 아버지가 부재한 경우가 14편이고 그 밖의 할아버지, 형 등이 부재한 경우가 6편이다. 이 중 부재의 원인이 6.25와 직접적으로 관련되는 경우는 10

편, 사망인 경우 3편, 부재의 원인을 알 수 없거나 장기 외유인 경우가 7편이다. 이러한 결과는 소천이 단편 사실동화에서 전쟁으로 혼란스러운 당시 분위기를 반영하며 가족의 부재로 상실과 결핍을 겪는 어린이들을 놓치지 않았다고 볼 수 있다. 이러한 인물들을 설정함으로써 소천은 문제 상황에 직면해 상황을 타개해 나가는 인물을 형상화 할 수 있었고 이들을 감싸안는 성인들의 모습을 보여줄 수 있었다.

무엇보다도 소천의 단편 사실동화의 인물 특징으로 가장 두드러진 것은 인물의 성격이다. 주인물의 성격을 현실의 문제에 대응하는 태도에 따라 현실 타개형 인물, 현실 순응형 인물, 현실 역행적 인물로 나누었을 때, 현실 타개형 인물이 등장하는 작품이 37편(82.2%)이나 된다. 현실 타개형 인물은 현실의 문제 상황에 직면해서 어떤 행동을 취하거나 내면의 자각으로 새로운 인식에 도달하는 인물을 말한다. 이러한 인물유형은 "현실 극복의 의지와 희망을 복돋아주어야"[22] 한다는 소천의 인식과 궤를 같이 한다고 볼 수 있다. 이러한 현실 타개형 인물은 직접적인 행동으로 현실을 타개하려는 인물과 자아의 인식 전환으로 현실 문제를 극복하거나 초월하려는 인물[23]로 나눌 수 있는데 후자는 소천 동화의 특징적 인물이라고 할 수 있다.

뜻밖에, 정말 뜻밖이었습니다. 캄캄하던 방 안에 전깃불이 갑자기 팍하고 켜지듯이, 내 머리에는 번쩍 한 가지 생각이 떠올랐습니다.
―저 나무에 와 앉아 아우성을 치는 새는 틀림없이 저 굴 속에 사는

---

22) 강소천, 「한국의 아동은 행복한가―아동문학과 아동」, 『강소천 아동문학가 스크랩북 8권』, 1956.
23) 인식 전환형 인물이 등장하는 작품은 「딱따구리」, 「푸른 태양」, 「꽃신」, 「꽃신을 짓는 사람」, 「남의 것 내 것」, 「크리스마스 종이 울면」, 「영점은 만점이다」, 「나무야 나무야 누워서 자거라」, 「아버지는 살아계시다」, 「어머니의 초상화」, 「어머니 얼굴」 등이다.

어미새일 것이다. 지금 굴 속에 있는 새가 어미새라면 울고 있는 저 새
는 아빠새일 것이고, 지금 울고 있는 저 새가 어미새라면 굴 속에 있는
새는 아빠새일 것이다. 만일 아빠새라면……24)

위에 인용한 「딱따구리」는 1인칭 주인공 시점으로 화자로서의 '나'의
인격적 면모가 구체적으로 드러나며 자신이 체험한 이야기를 하기에 독
자에게 친근감과 신뢰감을 준다. 작중 인물은 아버지 없이 어려운 환경에
서 생활하지만 어머니의 고생을 알고 "아버지 없는 애니까 저렇지!"와 같
은 말을 듣지 않기 위해 모범적인 생활을 하려고 노력하는 인물이다. 이
러한 인물의 면모는 인물의 내적 인식 변화에 당위성을 부여하며 그로인
한 인물의 문제 해결과정을 신뢰하며 지켜보게 한다. '나'와 희성이는 성
격이 비슷하고 생활환경이 어렵다는 점과 아버지가 없다는 공통점이 있
다. 지난 5월 원족을 갔던 솔숲에서 희성이는 딱따구리가 나무 구멍으로
들어가는 것을 보고 구멍을 막고 딱따구리를 잡으려 한다. 그때 '나'는 위
와 같은 인식의 전환을 한다. 희성이가 딱따구리를 놓칠까봐 걱정하던
'나'가 벌레를 문 채 구멍 주위를 맴돌며 울어대는 다른 딱따구리를 보며
"캄캄하던 방 안에 전깃불이 갑자기 팍하고 켜지듯이" 어미나 아비를 잃
은 아기새와 자신을 동일시하는 내면의 자각을 하고 딱따구리를 잡으면
안 된다는 인식을 한다. 이러한 인식의 전환은 희성이에게 자신들의 처지
와 아기 딱따구리의 처지를 비교하게 하여 희성이 스스로 딱따구리를 놓
아주게 한다. '자아와 세계의 서사적 대결'이 인물의 내적 인식의 전환으
로 갈등의 해소, 화합에 이르게 되는 것이다. 이러한 내적 인식의 전환으
로 현실 문제를 극복하는 인물들은 개인적인 갈등해소 차원에서 더 보편
적인 범인간적인 차원으로 나아가기도 한다.

---

24) 「딱따구리」, 『조그만 사진첩』, 앞의 책. 16쪽.

① 마음이 쓸쓸해진 예쁜이 아버지는 이젠 예쁜이 아버지도 아니
지 가만히 앉아 있으면 미칠 것 같아서 자기도 다른 직공들과 같이 신
을 짓기 시작했지. (중략)

② 그런데 신발을 다 지어 놓은 바로 그 날, 웬 어머니가 아이 하나
를 데리고 와서

"얘 발에 맞는 신발 하나만 지어 주세요."

하는 게 아냐. 그래서 아빠는 몇 살인가 물었더니 네 살이라지 않어.

아빠는 문득 예쁜이 생각이 나서

"이거 한번 신어 봐!"(중략)

아빠는 또 꽃신을 만들었지. ①이렇게 열심히 꽃신을 만들고 있는
동안만이 아빠는 마음이 가깝하질 않았어. 예쁜이가 집에 있을 때 일
을 생각하며 꽃신을 지으니까 아빠의 마음 속엔 예쁜이가 함께 살고
있는 거야.

③ 한 켤레를 만들고 나면, 또 새 신을 만들고……. 여러 가지 모양
의 꽃신을 만든 거야. 그러는 동안 세월은 자꾸 혼자 흘러만 갔지.[25]

위에 인용한 「꽃신을 짓는 사람」은 이야기 외부의 초월적 위치에서 모
든 일을 총체적으로 볼 수 있는 3인칭 화자시점이다. 때문에 화자는 수시
로 주석적 서술(①)로 작품에 틈입하며 화자 자신의 시점으로 서술하는
요약서술(③)과 인물시점을 이용하는 장면제시(②)를 반복적으로 드러낸
다. 위의 주석적 서술이나 시점 변화, 성인 주인공과 화자 등의 요소는 독
자에게 거부감이나 혼란을 줄 수 있으나 구어체 서술로 마치 옛 이야기를
듣듯 편안하고 친근하게 독자를 끌어들인다.

결혼한 지 이십년이 넘도록 아기가 없는 부부에게 예쁜 여자아기가 생
긴다. 누군가 마당에 갖다놓은 것이다. 부부는 정성을 다해 아이를 키우
지만 아이가 커 가며 얻어 온 아이라고 놀림을 받게 된다. 이를 속상해한
부부는 서울로 올라와 친구의 신발 가게를 맡아 하게 된다. 그런데 이사

---

25) 강소천, 「꽃신을 짓는 사람」, 『인형의 꿈』, 새글집, 1958. 13~14쪽.

한 지 며칠 안 돼 아이(예쁜이)가 없어진다. 부부는 백방으로 찾았지만 예쁜이를 찾을 수 없다. 그 상실감에 예쁜이 아빠는 꽃신을 짓기 시작한다. 아빠에게 꽃신을 짓는 행위는 예쁜이를 상기하게 하고 느끼게 하는 매개 행위이고 이 매개 행위가 만들어내는 꽃신은 예쁜이의 대리물이며 예쁜이가 대상화된 이미지이다. 꽃신과 꽃신 짓는 행위에 대한 아빠의 인식이 변한 것이다. 이 인식의 변화로 아빠는 상실감을 덜어냈지만 완벽한 문제 해결을 보진 못한다. 꽃신을 짓는 아빠의 행위는 자신만을 위한 것으로 진정한 의미의 현실 극복(세계와의 합일)에는 이르지 못하고 있기 때문이다. 즉 '꽃신 = 예쁜이 · 꽃신 짓는 행위 = 예쁜이와 함께 하는 시간'이라는 등식이 성립되는데, 꽃신이 더 이상 예쁜이의 대상화가 되지 못한다면 '꽃신 짓는 행위 = 예쁜이와 함께 하는 시간'은 성립되지 못하고 '꽃신 짓는 행위'를 더 이상 할 수 없을 때 상실감은 극복될 수 없다. 때문에 이때까지의 아빠의 문제 상황이 완전한 해결을 보았다고 할 수 없다.

꽃신 만들기를 그만두고 나니 아빠는 그만 미칠 것만 같아졌다는 거야. 그럴 게 아냐?
그러나 아빠는 다시 좋은 생각을 했어. 참말 좋은 생각이었지. 만일 아빠가 미처 이런 생각을 못하였다면 아빠는 그만 죽어버리기라도 했을 거야. 그 좋은 생각이 아빠를 살려 준 거야.
"우리 예쁜이는 본시 우리 아기가 아니었다. 남의 아기를 얻어다 기른 거야. 예쁜이는 제 갈 데루 간 거다. 자기 부모를 찾아갔건, 또 다른 사람이 데려다 기르건 그런 게 문제가 아니야. 남의 아기를 위해 난 여지껏 몇 해를 두고 신발을 짓고 있었어. 왜 예쁜이 하나만을 위해 신발을 지어야 하나. 세 살짜리부터 여덟 살짜리까지 신을 수 있는 아니 갓난 아기라도 신을 수 있는 예쁜 꽃신을 만들어야 해. 세상의 모든 어린이가 다 내 예쁜이인 거야!"(17쪽)

꽃신을 더 만들 필요가 없어 꽃신 만들기를 그만두고 났을 때 아빠의 세계는 다시 극한 상실의 세계였다. 그 세계에서 아빠는 미칠 것만 같았고 어쩌면 죽어버릴 수도 있었을 것이다. 그러나 이미 예쁜이를 꽃신으로 대상화할 수 있었고 꽃신을 짓는 행위로써 예쁜이와 함께 할 수 있었던 아빠는 한 번 더 인식의 전환을 한다. 예쁜이는 남의 아이였고 나(아빠)에게는 아이가 없었음으로 남의 아이는 모든 아이이고 모든 아이는 모두 예쁜이라는 인식의 확장이 그것이다. 이로써 아빠는 범인간적인 사랑을 실행할 수 있는 길을 찾고 세계와 합일함으로써 완전한 현실 타개를 하게 된다.

이 외에도 아기 죽음의 비통함을 꿈나라에서의 재결합으로 승화하는 란이 엄마(「꽃신」), 부재하는 어머니나 아버지에 대한 그리움과 현실의 고통을 자신 속에 함께하는 존재로 인식함으로써 극복하는 춘식(「어머니 얼굴」)과 철호(「아버지는 살아계시다」), 「어머니의 초상화」의 춘식, 「푸른 태양」의 종환, 「영점은 만점이다」의 선생님 등이 내적 인식의 전환으로 새로운 삶의 태도를 모색하는 현실 타개형 인물들이다.

흥미로운 것은 현실 순응형 인물(5편, 11.1%)이나 역행형 인물(3편, 6.7%)이 등장하는 작품 또한 현실의 문제에 대한 바람직한 대응방법을 보여준다는 점이다. 현실 순응형 인물은 어떤 행동을 취하지도, 새로운 인식에 도달하지도 못하고 타인이나 상황에 끌려가는 인물을 말하고 현실 역행형 인물은 어떤 행동을 했는데 문제가 해결되지 못하고 더 악화되도록 이끈 인물이다.

대표적으로 현실 순응형 인물인 「도라지 꽃」의 정희는 두 가지 문제에 처한다. 하나는 음악 콩쿠르에 나가게 되었지만 새 옷이 없다는 것이고 또 하나는 콩쿠르 전날 어머니가 맹장염으로 심하게 아프셨고 마침내 수술을 받게 되었다는 것이다. 그러나 이 상황에서 정희는 어떤 행동도 취하지 않고 내면의 자각도 없다. 새 옷은 친구 명순이 준비하고 옷 때문에 명순의 집에서 자게 되면서 어머니의 병환도 모른 채 음악 콩쿠르에 나갔다가 콩쿠르가 끝나고서야 어머니께 달려가 어머니의 수술이 잘 되었다는 것을 알게 된다. 모든 문제는 명순과 상황에 의해 해결된다. 현실 역행형 인물은 「허공다리」 등에서 발견된다. 영길이가 산수를 잘하는 것이 아니꼬운 용수는 산수 시험이 있는 날 꾀병으로 학교를 빠지고 영길이가 가는 길에 허공다리를 판다. 그러나 그 허공다리에 용수가 떨어지고 용수를 업고 의원을 찾아가던 누나와 어머니까지 빠져 다치고 나서야 용수는 잘못을 깨닫는다. 용수는 결말에 잘못을 깨닫기는 하지만 이 깨달음은 문제 해결에 아무런 도움이 되지 않는다. 때문에 이 인물은 현실 역행형 인물이라 볼 수 있다.

위의 두 주인물의 성격은 현실 순응형과 역행형 인물로 분류할 수 있지만, 「도라지 꽃」의 부인물인 명순의 현실 타개적 태도가 눈에 뜨인다. 명순은 정희의 문제에 적극적으로 개입하여 문제 해결을 주도한다. 「허공다리」의 그릇된 문제 해결 방법은 독자에게 반면교사적 깨달음을 준다고 볼 수 있다. 그렇다면 결국 작품 전체로 보았을 때 이 작품들은 주인물이 아닌 부인물을 통해 또 우회적인 방법으로 현실의 문제에 대한 건강한 대응방법을 보여준다고 할 수 있다.

이러한 인물의 특징은 소천이 형상화하고자 하는 '공동체의 윤리'와 '성인의 각성' 구현과 밀접한 관련을 맺으며 구조적 층위에서 작품의 주제를 뒷받침하고 있다.

2. 서두와 결말의 미학

"소설 전달 양식은 서두에서 가장 뚜렷이 표명되는데, 그것은 독자의 상상력이 서술의 실제 양식에 맞추어지는 과정이 그 소설의 첫마디에서 시작되기 때문이다"고 한 슈탄젤의 주장은 주목해야 한다.26) 특히 단편 작품에서 서두의 중요성은 크다. 단편 동화의 서두는 독자의 호기심을 최대한 유발하여야 하며 단편이라는 제약 속에서도 작가의 의도와 독자의 요구를 응축하며 형식의 완결성을 추구해야 하기 때문이다. 즉 서두는 독자를 현실세계에서 허구세계로 끌어들이며 내용과 결말을 내포해야 한다. 이 과정에서 독자의 흥미를 유발하며 지속시키는 것이 관건이다.

소천의 단편 사실동화의 서두27)는 다양한 유형으로 독자의 흥미를 유발한다. 특이한 배경, 독특한 인물, 특별한 소재, 의문이나 의혹을 품게 하는 의문제시 유형으로 나타나는데, 비교적 고른 분포를 보이지만 의문제시 유형28)이 28.9%로 가장 많다.

> 그게 바로 작년 5월 두째 번 토요일이었습니다.
> 나는 그 때 일을 까맣게 잊어버렸댔습니다.
> 나는 문득 그 때 일이 다시 생각났습니다.
> 나는 오늘 그런 새를 보았기 때문입니다.29)

「딱따구리」의 네 문장으로 이루어진 서두는 온통 의문투성이다. "그게 바로 작년 5월 둘째 번 토요일이었습니다"로 뜬금없이 시작된 첫 문장은 독자를 현실 상황에서 단박에 이야기의 상황으로 끌고 들어간다. 그러면서 이어진 둘째, 셋째 문장으로 왜 지금 5월의 그 일을 꺼내는 건지 궁금

---

26) F.K.Stanzel, 김정신 옮김, 『소설의 이론』, 문학과비평사, 1990. 231쪽.
27) 본고의 서두는 발단에 속하며 첫 문장을 포함한 한 문단을 말하는데 경우에 따라 발단을 포함하기도 한다.
28) 의문제시 유형의 서두는 독자의 흥미를 유발하여 독자를 동화의 세계로 끌어들이고 그 흥미를 유지하도록 하는데 탁월하다. 본문의 예를 제외한 의문제시형 서두 작품들은 다음과 같다. 「제일 반가운 편지」, 「옹이와 제비」, 「동화 아닌 동화」, 「남의 것 내 것」, 「누가 누가 잘 하나」, 「메리와 귀순이」, 「꽃신을 짓는 사람」, 「만점 대장」, 「신파 연극」, 「비둘기」, 「도라지 꽃」
29) 「딱따구리」, 앞의 책, 13쪽.

하게 한다. 그리고 넷째 문장을 읽고 나면 무슨 새인지, 그 새와 그 일은 어떻게 연관이 되는지, 도대체 그 일은 무엇인지로 의문은 증폭된다.

> 송이는 또 연이 날리고 싶어졌습니다. 그러나 송이에겐 연이 없습니다.
> 언니 웅이에겐 연이 있지만, 웅이는 제 연엔 손도 못 대게 합니다.[30]

「송이와 연」도 마찬가지다. 송이는 연을 날리고 싶은데 연이 없다, 그럼 송이는 어떻게 할까 궁금해지는데 언니에겐 연이 있다고 한다. 그렇지만 언니는 제 연엔 손도 못대게 한다. 송이는 어떻게 할까? 연을 날리고 싶은 마음을 참을까? 언니 연에 손을 댈까? 언니는 제 연에 손도 못 대게 하는데 어떻게 날릴 수 있을까? 등등 의문은 꼬리를 물며 이어질 내용과 결말까지 그려진다.

이렇게 소천의 서두, 쉽고 간명한 몇 문장[31]은 독자의 흥미는 물론이고 작품의 내용과 결말까지 추론하게 한다. 나아가 결말과의 유기적인 연계로 단편의 미학을 창출한다. 단편 사실동화 45편 중 32편에서 서두와 결말이 매우 유기적으로 관련되어 있음을 볼 수 있다.[32]

> "아기 아버지께!
> 세상에 나서 처음으로 당신을 이렇게 불러 봅니다. 당신이 아기 아버지가 된 것 같이 나도 인젠 아기 어머니가 되었습니다."
> 이렇게 란이 엄마는 란이 아버지에게 편지를 쓰기 시작했습니다.

---

30) 강소천, 「송이와 연」, 『종소리』, 대한기독교서회, 1956. 63쪽.
31) 소천의 문장에 대해서는 많은 연구자들이 우리 아동문학가들의 문장 중에서도 모범적이라 평가한다. 대표적으로 박목월(「해설」, 『강소천 아동문학 독본』, 을유문화사, 1961, 5쪽.)과 이원수(앞의 글, 76쪽.)가 있다.
32) 서두와 결말의 연계성을 살폈을 때 그 유기적 연계성이 높은 작품이 32편(71.1%), 보통인 작품이 9편(20%), 연계성이 빈약한 작품이 4편(8.9%)이다.

(중략)

편지를 다 써서 봉투에 넣고 봉한 뒤 힘없이 붓을 놓은 엄마는 남편의 사진 앞에 서서,

"란이 아빠!"

이렇게 가만히 불러 보았습니다.

아마 이게 정말 마지막으로 란이 엄마가 자기 남편을 아빠라는 이름을 붙여 불러 본 겐지도 모릅니다.33)

「꽃신」은 란이 엄마를 초점화한 3인칭 인물시점으로 서술되는데, 란이 엄마와 아버지가 주고받는 편지를 근간으로 한다. 서두는 란이 엄마가 일선에 있는 란이 아버지에게 첫아기를 얻었음을 알리는 편지 첫 부분이고 결말은 란이의 죽음을 알리는 편지를 다 쓰고 난 뒤의 란이 엄마의 모습과 생각으로 마무리 짓고 있다. 형식적으로는 편지의 첫 부분으로 시작해서 "편지를 다 써서 봉투에 넣고 봉"하는 것으로 서간체의 형식적 완결성을 보여준다. 또 내용적으로는 아기의 탄생을 알리며 시작하고 "남편을 아빠라는 이름을 붙여서 불러 보는 마지막"이 될지도 모른다고 서술하는 것으로 편지에 적은 아기의 죽음을 다시 한 번 우회적으로 언급하며 전쟁으로 인한 불안한 미래까지 함축한다.

사변으로 집들이, 때 아닌 서리를 맞아 무너지고 타 버린 뒤 빈터에는 기왓장들만이 널려져 있었습니다.

웬일인지 전에는 사람들이 많이 살던 이 곳에 아직도 새 집들이 세워지질 않은 채 빈터대로입니다.

(중략)

춘식은 다시 두 눈을 감았습니다.

처음 느껴 보는 부드러운 손길 다시는 못 돌아올 정말 어머니가 대신 보낸 준 어머니라고 생각했습니다.

---

33) 「꽃신」, 『꽃신』, 앞의 책, 24~35쪽.

"아가! 무척 어머니가 보고 싶지? 그렇지만 넌 어머니를 이 세상에서 찾아선 안 돼! 네 어머니는 네 마음 속에 있어. 아니 네 눈 속에, 네 머리 속에, 네 손 발에 있어. 네 몸과 마음 그 속에 네 어머니는 함께 살고 있어!"

　낯 모를 어머니는 이런 뜻의 긴 이야기를 들려주고 가 버렸습니다.

　이 일이 있은 뒤로부터 춘식이는 다시 이 곳에 나오질 않았습니다. 나와도 소용이 없었습니다. 빈터에는 새 집들이 다시 섰기 때문입니다.[34]

　「어머니 얼굴」은 사변으로 무너지고 타 버린 쓸쓸한 빈터를 묘사하며 시작한다. 이러한 빈터의 분위기가 돌아가신 어머니를 그리워하는 춘식의 내면과 연계되어 작품의 주조를 형성하는 가운데 이 공간은 춘식이 무너진 담 벽에 어머니의 얼굴을 그림으로써 어머니를 느끼는 공간이기도 하다. 이렇게 공간을 안내하며 시작된 작품은 같은 공간에 대한 언급으로 끝맺는다. 그러면서 '다시 이 곳에 나오질 않았습니다'라는 서술로 춘식이 더 이상 외부에서 어머니를 찾지 않을 것을 암시함과 동시에 쓸쓸함이라는 작품 분위기의 반전도 내포한다. 즉 낯선 어머니의 따뜻한 손길과 충고로 춘식이 한 단계 성장함을 암시하는 함축적 의미도 보여주는 것이다.

　이러한 소천 서두와 결말의 유기적 관련은 단편이면 의례히 갖추어야 할 형식미를 뛰어 넘는다. 독자의 흥미를 유발하는 서두, 서두와 유기적 연계성을 지닌 결말로 작품의 형식미를 추구하며 함축적 의미까지 더해 작품을 웅숭깊게 만들기 때문이다.

　3. 그 밖의 다양한 구조 실험

　김용희는 소천이 "한국 창작동화의 서술구조의 확장과 서정적 기법을

---

34)「어머니 얼굴」, 『강소천소년문학선』, 앞의 책. 129~138쪽.

통한 문학적 구성 원리에 크게 기여한 작가"[35]로 평한다. 물론 이 같은 평은 소천의 환상적 기법의 동화를 중심에 둔 평가이다. '교육적 아동문학', '효용의 문학'이란 폄하로 간과되었지만 소천의 사실동화에서도 단편동화의 미학은 뚜렷한 성취를 보인다.

먼저 시점을 살펴보면 소천의 사실적 단편 작품 중 1인칭 시점은 5편, 3인칭 시점은 모두 40편이다. 이 40편 중에서 화자가 인물의 내면으로 들어가지 않고 보고 듣는 것만 서술하는 3인칭 목격자 시점이 2편이고 나머지 38편은 사건에 맞닥뜨린 한 인물이나 여러 인물의 시각에서 이야기를 전하는 3인칭 인물시점과 3인칭 화자시점이다.

소천은 실제적으로 또 상징적으로 아버지의 말을 전하고자 했다. 아버지의 말을 전하기 위해서는 외부에서 총체적으로 사건을 보며 어린이들이 사건과 인물을 바르게 이해하도록 조정하는 권위적이며 지혜자인 화자가 효과적이다. 3인칭 인물시점과 화자시점은 아버지의 말을 전하고자 하는 소천의 의도와 부합하는 시점이라고 할 수 있다. 특이한 것은 3인칭 목격자 시점(「나무야 나무야 누워서 자거라」, 「멀리 계신 아빠」)인데, 3인칭 목격자 시점은 말 그대로 화자가 겉으로 드러나는 것만 옮길 뿐 인물의 내면으로 들어가지 못한다. 때문에 독자 입장에서는 지루할 수 있다. 독자와 인물, 독자와 사건의 동일시를 통한 흥미유발을 중요하게 여기는 동화에서는 쉽게 접근하기 어려운 시점이라고 할 수 있다. 그럼에도 소천은 2작품에서 이 시점을 사용해 이야기를 풀어가고 있다. 작품의 형상화가 잘 되었나 못 되었나 하는 판단 이전에 이와 같은 실험을 한다는 것이 눈여겨 볼만하다.

이 외에도 소천은 단편 사실동화에서 다양한 구조 실험을 한다. 상징적인 제목과 시간서술에 있어서 사전제시 기법, 다양한 문체 등이 그것이다.

---

35) 김용희, 「한국 창작동화의 형성과정과 구성원리 연구」, 경희대학교 박사학위 논문, 2008, 158쪽.

동화의 제목은 처음 인상이자 내용 전체이다. 사람을 만날 때 그 사람의 이름이 제일 먼저 소개되며 결국 그 사람은 그 이름으로 인식되는 것과 마찬가지이다. 독자가 동화를 접할 때 처음 만나는 것이 제목이며 이후 그 동화는 그 제목으로 내용을 환기하게 된다. 때문에 작품의 제목은 "작품의 구체적인 존재나 그 상태를 암시하는"36) 것이면서 작가의 문학관과 개인적 경험이 응축된 미학이다.

소천의 단편 사실동화의 제목을 주의해서 살펴보면 표현면에서 명사형 제목이 주를 이루는 가운데 서술형 제목37)이 눈에 뜨인다. 또 제목이 표상하는 것이 무엇이냐에 따라 분류하였을 때 상징제목이 특이하다. 「홍길동전」이래로 전통적으로 작품의 주요 인물을 내세우는 인물제목은 많이 쓰여 왔고 작품의 대표적인 소재를 제목으로 하는 소재제목, 인물과 소재가 결합된 인물소재제목, 작품의 내용을 함축한 내용제목, 배경을 드러내는 배경제목도 지금까지 많이 쓰이는 제목군이다. 그런데 상징제목의 경우, 모든 작품의 제목은 표상화되고 있다는 점에서 기본적으로 상징적으로 볼 수 있으나 직접적으로 그 상징을 드러내는 제목은 현재의 동화문학에서도 많지 않다. 소천의 경우 8편(18%)의 제목이 상징제목인데 주로 작품의 주제와 관련된 상징적인 표상을 제목으로 한다. 사랑을 갈구하는 보육원 소년 춘식과 춘식의 재능을 알아봐 주고 그림의 세계로 이끄는 화가 아저씨와의 이야기를 담은 「무지개」는 춘식의 아름다운 꿈을 표상한다. 「아버지는 살아계시다」는 아버지의 부재로 인한 결핍을 내면화하여 아버지에게 부끄럽지 않은 아들로, 아내로 살아가겠다는 의지

---

36) 박목월, 『문장의 기술』, 현암사, 1970. 190쪽.
37) 서술형 제목은 1932년 1월 ≪동광(東光)≫ 29호에 발표된 김동인(金東仁)의 「발가락이 닮았다」에서 시작되어 1950년대에 이르면 많은 소설의 제목으로 이용된다. 그러나 1950년대까지의 동화문학에서는 발견하기가 쉽지 않다. 소천의 작품에서는 「누가 누가 잘하나」, 「아버지는 살아 계시다」, 「영점은 만점이다」, 「나무야 나무야 누워서 자거라」, 「크리스마스 종이 울면」 등이 서술형 제목이다.

의 표현이다. 이외에도 「비둘기」, 「그리운 얼굴」, 「크리스마스 종이 울면」, 「동화 아닌 동화」, 「누가 누가 잘 하나」, 「도라지꽃」 등이 상징제목이다. 이러한 상징제목은 작품의 내용이나 주제와 너무 멀어도 이해가 어렵고 너무 가까워도 식상하게 되는 작품 제목에 대한 작가의 끊임없는 탐구의 결과라고 볼 수 있다. 서술형 제목과 상징 제목은 단편 동화의 형식미를 추구한 작가정신의 발현이라 할 수 있을 것이다.

주지하다시피 근대에 들어 소설 시간의 표준적 계기성(normal sequence)은 어긋나는 경우가 많다. 이야기 시간과 담론 시간(서술 시간)의 동일한 진행에 대립되는 개념으로 시간 변조가 있다. 시간 변조에는 두 가지 종류가 있는데 하나는 소급제시이고 다른 하나는 사전제시이다. 소급제시는 현재의 사건이 진행되는 중간에 과거의 사건이 끼어드는 것이다. 주로 사건 이해에 도움이 되는 과거의 어떤 사건을 제시하는데 단편 동화에서는 현재−과거−현재의 구성을 취한다. 소천의 단편 사실동화에서는 모두 15편의 작품이 이에 속한다. 사전제시는 시간 순서상 뒤에 일어 날 일을 미리 제시하는 것이다. 주로 다음에 일어 날을 제시하기에 독자는 무슨 일이 일어나는지 보다 왜, 혹은 어떻게 일어나는지에 관심을 갖게 된다. 이러한 시간 변조는 구성상의 변화를 주어 독자의 흥미를 유발하고 유지하기 위한 방법인데 소급제시가 빈번한데 비해 사전제시는 드문 편이다. 소설에 비해 동화에서는 이러한 시간변조가 흔하지 않다. 특히 사전제시의 경우는 매우 드문 편이라 볼 수 있다. 소천의 사실동화에서 이러한 사전제시[38]가 드물지 않게 나타난다.

"그에 귀순이는 한 선생 댁을 쫓겨나고 말았습니다."로 시작하는 「메리와 귀순이」의 서두는 사전제시이다. 귀순이가 식모 일을 하는 한 선생 댁을

---

38) 사전제시가 나타나는 작품은 위의 예 외에 「딱따구리」, 「비둘기」, 「아버지는 살아계시다」, 「칠녀라는 아이」 등이다.

쫓겨난 일을 먼저 제시하며 시작한다. 독자는 자연스럽게 귀순이가 누군 지, 왜 쫓겨나는지, 그래서 어떻게 될지 등에 대해 궁금증을 가지고 읽기 시 작한다. 이러한 궁금증은 앞으로 벌어질 일에 대해 추론하게 하고 초점을 모으게 한다. 이렇게 동화에서의 사전제시는 독자의 흥미를 유발하고 유지 하기 위한 방법이면서 동시에 독자의 읽기 초점을 암시하는 기능도 한다.

이 외에 소천의 구조 실험은 문체에서도 드러난다. 문체에서는 서간체 (「꽃신」, 「조그만 사진첩」, 「제일 반가운 편지」, 「꼬마 산타의 선물」 등), 구어체(「인형과 크리스마스」, 「가사선생」, 「꽃신을 짓는 사람」 등), 독백 체(「남의 것 내것」, 「꽃신을 짓는 사람」 등) 등의 다양한 문체로 작품의 효과적인 형상화에 골몰한다.

이렇듯 소천은 작품 속에서 다양한 구조 실험을 하며 작품의 분위기를 축조하고 독자의 흥미 및 사고를 촉진하며 다양한 각도에서 현실을 반영 하고자 했다. 이러한 구조 실험은 서두와 결말의 유기적인 통일성과 더불 어 단편 동화 문학의 미학성 확보에 초석이 되었다고 할 수 있다.

IV. 결론

지금까지 소천이 수많은 단편 사실동화에서 무엇을 어떻게 말하고 있 는지를 살펴보았다. 이는 곧 소천이 어린이에게 주고자 했던 "실현할 수 있는 꿈, 또 반드시 실현해야 한 꿈"이 무엇이며 그것이 그의 단편 사실동 화에서 어떻게 형상화되었는지를 찾는 것이다.

흥남철수 때 단신으로 월남하여 황폐한 시대를 아프게 살아낸 소천은 단편 사실동화를 통해 어린이에게는 동심을 간직한 채 공동체의 윤리를 지켜내어 심신이 건강하고 아름다운 미래사회의 구성원이 되기를 바랐다. 이것이 소천이 어린이에게 주고자 한 꿈이었다. 이 꿈을 이루기 위해 성인의 역할이 중요해지는데, 소천은 그의 단편 사실동화에서 성인에게 어린이들을 진정한 사랑으로 품어 안으라고 요구한다. 이러한 소천의 의도이자 어린이에게 주고자 하는 꿈은 소천이 실제적으로 또 상징적으로 전하고자 한 아버지의 말이었다.

이를 위해 소천은 다음과 같은 단편 사실동화의 구조를 취한다.

첫째, 작중 인물을 구현함에 있어서 소천은 초등 고학년 아동과 성인을 주요인물로 설정했다. 이는 주제 층위에서 '공동체의 윤리'와 '성인의 각성'을 피력하고자 한 소천의 의도와 계합하기 때문이다. 작중 인물의 가족 형태를 따져보면 가족 구성원 중의 누군가가 부재한 부재 가정이 절반 가까이 되는데, 이는 전쟁과 전쟁으로 인한 혼란스러운 당시 분위기를 반영하며 가족의 부재로 상실과 결핍을 겪는 어린이들을 놓치지 않았다고 볼 수 있다. 인물의 성격을 보면 현실 타개형 인물이 많다. 주목해야 할 점은 현실 타개형 인물 중 내적 인식의 변화로 현실을 타개하는 인물이 두드러진다는 점이다. 성인이 내적 인식의 변화를 보이는 경우는 주제 층위에서 성인의 각성 요구하는 작품이 되기도 한다. 이러한 인물 특징은 '현실 극복의 의지와 희망을 복돋아주어야' 주고자 했던 소천의 의도를 피력하기 위한 것이며 구체적으로 '공동체의 윤리'와 '성인의 각성'이라는 주제를 형상화하기 위한 전략이라 할 수 있다.

둘째, 구성에 있어서 소천은 다양한 서두로 독자의 흥미를 유발하며 서두와 결말과의 유기적인 연계로 단편의 미학을 창출한다. 단편 사실동화 45편 중 32편에서 서두와 결말이 매우 밀접하게 관련되어 있음을 볼 수 있다.

셋째, 위에서 언급한 인물과 구성 외에 소천은 다양한 실험을 하며 동화미학을 추구했다. 시점에서 소천은 아버지의 말을 전달하기 위해 권위적인 3인칭 시점을 주로 사용했고 동화문학에서는 보기 어려운 3인칭 목격자 시점도 두 작품에서 발견된다. 제목에서 서술형 제목과 작품의 주제와 관련된 상징 제목이 눈에 뜨이고 시간 순서상 뒤에 일어 날 일을 미리 제시하는 사전제시를 적용하는가 하면 다양한 문체도 사용했다.

이러한 다양한 동화 형식에 대한 탐구는 아버지의 말로 형상화되는 주제적 측면의 교훈성을 극복하여 문학성을 성취하려는 소천의 탐색이라고도 볼 수 있다.

1950년대 전후 민족의 재건기에 소천은 단편 사실동화를 통해 실제적이며 상징적인 '아버지를 말'을 어린이의 생활과 의식 속에 불어넣어 어린이들에게 꿈을 주고자 했다. 소천의 단편 사실동화들은 아버지의 말을 전하고자 했던 그의 의도를 내포하며 어린이와 성인에게 각자의 자리에서 그들의 주도적인 역할을 강조했다. 그럼에도 불구하고 있는 그대로의 동심을 형상화한 작품들, 또 공동체의 윤리나 성인의 각성을 요구하는 작품들 중에서 문학성을 확보한 작품들을 간과할 수는 없다. 이 동화들에 대한 정당한 평가가 필요하다고 판단되며 더불어 소천이 탐색했던 동화 형식의 미학도 평가되어야 한다고 본다.

강소천 동화에 나타난 장자(莊子)사상

─꿈을 소재로 한 작품을 중심으로

강 은 모

1. 서론

꿈과 상상력은 동화를 이루는 주요한 요소 중의 하나이다. 동화의 주요 독자층인 아동들에게 있어 꿈과 상상의 세계는 초현실적 가상의 세계가 아니라, 바로 현실 그 자체가 되기도 한다. 강소천 동화의 창작원리는 이러한 동화의 본질을 충실히 반영한다. 「꿈을 찍는 사진관」, 「꿈을 파는 집」, 「인형의 꿈」, 「노랑나비의 꿈」, 「꼬마들의 꿈」, 「8월의 꿈」, 「커다란 꿈」 등의 제목에서도 알 수 있는 바와 같이 그의 많은 작품들은 꿈을 소재로 하여 쓰여졌다. 그는 자신의 동화를 통해 실재적인 꿈과 인간 내면에 잠재된 꿈을 적절하게 조화시키는 방법으로 현실의 불균형을 회복하여 밝은 미래를 지향하고자 했다.

강소천 동화가 다루고 있는 꿈의 세계에 대해 남미영은 "자기 충족의 세계와 성숙의 세계를 함께 제시한 것"[1]으로 보았고, 김용희는 "강소천 문학에 나타난 꿈은 플롯에 의한 동화의 분위기를 조성하는 주제적인 문제보다는 상징성을 유발하는 기법상의 문제로 보아야 하며, 꿈에 함축된 상징적 의미로 새의 꿈을 통해 발현된 자유의 정신과 어머니 꿈을 통해 드러내는 희망의 정신, 변신의 꿈을 통해 깨닫는 사랑의 정신"[2]으로 파악했다.

꿈의 실체를 밝히고자 하는 시도는 고대에서부터 있어왔다. 호머는 꿈을 신들에 의해 보내진 자립적인 것으로 보았다. 그러나 아리스토텔레스는 꿈의 형상이 깨어있을 때의 감각적 인식들의 잉여물이라고 생각했다. 아우구스티누스는 꿈을 경험에 관련된 '자연스러운 꿈'과 선한 신과 악한 영혼들에 의해 발생한 '초자연적 꿈'으로 구분하기도 했다. 데카르트는 인식적 차원에서 삶 전체가 혹시 꿈은 아닌가 하는 의문을 제기하였다. 칸트는 꿈을 내적인 기관들이 상상력에 의해 자연스럽게, 그러나 비의도적으로 작용하는 것이라고 보면서 꿈의 작동 가능성을 상상력에서 찾았다. 낭만주의에서 꿈은 현실과 대립되는 세계이다. 노발리스는 꿈이 사람을 삶의 규칙성과 일상성으로부터 보호해주는 울타리이며, 얽매인 환상을 자유롭게 회복시키는 일이라고 주장했다.[3] 현대에서 꿈과 연관해 가장 빈번하게 거론된 서구의 이론가는 프로이트이다. 그는 꿈을 기억의 형식으로 보았으며, 그런 이유로 어린 시절을 꿈의 중요한 원천 가운데 하나라고 주장했다.

동양에서는 꿈을 징조, 원망 표출, 영혼 유람(遊覽)의 관념으로 생각했다. 꿈에 대한 이러한 관념은 고대설화나 소설에 무수하게 많이 수용되어 왔다. 한국 고전 문학사를 예로 들어보면,[4] 13세기에 나온 『삼국유사』의 「조신전」, 신라 말기 작품으로 추정되는 『수이전』의 「최치원전」, 15세기

---

1) 남미영, 「강소천 연구」, 숙명여자대학교 석사학위논문, 1980, 77~79쪽.
2) 김용희, 「소천동화에 나타난 꿈의 상징성」, 『한국아동문학작가작품론』, 서문당, 1991, 210쪽.
3) 전동열, 「문학적 상상력으로서의 '꿈'」, 『독일언어문학』 25, 독일언어문화학회, 2004, 338~339쪽.
4) 김미령, 『몽유모티프를 중심으로 한 환상성 연구』, 문학들, 2010, 28~53쪽.

에 출현한 김시습의『금오신화』, 16세기와 17세기 말엽 사이에 유행했던 신광한의『기재기이』를 포함한 몽유록 등 무수히 많은 작품들이 존재한다. 이와 같은 작품들의 기저에는 불교나 도교 사상이 주를 이루고 있었다.

흔히 노장사상이라 일컫는 도교 사상의 큰 줄기로 장자(莊子)를 들 수 있다. 장자의 사상을 한마디로 정의하기는 어렵지만, 무위자연이라는 도가사상의 출발점이자 도달점을 중심으로 생각해보면, 무조건적 정신의 자유를 지향하고자 했던 것으로 보여진다. 특히 그의 저서『장자(莊子)』[5]의「제물론」에 실린 <호접몽>은 꿈과 현실의 경계를 구분짓지 않으려 했던 환몽문학의 동양적 사유를 가장 극명하게 드러내준다.

앞서도 짧게 언급했지만, 김용희는 소천 문학 속의 꿈이 인간의 욕망 충족적 삶의 측면에 관련되기보다 인간의 궁극적 존재에 대한 물음이거나, 찾음이란 탐색 과정 속에서 필연적인 삶의 문제로 떠올린 서사적 장치라고 보았다.[6] 본고는 소천 문학 속의 꿈을 인간의 궁극적 존재에 대한 물음이라고 정의한 김용희의 의견을 바탕으로 그것을 조금 더 확장하여 장자 사상과 연결지어 생각해보고자 한다. 소천의 문학 역시 한국문학사의 큰 자장 아래에서 생성되었다면,『금오신화』,『삼국유사』등의 기저에 놓여있는 동양적 사유 방식에서 크게 벗어나지 않았으리라는 추측을 해 볼 수 있기 때문이다.

2. 전쟁 체험과 장자 사상의 연관성

강소천 동화의 대부분은 6 · 25 전쟁 체험을 바탕으로 하여 쓰여졌다.[7]

---

5) 현존하는 장자는 33편으로, 내편 7, 외편 15, 잡편 11로 나누어져 있다. 내편은 장자 학설의 총령이고, 외편은 내편의 주해이고, 잡편은 잡기이다. 장자를 연구하는 사람들은 내편이 장자 사상의 정수라고 인정한다.

6) 김용희, 앞의 글, 211쪽.

7) 이는 강소천의 동화집이 거의 대부분 1950년대와 60년대 초반에 출간된 사실을 보

그가 실제로 경험했던 가족과의 생이별, 그가 목격한 많은 고아들의 비참한 실상, 휴전으로 결국은 갈 수 없었던 고향에 대한 그리움과 절망감 등은 그에게 근원적 상실감과 고통을 안겨 주었으리라 미루어 짐작해 볼 수 있다.

그러나 강소천은 이러한 전쟁 체험을 그의 동화 속에서 사실적으로 그려내지 않는다. "전쟁이 가져다 준 내성화된 후유증을 드러내고 또 수습할 뿐이다. 그것은 강소천이 전쟁 이후 피폐한 사회 상황에 대한 수습의 과정만을 문학적 대상으로 문제 삼고 있음을 말해 주는 일례이다. 곧 상실 의식을 아픔 그 자체로 드러내고자 한 것이 아니라 찾음이라는 인과적 논리성으로 새로운 생성의 방식을 마련하고자 했던 것이다. 강소천의 동화에서는 그래서 잃어버린 과거를 현재적으로 되돌리는 회복의 원리나 현재 속에 자재해 있는 상처의 근원을 치유하는 극복의 한 방법으로 모든 인물이나 플롯이 설정되어 있다."8)는 김용희의 해석은 강소천 동화에서 전쟁 체험이 어떻게 형상화되고 있는지에 대한 일례를 보여주고 있다.

전쟁 체험을 동화로 형상화하는 데 있어 보다 근원적이고 존재론적인 문제를 담고자 했던 강소천의 방식은 그의 작품과 장자 사상의 연관성을 어렵지 않게 유추해 낼 수 있게 한다.

장자 사상의 출발점이자 도달점은 무위자연이다. 제자백가의 세속적 태도에 환멸을 느낀 장자는 욕심을 버리고 자연과 가장 닮은 삶을 강조하였다. 장자의 <대종사>편에 나오는 "자연은 우리에게 모습을 주고, 삶을 주어 수고하게 하고, 늙음을 주어 편안하게 하며, 죽음을 주어 쉬게 한다."9)는 구절은 삶과 늙음, 죽음까지 모두 자연의 일부로 보고자 하는 장

아도 미루어 짐작할 수 있다. 『조그만 사진첩』(1952), 『꽃신』(1953), 『진달래와 철쭉』(1953), 『꿈을 찍는 사진관』(1954), 『종소리』(1956), 『무지개』(1957), 『인형의 꿈』(1958), 『꾸러기와 몽당연필』(1959), 『대답없는 메아리』(1960), 『강소천 아동문학독본』(1961). (김용희, 앞의 글, 212쪽 참조.)
8) 김용희, 앞의 글, 215~216쪽.
9) 장자, 조수형 역, 『장자』, 풀빛, 2005, 181쪽.

자의 자연관을 가장 잘 대변해 준다. 이는 전쟁으로 인한 숱한 죽음과 상실감을 겪어야 했던 강소천에게 하나의 치유법으로 제시될 수 있다. 죽음과 이별을 상실로 받아들이지 않고, 자연의 일부로 받아들인다면 전쟁 체험의 고통스런 기억 역시 조금은 극복되어 질 수 있었을 것이다.

장자 사상의 또 다른 핵심은 만물제동(萬物齊同)이다. 장자는 만물이 생김새는 제각각이어도 하나하나의 가치는 모두 같다고 생각했다. 즉 모든 사물의 가치를 정하고 구별을 짓는 행위는 인간의 주관일 뿐 사물이 본래 갖고 있는 보편성은 아니라는 말이다.10)

전쟁 체험을 통해 강소천은 좌 · 우익의 극렬한 이데올로기의 대립을 목격했다. 차이와 다름을 조금도 인정하지 않고 오직 내 생각만이 옳다는 지독한 편견은 결국 양쪽 모두에게 참혹한 비극을 안겨주는 결과를 가져왔다. 장자에게 있어 인간을 포함한 모든 사물은 자기임과 동시에 남이기도 하며, 남임과 동시에 자기이기도 하다. 이러한 맥락에서 본다면 자기와 남뿐만 아니라 이것과 저것의 대립 관계도 있을 수 없으며, 모든 사물은 존재의 근원인 도로써 하나로 통일된다.11) 따라서 휴전으로 인해 여전히 끝나지 않은 비극을 극복할 수 있는 대안을 장자 사상에서 찾을 수 있다고 할 수 있다.

3. 생사(生死), 대소(大小), 시비(是非)의 평등

꿈을 소재로 한 강소천의 동화에는 생사(生死), 즉 삶과 죽음의 경계를 자유롭게 넘나들고 있는 장면이 많이 등장한다. 이것은 물론 6 · 25 전쟁

---

10) 장자, 앞의 책, 183쪽.
11) 장자, 위의 책, 184~185쪽.

으로 인해 가족과의 이별이라는 지울 수 없는 상처와 상실감을 안고 살아가야 했던 많은 어린이들을 위한 강소천 나름의 위로의 방식이었을 것이다. 강소천 본인도 북에 가족을 남겨두고 단신 월남을 해야 했던 아픈 사연을 가지고 있는 사람이었으니, 가족에 대한 그리움을 꿈속에서라도 풀고자 하는 마음이 누구보다도 더 절절했을 것이다.

삶과 죽음의 경계를 자유롭게 넘나들고자 했던 강소천의 작품 세계는 장자의 사상과 그 본질에 있어 맥이 닿아 있다. 장자에 따르면, 현상 세계 속의 모든 개별자들은 '삶/죽음', '크다/작다' 등과 같은 대대(待對) 개념[12]의 규정을 받고 있다. 그렇지만 무한한 전체의 입장에서 보면, 모든 개별자들에게는 자신보다 더 큰 것, 자신보다 더 작은 것이 있다는 것을 알 수 있고, 또 살아있다는 것도 끝내는 죽게 되고, 없던 것도 다시 태어나게 된다는 것을 알 수 있다는 것이다. 이런 무한한 전체의 입장에 따르면 이 현상 세계는 하나의 유동하는 전체이며 대대관계로 현상하는 무엇이다.[13] 따라서 삶과 죽음도 유동하는 전체의 변화과정에 지나지 않기 때문에 좋고 싫음의 문제가 아니라 자연스러운 개별자의 한 변화에 지나지 않는 것으로 받아들일 수 있는 것이다.

---

12) 대대(待對) 개념에 대한 통찰은 소쉬르로 대표되는 구조주의 언어학과도 연결될 수 있다. 소쉬르는 언어에서의 의미는 세계로부터 오는 것이 아니라 주어진 언어 체계 안의 말들 사이에 존재하는 차이를 통해서 오는 것이라고 이해한다. 그에 따르면 기표들은 기의들에 의해서가 아니라 다른 기표들에 의해서 정의된다. 이런 차이들은 두 가지 방식으로 온다. 첫 번째는 음성적 차이의 방식인데, 예를 들어 "cat"가 "cat"인 이유는 그것이 "bat"나 "rat"가 아니기 때문이다. 소리에서의 이런 보잘것없는 차이들이 의미에서의 심각한 차이를 만든다. 그러나 소쉬르가 지적한 더 중요한 통찰은 차이의 두 번째 형식, 즉 개념적 차이에 있다. 세계는 어떤 자연스런 방식으로 분할되지 않는다. 세계의 분할은 단지 인간들이 언어를 통해 세계를 분할할 때에만 발생한다고 생각한다. 우리가 "작다"라고 부르려고 하는 것들과 비교하기 전에는, 자연스럽게 "큰" 사물들은 존재하지 않는다. 말뿐만 아니라 개념 자체도 "언어는 자의적 산물이고 필연적으로 그 언어 외부에서는 존재할 수 없다"(강신주, 『장자의 철학』, 태학사, 2004, 80쪽.)

13) 강신주, 위의 책, 78~83쪽.

강소천의 작품 중에서 이러한 사상이 반영되어 있는 작품으로 「민들레」, 「찔레꽃」을 꼽을 수 있다. 두 작품의 공통적 내용은 돌아가신 어머니를 꿈에서 만나 그리움을 달랜다는 것이다. 「민들레」는 어머니가 살아계셨을 적에 어머니의 금단추를 몰래 빼내어 놀다가 잃어버린 일에 죄책감을 가지고 있는 아이의 이야기이다. 꿈에서 단추를 달지 않은 저고리를 입고 나타난 어머니의 모습을 본 아이는 금단추처럼 보이는 민들레꽃을 꺾어 꽃병에 꽂아놓는다. 그리고 그날 밤 꿈에 예쁜 금단추를 단 저고리를 입은 어머니의 모습을 보게 된다.

　　　　몇 날이 못 되어, 병에 꽂은 민들레는 시들어 버렸습니다. 그러나 잔디밭에는 수많은 금단추 같은 민들레꽃이 다투어 피었습니다.14)

　　「민들레」에서 삶과 죽음은 들판에 지천으로 피어있는 민들레꽃과 같은 것으로 묘사된다. 어머니의 단추를 대신하고 싶어 꺾어왔던 민들레는 곧 시들어 죽지만, 또 다른 민들레들이 다투어 피어나면서 죽음은 더 이상 상실로만 존재하지 않는다. 즉, 아이에게 있어 어머니의 죽음이 "수많은 금단추 같은 민들레꽃이 다투어 핀" 자연의 일부로 받아들여지게 되는 것이다.

　　　　어머니가 숨으면 좀처럼 찾을 수가 없었습니다. 흰 꽃 그늘에 흰 옷, 어느게 꽃이고 어머니인지를 분간하기가 무척 힘이 든 달밤이었습니다. (…중략…) 그제야 나는 어머니를 찾는 방법을 알았습니다. 어머니의 음성이 들리는 둘레의 꽃에 코를 대고 가만히 꽃 향기를 맡기 시작했습니다. 향긋한 찔레꽃 향기, 그것은 틀림없는 내가 찾는 어머니의 향기였습니다.15)

---

14) 강소천, 「민들레꽃」, 『꽃신을 짓는 사람: 강소천 아동문학전집2』, 교학사, 2006, 123쪽(원본:『종소리』, 대한기독교서회, 1956.).
15) 강소천, 「찔레꽃」, 앞의 책, 302~304쪽(원본:『인형의 꿈』, 새글집, 1958.).

「찔레꽃」에서 '나'의 꿈속에 나타난 어머니는 이미 꽃과 구별이 되지 않는다. 죽음을 통해 이미 자연의 일부분이 된 것이다. '나'는 어머니의 모습을 찾을 수 없어서 안타까워하지만 곧 찔레꽃 향기를 통해 어머니를 느끼게 된다. 자연의 일부분이 된 어머니의 모습을 '나' 역시 인정하고 받아들이게 되는 것이다.

두 작품에서 어머니의 죽음에 대한 상처나 상실감은 직접적으로 드러나 있지 않지만, 죄책감 등의 다른 형태를 통해 간접적으로 드러난다. 그러나 중요한 것은 상처 그 자체가 아니라 어떻게 그 상처를 극복해낼 것인가이다. 강소천은 자신의 동화에서 그 해답을 제시한다. 그것은 바로 남겨진 가족에게 커다란 상실감을 안겨주는 죽음조차도 자연의 일부분으로 자연스럽게 받아들이는 것이다.

꿈을 다룬 강소천의 동화 중에는 종종 변신을 통해 꿈의 세계에 진입하게 되는 장면이 등장한다. 이때 변신의 대상으로 주로 등장하는 사물이 '새'이다. 「꿈을 파는 집」에서 '나'는 고향에 두고 온 가족을 만나러 가기 위해 '새'로 변신한다. 새가 된 '나'에게 38선도 아무런 장애가 되지 않는다. 강소천이 새를 변신의 소재로 즐겨 사용한 데는 창공을 자유롭게 날아다니는 새의 상징성 때문일 수도 있다. 특히 그리움의 대상을 찾아 떠나는 꿈 속 여행에서 거칠 것 없이 날아다닐 수 있는 새의 존재는 변신의 필수 요건이었을 지도 모른다. 강소천에 대한 기존의 연구16)에서는 대부분 이와 같은 '새'가 지닌 '자유로움'의 속성에 초점을 맞춘다.

그러나 본고에서는 이 또한 장자의 만물평등 사상을 반영하고 있는 것

---

16) 김명희는 강소천 동화에 나타나는 '새'가 현실의 세계를 환상의 세계로 인도하는 매개물로서의 상징적 대상물이라고 주장한다. 김명희에 따르면 무의식에서 새는 갑자기 떠오르는 생각이나 사고의 흐름, 공상 등과 연관되어 있다. 새는 영혼, 정신의 고귀함을 나타내는데, 하늘을 자유롭게 날 수 있는 사실이 그러한 이미지를 생성하게 만든 것이라 할 수 있다. 현실에서 결코 누릴 수 없었던 자유롭게 상상하고 꿈꾸는 공간은 작가에게 있어 피안의 세계요, 희망의 세계가 됐을 것이다.(김명희, 「한국동화의 환상성 연구—형성과 전개를 중심으로」, 전주대학교 박사학위논문, 1999, 104쪽.)

으로 파악하고자 한다. 장자에 따르면 만물에는 대소의 차이가 있지만 도의 이치로 보면 대소의 차이가 없다. 지극히 큰 것과 지극히 작은 것은 사람의 눈으로는 볼 수가 없고, 사람의 마음으로는 이해할 수가 없다. "태산이 조그마하니 하늘 아래 아무것도 가을새의 솜털 끝보다 큰 것은 없다. 죽은 젖먹이 어린이의 생명보다 장수한 생명도 없다. 우주와 내가 하나가 되었으니 그 속에 나와 모든 것이 하나이다."[17]라고 말한 장자의 말처럼 만물의 대소는 일종의 상대현상이기 때문에 천지의 입장으로 보면 모든 것은 평등하다.

즉 전체적이고 포괄적인 관점에서 보게 되면 '나'를 포함한 개별자들에게는 결코 불변적인 귀함이나 천함이 없음을 알게 된다. 반면에 부분적인 관점 혹은 자기만의 관점으로 보게 되면 스스로를 귀하게 여기면서 상대방을 천하다고 생각한다. 하늘 아래 새도 인간도 평등한 존재라고 본다면, 인간은 새가 될 수 있고, 새도 인간이 될 수 있다. 인간이 새보다 우월한 존재도 아니고, 새가 인간보다 열등한 존재도 아니다. 강소천 동화에서 '인간→새, 새→인간'으로의 자유로운 변신은 그래서 별다른 논리 없이도 가능해진다.

「술래잡기」는 흰나비와 노랑나비의 술래잡기 놀이를 다룬 짤막한 동화이다. 노랑나비는 흰 꽃 위에 앉았다 금방 들키고 말지만, 흰 나비는 흰 꽃 위에 앉아 들키지 않는다는 단순한 서사 구조를 가진 이야기이다. 그러나 꽃과 나비를 구별할 수 없다는 단순한 진리를 담은 듯 보이는 이 동화의 안을 면밀히 들여다보면 사물의 본질에 관한 깊은 통찰이 숨어있음을 알 수 있다.

무엇이 '꽃'이고 무엇이 '나비'인가. 인간이 '꽃'을 꽃이라 하니 꽃인 것이고 '나비'를 나비라 하니 나비인 것이다. 꽃과 나비라는 본질 자체가 원

---

17) 장자, 안병주 · 전호근 공역, 『장자 1』, 전통문화연구회, 2001, 29쪽.

래부터 분리되어 존재하는 것은 아니다. 그렇다면 꽃을 꽃이라 하는 게 반드시 옳은 것이고, 꽃을 나비라 하는 것이 반드시 그른 것인가. 무엇이 옳은 것이며 무엇이 그른 것인가. 객관적인 절대 불변의 진리라는 것이 과연 존재하는 것인가. 장자에 따르면 사물의 옳고 그름의 문제 역시 삶과 죽음, 크고 작음 등의 다른 문제와 마찬가지로 끝없이 순환되고 변화되는 것으로 일종의 찰나적인 현상에 불과한 것이다.

살펴본 바와 같이, 꿈을 소재로 한 강소천의 동화는 '생사(生死), 대소(大小), 시비(是非)를 포함한 모든 만물은 평등하다'라는 만물제동(萬物齊同)의 장자 사상을 포함하고 있는 것으로 볼 수 있다. 그리고 이것은 꿈과 깨어남, 환상과 현실 사이에도 적용된다.

4. 경계 지을 수 없는 꿈과 현실

꿈을 다룬 보통의 작품들이 '현실−초현실−현실'의 모습이라면,「꿈을 찍는 사진관」,「잃어버렸던 나」 등의 작품은 꿈과 현실의 경계가 불분명하다는 것이 특징이다.「꿈을 찍는 사진관」은 봄 그림을 그리려고 산에 올랐던 '나'가 우연히 꿈을 찍는 사진관을 발견하고 자신의 어릴 적 친구인 순이를 꿈 사진으로 찍게 된다는 내용이다. 여기서 입몽과 각몽의 과정은 뚜렷이 제시되어 있지 않다. 그러나 마지막 부분에 순이의 꿈 사진이 사실은 동화집 갈피 속에 끼여 있던 민들레꽃 카드였다는 것이 밝혀지며 꿈을 찍는 사진관이라는 장소가 환상의 장소였음을 암시해준다.

「잃어버렸던 나」는 '영철'이라는 아이가 자신의 모습을 잃어버리고 다른 아이로 변신하여 여러 가지 고생스러운 경험을 하면서 성숙한 깨달음을 얻는다는 내용이다. 이 작품은 '영철'이가 돌멩이로 이마를 맞는 장면에서부터 꿈이 시작되고, 다시 돌멩이를 맞고 꿈에서 깨어나는 구조로 되어있다. 즉, 비교적 입몽과 각몽의 단계가 뚜렷이 제시되고 있는 것이다. 그러나 작품의 말미에 영철의 어머니 역시 영철이를 잃어버리는 꿈을 꾼 것으로 나타나면서 꿈 장면이 과연 누구의 꿈이었는지[18]에 대한 경계가 모호해진다.

즉, 이것은 꿈에 나비가 되어 즐기던 장자가 깨어나, 나비가 장자인지 장자가 나비인지 분간하지 못했다는 장자의 <호접몽>[19]이 연상되는 부분이다. 여기서 우리가 관심을 가져야 할 내용은 '영철'이가 현존재로서 존재하는 과정의 일부로서 경험한 꿈이라는 환상이 그에게 현실과 전혀 구분할 수 없는 현실감을 주었다는 것이다. 다시 말하여 꿈이라는 통상적 현실과 분리된 환상이 그것이 경험되고 있는 동안에는 엄연한 현실이었으며, 깨어나기 전에는 그것이 꿈이라는 사실을 깨닫지 못했다는 것이다. 그래서 꿈에서 깨어난 '영철'은 꿈속에서 만났던 사람들을 찾아보려고 애를 쓴다. 당연히 비현실로 치부해야 할 것들을 '영철'은 모두 구체적 사물의 변화로 동일선상에서 이해하고 있는 것이다.

장자는 삶과 죽음, 그리고 꿈과 깨어남을 모두 같은 관점에서 보았다. 삶과 죽음은 사계절의 변화처럼 우주의 변화 중에 한 과정에 불과한 것이

---

18) 이에 대해 김용희는 '영철'이가 신문팔이 소년 '만수'로 바뀌어 '경험한 자'이지 '꿈 꾼 자'는 아니라고 주장한다. 즉 만수로 뒤바뀐 영철이가 "나는 내 살을 꼬집어 보았습니다. 아팠습니다. 그러니까 꿈은 아니었습니다"라고 현재의 상황을 확인했듯이 꿈은 영철이 어머니가 꾼 것으로 전치되어 있다는 것이다. 즉 이 작품은 등장인물이 자신의 외모를 잃어버려 새로운 환경을 경험하는 이야기 틀로 짜여 있지만 실은 꿈의 자리바꿈을 통해 자식에 대한 어머니의 불안심리로 환치된 구조라는 것이다.(김용희, 앞의 글, .224~225쪽.)

19) "옛날에 장주(莊周)가 꿈에 나비가 되었다. 펄럭펄럭 경쾌하게 잘도 날아다니는 나비였는데 스스로 유쾌하고 뜻에 만족스러웠는지라 자기가 장주인 것을 알지 못했다. 얼마 있다가 화들짝하고 꿈에서 깨어보니 갑자기 장주가 되어 있었다. 알지 못하겠다. 장주의 꿈에 나비가 되었던가 나비의 꿈에 나비가 장주가 된 것인가? 장주와 나비는 분명한 구별이 있으니 이것을 물의 변화라고 한다."(장자, 안병주·전호근 공역,『장자1』, 전통문화연구회, 2001, 126쪽.)

다. 마찬가지로 꿈이나 깨어남도 그 경계가 뚜렷하지 않다. 사람들은 꿈속에 있을 때 자기가 꿈속에 있는지를 모른다. 꿈은 환상이고, 깨어남은 현실이라는 고정불변의 법칙은 없는 것이다. 물론 꿈은 잠을 잘 때 일어나는 지각현상이고 환상적인 면이 있다. 그리고 그렇게만 보면 꿈은 환상이고 깨어남은 현실이다. 그러나 꿈속에서는 깨어남도 환상이요 꿈속도 현실이 될 수 있다. 꿈속에서 깨어난 후에야 비로소 꿈이었음을 안다.

꿈속에서의 일들이 단순한 환상으로 기능하지 않고 또 다른 현실의 기능을 하는 것은 꿈을 통하여 얻게 되는 깨달음 때문이다. 장자의 '호접몽'에서 꿈에서 깨는 물리적 행위는 의식의 더 높은 수준, 즉 무지로부터의 깨달음에 눈뜨는 것을 가리킨다.

> 내가 사진관 주인에게서 아직 채 마르지도 않은 사진 한 장을 받아들었을 때, 나는 깜짝 놀라지 않을 수가 없었습니다. 그것은 순이와 나의 나이 차이 때문이었습니다. 실제 나이로는 순이와 나는 동갑입니다. 그런데 사진에는 여덟 해나 차이가 있는 게 아닙니까? (…중략…) 분명히 내가 넣었던 곳에서 꺼냈는데, 내가 사진관에서 받아든, 순이와 같이 찍은 사진은 아니었습니다. 그것은 내가 좋아하는 동화집 갈피 속에 끼여 있던, 노란 민들레꽃 카드였습니다.[20]

「꿈을 찍는 사진관」에서 '나'의 내적 각성은 두 단계로 진행된다. 첫째는 사진 속에서 나이를 먹지 않고 있는 순이의 모습을 통해 나이를 먹은 자기 자신의 모습을 깨닫게 되는 것이고, 둘째는 순이의 사진이 사실은 민들레꽃 카드였다는 깨달음이다. 자기 자신의 모습을 깨닫게 되는 것은 '단독자'로서의 자기 자신을 발견하게 되는 것이라 할 수 있다. 장자에 따르면 단독자는 타자와의 충돌과 죽음의 도래라는 인간 삶의 유한성을 정

---

20) 강소천, 「꿈을 찍는 사진관」, 『꿈을 찍는 사진관: 강소천아동문학전집1』, 교학사, 2006, 290~291쪽.(원본: 『꿈을 찍는 사진관』, 송익사, 1954.)

면으로 긍정하고 있는 외로운 주체이다. 단독자로서의 '나'는 타자성을 갖는 타자와 소통해야 하고, 자연사적인 죽음과도 소통해야만 한다. 그것이 유한자로서의 '나'의 숙명이자 한계이기 때문이다. 나이를 먹지 않은 사진 속 순이의 모습에서 거꾸로 나이 먹은 '나'의 모습을 발견하게 되는 것은 바로 이와 같은 우리 삶의 한계를 받아들여야 한다는 깨달음이기도 하다. 순이의 사진이 민들레꽃 카드였다는 사실은 꿈과 현실을 경계 짓고자 하는 서사적 장치이기도 하지만, 나이를 먹지 않고 있는 순이의 모습조차 자연의 한 일부분으로 받아들이고자 하는 내적 자아의 각성으로 풀이해 볼 수도 있다.

> "참, 영철아! 네가 잠깐 딴 데 갔다 왔기 때문에 고생은 무척 했지만, 그게 내게 또 무척 좋은 일이 되었어. 난 그 동안 많은 공부를 했어. 너하고만 늘 같이 있을 때보다는 무척 많은 걸 배웠어. 세상은 여러 가지로 복잡해. 제 생각만 해선 안 되겠어. 남이 되어서 날 볼 줄도 알아야겠어. 다른 사람들의 딱한 사정도 생각해 봐야겠어. 안 그래? 영철아!"21)

「잃어버렸던 나」에서 본래의 모습으로 돌아온 영철이 자기 자신에게 하는 대화의 한 장면이다. 영철은 다른 사람이 되어 갖은 고생을 했던 꿈 속 경험을 통해 좀 더 성숙한 내적 각성의 기회를 갖게 된다. 그리고 그 내적 각성의 가장 큰 깨달음은 타자와의 소통을 통한 삶을 살아가는 것이다. 타자와의 진정한 소통은 타자와 맞닥뜨리는 그 순간 우리의 고착된 자의식을 버릴 수 있을 때에만 가능한 것이다.

영철에게 있어 타자의 발견은 자기 자신의 얼굴을 잃어버렸을 때에 생겨난다. 자기 자신이 비어졌을 때, 타자는 영철에게 타자성을 가진 것으로 들어 온 것이다. 기실 타자성은 존재론적인 것이다. 즉, 그 존재 근거를

---

21) 강소천, 「잃어버렸던 나」, 『잃어버렸던 나: 강소천아동문학전집7』, 교학사, 2006, 71쪽.(원본:『무지개』, 대한기독교교육협회, 1957.)

그 자체로 가지고 있으며, 나와 조우하게 되는 또 다른 나의 외면적 모습이다. 또한 그 존재 근거를 나의 관점에서 바라본 풍경일 뿐이다. 따라서 타자성은 내가 자의적으로 부여한 본질을 제거했을 때에만 드러난다. 그리고 이런 자의적 의미 부여의 해체는 '나'라는 존재가 고착된 자의식의 주체가 아니라 비인칭적이고 유동적인 삶의 주체임을 인식할 때에 비로소 가능한 것임을, 강소천은 「잃어버린 나」를 통해 보여주고 있다.

살펴본 바와 같이 꿈과 깨어남, 환상과 현실과의 경계를 허물면서 강소천이 보여주고자 했던 것은 자신의 유한성뿐만 아니라 타인의 타자성까지도 긍정하는 소통의 가능성이다. 타자와 실제적으로 소통하지 못하고 관념적이고 허구적인 소통을 지향해서 결국 자신들의 유한한 삶마저도 파괴시키는 사태에 있었던 당시의 상황[22]을 고려해 볼 때 이러한 해석은 더욱 설득력을 얻는다.

5. 결론

지금까지 살펴본 바와 같이 강소천에게 있어 꿈은 단지 프로이트 식의 무의식의 욕구표현[23]이 아니다. 강소천에게 있어 꿈은 인간의 궁극적 존재에 대한 물음이자, 무조건적 정신의 자유를 지향하는 것이다. 그리고 이것은 궁극적으로 장자의 사상을 비롯한 동양적 사유를 그 기저에 깔고 있는 것으로 볼 수 있다.

장자는 모든 사물에 대하여 편견과 아집을 배제한 평등한 물론(物論)을 가지고 있다. 즉 생사(生死), 대소(大小), 시비(是非)와 같이 꿈과 현실도

---

22) 강소천의 작품에서 6 · 25의 전쟁 체험은 가장 중요한 모티프이다. 이북에 가족을 두고 단신 월남한 아픈 개인사를 가진 강소천에게 있어 이데올로기의 대립이라는 난제는 꼭 해결하고 싶은 강한 소망이었으리라는 걸 추측해 볼 수 있다.
23) 프로이트, 김인순 역,『꿈의 해석』, 열린책들, 2003, 163~175쪽.

절대평등하다고 생각했다. 삶과 죽음은 사계절의 변화처럼 우주의 변화 중에 한 과정에 불과한 것이다. 마찬가지로 꿈이나 현실도 그 경계가 뚜렷하지 않다. 사람들은 꿈속에 있을 때 자기가 꿈속에 있는지를 모른다. 꿈은 환상이고, 깨어남은 현실이라는 고정불변의 법칙은 없는 것이다. 이러한 물론(物論)을 갖으면 모든 사물이 진실한 경계에 이르게 된다. 즉 물아(物我)가 합일된 최고의 정신 경계에 도달되는 것이다.

꿈과 깨어남, 환상과 현실과의 경계를 허물면서 강소천이 보여주고자 했던 것은 자신의 유한성뿐만 아니라 타인의 타자성까지도 긍정하는 소통의 가능성이다. 타자와 실제적으로 소통하지 못하고 관념적이고 허구적인 소통을 지향해서 결국 자신들의 유한한 삶마저도 파괴시키는 사태에 있었던 당시의 상황을 고려해 볼 때 이러한 해석은 더욱 설득력을 얻는다. 따라서 아동들에게 '꿈'을 주고 싶어서 동화를 쓰기 시작했다는 소천의 말이 지니는 진정성은 보다 차원 높은 사유의 단계에 있는 것이라고 할 수 있다.

강소천 동화의 아동상과 교육관

-'꾸러기'를 중심으로

신 정 아

Ⅰ. 서론

교육의 본질은 영혼의 정화에 있다. 또한 교육은 가르침을 통해서라기 보다는 스스로의 탐구를 통해서 이루어진다.[1] 특히 교육의 주 대상인 어린이는 정신능력·태도 등의 사물을 보는 방식이 성인과 아주 다르며, 바로 그렇기 때문에 어린이의 욕구에서 비롯된 배움만이 참된 교육이라 할 수 있다.[2] 이러한 관점은 어린이만의 사고체계와 생활방식을 무시한 채 강행되는 일방적인 훈련을 비판한다. 이것은 어린이에게 내재되어 있지 않은 욕망까지 강요함으로써, 우리의 어린이를 더욱 고통스럽게 한다. "갓 태어난 인간은 그 자체로 진실, 미와 선의 전범"[3]이라는 톨스토이의

---

1) W.K.C.거스리, 『소크라테스』, 런던 : 캠브리지 대학 출판부, 1971, 127쪽.
2) Rousseau, J. J. 이용철·문정자 역, 에밀Ⅰ, 『Emile ou de l'education』, 서울 나남, 2007, 106쪽 참고.
3) 톨스토이, 이강은 역, 『레프 톨스토이Ⅰ』, 서울:나남, 2006, 387쪽.

말은 어른에 의한 훈련 내지는 가르침이 오히려 때 묻지 않은 순수한 어린이에게 해가 될 수 있음을 제시하기도 한다.

우리나라는 근대에 이르러 어린이의 개념이 정립되었으며, 아울러 근대의 어린이교육은 일제강점기 국권회복운동과 밀접한 관련을 맺고 있다. 방정환의 어린이문화운동 또한 국권회복운동의 일환으로 "일제의 탄압에 못 이겨 의기소침해 있던 우리민족이 희망을 잃지 말고, 자라나는 어린이들을 잘 키워야 한다"[4]는 취지에서였다. 이후 한국아동문학은 어린이문화운동과 더불어 교육적 관점에서 주도되어온 것이 사실이다. 이 시기 "교육적 관점을 작품에 심화시킨 작가"[5]가 소천이다. 그의 작품은 실제 근대태동기 아동문학에 많은 영향력을 행사한다.

강소천 문학에서 꿈을 다양하게 활용한 서술방식이나 서사구조로 살펴보면, 그의 동화문학이 한국 아동문학의 기법적 수준을 한 차원 끌어올리는데 기여했음을 상기시켜준다.[6] 이에 필자는 강소천 동화에 등장한 '꾸러기' 즉, 어린이의 본질적 면모를 추출해 작품의 가치와 의미를 재조명하려 한다. 본 연구는 줄거리 등 작품외적 요소의 교육성 발언에 집중된 기존 논의와 달리, 소천이 내세운 인물의 깊이 있는 탐구를 통해 새로운 시각에서 아동상과 교육관을 고찰한 의미 있는 자료가 될 것이다.

---

4) 방정환, 「세의 신사 제현과 자제를 둔 부형에게 고함」, 『개벽』 33호, 1923, 쪽수 없이 목차 뒤에 실림.
5) 이재철, 『아동문학개론』, 문운당, 1967, 138~140쪽. "로만과 현실긍정의 교육성" 박목월, 「소천형의 작품」, 『잃어버렸던 나』, 서울:배영사, 1963, 225쪽. "아동문학 본질로서의 교육성"
  남미영, 「강소천 연구」, 숙명여자대학교 석사학위논문, 1980, 60~71쪽. "효용의 문학"
6) 김용희, 「강소천 동화문학의 재평가의 필요성」, 『한국아동문학연구』, 한국아동문학학회, 2005, 65쪽.

II. 본론

1. 한국동화에 나타난 아동상의 흐름에서 '꾸러기' 찾기

아동상은 작가가 추구하는 세계관을 표현하고자 한다.[7] 작품에는 작가와 독자가 소통할 수 있는 공통의 아동상이 있고, 더불어 아동들에 대한 기대가 담겨 있다. 한국아동문학의 태동기인 일제 강점기에는 우리 민족이 처한 상황에서 회구하는 아동상과 근대에 유입된 아동상이 동시에 존재하고 있음이 확인된다.[8] 이어 해방공간의 대표적 아동상으로는 단결·우정·우애의 협동적 아동상, 고난극복의 주도적 아동상, 현실고발 아동상, 동심의 순수한 아동상, 내적 변화의 성장형 아동상을 들 수 있다.[9] 일제강점기 혹은 해방기에서 아동상은 '성인으로서의 어린이'를 강요함으로서 "아동의 빠른 성장"[10]을 재촉했다. 또한, 인물의 성격이 우리가 바라는 이상적인 아동상을 나타낼 수 있는지 없는지 그런 비전을 제시하고 있는지가 주요 평가의 대상이 되었다.[11] 동화의 특성 중 하나가 인간성 탐구에 있으며, 어떤 존재를 대상자로서가 아닌 존재 그 자체로 인정하는 것이 필요하다고 볼 때, "이상적인 아동상이 될 수 없는 작가의 꼭두각시 같은 인물"[12]을 내세우는 것은 바람직하지 못하다. 이런 면에서 소천이 제시한 '꾸러기'는 어린이 독자들에게 보다 친근감을 줄 수 있는 아동상인 것이다.

---

7) 정선혜, 「한국 아동소설에 나타난 아동상 탐색」, 『한국아동문학연구』, 한국아동문학회, 2008, 139쪽.

8) 정혜원, 「1910년대 아동매체에 구현된 아동상 연구」, 『한국아동문학연구』, 한국아동문학학회, 2008, 144쪽.

9) 정선혜, 「해방기 소년소설에 나타난 아동상 탐색」, 『한국아동문학연구』26호, 한국아동문학학회, 2014, 113쪽.

10) Elkind, D, 『쫓기며 자라는 아이들』, 김용미 역, 학지사, 2010, 13~14쪽.

11) 이낙규, 「한국 창작동화에 제시된 아동상에 관한 연구」, 『研究報告書』, 春川教育大學附設初等教員研修院, 1968, 23쪽.

12) 이낙규, 위의 글, 39~40쪽

꾸러기의 사전적 의미는 '그것을 나타내는 속성을 많이 가진 사람'이다. '～쟁이'[13]와 마찬가지로 부정적인 단어의 뒤에 붙어 쓰이는 것이 일반적이지만, '귀여운 장난꾼'의 이미지가 강하다.[14] 한국동화에서 꾸러기 캐릭터가 뜬 시기는 명랑물이 독보적으로 인기를 얻은 1980년대이다. 이 시기 잘 팔린 명랑소설 최초의 작품은 『5학년 3반 청개구리들』(최승환, 1985)이다. 이 책은 1985년 4월에 초판이 나오고, 9개월 만에 다섯 판이 나왔다. 이후 이른바 '청개구리 동화'란 것이 여러 출판사에서 나왔다. 명랑 시리즈 『깔깔교실』(한슬기, 1989), 명랑소설 『6학년 3반 돼지클럽』(이상훈, 1989), 명랑소설 『축구 초등학교』(최영재, 1989) 등이 바로 '꾸러기'적 등장인물을 내세운 작품들이다. 그러나 이것은 진정한 문학성을 뒤로한, "얕은 웃음을 파는 문학"[15]이라는 비판을 받게 된다.

하지만 꾸러기 캐릭터를 내세운 작품들이, 당시 잘 팔리던 '명랑물'이라는 이름하에 여러 출판사에서 출간된 것만은 확실하다. 또한 '꾸러기'가 어린이에게 친근감을 주는 등장인물임과 동시에 어린이 독자들의 시선을 사로잡는 제목이 될 수 있음을 말해준다. 이것은 외국동화에서도 쉽게 그 예를 찾아볼 수 있는데, 말썽꾸러기 『피노키오』와 장난꾸러기 『푸우』 등이 폭풍적인 인기를 끈 것에서 꾸러기 캐릭터의 영향력이 확인된다. 실제

---

13) 욕심쟁이 → 욕심꾸러기, 떼쟁이 → 떼꾸러기, 말썽쟁이 → 말썽꾸러기, 심술쟁이 → 심술꾸러기 등. '꾸러기'는 '쟁이'보다 다소 귀여운 느낌을 준다.

14) 꾸러기의 어원은 어원사전에 확실히 밝혀진 바가 없다. '꾸러기'에 대한 후기중세국어 용례도 보이지 않는다. 다만 18세기 문헌인 <역어유해보(譯語類解補)>(1775)의 '빗수럭이'에서 '수럭이'가 처음으로 확인된다. 19세기 말의 <한불자전>(1880)에 보이는 '걱정수럭이, 겁수럭이'의 '수럭이'도 같은 성격이다. 여기서 '수럭이'가 '수럭'에 접미사 '-이'가 결합된 형태이고, '어떤 상태에 휩싸이거나 얽매여 있는 사람'임이 파악된다. 이들 예를 통해 보면 '수럭이'는 이미 이른 시기에 현재와 같이 일부 명사 뒤에 붙어 '그것이 심하거나 많은 사람'의 뜻을 더하는 접미사로서의 기능을 가지고 있었음을 알 수 있다.

15) 이오덕, 『어린이를 살리는 문학』, 청년사, 2008, 196~208쪽 참고.

이동렬의 『꾸러기 탐험대』(1987), 『꾸러기 남매』(1990) 그리고 강정규의 「꾸러기의 그림일기」(1988) 등은 당시 문학성을 인정받으면서 인기를 얻은 작품들이다. 이것은 현대에 이르러 '꾸러기'가 어린이에 한정된 단어로 쓰이면서, 동화에도 등장하기 시작했음을 보여주는 단서이기도 하다. 중요한 것은, 한국동화에서 꾸러기 캐릭터가 인기를 끌기 시작한 1980년대 훨씬 이전인 1950년대에 꾸러기를 중심인물로 내세운 독보적인 작가가 바로 소천이라는 사실이다.

> "꾸러기란 말이 있습니다. 그저 꾸러기라면 잘 모르는지 모르지만 장난꾸러기, 욕심꾸러기, 잠꾸러기, 심술꾸러기, 떼꾸러기, 이꾸러기… 참 많지 않나요? 그러니까 꾸러기라는 말은 그 일에 대하여 대단한 것, 지독한 것, 센 것을 말하는 것이겠지요. 그래서 나는 '수꾸러기'라는 말을 하나 만들어냈습니다."16)

소천은 작품을 통해 다양한 '꾸러기'상을 제시한다. 소천동화에 꾸러기로 등장한 주요 인물들은 "원형추구의 인물상"17)을 보여주며, 어린이가 '꾸러기'적 특성에 맞는 삶을 살아갈 수 있도록 '성장의 시간'을 보장해주는 것이 성인의 역할임을 드러낸다.

2. 소천 동화에 나타난 아동상

2.1. 욕심꾸러기 ; 윤리적 압박으로부터 해방된 어린이상

소천의 인물창출 기법은 현실과 작품의 벽을 헐고 작가의 시선을 작품 속 주인공에게 합일시킴으로써, 독자와의 거리감을 축소했다.18) 특히 중

---

16) 강소천, 『꾸러기행진곡』, 교학사, 2006, 280쪽
17) 정선혜, 앞의 글, 2008, 146~147쪽.
18) 정선혜, 앞의 글, 2014, 147쪽 참고.

편동화 「꾸러기행진곡」·「꾸러기와 보따리」에는 주동자로서 모든 갈등에 앞장선 인물—어린이, 그 갈등에 관련된 인물—어린이가 등장한다. 꾸러기들이 서로의 가치관을 이해하거나 비판하면서 이야기가 전개된다.

소천동화에 '꾸러기'를 소재로 한 작품이 다수 있음에도 불구하고, 이에 대한 논의는 전무했다. 다만 꾸러기가 "소천의 의도에 영합한 인물"[19]이라는 평가가 있었을 뿐이다. 그마저도 소천이 창조한 인물이 '선의 전범'이라는 이유에서 어린이의 "신체적·정신적 세계를 무시한 강요"[20]로서의 선임을 주장했다. 그러나 '꾸러기' 단어 자체가 긍정적 의미의 '선'과는 거리감이 있다. 소천이 '선의 전범'으로 꾸러기를 내세우려 했다면, 꾸러기라는 인물 자체가 '선'의 성격을 갖기보다는, 꾸러기가 찾아가는 삶의 진실이 다름 아닌 '선'일 것이다. 진실을 향해가는 꾸러기의 체험은 어린이 세계에서 충분히 실현가능한 것으로, 아동의 신체적·정신적 세계를 무시한 강요가 아니다.

> "나는 이 작품에는 조금 그런 아이들과는 색다른 아이들을 내놓았습니다. 곧 그야말로 꾸러기들(장난꾸러기, 말썽꾸러기, 떼꾸러기…). 어떤 어른들은 얌전하고 조용한 어린이를 좋아합니다. 또 어른스러운 어린이를 훌륭한 어린이라고 합니다. 그러나 어려서부터 지나치게 점잔을 빼는 어린이가 뭐 그렇게 훌륭하겠습니까. (…) 여기 나오는 어린이들은 꾸러기이기 때문에 겉으로 착한 체는 하지 않는 어린이들입니다. 나는 이런 말썽꾸러기들이, 이제 한번 좋은 일을 하기 시작하면, 다른 착한 애들의 열 곱은 더 착한 꾸러기가 된다고 생각합니다."[21]

소천은 '꾸러기'를 어린이의 지극히 당연한 것으로 받아들인다. 그의

---

19) 하계덕, 「모랄의 긍정적 의미」, 《현대문학》 170 호, 1969. 2, 345쪽.
20) 위의 글, 342쪽.
21) 강소천, 「읽고 나서」, 『어머니의 초상화』, 배영사, 1963, 195쪽.

작품에서 꾸러기는 욕심꾸러기·잠꾸러기·장난꾸러기·말썽꾸러기·심술꾸러기·떼꾸러기 등 갖가지로 등장하지만, 부정 혹은 긍정의 존재가 아닌 어린이의 특성으로 작용할 뿐이다. 작품을 일부 발췌한 다음에서 꾸러기가 매우 현실적인 인물이며, 꾸러기의 다양하고도 개성적인 면모가 그들의 행동을 통해 드러남을 파악할 수 있다.

> "이리 내! 네가 안 주겠다면 빼앗을 테다. 날 나쁜 애로 만들지 말고 순순히 주어 봐! 그럼, 너도 좋은 애가 되지 않니?"(「꾸러기 행진곡」)

> 그런데 단 한 사람—아침부터 약과를 안 준다느니, 달걀을 더 달라느니, 밤 대추를 양쪽 주머니에 가득 채워 달라느니, 투정만 해대는 애가 있었습니다.(「꾸러기라는 아이」)

> "그놈의 꾸러기라는 자식, 어머니가 공부하라면 공부는 하지 않고, 그저 칼을 가지고 나만 못살게 굴지 않아! 글쎄, 아무 죄도 없는 필통은 왜 입으로 물어뜯느냐 말이야. 그 덕분에 내가 빠져나올 수는 있었지만…"(「꾸러기와 몽당연필」)

할아버지 생신 날 떼만 쓰는 꾸러기, 몽당연필을 못살게 굴고 필통을 물어뜯는 꾸러기, 영애에게 꽃을 빼앗으려는 꾸러기 등 다양한 꾸러기상이 나타난다. 그러나 떼꾸러기가 할아버지에게 주려고 호박을 따오거나, 또 다른 꾸러기가 잃어버린 몽당연필을 찾고 나서 반성하는 장면은 꾸러기의 참모습을 다시금 돌이켜보게 한다. 특히 주홍이가 영애에게 빼앗은 꽃을 선생님 책상 위에 꽂아 놓고 실제는 영애가 가지고 왔다고 솔직하게 이야기한 것, 구제금낼 돈으로 먼저 같은 반 친구 인호를 도와준 것에서 주홍이의 참다운 면모가 발견된다. 영애는 주홍이에게 자신이 속한 해바라기회에 들어올 것을 제안한다. 그러나 주홍이는 선뜻 응하지 않는다.

"넷이서 할 일을 각각 혼자서 한다면 그 네 곱을 할 수 있을게 아냐?"

"넌 참 지독한 욕심꾸러기로구나?"

"너 내가 욕심꾸런 줄 인제 알았니?"

"그렇지만 난 네 그 욕심이 부럽단 말이야. 착하고 좋은 일을 많이 하려는 욕심이야 좋지 뭐냐?"

영애는 즐겁게 웃었습니다.

"난 해바라기회니 나팔꽃회니 그런 건 싫어!"

"왜 싫으냐?"

"같은 값이면 왜 그런 이름을 지을까? 나 같으면 '잠꾸러기회', '장난꾸러기회', '말썽꾸러기회', 그런 이름이 좋은 것 같아."

"참 네 생각도 그럴듯하다. 잠꾸러기회가 제일 멋있다."

"난 욕심꾸러기회가 제일 좋은 것 같아!"

소천은 어린이의 꾸러기적 특성을 그대로 인정하면서, 현실에 안주하지 않고 사건을 주도하며 변화하는 인물을 내세운다. 욕심은 '분수에 넘치게 무엇을 탐내거나 누리고자 하는 마음'이며, 줄곧 부정적 의미로 쓰여 왔다. 그러나 꾸러기들이 분수에 넘치게 착한 일을 열심히 하려는 욕심을 추구함으로써 부정의 욕심은 긍정의 의미로 승화된다. 좋은 일을 많이 하려는 욕심은 분명 꾸러기 의미의 상승효과를 지닌다. 장난꾸러기, 말썽꾸러기의 꾸러기상 외에 욕심꾸러기적 면모를 갖춘 주홍이의 태도는 철저한 어린이의 시선을 따른다. 그들 체험을 통해 인간이 추구해야 할 가치를 깨닫는 모습은 어른의 조종에 의한 윤리적 압박에서 벗어났음을 말해준다.

영애의 권유를 받아들인 주홍은 '꾸러기회'라는 이름으로 모임을 만든다. 실제로 작품에 등장한 어린이들의 생활이 긍정적 꾸러기의 면모만을 보여주는 것은 아니다. 「꾸러기행진곡」에서 인호는 회 모임에 일찍 나오지 않았다는 이유로 다른 회원으로부터 혼이 난다. 주홍이는 울고 마는 인호가 못마땅해 한 대 때리는데, 영애는 주홍이를 오해하게 되고 주홍이와 꾸러기회를 만든 것을 후회하게 된다. 그러나 영애는 주홍이의 행동이 인호를 위한 것임을 알게 되고, 무엇보다 주홍이가 인호를 꾸러기회원으로 생각하고 있다는 것에 주홍이를 참말 정의로운 친구라고 생각한다.

> "난 우리 반에서 주홍이가 제일이야. 누구누구 해야 주홍이처럼 날 진심으로 도와주는 애는 없어!"
> "도와주다니? 어제는 널 막 때리지 않았니?"
> "그게 날 위해서야. 내가 딴 아이에게 맞고도 안 맞았다고 했다고 주홍인 화가 난 거야."

꼭 주홍이가 아니더라도, 「꾸러기 행진곡」에 등장한 꾸러기 모두 정의로운 가치를 지향하고, 삶의 진실에 가까워지기 위해 노력하고 있다. 어린이는 '그들 단계에 맞는 교육'을 사회적 활동을 통해 자연스럽게 배운다. 스스로 참된 가치를 깨우치는 꾸러기의 모습은 바로 소천이 지향하는 '자연주의 교육'에 영합한 인물이다. 어른의 가르침이나 훈련이 강요되는 윤리적 압박으로부터 해방된 구조에서, 꾸러기들이 바른 길을 찾아가려는 의지를 발견할 수 있으며, 더불어 꾸러기가 긍정적 존재로 변화할 수 있는 주체임이 드러난다.

이어 인호를 때린 명덕이가 꾸러기회 회원이 된다. 이로써 꾸러기들이 서로의 잘못을 뉘우치고 용서했음을 간접적으로 보여준다. 여기서 어린이세상을 변화시키는 중심적인 인물이 가장 꾸러기로 인식되었던 주홍이라는 점이 더욱 흥미롭다. 어른은 꾸러기의 모습에서 그들의 유년시절을 발견하고, 어린이를 이해하게 된다. 주목할 점은 어린이의 꾸러기적 행동에 대해서 야단치거나 꾸짖는 어른이 없다는 사실이다. 위의 동화에 등장한 어른은 스스로 철없던 어린 시절이 있었음을 깨우친 어른이다.

2.2. 수(秀)꾸러기 ; 경제적 압박으로부터 자유로운 어린이상

우리사회는 어린이를 상대로 자꾸만 인위적인 노력을 부추겼다. 선생과 부모는 어린이의 자율이나 창의는 생각지 않고, 정해진 규율에 따르게끔 그들을 훈련시켜 온 것이다. 이것에 일치하고 조화되지 않으면 인격을 문제 삼으며 못마땅해 하는 어른이 대부분이었다. 지나친 교육과 예의범절을 강요함으로써 어린이 본연의 특성을 짓밟기도 했다. 소천이 문학 활동을 한 당시 사회는 어린이의 특성을 이해하지 않았으며, 성장해서 빨리 어른이 되기만을 바랐다.

> "학교에 가기 전 나는 이름난 장난꾸러기였습니다. 어머니가 물 길러 가신 뒤 부엌에서 불장난을 하다가 집에 불을 붙인 일, 어머니의 가락지를 들고 나가 우물에 빠뜨리던 일, 병아리가 못 견디게 가지고 장난하다가 할머니한테 매를 맞던 일들은 지금도 잊혀 지지 않습니다. 봄이면 민들레와 할미꽃을 뜨락에 떠나 옮겨놓기를 즐겼고, 겨울에는 참새 잡이에 추운 줄을 몰랐습니다."[22]

소천은 『아동문학독본』에서 장난꾸러기 시절이 자신의 아동문학세계를 세우는 매우 큰 자양분 역할을 했다고 밝히고 있다. 이 자양분은 세상의 모든 장난꾸러기들과의 눈을 맞추기 위해 헌신해온 소천 삶의 근원이었다. 소천이 창조한 인물이 "최초부터 선을 위해서 선하게만 조종되는 소성인"[23]이라는 평가가 있으나, 소천의 어린 시절 꾸러기적 면모가 작품에 그대로 스며있어, 작품 속 인물을 소성인이라 단정 짓기에는 무리가 있다. 어린이도 양심과 이성을 갖고 있으며, 더구나 아동문학에서 적어도 악을 위해 조종되는 인물이 활개를 칠 수는 없는 일이다. 「꾸러기행진곡」·

22) 강소천, 「나를 길러준 내 고향은 동화의 세계」, 『강소천 아동문학독본』, 을유문화사, 1961, 347쪽.
23) 하계덕, 앞의 글, 345쪽.

「꾸러기와 보따리」에 등장하는 꾸러기는 인간에 내재된 이성으로 상황에 적절히 대응하고, 행위를 선택하여 반응한다. 가난하고 어려운 시대상을 적극적인 용기와 의지로 극복해가는 꾸러기가 등장할 뿐이며, 결코 꾸러기가 하루 빨리 철들기를 훈련시키거나 강요하지 않는다. 수꾸러기는 바로 '빼어날 수(秀):뛰어나다, 훌륭하다'에서 수(秀)꾸러기를 말하는 것으로, 강요에 의해서 성립된 인물이 아닌 꾸러기의 지조 내지는 신념으로 창조된 어린이상이라 할 수 있다.

> "너 하나만 안 냈어. 그러지 말고 빨리 내!"
> "내가 언제 오늘 아침에 가져온다고 그랬어?"
> "그건 널 위해 그렇게 말해 준 거야!"
> "그럼 네가 십 환 꾸어 줘! 낼 갖다 줄게."
> "너 집에서 돈 안 탔니?"
> "탔지만 더 급한 데 썼지!"
> "뭐, 더 급한 데? 거짓말 마라! 까먹었지?"
> "난 거짓말 안 해!"
> "그럼 쓴 데를 말해야 될 게 아냐?"
> "그건 말할 수 없어!"
> 했을 때, 인호가 영애 앞에 나서며,
> "아까 주홍이가 나 크레용 한 갑 사 주었어! 그게 아마 그 돈인가 봐!"

무조건 잡아떼는 떼꾸러기 주홍이는 어린이의 꾸러기적 면모를 그대로 보여준다. 그러나 인호를 남몰래 도와준 사실은, 결과적으로 반 친구들에게 적지 않은 감동을 주어 무엇이 삶의 진실이고, 가치 있는 일인가를 깨우쳐준다. 또한 풍수해 구제금을 안 낸 사람을 꼬치꼬치 캐묻지 않는 선생님의 태도는, 주홍이로 하여금 크레용이 없는 인호를 도와주게끔 한다. 구제금보다 '더 급한' 일이 반 친구를 돕는 것이라 생각한 주홍이가 기특하다. 주홍이는 가난으로 인한 경제적 압박에서 탈피하지 못했으나, 더욱 가난한 인호를 도와줌으로써 경제적 압박으로부터 벗어난 인물이다. 이때 주홍이가 내지 못한 구제금은 다른 친구들이 대신 꾸어준다. 선생님의 간섭이 지나쳤다면, 오히려 어린이는 그들의 생활을 통해 느끼고 배울 수 있는 여유를 놓쳤을지 모른다.

소천의 동화는 어린이 생활에 밀착된 소재를 바탕으로 그들이 보다 본질적인 가치를 찾아나서는 여정을 보여준다. 여기서 우리는 적극적으로 훈련시키고 가르쳐야만 어린이가 진실을 깨우치는 것이 아님을 파악할 수 있다. 앞서 언급한바 그것은 오히려 어린이를 나약하게 만드는 위험요소를 지니고 있다. 이것은 "아동기의 노화"[24]로 해석된다. 본질적인 가치로의 이행을 제반목표로 하는 교육은, 인간의 보편적인 특질을 형성시키는 길을 찾으려 한다. 루소는 이때의 "교육이 오히려 소극적이어야 함"[25]을 제시하는데, 이것은 꾸러기의 시행착오를 인정한 제언이다. 시행착오를 겪더라도 실수를 보호해주는 정도의 소극적 교육이 어린이를 더욱 성장하게 만든다. 다음 작품에서 꾸러기와 보따리는 크리스마스 때 요긴하게 쓰기 위해 장에 나가 들국화를 팔기로 한다. 돈을 벌어 크리스마스 때 산타클로스 노릇을 하기 위해서다.

> "인제 한 달 좀 있으면 크리스마스가 아니냐? 돈을 벌어서 산타클로스 노릇을 좀 하잔 말이야."(…)
> "얘, 창덕아. 꽃은 많이 꺾었지만 한 가지 걱정이 있구나."
> "뭔데?"
> "이런 보잘 것 없는 들국화나 코스모스가 정말 돈이 될까?"
> "좀 싸게 팔자."(…)
> 이백 환, 결코 많은 돈은 아니었으나 두 소년은 무척 즐거웠습니다.

---

24) Aries, P. 문지영 역, 『아동의 탄생』, 서울:새물결, 2003, 214쪽.
25) Rousseau, J. J. 이용철 · 문정자 역, 앞의 책, 148쪽 참고.

"애, 이 돈으로 무얼 살까?"

"글쎄, 무얼 살까?"

"그냥 가지고 가자. 인제 크리스마스까지 또 딴 방법으로 돈을 벌자. 그래서 돈을 붙여가지고 쓰자."

어린이는 삶을 사랑하지, 물질을 사랑하지 않는다.[26] 이것은 어린이가 장난감을 사랑하지 않는다는 것이 아니며, 장난감을 갖기 위해 온갖 계산을 하지 않는다는 뜻이다. 어른들이 봤을 때 아무런 물질적 이득이 없는 일들을 어린이는 마음을 다 바쳐서 하고 있다. 꾸러기와 보따리는 꽃을 팔아 모은 돈으로 산타클로스가 되는 일 자체를 즐기고 있다. 꾸러기에게는 성장하면서 겪는 모든 일이 새롭기만 하다. 그 경험이 가치 있는 좋은 일을 위한 것이라면 더욱 즐겁다. 그밖에 꾸러기회를 만든다든지, 그 회에서 착한 일을 찾아서 하는 꾸러기의 모습이 그렇다. 어린이가 생계를 위해 일하는 육체적 경제활동에서 벗어난 것은 물론, 오히려 남을 위해 내어놓는 돈은, 꾸러기가 정신적으로도 경제적 압박으로부터 완전히 해방되었음을 보여준다. 또한 개인이 아닌 보다 많은 인간에게 이로운 바를 지향함으로써, 수꾸러기의 의기는 더욱 명확해진다.

3. 소천동화에 나타난 아동교육관

3.1 꾸러기들의 꿈 꾸러미 ; 새로운 기운의 어린이

시대를 막론하고 이제껏 온순하고 착한 어린이상은 어떻게 정의되어 왔는가. 시키는 대로 행동하고 순종만을 잘하는 어린이를 우리사회는 이상적 어린이인양 믿고 있었다. 그러나 "모든 선 가운데 최고의 것은 권력이 아니라 자유"[27]다. 권력이 앞서 수동적으로 다스려진 어린이는 스스로

---

26) 김성환, 「어린이의 어린이화」, ≪기독교사상≫23호, 1979. 57쪽.

27) Rousseau, J. J. 이용철 · 문정자 역, 에밀 II, 『Emile ou de l'education』, 서울 나남,

나약해질 수밖에 없다. 이것은 루소가 "언제나 자기 자신을 다스릴 수 있게 하고, 의지를 갖고 매사에 자신의 뜻대로 행동할 수 있게"[28]하는 자연주의 교육을 중시한 이유다. 소천의 작품을 면밀히 들여다보면, 오히려 교육에 있어서 어린이의 자연적 특성을 인정하고 인위적으로 바꾸기를 꺼려하는 문학임이 드러난다. 그는 어린이세상 그대로를 기특하게 여기고, 어린이의 모습에서 이상세계를 발현시키고자하는 교육적 태도를 취한다.

꾸러기 회원들은 크리스마스를 맞아 풍수해를 만난 어린이들에게 줄 선물을 준비하기로 한다. 인호는 가정형편이 좋지 않아 걱정하고 있는데, 산타클로스로부터 커다란 꾸러미를 받는다. 인호는 가난하지만, 더욱 가난한 어린이들을 위해 선물을 줄 수 있음에 새로운 기운이 난다. 산타클로스는 다름 아닌 같은 반 친구 창일이었다. 집안이 넉넉한 창일이가 인호의 사정을 벌써 알고 많은 선물을 보내준 것이다. 작품에 나타난 갈등구조는 바로 어린이들이 직면한 과제이자 고민이다. 어린이 독자들은 작품 속 꾸러기의 시선을 따라가면서 올바른 가치가 무엇인지 함께 찾아간다. 주고받는 꾸러미에는 착한 일을 하려는 욕심, 꾸러기의 꿈이 들어있다. 그 꿈은 부모를 잃거나 가난한 전후사회의 고된 현실 속에서 새로운 희망으로 전이된다. 인호는 주홍이를 찾아가 창일이를 꾸러기회에 넣어주는 것이 어떻겠냐고 묻는다.

> "알았어. 나도 창일이를 우리 회에 벌써부터 넣어주고 싶었어. 그런데 창일이는 날 별로 좋아하지 않는 것 같아."
> "네가 너무 꾸러기 짓을 하니까 그렇지."
> "꾸러기가 아니면 회원이 되나?"
> "그렇지만 나처럼 잠꾸러기면 괜찮아도 너는 싸움꾸러기니까 그렇지."
> "싸움꾸러기가 어딨어……. 하하하."

2007, 144쪽.
28) Rousseau, J. J. 이용철 · 문정자 역, 에밀 I, 앞의 책, 67쪽.

강소천 동화에 등장한 어린이는 잠꾸러기·말썽꾸러기·장난꾸러기지만, 정의에 투합된 꾸러기상은 새로운 내일을 열어 가는데 공헌하는 인물이기도 하다. 또한 꾸러기회에 꾸러기가 늘어난다는 것은, 욕심꾸러기들이 늘어난다는 것은 어떤 일면에서 희망의 꾸러미가 커가는 것을 의미한다. 희망은 앞으로 잘될 수 있는 가능성으로, 미래에 대한 기대 자체가 새로운 기운에 다름없다. 새로운 기운은 바로 어린 꾸러기에게서 생성된다. 꾸러기는 자기보다 행복한 사람의 입장에서 자기를 보기보다는, 자기보다 어려운 처지에 있는 사람의 입장에서 자기를 본다. 인호에게 크레용을 사준 주홍이가 그렇고, 크리스마스 선물을 보내준 창일이가 그렇다. 작품 속 꾸러기 캐릭터는 어린이의 꾸러기 자격을 인정하고 꾸러기를 긍정적으로 바라보는 작가의식을 드러냄으로써, 어린이는 물론 어른에게까지 유쾌한 흥과 기쁨을 준다.

소천은 어린이의 세계를 꿰뚫어보는 눈을 갖고 있다. 그의 눈은 있는 그대로를 보아 살피고 소망과 기쁨으로 가득 차 있어, 어린이의 마음에 이상을 그리게 하였다.[29] 어린이세계를 인정하고 받아주는 소천의 작품은, 어린이의 있는 그대로를 보아주는 것이 어린이가 본연으로 지니고 있는 이상을 키우는 길임을 드러낸다. 또한 어른이 욕구와 필요에 따라 행동하는 반면, 작품 속 어린이는 오히려 순수한 모습을 보여준다. 계산적이거나 영악한 모습이 아닌, 어느 것이 삶의 진실인지 또는 가치 있는 삶인지 어린이는 그들 사회의 어우러짐 속에서 분명히 깨우치고 있다. 「꾸러기행진곡」에서, 인호와 함께 아저씨의 수레를 끌어올리다가 발을 다친 순재는 집으로 돌아와 의사인 아버지께 보인다. 순재에게 자초지종 이야기를 들은 아버지는 순재의 발을 치료해주고, 꾸러기 회원이 되고 싶다며 관심을 갖는다.

---

29) 박창해, 「강소천 선생, 어린이와 함께 살아온 문학가」, 『강소천 아동문학전집』 3권, 교학사, 2006, 314쪽.

"나도 꾸러기 회원이 되었으면 좋겠는데!"

　　하며 웃으셨습니다.

　　"아버지는 꾸러기회 후원회 회장이 되셔요."

　　"후원회 회장? 그것두 참 그럴 듯하구나! 꾸러기회에 무어 도와 줄 일이 있을까?"

　　꾸러기에 의해서 어른이 변화하는 장면이다. 소천의 동화에서 꾸러기는 세상을 변화시키는 꾸러미다. 바로 희망꾸러미다. 이것은 어린이가 있기에, 새로운 미래를 내다볼 수 있음을 의미한다. 소천은 "높은 이상이 있으나 현실에 파고드는 사람, 의리와 지조를 가진 사람을 인물의 성격으로 하였다. 인물의 개성과 심리묘사를 하면 그 깊은 데를 찔러"[30] 문학사상을 드러내기도 하는데, 우리 민족의 앞날을 이끌어갈 참된 꾸러기의 모습이 바로 그러하다.

　　한편, 그의 동화에 나타난 교육상은 "잘 규제된 자유"[31]다. 이것은 꾸러기가 스스로의 체험에서 깨달음을 얻을 수 있으므로, 그들이 요청할 때만 부모가 도움을 주는 방식이야말로 참된 교육임을 뜻한다. 위에서도 아버지는 적극적으로 나서기보다 꾸러기의 활동을 도와주는 것으로 역할을 다한다. "어린이를 혼자 두어라. 아무 얘기도 하지 말고 무엇을 하는지 그냥 바라보라. 그리고 무슨 일을 하고 어떻게 행동하는지를 잘 관찰하라."[32]는 루소의 주장은 강소천 동화에 나타난 교육관을 뒷받침한다. 소천의 동화에서 재촉하는 어른은 없고, 꾸러기의 행동을 지켜보면서 필요시 보조적 역할을 취하는 어른만이 존재한다. 이것은 꾸러기를 독립된 인격체로 인정하는 행위이며, 필요와 관심에 의해서 꾸러기 스스로 수행하는 과제

---

30) 박창해,「강소천 선생의 생애와 아동문학」,『강소천 아동문학전집11권』, 문음사, 1981, 334쪽.

31) Rousseau, J. J. 이용철 · 문정자 역, 에밀 I, 앞의 책, 145쪽.

32) 안인희,『루소의 교육론』:에밀 I, 서원, 1995.

만이 그들을 성숙하게 만든다는 작가의식을 내포하고 있음이다.

믿음과 사랑만으로 어린이는 변화할 수 있다. 꾸러기는 현실의 문제를 스스로 해결해 나가면서, 앞으로의 삶의 방향을 모색한다. 소천은 "있는 세계에서 있어야 할 세계"[33]로 어린이를 초대하는 것이 곧 동화가 목적하는 바라는 주장을 펴왔다. 그의 동화에 등장한 꾸러기들은 "있어야 할 세계"를 자발적으로 찾아 나선다. 소천은 어린이의 자유스런 성장을 돕기 위한 발판이 되는 길을 마련해준 것이다.

3.2 꾸러기와 어린이헌장 ; 어른보다 더 높은 어린이

어른도 누구나 한때는 어린이였다. 그렇지만 어른만 되면 그 세계를 까맣게 잊어버리고 어린이를 자신의 방향대로 몰아간다. 이렇게 어른의 일방적인 생각과 무지, 몰이해 때문에 어린이는 야단을 맞으면서도 수긍할 수 없고, 그래서 또 다시 야단맞을만한 일을 한다. 이 묘한 순환[34]은 문제를 일으킬 수 있는 어린이를 보호하는 것 내지는 문제를 일으킬 수 있는 어린이를 단련시키는 것의 이중적 태도에서 아동문학의 방향을 고민하게 한다.

어린이는 "어린이 나름의 힘과 능력으로 타인과 세상을 얼마든지 배려"[35] 할 수 있다. 이것은 어린이에게 강요되는 교육 내지는 예의범절이 누구를 위한 것인가를 되묻게 한다. 사회적 과잉교육이 뛰어놀아야 할 어린이의 자유를 망가뜨리는 대신 어른의 자랑거리가 되거나, 꾸러기적인 어린이의 귀염요소를 제지함으로써 어른이 편리하려 했던 것은 아닌가에 대한 질타를 모면하기 어려워진 것이다. 결국 어린이를 위한다는 교육의 많은 부분이 어린이의 본질적인 요소를 파악하지 못한 결과를 초래하게 되었다.

이런 면에서 소천의 동화는 어린이를 향한 믿음을 보여준다. 그의 작품

---

33) 강소천, 「동화와 소설」, 『아동문학』 2집, 배영사, 1962, 17쪽.
34) 프랑수아즈 돌토, 표원경 역, 『어린이는 어떻게 어른이 되는가』, 숲, 2004, 9쪽.
35) 고미숙, 「어린이날을 폐지하라」, 《경향신문》 2007. 5. 1, 31쪽.

에 등장한 꾸러기가 일으키는 문제들은 어른으로 성숙하기 위한 과정 내지는 절차일 뿐이지, 잘못이 아니다. 어른과 마찬가지로 "어린이는 어떤 시련을 겪으며, 어떤 갈등 속에서, 어떤 방해에 부딪히며"[36] 자란다. 또한 스스로 문제를 해결하는 꾸러기의 모습은 어린이가 어른의 조종에 의하지 않아도 엄청난 지혜를 발휘할 수 있음을 증명한다. 꾸러기의 지혜는 내면에 잠재되어 있는 양심과 사랑, 그리고 용기에 근거한다.

> "괜찮아. 장난꾸러기가 아니면 우리 회엔 들 자격이 없지 않아? 네가 우리 회에 들면 이제 우리 회는 한 학교에서 다른 학교에까지 퍼지게 되니 얼마나 좋으냐. 이렇게 해서 우리나라 전부에 우리 회원을 많이 만들자는 말이야."

조용하면서도 확고한 생리적인 힘이자 생각하지 않고 자연스럽게 흘러나오는 그런 것, 이것이 모든 어린이들의 특성이다. 어린이들은 언제나 욕망함으로써, 현재하는 어떤 것을 지닌다.[37] 위에서 꾸러기 회원을 전국적으로 확산시키고자 하는 주홍이와 인호의 생각은 감정에 충실한 꾸러기, 사심이 없는 어린이의 모습을 보여준다. "생활에 피곤하고 생각에 쭈그러진 독자를 다시 불러일으키는 <꾸러기> 심정"[38]은 꾸러기가 어린이만의 특권이자 자격임을 제시한다. 소천은 어린이가 그들의 마음과 참모습을 간직하여 희망찬 내일을 열어가길 바랐다.

특히 「꾸러기행진곡」 결론부에 펼쳐지는 꾸러기연합대회에서 인호의 삼촌은 아동문학가 초청을 도와주기로 하는데, 어린이의 행동에 적극적으로 관심을 갖되 보조적인 역할 이상의 태도를 취하지 않는다. 보조적 역할로서의 관심은 꾸러기에게 자신감을 불러일으키는 요소로 작용한다.

---

36) 프랑수아즈 돌토, 앞의 책, 7쪽.
37) 위의 책, 11쪽.
38) 최태호, 강소천 동화집 『어머니의 초상화』, 배영사, 1963, 197쪽.

어린이가 행하는 일을 무시하지 않고, 어떻게 행동하는지 묵묵히 관찰하는 것이야말로 어린이를 높이는 길이요, 어린이의 성장을 돕는 길이다.

> "어린이 헌장비가 있는 곁에서 만나기로 했어요."
> 인호의 이야기를 들은 외삼촌은 갑자기 무슨 생각이 났는지,
> "인호야, 참 좋은 수가 있다. 나는 이야기도 잘 못 하고 그렇게 유명하지도 못하지 않니? 어른들의 시를 쓰는 사람보다 너희들을 위해 시도 쓰고, 소설도 쓰고, 동화도 쓰는 아동 문학가를 내가 한 분 소개해 주지. 내 친구가 있지……."
> 외삼촌의 말을 들은 인호는 참말 기뻤습니다.
> "정말 그 선생님이 와 주실까요?"

소천의 동화는 현실을 바탕으로 어린이의 세계를 충실하게 재현한다. 우리의 꾸러기가 현실에서 부딪히는 일들, 그것을 어떻게 헤쳐 나가는지를 묘사한다. 교육의 장인 학교와 가정을 무대로 하지만, 부모와 선생은 보조적 인물일 뿐 꾸러기가 스스로의 힘으로 깨우쳐간다. 바로 실재성의 세계에서 교육의 답을 찾고 있는 것이다. 결론부중에서도 마지막 부분은 가장 말썽꾸러기로 비춰졌던 주홍이가 회원들로부터 민들레 훈장을 받게 된다. 꾸러기의 진실적 면모가 드러나는 장면이다. 이처럼 소천은 평범한 인물의 "다양한 활동을 통해 인생의 진실을 보여준다."[39] 그 활동은 어린이가 성장하는데 가장 큰 밑거름이 되고, 환경이 된다. 더불어 어린이의 생활 속에 흐르는 심리적인 묘사까지 섬세하게 표현된 작품을 통해 성숙된, 참된 인간의 모습을 찾아낼 수 있다.

어린이를 예찬하여 「어린이헌장」(1957. 5. 5)을 제정한 소천은 "어린이는 나라와 겨레의 앞날을 이어나갈 새 사람이므로 그들의 몸과 마음을 귀히 여겨 옳고 아름답고 씩씩하게 자라도록 힘써야 한다"[40]고 선포한다.

---

39) 이재철, 『한국아동문학연구』, 개문사, 1983, 279쪽.
40) 강소천, 『잃어버렸던 나』, 교학사, 2006, 295쪽 참고.

여기서 '마음을 귀히 여겨라'는 말을 다시 되새겨볼 필요가 있다. 이것은 어린이 마음, 즉 동심을 귀히 여기라는 말이다. 다시 말해, 어린이의 마음이 한편으로 철이 없더라도 귀한 것이라는 의미를 담고 있다. 전후시대만 해도 어른들은 순진무구한 어린이를 소유물로 생각하여 꾸짖고 윽박지르기를 서슴지 않았다. 소천의 「어린이헌장」은 어른들의 영악한 세계가 천진난만한 어린이세상을 짓밟지 않을까를 우려한 것에서 비롯되었다. 어린이의 교육은 절대 인간의 가치를 높이고자 함이며, 결코 어린이의 특성에 변화를 요구하는 것이 되어서는 곤란하다는 그의 사상이 작품에 고스란히 드러나 있다.

III. 결론

소천동화는 주로 교육적인 측면으로 평가받아 왔다. 그러나 줄거리 등 작품외적 요소의 교육성 발언에 치우친 견해는 지극히 단편적인 시각에 불과하다. 이를 증명하기 위해 필자는 소천이 내세운 인물 '꾸러기'에서 어린이의 본질적 면모를 추출해, 소천문학이 오히려 어린이의 자연적 특성을 인정하고 인위적으로 바꾸기를 꺼려하는 문학임을 발견했다. 우선 작품에 나타난 아동상을 크게 욕심꾸러기와 수(秀)꾸러기로 나눠 살펴보았다. 작품 속 욕심꾸러기가 착한 일, 좋은 일을 많이 하려는 욕심을 추구함으로써, 꾸러기의 의미는 상승효과를 지닌다. 또한 그들 체험을 통해 스스로 참된 가치를 깨우치는 모습은, 어른의 조종에 의한 윤리적 압박에서 벗어났음을 말해준다. 환언하면, 어른의 가르침이나 훈련이 강요되는 윤리적 압박으로부터 해방된 구조에서 꾸러기들은 정의로운 바를 찾아가려는 의지를 보여준다.

수꾸러기 또한 강요에 의해서 성립된 인물이 아닌, 꾸러기의 지조 내지는 신념으로 창조된 어린이상임을 알게 된다. 작품 속 꾸러기는 가난으로 인한 경제적 압박에서 탈피하지 못했으나, 더욱 가난한 친구를 도와줌으로써 경제적 압박으로부터 벗어난 인물이다. 물질적 이득이 없는 일을 마음을 다 바쳐서 하는 꾸러기의 모습은 수꾸러기의 의기를 보여준다. 이것은 개인이 아닌 보다 많은 인간에게 이로운 바를 지향함으로써, 더욱 분명해진다.

작품을 면밀히 들여다보면, 소천은 시키는 대로 행동하고 순종만을 잘 하는 어린이를 등장인물로 내세우지 않는다. 오히려 말썽꾸러기·장난꾸러기·욕심꾸러기들이 희망찬 내일을 열어간다. 어린이의 꾸러기자격을 인정하는 작가의식은, 어린이의 있는 그대로를 보아주는 것이 어린이가 본연으로 지니고 있는 이상을 키우는 길임을 제시한다. 그가 내세운 아동상을 통해 '어린이는 믿음과 사랑만으로 변화할 수 있다'는 소극적 교육관이 새로이 드러난 바다.

―《한국아동문학연구》제27호(2014)

남북한의 문화적 동질성/비동질성의 기원에 대한 비교 연구

-아동문학 판타지 속의 통일담론을 중심으로

이 영 미

1. 들어가며

과연 남북한사회는 이른 시간 내에 통일이 가능할까. 통일이 내일이라도 가능하다면 우리는 국가통합에 필요한 교육텍스트, 즉 교과서를 일주일 안으로 공급할 수 있는가. 이때 문화적 통합을 위한 교재 구성에서 마땅히 기반제재로 활용될 문학제재는 준비되어 있는가. 해당 교재의 구성에서 어떤 작품을 채택하여 문화통합에 활용하여 어떠한 효과를 기대할 수 있는가에 관한 지적 논의가 충분히 준비되어 있을까. 현실은 완벽하게 준비되어 있다고 자신하기 어렵다. 구체적 통합과정에 대한 세밀한 정책과 구현방안이 준비되지 못한 현 상황 속에서 구체적인 문학제재를 선택하는 준거를 마련하고자 본고의 문제제기는 시작된다.

이질적인 두 사회의 진정한 문화적 통합, 그 과제의 완수를 위해서는 미래를 대비하는 계획에서 중심을 잡아야 한다. 이에 필요한 것이 국가의 정치철학이다. 이 국가철학은 교육현장에서 오랫동안 구현되는 문화적 이데올로기에 바탕하게 된다. 남북한은 오랜 기간 분단되어왔다. 이 두 분단체제의 이질적 이데올로기는 각기 다른 체제의 문화정치 이데올로기를 반영한다. 통일담론 역시 각기 다른 정치철학 속에서 구동되어왔다. 따라서 향후 통일시대의 통합적 국가철학은 문화통합을 중점적으로 생각할 필요가 있다. 우선은 각 국가의 분단적 현실 인식과 통일담론을 통해 어느 정도의 통합 가능성을 가늠해 볼 수 있으리라는 판단이다. 이를 매우 세밀하게 구체화하여 살피기 위해서는 각 체제의 교육체계 내에서 구동되는 비가시적 관념을 제대로 이해해야 한다. 이를 분석하는 데 유의미한 준거가 바로 문학제재이다. 문학은 당대의 시대현실을 비판적으로 반영하고 미래지향적 정신을 담고자 하는 작가의 사상이 녹아있으며, 교육현장에서는 이 문학을 통하여 해당 국가의 정치사상철학을 체계화된 형태로 제공하게 된다. 따라서 남북한사회의 통일 가능성을 확인하기 위해서는 물리적 비교보다는 오히려 문화심리적 이질성과 그 통합 가능성에 대한 연구가 중요하다. 그 중 의미 있는 확인가능자료가 바로 각 사회에서 제공되는 교육의 문학제재인 것이다.

　본고는 남북한 교육의 핵심축인 문학제재에서 진정한 문화적 통합을 위한 시금석을 추출할 수 있다고 판단한다. 그 속에서 동질성과 비동질성의 역사적 기원과 분열이라는 문화적 감정구조의 원인을 찾아낸다면, 오히려 통일은 보다 구체적으로 논의되어질 수 있을 것이라는 기대이다. 이에 두 분단국가를 대표하는 아동문학작가인 강소천과 리원우의 주요작품 분석을 통해 해당 국가의 통일담론 표상을 구체적으로 인식하여 향후 통일시대 문화통합의 가능성을 가늠해 보고자 한다.

강소천은 남한 통일 이데올로기의 원형을 보여준 아동문학작가이며, 리원우는 북한이 생각하는 통일 이데올로기를 전형적으로 제시한 아동문학작가이다. 본고는 강소천(1915~1963)과 리원우(1914~1985), 이 두 작가의 전쟁 직후의 문학사상이 이후 남북한의 분단시대를 이끈 이데올로기의 기반이 되었고 문학 창작의 동력으로 기능했다는 점에 주목하고 휴전 다음 해에 출판된 두 작가의 아동문학작품 분석을 통해 남북한 아동문학사상의 원형적 기원을 추적해 보고자 한다. 남한 아동문학의 세계관을 정립한 것으로 이해될 수 있는 아동문학작품은 강소천의 「꿈을 찍는 사진관」(1954)이며, 북한 문학교육사상의 핵심 세계관을 방향 제시한 아동문학작품은 리원우의 「도끼장군」(1954)이다.

요약하자면, 본고는 통일담론이라는 거시적 맥락 하에서 남북한 아동문학이 그 관점을 달리하게 된 계기, 그 기원을 찾고자 하며, 1954년 휴전 직후에 남북한에서 각기 창작된 강소천과 리원우의 작품 분석을 통해 현재 남북한의 문화적 이질성, 구체적으로는 통일관의 한 단면을 중요하게 의미화하여 고찰하면서 향후 통일시대 문화통합문제에서 구체적인 대안 마련의 발판이 되고자 한다.

2. 현실과 비현실의 동일시

널리 알려진 바에 따르면, 남한의 대표적 아동문학작가 강소천은 일제 식민지기부터 활동하면서 6·25 전쟁 중에 월남하여 이후 남한 아동문단의 최고권력을 점하였었다. 일제 식민치하에서 동요, 동시 작가로 명성을 날렸던 강소천은 1939년 「돌멩이」를 시작으로 본격적으로 동화에 손을 대기 시작하였다. 해방 이후에는 동요, 동시보다 동화, 소년소설 창작에 심혈을 기울였고 그가 남긴 동화와 소년소설은 무려 138편에 이르고 있다.

살구꽃 활짝 핀 내 고향 뒷산—따사한 봄볕을 쬐며, 잔디 위에서 같이 놀던 순이, 노랑 저고리에 하늘빛 치마—할미꽃을 꺾어 들고 봄 노래 부르던 순이—오늘밤 정말 우리는 만날 수 있을까?[1]

위 인용문은 강소천의 「꿈을 찍는 사진관」'(1954)의 일부이다. 강소천은 1·4후퇴 때 북한에 가족을 남겨두고 단신으로 월남하였다. 동화 속 주인공이 위 인용문과 같이 종이쪽지에 써 넣은 것은 소학교 때 헤어진 순이를 그리워하던 기억의 한 장면을 나타내는 것으로, 이것은 작가의 소망이자 실향민의 염원이며 민족의 소원인 '통일' 문제로 대체, 상징화되는 것으로 이해된다.

원종찬[2]에 따르면, 강소천의 「꿈을 찍는 사진관」(1954)은 이원수의 「꼬마 옥이」(1953~1955)와 함께 분단과 전쟁의 상처를 판타지로 승화한 대표작품이다. 판타지는 기본적 속성상 다른 세계를 드러내는 것으로, 본래 판타지는 두 개의 시공간을 동시에 추구하는 양식이다.[3] 이 작품의 판타지에 대해 박영기는 "현실과 비현실의 대립 항으로 존재한다기보다는 상호보완적 관계를 맺고 있다. 분단으로 고향을 등지고 월남한 주인공에게 고향은 거부할 수 없는 그리움의 공간이지만 현실 세계에서는 결코 갈 수 없는 먼 곳이다. 이러한 주인공에게 비현실의 세계는 희망을 안겨주고, 고향에 대한 갈망을 채워주는 역할을 하기 때문이다. 때 이른 살구꽃은 아랑곳하지 않고 꿈을 찍는 사진관을 향해 달리는 주인공의 빈 마음을 채울 수 있는 것은 바로 비현실의 세계, 즉 판타지의 세계였다. 판타지의

1) 강소천, 『강소천아동문학선—꿈을 찍는 사진관』, 부산: 열음사, 1988, 17쪽.
2) 원종찬, 「강소천 소고: 해방기 북한체제에서 발표된 동화와 동시」, 『아동청소년문학연구』 13호, 2013.
3) 톨킨은 일차세계, 이차세계라는 개념을 통해 판타지가 현실, 비현실이라는 두 개의 시공간을 구축하게 된다고 주장한다. 즉 환상계와 현실계가 명확하게 구분되는 것이 서구식 판타지인 것이다.—캐스린 흄 저/한창엽 역, 『환상과 미메시스』, 푸른나무, 2000, 50쪽 참고.

세계는 주인공에게 잠시나마 현실을 잊고 어린시절의 추억으로 회귀할 수 있는 매개자, 구원자의 역할을 한다"⁴⁾고 말한다.

현실과 비현실을 드나들 수 있는 판타지의 대립적 속성을 상호보완적 세계로 이해하는 것은 그동안 이 작품을 바라보는 정전화된 해석으로 존재해왔다. 상호보완적인 두 세계는 서로의 세계를 그리워하는 마음 속에서 불안전한 현실을 이겨내는 희망의 역할을 할 수도 있을 것이다. 이것도 결국 두 세계의 분리를 주장하는 것이라 할 수 있다. 그렇다면, '상호보완적'인 분리된 두 세계라기보다는 두 세계의 '겹침'을 통한 동일시, 즉 현실과 허구의 합치 내지 합일의 세계 추구라는 분석은 어떠할까. 본고가 분석하고자 하는 이러한 주장 역시 충분히 가능할 것이라는 판단이다. 왜냐하면 「꿈을 찍는 사진관」에서 주인공이 그 꿈을 찍는 사진관을 찾아가거나 혹은 순이와 사진 한 장을 찍기 위해 추억으로 들어가는 꿈의 입사 장면들이 모두 실제 분리되는, 가로지르는 '경계'가 '없기' 때문이다. 즉, 이 작품의 비현실은 곧 현실이고, 현실은 곧 비현실이 되는 것이다. 이것은 어쩌면, 분단 자체를 인정하고 싶지 않은 한국인의 정서적 감정구조를 의미하는 반영체, 통일에 관한 그리고 분단문제에 관한 한국식 서사 판타지 구조로 이해된다. 이것은 물론 북한에서 리원우의 「도끼장군」에서도 유사하게 드러나는 한국식 판타지의 구조이다.

> 아직 해가 지기엔 시간이 좀 남아 있을는지 모릅니다. 그러나 내가 글 쓴 종이를 가슴에 품고 방바닥에 눕자, 방은 그만 캄캄해졌습니다./ 참말 신기한 일입니다. 그러나, 나는 잠이 오질 않았습니다 ─중략─ 이 얼마나 위대한 발명입니까? 생각한 대로 곧 꿈꿀 수 있고 그 장면을 곧 사진에 옮길 수 있다는 것은…/잠을 깬 것은, 아니 꿈을 깬 것은 아

---

4) 박영기, 「<꿈을 찍는 사진관> 소론」, 『한국어문학연구』 22집, 한국외국어대학교 한국어문학연구회, 2005, 259쪽.

침이었나 봅니다. 전혀 밖의 빛이 방안에 비치지 않아 때를 알 수가 없었습니다. 내겐 시계도 없었습니다.[5]

「꿈을 찍는 사진관」 속 주인공이 잠을 잤다고 생각했지만 그것이 잠이 아니었을 수도 있고, 꿈을 꾸었다고 생각했지만 그것이 꿈을 꾼 것이 아니었을 수 있다는 점을 드러내는 인용문이다. 이렇듯 모호한 경계들을 오가는 행위는 특히 사진관에서 받아든 사진이 마지막 장면에서, 그 내용이 다시 바뀌는 장면 역시 또 한 번 '변화'하는 '겹침'을 드러낸다.

> 사진을 가슴에 품은 채, 사진관 주인에게 몇 번이나 감사드리고 나는 그 곳을 나왔습니다./벌써 아침 해가 하늘 높이 올랐습니다. 하루를 꼬박 굶었으나 나는 배고픈 생각이라곤 전혀 없었습니다./내가 처음 앉았던 뒷동산에 와 앉아 다리를 쉬며 가슴 속에 간직했던 사진을 꺼냈을 때, 나는 또 한번 놀라지 않을 수가 없었습니다./분명히 내가 넣었던 곳에서 꺼냈는데, 내가 사진관에서 받아 든 순이와 같이 찍은 사진이 아니었습니다. 그것은 내가 좋아하는 동화집 갈피 속에 끼여 있던 노란 민들레 카아드였습니다.[6]

이렇듯 영화적인 겹침, '오버랩핑' 기법으로 계속 다른 환경으로 안내하는 문학적 기법을 가진 「꿈을 찍는 사진관」은, 위에서 보듯, 사건의 변화를 통한 시간의 흐름이 있었으나 실질적으로는 시간의 변화가 '정지'되는 환경이었다. "하루를 꼬박 굶었으나 나는 배고픈 생각이라곤 전혀 없었"다는 것은 시간의 흐름에 따른 인간의 지각 능력의 정지를 의미하는 시간 상실을 나타낸다. 그리고 이제 마지막에 다시 돌아와 처음 앉았던 자리에 다시 앉은 주인공의 모습은 공간의 회귀로서 무변화된 공간을 의

---

5) 강소천, 앞의 책, 1988, 17~19쪽.
6) 위의 책, 20~21쪽.

미하게 된다. 결국 이 '시공간의 무변화'라는 거대한 플롯 구조가 바로 강소천의 특유한 '꿈'의 세계, 판타지의 구조인 것이다.

오로지 꿈속의 변화하는 지리적 공간에서만이 시간차가 존재했는데, 그것은 바로 주인공이 받아든 "사진에는 여덟 해나 차이가 있"다는 바로 그 점이다. 무변화의 현실과 변화하는 비현실의 가상 공간. 변화하지 않은 주인공의 인식과 변화한 나이차. 즉, 사진 속에 노출된 소학교 5학년 때의 열두 살과 스무 살의 낙차에서는 안타까운 민족 분단의 모습이 그대로 노출되면서 박제화되고 있다. 그리고 독자들은 그 자리에 그대로 존재할 수 밖에 없는, 우리의 분단현실에 관한 '민족적 감정구조'를 확인하게 되는 것이다.

따라서 이렇듯 현실과 비현실 세계들의 경계가 명확하지 않고 오히려 '일치 내지 합일'되는 바를 진정 서구식 이론에서의 판타지로 판단할 수 있을지는 의문이지만, 강소천이 '꿈'이라는 주제, 소망 내지 소원이라는 통일의 주제를 이중삼중의 기법적 장치로 매우 명확히 드러내려 했고, 이러한 서사기법적 특성이 한국적인 문화감정구조를 자연스럽게 드러낸다는 점에서, 오히려 새롭고 특이한 형태의 판타지로 분석해 보는 것도 큰 의미가 있다고 본다. 다시 말하자면, 「이상한 나라의 앨리스」나 「오즈의 마법사」처럼 또다른 세계로의 진입과 기존 세계로의 귀환이 이루어지는 액자소설 형태의 전통적 판타지를 생각한다면, 한국적 판타지인 「꿈을 찍는 사진관」은 다소 낯선 형태의 판타지라 할 수 있다는 것이다. 현실과 비현실의 세계가 완전하게 '동일시'되는 서사구조는 북한에서의 리원우의 「도끼장군」에서도 비슷하게 작동되는 기법이기에 이러한 특징이야말로 서구와는 다른 계보의 분단국가 판타지, 다시 말하자면 한국적인 정서적 상상력, 그 문화적 감정구조에서 찾을 수 있다는 것이 본고에서 주장하고자 하는 바이다.

3. 강소천의 작품에 나타난 기억의 내향(內向)형 판타지

휴전 직후 그 다음 해인 1954년에 일제히 남한과 북한에서 출판된 두 작품, 즉 강소천의 「꿈을 찍는 사진관」과 리원우의 「도끼장군」은 현재 남북한의 분단 이념 논쟁의 이질성, 즉 비동질성을 확인할 수 있는 가장 적절한 한국적 판타지로서의 아동문학 교육제재이다. 이 두 분단국가에서 아동문학은 해당 체제의 교육의 문제와 떼려야 뗄 수 없는 교육제재로서 오랜 기간 공식적으로 이데올로기적 국가 기구의 제도적 옹호아래 작동되어왔다. 그리고 전쟁 직후라는 1954년이라는 이 시기는 전쟁의 상흔과 분단문제에 대한 인식, 그리고 남북한 각 체제가 추구하려는 미래의 전망, 즉 통일관을 가장 절실하게 드러낼 수 있는 지점이었다.

먼저, 남한에서의 통일에 대한 기본 관점을 확인할 수 있는, 즉 남한의 북한에 대한 인식논리 성립의 시초가 된다고 할 수 있는 강소천의 작품 「꿈을 찍는 사진관」의 내용을 조금 더 면밀히 살펴보도록 하겠다. 앞서 언급했듯, 이 작품은 그동안 남한 사회에서 북한이 통합되어야 할, 동향에 대한 그리움의 대상이라는 인식을 지속적으로 추동하는 교육적 매개가 되어왔다. 이 아동소설의 주인공은 38선을 넘어 서울로 이사 온 월남인 남자로, 어렸을 적 추억의 인물인 순이를 그리워하고 있다. 그러던 차에 같은 마음으로 이미 "<추억>"의 "<꿈>"을 찍어주는 '기억'의 사진기를 발명한 사진사를 꿈을 찍는 사진관에서 만나게 된다. 추억을 꿈꾸며 사진을 찍었지만, 마지막에는 실상 손에 쥔 것이 자신이 좋아하던 동화책에 들어 있던 민들레 카드였다는 판타지 소설의 형식을 갖추고 있는 작품이다.

> 꿈을 찍는 사진관으로 가는 길 동쪽으로 5리 …(중략)… 꿈을 찍는 사진관은 여기서 남쪽으로 5리 되는 곳으로 옮겼습니다.[7]

---

7) 앞의 책, 12쪽.

따스한 봄볕 속에 봄을 그려내고자 마을 뒷산에 오른 서투른 화가 주인공은 맞은 편 산허리에 활짝 피어난 살구꽃을 보고 깜짝 놀라게 된다. 왜냐하면 보통 살구꽃이 피려면 한 달 후나 가능한 일인데, 그곳에는 벌써 연분홍 꽃이 전등이라도 켠 듯이 뚜렷하게 만개해 있었기 때문이다. 이상한 일에 놀란 주인공은 그 꽃나무 아래까지 단숨에 달려갔다. 나무 밑줄기에는 위 인용문에서 보는 것처럼 "꿈을 찍는 사진관으로 가는 길 동쪽으로 5리"라는 방향 외에도 남쪽으로 5리를, 그리고 다시 서쪽으로 5리를 가라고 지시한다. 그리하여 마침내 주인공은 "한 번만 더 속아보자 하고 또 서쪽을 향해 걸어갔"고 "마침내 나는 꿈을 찍는 사진관을 찾은 것"이다.

이 작품은 몇 가지의 상징적 장치를 통해 그리움, 기억의 문제를 현실화하고 있다. 그것은 사진, (말할 수 없는) 북쪽, 홀수의 방, 민들레 카드 등이다.

먼저, 이 작품에 나타나는 꿈을 찍는 사진은 과거와 현재와 미래의 만남을 의미하며 통일한국의 모습을 상상하는 남한의 인식을 상징하는 표상의 결정체라고 할 수 있다.

> 오늘—더우기 6 · 25 사변을 치르고 난 우리들에겐, 많은 잃은 것 대신에 가진 것은 안타깝게 보고 싶고 그리운 얼굴들입니다./눈에 보이지 않는 것 중에 우리에게 얻지 못할 가장 귀중한 것의 하나는 과거를 다시 생각할 수 있는 <추억>이라는 것입니다./우리는 옛날을 다시 생각하기 위해서 묵은 앨범을 꺼내어 사진 위에 머물러 있는 지난날의 모습들을 바라봅니다./그러나 사진이란 다만 추억의 어느 한 순간이요. 그 전부는 아닙니다. 정말 아름다운 추억이란 흔히 사진첩 속에서는 찾아보기 어려운 것입니다. 우리는 그런 불완전한 것이나마 사변으로 인하여 거의 잃어버리고 말았습니다./그러나 요행이 우리에겐 <꿈>이란 게 있습니다./이미, 저 세상에 가 버리고 없는 그리운 얼굴들도 꿈에서는 서로 만날 수 있습니다./남북으로 갈리어 서로 만나

지 못하는 사이라도 쉽게 만날 수 있습니다. 꿈길엔 38선이 없습니다./ 정말 꿈을 꿀 수 있다는 것은 얼마나 행복한 일입니까?/그러나, 이 꿈 이란 사람의 마음대로 꿀 수는 없는 것입니다./아무리 그립고 보고 싶 은 얼굴이 있어, 꿈에 보려고 애를 써도 뜻대로 잘 안 되는 수가 많습 니다. 그러다 어떻게 잠깐 꿈을 꾸게 된다 해도, 그 꿈이 곧 깨면 한층 더 안타까운 것뿐입니다./여기에 생각을 둔 나는 이번에 꿈을 찍는 사 진기를 하나 발명했습니다. 이는 결코 거리의 사진사들처럼 영업을 목적한 건 아닙니다./내게는 안타깝게 그리운 아기가 있습니다. 나는 그 아기의 사진까지 송두리째 잃어버렸습니다. 내가 이 사진기를 만 들게 된 게 그 때문인지 모릅니다.[8]

사진이라는 기억 표상의 객관적 상관물이 환기하는 정서는 그리움, 추 억이다. 그것은 분단되기 이전의 동향 사람의 합일된 모습이다. 사진사가 발명한 계기는 위 인용문에서 보는 것처럼, 6 · 25사변으로 인해 더욱 심 각하게 갈라서야 하는 남북한 분단 모순에 대한 인간적인 통찰과 깊이 있 는 회한을 통한 소망의 제시를 위해서였다. 순수하게 "그리운 아기"의 모 습을 찾고자 하는 마음, "그 아기의 사진까지 송두리째 잃어버"린 때문에 사진기를 발명하게 된 사진사의 정서적 동기가 바로 남한이 향후에 통일 을 염원하게 되는 동력이 되었던 것이며, 이것이 통일의 문제를 '감성적' 으로, 즉 내적 · 통합적으로 인식하려는 남한의 태도와 근본적으로 관련 되는 것이다.

다음으로, 꿈으로 가는 사진관으로 가는 길에서 북쪽은 없다. 왜 북쪽 방향은 부재하는 것인가. 그것은 꿈을 찍는 사진관이 서 있는 자리가 바 로 그 곳에 없는, 현실 속에서 만날 수 없는, 말할 수 없는 방향, '북쪽'이기 때문이다.

---

8) 앞의 책, 14~15쪽.

그는 내게 조그맣고 얄팍한 책 한 권을 주며, 저쪽 7호실에 가 앉아 소리 내지 말고 읽어 보라고 했습니다./나는 7호실을 찾아갔습니다. 1호실 다음엔 3호실, 그 다음이 5호실, 바로 그 다음이 7호실입니다. 어쩐지 사진관이 꼭 여관집과도 같습니까? 나는 그제야 이 집의 방 번호가 모두 홀수로만 되어 있다는 것을 알았습니다.[9]

인용문에서 보듯, 1, 3, 5, 7호실은 모두 홀수이다. 다시 말하자면, 남쪽은 홀수의 땅이며, 짝수의 땅으로 통일되어야만 완전한 공간이 되는 것이다. 완전한 공간이 될 수 없는 현재는 불완전하며, 환상의 공간, 즉 판타지의 세계가 되는 것이다. 한국적인 판타지를 대표하는 이 작품이 서구의 판타지 공식에 충실할 수 없는 이유가 여기에서 다시 나타난다.

박영기는 "「꿈을 찍는 사진관」에서의 꿈이 "~깨어보니 꿈이었다."라는 스테레오타이프에서 벗어나 있다"[10]고 서구의 환타지와의 차이점을 말하고 있다. 한국형 판타지가 분단문제와 통일문제에 긴요하게 얽혀있기에 꿈과 현실, 즉 현세계와 또 다른 세계로의 완전한 분리가 이루어질 수 없음을 상징적으로 드러낸다고 하겠다. 다시 말하자면, 서구형 판타지는 현실과 비현실이라는 두 세계가 보다 명확하게 분리되지만, 한국형 판타지는 불분명한 경계선을 가지며 오히려 동일시되고 나아가 합체되기까지 한다는 것이며, 이것은 바로 현재 우리의 분단국가라는 현실을 서사적으로 재현하는 구조적 기법이 되는 것이다. 이를 통해 우리는 분단국가라는 현실 인식이 보다 명확해지며, 통일이라는 국가적 명제가 여전히 현재진행형으로 민족관을 종속시킨다는 점을 상징한다고 하겠다.

다시 한 번 강조하자면, 방향과 숫자가 완전할 수 없는 그 세계를 '완벽하게 채울 수 있는 것'은 오직 작가 말하고자 하는 그 세계, 한국형 환타지

---

9) 강소천, 앞의 책, 13~14쪽.
10) 박영기, 앞의 글, 256쪽.

속의 세계였던 것이다. 그리움과 꿈의 세계이며, 그것은 통일된 한반도인 것이다. 그러나 이것은 마음속에서 아동문학만이 지닐 수 있는 그리움의 상징적 카드로 다시 현상화한다. 남북통일의 객관적 상관물은 바로 마지막 장면에서, 그 노란 민들레로서 홀씨 되어 날아가 북쪽에서 다시 똑같이, 국토의 반쪽에서 꽃피울 것이라는 기대와 희망의 상징을 의미하게 된다. 이는 전쟁 직후에 형상화하는 국토의 반쪽에 대한 인식이 결국 동족에 대한 그리움, 잃어버린 반쪽에 대한 기억의 내향화(內向化)였음을 나타낸다. 즉, 이 기억의 내향화, 그리움의 통합의식이 근본적으로 휴전 이후 남한에서 유지해온 통일 관념으로 고착화되었던 것이다.

4. 리원우의 작품에 나타난 전쟁의 외향(外向)형 판타지

그렇다면, 이렇듯 분단이라는 비극적 현실을 애틋한 그리움, 즉 추억으로서 기억하는 사진을 통해 반복하고자 하는 그 현실의 꿈이 전쟁과 반목을 넘어선 민족통일을 위한 인식론, 즉 남한의 인식을 대변한다고 생각하면, 북한의 경우는 어떠할까. 리원우의 작품 「도끼장군」을 통해 드러나는 북한의 통일관은, 계급적 세계관을 나타낼 것이라는 고정관념을 넘어서서, 외세 대항담론에 방점을 찍었다는 것으로 이해될 수 있다. 요약하자면, 민족통일에 대한 인식론은 첫 분기점에서부터 이미 각기 남한의 내향형과 북한의 외향형으로 나뉘었다는 것이다.

'과거'의 "<추억>"을 순이와의 이별 직전의 모습으로 떠올리고 미래의 "<꿈>"의 세계를 '과거'의 순이와 다시 만날 것으로 상정하는 「꿈을 찍는 사진관」과 다르게, 1954년 북한에서 리원우의 「도끼장군」은 '과거'의 모습을 침략의 역사 속에서 굳건히 하나로 견지되는 민족의 모습, 영웅의 현재화로 다시 미래의 '꿈'을 상정하고 있었다. 현실과 비현실을 동일시하는 유사한 문화적 감정구조는 남한과 공유하고 있었지만, 그 방향성은 조금 이질적으로, 다시 말하자면, 통일이 되어 외세에 대항해야 한다는 급진논리로 나타난다. 이 작품은 통일된 이전 사회의 과거 모습을 선험적 근거로 삼고, 통일이 되어야 하는 이유를 지나간 역사 속에서, 외세에 대한 저항의 경험에서 찾고 있었다.

① 북한 문화교육의 역사에서 「도끼장군」의 중요성은 아무리 강조해도 지나치지 않을 정도였으며, 「도끼장군」 발간 이후 유사한 성향의 작품들을 계속 발표하고 초기의 논리를 바탕으로 북한 아동문학교육교양의 이론적 뒷받침을 꾸준히 확보해나간 징후가 포착되기 때문이다…(중략)…이러한 속에서 6·25전쟁을 일으켰던 북한은 스스로 전쟁의 원인을 외세의 탓으로 돌리게 된 것이다. 이 외세배격과 타파론의 등장에 중추적 역할을 하게 된 문학작품이 바로 리원우의 「도끼장군」이었다. 외세에 의한 지속적 침략이 가져온 자신들의 트라우마를 합리화하는 상징적 장치들이 가득 차 있는 이 「도끼장군」을 교육교양장에서 적극 활용함으로써 전쟁에 대한 증오의 감정이 지속되었고, 이것은 이후에도 사회주의적 애국주의가 외세배격론과 긴밀하게 맞물려 돌아간 원인이 된다. 실제로 전쟁을 일으킨 당사자임에도 불구하고 북한 사회는 이를 전통적인 외세 침입의 트라우마로써 입증하고자 했다. 이 논리가 당의 정책으로 확장되는 근거를 리원우와 같은 문학적 지식인들이 이론적·정서적으로 제공한 것이다.[11]

② 전후에 소년시절을 보낸 아버지, 어머니들은 모두 이 작품들을 알고있을 것입니다./동무들은 이 작품집을 읽고 해방전후시기부터 오늘에 이르기까지 우리 나라 아동문학의 발전에 대해서도 일정한 리해를 가지게 될 것입니다.[12]

---

11) 이영미, 「리원우의 「도끼장군」 연구」, 『국제한인문학연구』12호, 국제한인문학회, 2013, 254~261쪽.
12) 리원우, 『보물고간』, 평양: 금성청년출판사, 1986. 서문.

인용문 ①과 ②는 「도끼장군」과 관련된 교육적 역할, 그 영향을 살펴볼 수 있는 부분이다. 특히 인용문 ②는 리원우가 1985년 죽자 김정일의 지시로 1986년 리원우의 선집이 출판되었는데 이의 서문에서 인용한 부분이다. 이 출판은 당시 김정일의 지시로 이루어졌다.

리원우는 아동문학 관련하여 북한의 사전에 거의 유일하게 등재되는 인물이다. 그 이외에 가끔씩 같이 거론되는 이는 리진화 정도이다. 그만큼 북한에서 아동문학작가 리원우의 문화정치사적 위상은 대단히 높다. 초대 조선작가동맹 아동문학분과위원회 위원장,『아동문학』편집위원을 지낸 정치적 위세까지 겸하고 있기 때문이다. 리원우는 일제 식민지 시기부터 습작 등을 통해 아동문학장의 형성에 기여해 왔으나, 실제 일제치하 식민지기에서는 그다지 큰 입지를 갖지 못하였던 것으로 보인다. 식민치하에서 노동자 출신의 시인이라는 약점은 오히려 북한 건국 이후에 그의 권력을 큰 폭으로 확장하게 되는 강점이 되었다.

리원우는 북한 아동문학사에서 대단히 중요한 위치를 차지하고 있는 「도끼장군」을 1954년에 저술 출판함으로써 이후 아동문학과 그 교육의 '자위자강(自衛自彊)을 통한 외세 타파'라는 북한의 독특한 사회주의적 애국주의의 정체성 형성에 매우 중요한 역할을 하게 된다. 이 '외세 타파'의 논리는 현재 북한의 주체사상에 바탕하여 부국강병을 실현하려는 근본 담보조건이다. '외세 타파'가 극단적으로 표현되고 있는 것이 핵개발의 논리이기 때문이다. 현재까지 북한의 이 핵개발 문제가 세계 평화에 큰 장애가 되고 있는 것은 주지의 사실이다.[13)

북한이 현재까지 외세 타파를 통한 통일론으로 미군 철수 등을 외치는 것은 결국 초기 북한 사회의 문화적 감정구조의 구성에서 그 뿌리를 찾아야 할 것이다. 즉 현재 북한 사회의 문화적 감정구조 패턴을 이해하기 위

---

13) 이영미, 앞의 글, 253~254쪽.

해서는 역사적 구명이 매우 중요하다는 사실이다. 그 문화사상, 정치철학의 한 줄기를 도도히 흐르는 것이 바로 문학교육체계 내의 핵심적 교육제재인 「도끼장군」과 같은 교육교양정전이다. 결국 외세 배격이야말로 우리 민족이 통일을 이룰 수 있는 근본담보조건이 된다는 이러한 논리의 시동은 당의 정책을 적극적으로 반영하고자 하는 작가들의 창작 의지를 통해 해당 인민들의 감정구조 속에 체계화되어갔던 것이다.

1957년 2월 20일에 작가동맹 아동문학 분과위원회 연구회에서 공식적으로 나타난 문학의 역할은 "혁명의 문학이며 특히 조국 통일 위업에 복무하는 문학인바 아동문학도 이 길에서 예외일 수 없다"[14]는 것이었다. 리원우는 당시 보고에서 "자기 보고에서 당의 결정과 국가 정책을 아동 문학 작품에 반영한다는 문제는 곧 우리의 생활을 옳게 형상하는 문제라고 강조하"였는데, 이는 근본적으로 아동을 교육교양하는 문학의 기능이 당의 결정과 국가 정책을 반영하는 것이라는 사실을 시사한다. 이러한 국가사상, 정치철학의 명제들을 실천하는 문학사상은 이미 리원우의 「도끼장군」이라는 작품 속에서 선제적으로 명징하게 관통되어 있었다. 이 작품에 나타난 통일관은 인식적 단계에 있는 유년들에게조차도 정치사상적 교양을 강화해야 한다는 당시 당의 정책에 발맞추어 이후 급속히 아동들의 문화감정구조를 지배하여갔다. 다시 말하자면, 건국 초기부터 문학교육교양 장의 영역에서 「도끼장군」은 교재 혹은 부교재로서 지속적으로 활용되면서, 북한 교육교양의 중요한 문학제재로서 기능하였던 것이다.

「도끼장군」은 임진왜란 시기에 평양 부근에서 23살의 농민 일군총각이 등장하여, 신의 게시와 같은 전설적 부름에 응하게 되고, 외세의 침략에 대항하여 싸우면서 자신의 불멸의 기능, 즉 '부활'의 능력과 '영생'의 힘

---

14) 류도희, 「작품에 시대 정신을 반영하자-아동 문학 분과 확대 위원회에서-」, 『문학신문』, 평양: 문학신문사, 1957. 2. 28.

을 확인하게 되는데, 이 과정에서 만물의 기이한 지원을 받게 되면서 결국 일본의 침략을 물리친다는 내용이다. 이 도끼장군은 실제 현실에서 외세의 침략이 있을 때마다 부활하여 공격을 막아내게 되었는데, 이에는 임진왜란 이후 식민지기 일제의 강점과 6·25전쟁시의 미군이 해당되는 것으로 그려진다. 외세를 배격하고 굳건한 타파의지를 지속적으로 드러냄으로써 결국 한민족의 역사적 종점은 평양 출신의 부활된 도끼장군의 후예들, 즉 도끼장군의 부활된 분신(分身)들에 의한 조국통일로 귀결되고 있다.

이 작품은 「꿈을 찍는 사진관」과 마찬가지로 판타지의 소설적 기법들이 사용되는데, 과거로부터의 전설과 현실을 그대로 대입하거나, 현실의 사건을 전개해 나가는 데 있어 비현실적인 장치들, 특히 애니미즘(Animism)을 활용함으로써 현실과 비현실의 경계를 없애고 완전히 동일시된 현실의 사건 전개로 합치시키기도 한다. 이것은 리원우가 아동문학론에서 강조한 바이다.

> 아동 문학에 있어서는 자연 현상들이 좀 이상한 형태를 띠고 묘사되는 경우도 있다. 특히 동화에 묘사된 자연 현상들이 특별한 형태를 띠고 있다. 사람은 아닌데 소나무도, 배나무도, 꽃도 말을 하며 심지어 어떤 경우에는 나무가 뛰여 가기도 한다. 시냇물은 졸졸 흘러가면서 노래를 부르며 봄 바람은 살랑살랑 춤을 추고 햇님은 벙글벙글 웃으면서 산과 땅을 내려다본다. 이런 경우는 다만 동화에만 있는 것이 아니지만 주로 동화에 묘사되는 자연 현상들이 이러하다. 이러한 경우의 자연 묘사들도 결국 인간 묘사와 결부되어 있다. 한 걸음 더 깊이 들어가 풍유적 혹은 비유적 형태를 띠고 인간들처럼 말도 하고 생각도 하는바 단순히 자연 현상인 것이 아니라 직접 인간처럼 묘사된 례가 아동 문학 작품들 중에는 많다.[15]

---

15) 리원우, 『문학예술총서-아동 문학 창작의 길』, 평양:국립출판사, 1956, 23~24쪽.

리원우에 따르면, 아동문학 독자들은 이 환상적 형상, "그것을 통하여 인간 생활을 인식"[16]하며, 이러한 판타지적 형상법은 아래의 예문에서 보듯, 애니미즘에서 비롯되었다는 주장이다.

> 　　동화에 나오는 형상들 속에는 다음과 같은 것들이 있다./물체에 생명을 부여한 형상/동화는 자기 속에 이끌어 들인 여러 가지 대상, 자연, 동물 기타 물품들에 생명과 살아 움직이는 힘을 넣어 인간화하는 방법에 의하여 형상을 창조한다. 이 형상법은 원시 태고 시대에 만물에는 어느 것이나 령혼이 있다고 주장하던 아니미즘에서 유래된 것인 바 지금도 이 방법을 동화가 리용하는 것은 인류 발전사의 유년 시대를 회상하는 것으로 되며 우리가 어떤 력사적 과정을 밟아 오늘에 이르렀는가를 알기 위하여서이다. 또한 어떤 물건에 활력을 부여하는 것은 그 물건에 어떤 가치와 의의를 부여하는 것으로 되며 독자들에게 그 물건 뒤에 감추어진 본질을 밝혀 주는 것으로 된다. 이리하여 물체에 생명을 부여하여 독자적으로 말하고 행동하게 하는 요술적 형상이 나타나는 것이다.[17]

　　리원우가 「도끼장군」에서 중점적으로 드러내는 '부활'과 '환생', 그리고 '영생'하는 돌로 만든 장군, 도끼장군의 환상적 연출, 전설 속 도끼장군의 재림은 바로 이러한 물활론과 아울러, 주변 사물들의 능동적인 의인화, 즉 환상을 나타내는 비현실의 공간, 판타지와 필연적으로 연관되어 있다. 그리고 이것은 기이하게도 너무나 자연스럽게 작품 속 현실 속에서 합일되어있다. 강소천의 「꿈을 찍는 사진관」에서 나타난 현실과 비현실의 경계 없음, 시공간의 상실 현상 역시 여기에서 발생하고 있다.

　　「도끼장군」에서 주인공인 평양 부근 도끼메부산 땅의 일군총각은 자신이 나무하면서 쉬던 평범한 바위가 전설 속의 장수바위인줄 전에는 미

---

16) 리원우, 앞의 책, 29쪽.
17) 위의 책, 109쪽.

처 몰랐었다. 왜군과 대항해 싸우기 시작하면서 그가 죽음을 맞이했을 때에야, 그는 신의 부름을 받은 자임이 드러난다. 일군총각이 일본의 침략을 맞아 죽었지만 다시 여러 명의 도끼장군으로 환생하여 나타나 침략군을 물리치는 부분에서 이것은 명확한 현실이 된다. 결국 일군총각은 살아 있는 돌무더기들의 호위 속에서 도끼장군으로서 부활하고, 이를 본 젊은 이들도 같이 뛰어나와 장수들로 변하여 도끼를 휘두르며 왜군들을 무찌르기 시작하는 것이다.

> 그러자 수많은 목소리들이 별안간 천동우뢰소리로 변하여 여기서 우지끈 저기서 우지끈하기 시작하였습니다./드디어 바위돌도 굴기 시작했습니다. 처음엔 두바위가 굴기 시작하더니 그뒤를 따라 열 스무 바위가 굴기 시작하였습니다. 그러자 동쪽산이 큰 몸을 흔들며 천년 묵은 이끼바위들을 굴리기 시작하였습니다. 수백수천개의 바위들이 이를 갈며 주먹을 떨며 굴러내려오기 시작하였습니다.18)

도끼장수의 물적 교감으로, 하늘이 오래전부터 예언해 온 뜻에 따라 기적이 일어나 죽었던 도끼장수가 다시 살아나더니 두 명의 도끼장수로 나타난다. 신의 계시에 따른 부활(復活)이 평범하고도 이름 없는 인민에게서 나타나는 것이다. 왜군의 공격이 더욱 극심해지면서 계속해서 도끼장수를 해치자, 이제는 열여섯 명의 장수로, 서른두 명, 예순네 명으로 장수들의 수는 두 배씩 급격히 늘어났다.

> 배고픈놈들은 창자에 일어난 불을 끄기 위하여 쌀을 찾으며 발바닥에 불이 일어나도록 헤매돌았습니다./기진한 원쑤놈들은 물과 쌀을 부르며 동네방네로 달려들었습니다. 사람들은 미처 메우지 못한 우물과 미처 감추지 못한 쌀을 어서 감추라고 웨쳤습니다.//목마른 원쑤들

---

18) 리원우, 「도끼장군」, ≪보물고간≫, 앞의 책, 227쪽.

이 뛰여간다/박우물아, 구렁물아/물을 걷어다우/그렇지 못하겠으면/독물이 되여다우/굶주린 원쑤들이 달려간다/흰쌀아, 노랑쌀아/흙으로 변해다우/돌로 변해다우//우물터로 달려든놈들은 빈 드레박을 마시며 거꾸러졌습니다. 어떤 놈은 독물을 마시고 거꾸러졌습니다./어데서는 굶주린놈들이 흙을 씹으며 돌을 깨물며 죽엇습니다. 사람들은 달아나는 놈들에게 밟고 갈길을 주지 않았습니다./어떤 길은 별안간 깊은 구덩이로 변하였습니다. 또 어떤 길은 별안간 꾹꾹 꿰는 가시밭으로 변하였습니다.19)

이 인용문은 동네전체의 사람들이 적극적으로 사물들을 부르며 상호교감 속에 영적인 방어에 나서게 되는 장면이다. 이 마을공동체는, 죽음과 재죽음 사이에도, 계속적으로 확대되는 인민들의 힘과 더불어, 자연의 힘, 정령들의 도움을 받은 영성(靈性)의 집결체가 되었다. 마침내 도끼장수는 "열스무 번을 살아나서 싸우는 동안 갑절씩 늘어 이천마흔여덟 명으로 변한 일군총각은 수많은 용사들과 함께 침략자들을 쳐부수고 드디어 도끼메부산 땅을 지"키게 되었다.

「도끼장군」에서 인민들이 도끼장군과 마찬가지로 사물들을 움직이게 하는 힘을 갖게 된 것은 바로 그들의 단단히 결속된 집단주의적 힘, 애국주의의 정신을 일체적으로 지니고 있었기 때문이었다. 이 애국주의 정신의 근간이 바로 인민들이 통일을 염원하는 바로 그 마음을 가로지르는, 시공간을 무력화시키는 감정적 열망이라는 점을 이 작품은 상징적으로 드러내고 있다. 이 서사의 지속적 교육이 해당 사회의 역사 속에서, 그리고 그 집단 속에서 하나의 생명체로 움직이는 불멸의 힘, 즉 영생론(永生論)으로 발전하게 되는 종자를 맺게 하였던 것이다. 즉, 삶과 죽음까지도 분리하지 않고 합일시키려는 「도끼장군」의 정치사상이 북한식 영성(靈性)의 한 발판이 되었던 것이다.

---

19) 리원우, 「도끼장군」, 앞의 책, 237쪽.

현실과 비현실의 판타지 세계를 구분 없이 넘나드는 이 독특한 기법은 앞서 분석했듯, 남북한이 공통으로 나타내는 아동문학적 특성으로 판단된다. 이 「도끼장군」의 문학사상은 또한 조국통일이라는 통일담론과제와도 연결되어 있었다. 다시 말하자면, 이 작품은 시공간을 상실하고 삶과 죽음을 넘어서는, 현실과 비현실의 세계를 경계 없이 하나의 세계로 이해하려는 민족의 계승적 영성(靈性)을 제시함으로써 외부세력에 대항하는 통일의 마음가짐을 추동하였던 것이다. 이 영성이야말로 분단상태에 놓여 있는 민족적 감정구조의 판타지적 외현화로 이해된다. 그리고 이 영성, 통일론의 조준 방향은 역시 외세의 침략이었다.

리원우는 「도끼장군」의 창작동기를 당시 강원도의 한 지역에 내려오는 전설에서 찾았다고 말한 바 있었다. 이것은 전설이 작가의 작품 속에서 현실화하고 다시 이 작품이 문학교육제재로 활용되면서 현실을 만들어가는 북한식의 문화감정구조, 그 패턴을 구조화하는 시작이었다고 말할 수 있다. 그리고 이것은 분단 이후 통일담론이 남북한 양측에서 만날 수 없는 다리처럼 불협화음을 일으키며 통합하지 못했던 한 원인이었을수도 있다. 다시 말하자면, 각기 통일을 바라보는 생각과 지향점이 상당히 달리 전개되었던 것이다. 그래서 지금 현재 분단의 원인과 해결방법을 외부에서 찾으려는 북한과 이를 내부에서 찾고자 하는 남한의 동상이몽은 우리의 당연한 현실이 되어버렸다고 할 수 있다.

5. 나오며

남북한의 진정한 통합을 위해 각 체제 정치사상의 주입구인 아동문학이 문학교육제재로서 해야 할 일은 무엇일까. 이를 분석하기 위해서는 상호 문학이 지니는 내면적 사상의 분화과정을 먼저 확인해야 하며, 그 첫 분기점의 원류를 찾아 형상을 이해한 후에 새로운 통합의 논의를 시작할 수 있을 것이다. 본고는 남북한의 대표적인 아동문학작가 강소천과 리원우의 문학적 세계관을 통해 현재 남북한의 문화감정구조의 이질성에 대한 역사적 유래를 포착하고 향후 통일의 가능성, 문화적 통합의 가능성을 찾아보고자 했다. 그래서 현재 극도로 상반된 노선으로 대치되어온 현 남북한 통일담론의 차이점을 확인할 수 있는 원형적 정전(canon)으로 강소천의 「꿈을 찍는 사진관」과 리원우의 「도끼장군」을 선택하였다.

휴전 직후 그 다음 해인 1954년에 일제히 남한과 북한에서 출판된 두 작품은 현재 남북한의 비동질성, 즉 문화적 감정구조의 이질성을 확인할 수 있는 가장 적절한 아동문학 텍스트로 판단되었다. 아동문학은 해당 체제의 교육의 문제와 떼려야 뗄 수 없는 교육제재이며, 전쟁 직후라는 그 시기는 전쟁의 상흔과 미래에의 전망을 가장 절실하게 드러낼 수 있는 지점이어서 이 두 작품의 분석은 상당히 유의미하였다. 휴전 이래 지금까지 60여 년 동안 각 체제의 정치철학적 세계관이 추진해 나간 통일론의 문화인식론적 방향은, 남한이 내부 치유를 통한 민족통일론으로, 북한이 외세 대항을 통한 민족통일론으로 진행되었고, 그 분기된 문화적 원형의 감정구조는 바로 이 두 작품의 비교 분석을 통해 보다 선명하게 드러날 수 있었다.

결국, 아동문학을 중심으로 살펴보았을 때, 남북한의 통일담론에 관련된 문학사상적 진로는 크게 두 가지 형태로 그 인식이 결정되었다는 것을 알 수 있었다. 다시 말하자면, 남북이 마음으로 화합하면 통일이 될 수 있다는 내향형 판타지와 외세에 대항하는 힘을 같이 길러야 통일이 될 수 있다는 외향형 판타지로 분기(分岐)되었던 그 지점에, 남한의 통일관과 북한의 통일관이 역사적으로 서로 자리하게 되었다는 것이다. 이것은 오로지 민족통일에 대한 염원으로 구성되어온 남한의 정치 이데올로기와 외세배격을 위해 미군 철수 등을 주장하는 북한의 정치 이데올로기의 인식론적, 구성주의적 맥락들을 역사적으로 또한 문화사상적으로 이해할 수 있게 하였다. 그리고 이것은 나아가 남북한이 그 정치사상적 배경의 차이를 상호 이해하고 통합의 아젠다를 구체적으로 구상하는 데 상당히 중요한 도움을 줄 수 있을 것이라는 판단이다.

민족 내적, 지역적 문제로 통일의 문제를 인식하고자 했던 남한의 경우와 다르게, 북한이 외세 배격의 논리로 지속적으로 세계와 대항하고자 핵을 갖추는 등의 무장을 하게 된 일정한 근거가 바로 이러한 작품 분석에서 선명하게 드러날 수 있었다는 사실은 향후 통일교육정책의 추진 방향에 시사하는 바가 클 것으로 판단된다. 예를 들면, 무조건적으로 민족 감정을 고양시키는 통일교육은 통일이라는 대명제의 순항에 도움이 되지 않을 것이라는 점이다.

그동안 북한이 제시해왔던 '우리 민족끼리'라는 상시적 통일 논리는 휴전 이후 끊임없이 추구된 국가철학 중의 하나로서 지금까지 북한이 세계를 외부의 적으로 간주하고 무장화를 추진한 배경이 되었다. 반면, 강소천의 작품을 보면 남한의 통일담론은 그 내부적인 순수성, 휴머니즘에 바탕 한 끈끈한 민족애의 감정으로, 인류보편적 가치 추구라는 근본에 비추어본다면 충분히 숭고한 것으로 판단된다. 하지만, 개인적인 그리움의 해소를 위한 감상주의는 언제나 결국 현실적으로는, 외세 배격을 위한 집단적인 무장 논리에 밀릴 수밖에 없다. 평화보다는 전쟁이 앞섰던 것이 인간의 역사였던 점을 생각해본다면, 남북한의 통일 이데올로기는 각각의 특성을 지니고 있지만 물리적인 힘의 견지에서는 남한의 순수하고 감정적인 동일시의 휴머니즘이 제압되지나 않을지 우려된다.

―『평화학연구』16권 1호(2015. 3)

부록

어린이 헌장과 어깨동무 학교

-강소천의 어린이 문화운동

서 석 규

1. 어린이 헌장 초고 작성에서 제정까지

우리나라 최초의 어린이 헌장이 제정 선포된 것은 1957년 어린이날이었다. 이 헌장이 제정되기까지 처음부터 끝까지 핵심적인 일을 한 분은 강소천 선생이었다.

강 선생은 훤칠하신 키에 항상 공책과 책을 책보에 싸서 옆에 끼고, 비스듬히 기울어진 자세로 부지런히 걸으셨다. 묵묵히 생각하시면서 걸으셨다. 늘 어린이와 아동 문학을 생각하셨다. 생각에 골똘하다가 그 생각이 열리면 어린아이처럼 좋아하셨다. 검은 얼굴에 하얀 이를 드러내고 환하게 웃으셨다.

1956년 더위가 막 고개를 숙이려고 할 무렵, 어느 날 오후로 기억된다. 내 사무실 아래 다방으로 오셨다. 마주 앉자마자 바로 그 환한 웃음을 웃으시며,

"지금 보사부 다녀오는 길인데, 부녀국장이 추진하기로 했어요."

추진하시던 어린이 헌장 제정 문제 얘기였다. 기뻐 어쩔 줄 몰라하셨다. 바로 그 환한 웃음이 지금도 생생하게 떠오른다.

강소천 선생은 '어린이 헌장' 문제에 골똘하게 매달리셨다. 그 전부터 생각하셨는지는 모르지만 1956년 어린이날을 보낸 뒤, 유엔의 아동 권리 선언과 프랑스 인권 선언문을 옮겨 적고, 헌장 초안을 만들 내용들을 적은 공책을 가지고 다니셨다.

헌장 제정을 맡을 주무과는 보건사회부 부녀국 후생과 아동계였던 것으로 기억된다. 선생은 주무과 담당자를 만나러 가끔 보사부에 들르셨다. 내가 일하던 사무실이 바로 보사부 건너편에 있었기 때문에 좋은 소식을 그렇게 알려 주신 것이었다.

그 해 연말, 선생께서는,

"어린이 헌장 초안을 건의해야 하는데, 동화 작가 협회 이름으로 하는 게 좋겠지요. 마 선생(마해송 한국 동화 작가 협회장)을 한번 만나 상의 드려야겠어요."

하고 말씀하셨다. 해가 바뀐 1957년 초, 동화 작가 협회 회원들이 시청 옆 식당에서 함께 저녁을 하는 자리에서 어린이 헌장 문제를 협의하고 동화 작가 협회 이름으로 건의한다는 합의 절차를 거쳤다. 공식 건의는 삼일절을 기해 국회(민의원) 문교부 보사부에 각각 협회 기초안을 첨부한 건의서를 보냈다. 신문에 보도된 것은 3월 3일이었다.

그 뒤, 선포에 이르는 추진 경위는 보사부의 국무회의 상정안에 첨부된 문서에 기록으로 자세히 남아 있다.

대한 민국 어린이 헌장
어린이는 나라와 겨레의 앞날을 이어 나갈 새 사람이므로 그들의 몸
과 마음을 귀히 여겨 옳고 아름답고 씩씩하게 자라도록 힘써야 한다.

1. 어린이는 인간으로서 존중되어야 하며, 사회의 한 사람으로서 올바르게 키워야 한다.
2. 어린이는 튼튼하게 낳아 가정과 사회에서 참된 애정으로 교육하여야 한다.
3. 어린이에게는 마음껏 놀 수 있는 시설과 환경을 마련해 주어야 한다.
4. 어린이는 공부나 일이 몸과 마음에 짐이 되지 않아야 한다.
5. 어린이는 위험한 때에 맨 먼저 구출하여야 한다.
6. 어린이는 어떠한 경우에라도 악용의 대상이 되어서는 아니 된다.
7. 굶주린 어린이는 먹여야 한다. 병든 어린이는 진료해 주어야 하고 신체와 정신에 결함이 있는 어린이는 도와 주어야 한다. 불량아는 교화하여야 하고 고아와 부랑아는 구호하여야 한다.
8. 어린이는 자연과 예술을 사랑하고 과학을 탐구하며 도의를 존중하도록 이끌어야 한다.
9. 어린이는 좋은 국민으로서 인류의 자유와 평화와 문화 발전에 공헌할 수 있도록 키워야 한다.

1957년 어린이 헌장 제정은 소파 방정환 선생의 어린이날 제정에 이은 어린이 사랑의 큰 탑이라 할 수 있을 것이다.

2. 어깨동무 학교 운동과 강소천 선생

1960년 4·19 혁명은 각계에 큰 변화를 몰고 왔다. 당시의 집권 민주당 정부는 많은 개혁 과제를 마련하고 실천에 옮겨 나갔다. 교육 개혁 쪽에는 성내운 선생이 깊이 관여하고 있었다. 그 해 연말에 성내운 선생이 내가 일하던 신문사에 전화로 '낙도 벽지 교사들의 특별 연수' 시행 소식을 알려 주셨다. 옛날 죄지은 사람 귀양 가듯 낙도나 벽지 학교로 쫓겨간 소외된 교사들에 대한 민주당 정부의 특별 배려라는 것이었다. 자유당 정부에서는 상상할 수 없는 시책이었다.

　나는 연수에 참석한 낙도 벽지 교사들을 모시고 좌담회를 열기로 하였다. 마침 사범학교 동창 한 사람이 끼어 있어 소외 지대의 비참한 생활환경과 어린이들의 참상을 대충 들은 적이 있어 기대를 하였으나 교사들은 도무지 입을 열지 않았다.

　신문사 회의실에서는 안 되겠기에 좌담회를 끝낸다고 선언하고 참석자 전원을 모시고 술집으로 갔다. 술이 거나해지자 쏟아 내는 이야기들이 모두 먼 나라 미개한 부족들 이야기만 같았다. 기록을 위해 참석한 두 사람이 메모하느라 진땀을 흘렸다. 이 이야기는 3회에 걸쳐 신문 문화면을 메웠다.

　다음 날부터 낙도와 벽지의 참상에 놀란 마음 착한 사람들의 온정이 신문사로 몰려들었다. 벽지 교사들이 연수를 마치고 돌아갈 때, 그들은 전교생이 일 년 이상 쓸 공책과 연필과 읽을거리 책들을 한 짐씩 지고 갔다.

　이 기사에 특별히 관심을 기울여 주시던 강소천 선생이 '영속적인 결연 운동'으로 끌고 가면 좋겠다는 말씀을 해 주셨다. 이래서 도시 학교와 벽지 학교의 결연 운동이 신문사 사업으로 추진되었다.

　"자매결연이란 말은 좋지 않아요. 누구는 언니, 누구는 동생, 이건 안 돼요. 어깨동무……, 어깨동무 학교 어때요?"

　어깨동무 학교라는 이름까지 지어 주셨다. 강 선생께서는 '거리에서 두메에서 외딴 섬에서'로 시작되는 어깨동무 학교 노랫말도 지어 주시고, 당시 재동 학교에 계시던 이계석 선생께 부탁하여 곡까지 붙여 주셨다. 이때부터 낙도, 벽지란 말 대신 외딴 섬과 두메, 두메 학교, 외딴 섬 학교라는 말이 정착되었다.

　강 선생께서는 이 운동에 관한 이야기를 자주 듣고 싶어 하셨으며 문제점에 대해서 조언해 주셨다. 외딴 섬을 찾아가는 도시 학교 어린이들과 어울려 배 위에서 함께 어깨동무 학교 노래를 부르며 환하게 웃으시던 선생의 모습이 떠오른다.

당시 이 사업은 서울일일신문의 폐간으로, 새로 들어선 군사 정부에 의하여 결연 사업을 총괄하는 재건 국민운동 본부로 이관되었다.

어깨동무 학교

1. 거리에서 두메에서 외딴 섬에서
   부르네 대답하네 어깨동무들.
   밤 하늘에 반짝이는 별을 세듯이
   마음으로 그려 보는 먼 곳 동무들.
   굳게 맺은 어깨동무 학교와 학교
   가는 정 오는 정 꽃피는 우정.

2. 거리에서 두메에서 외딴 섬에서
   마음의 손 놓지 말자 어깨동무들.
   서로 돕고 살아가는 이 마음 키워
   살기 좋은 대한 나라 우리 만들자.
   굳게 맺은 어깨동무 학교와 학교
   가는 정 오는 정 꽃피는 우정.

요즈음도 강 선생이 생각날 때면 나는 가끔 이 노래를 흥얼거린다. 그리고 생각해 본다. 강소천 선생이 지금 살아 계시다면, 굶어 죽는 북한의 어린이들 이야기를 듣고 결코 그대로 계시지 않으실 것이다. 남북 어린이 어깨동무 운동을 펼치시지 않을까? 구체적인 실천 운동의 길을 열고 거기에 앞장서고 계시겠지.

구호는 요란하고 허세는 웅장해도 실천이 없는 오늘 우리 사회를 걱정하시며, 어린이를 마음으로 사랑하는 실천 운동이 왜 없느냐고 꾸짖으시는 것만 같아 송구스럽다.

3. 아동 문학 연구회와 어린이 문화 운동

세상에 빛을 남긴 사람들은 앞을 내다보는 분들이었다. 선각자라는 분들에게는 미래를 투시하는 특별한 혜안이 있었다.

동화 '꿈을 찍는 사진관'을 통해 남북 이산가족의 만남을 미리 내다보셨고, 동시 '금강산'을 통하여 오늘의 금강산 관광을 선각자의 혜안으로 예견하신 것만 같다. 작품을 통해 나타난 '미래를 내다보는 혜안' 못지않게 선생은 앞을 내다보고 어린이 문화 운동에 괄목할 만한 업적을 많이 남기셨다.

그렇게 바쁜 가운데에서도 자주 방송에 출연하여 어린이와 국민들에게 더욱 친숙한 작가가 되었으며 '아동문학가'의 위상을 한층 높여 주셨다. 어린이 시간 외에 퀴즈 올림픽, 재치 문답 등에서 아동 문학가의 이미지를 재치 있는 멋진 박사님으로 바꾸어 주셨다.

작품을 쓰시는 틈틈이 어린이 글짓기 지도에 힘을 기울이신 이야기는 잘 알려져 있다. 인천 창영초등학교를 6개월 동안 보수 없이 찾아가 지도하셨고, 이대부속초등학교 어린이들도 틈나는 대로 찾아가 지도해 주셨다. 이때의 경험과 기록들을 토대로 1학년에서 6학년까지 학년별 글짓기 지도 강좌를 완성하였다. 선생의 이 저술이 다시 빛을 받았으면 좋겠다.

이화여대와 연세대, 그리고 몇몇 전문대(보육 학교)에서 아동 문학을 강의하면서 기록한 20여 권의 아동 문학론 노트도 빛을 받아야 할 귀한 자료이다.

또 하나 아쉽고 죄스러운 것은, 강 선생 주도로 큰 뜻을 밝히고 출범한 아동 문학 연구회가 선생의 타계 이후 이어지지 못한 점이다.

"아동 문학과 교육에 뜻을 같이하는 동지가 모여 어린이 세계의 탐구와 그들이 지녀야 할 참모습을 문학과 행동으로 구현하자."는 강 선생을 중심으로 한 모임이었다. 여러 경험을 통해 문학과 교육과 어린이 문제를 행동으로 구현하는 모임이 절실하다고 생각하신 끝에 만들어 이끄시던 모임이었다.

—『강소천 선생 40주기 기념 추모의 글 모음』

(소천아동문학상 운영위원회, 2003. 5)

강소천 연보

1915년(1세)　　　－ 9월 16일 함경남도 고원군 수동면 미둔리에서 아버지 강
　　　　　　　　석우와 어머니 허석운의 2남 4녀 중 둘째 아들로 태어남. 진
　　　　　　　　주 강씨 통정공파의 29대 손으로 본명은 용률(龍律).
　　　　　　　　－ 종손인 할아버지 강봉규가 세운 미둔리 교회의 주일학교
　　　　　　　　를 다님.
　　　　　　　　－ 집안에서 운영하는 과수원(천명농원) 일대의 산과 들을
　　　　　　　　뛰놀며 성장함.

1924년(10세)　　－ 고원읍으로 나가 고원공립보통학교에 입학함. 주말이면
　　　　　　　　어머니가 있는 미둔리 집까지 걸어서 오고감. 얼마 뒤 가족
　　　　　　　　들이 고원읍으로 이사와 다시 함께 살게 됨. 본적인 함경남
　　　　　　　　도 고원군 고원면 관덕리 2번지는 여러 작품에서 작중인물
　　　　　　　　의 고향 주소로 기술됨.
　　　　　　　　－ 학교에서 전택부, 천세봉 등을 친구로 만남.

1928년(14세)　　－ 4학년 담임선생님에게 돋보이는 작문으로 특별한 칭찬
　　　　　　　　을 받으며 학교생활을 함. 이 시기의 같은 반 여학생 반장인
　　　　　　　　순이와 나눈 사랑 이야기가 뒷날 동요 「순이 무덤」 등 여러
　　　　　　　　작품으로 표현됨.

1930년(16세)   - 『아이생활』에 동시 「버드나무 열매」를 발표함. 이 작품
               이 공식 지면 첫 발표로 확인됨.

1931년(17세)   - 고원공립보통학교를 졸업하고 함흥의 영생고등보통학
               교에 입학함.
               「봄이 왔다」, 「무궁화에 벌나비」(『신소년』2월호), 「길가에
               얼음판」, 「이 앞집, 저 뒷집」(『아이생활』3월호) 등 총 9편
               의 발표 동시가 확인됨.
               - 발표 초기에는 본명인 강용률과 필명인 강소천을 번갈아
               쓰다가 1933년 이후에는 주로 강소천으로 활동했고, 월남
               하고 나서 이를 본명으로 개명함.
               - 영생고등보통학교에서 박창해 등을 만남.

1932년(18세)   - 「가을 바람이」(『아이생활』 12월호) 등의 동시를 발표함.

1933년(19세)   - 「연기야」(『아이생활』 1월호), 「이상한 노래」(『어린이』
               5월호) 등의 동시를 발표함.
               - 조선어연구회에서 한글맞춤법 통일안을 제정 공포함.

1934년(20세)   - 동시 「달님 얼굴에」(『아이생활』 5월호)를 발표함.
               일제의 한글 탄압이 거세짐. 겨울방학 때 외사촌 누이 허홍
               순의 안내로 간도의 용정으로 가 외삼촌 집에서 지냄.

1935년(21세)   - 용정에서 1년간 머무름.
               - 「호박꽃초롱」(조선중앙일보 9월 3일자) 등의 동시를 발표함.
               - 윤석중의 청탁을 받고, 물을 마시고 하늘을 처다보는 닭
               을 보면서 고향 하늘을 그리워하는 동시 「닭」을 창작함. 이
               시기에 은진중학교에 다니던 윤동주를 만남.

1936년(22세)   - 용정에서 돌아옴.

        - 「제비」(『동화』 6월호) 등의 동시를 발표함.

        - 4월에 영생고등보통학교 영어 교사로 부임한 시인 백석과 교유함.

이후 백석에게 동요 시집 「호박꽃초롱」(1941)의 '서시'를 받아 실음.

1937년(23세)   - 영생고등보통학교를 졸업함. 이후 광복 때까지 교회의 주일학교 교사로 일하면서 창작 동화와 동극을 실험하고 한글을 연구함. 조선의 아이들을 위해 우리말과 우리글로 된 동시집을 내야겠다고 결심함.

        - 이 무렵 손소희, 박목월, 황순원 등 여러 문인들과 펜팔로 교유함.

        - 『소년』 창간호에 「닭」이 발표됨.

        - 동화 「재봉 선생」(동아일보 10. 31)을 발표함.

        - 중일전쟁 발발.

1938년(24세)   - 동시 「봄비」(『아이생활』 4월호), 동극 「비바람은 지나고」(『아이생활』 12월호) 등을 발표함.

1939년(25세)   - 1938년 말 여러 신문의 신춘문예에 동화를 투고했는데 그중 매일신보에 투고한 「전등불의 이야기」가 입선되고 동아일보에서 낙선한 「돌멩이」를 2월 5일부터 5일간 분재하면서 새로운 동화를 청탁해 옴.

        - 「지도」(『아이동무』 2월호) 등을 발표함.

        - 동화 「빨간 고추」(동아일보 10월 17일자)를 발표함.

        - 제2차 세계대전 발발.

1940년(26세)	– 매일신보 신춘문예에 동화 「전등불의 이야기」 당선, 1월 6, 8, 10일 게재됨. – 동화 「딱따구리」(『소년』 12월호) 등을 발표함. – 장편동화 『희성이의 두 아들』을 『아이생활』 9, 10월 합본호부터 이듬해 2월호까지 5회 연재함.
1941년(27세)	– 손소희가 간도의 만선일보 문화부 책임기자로서 동화를 청탁해 「허공다리」를 2, 3월 연재함. 당시 만선일보로서는 처음으로 원고료를 지급했다고 함. – 2월에 동요 시집 『호박꽃초롱』(박문서관)을 출간함. – 12월 7일 일본의 미국 하와이 공격을 시발로 태평양전쟁 발발.
1945년(31세)	– 8 · 15 광복. – 11월부터 고원중학교 교사로 근무함.
1946년(32세)	– 3월에 북한 공산당의 하부 조직인 북조선문학예술총동맹(일명 문예총)이 결성됨. – 6월에 고향 친구인 유관우가 청진에서 아동문학 재건 운동을 하자며 소식을 전해 와 청진으로 감. 청진여자고등학교 교사로 근무함. – 8월에 원산에서 '응향' 사건, 평양에서 '관서시인집' 사건 등이 일어나면서 북한 전역에 사회주의 문학 이념이 더욱 강화됨.
1947년(33세)	– 동화 「정희와 그림자」(『아동문학』 7월호, 평양)를 발표함.
1948년(34세)	– 청진제일고등학교 교사로 근무함. – 남북한이 각각 단독정부를 세워 실질적인 남북 분단이 시작됨.

1949년(35세)　　　－ 동시 「나두 나두 크며는」(『아동문학』 12월호, 평양) 등을 발표함.
　　　　　　　　　－ 2월에 청진제일고등학교 교사를 그만둠.

1950년(36세)　　　－ 동시 「둘이 둘이 마주앉아」(『아동문학집』 제1집, 평양) 등을 발표함.
　　　　　　　　　－ 6·25전쟁 발발. 홍남 철수 때 배편으로 월남하여 거제에 도착함. 철수 작전에서 기독교인이라는 이유로 먼저 구조되는 극적인 상황을 경험함. 뒷날, 배 안에서 언 주먹밥 하나로 견딘 일이 큰 병의 원인이 된 것이라 진술함.

1951년(37세)　　　－ 거제를 거쳐 부산으로 건너가 지내다가 영도다리 근처에서 박창해를 만남.
　　　　　　　　　－ 박창해의 주선으로 대한민국 정부의 문교부(현 교육부) 편수국에 근무하게 됨. 편수국에 근무 중인 최태호를 처음 만나고 이후 평생지기가 됨. 전시 국어 교재를 편찬함.
　　　　　　　　　－ 국군 정훈부대인 772부대의 문관으로 근무함. 대전에서 활동할 때 윤석중을 만남. 대전 지역 문우들과 교유함.
　　　　　　　　　－ 부산에서 넷째 누이 용옥의 집에서 기거함. 전쟁에 참전하고 전역한 장조카 강경구와 1년간 함께 같은 방에서 생활함.
　　　　　　　　　－ 금강다방에서 김동리, 손소희를 만남.

1952년(38세)　　　－ 박창해의 소개로 『리더스 다이제스트』를 경영하던 이춘우를 만나 월간 『어린이 다이제스트』를 창간하고 주간으로 일함.
　　　　　　　　　－ 광복 후 이북에 있을 때 문맹퇴치를 목적으로 쓴 것으로 알려진 동화 「박송아지」를 기억을 되살려 다시 써서 발표(『어린이 다이제스트』 9월호)하는 등 여러 작품을 발표함.
　　　　　　　　　－ 『희성이의 두 아들』을 개작한 장편동화 『진달래와 철쭉』을 『어린이 다이제스트』 11월호부터 연재함.

– 9월에 제1동화집『조그만 사진첩』을 출간하고 27일 금
강다방에서 김동리의 사회로 출판기념회를 개최함. 이때 문
인, 교수 등 많은 지인이 참석함.

1953년(39세)　– 동화「꽃신」(『학원』5월호) 등 여러 작품을 발표함.
– 7월 27일 휴전협정 후 서울로 올라옴.
– 아동문학가협회 아동분과위원장으로 활동함.
– 10월 들어 제2동화집『꽃신』, 제3동화집『진달래와 철
쭉』(장편)을 연이어 출간함.

1954년(40세)　– 문교부 교과용 도서편찬 심사위원으로 활동함.
– 최수정과 결혼함. 이후 2녀 1남을 얻음.
– 2월에『어린이 다이제스트』를 그만둠.
– 동화「꿈을 찍는 사진관」(『소년세계』3월호),「꿈을 파는
집」(『학원』3월호),「어머니의 얼굴」(『소년세계』8월호) 등
여러 작품을 발표함.
– 6월에 제4동화집『꿈을 찍는 사진관』을 출간하고, 12월
에 동화, 동시, 동극, 수필 등을 담은『강소천소년문학선』을
출간함.

1955년(41세)　– 장편동화『바다여 말해다오』(연합신문 5. 21~6. 7),『해바
라기 피는 마을』(『새벗』1955년 7월호~1956년 8월호), 중편
동화「잃어버린 시계」(경향신문 9. 10~9. 25) 등을 연재함.
– 부산에 있을 때부터 전택부가 맡고 있던『새벗』의 편집
위원으로 일하다가 이 해 8월부터 주간을 맡음. 1960년 1월
퇴사할 때까지 폭넓은 인맥을 바탕으로 문학과 교육을 연계
하는 다양한 내용을 담음.

1956년(42세)　　－ 한남동에서 살다 서울 용산구 청파동 2가의 집을 장만해
　　　　　　　　　옮김. 이후 10번지 14호에 2층 집을 사서 개조하고 이사함.
　　　　　　　　　2층을 서재로 삼아 글을 쓰고 손님을 맞음.
　　　　　　　　－ 중편동화 「잃어버렸던 나」(한국일보 3. 26~5. 3)를 연재함.
　　　　　　　　－ 6월에 제5동화집 『종소리』를 발간함.

1957년(43세)　　－ 5월 5일 강소천의 주도로 제정된 '대한민국 어린이헌장'이
　　　　　　　　　공포됨. 이는 1923년 방정환이 '어린이날'을 제정한 것과 더
　　　　　　　　　불어 어린이의 가치를 새롭게 인식하게 한 쾌거로 평가됨.
　　　　　　　　－ 동화 「메리와 귀순이」(『어린이동화』 1월호) 등 다수의
　　　　　　　　　작품을 발표함.
　　　　　　　　－ 장편동화 『꽃들의 합창』(『새벗』 1957년 4월호~1958년
　　　　　　　　　3월호)을 연재함.
　　　　　　　　－ 12월에 제6동화집 『무지개』를 발간함.

1958년(44세)　　－ 한국보육대에 출강함.
　　　　　　　　－ 동화 「나무야 나무야 누워서 자거라」(경향신문 2. 2) 등
　　　　　　　　　다수의 작품을 발표함.
　　　　　　　　－ 동화 「인형의 꿈」(경향신문 3. 20~5. 21)을 연재함.
　　　　　　　　－ 『해바라기 피는 마을』이 영화화됨.
　　　　　　　　－ 12월에 제7동화집 『인형의 꿈』을 발간함.

1959년(45세)　　－ 이화여대에 출강함. 아동문학 강의를 처음 개설함.
　　　　　　　　－ 문교부 교수요목 제정 심의위원, 국정교과서 편찬위원으
　　　　　　　　　로 활동함.
　　　　　　　　－ 동화 「분홍 카네이션」(동아일보 9. 30~12. 27)을 연재함.
　　　　　　　　－ 장편동화 『대답 없는 메아리』(연합신문 1. 13~4. 19)를
　　　　　　　　　연재함.

1960년(46세) — 연세대에 출강함. 한국아동문학가협회 아동문학 분과위
원장이 됨.
— 어깨동무학교 운동을 시작함.
—『새벗』주간을 그만두면서 수필「새벗을 떠나며」(『새벗』
2월호)를 발표함.
— 계몽사의『소년소녀 세계문학전집』(1962년 전50권) 기
획을 전담함.
— 3월에 제8동화집『대답 없는 메아리』를 출간함.
— 동화「현이와 전나무」(『가톨릭소년』5월호) 등 다수의
작품을 발표함.
— 7월에 동화「어머니의 초상화」(소년한국일보 7. 17~7. 31)
를 연재함.
— 이 무렵 교육계의 명망가 조석기가 교장으로 있는 인천 창
영국민학교에 일주일에 한 번 나가 글짓기 수업을 진행함. 같
은 목적으로 이화여대부속국민학교에서도 수업을 진행함.

1961년(47세) — 문교부 우량아동도서 선정위원으로 활동함.
— 4월에 서울 성모병원에서 위암 수술을 받음. 이때 부산대
의대 장기려 박사가 상경해 집도함. 수술비를 받지 않은 장
기려 박사에 대한 고마움을 뒷날 수필「은혜를 갚는 일」
(1962. 5. 7)에 담음.
— 8월에 서울중앙방송국 자문위원으로 활동함.
— 10월에 아동문학연구회를 조직해 회장으로 활동함. 한국
문인협회 이사가 됨.
— 동화「나는 겁쟁이다」(『새벗』7월호) 등 여러 작품을 발표함.
— 12월에 동화, 동시 선집『강소천 아동문학독본』을 발간함.
— 장편동화『봄이 너를 부른다』(연합신문 1960. 12. 8~1961.
6. 1)를 128회 연재함.

－ 조석기가 운영 책임을 맡은 배영사의 기획위원으로 활동하면서 그림동화집 전5권을 출간함.

－ 이 무렵부터 1963년까지 서울중앙방송국 라디오 프로그램 '퀴즈올림픽'과 이를 이어받아 장수 인기 프로그램이 된 '재치문답' 등에 연이어 고정 출연함.

1962년(48세)   － 한국아동문학가협회 이사가 됨.

－ 동화 「소나무의 나이」(『새벗』 1월호), 「시집 속의 소녀」(『학원』 12월호) 등 여러 작품을 발표함.

－ 부정기 간행 잡지 『아동문학』(주간 최석기, 편집위원 강소천, 김동리, 박목월, 조지훈, 최태호)을 배영사에서 창간함. 창간호에 동화 「수남이와 수남이」를 발표함. 『아동문학』은 매호 아동문학의 현실을 진단하고 미래를 개척하는 주제로 심도 있는 지상 심포지엄을 여는 등 아동문학의 이론적 저변을 확대한 잡지로 평가됨.

1963년(49세)   － 1월에 제9동화집 『어머니의 초상화』를 발간함. 『한국아동문학전집－강소천 편』이 발간됨.

－ 이 시기에 수시로 충청남도 온양(현 아산시)의 한 온천장에 가서 많은 원고를 집필하고 돌아옴.

－ 5월 6일 오후 1시 57분 서울대부속병원에서 간암으로 타계함. 10일 경기도 양주군 교문리(현 구리시 교문동) 가족묘지에 안장됨.

－ 5월 10일 제10동화집 『그리운 메아리』가 발간됨.

－ 5월 20일 문화공보부에서 주최하는 제2회 5월 문예상 본상을 수상함.

1964년(1주기)   － 1주기 추도식과 더불어 동시 「닭」이 새겨진 강소천 시비 개막식이 열림.

	─『강소천 아동문학전집』(전6권, 배영사)이 출간됨. 이 전집은 한국출판문학상(한국일보사)과 교육도서 출판상(대한교육연합회) 대상 도서로 선정됨.
1965년(2주기)	─ 소천아동문학상이 제정되어 운영됨. 배영사에서 주관하던 이 상은 계몽사를 거쳐 현재 교학사에서 운영하고 있음.
1975년	─『소년소녀 강소천 문학전집』(전7권, 신교문화사)이 출간됨.
1978년	─ 신교문화사 판 전집을 바탕으로 한『강소천 문학전집』(전12권, 문천사)이 출간됨.
1981년	─『강소천 문학전집』(전15권, 문음사)이 출간됨.
1985년	─ 국민훈장 대통령 금관문화훈장이 추서됨.
1987년	─ 서울 어린이 대공원에 강소천 문학비가 건립됨.
2002년	─ 인터넷 홈페이지 '영원한 어린이들의 벗 강소천 www.kangsochun.com'이 개설됨.
2003년	─ 서울 프레스센터에서 40주기 추모 행사를 개최함.
2006년	─ 국립어린이 청소년도서관에 강소천문고가 개관됨. ─『강소천 아동문학전집』(전10권, 교학사)이 출간됨.
2015년	─ 국립어린이청소년도서관에서 탄생 100주년 기념식이 개최됨.

─이 연보는 박덕규의『아동문학의 마르지 않는 샘 강소천 평전』(교학사, 2015)을 기준으로 함.

강소천 작품집 및 연구 목록

강소천 작품집

동요시집
『호박꽃초롱』, 박문서관, 1941.

창작집
『조그만 사진첩』, 다이제스트사, 1952.

『꽃신』, 문교사, 1953.

『진달래와 철쭉』, 다이제스트사, 1953.

『꿈을 찍는 사진관』, 홍익사, 1954.

『종소리』, 대한기독교서회, 1956.

『무지개』, 대한기독교서회, 1957.

『인형의 꿈』, 새글집, 1958.

『대답 없는 메아리』, 대한기독교서회, 1960.

『어머니의 초상화』, 배영사, 1963.

『그리운 메아리』, 학원사, 1963

문학선집
『소년문학선』, 대한교과서주식회사, 1954.

『어린이 훈화백과』, 대한기독교서회, 1955.

『꾸러기와 몽당연필』, 새글집, 1959.

『강소천 아동문학독본』, 을유문화사, 1961.

『그림동화(전5권)』, 배영사, 1962

추모작품집(동시, 동극 편)『봄동산 꽃동산』, 배영사, 1964.

『강소천동요집』, 강소천닷컴, 2009.

창작 연재물

『바다여 말해다오』, 『연합신문』 1955. 5. 21.~6. 7.(10회)

『해바라기 피는 마을』, 『새벗』 1955년 7월~1956년 8월.(14회)

『꽃들의 합창』, 『새벗』 1957년 4월~1958년 3월(12회).

『봄이 너를 부른다』, 『서울일일신문』 1960. 12. 8.~1961. 6. 1.(128회)

전집

강소천 아동문학전집 전6권, 배영사, 1964.

－제1권, 『나는 겁쟁이다』

－제2권, 『잃어버렸던 나』

－제3권, 『그리운 얼굴』

－제4권, 『꿈을 파는 집』

－제5권, 『초록색 태양』

－제6권, 『조그만 하늘』

소년소녀 강소천 문학전집 전7권, 신교문화사, 1975.

－제1권, 『꾸러기 행진곡』

－제2권, 『꿈을 찍는 사진관』

－제3권, 『꽃신을 짓는 사람』

－제4권, 『대답 없는 메아리』

－제5권,『보슬비의 속삭임』

　　－제6권,『유리산의 공주』

　　－제7권,『황무지의 오두막』

강소천 아동문학전집 전12권, 문천사, 1978.

　　－제1권,『꾸러기 행진곡』

　　－제2권,『꿈을 찍는 사진관』

　　－제3권,『꽃신을 짓는 사람』

　　－제4권,『대답 없는 메아리』

　　－제5권,『그리운 메아리』

　　－제6권,『봄이 너를 부른다』

　　－제7권,『해바라기 피는 마을』

　　－제8권,『바다여 말해다오』

　　－제9권,『보슬비의 속삭임』

　　－제10권,『아기 코끼리』

　　－제11권,『유리산의 공주』

　　－제12권,『황무지의 오두막』

강소천 아동문학전집 전15권, 문음사, 1981.

　　－제1권,『보슬비의 속삭임』

　　－제2권,『조그만 사진첩』

　　－제3권,『꿈을 찍는 사진관』

　　－제4권,『꽃신을 짓는 사람』

　　－제5권,『대답없는 메아리』

　　－제6권,『봄이 너를 부른다』

　　－제7권,『해바라기 피는 마을』

　　－제8권,『바다여 말해다오』

－제9권, 『꾸러기 행진곡』

－제10권, 『진달래와 철쭉』

－제11권, 『그리운 메아리』

－제12권, 『짱구라는 아이』

－제13권, 『아기 코끼리』

－제14권, 『유리산의 공주』

－제15권, 『황무지의 오두막』

강소천 아동문학전집 전10권, 교학사, 2006.

－제1권 『꿈을 찍는 사진관』(단편동화집).

－제2권 『꽃신을 짓는 사람』(단편동화집).

－제3권 『나는 겁쟁이다』(단편동화집).

－제4권 『꾸러기와 몽당연필』(중단편동화집).

－제5권 『꾸러기 행진곡』(중편동화집).

－제6권 『해바라기 피는 마을』(장편동화).

－제7권 『잃어버렸던 나』(장편동화).

－제8권 『봄이 너를 부른다』(장편동화).

－제9권 『그리운 메아리』(장편동화).

－제10권 『호박꽃초롱』(동요, 동시집).

연구 목록

평론 및 연구논문

박목월, 「소천의 동시－호박꽃초롱을 중심으로」, 『현대문학』, 1963. 6.
임인수, 「소천의 동화」, 『현대문학』, 1963. 6.

최태호, 「천직의 아동문학가」, 『현대문학』, 1963. 6.

방기환, 「아이와 어른의 조화」, 『현대문학』, 1963. 6.

손소희, 「강소천씨와 나」, 『현대문학』, 1963. 6.

박경종, 「대보다 더 곧은 소천 형」, 『현대문학』, 1963. 6.

이종환, 「동심 그대로의 작가 : 강소천의 인간과 문학」, 『현대문학』, 1963. 6.

어효선, 「순진·솔직·엄격: 강소천의 인간과 문학」, 『현대문학』, 1963. 6.

김송, 「강소천과 나」, 『자유문학』, 1963. 6.

이원수, 「소천의 아동문학」, 『아동문학』 10집, 1964. 12.

김요섭, 「바람의 시, 구름의 동화」, 『아동문학』 10집, 1964. 12.

유경환, 「순수무구에의 꿈」, 『아동문학』 10집, 1964. 12.

최인학, 「꿈많은 세계」, 『아동문학』 10집, 1964. 12.

차능균, 「영원한 어린이의 벗」, 『아동문학』 10집, 1964. 12.

강남향, 「아버지」, 『아동문학』 10집, 1964. 12.

박창해, 「소천 강 선생의 생애와 아동문학」, 『봄동산 꽃동산』, 배영사, 1964.

한성자, 「한국 아동문학론 : 강소천의 작품을 중심으로」, 『성심어문논집』, 제2집, 1968.

하계덕, 「모랄의 긍정적 의미」, 『현대문학』, 1969. 2.

하계덕, 「동시에 대한 편상(片想)—강소천의 「달밤」 외 3편」, 『한국아동문학』 2집, 1973.

박화목, 「강소천론」, 『아동문학』, 1973.

남미영, 「소천과 꿈의 문학」, 『아동문학평론』, 1980년 가을호.

이재철, 「한국아동문학가연구(2)—윤석중과 강소천의 동시」, 『국어학논집』 제11집, 단국대학교 국어국문학과, 1983.

김용성, 「강소천」, 『한국현대문학사탐방』, 현암사, 1984.

김용희, 「소천 동화에 나타난 꿈의 상징성」, 이재철 편 『한국아동문학 작가작품론』, 서문당, 1991.

이원태, 「어린이의 꿈을 찍는 사진사 강소천」, 『지방행정』 제43호, 대한지방행정공제회, 1994.

신현득, 「동심으로 외친 항일의 함성－강소천 선생의 동시 세계」, 『강소천 선생 40주기 기념 추모의 글 모음』, 교학사, 2003.

어효선, 「<호박꽃초롱>은 내 교과서」, 『강소천 선생 40주기 기념 추모의 글모음』, 교학사, 2003.

남미영, 「꿈·고향·그리움」, 『강소천 선생 40주기 기념 추모의 글모음』, 교학사, 2003.

서석규, 「어린이 헌장과 어깨동무 학교－강소천의 어린이 문화운동」, 『강소천 선생 40주기 기념 추모의 글 모음』, 교학사, 2003.

박상재, 「강소천론: 꿈을 매개(媒介)로 한 그리움의 미학」, 『한국아동문학연구』 제11호, 한국아동문학학회, 2005.

김용희, 「강소천 동화문학 재평가의 필요성」, 『한국아동문학연구』 제11호, 한국아동문학학회, 2005.

박영기, 「<꿈을 찍는 사진관> 소론」, 『한국어문학연구』 제22호, 한국외국어대학교 한국어문학연구회, 2005.

이선민, 「강소천 동화연구」, 『어문학교육』 제32호, 한국어문교육학회, 2006.

이종호, 「강소천 동화의 서사 전략 연구」, 『동화와번역』 제12집, 건국대학교 동화와번역연구소, 2006.

조태봉, 「강소천 동화에 나타난 전쟁 체험과 꿈의 상관성 연구」, 『한국문예창작』 제6호, 한국문예창작학회, 2007.

이종호, 「강소천 장편동화의 서사학적 연구」, 『동화와번역』 제15집, 건국대학교 동화와번역연구소, 2008.

노경수, 「소천 시 연구－『호박꽃초롱』을 중심으로」, 『한국아동문학연구』 제15호, 한국아동문학학회, 2008.

장수경, 「강소천 동화에 나타난 월남의식과 서사의 징환」, 『현대문학의 연구』제48호, 한국문학연구학회, 2012.

장영미, 「전후 아동소설 연구 전후 아동소설 연구 : 『그리운 메아리』와 『메아리 소년』을 중심으로」, 『한국아동문학연구』제22호, 한국아동문학학회, 2012.

권나무, 「어린이와 사회를 보는 두 가지 시선-이원수와 강소천의 소년소설」, 『우리말 교육현장 연구』제6호, 우리말교육현장학회, 2012.

신정아, 「소천 시 연구: 『호박꽃초롱』에서 '꽃'과 '하늘' 이미지 중심으로」, 『한국아동문학연구』, 한국아동문학학회, 제23호, 2012.

황수대, 「1930년대 강소천 동시 세계와 문학사적 의의」, 『아동청소년문학연구』제11호, 아동청소년문학학회, 2012.

원종찬, 「발굴 작품; 북한 인민공화국 체제에서 나온 강소천 동화」, 『아동청소년문학연구』제11호, 2012.

마성은, 「북한에서 발표한 강소천의 소년시·동요」, 『북한연구학회 추계학술대회논문집』, 2012.

박금숙·홍창수, 「강소천 동요 및 동시의 개작 양상 연구-초기작품 중심으로」, 『한국아동문학연구』제25호, 한국아동문학학회, 2013.

원종찬, 「강소천 소고: 해방기 북한체제에서 발표된 동화와 동시」, 『아동청소년문학연구』제13호, 2013.

장수경, 「전후 강소천 동화에 나타난 현실인식과 기독교의식」, 『비평문학』, 2014.

장수경, 「해방 후 방정환 전집과 강소천 전집의 존재 양상」, 『아동청소년문학연구』제14호, 2014.

박덕규, 「강소천의 『호박꽃초롱』 발간 배경 연구」, 『한국문예창작』제32호, 한국문예창작학회, 2014.

김경흠, 「강소천의 단편 창작동화에 구현된 서정적 구조 양상」, 『한국아동문학연구』제27호, 2014.

신정아, 「강소천 동화의 아동상과 교육관－'꾸러기'를 중심으로」, 『한국아동문학연구』 제27호, 2014.

김용희, 「잃어버림과 찾음의 이야기 속에 드리운 짙은 서정성－강소천의 첫 창작동화 '돌맹이 Ⅰ, Ⅱ'」, 『아동문학사상』, 2015. 2.

강정구, 「1930년대 강소천의 동요·동시에 나타난 동심성」, 『현대문학의 연구』 제55호, 2015.

김종헌, 「해방 전후 북한체제에서의 강소천 아동문학 연구」, 『우리말글』 제64집, 2015.

이영미, 「남북한의 문화적 동질성/비동질성의 기원에 대한 비교 연구: 아동문학 판타지 속의 통일담론을 중심으로」, 『평화학연구』 16권 1호, 한국평화연구학회, 2015. 3.

학위논문

남미영, 「강소천 연구」, 숙명여자대학교 대학원, 석사학위논문, 1980.

권영순, 「한국아동문학의 양면성 연구: 강소천과 이원수의 소년소설을 중심으로」, 이화여자대학교 교육대학원, 석사학위논문, 1985.

차보금, 「강소천과 마해송 동화의 대비적 연구」, 연세대학교 교육대학원, 석사학위논문, 1994.

공선희, 「강소천 동화 연구」, 한국교원대학교 대학원, 석사학위논문, 1996.

박상재, 「한국 창작동화에 나타난 환상성 연구」, 단국대학교 대학원, 박사학위논문, 1998.

김명희, 「한국동화의 환상성 연구」, 전주대학교 대학원, 박사학위논문, 1999.

정선혜, 「한국기독교 아동문학 연구」, 성신여자대학교 대학원, 박사학위논문, 2001.

오길주, 「한국 동화문학의 현실인식 연구」, 카톨릭대학 대학원 박사학위논문, 2005.

함윤미, 「강소천 동화의 환상성 연구」, 단국대학교 대학원, 석사학위논문, 2005.

홍의정, 「강소천 동화 연구」, 한양대학교 대학원, 석사학위논문, 2006.

이선민, 「강소천 동화 연구」, 부산교육대학교 대학원, 석사학위논문, 2006.

선안나, 「1950년대 동화 아동소설 연구」, 성신여자대학교 대학원, 박사학위논문, 2006.

정유경, 「한국 현대 판타지 동화의 문학 교육적 수용 연구」, 춘천교육대학교 교육대학원 석사학위논문, 2007.

김용희, 「한국 창작동화의 형성과정과 구성원리 연구」, 경희대학교 대학원, 박사학위논문, 2008.

김수영, 「강소천 동화의 특성 연구」, 건국대학교 대학원, 석사학위논문, 2008.

김효진, 「강소천 동화 연구」, 성신여자대학교 대학원, 석사학위논문, 2009.

박지은, 「동심주의문학 연구; 첨부작품을 중심으로」, 중앙대학교 예술대학원, 석사학위논문, 2009.

윤소희, 「한국 아동문학의 가족서사 연구」, 중앙대학교 대학원, 박사학위논문, 2010.

천희순, 「강소천의 장편동화 연구」, 고려대학교 대학원, 석사학위논문, 2012.

황수대, 「1930년대 동시 연구」, 고려대학교 대학원, 박사학위논문, 2012.

박영지, 「1950년대 판타지 동화 연구—이원수의 「꼬마 옥이」와 강소천의 「꿈을 찍는 사진관」을 중심으로」, 인하대학교 대학원, 석사학위논문, 2013.

조준호, 「한국 창작동화의 생명의식 연구—마해송, 강소천, 김요섭, 권정생, 정채봉의 동화를 중심으로」, 고려대학교 대학원, 박사학위논문, 2014.

박금숙, 「강소천 동화의 서지 및 개작 연구」, 고려대학교 대학원, 박사학위논문, 2014.

필자소개

● 김용희 동시인, 아동문학평론가, 경희대학교 국어국문학과 객원교수, 경희대학교 국문학과를 졸업하고 같은 대학원에서 박사학위를 받음. 1982년 ≪아동문학평론≫으로 등단, 동시조 <쪽배> 동인. 제9회 방정환문학상, 제21회 한국아동문학상 등을 받음. 저서로 아동문학평론집 『동심의 숲에서 길 찾기』, 동시조집 『실눈 살짝 뜨고』 등이 있음.

● 김자연 동시인, 동화작가, 전주대학교 대학원에서 박사학위를 받음. 1985년 ≪아동문학평론≫으로 등단하였고 제10회 방정환문학상을 받음. 동화집으로 『항아리의 노래』, 동시집으로 『감기 걸린 하늘』, 저서로 『한국동화문학연구』, 『아동문학의 이해와 창작의 실제』 등이 있음

● 신현득 동시인, 안동사범, 대구교육대학을 졸업하고 단국대학교 대학원에서 박사학위를 받음. 1959년 ≪조선일보≫신춘문예로 등단. 세종아동문학상, 윤석중문학상, 서울시문화상 등을 받음. 동시집 『아기 눈』, 『고구려의 아이』, 『바다는 한 숟갈씩』, 『엄마라는 나무』, 『아버지 젖꼭지』 등과 시집 『우리의 심장』 등이 있음.

● 함윤미 동화작가, 어린이 출판물 기획자, 단국대학교 대학원 문예창작학과를 졸업함. 저서로 『노빈손의 계절탐험 1~4』, 『써프라이즈 싸이의 과학 대모험 1~3』, 『수학이 쉬워지는 교과서 수학일기 1~2학년』, 『한 권으로 보는 그림 교과상식 백과』, 『경제를 알면 부자가 되나요?』 등이 있음.

◈ 박영기 아동문학평론가, 덕성여자대학교 교양학부 강의초빙교수, 덕성여대 국문학과를 졸업하고 한국외국어대학교 대학원에서 박사학위를 받음. 저서로 『한국근대아동문학교육사』, 『아동문학 프리즘』, 『동시의 길을 묻다』 등이 있음.

◈ 이종호 건국대학교 커뮤니케이션문화학부 교수, 건국대학교 국어국문학과를 졸업하고 같은 대학원에서 박사학위를 받음. 저서로는 『한국 현대소설의 서사담론』, 『한국 현대소설 인물사전』, 『한국문학과 영상예술의 서사미학』, 『한국 서사문학과 문화콘텐츠』, 『염상섭『삼대』의 인물 스토리텔링 전략』, 『이기영『고향』의 스토리텔링 전략』 등이 있음.

◈ 노경수 동화작가, 서울여대, 단국대, 한경대 강사. 한서대학교 문창과를 졸업하고 단국대학교 대학원에서 박사학위를 받음. 1997년 <MBC창작동화공모>에서 대상을 수상하여 문단에 나왔고 범정학술논문 우수상, 제21회 단국문학상을 받음. 저서로 『엄마를 키우는 아이들』, 『집으로 가는 길』, 『오리부부의 숨바꼭질』, 『씨앗바구니』, 『윤석중 연구』 등이 있음.

◈ 신정아 동시인, 단국대학교 강사, 단국대학교 문예창작과를 졸업하고 같은 대학원에서 박사학위를 받음. 2012년 ≪월간문학≫으로 등단. 저서로 『신현득의 동시 세계』, 동시집 『사탕, 과자 쉬어버리면 어쩌죠?』가 있음.

◈ 박금숙 동시인, 서울예술대학교 문예창작학과를 졸업하고, 고려대학교 대학원에서 박사학위를 받음. 2013년 ≪아동문학평론≫ 신인문학상 당선으로 등단. 주요 논문으로 「권정생 초기동화 연구」, 「강숙인 역사 동화연구」, 「강소천 동화의 서지 및 개작 연구」 등이 있음.

◈ 박덕규 시인, 소설가, 평론가. 단국대학교 문예창작과 교수. 경희대 국문
과 졸업. 1980년 ≪시운동≫으로 시인, 1982년 ≪중앙일보≫
신춘문예로 평론가, 1994년 ≪상상≫으로 소설가 등단. 저서로
시집『골목을 나는 나비』, 소설집『날아라 거북이!』,『함께 있
어도 외로움에 떠는 당신들』, 평론집『문학공간과 글로컬리즘』
등이 있음.

◈ 김종헌 동시인, 아동문학평론가. 대구대학교 외래교수. 경북대학교를
졸업하고 대구대학교 대학원에서 박사학위를 받음. 2000년
≪아동문학평론≫으로 등단, 동시조 <쪽배> 동인, 저서로 동
시조집『뚝심』, 아동문학평론집『동심의 발견과 해방기 동시
문학』등이 있음.

◈ 장정희 동화작가, 서울예술대학교 출강. 부산대학교를 졸업하고 고려대
학교 대학원에서 문학박사를 받음. 1998년 ≪아동문학평론≫
신인문학상 동화 부문 당선으로 등단했으며 제18회 방정환문
학상 받음. 저서로『한국 아동문학의 형성』, 장편환상동화『마
고의 숲』등이 있음.

◈ 김경흠 아동문학평론가, 대구광명학교 교사, 단국대학교 국문과를 졸업
하고 동아대학교 대학원 문예창작과 박사과정 수료, 1999년
≪아동문학평론≫신인문학상 당선으로 등단하여 계간 ≪아동
문학평론≫, ≪어린이책이야기≫ 등에 평론, 서평을 다수 게재함.

◈ 최정원 동화작가, 아동문학평론가, 대진대 강사. 이화여자대학교 불문
과를 졸업하고 고려대학교 대학원에서 박사학위를 받음. 1987
년 ≪중앙일보≫ 신춘문예로 등단, 1994년 MBC동화 대상(장

편부문)을 수상함. 저서로『나라를 지키는 칠뱅이』,『클론』,
『아동문학창작실습론』등이 있음.

◈ 이은주 아동문학평론가, 단국대학교 대학원 문예창작과 박사과정 수료.
2014년 ≪아동문학평론≫ 신인상 당선으로 등단. 주요 평론으
로「생태 그림책에 나타나는 타자 윤리」,「어린이의 '화', 어떻
게 풀고 있는가」등이 있음.

◈강은모 경희대학교 후마니타스칼리지 강사, 경희대학교 대학원 국어국
문학과 박사과정 수료, 주요 논문으로「이청준 소설에 나타난
시간의식 고찰」,「은희경 성장소설의 변모양상 고찰」,「세계화의
관점에서 본 팩션의 가능성」등이 있음.

◈ 이영미 경희대학교 대학원 강사. 한양대학교 국어국문학과를 졸업하고
같은 대학원에서 박사학위를 받음. 한양대학교, 한림대학교 연
구교수, 한양대학교, 아주대학교 전임연구원 등 역임. 저서로
『북한 문학교육의 이론과 실제』,『한인문화와 트랜스네이션』,
『문학사의 반전』등이 있음.

새미 작가론 총서 21　　**강소천**

| 초판 1쇄 인쇄일 | | 2015년 5월 25일 |
| 초판 1쇄 발행일 | | 2015년 5월 26일 |

엮은이		김종회 · 김용희
펴낸이		정구형
편집장		김효은
편집/디자인		김진솔 우정민 박재원
마케팅		정찬용 정진이
영업관리		한선희 이선건
책임편집		김진솔
표지디자인		박재원
인쇄처		월드문화사
펴낸곳		국학자료원 새미(주)

　　　　　　등록일 2005 03 15 제25100−2005−000008호
　　　　　　서울특별시 강동구 성안로 13 (성내동, 현영빌딩 2층)
　　　　　　Tel 442−4623 Fax 6499−3082
　　　　　　www.kookhak.co.kr
　　　　　　kookhak2001@hanmail.net

| ISBN | | 979-11-86478-26-4 *94800 |
| 가격 | | 32,000원 |

* 저자와의 협의하에 인지는 생략합니다.
　잘못된 책은 구입하신 곳에서 교환하여 드립니다.
　국학자료원 · 새미 · 북치는마을 · LIE는 국학자료원 새미(주)의 브랜드입니다.